Knaur

Über die Autorinnen:

Sylvie von Frankenberg zog es nach ihrem Studium nach Frankreich. Zehn Jahre lang lebte sie in Paris und berichtete von dort für deutsche Sendeanstalten über französische Politik und Kultur.
Katrin von Glasow lebte viele Jahre in England. Sie arbeitete als Regisseurin an Filmen und Fernsehspielen mit überwiegend historischem Thema.

Sylvie von Frankenberg
Katrin von Glasow

Henry und Alienor

Eine Königsliebe

Roman

Knaur

Eine historische Karte über die Zeit um 1174 finden Sie auf Seite 679.

Besuchen Sie uns im Internet:
www.knaur.de

Vollständige Taschenbuchausgabe 2002
Droemersche Verlagsanstalt Th. Knaur Nachf.,
München

Umschlaggestaltung: ZERO Werbeagentur, München
Umschlagabbildungen: AKG, Berlin
Satz: Apple Macintosh Quark XPress im Verlag
Druck und Bindung: Clausen & Bosse, Leck
Printed in Germany
ISBN 3-426-61152-X

5 4 3 2 1

Für meine Mutter

Für Isabelle

Teil 1

Über Paris tobte ein Sommergewitter. Ein Blitz zuckte über den Himmel. Sein bläulicher Schimmer warf eine Funkenspur über die verwitterten Steine des königlichen Schlosses. Fast gleichzeitig krachte der Donner. Das mächtige Haus erbebte in seinen Grundfesten. Hastig schloss der kleine Page die Augen und bekreuzigte sich, ehe er erneut versuchte, die hölzernen Innenläden zu schließen. Aufatmend trat er einen Schritt zurück und wandte sich um.
In dem großen Kamin des fürstlichen Gastzimmers barst ein Ast. Funken stoben und brennende Holzstücke fielen auf den Steinboden. Der Mann, der mit dem Rücken zum Raum stand, tat einen Schritt nach vorne und zertrat die Glut. Hinter ihm waren Diener damit beschäftigt, den großen Bottich mit kochendem Wasser zu füllen. Der Mann nahm keine Notiz von ihnen, stattdessen begann er langsam die Schnüre seines braunen Lederhemdes zu lösen.
»Euer Bad ist bereit, Mylord!«
Der Mann schien nicht zu hören. Seine Hemdschnur hatte sich an einer Öse verheddert. Ungeduldig begann er daran zu reißen. »Komm her, Robert, und hilf mir!« Geschickt entwirrte der Angesprochene die Schnüre. Mit einer einzigen Bewegung zog der Mann sich das Lederhemd über den Kopf. Fasziniert starrte der kleine Page auf den nackten Oberkörper, dessen Muskelspiel sich im Licht der Fackeln deutlich abzeichnete. Unwillkürlich straffte er die eigenen, schmalen Schultern.

»Wie ist sie denn so?«, fragte der Mann und verzog sein Gesicht zu einem Grinsen. Der kleine Page wollte vortreten, um ihm die Stiefel auszuziehen, da hatte Robert sich schon gebückt, und zog sie ihm nacheinander aus.
»Sie ist sehr schön, Mylord«, antwortete er ruhig. Er hielt die Stiefel in den Händen und betrachtete sie prüfend von allen Seiten. »Ihr braucht neue, mein Herzog. Die Sohlen sind schon wieder durch. Und jetzt solltet Ihr ins Bad steigen, ehe das Wasser kalt wird. In weniger als einer Stunde beginnt das Bankett.«
Wieder krachte ein gewaltiger Donner. Der kleine Page vergaß sich zu bekreuzigen. Er ließ den Mann nicht aus den Augen, der sich jetzt seiner restlichen Kleidung entledigte. Nackt ging er hinüber zu dem Zuber und stieg hinein. Das Wasser schwappte über den Rand, als er einmal ganz untertauchte und prustend wieder hochkam. Mit beiden Händen strich er seine kurzen, dichten Haare zurück. Robert hatte sich neben den Zuber gekniet und begann ihm den Rücken einzuseifen. Wohlig schloss der Mann die Augen. »Massiere mich ein bisschen, Robert. Ja, so ist es gut. Ja, da ist es gut.«
Der kleine Page trat einen Schritt vor, um besser sehen zu können. Seit Tagen redete man in Paris von nichts anderem, als dass Henry Plantagenet, Herzog der Normandie, sich endlich bereit erklärt hatte, vor dem König seinen Eid als Lehnsmann abzulegen. An diesem Morgen hatte der Mönch, der den Pagen Geschichtsunterricht erteilte, von Wilhelm dem Eroberer erzählt, jenem normannischen Herzog, der ausgezogen war England zu erobern und als englischer König zurückkehrte. Hörbar sog der junge den Atem ein und starrte auf den Zuber – darin saß der Urenkel des Siegers von Hastings. Seifenschaum floss ihm über die braunen Schultern, lief über seine Brust und verlor sich im Wasser.
Mit noch immer geschlossenen Augen redete Henry weiter: »Stimmt es, dass sie rothaarig ist?« Er wartete die Antwort nicht ab, sondern fuhr spöttisch fort: »Sie ist schön, sie ist

rothaarig; und sie ist eine Hure. So sagt man doch, Robert, oder?«
Robert war aufgestanden. Vorsichtig setzte er sich auf den Zuberrand und seifte die Arme des Herzogs ein. »Sie ist die Frau des Königs. Sie ist Königin von Frankreich und sie hat das reiche Aquitanien mit in die Ehe gebracht. Mehr weiß ich nicht, Mylord.« Er griff nach einem großen Krug und begann Wasser über den Badenden zu gießen.
Henry lachte. »Was für eine Zusammenstellung: eine reiche, königliche Hure! Schade nur, dass sie den Falschen geheiratet hat! Mich hätte sie nehmen sollen.« Mit einem Ruck stand er auf; Wassermassen ergossen sich über den Steinfußboden und machten auch vor den spitzen Schuhen des kleinen Pagen nicht Halt.
Mit den Händen strich Henry das Wasser von seinem Körper ab. »Man sagt, sie hat schöne Brüste ...« Er begann zu pfeifen. Robert hielt ein großes Badetuch bereit. »Hütet Eure Zunge, Mylord«, flüsterte er, »in diesen Mauern seid Ihr nur einer unter vielen Vasallen.«
»Ich bin mir sicher, dass ich der Wichtigste bin«, sagte Henry leichthin und ging barfuß zu dem großen Bett hinüber, auf dem man seine Abendkleidung bereitgelegt hatte. Verspielt griff er nach der goldenen Kette. »Alienor – was für ein viel versprechender Name ...« Selbstsicher lachte er auf. »Sie verdrehen doch alle die Augen nach ihr, die damals den Kreuzzug mitgemacht haben. Stell dir vor, Robert, den ganzen Weg von Paris bis ins Heilige Land ... Glaubst du, sie hat aus reiner Frömmigkeit das Kreuz genommen? Oder hat sie sich hier in diesen Mauern nur gelangweilt?«
Der Herzog wandte sich um und sein Blick fiel auf den Pagen. »Was stehst du hier herum?«, fuhr er ihn an, »hast du nichts zu tun? Oder spionierst du mir nach?«
Der Junge musste sich zweimal räuspern. »Nein, Herr«, stammelte er, »überhaupt nicht. Ich meine ...« Er senkte den Kopf.

Nur mit dem Handtuch bekleidet kam Henry näher. Er streckte einen Finger aus und hob das Kinn des Knaben empor. »Sieh mich an!«, befahl er, »antworte mir! Ich habe dich etwas gefragt!«
Schuldbewusst blickte ihn der Junge an. »Es ist ja nur wegen Hastings«, stieß er hervor und seine Lippen zitterten.
Überrascht ließ Henry ihn los. »Ich verstehe dich nicht.« Er musterte den Jungen, der die königlichen Farben trug und der jetzt vor Verlegenheit von einem Bein auf das andere trat. »Nun? Ich warte ...!«
Etwas in seiner Stimme musste dem Jungen Mut gemacht haben; er warf die Locken zurück und blickte Henry direkt in die Augen. »Julius Cäsar und der Löwe von Hastings, das sind die beiden Helden, die ich bewundere. Und Ihr, Herr, Ihr seid der direkte Nachkomme.« Sein Gesicht war glühend rot geworden.
Henry zwinkerte. »Aber nicht von Cäsar, mein Junge! Was weißt du denn von Hastings?«
Der kleine Page schluckte und begann ohne zu stocken: »Am 27. September 1066 stach die Flotte des Herzogs Wilhelm bei Einbruch der Nacht in See, angeführt von der Galeere des Herzogs, die an ihrer Mastspitze eine Laterne trug. Tagelang hatten sie« – er holte tief Luft – »auf günstigen Wind gewartet. Nach der Überfahrt verlegte Herzog Wilhelm seine Truppen und Schiffe nach Hastings und wartete dort auf den englischen König Harold. Die große Entscheidungsschlacht am 14. Oktober gilt als Sieg, der von der Reiterei mit Unterstützung der Fernkampfwaffen der Bogenschützen über die Infanterie davongetragen wurde. Der Teppich von Bayeux zeigt dies alles ganz deutlich!« Erwartungsvoll sah er zu Henry auf, dessen Handtuch zu rutschen begann; er knotete es erneut zusammen.
»Mein Kompliment an deinen Tutor, du weißt fast mehr darüber als ich!« Als der Knabe fortfahren wollte, hob er die Hand. »Es tut mir Leid, dass ich dich unterbrechen muss, aber ...« Er deutete auf die ausgebreiteten Gewänder, »... ich kann deine

Majestäten nicht warten lassen.« Freundlich lächelte er ihm zu. »Wir werden uns sicherlich noch einmal sprechen. Bis dahin also …«

Der Junge verbeugte sich und wandte sich zur Tür; da rief ihn der Herzog noch einmal zurück. »Gehörst du zum Gefolge der Königin?«

Der Page schüttelte den Kopf. »Nicht direkt, Euer Gnaden. Im Moment hat man mich dem großen Bernhard von Clairvaux zugeteilt. Er ist der Berater des Königs«, fügte er hinzu. »Gerade jetzt beratschlagen sie wieder miteinander, deswegen habe ich frei.« Er lächelte schüchtern und entblößte dabei zwei fehlende Vorderzähne.

»Was ist mit der Königin? Siehst du sie oft?«, fragte Henry.

»Jeden Morgen, wenn sie zur Kirche geht, Euer Gnaden.«

»Und? Ist sie sehr streng mit euch?«

Der Junge war entrüstet. »Im Gegenteil: Königin Alienor kümmert sich ganz besonders um uns Pagen und erkundigt sich immer nach unserem Heimweh. Ich habe schon lange keines mehr gehabt!«, fügte er stolz hinzu. »Wenn ich erst größer bin, werde ich überhaupt keines mehr haben!« Dann, mit einer weiteren Verbeugung: »Und gekrönt wurde Wilhelm der Eroberer in Westminster zu Weihnachten!« Weg war er.

Henry begann schallend zu lachen. »Als ich so alt war wie er, da habe ich für Karl den Großen geschwärmt. Über den hätte ich auch so viel gewusst!« Er ging zum Bett und zerrte an seinem Handtuch. »Öffne die Schlagläden, Robert – der Kamin qualmt. Und dann hilf mir beim Ankleiden.« Das Handtuch fiel zu Boden. Henry achtete nicht darauf.

»Wie ist er?« Schlaftrunken streckte Alienor ihren durchwärmten Körper, während sie mit geschlossenen Augen ihr dichtes, rotes Haar im Nacken zusammendrehte.
Mit einer Geste verscheuchte die Gräfin von Châtellerault die Hofdamen, die am unteren Ende des königlichen Gemachs tuschelnd die Abendroben bewunderten, die für das Bankett bereitgelegt worden waren, dann wandte sie sich der Königin zu. »Weder wie Raymond noch wie Louis«, sie zögerte ein wenig, »weder stattlich noch zart.«
»Weder wie mein Liebhaber noch wie mein Gemahl? Komm, setz dich zu mir!« Lachend rückte Alienor zur Seite, dann lehnte sie sich zurück und beobachtete die unruhigen Lindenblätter, deren Rauschen durch das geöffnete Fenster drang. Der Wind bog die Zweige auf und nieder. Endlich Regen, ein Segen für das Land, dachte sie, als sie nach Maries Hand griff. »Seinen Vater kenne ich seit unserem Kreuzzug. Der alte Recke hat in den heikelsten Situationen Courage bewiesen. Während mein guter Louis immer zögerte, handelte Geoffrey schnell und wenn es sein musste diskret.«
Donnergrollen war in der Ferne zu hören. »Geoffreys Mut und Charme haben mir imponiert«, sie lachte vor sich hin. »Und kaum ist sein Sohn Herzog, glaubt er auftreten zu können wie sein Vater. Wo nimmt er die Unverschämtheit her nicht auf der Stelle den Lehnseid vor seinem König abzulegen?« Alienors grüne Augen funkelten.

»Haben die Normannen sich mit dem Eid nicht immer Zeit gelassen?«, sagte ihre Freundin beschwichtigend.
»Oder könnte es sein«, entgegnete Alienor, »dass Henry Plantagenet ein ungehobelter, überheblicher Vasall ist, nicht wert mich ein ganzes Bankett hindurch zur Tischdame zu haben?«
Ein Blitz erleuchtete den Himmel, das Rauschen der Blätter schwoll an und ein Donnerschlag unterbrach ihr Gespräch.
»Dann ändere ich die Tischordnung. Mit Geoffrey kann ich mich über die aufregendste Zeit meines Lebens unterhalten, über Christen und Heiden, Raymond und Antiochien, über die Macht und Byzanz. Mein Gott, Marie, du kannst es dir nicht vorstellen ...«, sie wartete das nächste Donnern ab, »... und auch nicht, wie mein Leben an Louis' Seite geworden ist, seitdem wir aus dem Heiligen Land zurück sind. Keine Macht, keine Liebe, keine Söhne.«
Sie betrachtete Maries ebenmäßiges Gesicht, über das sich ein Hauch von Trauer gelegt hatte. Diese Anteilnahme rührte Alienor. »Massier mir den Rücken und mach es nicht so spannend. Sag schon, wie sieht dieser Henry aus?« Träge rollte sie sich auf den Bauch. Die Gräfin öffnete ihr die Bänder des Unterkleids und schob es über Alienors Oberkörper. Sie tauchte die Fingerspitzen in duftendes Bergamottöl und begann Alienors Haut einzureiben. »Nicht sonderlich elegant. Er sieht aus wie jemand, der gerade zufällig von einer Jagd vorbeikommt, und nicht wie ein Untertan, der an den französischen Hof kommt um den fälligen Lehnseid zu leisten.«
Alienor gab dem Druck von Maries Fingern nach. Wohlig dehnte sie den Rücken. »Wie gut das tut!«, stöhnte sie in die Kissen. Sie spürte, wie die öligen Finger der Freundin ihr Rückgrat entlangfuhren, in kreisenden Bewegungen seitwärts zu ihren Hüften und langsam hinauf zu den Schulterblättern glitten.
»Habe ich zugenommen?«
Marie lachte und gab ihr einen leichten Schlag auf die nackte Haut. »Kein bisschen, meine Liebe. Dein Körper ist schön, wie

es einer Königin gebührt.« Bewundernd glitten ihre Handflächen über Alienors schmalen Rücken bis zu ihren vollendeten Schultern. »Deine Haut ist so glatt wie die eines jungen Mädchens und so weich wie die einer Frau.«
Alienor fühlte, wie Marie ein paar Öltropfen auf ihren Nacken fallen ließ, sie genoss die Kühle auf ihrer Haut. »Erzähl weiter: Ist er groß, reitet er gut, was hat er für einen Kopf?«
»Er ist sehr jung.«
Alienor richtete sich abrupt auf. »Zu jung?«
»Er ist zehn Jahre jünger als du, als ob du das nicht wüsstest!« Marie lachte.
Alienor warf das Haar über die fettglänzenden Schultern zurück und drehte sich auf den Rücken. »Ist er so anziehend, wie alle behaupten, oder nicht? Hat er wirklich das Temperament seiner Väter? Werde ich mich mit diesem Henry Plantagenet heute Abend langweilen oder amüsieren?«
Die erste Hofdame wischte sich mit einem Tuch die Hände ab. »Du wirst ihn reizen und er dich. Aber reiz ihn nicht zu sehr. Was dieser Mann will, das nimmt er sich.«
»Ha, das klingt gut.« Lachend ließ sich Alienor wieder auf den Bauch fallen. »Die Frage ist nur, ob sich alles nehmen lässt, was der junge Herzog sich so vorstellt.« Sie spürte, wie die Finger an ihren Schulterblättern entlang und ihren ebenmäßigen Nacken hinaufglitten. »Ich werde das rote Kleid anziehen, das mit dem tiefen Ausschnitt. Und ich werde die Haare offen tragen. Sorg dafür, dass mir der Stirnreif mit Rubinen und Smaragden gebracht wird! Roten Haaren, grünen Augen und dem Schmuck der Kapetinger wird auch der Herzog der Normandie nicht entrinnen.« Alienor richtete sich plötzlich auf. »Ruf nach dem ersten Küchenmeister, Marie, ich habe eine Idee.« Die Gräfin warf Alienor ein Leinenhemd über, half ihr in eine Samtjacke und verließ das Schlafgemach.
Kurz darauf erschien ein dicker, rotwangiger Mann, der sich geschäftig verbeugte. »Hoheit, Ihr ließt mich rufen? Seid ver-

sichert, die Vorbereitungen für das Bankett verlaufen zu Eurer Zufriedenheit.«

»Meister, ich wünsche eine Änderung. Das Blanchmanger soll auf englische Art zubereitet werden.« Der Küchenmeister starrte sie ungläubig an. »Auf englische Art, Madame? Aber es ist alles für das französische …«

Alienor unterbrach ihn. »Dann ändert es. Ihr habt noch eine Stunde Zeit. Den Kapaun habt Ihr sicher schon gekocht und die Mandeln zerstoßen.«

Die Wangen des Küchenmeisters röteten sich noch mehr. »Hoheit, wir müssten den Kapaun und die Mandeln durch ein Tuch seihen und so lange köcheln, bis alles eindickt, die Zeit …«

»Natürlich reicht die Zeit. Ich wünsche es so. Ihr werdet das Kapaunfleisch formen, wie man es in England tut. Und vergesst die gerösteten Mandeln nicht!«

Verwirrt fuhr der Küchenmeister fort: »Sie müssen geschält und mit dem dicken Ende nach unten auf die eine Seite der Speise gesteckt …«

»Ihr seid Meister Eures Faches, also wisst Ihr auch, dass auf die andere Seite Granatapfelkerne gesteckt werden!«

Der dicke Mann murmelte. »Ja … Mandeln nach unten, Kerne nach oben, Hoheit. Und zum Schluss wird das Ganze mit Zucker bestreut.«

»Meister, ich verlasse mich auf Euch.« Alienor verabschiedete den aufgeregten Mann. In Erwartung der Hofdamen, die sie ankleiden sollten, ging sie mit großen Schritten in ihrem Gemach auf und ab, laut vor sich hin sprechend: »Henry Plantagenet, der Herzog, der nach der englischen Krone schielt! Nun soll er beweisen, dass er die Küche seines zukünftigen Reiches von unserer zu unterscheiden weiß!« Würde der Geruchssinn des normannischen Herzogs geschult genug sein um zu erkennen, dass die Königin Frankreichs nach Öl aus Byzanz duftete?

Ihre Sporen klickten im Takt, als die beiden Ritter die steinernen Stufen zum großen Saal hinunterschritten.

»Unserem bescheidenen König traut man einen solchen Luxus gar nicht zu«, spottete Geoffrey und deutete mit dem Kinn in Richtung Halle.

Henry schob die Unterlippe vor. »Er lässt es sich etwas kosten, dass ich heute Morgen vor ihm gekniet habe.« Nebeneinander verharrten Vater und Sohn einen Moment lang auf der Empore und blickten in das bunte Gewimmel unter ihnen. Lärm und Gelächter schlug ihnen entgegen. Die prächtigen Umhänge der Ritter wetteiferten mit den Farben der riesigen Wandbehänge, welche die Halle schmückten.

»Sieh nur, dort unten steht Bernhard von Clairvaux. Wie man hört, tut unser guter König keinen Schritt ohne seine Zustimmung«, zischte Geoffrey.

Gelangweilt glitt Henrys Blick über den berühmten Kirchenmann. »Er scheint sehr von sich eingenommen zu sein«, murmelte er und musterte den hoch gewachsenen Kleriker, der hoheitsvoll die ehrfürchtigen Verneigungen der Ritter entgegennahm; Henry registrierte es missbilligend. »Ich mag es nicht, wenn die Stellvertreter Christi sich so höfisch geben«, knurrte er. »Ein bisschen Bescheidenheit stände ihnen gut an!«

Sein Vater lachte. »Immerhin habe ich ihm eine der aufregendsten Reisen meines Lebens zu verdanken. Wer weiß, ob ich ohne Bernhard jemals nach Jerusalem aufgebrochen wäre – er war

sehr überzeugend damals. Du hättest ihn reden hören sollen, was er uns alles versprochen hat ...«
Henry schüttelte unwillig den Kopf. »Ja, ja, ich weiß: die ewige Seligkeit, wenn man nur genügend Ungläubige ins Jenseits befördert!«
»Du vergisst das Diesseits, mein Sohn: Erlass der Schulden, zum Beispiel. Für viele von uns war das ein überzeugendes Argument. Außerdem die Aussicht auf Beute und Lösegeld. Wer hätte da widerstehen können, frage ich dich! Und alles mit dem päpstlichen Segen!«
Henry stieß die Luft aus. »Trotzdem war der Kreuzzug ein Reinfall und ihr habt nichts ausrichten können. Die Heiden konnten sich behaupten und unendlich viele tapfere Männer haben ihr Leben für nichts hingegeben.« Mit dem Kinn wies er auf Bernhard von Clairvaux. »Demütig hat ihn dieses Fiasko jedenfalls nicht gemacht.«
Erschrocken legte ihm Geoffrey die Hand auf den Arm. »Pass auf, dass dich niemand hört. Deine Rede grenzt an Hochverrat.«
Henry sah, wie sein Vater heimlich das Kreuzzeichen machte. »Ich fürchte mich vor keinem Kirchenmann, Vater«, sagte er. Dann trat er einen Schritt vor, um besser sehen zu können. »Kaum ein Gesicht, das ich kenne«, meinte er.
»Wie solltest du auch! Die meisten von ihnen waren ja mit auf diesem Kreuzzug«, entgegnete Geoffrey, »und außerdem warst du noch nie bei Hofe. Aber lass uns hinuntergehen. Der König legt Wert auf Etikette.« Freundschaftlich schob er seinen Arm unter den seines Sohnes. Je tiefer sie stiegen, desto heißer wurde es. Wegen des schauerartigen Regens, der nach dem Gewitter eingesetzt hatte, waren die hölzernen Schlagläden geschlossen. Die beiden riesigen Steinkamine verströmten eine unerträgliche Hitze. Ärgerlich fuhr sich Henry mit dem Handrücken über die Stirn. »Ich wüsste, wo ich lieber wäre«, sagte er missmutig.

»Warte nur, bis du *sie* siehst – ihretwegen kann einem schon ein bisschen warm werden.«
Eine der großen Seitentüren wurde aufgerissen; der Herold erschien. »Der König und die Königin von Frankreich!«, rief er. Augenblicklich verstummten alle Gespräche. Die Köpfe fuhren herum. Noch war niemand zu sehen, aber es war auf einmal so still, dass man die Schritte, die sich der Halle näherten, genau ausmachen konnte. Jemand räusperte sich. Ein Schwertgehänge klirrte, ehe sich hastig eine Faust darüber schloss.
Dann sah er sie. Sie überragte den König. Hoch aufgerichtet schritt sie an Louis' rechter Seite. Ihre Hand lag auf seinem Arm. Sekundenlang blieben beide stehen und boten sich den Blicken dar. Alienors rotes Kleid leuchtete wie eine Flamme durch den Saal. Ihr lose fallendes, rotes Haar schien nur durch ein Diadem gehalten. Einer der Ritter schrie: »Es lebe der König. Ein Hoch auf die Königin!« Die Übrigen fielen ein. Ein Spalier hatte sich gebildet; langsam und gemessen geleitete Louis seine Frau hindurch. Hin und wieder blieben beide stehen und wechselten ein paar Worte mit einem ihrer Gäste. Verstohlen trocknete Henry seine Handflächen an seinem Umhang ab.
»Na, habe ich dir zu viel versprochen?«, raunte Geoffrey voll Stolz. Schließlich waren sie an der Reihe. Nebeneinander sanken Vater und Sohn auf die Knie und küssten die Hand ihres Herrschers.
»Meine Liebe, erlaubt, dass ich Euch den jungen Herzog der Normandie vorstelle: Henry Plantagenet, Sohn von Geoffrey, Graf von Anjou.« Die Stimme des Königs klang leise und kultiviert. Immer noch kniend hob Henry den Blick. Sein Herz raste. Das Einzige, was er denken konnte war: Grün, ihre Augen sind grün. Niemals habe ich solche Augen gesehen! Sein Vater zupfte ihn am Ärmel; aber er schien es nicht zu bemerken.
Plötzlich lächelte Alienor. Ihre Zähne schimmerten zwischen den roten Lippen. Sie reichte ihm die Hand. »Ich bin froh Euch

heute als unseren Gast begrüßen zu können, Herzog!« Als er ihr die Hand küsste, stieg ihm ein leichter Duft entgegen. Nur zögernd zog sie ihren Arm zurück.

»Lasst uns zu Tisch gehen«, sagte der König und wandte sich ab. »Kommt, meine Liebe!« Er reichte Alienor seinen Arm. Henry wurde von ihrem Gewand gestreift und wieder nahm er diesen besonderen Duft war, als sie an ihm vorüberschritt. Unwillkürlich schloss er die Augen.

»Steh auf!«, zischte Geoffrey. Benommen erhob sich Henry und ließ sich von seinem Vater hinüber zur Empore ziehen, auf der die Ehrentafel aufgebaut war. Das Blut rauschte ihm in den Ohren, als er endlich neben der Königin zu sitzen kam. Wie durch einen Schleier nahm er die vielen Gesichter unten im Saal wahr, die alle zu ihnen hinaufblickten und darauf warteten, dass der König das Mahl eröffnete.

»Herzog, der Page …«, flüsterte die Königin. Fragend wandte Henry den Kopf. Sie saß so dicht neben ihm, dass er die winzigen Punkte in ihren grünen Augen sehen konnte.

»Bitte, was?«, flüsterte er zurück.

»Der Page.« Sie deutete hinter ihn, und als er sich umwandte sah er den Jungen, der eine Silberschüssel hielt, damit er sich die Hände waschen konnte. Es irritierte Henry, dass sie ihm dabei zusah, wie er sich anschließend mit seiner Serviette abtrocknete. Als er das Tuch zur Seite legte, überkam ihn plötzlich ein Lachreiz. Er versuchte sich zu beherrschen und ballte die Fäuste. Seine Lippen zuckten.

Fragend blickte Alienor zu ihm auf. »Was ist mit Euch, Herzog?«

Henry griff erneut nach seiner Serviette und presste sie sich vor die Lippen. »Es ist nur, weil …« er brach ab, seine Schultern bebten, »… ich mich gerade erst gewaschen habe«, prustete er. Einen Augenblick lang war sie verwirrt, dann warf sie den Kopf zurück und begann laut zu lachen. Die Gespräche an der Ehrentafel verstummten. Aus den Augenwinkeln sah Henry, wie sie

sich alle gleichzeitig vorbeugten. Bernhard von Clairvaux stieß dabei Geoffreys Glas um und entschuldigte sich umständlich. Aber Henry sah nur Alienor.
Der König neigte sich seiner Frau zu und sagte freundlich: »Ich sehe, Ihr unterhaltet Euch gut, meine Liebe. Wäre es Euch recht, wenn ich nun mit meiner Ansprache beginne?«
Alienor griff nach seiner Hand und nickte strahlend. »Ja, tut es, mein König. Schließlich hat der Herzog sich für den heutigen Abend solche Mühen zugemutet, da können Wir nicht zurückstehen.«
Fragend hob Louis die dünnen Augenbrauen, ehe er aufstand und sich höflich an Henry wandte. »Mein Herzog, mein junger Vasall, mein Freund, der wie ein Sohn in Unser Haus gekommen ist. Heute ist ein besonderer Tag …«
Er hat Recht, dachte Henry, heute ist der Tag, an dem ich diese Frau getroffen habe … Er zwang sich, auf die Worte zu hören, die der König sprach: über die Freude, die allenthalben herrsche, weil einer der mächtigsten Vasallen seine Hände in die seines Herrschers gelegt habe. Über die Spannungen, die zwischen der Normandie und Frankreich bestanden und nun ein glückliches Ende gefunden hätten …
Die Rede begann Henry auf die Nerven zu gehen. Er lehnte sich zurück und musterte die Tischreihen vor ihm unten im Saal. Er sah die farbenprächtigen Gewänder der Ritter und ihrer Damen und er sah die Hitze in den Gesichtern der Gäste. Sein Blick streifte über die prachtvollen Wandbehänge und kehrte schließlich zurück zu dem Pokal vor ihm. Die ganze Zeit jedoch hatte er Alienors Gesicht vor sich. Er lächelte.
Ohne zu wissen, was er tat, steckte er einen Finger in den Wein und begann den Rand des Glases zu umkreisen. Fast unhörbar bildete sich ein Ton, wurde lauter und erstarb so plötzlich, wie er begonnen hatte. Überrascht sah er auf die Hand, die sich auf die seine gelegt hatte. Eine schöne, weiße Hand, deren Gewicht kaum zu spüren war.

»Warum gönnt Ihr meinem Mann nicht den Triumph, dass Ihr endlich heimgefunden habt?«, fragte Alienor dicht an seinem Ohr. Er spürte ihren Atem auf seiner Haut und wandte sich ihr zu. Ihre Gesichter waren dicht voreinander und er sah, wie sich das Licht der Fackeln in ihrem Stirnreif brach. Das Funkeln blendete ihn.

»Ist es denn ein Triumph?«, gab er ebenso leise zurück und sah sie an. Alienor hielt seinem Blick stand. Henry glaubte noch immer den Druck ihrer Finger zu spüren, als sie ihre Hand schon längst zurückgezogen hatte. »Ist es das denn nicht? Ihr habt Euer Wort gegeben«, flüsterte sie beschwörend.

Er sah den Schatten in ihren Augen, er sah die Trauer, die plötzlich darin zu lesen war. Henry zuckte leicht mit den Schultern. »Worte ...« Er richtete sich auf. »Kommt es nicht immer darauf an, warum wir und wem wir wann unser Wort geben?« Sein Blick hielt sie fest. Er konnte förmlich hören, wie sie den Atem anhielt. Eine zarte Röte breitete sich langsam über ihren Wangen aus. »Das klingt nach Hochverrat!«, stieß sie hervor.

Henry schüttelte kaum merklich den Kopf und flüsterte: »Das kommt auf den Standpunkt an. Noch bin ich Herzog der Normandie. Doch eines Tages werde ich König von England sein. Und ich werde jedem den Schwur geben, der mir dabei behilflich ist! Ist das nicht das Privileg aller Könige?«

»Wie wagt Ihr es, so mit mir zu sprechen! Meines Wissens gibt es bereits einen rechtmäßigen König von England, der Stephan heißt. Und der hat einen Sohn!« Sie spie ihm ihre Sätze ins Gesicht.

Wieder zuckte Henry gleichmütig mit den Schultern. »Ihr sprecht von Eustach? Wenn es erst so weit ist, dann wird er mich nicht aufhalten können. Er ist ein Niemand!« Und er schnippte mit den Fingern.

Alienors Gesicht war jetzt hochrot, als sie höhnisch entgegnete: »Nur weil es vor hundert Jahren schon einmal einem Herzog der Normandie gelungen ist, den rechtmäßigen König von

England zu besiegen, so heißt es noch lange nicht, dass sich die Geschichte wiederholen wird. Was macht Euch denken, dass Ihr ein zweiter Eroberer sein könntet?«

Er sah die winzigen Schweißtropfen auf ihrer Stirn. »Ich bin es, der einen Anspruch auf die Königskrone hat. Ich bin es, der eines Tages in Westminster gekrönt werden wird. Genau wie der Eroberer«, sagte er ruhig. Alienor wandte ihm den Rücken zu. Louis war dabei, seine Rede zu beenden. Pagen liefen derweil herum und füllten die Gläser aufs Neue. Als der König abschließend Gottes Segen für sie alle erflehte, erhob man sich und bekreuzigte sich. Danach brach unten im Saal Jubel aus.

Der Beifall hielt noch an, als die Dienerschaft erschien; angeführt vom Haushofmeister des Königs und dessen Truchsess. Hinter ihnen trugen Knappen große Platten und Schüsseln für den ersten Gang. Es gab weißes Fleisch vom Kapaun, Wildschweinkopf, Rind, Schwan, gemästeten Fasan, Reiher, Stör und Hecht. Henry beobachtete, wie alle Platten zuerst dem König vorgeführt wurden; der deutete auf dieses und jenes Gericht, und geschickt legte der Truchsess ihm die einzelnen Fleischstücke vor, nachdem er sie vorgekostet hatte.

Während des ersten Ganges wandte sich Alienor nicht ein einziges Mal an ihren Ehrengast. Freundlich plauderte sie mit dem König; manchmal beugte sie sich auch ein wenig vor und zog Geoffrey ins Gespräch. Henry hasste seinen Vater dafür, dass er sie zum Lachen bringen konnte. Bis die Platten abgeräumt wurden und Diener neue für den zweiten Gang brachten, schien ihm eine Ewigkeit vergangen zu sein.

»Nehmt von dem Wildbret in Mus«, riet ihm Alienor schließlich. Ihre Stimme klang kühl und unpersönlich. »Es ist köstlich.«

Henry nickte dem Truchsess zu. »Wie alles hier bei Tisch, meine Königin.«

Irritiert wies sie auf die nächsten Schüsseln. »Und das scharf gewürzte Spanferkel ist zu empfehlen, der Pfau und ebenso der Kranich.« Alienor zog die Serviette an ihre Lippen. »Danach

könnt Ihr mir von England erzählen. Wie ich hörte, seid Ihr öfter dort.« Ihre Augen glitzerten.
»England ...«, sagte Henry, »England ist wie eine Frau, die ich lieben muss.« Plötzlich lachte er wie befreit auf. »Ich habe jedes Mal Herzklopfen, wenn wir hinübersegeln und ich die weißen Klippen von Dover auftauchen sehe. Nirgendwo sonst ist das Gras so grün, ist der Himmel so weit. Und nirgendwo atme ich freier.« Ohne den Blick von ihren Augen zu lösen reichte er einem der Pagen sein leeres Glas. »Ich werde Euch einmal dorthin mitnehmen! Wir werden gemeinsam auf die Jagd gehen und hinter dem Falken herreiten und nachts am Feuer werde ich Lieder für Euch singen.« Flüchtig glaubte er, so etwas wie Sehnsucht in ihren Augen zu erkennen, dann zog Alienor die Brauen in die Höhe.
»Welch hübsche Idee, aber dazu bedarf es einer offiziellen Einladung des englischen Königs.«
Grob umfasste er ihr Handgelenk und zog sie dichter zu sich heran, so nah, dass er ihren Atem spüren konnte. Wein schwappte aus seinem Glas und tränkte seinen Ärmel. »Ich werde einmal König von England sein!«, stieß er hervor.
Erst jetzt senkte sie den Blick. »Ihr tut mir weh«, flüsterte sie, und als er sie freigab: »Ihr seid sehr jung und Ihr seid sehr anmaßend, Herzog!«
Henry lächelte. »Das eine erklärt sich aus dem anderen. Aber ich versichere Euch, schöne Königin, wenn es darauf ankommt, dann bin ich alt genug.«
Mit einer trägen Handbewegung strich sich Alienor eine Haarsträhne aus der Stirn. »Ach, ja?«, entgegnete sie herablassend und wandte sich dem König zu.
»Wollen wir den Troubadour auftreten lassen, was meint Ihr, hoher Gemahl?« Alienor blickte in Louis' blasses, durchsichtiges Gesicht, das nur an den knochigen Wangen ein wenig gerötet war. In einem Kloster wäre er glücklicher als bei Hofe, dachte sie. Wann hat er je gelacht?

Louis' leise Frage traf sie unerwartet. »Wie beurteilt Ihr den neuen Vasallen? Wird auf ihn Verlass sein?« Seine dunklen Augen wirkten ernst.
»Der Herzog ist sehr jung«, entgegnete sie schneller als nötig und griff nach dem Pokal. Sofort schenkte ein Page Wein nach. Warum stellte ihr Louis diese Frage? Seit ihrer Rückkehr aus dem Heiligen Land hatte er sie von allen Staatsgeschäften ferngehalten und sie in keinem Bereich mehr zu Rate gezogen. Der Kreuzzug hatte sie einander entfremdet. Sie musste auf der Hut sein.
Leise fügte sie hinzu: »Wie Ihr in Eurer Rede erwähntet, gab es über Generationen Spannungen zwischen Normannen und Kapetingern. Auch dieser Herzog wird seinen Treueid halten müssen.«
Louis nickte nachdenklich. »Es ist wohl an der Zeit, den Sänger kommen zu lassen.«
Alienor gab dem Haushofmeister ein Zeichen und warf einen prüfenden Blick über die Gäste. Der Saal hallte von ihrem Gelächter und ihren angeregten Gesprächen wider. Ein Raunen ging durch ihre Reihen, als der rot gekleidete Troubadour den Saal betrat, die Laute unter dem Arm. Bernard de Ventadour verbeugte sich vor der königlichen Tafel; vor Alienor verneigte sich der zart wirkende Sänger tief. Sie grüßte lächelnd zurück. Ventadour schlug seinen Samtumhang über die Schulter und griff in die Saiten. Mit dunkel klingender Stimme begann der Minnesänger die Geschichte einer großen Liebe zu besingen, die an den Tugenden der Ritterlichkeit scheiterte. Seine Laute wurde von einem Harfner begleitet, dessen klagende Töne das Unglück des Ritters beschworen.
»Ihr seid vollkommen schön ...«, murmelte Henry. Wie oft hatte sie diesen Satz gehört. Warum klang er nun so, als vernähme sie ihn zum ersten Mal? Lag es an dieser traurigen Melodie, an Bernards wohltönender Stimme?
Überrascht sah Alienor Henry an. Sie bemerkte ein winziges

Zucken seines geschwungenen Mundes, als er wiederholte, »vollkommen …«

Ventadour griff erneut in die Saiten der Laute. »Denn Liebe zieht mich mächt'ger an, und weit ergebner bin ich ihr.« Im Saal war es still. Mit voller Stimme fuhr der Troubadour fort von Ehre und tragischer Liebe zu singen – er übertraf sich an diesem Abend selbst.

Alienor beobachtete Henry; in seinen Augen entdeckte sie mehr Grau als Blau. Vergebens suchte sie nach Spott, als er bemerkte: »Der Mann scheint zu wissen, wovon er singt.« Der weiche Ton seiner Stimme berührte sie, er drang bis in ihre Seele. Auf einmal kam ihr die Rolle an Louis' Seite unwürdig vor. Sie war Königin, doch wozu? Abgeschnitten von jeder Macht, von aller Liebe. Wie sollte sie ein solches Leben weiterführen?

Alienor richtete sich auf; mit einer raschen Geste schob sie ihr offenes Haar über die Schultern zurück. Dann griff sie nach ihrem Pokal und berührte wie zufällig Henrys Handrücken. »Der Troubadour singt von einer Liebe, die nicht ebenbürtig ist«, entgegnete sie und sah, wie seine Hand innehielt. »Dann ist die Hoffnung auf Glück gering …«

Die ungeduldige Stimme von Geoffrey von Anjou war plötzlich zu vernehmen, der Bernhard von Clairvaux erregt widersprach: »Mein lieber Abbé, lasst Euch und Rom sagen: Ihr irrt gewaltig! Euer Fehler war, Abaelard zu verdammen!«

Alienor beobachtete, wie Henrys Oberkörper sich straffte. Ehe sie es verhindern konnte, kam er seinem Vater zu Hilfe. Mit einer Kopfbewegung bat er um Erlaubnis und wandte sich, an ihr und an Louis vorbei, nun selbst an den Kirchenmann. »Abaelard ist ein Jahr nach dem Konzil gestorben, doch durch die Verfolgung des Rhetorikers habt Ihr die Liebe zwischen ihm und Heloise unsterblich gemacht!«

Erstaunt blickte Alienor auf Henrys erregtes Gesicht; niemals hätte sie geglaubt, dass er die Liebe dieses umstrittenen Paares verteidigen würde. »Verzeiht meine Königin, dass ich an Euch vorbeispreche, aber ich muss es ihm sagen«, raunte er ihr zu und legte wie zur Begütigung die Hand auf ihren Arm. Sie fühlte seine innere Erregung, noch bevor sie die Ader an seiner Schläfe heftig pochen sah.

»Unsterblich habt Ihr sie gemacht, weil er begabt und berühmt war und weil er durch ihre große Liebe erst fähig wurde überhaupt zu lieben!« Henrys Unterkiefer zitterte, er rang sichtlich um Beherrschung. Louis versuchte mit warnender Stimme einzulenken, da deutete Henry auf den singenden Ventadour und fuhr mit erhobener Stimme fort: »Dieser Troubadour wäre geeignet eine solche Liebe mit den richtigen Worten zu besingen. Aber wer ist schon in der Lage sie selbst zu erfahren!«

Alienor spürte, wie Louis erstarrte. Fasziniert beobachtete sie das asketische Gesicht des Abtes, das unbewegt blieb, als Henry ihn über den Tisch fragte: »Was verlangt Ihr noch? Er wollte kein Philosoph sein, wenn er Paulus verstoßen müsste. Er wollte kein Aristoteles sein, wenn er sich von Christus trennen müsste, das waren seine Worte! Er war ein Christ. Was verlangt die Kirche mehr?«

»Gott gebe ihm den ewigen Frieden«, griff Louis mit einem Blick auf Bernhard von Clairvaux beschwichtigend ein.

Alle Augen richteten sich auf den Abt, der bisher geschwiegen hatte. Der hagere Mann mit dem weißen Bart neigte sich ein wenig vor, sah zunächst zu Henry hinüber, musterte ihn eine Weile aus zusammengekniffenen Augen, dann wandte er sich mit ruhiger Stimme an Geoffrey von Anjou: »Sagt Eurem Sohn, dass es bei der Auseinandersetzung zwischen der Kirche und dem Rhetoriker nicht um die Liebe zu dieser Frau ging, die in ein Kloster eintrat und ihr Leben als Äbtissin beschloss.« Sein Ton nahm an Schärfe zu. »Pierre Abaelard wurde seines Lehramtes enthoben und seine Schriften wurden in Rom verbrannt, weil er dem menschlichen Geist alles zuschrieb und dem Glauben nichts vorbehielt.«

Das faltige Gesicht des alten Zisterziensers wirkte unerbittlich und hart, als er Henry nun direkt ansprach: »Die Kirche durfte nicht hinnehmen, dass er durchforschte, was stärker war als er, dass er sich auf die göttlichen Geheimnisse stürzte und damit die heiligen Dinge weitaus mehr entweihte als erhellte.« Er lehnte sich zurück, faltete die Hände und blickte vor sich auf den Tisch.
Alienor ahnte, dass Henry sich nicht zufrieden geben würde. Sie unterdrückte ein Schmunzeln, als ausgerechnet in diesem Augenblick der Troubadour sein trauriges Lied mit dem Refrain beendete: »Denn Liebe zieht mich mächt'ger an, und weit ergeb'ner bin ich ihr.« Einen winzigen Moment lang glaubte sie, auch Henry habe die Komik der Situation erkannt. Seine Augen schienen zu lachen, als er kurz zu ihr hinüberblickte, bevor er sich erneut an Bernhard von Clairvaux wandte: »Bei meiner Ehre, Abbé! Abaelard war ein gläubiger Mann, was kann es der Kirche schaden, wenn er seine gottgegebene Vernunft benutzte, um die Dreifaltigkeit zu erklären?«
»Herzog«, erwiderte der Abt in scharfem Ton und ohne aufzublicken, »es geht nicht um Eure Ehre noch um die Ehre des Pierre Abaelard. Es geht um die Ehre Gottes! Und die hat die Kirche zu verteidigen!«
Alienor sah, wie Henry die Unterlippe vorschob, er schien das Gegenargument zu überdenken; da ergriff Louis ihren Arm und bat sie die Tafel aufzuheben.
Das Königspaar erhob sich und damit erhoben sich auch die Gäste im Saal. Als Alienor die Tafel verließ, hörte sie Henry hinter sich flüstern: »Das Blanchmanger war ausgezeichnet, verehrte Königin. Hat Euer Koch die englische Küche studiert? Das hieße, dass Ihr England gegenüber aufgeschlossener seid, als ich ahnte!«
Alienor wandte sich um und lachte ihn verschwörerisch an.

Der König von Frankreich wirkte müde. Henry sah, wie sein oberster Lehnsherr sich an seinen Vater wandte. Er konnte nicht verstehen, was sie miteinander besprachen, aber er bemerkte, wie Geoffrey stolz und selbstzufrieden nickte. Und als Louis sich kurz darauf an Alienor wandte und leise auf sie einzureden begann, schob Geoffrey seinen massigen Oberkörper vor und rief Henry zu: »Der König und die Königin erweisen uns die große Ehre, uns nun zu unseren Gemächern zu geleiten!«

»Soll ich dich stützen?«, raunte Henry, als er neben seinem Vater die Halle durchquerte; Geoffrey hatte Mühe sich aufrecht zu halten, doch unwirsch schob er Henrys Hand zur Seite.

»Unsinn!«, bellte er, »ich bin absolut nüchtern. Nur müde bin ich.« Und er gähnte kräftig. »Jetzt werden wir uns gemeinsam vor Bernhard von Clairvaux verneigen, dann bringt der König uns zu Bett!« Er kicherte und winkte einem der Ritter zu, die erneut ein Spalier gebildet hatten. »Der war auch mit auf dem Kreuzzug. Zwei Jahre lang war er dabei und als er nach Hause kam, da lag ein Kindchen in der Wiege. Nicht von ihm. Du verstehst.« Er lachte dröhnend und winkte dem Kampfgefährten von einst noch einmal zu.

An der Seitentür verharrte das Königspaar und wartete auf seine Ehrengäste. Tief neigte Louis sich über die Hand des hohen Kirchenmannes und küsste Bernhards Ring. Henry schien es, als fiele der Kuss von Alienor weniger demütig aus. Dann half

er seinem Vater mit Mühe wieder auf die Füße, nachdem sie beide kniend den Segen empfangen hatten.
Als sie die steinernen Stufen der Wendeltreppe hinaufstiegen bot der König Geoffrey freundschaftlich seinen Arm an; so kam es, dass Henry neben Alienor folgte. Hinter ihnen hörte er die Garde, die den Abschluss bildete.
»Ihr scheint nicht müde zu sein, Königin«, sagte Henry leise und betrachtete ihr Profil im Schein der Fackeln. Alienor schien ihn nicht gehört zu haben. Sie kamen gerade an einer Schießscharte vorbei und sie verharrte, um hinauszusehen. »Seht nur, Herzog, es wird bald Tag.«
Henry stand so dicht hinter Alienor, dass ihr Haar sein Gesicht berührte; ihr Duft machte ihn benommen. Die Schritte des Königs und Geoffreys verloren sich oben auf der Treppe, die Männer mit ihren Hellebarden waren stehen geblieben. Es war ganz still, bis auf das Singen des Vogels dort draußen. Alienor atmete tief durch und reckte sich. »Das tut gut, nach solch einer Nacht!«
»Das auch«, flüsterte Henry und legte die Arme um sie. Einen Moment lang gab sie nach und lehnte den Kopf an seine Schulter. Irgendwo über ihnen hörte Henry seinen Vater lachen. Da wandte Alienor sich langsam um und löste sich aus seinen Armen. »Wir sollten gehen«, sagte sie ruhig.
»Wartet noch«, bat er, »nur einen Augenblick. Ich möchte Euch wiedersehen. Allein!«
Lächelnd schob sie ihn zur Seite. »Aber ich sagte Euch doch, es gibt ein Turnier, dabei sehen wir uns mit Sicherheit.« Sie begann die Stufen hinaufzusteigen.
Mit einem Satz hatte Henry sie eingeholt; ungeduldig griff er nach ihrer Hand. Sie fühlte sich weich und kühl an. »So nicht«, sagte er grob. »Ich bin kein Ventadour! Mir genügt es nicht, Euch zu besingen!«
Alienor war stehen geblieben. Langsam wandte sie den Kopf und fragte eisig: »Was wollt Ihr denn, Herzog?«

»Ich will Euch«, stieß er hervor.
»Aber das weiß ich doch«, entgegnete sie ruhig.
Mit einer einzigen Bewegung hatte Henry sie gegen die Mauer gedrängt; dann nahm er ihr Gesicht in seine Hände. Mit weit aufgerissenen Augen starrte sie ihn an. Sein Mund berührte fast ihre Lippen, als er flüsterte: »Zwei Dinge will ich in meinem Leben: England und Euch. Und beides werde ich bekommen!«
Genauso plötzlich ließ er sie wieder frei. »Kommt«, forderte er sie mit beherrschter Stimme auf, »der König will meinem Vater und mir gute Nacht sagen, wir dürfen ihn nicht warten lassen.«
Er sah, wie sie mit der Zunge die Lippen befeuchtete, dann richtete sie sich auf und schritt ihm schweigend voran.

Alienor schloss die Tür zu ihren Räumen und lehnte sich gegen die Wand. Sie fühlte noch immer den Druck seines Körpers und presste den Rücken gegen die Steine, als gäbe sie seinem Drängen nach. Ihre Hände glitten die kalte Wand hinunter. Sie sah Henrys Augen vor sich und glaubte seinen Atem zu spüren. Ungläubig schüttelte sie den Kopf. »Ich muss verrückt sein!«

Sie stieß sich von der Wand ab und trat vor den Kamin. »Wie kann er nur so maßlos sein?« Alienor starrte in die rote Glut. Kleine Flammen züngelten. »Und das Schlimme ist, er steckt mich mit seiner Maßlosigkeit an«, murmelte sie vor sich hin. Schweigend beobachtete sie die Flämmchen, die sich an der Rinde entlangfraßen. Plötzlich zischte es im Holz, eine große Stichflamme schoss den Kamin hinauf. Alienor schrak zusammen. »Genau so wird es sein, wenn ich diesem Wahnsinn nachgebe. Verbrennen wirst du mich.« Die Flammen vor ihr loderten und sprühten, als wollten sie ihr Recht geben.

Plötzlich sah sie die Kathedrale von Poitiers vor sich, sie kniete an Henrys Seite vor dem Altar – ihr schwindelte bei dem Gedanken. »Ich wäre nicht nur Herzogin von Aquitanien, von Guyenne und der Normandie, Gräfin von Poitou und Anjou. Wenn du wirklich so sicher bist England zu erben«, sie holte tief Luft, »wäre ich die mächtigste Frau in der ganzen westlichen Welt.« Ihre Finger krallten sich um den Steinvorsprung des Kaminsimses. »Er hat nichts zu verlieren, ich alles – denn

ich bin bereits Königin.« Ihr Herz raste. Sie lauschte dem Wind, der um die Schlossmauern heulte. Es blitzte und donnerte. Dicke Regentropfen prasselten gegen die Schlagläden. Durch ihre Ritzen sah Alienor, wie der Innenhof des Stadtschlosses grell aufleuchtete. »Regen gleich Fruchtbarkeit ...«, murmelte sie, »trockene Erde und Wasser, Fruchtbarkeit.« Es klopfte. Sie wandte sich um.
Marie hielt ihr ein gefaltetes Blatt entgegen. »Dies schickt dir der Herzog. Es wurde mir mit der nachdrücklichen Bitte gebracht, es dir vor dem Schlafengehen eigenhändig zu übergeben. Und ich sehe, du schläfst noch nicht.«
Alienor griff hastig nach dem Brief, entfaltete ihn und überflog die Zeilen: »Möge die Königin von Frankreich von dem Königreich England träumen. Gott behüte Euch und schütze das, was kommen wird, meine schöne Königin. Euer zutiefst ergebener Henry«.
Alienor lächelte erregt. Worte, was bedeuten deine Worte, dachte sie und ging schweigend zum Kamin um das Papier in die Glut zu werfen. Sie beobachtete, wie es Feuer fing.
»Sorge dafür, dass der Gang zu den Gastgemächern frei ist. Hier«, sie suchte in einer Holzschatulle nach ein paar Goldstücken, »gib das den Wachen, das dürfte reichen.«
»Alienor, das kannst du nicht tun, du setzt zu viel aufs Spiel.«
Alienor sah in das besorgte, müde Gesicht ihrer Freundin, das so mädchenhaft wirkte. »Doch, meine Liebe. Glaub mir, ich weiß genau, was ich tue.« Lachend legte sie den Arm um die Schultern der Hofdame und wünschte ihr eine gute Nacht.
Sobald sie wieder angekleidet war, öffnete Alienor die schwere Holztür ihres Gemachs. Hoch aufgerichtet ging sie mit raschen Schritten die dunklen Gänge entlang. Die Kälte spürte sie nicht. Die Fackeln hatte Marie löschen lassen wie stets bei solchen Gelegenheiten. Was erschien ihr nur diesmal so anders? Hatte sie je Skrupel gehabt sich in diesem Schloss zu nehmen, wozu sie Lust hatte?

Einen Augenblick zögerte sie. Dann klopfte sie an die Tür des Gastes, leiser, als sie es gewöhnlich tat. Das Herz pochte ihr bis zum Halse, als sie ohne eine Antwort abzuwarten die Klinke hinunterdrückte. Schnell trat sie ein und schloss lautlos die Tür hinter sich. Als sie sich umsah, mischte sich der Drang zu lachen in ihre Erregung. Sie sah die achtlos hingeworfenen Stiefel und Henry, der mit verschränkten Armen und offenem Hemd auf dem Bett lag, einen Pokal mit Wein neben sich. Sein Diener war vom Fußende des Bettes aufgesprungen und hielt ein kurzes Messer in der Hand.

»Verdammt, ich bin in Strümpfen«, entfuhr es Henry, »lass uns allein, Robert!« Ungeschickt richtete er sich auf und starrte sie an. Roter Wein schwappte über sein Hemd. Er bemerkte es nicht. Alienor entdeckte ein unsicheres Flackern in seinen Augen; es erleichterte ihr, die Fassung zu wahren. Langsam ging sie auf ihn zu. Mit jedem Schritt, den sie sich ihm näherte, fühlte sie sich mehr als Herrin der Lage. Auch wenn ihr Herz raste, sie ließ ihn nicht aus ihrem Blick. Einen Moment lang hielt er ihm stand, dann suchte er nach dem Pokal, fand ihn nicht und wandte sich zur Seite um nach ihm zu greifen. Die Muskeln seines Unterkiefers arbeiteten. Er machte Anstalten sich zu erheben. »Bleibt ruhig liegen«, sagte sie mit vibrierender Stimme und lächelte zu ihm hinab. Unverwandt sah Henry zu ihr auf. »Ihr seid sehr mutig, Madame.«

Sie sah die pochende Ader an Henrys Schläfe. Als sie sich setzte, kam ihr das Rauschen des Stoffes in der Stille überlaut vor.

»Besucht Ihr öfter Herren in Strümpfen?«, fragte er.

Mit dunklem Lachen beugte sie sich zu ihm hinüber. »Wann reist Ihr ab?«, sie bemühte sich nicht mehr das Beben ihrer Stimme zu unterdrücken. Henry griff nach ihrer Hand und drückte ihre Finger fest auf seine Lippen, sein Atem wärmte ihre Haut.

»Mein Vater und ich wollen übermorgen … das heißt, heute ist ja morgen …« Er lachte auf. »Ihr verwirrt mich. Er will bald zurück in die Normandie. Danach muss ich nach England.« Forschend sah er sie an, während er mit der freien Hand in ihr Haar griff um die Kämme zu lösen. Das rote Haar fiel ihr über die Schultern, die Hornkämme glitten zu Boden. »Warum wollt Ihr das wissen?« Dann flüsterte er in ihre Finger hinein: »O Gott, wie schön Ihr seid.«

Ferne Glocken begannen zu läuten. »Die Messe …«, flüsterte Alienor, »in einer Stunde beginnt die Messe.« Mit einer hastigen Kopfbewegung deutete sie zur Tür. »Ist Verlass auf ihn?«

»Auf Robert? Natürlich.«

Aber war Verlass auf Henry? Sein gestriger Satz rauschte ihr durch den Kopf. »Kommt es nicht immer darauf an, warum wir wem unser Wort geben?« Als hielte sie dem Druck nicht mehr stand, brach es aus ihr hervor: »Ich will fort von hier. Ich muss zurück nach Hause, ich will …« Sie presste ihre Hand so heftig gegen seine geöffneten Lippen, dass sie seine Zähne spürte. »Aquitanien ist mein Leben. Diese Enge … ich brauche Luft und Wärme … ich ersticke hier. Ich will leben, versteht Ihr mich, Henry?« Sie zitterte am ganzen Leib. Noch bevor er es selbst wahrnahm, sah sie das Blut an seinen Lippen; erschrocken zog sie die Hand zurück und betrachtete das Blut an ihren Fingern. »Küsst es fort«, flüsterte er und zog sie zu sich heran, »vertraut mir. Ich werde Euch helfen.«

Da warf Alienor sich über ihn und vergrub den Kopf an seiner Schulter. Sie atmete seinen Duft ein und presste ihren Körper an den seinen. Ihre Wangen glühten. Sie fühlte den Druck seiner Arme auf ihrem Rücken und ihre Verzweiflung verebbte. Dann suchte ihr Mund seine Lippen.

»Ist es jetzt besser?«, flüsterte er und begann den weichen Stoff des Gewandes über ihre glatten Schultern zu schieben. Sie richtete sich auf und führte seine Hände, damit sie ihren Gürtel leichter fänden. Kaum hatte er die Schlaufe aufgezogen, ließ sie das Gewand mit einem leichten Ruck von den Schultern gleiten.

»Gott, wie vollkommen du bist«, stieß er hervor und griff nach ihren festen Brüsten. Sie riss das Band aus den letzten Ösen seines Hemdes und warf sich auf seine nackte Haut. Ihr Körper glühte. Jede seiner Berührungen entzündete neue Feuer in ihr. Sie riss ihn zu sich herum und küsste ihn an jeder Stelle, die sich ihr bot. Nicht eine Sekunde ließ sie ihn gewähren; versuchte er etwas zu sagen, verschloss sie ihm mit ihrem Mund die Lippen. Die Glut in ihr steigerte sich ins Unerträgliche.
»Jetzt will ich dich«, stöhnte sie. Als sie seine ganze Kraft in sich spürte, schlugen die Wogen über ihr zusammen. Die Zeit dehnte sich, schillerte in gleißenden Farben; die Sinne drohten ihr zu entgleiten. Mit solcher Gier umklammerte sie ihn, dass ihre Fingernägel tiefe Spuren in seinem Rücken hinterließen. Dann herrschte Stille.
Alienors Glieder zitterten, als sie neben ihm zu liegen kam: Mit geschlossenen Augen tastete sie auf dem Laken nach Henrys Hand. Sie spürte jede einzelne Faser ihres Körpers. Alles Düstere und Bedrückende schien aus ihr hinausgeschwemmt, stattdessen empfand sie unendliche Dankbarkeit. Sie fühlte sich leicht und unbeschwert. Als sie vorsichtig die Augen öffnete, tat ihr das Tageslicht weh. Sie war versucht sie wieder zu schließen. »Küss mich, und dann muss ich mich für die Kirche ankleiden.« Wohlig streckte sie ihre Glieder. »Du bist ein wundervoller Liebhaber, Henry ...«
»Du bist die wundervollste Frau, die ich kenne, Alienor. Und ich will nicht nur das Bett mit dir teilen, sondern alles.« Er küsste ihre Stirn, ihren Mund, ihre Brust, ihren Bauch und wiederholte, »alles, mein Leben, meine Zukunft, meine Kinder«, bis sie sich ihm langsam entwand, um nach ihrem Gewand zu greifen.
»Herzog, die Königin dankt für diesen schönen Tagesbeginn.« Mit spöttischem Lächeln verneigte sie sich. »Wir sehen uns in der Messe.«
Henry sprang aus dem Bett, riss das Laken hinunter und ver-

knotete es an der Seite. Mit wenigen Schritten war er an der Tür, um sie zu öffnen. »Der Herzog dankt der schönsten Königin der Welt, die sein Leben verändert.«
Bevor Alienor hinaustrat, strahlte sie ihn noch einmal an. Er verbeugte sich tief und zog leise die Tür hinter ihr ins Schloss.

Henry musste gegen den Weihrauch anblinzeln. Dichte, weiße Schwaden wogten durch das Kirchenschiff und hüllten die Gläubigen ein. Als stünden wir mitten im Nebel, dachte er ärgerlich und hustete.

Spöttisch sah Geoffrey zu ihm hinüber. »Ich denke, du willst einmal gekrönt werden – da wirst du dich dran gewöhnen müssen, mein Sohn. Das ist das Privileg der Könige, so dicht beim Altar zu stehen. Du siehst, der Kampf geht bis hierher ...«

Henry beugte sich ein wenig vor, um einen Blick auf Alienor werfen zu können. Sie saß neben Louis und hielt die Hände sittsam im Schoß gefaltet. Streng und hoheitsvoll sah sie aus. Nichts erinnerte mehr daran, dass sie sich erst vor kurzem getrennt hatten. Plötzlich war er zornig. Mit zusammengekniffenen Augenbrauen wandte er sich seinem Vater zu. »Warum Kampf?«

»Es gibt nur zwei Gegner auf dieser Welt«, antwortete Geoffrey, »Kirche und Krone.« Er räusperte sich. »Alles andere läuft in ihrem Fahrwasser.«

Über ihren Köpfen, verborgen hinter den Steinbögen, hatte ein Knabenchor zu singen begonnen. Ihre hellen Stimmen durchfluteten das Gewölbe. Geoffrey sprach lauter: »Wir sind die Herren über Leben und Tod. Aber jene ...«, mit dem Kinn deutete er auf den Bischof, der auf dem Altar gerade das Sakrament vorbereitete, »jene haben die Macht über die Seelen. Sie spielen mit unserer Angst vor der ewigen Verdammnis. Und sie lassen nicht zu, dass wir es auch nur einen Augenblick vergessen. Selbst hier nicht, sieh nur ...«

Mit der rechten Hand wies er auf die verzerrten steinernen Fratzen oben an den Säulen. »Das sind die Ausgeburten der Hölle, die nur darauf warten, uns zu verschlingen!«

Eine Weile lauschte Henry dem Knabenchor, dann fragte er unvermittelt: »Also ist unser oberster Lehnsherr gut beraten sich Bernhard von Clairvaux an den Hof zu holen?«

Geoffrey schüttelte den Kopf. »Ich weiß nicht, meiner Meinung nach verlagert sich alles zu sehr zugunsten der Kirche. Louis würde niemals etwas gegen den Willen Bernhards tun.«

Henry schob die Unterlippe vor. »Ihr meint, er fürchtet ihn?«

»Nicht ihn als Person, vielmehr das, was er verkörpert.« Geoffrey zuckte die Schultern und wies erneut auf die steinernen Skulpturen, die drohend auf sie herabsahen. Der Bischof hob die Monstranz und die Gläubigen knieten nieder. Henrys Augen suchten die von Alienor, aber sie schien ihn nicht zu bemerken. Plötzlich fühlte er sich beobachtet. Langsam wandte er den Kopf. Er entdeckte den Mann sofort. Er stand schräg hinter ihm und überragte die Übrigen. Sein schwarzer Umhang betonte die gut geschnittenen, hageren Gesichtszüge. Henry war sicher ihn nie zuvor gesehen zu haben. Der Fremde hielt seinem Blick stand ohne mit der Wimper zu zucken.

»Kennst du ihn?«, fragte Geoffrey und als Henry verneinte, fuhr er fort: »Becket ... Thomas Becket, einer von Theobalds Schützlingen.«

»Des Erzbischofs von Canterbury? Was sucht er hier in Paris?«

Immer noch hielt ihn der Blick des Fremden gefangen. Henry meinte eine Spur von Spott in den braunen Augen des Mannes zu erkennen und fühlte, wie er errötete. Brüsk wandte er sich ab.

Mit dem Kelch in der Hand schritt der Bischof die Stufen des Altars hinab und näherte sich dem knienden Königspaar. Demütig empfingen beide die Kommunion.

Alienor hielt dabei die Augen geschlossen.
Geoffrey stieß ihn leicht in die Seite. »Von denen hängt auch ab, ob sie ihren Platz behaupten wird – oder ob man sie in ein Kloster schickt«, flüsterte er.
»Das würden sie nicht wagen!« Henrys Stimme klang laut in dem andächtigen Schweigen. Der Bischof, der sich von dem Königspaar abgewandt hatte, hielt einen Moment lang inne und fixierte ihn misstrauisch über den Rand des Kelches.
Geoffrey hielt hörbar die Luft an. Dann fuhr der Kirchenvertreter fort die Kommunion an die Höflinge zu verteilen und Geoffrey fauchte: »Wie töricht von dir, mein Sohn, die Kirche so zu unterschätzen! Ob Alienor Königin bleibt oder nicht, das hängt allein von ihnen ab. Du wirst nichts daran ändern können.«
Brüsk wandte er sich ab und drängte nach vorn. Kurz darauf nahm er mit gesenktem Kopf die Hostie entgegen. Ein Sonnenstrahl fiel direkt auf sein Haar. Überrascht erkannte Henry die weiße Strähne an Geoffreys Schläfe. Er wird ja alt, dachte er mit einem Anflug von Rührung. Dann reihte auch er sich in den Strom der Gläubigen ein. Als ihm der Kelch gereicht wurde, sah Alienor zu ihm hinüber. Sekundenlang trafen sich ihre Blicke, dann wandte sie sich ab.
Henry verschluckte sich. Keuchend stand er auf und rang um Atem. Jemand begann ihm auf den Rücken zu klopfen. Er sah sich um und blickte geradewegs in die spöttischen Augen des Fremden. Noch nach Luft ringend stieß Henry hervor: »Es geht schon wieder. Ich danke Euch!« Benommen ging er zurück zu seinem Platz.
Geoffrey hatte sein Gebet beendet. Breitbeinig und mit gefalteten Händen stand er da, scheinbar ganz in den Gesang des Knabenchores versunken. Ohne den Kopf zu bewegen zischte er: »Du machst dich lächerlich und das dulde ich nicht!«
Überrascht zog Henry die Augenbrauen in die Höhe. »Was meint Ihr, Vater?«

Geoffreys Gesicht blieb eisig. »Wie du sie anschaust. Der ganze Hof tuschelt schon darüber. Wenn du mit ihr schlafen willst, dann versuch dein Glück. Manchmal soll sie recht entgegenkommend sein.«
Henry ballte die Fäuste. »Wenn Ihr nicht mein Vater wärt …«, er rang nach Luft, »ich …«
Höhnisch verzog Geoffrey die Lippen. »Was denn? Mich ihretwegen etwa fordern? Die Dame ist zehn Jahre älter als du, mein Sohn. Wenn sie jemals Lust auf dich bekommen sollte …«, er wandte sich Henry zu, »dann wird sie es dich schon wissen lassen!«
Jäh fuhr Henrys Hand empor; seine Finger umklammerten Geoffreys Arm. »Sprecht nie wieder so mit mir. Sie ist die Königin von Frankreich!«
»Und was ist sie für dich?« Geoffreys Augen glitzerten gefährlich. Mit einer brutalen Bewegung löste er Henrys Hand von seinem Arm; doch er ließ sie nicht los, sondern begann sie zu zerquetschen. Die Adern an seiner Schläfe traten hervor. Auch jetzt, da der Bischof den Segen sprach und sie niederknien mussten, ließ er seinen Sohn nicht los. Der Schmerz trieb Henry die Tränen in die Augen.
»Lasst mich los, Vater. Ihr tut mir weh!«
Noch einmal drückte Geoffrey zu. »Das wird sie auch tun, mein Sohn.« Damit erhob er sich.
Schweigend schlossen sie sich den Gläubigen an, die nach dem Königspaar die Kirche verließen. Am Portal stand der Fremde. Er lächelte, als Henry dicht an ihm vorbeischritt. »Geht es besser, Mylord?«, erkundigte er sich höflich.
Henry nickte ihm zu. »Meldet Euch doch heute bei mir. Ich bin …«
»Ich weiß, wer Ihr seid, mein Herzog!« Der Strom der Menge drängte sie auseinander. Henry rieb sich die schmerzende Hand. Als wäre nichts geschehen, sagte Geoffrey gleichmütig: »Becket ist jemand, mit dem man rechnen muss, nehme ich an.«

»Warum?«
»Hast du den Ehrgeiz in seinen Augen nicht gesehen?«, fragte Geoffrey herablassend.
»Wie war noch sein Vorname?«
Geoffrey rückte seinen Umhang zurecht. »Thomas«, sagte er, »Thomas Becket.«
Als sie hinaustraten, sah Henry, wie Alienor umrahmt von ihren Hofdamen im Schloss verschwand. Unschlüssig blickte er hinauf zum Himmel. Das Gewitter hatte sich verzogen. Nur ganz oben segelten ein paar leichte Wolken nach Osten. Tief atmete er die würzige Luft ein. Als Robert sich gleich darauf zu ihm gesellte, fragte er: »Wann soll das Turnier beginnen?« Ungeduldig nestelte er an der Schließe seines Umhangs. Robert sprang hinzu. Ein Griff und schon hatte er die schwere goldene Schnalle geöffnet; dann nahm er den Mantel in Empfang.
»Das Turnier beginnt um zwei Uhr, Mylord.« Er lächelte, die Mienen seines Herrn waren ihm vertraut. »Wir hätten noch Zeit für einen Ritt am Ufer der Seine entlang. Außerdem kenne ich ein gutes Wirtshaus etwas außerhalb der Stadt …«
Henrys Augen leuchteten auf. »Was für eine gute Idee, mein Freund.« Sein Blick fiel auf die Schar der Höflinge, die sich vor der Kirche lauthals unterhielten. Ihre farbenprächtigen Umhänge hoben sich deutlich vor den grauen Steinmauern ab. Einer der Ritter war zu Geoffrey getreten. Unter dröhnendem Gelächter fielen sich die beiden Männer in die Arme. Satzfetzen drangen bis zu ihm: »Ewigkeiten nicht gesehen … ist deine Wunde gut verheilt … all die schönen Frauen auf dem Weg dorthin …« Gelangweilt wandte Henry sich ab. »Als ob es nichts Wichtigeres gäbe als diese unendlichen Tiraden über den Kreuzzug. Nur gewonnen haben sie ihn nicht«, murmelte er vor sich hin.
Da streifte sein Blick das Kirchenportal. Als einer der Letzten schritt der Fremde gerade die Stufen hinab. Der Wind fuhr in

seinen schwarzen Umhang und blähte ihn gewaltig auf. Henry bahnte sich einen Weg durch die Menge. »Ihr seht aus wie ein gut genährter Bischof!«, rief er schon von weitem und streckte ihm die Hand entgegen. Der Fremde ergriff sie und erwiderte trocken: »Ich wünschte, ich wäre einer, mein Herzog; dann ginge es mir besser.«

»Wollt Ihr mit mir ausreiten?«, fragte Henry. Prüfend überflogen Beckets Augen die Menge. »Es sieht nicht so aus, als ob irgendjemand auf mich wartete. Ich stehe zu Euren Diensten, mein Herzog.« Er verneigte sich.

Mit Robert schlenderten sie hinaus zu den Stallungen. Als Beckets Pferd gebracht wurde, pfiff Henry anerkennend. »Das nenne ich ein edles Ross!«, lobte er und streichelte dem Tier sanft die Nüstern. »Dafür habt Ihr sicherlich eine Menge Geld auf den Tisch legen müssen.«

»Die Stute ist ein Geschenk«, entgegnete Becket knapp und stieg in den Sattel. Zu dritt galoppierten sie unter dem Torbogen hindurch zum Fluss hinunter.

Auf dem Treidelpfad herrschte ein erstaunliches Gewimmel. Schwere Gäule zogen die Lastschiffe den Strom hinauf, Männer trieben sie an und knallten mit den Peitschen. Wäscherinnen mit hochgebundenen Röcken knieten am Ufer und walkten ihre Tücher auf ausgebleichten Steinen. Barfüßige Kinder, stets auf der Suche nach etwas Essbarem, flitzten überall hindurch. Ihre hellen Stimmen vermischten sich mit dem Kreischen der Frauen und den lauten Rufen der Männer. An einem der voll bepackten Ochsenkarren hatte sich ein Rad gelöst und Kohlköpfe rollten über die Erde. Im Wasser trieb ein toter Hund vorbei. Unter einer Weide sang eine Frau ein altes Volkslied.

Mit ausgebreiteter Hand wies Henry auf das Treiben. »Ist es nicht herrlich?«, rief er. »Das bekommt mir besser als so viel Weihrauch am Morgen!« Er lenkte sein Pferd zurück auf die Anhöhe.

Der Pappelweg war so breit, dass sie nebeneinander reiten konnten. Henry winkte Becket zu sich heran. »Ihr kommt aus England, höre ich ...«
Der andere musterte ihn kurz aus dem Augenwinkel. »Ich befinde mich im Gefolge einer Abgesandtschaft unseres hochwürdigsten Erzbischofs Theobald von Canterbury.«
»Und? Geht es um wichtige Verhandlungen?« Henry wich einem Schlagloch aus.
Becket lächelte. »Ich bin nur ein unbedeutender Begleiter. Die wichtigen Verhandlungen führen die erfahrenen Gesandten.«
»Da habt Ihr sicher genügend Zeit für andere Dinge, oder?« Henry grinste wie ein Schuljunge und trieb sein Pferd zum Galopp an. Fast drei Meilen führte der Pfad auf der Uferhöhe entlang. Einmal stellte Henry sich in den Steigbügeln auf und blickte zurück: Von hier aus war Paris mit seinen gewaltigen Stadtmauern zu sehen. Groß und mächtig schimmerte die Stadt in der Frühsonne.
Robert hatte ihn eingeholt. »Mein Herzog, dort unten liegt das Wirtshaus, von dem ich Euch erzählt habe.«
Henry gab ihm die Order hinunterzureiten und Speisen aufzutreiben; er selber wolle mit Becket hier lagern und auf ihn warten. Schon schwang er sich aus dem Sattel und suchte nach einem geeigneten Rastplatz; dann banden sie die Pferde an und lösten ihnen die Gurte. Belustigt sah Henry zu, wie Becket einen Ast abriss und damit den Boden fegte, auf dem er sich schließlich niederließ.
»Ihr gebt gut Acht auf Euer Gewand, Master Becket«, spottete er, »sicher wollt Ihr heute beim Turnier einen guten Eindruck auf die Damen machen!« Lachend ließ er sich ins Gras sinken, rupfte einen Halm aus und begann in Gedanken verloren darauf herumzukauen.
Sein sehnsüchtiger Blick war Becket nicht entgangen und in fast zärtlichem Ton sagte er: »Paris ist eine wunderbare Stadt, mein Herzog ... aber London ist auch nicht zu verachten.«

Henry nickte versonnen. »Ja, London … nur, dass in England Krieg herrscht und niemand weiß, wie er ausgehen wird.« Mit einer ungeduldigen Geste warf er den Grashalm fort. »Was suchen wir also beide hier in Paris, Master Becket? Müssten wir nicht in England sein und für den Frieden kämpfen anstatt hier Lehnsküsse zu geben oder bei einer Gesandtschaft Staffage zu sein?«
Becket hatte die Arme um die angezogenen Beine geschlungen. Sein Gesicht lag halb im Schatten. Er ließ Henry nicht aus den Augen. »Es wird nicht ewig dauern«, meinte er leichthin. »König Stephan ist kein Kriegsherr.«
Henry stieß erregt die Luft aus. »Immerhin kämpft er seit Jahren gegen meine Mutter!«
»Aber es fehlt ihm an Geld«, sagte Becket beiläufig.
»Wem nicht«, brummte Henry und schob die Unterlippe vor. »Meine Mutter braucht auch mehr, als sie hat um die Söldner zu bezahlen …«
Becket zog sich noch tiefer in den Schatten zurück. »Aber sie hat doch Euch und Euren Vater?«
Henry schlug mit der Faust auf den Boden. »Die Ressourcen des Anjou – genau wie die der Normandie – sind nicht unerschöpflich.« Wieder riss er einen Grashalm aus und zog ihn durch die Zähne.
»Warum heiratet Ihr nicht, mein Herzog?«, fragte Becket unvermittelt. Henry lachte düster auf. »Nennt mir eine, die reich genug ist mir England zu sichern.« Schweigend blickte er eine Weile hinüber zur Stadt jenseits des Flusses. »Mein oberster Lehnsherr hatte es entschieden leichter – er erhielt den Thron nach seinem Vater. Und ich …«, er zuckte mit den Schultern, »ich bekämpfe meinen Onkel in England im Grunde doch nur, weil meine Mutter ihre Erbansprüche niemals aufgegeben hat. Mit vollem Recht hat sie dafür gekämpft. Aber während wir uns bekriegen, verbluten die Männer und das Land versinkt im Elend. Glaubt Ihr, dass es wirklich dafür steht, Master Becket?«

Mit einem Ruck wandte er sich Becket zu und musterte ihn scharf.
Becket schnippte eine Ameise fort, die über seinen Stiefel lief. »Ich meine, dass Ihr sehr wohl in der Lage wärt diesen Krieg zu beenden ... wenn Ihr genügend Geld zur Verfügung hättet. Ich an Eurer Stelle würde zu jedem Juden gehen, den ich kenne, und alles in eine Waagschale werfen – und ...«, er lächelte ironisch, »ich würde so bald wie möglich heiraten.« Er hob den Kopf. »Dort kommt Euer Freund.«
Henry steckte zwei Finger in den Mund und pfiff gellend. Kurz darauf erschien Robert und leerte den Mantelsack vor ihnen auf der Erde aus. Henry machte sich über die Köstlichkeiten her. »Dieser Käse riecht ja wunderbar«, rief er und schnitt sich ein Stück davon ab. Kauend ließ er sich von Robert den Weinbecher reichen. Mit der freien Hand schob er Becket ein Stück kaltes Hühnchen zu.
»Was ist mit dir, Robert? Hast du keinen Hunger?« Erst jetzt bemerkte er die Wunde an Roberts Stirn – Blut sickerte aus seiner Augenbraue. Erschrocken sprang Henry auf. Vergeblich suchte er in seinen Taschen nach einem Stück Stoff, und weil er nichts fand, entriss er Becket dessen weiße Serviette. »Was ist passiert?«, fragte er besorgt und presste das Linnen auf Roberts Wunde.
»Nichts, Mylord – ich war nur nicht schnell genug!« Robert wies dorthin, wo das Wirtshaus liegen musste. »Ich bin in eine Schar von Flagellanten geraten, die sich ausgerechnet den Eingang des Schankhauses ausgesucht hatten um sich zu geißeln.« Erstaunt sah Henry ihn an. Robert grinste. »Einer von dieser ungewaschenen Bande wollte mich davon überzeugen, dass der Messias im Anzug ist und der Weltuntergang kurz bevorsteht.« Vorsichtig nahm er das Linnen von der Stirn und besah es sich. Henry drückte Robert den eigenen Becher in die Hand und wandte sich dann achselzuckend an Becket. »Wenn der Weltuntergang so kurz bevorsteht, meint Ihr dann immer noch, ich

sollte zum Juden gehen?« Er lachte. »Und lohnt es dann noch zu heiraten?«
Becket zupfte mit spitzen Fingern ein Taschentuch hervor und begann sich sorgfältig die Hände zu säubern. »Diese Narren«, bemerkte er verächtlich. Eingehend begutachtete er seine gepflegten Fingernägel. »Jeder von ihnen glaubt die Wahrheit gepachtet zu haben. Aber das ist so alt wie die Christenheit. Wusstet Ihr, mein Herzog, dass bereits die beiden Apostel Petrus und Paulus miteinander in Fehde lagen, weil sie in der Auslegung ›des Wortes‹ nicht übereinstimmten? Es fehlte nicht viel, und die junge Kirche wäre diesem Streit zum Opfer gefallen!«
Verblüfft riss Henry die Augen auf; Robert vergaß das Tuch auf die Wunde zu drücken. Erschrocken starrten sie beide den Redner an. »Aber ich dachte …«, stotterte Robert, und Henry: »Ich habe immer geglaubt, dass die Urchristen … ich meine …«
»Ihr meint«, kam Becket ihm zu Hilfe, »dass sie einander in Liebe verbunden waren, getreu den Worten unseres Herrn: Liebe deinen Nächsten wie dich selbst?« Er lächelte zynisch. »Mitnichten! Es waren seit Christi Auferstehung noch keine zwei Jahre vergangen und es gab bereits keinen staubigen, kleinen Marktflecken mehr – wie Paulus sagt –, wo nicht ein obskurer Bischof oder Diakon seine eigene Auffassung predigte.«
Robert bekreuzigte sich. Becket griff ungerührt nach einem Stück Käse. Henry rief aufgeregt: »Ihr seid ein Ketzer, Master Becket!«
Becket kaute in Ruhe zu Ende. »Warum, mein Herzog? Weil ich die Wahrheit gesagt habe? Schaut Euch doch um: So war es – und so wird es immer sein. Aristoteles meinte, ein Volk, das aus seiner Geschichte nichts lernt, sei dazu verurteilt, sie ein zweites Mal zu erleben.« Er hob den Käselaib auf und reichte ihn Robert. »Aristoteles hätte auch von einem dritten Mal oder vierten Mal reden können, denn wir sind unfähig zu lernen.«

Ein Wind war aufgekommen und drückte die Halme hinab. In der Pappel über ihnen sang ein Vogel. Becket strich sich eine Haarsträhne zurück. »Freiheit soll herrschen im ganzen Land und unter seinen Bewohnern, hat einst Moses verlangt. Paulus hat diesen Gedanken nur aufgegriffen. Denn die Freiheit war das höchste Ideal des Judenchristentums, die Freiheit des Geistes, der Seele, wie auch des Leibes.«

»Aber diese Freiheit bedeutet Anarchie!«, entgegnete Henry. »Wer, außer den Fürsten, könnte damit umgehen?«

Becket hob die Hand zu einer vagen Geste. »Das ist Eure Wahrheit, mein Herzog.« Er hob den Kopf und lauschte dem Vogelgesang über ihnen; dann lächelte er. »Auch das ist ein Teil der Wahrheit, mein Fürst!«

Entrüstet hob Henry den Kopf. »Und ein anderer Teil der Wahrheit ist, dass Ihr Eure Zunge besser im Zaume halten solltet, Master Becket! Haltet Ihr es für verlockend, ein Königreich zu erkämpfen, dessen Untertanen eine solche Freiheit anstreben?«

Becket wollte ihn unterbrechen, doch Henry ließ ihn nicht zu Wort kommen. »Ihr habt die Freiheit, die Euch zukommt – was bedeutet, dass Wir Euch so viel Freiheit lassen, wie der Monarchie bekömmlich ist!« Plötzlich lächelte er. »Wenn Ihr mir in diesem Punkt zustimmt, dann macht es Spaß, mit Euch zu reden.«

Beckets Brust hob und senkte sich. Sein Gesicht hatte sich gerötet. »Nichts lag mir ferner, als Euch zu erzürnen, mein Herzog«, flüsterte er.

»Dann ist es ja gut«, antwortete Henry und streckte ihm die Hand hin, »wie wäre es mit einem Schluck Wein?«

Robert räusperte sich. »Vielleicht sollten wir langsam zurückreiten, Mylord. Das Turnier ...«

Schweigend standen sie auf und bestiegen die Pferde. »Ihr seid ein erstaunlicher Mensch, Master Becket!«, sagte Henry, als er nach dem Zügel griff. »Wenn Eure Gesandtschaft es erlaubt, dann macht doch auf Eurem Rückweg nach England bei mir in der Normandie Station. Es gibt sicher eine Menge von Euch zu lernen.« Er schnalzte mit der Zunge und sein Pferd begann zu traben.

Als Alienor den Flügel des Stadtschlosses verließ, in dem sich die königlichen Gemächer befanden, nahmen die Wachen klirrend Haltung an. Ihr war, als leuchteten das Blau und das Silber der Kapetinger in dem Halbdunkel des Ganges. So sehr sie die Feierlichkeiten zu Ehren der Plantagenets genoss, so wenig war sie bereit auf diese einzige Stunde des Tages zu verzichten, in der sie ganz allein sein konnte.

In dem Raum, den sie betrat, roch es nach gewachstem Holz, altem Pergament und Leder. Nach dem Lärm auf dem heißen Turnierplatz tat die Stille der Bibliothek gut. Wie zum ersten Mal betrachtete Alienor die wundervoll gearbeiteten Bücher, die ordentlich nebeneinander standen. Sie strich über die mit Holz- und Elfenbeinreliefs verzierten Folianten, die auf schrägen Lesepulten ruhten. Einige gehörten zum Schatz der Kapetinger, viele andere der kunstvollen Bände stammten von ihrem Großvater, der sie in den bedeutendsten Klöstern Europas in Auftrag gegeben hatte. Manche kannte sie seit ihrer Kindheit. Viele der Kostbarkeiten waren in dickes Leder gebunden und mit Goldschlössern verriegelt. Ein paar leichter wirkende Bände lagen aufgeblättert da.

»Marie, wirst du es nie lernen«, dachte sie. Augenscheinlich hatte ihre lebhafte ältere Tochter, die hier Unterricht erhielt, zum wiederholten Mal nicht die Anweisung des Geistlichen befolgt die Bücher geschlossen zu halten.

Alienor trat ans Fenster und sah hinaus. Wenn sie um diese Tageszeit das Fenster mit den bleigefassten, getönten Scheiben öffnete, konnten die letzten Sonnenstrahlen den empfindlichen Bänden nichts mehr anhaben. Milde, warme Sommerluft drang in den kühlen Raum. Der Lärm am Fluss, die Betriebsamkeit des Tages waren abgeflaut. Die Sonne, jenseits der Seine tief am Himmel stehend, spiegelte sich in glitzernden kleinen Wellen am Ufer.

Alienor nahm das kleine Kästchen aus dem Erker neben dem Fenster und suchte unter vielen Goldschlüsseln den mit dem Löwenkopf heraus. Sie öffnete das Schloss des schweren Bandes, der auf einem Drehpult lag, und begann darin zu blättern. Das kostbare Werk enthielt die Geschichte Englands.

Alle Grafschaften, Städte und Flüsse waren mit der Feder dargestellt und koloriert. Alienor hob das Buch vom Pult und setzte sich auf das geschnitzte Holzgestühl des geistlichen Lehrers, den sie aus Aquitanien hatte kommen lassen. Mit dem Fuß zog sie die Bank, auf der ihre Tochter dem Unterricht folgte, zu sich heran, raffte den Rock und stellte die Beine angewinkelt darauf, um das Gewicht des Buches bequemer abzustützen.

Die lateinischen Namen der englischen Grafschaften in ihre okzitanische Muttersprache zu übersetzen bereitete ihr größtes Vergnügen. Sie lachte gerade über ein Wortspiel, das sich dabei ergab, als sie die Tür leise gehen hörte. Überrascht holte sie Luft um ihrem Unmut Ausdruck zu verleihen – der gesamte Hof wusste, dass ihr diese Stunde heilig war. »Wer wagt es, mich hier …«

Hinter ihr, mit dem Rücken zur Tür, stand Henry Plantagenet. Alienor spürte, wie ihr das Blut ins Gesicht schoss. Tief verbeugte er sich vor ihr, dann ließ er den Blick in aller Ruhe durch die Bibliothek schweifen. Verblüfft sah sie zu, wie er zielsicher auf das wertvollste ihrer Bücher, ein Geschenk des Kaisers von Byzanz, zuging, wie seine kräftigen Finger die Goldornamente und das Ebenholz berührten, genussvoll über die Wölbungen der eingelassenen Edelsteine fuhren. Behutsam schlug er

den Deckel auf, blätterte eine Seite nach der anderen um und pfiff gelegentlich anerkennend.
Zwischen geschlossenen Lippen stieß sie die Luft aus, woraufhin er das Buch vorsichtig schloss. Erst, nachdem er mit der flachen Hand noch einmal darüber gestrichen hatte, wandte er sich ganz ihr zu. »Welch eine Königin! Sie hat nicht nur die schönsten Beine des Abendlandes und …«, gelassen glitt sein Blick an ihr herab, »einen vollkommenen Körper, sie ist nicht nur die mutigste Frau der Welt – die Einzige, von der ich weiß, dass sie nachts Männer in Strümpfen besucht – nein, sie wagt es gar, sich wie ein Mönch in Klausur zurückzuziehen! Gott zum Gruß, meine Königin!« Theatralisch verbeugte er sich.
Alienor sah belustigt zu ihm auf. Sie legte die Hand zwischen die Seiten des Buches auf ihrem Schoß und klappte es dann schnell zu. »Woher wisst Ihr, dass ich …« Er zwinkerte ihr zu. »Verehrte Königin, ich habe einen Freund, der Robert heißt, Ihr habt eine Hofdame mit Namen Marie. Beide sind ansehnlich und reden gern miteinander, wenn sie nicht noch mehr miteinander treiben. Wundert's Euch da, dass ich weiß, was Ihr tut?«
Alienor lehnte sich, soweit das Chorgestühl es zuließ, zurück und brach in Gelächter aus. »Das nenne ich mutig! Das hat noch niemand gewagt! Henry Plantagenet, ist Euch bewusst, dass Ihr in meine geheimste Welt und meine heiligste Stunde des Tages eindringt? Nicht einmal Louis würde es wagen, sie mit mir zu teilen!«
Sie hielt ihm ihre Hand entgegen. Er beugte sich darüber und küsste sie, dann griff er nach der anderen Hand, die nach wie vor zwischen den Seiten mit den Karten Englands lag. Er hielt ihr Handgelenk so fest, dass sie das Buch öffnen musste um sich zu befreien.
Henry kniete vor ihr nieder. »Lehnsherrin, was nennt Ihr heilig?« Sie hielt seinem herausfordernden Blick stand, bis er den Kopf senkte, ihre beiden Hände nahm und ihre Innenflächen

küsste. Seine Lippen fühlten sich angenehm weich und warm an. Ehe sie es verhindern konnte, fiel sein Blick auf die aufgeschlagenen Buchseiten. Sofort erkannte er die Umrisse Englands. »Aha, verteilt Ihr bereits das Land an Eure Söhne?« In seinen Augen glitzerte Schalk. Seine sonnengebräunte, straffe Haut wies nur um die Augen herum kleine Lachfältchen auf, das dichte, rotblonde Haar stand wirr in alle Richtungen. Seine jungenhafte Mimik nahm der fein geschnittenen, geraden Nase und dem energischen Kinn die Strenge.

Alienor senkte den Blick und erwiderte seinen Händedruck. »Ihr wisst, ich habe nur Töchter.«

»Ja, Mylady, ich weiß, eine Tochter vor dem Kreuzzug, eine nach dem Kreuzzug. An den Höfen wurde gemunkelt, Eure jüngste Tochter bedeute eine Art Versöhnung.« Er verstärkte den Druck seiner Hände und fuhr überschwänglich fort: »Wollt Ihr das ändern, Mylady? Ich verspreche Euch einen männlichen Erben nach dem anderen und es wird sich für sie alle lohnen.«

Alienor forschte in seinen Augen, die Funken sprühten.

»In meinem Land, Henry, gilt das salische Recht, mir ist das Denken um männliche Erben fremd. Ich galt als Frau und als Erbin dort, wo ich herkomme, gleich viel. Als kleines Mädchen wurde ich schon darauf hinerzogen, eines Tages Herzogin von Aquitanien zu sein.« Sie hielt inne. »Und wenn Ihr mich fragt, was ich heilig nenne, dann die Worte der Bibel, den Inhalt der Bücher, die hier liegen. Heilig sind nicht die Männer der Kirche, die sie deuten, die sich anmaßen daraus Verbote abzuleiten ...«, mit zunehmender Erregung sprach sie weiter, »die Dogmen erlassen um ihre Macht, nicht um den Glauben zu festigen ... Nein, die Freiheit des Glaubens, die ich seit den Tagen meiner Kindheit kenne, ist mir heilig. Die Freiheit zu lesen und zu leben, zu musizieren, zu dichten und zu lieben.«

Alienor zog Henry neben sich auf das Gestühl. Sie legte seine Hand auf ihre Wange, die zu glühen begann. »Was ist es nur, das du in mir auslöst?«, flüsterte sie, »wie ist es möglich, dass

Glück und Trauer zu einem einzigen Gefühl werden? Ob dies das Geheimnis ist, von dem die Troubadoure singen?« Henry schwieg. Sie fühlte, dass er bebte, als sie in sein Haar griff und ihn enger zu sich heranzog. Polternd rutschte der schwere Band von ihrem Schoß zu Boden.

Erneut herrschte klösterliche Stille in der Bibliothek, als sie sich nebeneinander, an das Chorgestühl gelehnt, wiederfanden. Noch atmeten sie heftig. Vor ihnen lag aufgeschlagen die Karte Englands. Alienor strich sich die Haare aus dem Gesicht. »Die Eitelkeit an unserem Hof und die Unterwürfigkeit gegenüber Rom zermürben mich. Nichts geschieht aus Freude am Leben, aus Dankbarkeit vor dem Schöpfer. Alles dreht sich darum, mit höchster Raffinesse die eigene Machtposition zu stärken. Der Adel schielt auf Louis und Louis trifft keine Entscheidung ohne den Papst oder Bernhard von Clairvaux. Seit wir aus dem Heiligen Land zurück sind, sind mir die Hände gebunden. Louis hat mich vom Kronrat ausgeschlossen.«
Er unterbrach ihre Gedankenfolge. »Wirst du es Louis sagen?«
»Bist du wahnsinnig geworden? Er würde mich niemals verstehen. Louis ist mehr Mönch als Mann. Er würde mich niemals gehen lassen.«
»Ich könnte dich doch entführen.«
»Louis würde jedes Lösegeld zahlen – von meinem Geld, versteht sich –, um mich zurückzubekommen.«
»Glaubst du wirklich, es gäbe einen Preis für dich? Wer dich mir wegnehmen wollte, müsste mich umbringen!« Zur Bekräftigung schlug er mit der geballten Faust auf das Holz des alten Gestühls. Der Schlag dröhnte durch die Bibliothek.
»Sieh mich an, Henry«, entgegnete Alienor plötzlich ernst, »wen hast du gerade geliebt, die Erbin von Aquitanien oder mich?«
Henry überlegte eine Weile, beugte sich dann vor und zog das schwere, aufgeschlagene Buch zu sich heran. »Dich und Aqui-

tanien und ...«, mit dem Zeigefinger folgte er den Umrissen Englands, »... und dieses Reich.«
Alienor ließ es zu, dass er ihren Kopf an seine Schulter zog. Sie hörte sein Herz schlagen, als er leise sagte: »Ich habe einen Traum, Alienor, eines Tages werde ich in Westminster zum König von England gekrönt werden und du sollst an meiner Seite knien.«
Ohne ihn anzusehen, flüsterte sie: »Ein schöner Traum. Wann wird er sich erfüllen?«
»Aber, er ist doch schon dabei, sich zu erfüllen, mein Liebstes. Zuerst werde ich dich heiraten, dann wirst du meine Königin und dann machen wir gemeinsam England zum ersten Land der westlichen Welt.« Er streichelte ihr über das Haar, über Schläfe und Wange. »Dem ersten Land des Westens die schönste Königin!«
Alienor befreite sich aus seinen Armen. »Als ob das alles so einfach wäre. Träume, mein Lieber, sind nicht die Wirklichkeit.« Seufzend ordnete sie ihre Kleider. Mit geübter Hand schlang sie das Haar zum Knoten und steckte es am Hinterkopf mit einer großen Hornnadel fest.
»Das Buch gehört auf dieses Pult hier«, sagte sie und suchte nach dem Goldschlüssel mit dem Löwenkopf; dann hielt sie ihn Henry vor die Augen. »Mein Großvater nannte mich als Kind ›meine kleine Löwin‹, daher weiß ich, dass dieser Schlüssel der richtige ist.«
»Und ich habe drei Löwen auf meinem Banner, das trifft sich doch gut! Es soll so sein, ich weiß es!« Als sie den Schlüssel in das Schloss steckte, trat er vor das Prachtwerk aus Byzanz. »Es ist großartig und fremd. Welch eine Arbeit!«, sagte er bewundernd. »Kaiser Komnenos hat es mir zum Abschied geschenkt, als wir Konstantinopel nach drei Wochen verließen. Es war eine berauschende Zeit.«
In Henrys Augen blitzte Neugierde auf. Ohne ihn anzusehen trat Alienor neben ihn vor das reich verzierte Buch und fragte:

»Was genau möchtest du über den Kreuzzug wissen?« Sie spürte, dass er die Fragen, die ihm am meisten auf der Seele brannten, nicht stellen würde.
»Warum, warum bist du mitgezogen?« Seine Worte kamen zögernd.
Erstaunt hob sie die Brauen. »Ich sagte dir doch, ich bin erzogen worden Verantwortung für mein Land zu tragen, wie du. Als Königin von Frankreich erschien es mir selbstverständlich, mit Louis das Kreuz zu nehmen um Jerusalem zu schützen.« Sie lachte auf. »Du meinst, weil ich eine Frau bin? Glaub mir, ich bin genauso zu Disziplin und zu Leistung erzogen worden wie du, nur nicht in einer Rüstung. Das ist der feine Unterschied!« Dann fuhr sie ernster fort: »Du weißt, mein Oheim, Raymond von Poitiers, hat Antiochien erobert und es von Kaiser Komnenos zu Lehen erhalten. Er war ein wundervoller Mann. Und Raymond hat es geschafft, die Beziehungen zwischen Byzanz und Rom zu verbessern. Damals konnte Papst Eugen noch hoffen, die griechische und die lateinische Kirche einander anzunähern. Und außerdem«, sie griff nach Henrys Hand und zog ihn zu dem geöffneten Fenster, »wollte ich reisen und lernen und sehen, wie andere Herrscher regieren, wie ihre Städte aussehen, und ich wollte Raymond wieder sehen, den ich schon als Kind so sehr geliebt habe.«
Alienor zeigte hinaus auf die Seine, auf die kleinen Häuser, die dicht gedrängt auf den Seine-Brücken standen. »Seit unserer Rückkehr erscheint mir dieses Stadtpalais wie ein grober, grauer Kasten und die Anlage von Paris willkürlich und unschön.« Sie lehnte sich an den Fensterflügel. »Nachdem ich die Pracht von Byzanz erlebt habe, weiß ich, was wirkliche Macht bedeutet.« Sie schloss die Augen. »Stell dir den Bosporus vor, darüber gewaltige Mauern mit formvollendeten Türmen, eine riesige Festung, die zum Marmarameer und zum Goldenen Horn hinausragt. Eine Stadt voller Triumphsäulen und Marmordenkmäler, mit dem größten Hafen der Welt. Über dem Hafen

eine Palastanlage, aus mehreren Palästen bestehend, einer prächtiger gebaut als der andere, mit Marmorhöfen und gold- und silbergeschmückten Säulen. Diese Vollkommenheit ist unvorstellbar und die Hagia Sophia mit ihren funkelnden Mosaiken und unzähligen Kronleuchtern war wie ein Traum.« Sie seufzte.

»Hast du vergessen, dass derselbe Kaiser Komnenos ein Verräter war und mit den Türken verhandelte, während er Euch mit seiner Pracht einlullte?« Henrys ungläubiger Unterton riss Alienor aus ihren Träumen.

»Nein, natürlich nicht. Wie könnte ich? Nur damals konnte es niemand wissen. Es war ein Desaster, dieser Verrat und der Überfall der Türken bei unserer Weiterreise. Als wir in Antiochien ankamen und Raymond uns empfing, war es wie der Himmel auf Erden … eben das Heilige Land.«

Alienor wandte sich zum Fenster um es zu schließen. Sie wollte nicht weitersprechen. »Louis erwartet mich. Ich muss gehen«, sagte sie und bemühte sich ihre Erinnerungen zurückzudrängen.

Henry legte den Arm um ihre Schultern und fragte leise: »Wirst du mir eines Tages mehr vom Heiligen Land erzählen?«

»Ich könnte dir unendlich viel erzählen«, entgegnete sie, als sie die Bibliothek verließen.

Sie verließen Paris am nächsten Morgen durch das Westtor. Sechzig Berittene folgten Geoffrey und Henry, die den Zug anführten. Die Mittagsstunde war noch fern, aber die Julisonne brannte bereits unerbittlich auf die schimmernden Rüstungen der Männer.

Die Wächter hatten respektvoll Platz gemacht, als der Zug in Zweierreihen dröhnend durch das gewaltige Tor trabte. Kurz tauchten Pferde und Reiter in die schattige Kühle, ehe sie hinter der Stadtmauer erneut das gleißende Licht überfiel. Henry kniff die Augen zusammen. Die leichte Rippenverletzung, die er sich am Vortag bei dem Turnier zugezogen hatte, schmerzte unter seinem Wams bei jeder Bewegung; er verzog die Lippen. Geoffrey grinste. »Tut es weh?« Er schlug nach einer Mücke, die sich auf seiner Stirn niedergelassen hatte. »Jedenfalls hast du dich gestern gut gehalten!« Aus den Augenwinkeln sah Henry, wie das Gesicht seines Vaters vor Stolz leuchtete. »Dabei sah es fast so aus, als würde der von Blois dich aus dem Sattel heben. Ich hatte schon befürchtet, dass er mit deinem Pferd und deiner Rüstung vom Turnierplatz gehen würde!«

Henry lachte. »Er war tatsächlich ein schwieriger Gegner!«

Geoffrey reckte das Kinn. »Er war ein Lump! Ich habe genau gesehen, wie er die Lanze schräg gehalten hat – dabei war es doch ein Ehrenturnier. Wenn er dich wirklich besiegt hätte, dann wäre ich sogleich zum Turniermeister gegangen und hät-

te mich beschwert!« Er stellte sich in die Steigbügel. »Schau dir das an!« Vor ihnen tauchte eine Reiterschar auf. Die gelben Hüte der Männer wiesen sie schon von weitem als Juden aus. Trotz der Hitze trugen sie dicke, schwarzwollene Umhänge. Schweigend und mit ernster Miene saßen sie auf ihren Pferden. Sie waren zu siebt. Hinter ihnen folgte ein langer Zug von voll beladenen Ochsenkarren. Als sie auf gleicher Höhe waren, verneigten sich die Juden höflich.
Geoffrey nickte nur kurz; kaum waren sie vorüber, blaffte er los. »Es ist nicht notwendig, dass du sie alle einzeln anlächelst! Oder brauchst du so dringend Geld? Hast du etwa Schulden?«
Henry schüttelte den Kopf, dann grinste er. »Obwohl ich das sicher gut gebrauchen könnte, was sie da nach Paris bringen.«
Missmutig biss Geoffrey sich auf die Lippe und schaute über die Schulter. »Kann schon sein, dass sie Geld nach Paris bringen! Es war ein kostspieliges Fest, das unser Lehnsherr da gegeben hat. Allein gestern auf dem Turnier waren vierhundert Gäste.« Er ließ sich in den Sattel zurückfallen. »Man kann von Louis halten, was man will – aber dumm ist er nicht.«
Henry sah ihn an. »Wie meint Ihr das, Vater?«
»Louis wird sich nicht in Schulden stürzen, nur weil du das Knie vor ihm gebeugt hast! Vergiss nicht, er hat das reiche Aquitanien geheiratet. Damit kann man schon ein paar Feste geben!«
Henry verzog das Gesicht. »Ihr glaubt, dass Alienor diese Tage bezahlt hat?«
Geoffreys Kopf fuhr ruckartig herum. »Du nennst sie Alienor? Du sprichst von deiner Königin, mein Sohn!«
Plötzlich legte er die Hand auf Henrys Arm. »Du wirst ja rot ...«
Unwillig schüttelte Henry die Hand ab.
Geoffrey lachte leise vor sich hin. »Du also auch! Weißt du, dass sie auf dem Weg nach Jerusalem Gedichte auf sie gemacht haben? Sie nannten sie Circe. Ihre Brüste und ihre Schenkel haben sie besungen.« Langsam schloss er die Augen und seine Lippen formten das Wort *Alienor*.

Henry riss sein Pferd so derb am Zügel, dass es versuchte auszubrechen; nur mit Mühe brachte er es wieder unter Kontrolle. »Hört auf!«, schrie er. »Ich verbiete Euch, so über sie zu reden!«
Überrascht öffnete Geoffrey die Augen. Als er Henry nun ansah, da schien sein Blick durch ihn hindurchzugehen. »Allein ihretwegen hat sich der ganze Kreuzzug gelohnt! Gefahren, die wir durchlebten, wurden durch sie weniger gefährlich. Das prachtvolle Byzanz wurde durch sie noch prachtvoller, ja, selbst das Unglück wurde durch sie erträglicher. Wusstest du, wie mutig sie ist?« Wieder senkte er die Lider. »Einmal ist sie nach einer Schlacht gegen die Heiden über das Schlachtfeld gegangen und hat die Verwundeten getröstet. Ich habe es selbst gesehen – auch, dass sie lächelnd gestorben sind. Ach, was weißt du denn schon von ihr!«
Henrys Hände umklammerten die Zügel so fest, dass die Knöchel weiß hervortraten. Seine Brust hob und senkte sich unter dem Harnisch. »Ich weiß, dass ich sie liebe!«
Geoffrey lachte höhnisch auf. »Wer tut das nicht, mein Sohn … Hast du die Lieder des Troubadours nicht gehört? Jeder träumt von ihr! Man merkt, dass du länger nicht im Anjou warst – in jedem Wirtshaus findest du einen, der sie besingt!«
Bei mir ist es anders!«, begehrte Henry auf. »Ich will sie heiraten!«
Betroffen drängte Geoffrey sein Pferd näher. »Aber sie ist doch verheiratet – mit dem König von Frankreich! Und wer bist du?«
Henry zwang sich ihn anzusehen. »Ich bin Herzog der Normandie, und wenn Stephan mich zu seinem Nachfolger bestimmt, dann werde ich einmal König von England sein. Ich bin ihr ebenbürtig!«
»Hör auf zu fantasieren«, sagte Geoffrey nun fast mitleidig, »vergiss nicht, dass Stephan einen Sohn hat. Warum also sollte er dich adoptieren? Deine Mutter versucht zwar seit Jahren deine Ansprüche auf England durchzusetzen, aber wir wissen beide, wie weit sie damit gekommen ist. Also rede nicht davon,

dass Stephan dich adoptieren soll. Er wird dich bestimmt nicht Eustach vorziehen – warum sollte er auch? Eustach ist schließlich sein Sohn!«

»Aber ganz England hasst Eustach! Selbst die Lords, die auf Stephans Seite stehen, hassen ihn, weil er so grausam ist.«

»Das ist kein Grund für Stephan ihn in der Erbfolge zu übergehen.«

Keiner von beiden hatte einen Blick für die Landschaft übrig; jeder hing seinen Gedanken nach. Schweigend ritten sie eine Weile nebeneinander her. Die Sonne stand im Zenit und der Schweiß lief ihnen in Strömen übers Gesicht. Jenseits des Flusses läutete eine Glocke. Ihr dünner Ton schreckte sie beide auf.

»So spät schon?«, murmelte Geoffrey. »Wir sollten eine Rast einlegen.«

Henry hob die Hand, und gleich darauf trabte Robert an seine Seite. »Schick den Tross voraus nach Rouen«, befahl er, »dann schließe dich uns an. Mein Vater wünscht eine Rast einzulegen.« Robert nickte und wendete sein Pferd. Henry wandte sich an Geoffrey: »Möchtet Ihr, dass Euer Leibknappe uns begleitet?«

Geoffrey schüttelte den Kopf. »Ich brauche ihn nicht.« Mit einem Schnalzen dirigierte er sein Pferd nach links auf die ungemähte Wiese zwischen Weg und Fluss; Henry tat es ihm nach. Die Halme standen so hoch, dass sie bis an ihre Stiefelspitzen reichten. Hinter ihnen verklang das Getrappel der Hufe und das Scheppern der Rüstungen. Vor ihnen glitzerte das Wasser. Dicht am flachen Ufer stand eine Trauerweide; darauf hielt Geoffrey zu. Ihre dichten Zweige schirmten sie wie ein Vorhang gegen die sengende Sonne ab. Aufatmend ließ sich Geoffrey gegen den Stamm sinken. »Hilf mir aus der Rüstung.« Henry kniete vor ihm nieder und begann die Haken und Ösen des Kettenhemdes zu öffnen. Es gab ein dumpfes Geräusch, als es zu Boden fiel. Geoffrey lächelte gequält. »Wahrscheinlich werden Hunderte von Ameisen hineinlaufen und mich später wahn-

sinnig machen.« Er streckte die Arme nach oben. »Hilf mir aus dem Lederwams!« Er ächzte und stöhnte, als Henry es ihm über den Kopf zog; dann streckte er wortlos die Beine aus und deutete mit der Hand darauf.
Henry öffnete ihm die Beinschienen und zog ihm die Stiefel aus. »Mir bekommt die Hitze nicht, mein Sohn!«, murmelte Geoffrey mit geschlossenen Augen.
Henry sammelte die herumliegenden Kleidungsstücke auf und hängte sie an einen Ast; dann sah er auf seinen Vater hinunter. Lichtflecken tanzten auf seiner Haut, wenn eine Brise in die Zweige fuhr. »Dann war der Kreuzzug ja genau das Richtige für Euch!«, spottete er und betrachtete mit Rührung die vielen Narben auf Geoffreys Körper.
»Damals war ich jünger.« Sein Vater hatte den Kopf an den Stamm gelehnt; träge bewegte er die nackten Zehen.
Henry lachte. »Aber es ist doch erst fünf Jahre her.« Er setzte sich neben seinen Vater auf die Erde und lauschte dem Summen der Bienen, die in dem sanften Auf und Ab der Zweige ihren Weg so mühelos fanden.
»In meinem Alter bedeuten fünf Jahre eine lange Zeit. Heute könnte Bernhard von Clairvaux noch so eindrucksvolle Reden halten, ich würde mir die Ohren zustopfen und mich lieber um meine Ländereien kümmern.« Ernst fuhr er fort: »Es ist keinem Besitz zuträglich, wenn der Herr nicht selber nach dem Rechten sieht. Merk es dir, mein Sohn!«
Henry spürte an der Erschütterung des Bodens, dass ein Reiter nahte. Vorsichtig schob er ein paar Äste zur Seite und erkannte Robert, der nach ihnen Ausschau hielt. Er pfiff und Robert hob den Arm zum Zeichen, dass er ihn gesehen hatte.
»Eigentlich sind wir ein bisschen unvorsichtig«, sagte Henry, »wer weiß, was für Gesindel sich hier herumtreibt.«
»Selbst für Strauchdiebe ist es heute zu heiß«, entgegnete Geoffrey schläfrig. Dann sank ihm der Kopf auf die nackte Brust und er begann leise zu schnarchen.

Als Robert abgestiegen war, bedeutete ihm Henry leise zu sein und wies auf seinen Vater. Dankbar schlüpfte Robert in den Schatten und legte vorsichtig seinen Mantelsack ab. Unaufgefordert begann er Henry aus seiner Rüstung zu befreien; danach half Henry dem Freund aus dem glühend heißen Metall. Erleichtert griff Robert in den Mantelsack und zog einen Weinschlauch daraus hervor. Durstig ließ Henry einen langen Strahl in seinen Mund fließen. Er kam mit dem Trinken nicht nach, der rote Wein rann ihm übers Kinn und wie ein blutiges Rinnsal über die nackte Brust; er machte sich nicht die Mühe den vergossenen Wein abzuwischen. »Was für ein köstliches Getränk«, flüsterte er, reichte Robert den Schlauch zurück und sah mit Behagen zu, wie der Freund trank. Dann zwinkerte er ihm zu und deutete mit dem Kopf zum Fluss. Schweigend schlichen sie sich aus dem schützenden Blätterzelt und liefen barfuß hinunter zum Ufer.

Das Wasser der Seine war sauber und angenehm kühl. Mit einem Schrei warf sich Henry in die Strömung und tauchte einmal ganz unter, ehe er mit kräftigen Stößen zu schwimmen begann. Er beschrieb einen Halbkreis, bevor er ans Ufer zurückkehrte. »Warum kommst du nicht hinein?«, rief er leise.

Robert stand mit den Füßen im seichten Wasser und besprengte sich Arme und Beine. »Einer von uns sollte Wache halten, Mylord«, sagte er ruhig. Unaufhörlich suchten seine Augen die Gegend ab.

Henry bespritzte ihn, dann reichte er ihm die Hand. »Zieh mich heraus!«, bat er; und als Robert seine Hand ergriff, zog er ihn zu sich in die Fluten. Sie balgten herum und scheuchten ein paar Flussenten auf, die ärgerlich Reißaus nahmen. Henry rieb sich das Wasser aus den Augen. »Warum versuchen wir nicht ein Boot aufzutreiben, das uns und die Pferde nach Rouen bringt?«, fragte er atemlos. »Wir wären noch vor dem Tross dort.«

Robert überlegte. »Das nächste Dorf ist nur drei Meilen entfernt. Ich könnte hinreiten und mich umhören.«

Henry wies mit dem Kinn über den Fluss. »Dort drüben, das ist doch viel näher. Ich schwimme rüber und frage. Pass du derweil auf den Grafen auf.«
Robert schüttelte den Kopf. »Ich schlage vor, dass Ihr beim Herrn Grafen bleibt.« Er grinste und seine weißen Zähne leuchteten in dem braun gebrannten Gesicht.
»Erinnert Euch, Mylord, ich bin der schnellere Schwimmer.« Damit stieß er sich ab und begann ans andere Ufer zu schwimmen.
Einen Moment lang sah Henry ihm nach, dann watete er langsam ans Ufer zurück. Er war froh unter das schützende Dach der Trauerweide schlüpfen zu können.
»Gib Acht, du machst mich ja nass!«, polterte Geoffrey, als Henry sich neben ihn fallen ließ. Er sah, dass sein Vater den Weinschlauch entdeckt hatte; eine Biene umkreiste unaufhörlich eine Stelle an Geoffreys Kinn, wo ein paar Tropfen Rotwein sich mit Schweiß vermischten.
»Wollt Ihr nicht schwimmen gehen? Das Wasser ist herrlich!« Unmutig schüttelte Geoffrey den Kopf. »Zu viel Wasser ist ungesund. Ich habe erst in Paris ein Bad genommen, das reicht für eine Weile.« Skeptisch besah sich Henry die dicken blauen Adern an Händen und Füßen seines Vaters.
»Du solltest langsam daran denken zu heiraten«, sagte Geoffrey. »Ein Mann in deiner Position …« Seine Hand beschrieb einen vagen Bogen. »Deine Mutter und ich haben dich nur deshalb nicht schon längst verlobt, weil sie erst deinen Thronanspruch in England sichern wollte. Damit hättest du natürlich ganz andere Chancen.« Er zuckte mit den bloßen Schultern. »Aber was soll's! Das kann noch Jahre dauern. Wütend schlug er nach der Biene, die einen großen Bogen um ihn flog um dann erneut Kurs auf sein Kinn zu nehmen. »Ich denke da an …«
Henry fiel ihm ins Wort. »Verzeiht, Vater, aber ich weiß, wen ich heiraten werde.«

Überrascht riss Geoffrey die Augen auf. »Ist sie reich?«, fragte er lauernd. Henry nickte. Mit einem Ruck setzte sich Geoffrey aufrecht. »Wer denn? Kenne ich sie?« Plötzlich erschien ein listiger Schimmer in seinen blauen Augen. »Ah, ich weiß, es ist die kleine Marie, die Hofdame von Königin Alienor!« Zufrieden ließ er das Kinn auf die Brust zurücksacken. »Die kleine Châtellerault, sieh an, sieh an ... keine schlechte Wahl! Gib mir zu trinken.« Als Henry ihm den Wein reichte, fuhr er fort: »Die Châtelleraults sind eine der ersten Familien Aquitaniens.« Er nahm einen tiefen Schluck und wischte sich mit dem Handrücken über den Mund. »Deine Mutter wird natürlich Einwände haben – sie träumt davon, dich in Westminster gekrönt zu sehen. Da wird ihr eine aquitanische Gräfin wohl zu wenig sein.«

Henry wollte etwas sagen, aber sein Vater ließ ihn nicht zu Wort kommen. »Egal – kein Wort darüber, bevor nicht der Ehevertrag ausgehandelt worden ist!« Verschwörerisch zwinkerte er Henry zu. »Das kannst du getrost mir überlassen – ich weiß, worauf es ankommt! Außerdem ... Königin Alienor wird ihre Lieblingscousine gewiss nicht nur mit einem Laken zu uns schicken.«

Henry rutschte unruhig hin und her. »Vater, hört mich an«, begann er, aber wieder fiel ihm Geoffrey ins Wort: »Zu niemandem auch nur ein Sterbenswörtchen!« Er bog ein paar Äste zur Seite und spähte auf die Wiese. »Ich kann unsere Pferde nicht sehen.«

Henry stand auf und trat in die gleißende Helligkeit. »Verdammt!«, murmelte er. »Verdammt!« Dann steckte er zwei Finger in den Mund und stieß einen gellenden Pfiff aus. Gleich darauf donnerten die Pferde durch das hohe Gras. Erwartungsvoll blickten sie ihn an, doch dann senkten sie von neuem die Köpfe in die Gräser. Mit ihrem ruhigen Schnauben begleiteten sie das Summen der Bienen und das Gezirpe der Zikaden.

Doch da sah Henry am gegenüberliegenden Ufer der Seine das braune Segel. »Da kommt Robert mit einem Schiff. Erlaubt, Euch beim Ankleiden behilflich zu sein. Wir fahren auf dem Fluss nach Rouen.« Geoffrey fuhr in seine Stiefel. »Ich ziehe nur das Kettenhemd über – die Beinschienen kannst du ins Boot legen!« Als sie die Pferde zum Wasser führten, stand die Sonne im Westen.

Der gewölbte Raum hallte von metallischem Klirren wider. Auf den Holztischen breiteten die Meister der namhaftesten Schmieden Frankreichs ihre Waffen und Rüstungen aus. Helme aus Poitiers, Speere aus Troyes, Brustplatten aus Soissons, Kettenhemden, Harnischkapuzen, Schwerter und Schilde aus der neuesten Fertigung sollten dem König vorgeführt werden. Schweißüberströmte Gesellen schleppten die schwere Ware aus der Hitze in das kühle Schlossgewölbe. »Soll ich euch Beine machen, unser Herr König wartet nicht auf euch Faulenzer!«, schrie ein rothaariger Schmied, »hierher mit den Helmen!«

Alienor musste lächeln, als sie die okzitanischen Schimpfwörter hörte, die er dem jungen Mann hinterherschleuderte. Wie ungewohnt in Paris, dachte sie und eilte weiter. Die Glocke der Schlosskapelle läutete zum Angelus. Sie war spät dran.

Die Wachen vor Louis' Empfangssaal nahmen Haltung an.

Der große Arbeitstisch in der Mitte des schmucklosen Saales war leer, kein Schreiber, kein Knappe waren zu sehen. Er musste sie fortgeschickt haben. Auf der einen Hälfte des Tisches lagen geöffnete Pergamentrollen, auf der anderen häuften sich versiegelte Briefe und Dokumente. Das Feuer im Kamin war erloschen, es roch nach verkohltem Holz.

Dann entdeckte sie ihren Gemahl. Er kniete auf einem hölzernen Betschemel, der versteckt in einem Fenstererker stand, und betete mit gesenktem Kopf. Alienor empfand Mitleid, als sie den dünnen, leicht nach vorne geneigten Körper in einem schlichten grauen Gewand sah. Wie kann ein so schwacher Körper das Gewicht einer Rüstung aushalten, fragte sie sich. Louis schien ihr Kommen nicht bemerkt zu haben.

Um ihn nicht im Gebet zu stören trat sie in den nächsten Erker. Der Himmel war wolkenlos. Die Augustsonne prallte auf den gepflasterten Innenhof, in dem die Karren der Waffenschmiede standen. Dicke Gäule verscheuchten mit ihren Schweifen die Fliegen. Mägde mit Eimern liefen eilig über den Hof, die Gesellen mühten sich mit ihrer schweren Last ab. Wie freudlos dieses Bild war.

Sie wandte sich ab. Vor ihr stand Louis und sah sie aus dunkel umschatteten Augen an. »Verzeiht, meine Königin, dass ich Euch habe warten lassen.«

»Verzeiht mir, mein König, ich war es, die sich verspätet hat«, entgegnete sie höflich. Abwesend küsste er ihr die Hand.

»Wollt Ihr Euch setzen? Ich habe über den Abrechnungen der Plantagenet-Tage mit dem Konnetabel viel Zeit verloren.« Louis nahm hinter dem Tisch Platz. »Man sollte den Lehnseid in Zukunft mit weniger Aufwand feiern.«

»Ist der Herzog der Normandie als neuer Vasall nicht so wichtig, dass man keine Ausgaben scheuen sollte?« Fragend blickte sie in sein langes Gesicht mit der hohen Kapetingerstirn.

»Wichtig könnte er dann werden, wenn er seine Verlässlichkeit bewiese. Er ist sehr jung und wenn er nach seinem Vater schlägt, habe ich wenig Hoffnung«, entgegnete Louis schroff. Seine Finger nestelten unruhig an einem Siegelband herum.

Alienor behagte diese Gesprächseröffnung nicht. »Wie kam es, dass eine Abordnung des Erzbischofs von Canterbury zu diesem Lehnseid gebeten war?« Louis lehnte sich erschöpft zurück. »Bernhard von Clairvaux hat mir dazu geraten. Theobald von Canterbury ist ein einflussreicher Mann, nicht nur in England, auch in Rom. Zu seinen Mitarbeitern zählen einige junge und viel versprechende Prälaten, die ich bei dieser Gelegenheit kennen lernen wollte.« Das Wachssiegel löste sich und fiel zu Boden. Louis fuhr fort: »Wer weiß, wie der Erbfolgekrieg in England ausgeht. Vielleicht sehen wir eines Tages noch den jüngsten und unsichersten meiner Vasallen auf dem englischen Thron. Es schien mir klug, rechtzeitig Kontakte mit dem Nachwuchs des Erzbischofs zu pflegen.«

Louis blickte zu ihr hinüber. Die zarten Falten um seine Augen vertieften sich, als er müde lächelte. »Ich habe sie eingeladen einige Zeit in Paris zu verbringen. Einen der Prälaten, einen gewissen Becket, hält Theobald für besonders begabt. Er hat ihn in Paris studieren lassen, bevor er ihn ganz nach Canterbury holte. Ich hatte eine interessante Unterredung mit ihm.«

In dem Versuch ihn aufzuheitern, lächelte Alienor ihm zu. »So haben uns vierzehn Ehejahre älter und weiser gemacht, mein Lieber. Früher hätten wir doch keine Sekunde daran verschwendet einzuladen, wen der Abt von Clairvaux uns auf Empfehlung des Erzbischofs von Canterbury vorschlägt, und schon gar nicht irgendwelche Prälaten wie diesen …«

»Becket, Thomas Becket«, murmelte Louis, als höre er nicht genau hin. Er blickte sie mit ernsten Augen an, und doch schien ihr, als sähe er durch sie hindurch. »Meinst du nicht, es war höchste Zeit aus unseren Fehlern zu lernen? Wir haben Kriege geführt und Menschen ins Unglück gestürzt ohne weiter darüber nachzudenken. Ich danke Gott aus ganzer Seele, dass er mir Bernhard schickte um mir den richtigen Weg zu zeigen.«

Hätte er hinzugefügt, »und bedauernswerterweise bist du mir nicht gefolgt«, es hätte sie nicht gewundert. Der unausgesprochene Satz schmerzte sie. Abrupt richtete sie sich auf und sagte lauter als bisher: »Louis, wir waren voller Lebensfreude, was ist daran verwerflich?«

Louis zog die Schultern hoch und ließ sie resigniert wieder sinken. »Vielleicht ist die Schuld, die wir auf uns geladen haben, zu schwer«, sagte er.

»Du bist undankbar! Natürlich waren wir jung, aber wir haben auch glückliche Jahre gehabt, für die du Gott danken könntest. Auch sie sind Teil deines Lebens. Und außerdem haben wir zwei wunderbare Töchter!«
Louis zuckte zusammen. Er wich ihrem Blick aus und bückte sich nach dem Siegel. Womit hatte sie ihn getroffen? Sie wollte ihm nicht wehtun, ihn nur aus seiner Selbstquälerei herausreißen, die ihr gemeinsames Leben vergiftete. Gegen seine Resignation war sie machtlos.
Mit unruhigen Fingern begann Louis unter den raschelnden Pergamenten zu suchen. Er zog ein beschriebenes Blatt hervor. »Ich habe dich herbitten lassen, weil wir im Kronrat die Planung für die kommenden Monate abgeschlossen haben.«
Die Erwähnung des Kronrats versetzte Alienor einen weiteren Stich.
»Louis«, brach es aus ihr heraus, »hast du vergessen, dass wir hier in diesem Saal, an diesem Tisch den Rat um uns versammelt haben, als wir den Kreuzzug vorbereiteten? Aus Aquitanien habe ich damals Unsummen herausgepresst. Du weißt, wie viel ich den Bauern meines Landes und den Bürgern von Poitiers und Bordeaux abverlangt habe, um die Reise ins Heilige Land zu finanzieren. Ahnst du, was es für mich bedeutet, von jeder Entscheidung abgeschnitten zu sein?« Sie ließ sich in ihren Stuhl zurücksinken. »Was ist nur aus unseren Träumen und Hoffnungen geworden?«
Louis faltete die Hände über dem Schoß und senkte den Blick. »Ich habe den Herrn erzürnt. Gott straft uns, Alienor«, sagte er leise. »Er schenkt uns keinen Sohn, weil ich für meine Sünden büßen muss.«
»Mon Dieu, Louis, wie kannst du das sagen!« Voll Abscheu beobachtete sie, wie er die gefalteten Finger an den Mund presste und den Kampf um Selbstbeherrschung verlor.
Hin- und hergerissen zwischen Schuldgefühlen und Hass auf seine Schwäche sah sie, wie seine Lippen bebten und die Knö-

chel seiner schmalen, zusammengepressten Finger weiß unter der Haut hervorstachen.

»Niemals hätte ich deiner Schwester erlauben dürfen, Raoul zu heiraten, niemals hätte ich die drei Bischöfe überreden dürfen, Raouls erste Ehe ihretwegen zu annullieren«, murmelte er.

Alienor legte ihm die Hand auf die Schulter. »Louis, ja, wir haben Schuld auf uns geladen.« Beherrscht fuhr sie fort. »Ich wollte meine Schwester um mich haben. Und ich war so töricht Raoul deshalb mit ihr zu verheiraten. Hörst du mir überhaupt zu?« Ungeduldig blickte sie zu ihm hinunter, dann schrie sie: »Louis! Wir haben genug dafür bezahlt!«

Ihre Worte prallten an ihm ab. Zusammengekauert starrte er vor sich hin, dann schlug er plötzlich die Hände vor das Gesicht.

Alienor fasste ihn an den Schultern und schüttelte ihn. »Meine Schwester wurde exkommuniziert! Das ganze Land wurde mit dem Kirchenbann belegt! Keine einzige Glocke durfte mehr läuten! Messen waren verboten! Louis, war das nicht Strafe genug?«

»Ich habe mich gegen den Papst gestellt, gegen die heilige Kirche. Ich habe eine Todsünde begangen.«

Alienor atmete tief durch. »Diese Worte wiederholst du seit geschlagenen acht Jahren vor mir – und sicherlich in der Beichte. Hast du niemals zugehört, wenn der Priester von Vergebung sprach?« Ihre Stimme klang selbst für ihre eigenen Ohren schrill.

Stockend fuhr Louis fort: »Ich kann das krachende Gebälk, die Schreie der Menschen nicht vergessen, die die Kirche unter sich begrub.« Er schluchzte auf. »Dreizehnhundert Menschen sind in Vitry gestorben, weil ich geheiligten Boden entweiht habe.«

Alienor sah auf ihn hinab. Es erschien ihr sinnlos, ihm wieder und wieder ins Gedächtnis zu rufen, dass seine Truppen eigenmächtig und ohne seinen Befehl gehandelt hatten, als sie die Kirche von Vitry in Schutt und Asche legten.

Seit jenem Tag hatte Louis sich ihr entfremdet. Todkrank hatte er tagelang Trinken und Essen verweigert und sie nicht sehen wollen.
Sie hörte Louis mit zitternder Stimme beten: »Du strafst mich mit ihren Todesschreien. Vergib mir, großer Gott, vergib mir Sünder.« Er schlug sich dreimal gegen die Brust und machte ein Kreuzzeichen.
Alienor sank vor ihm in die Knie. »Gott vergibt Sünden, er straft nicht nur. Vertrau ihm doch.« Tränen liefen über ihre Wangen, als sie wiederholte, »vertrau ihm doch, Gott ist groß und vergibt dir.« Leise fügte sie hinzu, »... und mir hoffentlich auch.«
»Ich danke dir, Alienor. Trotzdem weiß ich nicht, wie es mit uns weitergehen soll.«
»Und ich weiß nur, dass ich so nicht weiterleben kann.« Schweigend erhob sie sich und ging zu ihrem Stuhl zurück. Er nickte stumm.
Dann änderte er den Ton und sagte: »Ich wollte dir mitteilen, dass Wir entschieden haben im Oktober nach Aquitanien zu reiten. Ein großes Gefolge von französischen und aquitanischen Bischöfen und Fürsten soll Uns begleiten. Darüber hinaus werden Wir Weihnachten den Hof in Limoges abhalten und Mariä Lichtmess in Saint-Jean d'Angel. Bist du mit Unserer Entscheidung einverstanden?« Als erwarte er keine Antwort von ihr, erhob er sich und zuckte bedauernd mit den Schultern. »Ich fürchte, wir werden uns trennen müssen.«
Alienor hielt den Atem an. Würde er ihr jetzt mitteilen, was er mit ihr vorhatte? Louis suchte unter den geöffneten Pergamentrollen nach einem Schreiben.
»Hier bittet der deutsche Landgraf von Thüringen darum, seine Söhne zu uns schicken zu dürfen.« Er rollte das Pergament auf und las stehend: »... dass alle meine Söhne Lesen und Schreiben lernen, auf dass derjenige von ihnen, der sich als begabter und klüger erweise, das Studium fortsetze ...« Louis rollte das

Pergament zusammen und reichte es ihr. »Wirst du dafür Sorge tragen?«
Alienor nickte.
Gemeinsam verließen sie den Saal. Vor dem Gewölbe, in dem Louis von den Waffenschmieden erwartet wurde, verabschiedeten sie sich. Alienor sah, wie seine graue, gebeugte Gestalt von den derben Meistern umringt wurde. Rüstungen und Schwerter, Kriegshandwerk und Taktik sind ihm zuwider. Er gehört in ein stilles Kloster und wäre glücklicher als Mönch, dachte sie, während sie erhobenen Kopfs den Gang verließ.

Eine dunkle Gewitterwand zog langsam von Süden her über den Horizont. Es war so schwül, dass man kaum atmen konnte. Schwärme von Mücken taumelten im Schutze der gewaltigen Mauern und die Schwalben flogen so niedrig, dass Henry glaubte, sie mit der bloßen Hand greifen zu können. In spätestens einer Stunde würde das Unwetter über die Burg Falaise hereinbrechen.

Von dort, wo er saß, hatte er einen guten Ausblick. Schräg hinter ihm suchten die Maurer und Steinmetze ihr Handwerkszeug zusammen. Gleich würden sie es mit Handkarren durch das Tor ins Innere der Anlage rollen, wo sie ihre Bretterbuden aufgeschlagen hatten.

Wenn er den Kopf zur anderen Seite wandte, sah er dort unten das Dorf und den Fluss Ante. Am jenseitigen Ufer stand ein Reiter und pfiff – bis hier oben war der dünne Ton zu hören. Henry sah den Mann wild gestikulieren und lächelte in sich hinein. Er wusste aus Erfahrung, wie lange man auf den Fährmann warten musste; der alte Jean war stocktaub.

Henrys Hauptaugenmerk aber galt den Männern, die auf der Wiese vor der Burg ihre Angriffstechnik probten. Einer nach dem anderen galoppierte auf die drehbare Puppe zu und versuchte sie mit der Lanze zu treffen. Pferde und Reiter glänzten vor Schweiß. Immer öfter gellte der Ruf nach dem Ledereimer, den emsige kleine Knappen pausenlos mit frischem Wasser aus dem Burghof herbeischleppten.

Plötzlich sprang Henry auf. »Halt! So geht das nicht!«, brüllte er und lief die abschüssige Wiese hinunter. Er entriss dem Reiter die Lanze. »Ihr habt sie nicht richtig ausbalanciert. So könnt Ihr auch nicht treffen!« Mit einem Kopfnicken bedeutete er dem Gescholtenen abzusteigen. Schon saß er selbst im Sattel. »Seht her, so muss sie liegen!« Dann dirigierte er das Pferd mit den Knien herum und galoppierte an. Gleich darauf drehte sich die Holzpuppe kreischend in ihren Scharnieren. Die Männer klatschten Beifall und Henry glitt aus dem Sattel. »Ihr könnt für heute Schluss machen«, sagte er freundlich und gab die Zügel einem der Jungen in die Hand. Dann bückte er sich und stemmte den gefüllten Ledereimer über seinen Kopf. Mit geschlossenen Augen ließ er sich das klare Wasser über das Gesicht laufen, dann schüttelte er sich und fuhr sich durch die Haare. »Reibt die Pferde gut ab und gebt ihnen eine Extraration«, befahl er und schlenderte zurück.

Aufatmend ließ er sich rücklings in das harte Gras fallen. In der Ferne grummelte Donner; er vermischte sich mit dem Getrappel der Pferde, die durch das Tor geführt wurden. Einer der Hunde, die zur Burg gehörten, kam schnüffelnd näher. Er war groß und struppig. Nur zwei Schritte vor Henry hob er das Bein. Dann kam er zu ihm und leckte ihm das Gesicht. »Ich bin doch schon ganz nass«, murmelte er und drückte das Tier an sich. Er sah den bettelnden Ausdruck in den Hundeaugen und blickte sich suchend um. Ein Stück Holz lag ganz in der Nähe, Henry brauchte nur den Arm auszustrecken. Als er es fortschleuderte, sprang der Hund freudig hinterher.

Ein erster Wind kam auf. Er jagte über die Anhöhe und fuhr durch die Blüten des Rosenstrauchs an der Mauer und zerrte daran. Ein trockenes Blatt wirbelte davon. »Willst du nicht hineingehen? Es wird gleich regnen!« Henry hatte Geoffrey nicht kommen hören.

Sein Vater setzte sich neben ihn auf die harte Erde. »Noch vierzehn Tage, dann sind die Handwerker fertig!« Stolz blickte er

zur Burg hinüber. »Unser großer Vorfahr wäre zufrieden mit uns. Wenn sie fertig ist, wird sie zu einer der besten Anlagen gehören, die wir besitzen!«
Freundlich sah Henry ihn an. »Der Eroberer kann zu Recht stolz auf Euch sein. Mit dieser Burg setzt Ihr seinem Geburtsort ein königliches Denkmal.«
Ein gewaltiger Donnerschlag krachte über das Land. Geoffrey bekreuzigte sich hastig. »Hoffentlich wird es lange regnen«, murmelte er. »Seit anderthalb Monaten ist kein Tropfen Wasser gefallen. Die Ernte verdorrt auf den Feldern und die Bauern sind verzweifelt.« Zornig blickte er zum Himmel hinauf. »Ich habe ein Vermögen für Messen ausgegeben und diese gierigen Pfaffen halten immer noch die Hand auf!«
Plötzlich veränderte sich seine Miene. In seinen Augen war ein listiger Schimmer, als er wie nebenbei fragte: »Wie steht's mit deiner Verlobung? Seid ihr euch endlich einig?«
Henry schüttelte den Kopf. Seine Hand fand einen spitzen Stein, mit dem er Muster auf seine Lederhose zu zeichnen begann.
Geoffrey sprang auf. »Was gibt es noch groß zu überlegen! Ich lasse mich nicht länger hinhalten. Gleich morgen soll der Schreiber kommen, dann wende ich mich direkt an den Vormund der Dame.« Er klopfte seinem Sohn lachend auf die Schulter. »Glaub mir, es ist ganz praktisch, dass sie Waise ist. Wer weiß, was für einen Vertrag ihr Vater aufgesetzt hätte.«
»Es hat noch Zeit, Vater«, sagte Henry ruhig.
Geoffrey runzelte die Brauen. »Ich versteh dich nicht. Warum sollte die kleine Châtellerault dich hinhalten wollen? Schließlich wird sie auch nicht jünger. Außerdem können wir ihre Mitgift gut gebrauchen.«
Henry holte tief Luft. »Weil es nicht um die Châtellerault geht, Vater!«
Geoffrey riss die Augen weit auf. »Aber du selber hast mir doch gesagt ...«

»Ich habe kein Wort von Marie gesagt«, antwortete Henry ruhig, »das war allein Eure Idee.«
Die ersten Regentropfen fielen. Einer davon landete auf Geoffreys Stirn. Fasziniert beobachtete Henry, wie er sich an der Nasenwurzel erst nicht entscheiden konnte, dann aber langsam in Richtung Auge perlte. Es sah aus, als weine sein Vater.
»Unsinn!«, bellte Geoffrey und wischte sich den Tropfen fort. »Damals, auf dem Ritt von Paris, hast du mir doch davon erzählt.«
»Nehmt mein Wort, ich will Marie nicht heiraten.«
»Hättest du dann die Güte mir zu sagen, wen du statt ihrer zu heiraten gedenkst?«
Ein weiterer Donnerschlag ließ die Burg in ihren Grundfesten erbeben. Unwillkürlich sahen beide Männer zu ihr hinüber. In den Lärm hinein schrie Henry: »Ich werde Alienor heiraten!«
Als der Donner verebbte, war es totenstill.
Nach einer Weile tippte sich Geoffrey an die Stirn. »Du musst verrückt sein!« Er lachte bitter auf. »Das auch noch!«
Der Regen hatte eingesetzt. Henry zog seinen Vater in Richtung Torhaus. Als sie unter der steinernen Wölbung standen, waren sie bereits bis auf die Haut durchnässt. Mit einer Handbewegung verscheuchte Geoffrey den Torhüter. »Für diesen Unsinn brauchen wir keine Zeugen«, knurrte er und trat nach einem Huhn, das an seinen Stiefeln picken wollte.
Henry lehnte sich mit dem Rücken gegen die Innenmauer. »Was immer Ihr dazu sagen werdet, mein Vater, sobald sie sich entschieden hat, werde ich sie heiraten«, sagte er.
Geoffrey fixierte ihn hämisch. »Und was sagt sie dazu?«
»Sie sucht nach einem Weg.« Jetzt starrten sie einander an.
»Und er? Ich meine, was sagt der König dazu? Der hat doch auch ein Wörtchen mitzureden?«
Henry schlug mit der Faust gegen die Mauer. »Ich weiss es nicht, Vater. Ich warte und warte … Seit wir Paris verlassen haben, habe ich nichts mehr von ihr gehört.«

»Dann vergiss es, mein Sohn«, flüsterte Geoffrey. »Sie wird dich niemals heiraten. Selbst wenn die Gerüchte stimmen und unser oberster Lehnsherr sich von ihr trennen wird – dann nur, um sie in ein Kloster zu stecken!«

Erregt fuhr Henry herum. »Sie wird niemals in ein Kloster gehen.« Seine Augen brannten.

Die Luft hatte sich merklich abgekühlt. Geoffrey nahm Henry beim Arm und zog ihn mit sich fort. »Lass uns ins Haus gehen. Die Männer müssen das Gitter herunterlassen und absperren.« Als sie den Burghof betraten, gab er dem Türhüter ein Zeichen, dann eilte er mit weiten Sprüngen über den aufgeweichten Platz in Richtung Palas davon.

Henry kümmerte sich nicht um die riesigen Pfützen. Wie in Trance ging er seinem Vater nach. Ein greller Blitz erhellte die schwere Eichentür gerade in dem Moment, da er sie aufstieß.

Er fand Geoffrey in seinem Schlafgemach, wo er sich die Haare mit einem Tuch trocken rieb. Nur eine Öllampe brannte, die den Raum im Halbdunkel beließ. Durch das offene Fenster rauschte der Regen. Als eine Magd erschien um den hölzernen Laden vorzuschieben, scheuchte Geoffrey sie wieder hinaus. »Später!«, bellte er und ließ sich auf einen Schemel fallen. Dann streckte er ein Bein aus. Wortlos bückte sich Henry und zog ihm die Stiefel aus. »Außerdem ist sie um so vieles älter als du, mein Sohn«, sagte Geoffrey unvermittelt.

Henry begann im Raum auf und ab zu gehen. »Ich bitte Euch, Vater«, seine Stimme klang plötzlich müde, »Ihr wart fünfzehn und Mutter war sechsundzwanzig Jahre alt, als Ihr geheiratet habt, und niemand hat etwas dabei gefunden.«

Geoffrey hatte die Strümpfe ausgezogen und begann seine Füße zu reiben. »Ja, aber es gab politische Gründe.« Er besah sich seine nackten Fußsohlen. »Gemocht haben wir uns nie.« Er lächelte ein wenig schief. »Aber darauf kommt es ja auch nicht an. Dein Großvater Henry wollte die Ansprüche deiner Mutter sowohl hier in der Normandie als auch in England sichern.

Mit mir als Gemahl hatte sie ein Bollwerk im Süden. Das Anjou kam ihnen sehr gelegen.« Er stand auf und ging hinüber zu der großen Wandtruhe. Bedächtig klappte er den Deckel zurück und suchte darin nach etwas. Er fand ein paar rote Strümpfe und schwenkte sie triumphierend. »Die hier werde ich nehmen. Und dir kann ich nur raten: Überlege dir die Sache mit der kleinen Châtellerault noch einmal. An deiner Stelle würde ich mich beeilen – *sie* kann ihr nur eine ordentliche Mitgift geben, solange *sie* noch Königin ist.«

Da klopfte es an die Tür; und als Geoffrey ein unwirsches »Herein« rief, steckte sein Leibknappe den Kopf durch den Spalt. »Verzeiht die Störung, Herr – der Bischof von Rouen wartet auf Euch in der Halle.«

Plötzlich wurde Geoffrey ganz eifrig. »Was mag er nur von mir wollen? Los, los, wo sind meine Stiefel!«

Henry schlüpfte hinaus. Durch eine der Schießscharten auf der Wendeltreppe spähte er hinaus in den Hof. Die Männer hatten in der Zwischenzeit die Fackeln angezündet. In ihrem Schein und durch den Regen hindurch konnte er den Tross des Bischofs erkennen. Dann floh er in sein Gemach.

Als nach der Abendandacht die Mägde und Knechte in der Halle die Tische aufbauten, schlich Robert hinauf, um Henry zu wecken. Auf Zehenspitzen näherte er sich dem Bett, dessen Vorhänge zugezogen waren. Vorsichtig lüftete er das bestickte Tuch. Sein Herr lag vollständig bekleidet auf dem Rücken und hatte die Arme unter dem Kopf verschränkt. Müde lächelte er ihn an. »Ich habe keinen Hunger, Robert. Geh nur hinunter zu den anderen.«
Noch einmal blickte Robert hinüber zum Fenster und vergewisserte sich, dass die hölzernen Schlagläden zugezogen waren, dann ging er leise wieder hinaus. Auf der Wendeltreppe traf er auf jemanden aus des Bischofs Gefolge. »Kommst du mit in die Halle?«, fragte er den Diener. Der andere schüttelte den Kopf. »In einer Viertelstunde brechen wir auf. Mein Herr wollte nur dem Regen ausweichen. Danach reiten wir zum Kloster weiter.«
Henry hörte ihre Stimmen, verstand aber nicht, was sie sagten. Nach einer Weile wurden unten im Hof die Pferde herangeführt. Das große Fallgitter wurde hinaufgezogen. Kurz darauf polterte der Wagen des Bischofs über die Steine im Torbogen. Henry wusste nicht, wie lange er geschlafen hatte, als er jäh auffuhr. Ein Pferd wieherte erschrocken, und erregte Männerstimmen drangen zu ihm hinauf. Henry schwang die Beine aus dem Bett und ging zum Fenster. Als er die Läden zur Seite schlug, traf ihn ein kühler Windzug. Es regnete immer noch

und die flackernden Pechfackeln warfen groteske Schatten auf die Mauern.
»Was gibt's da unten für ein Geschrei?«, brüllte er hinunter und beugte sich weiter hinaus. Einer der Wächter nahm seine Pike in die Hand und sprang in großen Sätzen über die Pfützen. Unter Henrys Fenster angekommen, rief er hinauf. »Ein Fremder steht vor der Burg und begehrt Einlass, mein Herzog!«
Henry versuchte unter den Männern am Torhaus den Ankömmling zu erkennen. Wieder wieherte das Pferd. »Geh und frag ihn, wer er ist und was er will!«, befahl er. Als der Mann zurückeilte, glänzte seine Pike im Feuerschein wie flüssiges Eisen.
»Ich bin's, Herr, Thomas Becket!«
Henry beugte sich noch weiter hinaus. »Lasst ihn herein und sorgt für sein Pferd. Er soll unten in der Halle auf mich warten!« Als er gleich darauf pfeifend die Wendeltreppe hinuntersprang, stand Becket etwas verlegen am Eingang der Halle. Sein dunkles Wollcape troff vor Nässe. Sichtlich wagte er sich nicht ans Feuer, denn ein paar der Hunde hatten sich drohend vor ihm aufgebaut.
Erleichtert wandte er sich seinem Gastgeber zu. Verzeiht, mein Herzog, diesen späten Überfall.«
»Ich wähnte Euch noch in Rouen!« Henry verscheuchte die Tiere und ging mit ausgestreckter Hand auf ihn zu. »Aber ich freue mich Euch wieder zu sehen. Legt den Mantel ab und kommt hinüber zum Kamin.«
Durch den Saal, in dem die Männer der Burg auf Strohschütten schliefen, zog er Becket mit sich hinauf zur Empore, an deren Breitseite ein Feuer loderte. Dann schob er zwei Hocker dicht vor die Flammen und setzte sich. Wieder fiel ihm die übertriebene Sorgfalt auf, mit der Becket das kostbare Tuch abnahm und es über die Balustrade legte. Als sie sich endlich gegenübersaßen, begann Becket erneut sich für die späte Störung zu entschuldigen. Lachend wies Henry auf eine Karaffe. »Wie wä-

re es damit? Es ist köstlicher Wein aus dem Anjou.« Ohne eine Antwort abzuwarten schenkte er ein. »Hat Eure Gesandtschaft sich so lange in Paris aufgehalten, oder habt Ihr alleine noch ein wenig in der Hauptstadt herumgetrödelt?«
Becket kostete den Wein und lächelte. »Ihr habt Recht, dieser Rotwein ist ausgezeichnet. Und die Gesandtschaft hatte tatsächlich so lange dort zu tun. Deswegen bin ich hier.«
Er zog ein sauberes Tuch aus der Tasche und wischte sich über die Lippen. Henry stieß mit der Stiefelspitze einen Holzscheit zurück. Funken glühten auf. Durch den mächtigen Kaminschacht fielen Regentropfen zischend ins Feuer.
Ohne Henry anzusehen sagte Becket: »Ich dachte, Ihr solltet es wissen ...«
Henry nahm einen Schluck und ließ den Wein im Becher kreisen. »Weiß der Erzbischof von Canterbury ... weiß jemand aus der Gesandtschaft, dass Ihr bei mir seid?«
Becket strich sich mit fahriger Geste das nasse, glatte Haar aus der Stirn. »Niemand, mein Herzog!«
Bis auf das Knistern des Feuers und das Schnarchen der Männer unten im Saal war es still. »Worum geht es, Master Becket?«, flüsterte Henry.
Der Engländer hatte seinen Becher abgestellt; seine Hände umkrallten die Stuhllehne. Nun beugte er sich vor. »Wir waren in Paris, weil König Stephan anfragen ließ, ob der französische König eine seiner Töchter mit Eustach vermählen möchte.«
Wein schwappte aus Henrys Glas. »Weiß die Königin, ich meine, weiß Königin Alienor davon?«
Becket schüttelte den Kopf. »Die Königin war beim Kronrat nicht zugegen.«
Henry sog hörbar die Luft ein. »Und? Wie hat König Louis entschieden?«
Becket zuckte die Schultern. »Ihr kennt ihn ja, mein Herzog. Der französische König liebt keine schnellen Entschlüsse. Er hatte auch zu viele Bedenken ...«

»Bedenken welcher Art?«
Beckets Augen glitzerten. »Er weiß, dass die Kirche König Stephans Anspruch auf den Englischen Thron als nicht ganz rechtmäßig betrachtet.«
»Wer steht hinter Stephans Ansinnen?«, fragte Henry. »Wird er vom Erzbischof und von den anderen Bischöfen unterstützt? Wie stehen die englischen Barone dazu?«
Becket begann sich zu entspannen. »Der Erzbischof ließ dem französischen Hof durch uns seine Bedenken mitteilen und die Lords ... diejenigen, die Besitz auf dem Festland haben, sind von der Idee nicht sehr angetan. Zudem ...«, er blickte zu Henry auf, »ist Eustach nicht sehr beliebt. Eine Ehe mit einer der französischen Königstöchter würde unweigerlich Krieg bedeuten. Und ganz England ist mittlerweile mehr als kriegsüberdrüssig.«
Henry nickte und begann auf und ab zu gehen. »Und Ihr seid sicher, dass Königin Alienor nichts von alledem weiß?« Er wandte sich um. »Könnt Ihr das beschwören?« Der Engländer nickte.
Aufatmend ließ sich Henry auf seinen Schemel fallen. »Wie wäre es mit einer Partie Schach, Master Becket? Davon bekommt man einen sauberen Kopf und den brauche ich jetzt.« Ohne eine Antwort abzuwarten zog er das Tischchen zu sich herüber und öffnete die silberne Dose, in der die Figuren aufbewahrt wurden. »Rückt nur näher heran«, forderte er Becket auf und ließ ihn die Farbe wählen.
Henry hatte die schwarzen Figuren erhalten. Geschickt baute er sie auf dem Feld auf.
»Werdet Ihr länger in Falaise bleiben, mein Herzog?«, fragte Becket.
Henry schüttelte den Kopf. »In ein paar Tagen begleite ich meinen Vater hinunter ins Anjou. Ihr eröffnet! Es herrscht Frieden in der Normandie, jedenfalls mehr oder weniger, und außerdem ...«, Henry verschob einen Bauern, »haben wir im

Augenblick auch mit Übergriffen aus Frankreich nicht zu rechnen. Wir können getrost nach Süden reiten.«
Sein Gegenspieler ließ sich Zeit. Er nahm die Dame in die Hand, doch nur um sie nach einer Weile wieder auf ihren Platz zurückzustellen.
Henry grinste. »Ihr mögt die Dame nicht?« Beckets gepflegte Hände lagen entspannt vor ihm auf dem Tisch. Unter langen, gebogenen Wimpern schaute er zu Henry hinüber. »Man muss wissen, wann man sie einsetzt, mein Herzog.« Seine weiße Hand flatterte über das Schachbrett und stieß wie ein Vogel auf den Turm hinab. »Ich habe das Umfeld gerne sortiert.«
Henry hob den Blick. Er sah genau in die dunklen Augen seines Gegenübers. »Ihr seid ein Verräter, Master Becket«, sagte er leise.
Becket zuckte nicht mit der Wimper, nur die Adern an seinen Schläfen pochten unter der dünnen Haut. Kühl und beherrscht wiederholte er: »Ich sagte Euch doch, mein Herzog, ich habe mein Umfeld gerne sortiert.«
Das Schnarchen der Schläfer klang zu ihnen herauf. Draußen schrie ein Nachtvogel.
»Wann habt Ihr vor abzureisen?«, fragte Henry und bewegte seinen Springer über das Feld. Gebannt verfolgte Becket dessen Weg.
»Morgen, bei Tagesanbruch. Ich muss die Gesandtschaft noch in Barfleur erreichen. Sonst kommen sie am Ende ohne mich in Canterbury an. Wie sollte ich das erklären?« Er lächelte zynisch. Unten in der Halle hatte ein Schläfer wohl aus Versehen einen der Hunde getreten. Jaulend kam das Tier herauf zur Empore, schnüffelte an Henrys Bein und umkreiste den Schachtisch, ehe es sich vor Becket auf die Hinterbeine setzte und ihn knurrend anstarrte. »Der Hund irritiert mich. Schickt ihn fort«, bat Becket. »Außerdem hat er Flöhe!«
Das Schnarchen im Saal hatte sich verstärkt; ohne hinzublicken warf Henry die Schachfiguren zusammen und schleuderte sie

hinunter in den Saal. Dann lachte er. »Jeder Hund hat Flöhe, im Übrigen gilt, wenn Ihr ihn nicht anfasst, dann wird er Euch nichts tun.« Er schob seinen Stuhl zurück und kreuzte die langen Beine. »Hattet Ihr jemals eine Unterredung mit der Königin?«

Becket ließ das Tier nicht aus den Augen. »Nein, natürlich nicht! Königin Alienor ist nicht so einfach zu sprechen, jedenfalls nicht für jeden Bürgerlichen«, fügte er maliziös hinzu.

Henry grinste. »Erzählt mir von Euch. Ich weiß so gut wie nichts.«

»Pfeift zuerst den Köter zurück, bitte.« Henry schnippte mit den Fingern. Schweifwedelnd kam der Hund an seine Seite und ließ sich behäbig nieder. Er begann den Kopf des Tieres zu kraulen.

Erleichtert griff Becket nach seinem Glas. »Mein Vater, ein Londoner Kaufmann, hat mich zum Erzbischof von Canterbury gebracht.« Er nahm einen großen Schluck und trocknete sich die Lippen. »Heute bin ich wohl das, was man einen Protégé nennt. Seine Eminenz war mir gegenüber immer überaus großzügig. Er ließ mich in Bologna studieren, dann in Paris und heute – heute bin ich soweit, dass ich Gesandtschaften an königliche Höfe begleiten darf.«

Henry hörte nicht auf das Tier zu liebkosen. »Und wie würdet Ihr Euch selbst einschätzen?«

Becket überlegte. »Vielleicht als jemanden, der noch am Anfang steht. Ich kann reiten und mit dem Schwert umgehen wie ein Edelmann. Ich spreche Latein, Griechisch, Englisch und Französisch und bin im weltlichen und kanonischen Recht bewandert, also ...«, spöttisch hob er die Schultern, »es könnte erst der Anfang sein.«

Sie wurden von Robert unterbrochen, der die Stufen zur Empore hinaufkam. »Ihr habt noch nicht zu Abend gegessen, Mylord.« Henry fuhr auf. »Verzeiht, Master Becket, ich bin ein schlechter Gastgeber. Ihr müsst hungrig sein.« Becket winkte

ab. »Danke, mein Herzog. Ich habe unterwegs gespeist. Jetzt genügt mir der Wein.«
»Und Ihr, Mylord?«, fragte Robert. Dankbar blickte Henry zu ihm auf. »Vielleicht ein wenig kaltes Huhn und Käse. Aber lass es in mein Gemach schaffen. Und du selbst geh schlafen.« Robert nickte Becket kurz zu und verschwand. Henry stand auf. »Wir sollten alle schlafen gehen, Master Becket.«
Sein Gast erhob sich sogleich und griff nach seinem Cape. Schweigend verließen sie die Empore und gingen durch die Reihen der Schlafenden im Saal. Wo keine Strohschütten ausgelegt waren, hallten Henrys Stiefel auf dem Steinboden.
Beim Hinausgehen ließ er Becket den Vortritt und zog die große Eichentür leise ins Schloss. Erstaunt blickte Becket ihn an. »Ihr seid sehr rücksichtsvoll mit Euren Leuten, mein Herzog.« Gemeinsam schritten sie die Treppe hinauf. Im ersten Stock wies Henry ihm ein Gastzimmer für Ehrengäste zu. »Für einen Mann, der ganz am Anfang steht«, spottete er und stieß die Tür auf, »ist dies hoffentlich eine angemessene Bleibe.« Er sah, dass die Öllampe brannte und zog sich mit einem kurzen »Gute Nacht, Master Becket. Wir sehen uns morgen früh«, zurück. Erneut stieg er die Wendeltreppe hinauf und trat auf den oberen Außengang, der die Zinnen miteinander verband. In jeder Ausbuchtung stand ein Mann und hielt Wache. Langsam schritt er die einzelnen Zinnen ab. Der Weg war nass und hier oben pfiff ein Wind, der Henry frösteln ließ. Es regnete noch immer. Er drängte sich zu einem der Wächter in die Ausbuchtung. »Na, wie sieht es aus, François?«, fragte er den Mann und wärmte seine Hände über dem Kohleöfchen, das in der Mitte stand. Der Wächter war noch jung. »Es ist gar nichts los, mein Herzog. Es ist sterbenslangweilig. Bei diesem Regen wird auch nichts mehr geschehen.«
Es klang so hoffnungslos, dass Henry lachte. »Freu dich doch, François. Nächte wie diese müssen wir genießen. Die anderen kommen von alleine!«

Der junge Mann begann in der Glut zu stochern, sodass die Flammen hell aufloderten und Henrys Gesicht beschienen. »Wenn so gar nichts los ist, mein Herzog, dann wünscht man sich ins eigene Bett!«

Im Feuerschein blitzten Henrys Augen auf. »Es werden Zeiten kommen, da du dich nach solchen Nächten zurücksehnen wirst, François. Jetzt gib weiter Acht.« Grüßend hob er die Hand. »Behüt dich Gott!«

Durch das geöffnete Fenster drangen die Geräusche der Île-de-la-Cité in das königliche Gemach – Stimmen, Hufgetrappel und Holzräder auf dem Pflaster.

Alienor beobachtete die Freundin, die, über den Tisch gebeugt, Minztee einschenkte. »Marie, ich will nicht nur die Scheidung. Ich werde unsere Ehe annullieren lassen.«

Marie fuhr herum. »Was sagst du da?« Ungläubig starrte sie Alienor an.

»Mach dir keine Sorgen. Louis und ich sind zu nah verwandt. Papst Eugen hat mir selbst gesagt, die Kirche kenne solche Fälle und könne Dispens erteilen.«

»Aber er war doch dagegen?«

Alienor lachte auf. »Machtpolitik ist die eine Sache, aber die andere ist, dass wir nach kanonischem Recht im fünften oder gar vierten Grad verwandt sind – das muss noch festgestellt werden. Und da habe ich das Kirchenrecht auf meiner Seite.« Sie nahm einen Schluck Tee.

»Du willst dein ganzes Leben auf den Kopf stellen. Hast du dir wirklich überlegt, was das bedeutet – für dich, für Marie, für Alix?«, fragte Marie besorgt.

Alienor sprang auf und begann auf und ab zu gehen. »Ich werde alle Erzbischöfe, die mir nahe stehen, davon überzeugen, dass die Annullierung meiner Ehe eine unabdingbare Notwendigkeit ist. Eine Synode soll die zu nahe Blutsverwandtschaft feststellen.« Sie begann an den Fingern abzuzählen.

»Mein Freund in Sens ist ohnehin auf meiner Seite. Die Bischöfe von Bordeaux, Reims und Rouen sind einflussreich genug, um darauf zu dringen, dass die Synode schnell stattfindet. Auch ich habe meine Fürsprecher!« Sie warf einen Blick auf die Stundenkerze. »Und was Papst Eugen angeht, so kann er sich den Beschuldigungen Bernhards von Clairvaux nicht verschließen. Denn der ist es, der Louis und mich trennen will, um seinen Einfluss auf die Krone zu stärken. Was käme ihm also gelegener, als mich und mein Geschlecht, das er immer verteufelt hat, aus der Linie der Kapetinger zu löschen?«

»Und Louis, was wird Louis sagen?«, fragte Marie.

Alienor sah erneut zu der Stundenkerze hinüber. »Bernhard von Clairvaux hat um Audienz gebeten. Ich werde mir jetzt anhören, was er zu sagen hat. Glaub mir, daraus kann ich leicht ablesen, wie Louis denkt. Erst nach diesem Gespräch werde ich ihm meine Entscheidung mitteilen.« Sie griff nach Maries Hand. »Versprich mir, dass du zu mir stehst.«

Die Freundin nickte stumm.

»Abbé, Gott zum Gruße.« In aufrechter Haltung trat Alienor auf den groß gewachsenen Mönch zu, der sie erwartete. In der Mitte des Raumes blieb sie stehen. Er war gezwungen einige Schritte auf sie zuzugehen. Trotz seiner schlichten weißen Wollkutte strahlte er eine Unnahbarkeit aus, die sich nicht allein dadurch erklären ließ, dass er doppelt so alt war wie sie.

»Gottes Segen sei mit Euch, Frau Königin.« Bernhard von Clairvaux' Stimme war kaum zu vernehmen, als er ein Kreuzzeichen beschrieb. Er verbeugte sich nicht.

Statt den Kopf zu neigen, als er die Hand zum Segen erhob, sah Alienor ihm ins Gesicht. Ich bin die Königin von Frankreich und du stammst aus Châtillon-sur-Seine, dachte sie. Sein weißer Bart verbarg den unteren Teil des hageren Gesichts. Nur die hohlen Wangenknochen ragten zwischen den feinen Falten ein wenig gerundet hervor. Die Lippen des Zisterziensers deuteten ein Lächeln an, das sie nicht recht zu deuten wusste. Alienor fiel ein Satz ein, den sie über ihn gehört hatte: Das Feuer des Geistes hat buchstäblich sein Fleisch aufgezehrt.

Mit kultivierter, nach so vielen Entbehrungen jedoch nicht mehr volltönender Stimme begann er zu sprechen. »Ich habe bereits einmal in einem Gespräch unter vier Augen mit Euch, Frau Königin, den Segen des Herrn erfleht. Damals wart Ihr mit unserem guten König Louis sieben Jahre kinderlos geblieben.« Seine Augen fixierten sie.

Alienor unterdrückte den Zorn, der sie bei der besonderen Betonung des ›guten Königs‹ befiel. Sie entgegnete kühl: »Abbé Bernard, ich weiß sehr wohl, dass ich damals um Kindersegen bat. Und ich erinnere mich ebenso gut an Eure Antwort. Damals sagtet Ihr, ›Sucht doch dem Königreich Frieden zu geben und Gott in seiner Barmherzigkeit wird Euch gewähren, worum Ihr ihn bittet.‹« Sie spürte Kampflust in sich aufsteigen. »Ihr seht«, fuhr sie spöttisch fort, »kein einziges Eurer Worte ist mir entfallen. Und Gott war barmherzig. Er schenkte mir zwei Töchter.« Sie hielt inne, um die Wirkung ihrer Worte zu beobachten, die sie bewusst mit Stolz gesprochen hatte. Dann fügte sie hinzu: »Und ich nehme an, auch bei unserem heutigen Gespräch geht es um den Frieden im Königreich?«

Alienor hatte für die Unterredung einen kleineren Empfangsraum des Schlosses gewählt. Zwei hochlehnige Holzstühle mit abgerundeten Armlehnen standen vor dem Kamin. Sie hatte Karaffen mit Wasser und Wein sowie zwei Goldbecher bereitstellen lassen, denn sie wollte bei ihrem Gespräch mit Bernhard von Clairvaux keinen Zeugen dulden.

»Wollt ihr Euch setzen, Abbé?« Sie deutete auf einen der beiden Stühle. »Wünscht Ihr Wein zu trinken?«, fragte sie, nachdem er sich niedergelassen hatte. Seine feingliedrigen Hände lagen auf den Armlehnen.

»Ich danke Euch, Frau Königin. Wasser wäre mir lieber.« Sie reichte ihm einen der Becher und füllte ihn mit Wasser. Nachdem sie sich selbst Wein eingeschenkt hatte, nahm auch sie Platz.

»Ich bin immer wieder beruhigt, dass Eure älteste Tochter den Namen der Muttergottes trägt«, begann der Zisterzienser.

Alienor fragte sich, worauf er hinauswollte. Sie würde ihn aus sich herauslocken müssen. Sie wählte ein Thema, von dem sie wusste, dass es ihm Kontroversen mit Benediktinern in England und nun auch in der Normandie eingebracht hatte. »Mein Wunsch war, Marie am Festtag der Unbefleckten Empfängnis

taufen zu lassen, doch leider hat Gott mir mein erstes Kind zu einem anderen Zeitpunkt geschenkt. Und Gottes Wille, nicht der Menschen Wille ist mir heilig.«
Bernhard von Clairvaux ging geschickt darauf ein: »Falls Ihr auf das Dogma der Unbefleckten Empfängnis zu sprechen kommen wollt, so wisst, dass ich in der Form damit nicht einverstanden bin.«
Sie glaubte ihn von der Kanzel herab sprechen zu hören, salbungsvoll wie der allwissende Hirte, der eines seiner unzähligen Schafe belehrt. Als nähme er sie gar nicht wahr. Alienors Herz begann vor Widerwillen unruhig zu klopfen.
»Euch ist bekannt«, fuhr der Abt herablassend fort, »wie innig wir die Muttergottes lieben. Schon unsere ersten Klöster waren der Himmelskönigin geweiht. Durch die Heilige Jungfrau ward die Menschwerdung Gottes möglich, weil sie als Einzige unter den Frauen die heilig machende Gnade besaß. Alle anderen Frauen besitzen sie nicht.« Der Abt beobachtete das Feuer, das sich langsam in Glut verwandelte. Dann richtete er sich plötzlich auf und sagte mit drohender Stimme: »Wenn der Mann bei der Frau liegt, so ist das eine unheilige Sache.«
Jetzt war sie bereit ihren Zorn in Worte zu fassen. »Wie könnt Ihr das sagen, Abbé, Gottes Sohn verzieh selbst Maria aus Magdala, die nicht nur bei einem Mann lag. Und Ihr als einfacher Mönch maßt Euch an strenger zu sein als der Sohn unseres Herrn? Abbé Bernard, nennt mir die Stelle in der Bibel, wo das steht, was Ihr sagt.« Noch während sie sprach, spürte sie, wie jede ihrer Äußerungen an seiner Überheblichkeit abprallte. Seine Augen funkelten, als er sie voll Erstaunen ansah. Du wagst es als Frau so mit mir zu reden?, stand in seinem Blick geschrieben. Er nahm einen Schluck Wasser und stellte den Becher auf den Seitentisch zurück.
»Zumindest das solltet Ihr während Eurer Erziehung in Aquitanien gelernt haben: Du sollst nicht ehebrechen.« Sein scharfer Ton passte zu dem fanatischen Funkeln seiner Augen. »Die-

ses Gebot steht in der Bibel. Und Ihr befolgt es nicht!« Die Wangen des Abtes hatten sich gerötet.
Alienor atmete tief durch. Wie konnte dieser dahergelaufene Mönch, der die Massen aufwiegelte, es wagen, so mit ihr zu sprechen! Sie fasste sich und fragte voll Ironie: »Abbé Bernard, in der Bibel steht auch: Liebe deinen Nächsten wie dich selbst. Seht mich an. Liebt Ihr mich wie Euch selbst? Ich glaube, Ihr liebt nur Euch und sonst niemanden!« Lasziv beugte sie ihm ihren Oberkörper entgegen. Hochrot im Gesicht bohrte sich der Blick des alten Mannes jetzt in ihre grünen Augen, während sie ohne den Blick von ihm zu wenden einen großen Schluck von dem Wein nahm. Diesen Sieg wollte sie genießen. Sie hatte seine Selbstgefälligkeit erschüttert.
»Ihr versteht die Liebe nicht!«, stieß er mit schneidender Stimme hervor. »Ehebrecherische Liebe und Fleischeslust haben mit wahrer Liebe nichts zu tun! Ihr gehört in ein Kloster, damit Ihr dem Reich nicht mehr schaden könnt.«
Alienor sprang auf. Er war gezwungen zu ihr aufzuschauen. Kerzengerade stand sie vor ihm. »Wie könnt Ihr, Abbé, es wagen, Euch anzumaßen über das Schicksal einer Königin entscheiden zu wollen!«
»Ich bitte Euch – es geht um das Schicksal einer Sünderin, die dem König und dem guten Ruf Frankreichs schadet!« Verachtung verzerrte sein bleiches Gesicht.
Spöttisch lächelte sie zu ihm hinab. »Und Ihr meint, Gottes Richter auf Erden zu sein? Dann, mein lieber Abbé, seid Ihr es, der sich auf dem Irrweg befindet.«
Ungerührt entgegnete der Abt: »Fontevrault wäre das richtige Kloster für Euch. Witwen und gefallene Frauen des Adels weihen ihr Leben dort der wahren Liebe zu Gott, tun Abbitte und beschließen ihr Leben in Frieden.«
Alienor konnte seine raumgreifende Gegenwart plötzlich nicht mehr ertragen. Jetzt, da sie wusste, was man gegen sie plante, wollte sie Bernhard von Clairvaux so schnell wie möglich ver-

abschieden. »Ich werde über mein Leben selbst entscheiden. Dies ist die einzige Antwort, die ich Euch gebe.« Und eisig fügte sie hinzu: »Meinem hohen Gemahl könnt Ihr getrost berichten, wie ungeheuerlich mir Eure Anmaßung erscheint.«
Der Abt hatte sich bereits erhoben, da holte er noch einmal mit drohender Miene aus. »Auch von dem Gebot der Heiligen Schrift, nach dem die Frau dem Mann untertan sei, scheint Ihr nicht viel zu halten, Frau Königin.« Ihre Gesichter befanden sich auf gleicher Höhe dicht voreinander. Ihr war, als spräche der bärtige, rachsüchtige Gott des Alten Testaments aus ihm, der sie vernichten wollte.
»Nächstenliebe ist das Gebot des Neuen Bundes, Abbé«, entgegnete sie knapp und wechselte abrupt das Thema. »Ich danke Euch für das Psalterbuch. Es ist höchst kunstvoll gearbeitet.« Und lachend: »Die Abbildungen des Fegefeuers scheinen mir so gelungen, dass ich fast annehmen möchte, dass Ihr mich auf der Stelle dorthin wünscht.« Der Abt wich einen Schritt zurück und schlug ein Kreuz, als wäre sie des Teufels. Alienor lächelte sanft. »Ihr dürft Euch zurückziehen, Abbé.«

Die Nacht war angebrochen. Der Mond stieg langsam höher. Sein magischer Schein tauchte Paris und das königliche Schloss in geisterhaftes Licht. Gerade eben hatte der Türmer die elfte Stunde ausgerufen und im Schloss erloschen die Lampen. Nur einmal noch wurde die Stille unterbrochen, als jenseits der wehrhaften Mauern laut johlend eine Horde Studenten vorbeizog. Die beiden Wachen am Portal lachten sich verständnisvoll an und einer von ihnen schmunzelte. »Ich würde gern mit denen tauschen.«

»Still!«, zischte der Zweite, »da kommt jemand über den Hof!«

Aus der Dunkelheit näherten sich Schritte.

»Es ist ein Mönch. Du kannst ihn an seinen Sandalen erkennen«, sagte der erste Wächter. Beide Männer nahmen Haltung an, als der Benediktiner zwischen ihnen hindurch ins Schloss eilte. Er hatte die Kapuze übergezogen und hielt die Hände in seinen Ärmeln verborgen. Sie hörten, wie seine Schritte im Innern des Hauses verklangen.

Der Mönch hatte die große Halle durchquert und steuerte nun auf die Treppe zu, die zu den königlichen Gemächern hinaufführte. Die meisten der Pechfackeln waren bereits gelöscht. So kam es, dass der kleine Page auf der obersten Stufe beinahe mit dem Benediktiner zusammengestoßen wäre. »Verzeiht, Vater. Ich habe Euch nicht gesehen!« Vorsichtig balancierte er eine silberne Handschüssel, aus der das Wasser schwappte. »Habe ich Euch nass gemacht?«

Freundlich schüttelte der Mönch den Kopf. »Überhaupt nicht, mein Junge. Wieso bist du noch wach?«
»Ich bin einem römischen Bischof für die Dauer seines Besuches zugeteilt«, sagte der Page stolz. »Er ist jetzt erst mit dem Essen fertig.« Nun lächelte er und entblößte dabei zwei fehlende Vorderzähne. »Er hat zweimal gegessen, Vater. Heute Abend in der Halle und jetzt noch einmal alleine!« Er schielte auf das Waschbecken in seinen Händen. »Man kriegt selbst ordentlich Hunger, wenn man dicke Leute essen sieht«, erklärte er ernsthaft.
Der Benediktiner biss sich auf die Lippen und schlug dann vor: »Warum gehst du nicht in die Küche und schaust, ob du nicht noch etwas zu essen bekommst?« Der Mönch blickte dem Knaben nach, der nun vorsichtig die halb dunkle Wendeltreppe hinunterstieg. Dann betrat er selbst den Gang, der zu den Gemächern der Königin führte.
»Es wird besser sein, wenn Ihr hier draußen wartet«, belehrte ihn einer der Wachen, die vor der Tür postiert waren. »Der König ist noch bei der Königin.« Jenseits der eisenbeschlagenen Eichenpforte waren Stimmen zu vernehmen. Einmal schrie eine Frau unbeherrscht auf. Der Mönch zog sich zurück und wartete in einer Nische. Noch einmal war die laute Frauenstimme zu vernehmen, dann wurde die Tür mit einem jähen Ruck aufgerissen und der König erschien. Ohne irgendjemanden eines Blickes zu würdigen enteilte er, von einem Teil der Wachen gefolgt.
Der Mönch wartete einen Moment, dann trat er vor und drückte die Klinke hinunter. Sorgsam zog er die Tür hinter sich ins Schloss. Er befand sich in einem Vorraum, in dem eine große Truhe stand. Die Tür zum nächsten Raum stand halb offen. Dort drinnen war es hell. Als er vorsichtig näher kam, sah er, dass das Licht von vier großen goldenen Kerzenleuchtern herrührte. Dann entdeckte er die Königin.
Alienor trug ein grünes, lose fallendes Oberkleid. Ihr rotes Haar

war offen und verdeckte Partien ihres Gesichts. Der Mönch räusperte sich. »Majestät!«
Alienor fuhr herum. »Was gibt es?«, fragte sie streng.
Der Mönch kam näher. »Ich bin gekommen um Euch die Beichte abzunehmen, Majestät«, murmelte er.
Ärgerlich warf sie die Haare zurück. »Ich habe Euch nicht rufen lassen, Vater«, sagte sie schroff. »Was ist? Seid Ihr immer noch da? Geht jetzt!«
Sie kam einen Schritt näher. »Wollt Ihr, dass ich die Wache rufe?«
Der Mönch neigte den Kopf. Sein Gesicht lag im Schatten. »Ich bin gekommen, damit Ihr beichtet und bereut!« Für einen Augenblick war es totenstill im Raum. Der Mönch sah, wie Alienor mühsam nach Atem rang. Ehe er es verhindern konnte, hatte sie einen der schweren goldenen Leuchter ergriffen und schleuderte ihn in seine Richtung. Es gab ein dumpfes Geräusch, als er gegen die Wand prallte. Die Kerzen lösten sich aus ihren Halterungen, rollten auf den Boden und erloschen.
Der Mönch streifte seine Kapuze zurück und strahlte sie an. »Ich liebe es, wenn du wütend wirst«, sagte er und ging auf sie zu. Während er sie in seine Arme schloss, sah er das ungläubige Funkeln in ihren Augen. »Du bist verrückt, Henry, wenn man dich entdeckt, wird man dich auspeitschen«, keuchte sie, ehe er ihr die Lippen verschloss. Als er sie hochhob um sie zum Bett zu tragen, murmelte Alienor: »Man muss die Tür verriegeln.« Er begann ihr das Kleid auszuziehen. Als es neben das Bett geflogen war, entwand sie sich seiner Umarmung und lief nackt zur Tür um den Riegel vorzuschieben. Dann kam sie lachend zurück. »Du bist ein sehr erotischer Mönch, mein Lieber …« Sie maß ihn von Kopf bis Fuß und flog in seine Arme. Wie ausgehungert begann sie ihn zu küssen. Zwischendurch murmelte sie: »Lass doch die Strümpfe …« Henry wälzte sich über sie, dann drehte er sie herum, sodass sie oben lag. »O nein, mein Liebling. Ich will dich ganz nackt. Ich will dich ansehen!«

Mit ausgebreiteten Armen hielt er sie in die Höhe; ihr langes Haar hüllte sie beide ein. »Ich habe mich so nach deinen Brüsten gesehnt«, flüsterte er und schmiegte den Kopf an ihre Haut. »O mein Gott, wie du duftest ...« Seine Lippen waren überall und als sich ihre langen Beine um ihn schlangen, vergaß er, weswegen er gekommen war.
Später lagen sie schweißüberströmt nebeneinander und jeder horchte auf den Herzschlag des anderen. Alienors Stimme klang dunkel und bebte vor verhaltenem Lachen. »Ich habe es nie zuvor mit einem Mönch getan ...«
»Gib zu, für einen Mönch war ich nicht schlecht.« Er zog sie noch näher. Draußen rief der Türmer die zwölfte Stunde aus. Da setzte sich Alienor auf. »Wie bist du nur hereingekommen? Mein Mann war gerade hier ...«
Henry lehnte sich an das Kopfende. »Das war nicht zu überhören, meine Königin.«
Alienor strich ihre Haare zurück und lachte. »Wie hast du es angestellt, an den Wachen vorbeizukommen?«
Henry machte eine wegwerfende Geste. »In dem Gewand? ... kein Kunststück! Dies ist ein frommes Haus!« Draußen schrie ein Kauz und Henry bekreuzigte sich.
Spöttisch zog Alienor mit einem Finger die Konturen seines Gesichtes nach. »Mein mutiger Herzog ist ja abergläubisch.«
Ernst sah er sie an. »Es sind Todesvögel, mein Engel. Wusstest du das nicht?«
»Unsinn, das ist ein Ammenmärchen, Henry.« Sie hörte nicht auf sein Gesicht zu streicheln. »Warum bist du gekommen?«
Sein Gesicht verdüsterte sich. »Weil ihr dabei seid, all meine Träume über den Haufen zu werfen«, entgegnete er ruhig.
Alienor riss die Augen auf. »Wovon sprichst du? Ich verstehe dich nicht.«
»Wusstest du, dass dein Mann eure Tochter mit Eustach vermählen will?«
»Wer erzählt so etwas?« Alienors Augen verengten sich. Hen-

ry hob beide Hände. »Zumindest denkt er darüber nach. Und was das für mich bedeutet, das kannst du dir an den Fingern abzählen.«
»Von wem weißt du das? Antworte mir gefälligst!«, zischte sie. Als er sie betroffen anstarrte, schrie sie: »Es geht nicht nur um dich, es geht auch um mich!« Sie sprang aus dem Bett. Nackt wie sie war, begann sie im Raum auf und ab zu laufen. Mit einem Ruck drehte sie sich zu ihm um. »Gerade eben war der König bei mir und hat mir seine Bedingungen für eine Scheidung vorgetragen!« Sie stieß ein trockenes Lachen aus. »Der Kronrat hat ihm nahe gelegt mich in ein Kloster zu stecken. Und weißt du warum? Sie wollen mir mein Aquitanien wegnehmen!« Ihre Stimme bebte. »Aber dass sie mir mein Kind wegnehmen wollen, davon hat er nichts gesagt!«
Alienor presste beide Fäuste gegen die Schläfen. Henry sprang aus dem Bett. Behutsam legte er den Arm um sie und führte sie zurück zum Bett. Dann griff er nach einer Felldecke, die hinuntergerutscht war, und deckte sie fürsorglich damit zu. Alienor begann zu weinen. »Louis hat mich verraten«, schluchzte sie. Unbeholfen wischte Henry ihr die Tränen ab. Mit einem Ruck setzte sie sich wieder auf. »Männer, Kirche und nochmals Männer!« Wie zur Bekräftigung schlug sie mit der flachen Hand auf die Felldecke ein. »Woher nehmt ihr nur die Überzeugung, dass ihr etwas Besonderes seid? Eure Anmaßung ist unerträglich!« Sie biss sich auf die Lippen und wischte sich ungeduldig eine Träne fort, dann warf sie ihm einen lauernden Blick zu. »Die Frau sei dem Manne untertan. So heißt es doch, oder?«
Henry nickte hilflos. »So steht es in der Bibel.«
Alienor warf den Kopf zurück und lachte und lachte. Henry rückte betroffen von ihr ab. Genauso plötzlich, wie der Lachanfall begonnen hatte, endete er auch. Mit völlig normaler Stimme sagte sie: »Was für ein Schwachsinn!«
Beschwichtigend griff Henry nach ihrer Hand. »Aber ich habe die Bibel nicht geschrieben …«

Alienor überließ ihm ihre Hand. »Nein, das hast du nicht«, gab sie zu, »aber sie ist doch sehr in eurem Sinn.« Sie schüttelte fassungslos den Kopf. »Und Legionen von Frauen gehorchen. Kannst du das begreifen?« Sie stieß ihm ihren Zeigefinger auf die Brust. »Aber ich bin keine von ihnen! Ich bin niemandes Untertan – weder Bernhards noch meines königlichen Gemahls!«

Henry konnte nicht aufhören auf ihre roten, feuchten Lippen zu starren. »Was wird mein guter Louis sagen, wenn ich gleich morgen eine Fortsetzung unseres ehelichen Disputes fordere? Mein frommer Gemahl hasst Auseinandersetzungen, musst du wissen!« Henry beugte sich einfach vor und küsste sie. Eine Weile ließ sie ihn gewähren, dann schob sie ihn sacht von sich. »Dort drüben steht Wein. Geh und hole uns etwas zu trinken, dann kannst du mir weiterberichten.«

Gehorsam stand er auf und ging zu dem Tischchen, auf dem Gläser und eine silberne Kanne standen. Während er einschenkte, rief sie ihm zu: »Geht es um Marie, die dieser Eustach heiraten möchte?«

Henry nickte. »Das nehme ich an. Alix liegt ja noch in den Windeln.«

Alienor begann eine Haarlocke um ihren Finger zu wickeln. »Marie also ... Die Herren vergessen nur ...« Sie nahm das Weinglas entgegen und trank einen Schluck. »Als Maries Mutter habe ich da ein Wort mitzureden, meinst du nicht auch?« Henry setzte sich dicht neben sie. »Ich will wissen, wer so etwas erzählt.« Er roch an seinem Wein. »Das ist doch egal. Ein Freund ...«, er machte eine vage Bewegung mit der Hand, »irgendwer. Tatsache ist, dass der König zumindest darüber nachdenkt. Und du verstehst, nicht wahr?« Er starrte sie über den Rand seines Glases an. »Wenn du deine Tochter dem englischen Thronfolger gibst, dann kann ich niemals mehr König von England werden!« Er trank in durstigen Zügen. »Wenn sie erst Kinder haben, womöglich noch einen Thronfolger ...«

»Womöglich noch einen Thronfolger …«, wiederholte Alienor höhnisch.
»Ja, verdammt noch mal!«, rief er aufgebracht. »Dafür hat meine Mutter nicht all die Jahre gekämpft, dass Stephan sie nun mit einem solchen Schachzug besiegt!«
»Sei leise!«, herrschte sie ihn an. »Ich möchte nicht, dass die Wache hier gleich auftaucht!«
Er stellte sein leeres Glas auf den Boden. Dann sah er sie an. »Hilf mir, Alienor. Es darf nicht geschehen. Es darf einfach nicht sein. Wenn du wenigstens …«
»Nun? Wenn ich wenigstens was? Sprich ruhig!«
Verzweifelt schüttelte er den Kopf. »Ich wollte sagen … wenn du wenigstens eine Stimme im Kronrat hättest.«
Alienors Augen sprühten. »Warum bist du überhaupt gekommen, wenn du findest, dass ich so nutzlos bin?«
»Versteh doch, Alienor; ich lebe für England!« Mit beiden Händen hielt er ihre Schultern fest und schüttelte sie. »Selbst die katholische Kirche erkennt Stephans Anspruch auf die Krone nicht wirklich an. Aber wenn Ihr, wenn du zulässt, dass Eustach eine französische Königstochter heiratet, dann kann ich endgültig aufgeben!«
Sie sah ihn unter halb geschlossenen Lidern nachdenklich an. »Was für eine Situation«, sagte sie endlich, »auf der einen Seite ein verräterischer Gemahl und auf der anderen …«, sie streichelte sanft seine Wange, »ein gieriger Liebhaber!«
Henry schien sie nicht gehört zu haben. »Zu viele Männer sind dafür gestorben. So viele sind dafür verblutet …« Seine Augen brannten. »Wenn alles vergeblich war, wie könnte ich mit dieser Schuld leben?«
Alienor zog seine Hand auf ihre nackte Brust. »Fühl mich«, flüsterte sie, »spürst du mein Herz?« Zärtlich sah sie ihn an. »Ich lebe und ich werde alles daran setzen, dass dein Kampf nicht vergeblich war.« Als sie sich dieses Mal liebten, da war es sanft und zärtlich.

Alienor lag wach und lauschte auf seinen Atem. Als der Türmer die fünfte Stunde ausrief, weckte sie ihn. »Du musst gehen, Henry«, sagte sie.
Schon in der Mönchskutte, kniete er noch einmal vor ihrem Lager nieder.
»Ich reite jetzt nach Chinon. Werde ich von dir hören?« Sie lächelte. »Gewiss.« Er küsste sie, dann erhob er sich und ging zur Tür. Ehe er den Riegel zurückschob, rief sie ihm nach: »Wer hat es dir übrigens erzählt?«
»Einer aus dem Gefolge des Erzbischofs von Canterbury.« Er hatte die Tür schon geöffnet. »Becket heißt er. Thomas Becket.«

Maman, wie herrlich, seht nur, wie groß Paris ist. Unser Schloss und die hohen Wälle, sogar die Türme kann ich von hier aus erkennen!« Marie hatte sich im Sattel umgedreht und zeigte begeistert auf die Stadt, die sich am Fuße des Montmartre ausbreitete.

Voll Stolz beobachtete Alienor, wie ihre Tochter den kleinen, unruhigen Schimmel geschickt durch die schmalen Wege der Weinberge lenkte, die zur Kuppe des Montmartre hinaufführten. Die Trauben hingen nach dem wochenlangen Regen prall an den Reben. In diesen sonnigen Septembertagen würde die letzte Süße in ihnen reifen. Die Prinzessin stellte sich in einen Steigbügel, beugte sich tief hinunter, pflückte eine Traube und rutschte in den Sattel zurück. Sie wartete, bis ihre Mutter auf gleicher Höhe war. »Danke, Marie.« Alienor riss ein paar Beeren mit den Zähnen ab und reichte ihrer Tochter die Traube zurück. »Wenn wir oben sind, erzähle ich dir, warum der höchste Berg von Paris Montmartre heißt.«

Die Siebenjährige sah sie pfiffig an. »Maman, darf ich Euch sagen, was ich darüber weiß?« Und sie begann wiederzugeben, was sie gelernt hatte. »Sanctus Dionysius war ein Märtyrer und lebte im dritten Jahrhundert nach Christus, als die Römer noch hier waren und man nur Lateinisch sprach. Saint Denis wurde hier auf dem Berg enthauptet. Er hat seinen abgeschlagenen Kopf unter den Arm genommen und ist bis nach Saint-Denis gelaufen, weil er dort beerdigt werden wollte. Und die heilige

Genoveva hat an seinem Grab eine Kirche bauen lassen, genau da, wo wir heute hinreiten.« In ihrem Eifer hatte sie vergessen, den Namen des Berges zu erklären.
»Und deshalb wurde der Berg nach dem Märtyrer Mont Martyr genannt, woraus später Montmartre wurde«, ergänzte Alienor. »Wie kommt es, dass du so gut vorbereitet bist, Marie?«
Das Kind strich sich die rötlichen Haare aus der Stirn. »Ich habe Père Jacques im Unterricht erzählt, dass Ihr mich nach Saint-Denis mitnehmt um die neue Kirche zu besichtigen. Da hat er mir aufgegeben, dass ich das Leben von Saint Denis auswendig lerne.« Ihr erhitztes Gesicht strahlte. In diesem Moment sah sie ihrer Mutter verblüffend ähnlich.
Ein Teil der Garde und die Hofdamen erwarteten sie bereits, als sie auf der Bergkuppe anlangten. Alienor saß ab und half Marie von ihrem Pferd. Sie nahm ihre Tochter an der Hand und zeigte in Richtung Norden. »Dort liegt Saint-Denis und genau im Westen hinter den Mauern der Cité, hinter der großen Schlossinsel, liegt der Hügel der Sainte Geneviève, von der du gerade erzählt hast.«
Alienor sah auf die gelockten Haare ihres Kindes hinab, das staunend in die Ferne blickte. Dann wandte Marie den Kopf nach rechts und fragte ungläubig: »Wie kann er mit abgeschlagenem Kopf so weit gelaufen sein! Hat ihm das nicht wehgetan?«
Alienor drückte Maries Hand und bückte sich so weit zu ihr hinunter, dass sie ihr in die blauen Augen sehen konnte. »Es ist eine Legende. Es ist das, was die Menschen aus dem Leben von Saint Denis gemacht haben.«
Die Antwort schien das Kind nicht zu befriedigen. Alienor drückte sie zärtlich an sich und erklärte: »Du musst dir vorstellen, dass Saint Denis ein sehr guter Mann war, der Gott liebte. Allein das ist wichtig. Und für diese Liebe ist er gestorben.«
Mit aufmerksamen Augen hörte das Mädchen ihr zu. »Und je mehr die Menschen über Saint Denis erfuhren, umso mehr Pil-

ger aus ganz Frankreich, Aquitanien und von überall her kamen an sein Grab und jeder erzählte etwas anderes über den Heiligen.«
Überrascht sah Marie sie an. »Maman, glaubt Ihr, dass er mit dem Kopf unter dem Arm gehen konnte?«
»Nein, mein Kleines«, antwortete sie entschieden.
Erleichtert seufzte Marie auf. »Ich auch nicht. Aber Père Jacques glaubt es und ich wollte ihn nicht enttäuschen.«
Alienor lachte sie an. »Siehst du, manche Dinge müssen Königskinder eben für sich behalten. Da kann ich sehr stolz auf meine Tochter sein.« Es rührte sie zu sehen, wie es in dem kleinen Kopf arbeitete. »Von jetzt an, Marie, teilen du und ich ein Geheimnis, das wir niemandem verraten werden.« Verschwörerisch legte Alienor ihren Zeigefinger an die eigenen Lippen, dann auf Maries Kindermund. »Wollen wir aufsitzen?«
Der Montmartre fiel nach Norden hin flacher ab. Richtung Seine breitete sich vor ihnen die sanfte Landschaft aus. In den Gemüsegärten, die in den trockengelegten Sümpfen des rechten Seineufers angelegt waren, wurde gearbeitet. Im zartblauen Himmel schienen Schwalben sich noch einmal auszutoben, bevor sie sich zu der großen Reise in den Süden sammelten. Wie ein dunkler schützender Gürtel umgab in der Ferne dichter Wald das fruchtbare Herzstück der Île-de-France.
Alienor wandte sich noch einmal um. Die Morgensonne beschien die mächtigen Wälle des Schlosses von Paris. Ihre Gedanken begannen zu schweifen. Vor zweihundert Jahren waren diese Mauern gegen die Normanneneinfälle errichtet worden. Warum erfüllte es sie mit Wohlgefühl, die Wälle von außen zu sehen? Im Innern war ihr Leben unerträglich geworden. Ihre Gedanken glitten wie von selbst zu Henry. Die letzten Unterredungen mit Louis hatten sie in ihrer Entscheidung ihr eigenes Leben selbst in die Hand zu nehmen nur bestärkt, aber konnte sie auf Henry bauen? Wagte sie nicht zu viel? Wie zum Trotz regte sich der Wunsch in ihr ihn jetzt an ihrer Seite zu

haben. Der Rappe nutzte die Unaufmerksamkeit seiner Reiterin und trottete immer langsamer vor sich hin.

Der blau-weiße Wimpel begann zu flattern, als sie den Befehl nach vorne geben ließ im Galopp weiterzureiten. Man erwartete sie am späteren Mittag in Saint-Denis, da sie beschlossen hatte ihrer Tochter die neuartige Rosette im hellsten Sonnenlicht zu zeigen.

Die Rüstungen der königlichen Garde strahlten im Licht. Der Holzkarren, der das Gepäck für eine Übernachtung geladen hatte, schwankte hin und her. Auf den Feldern rechts und links des Weges hoben Bauern die Köpfe. Kaum erkannten sie den königlichen Wimpel, kamen sie angelaufen und riefen laut ›Vivat‹. Alienor sah, wie Marie, trotz der unruhigen Galoppschritte ihres kleinen Pferdes, den Kopf zur Begrüßung höflich in alle Richtungen neigte. Sie hat das Zeug zu einer Königin, dachte sie zufrieden. Doch wie kann Louis sie ohne mein Wissen diesem kränkelnden Eustach versprechen und einer Zukunft in England aussetzen, die absolut ungesichert ist?

Plötzlich scheute Maries Pferd. Ein Bauer hatte zu heftig mit seiner Heugabel gefuchtelt. Aus dem Stand sprang der Schimmel über den Graben und jagte querfeldein in das Stoppelfeld. Ein Knappe, der versuchte die Zügel an sich zu reißen, verlor das Gleichgewicht und rollte in den Graben. Das Kind rutschte haltlos auf dem Pferderücken hin und her. Ein zweiter Reiter galoppierte hinter Marie her und versuchte sein Pferd vor den Schimmel zu drängen. Alienor sah, wie Maries Pferd hochging, Marie schrie auf, ihre Arme schnellten hilflos in die Höhe. Alienor stieß ihrem Pferd die Sporen in die Seite. Mit einem Satz war der Rappe auf dem Feld und in gestrecktem Galopp jagte sie auf die Stelle zu, an der ihre Tochter gestürzt war.

Mit hochgerutschtem Rock und Strohhalmen in den aufgelösten Haaren saß Marie auf den harten Stoppeln. Unwirsch verscheuchte sie die Leute, die ihr zu Hilfe eilen wollten. Sie wand-

te das Gesicht ab und rieb sich ihre aufgeschürften Knie. Blass und beherrscht kämpfte sie gegen ihre Tränen an.
»Marie«, fragte Alienor vorsichtig, »hast du dir wehgetan?«
Verzweifelt um ihre Fassung ringend bat Marie: »Schick bitte alle weg.« Mit einer Handbewegung bedeutete Alienor den herbeigeeilten Bauern und Gefolgsleuten, sich zurückzuziehen. Kaum waren sie allein, brach Marie in Tränen aus und fiel ihrer Mutter um den Hals. »Ein Junge weint auch nicht, deshalb wollte ich nicht, dass sie sehen …«, sie schluchzte laut auf, »dass ich weinen muss.«
Alienor nahm Marie in ihre Arme. »Aber Marie, Mädchen oder Junge, das ist doch ganz gleichgültig. Die Hauptsache ist doch, dass du nicht wirklich verletzt bist.«
Eine der Hofdamen kam mit einem Holzkasten herbeigelaufen. »Hoheit, hier sind Salben und Leinenbinden, falls Ihr sie benötigt. Braucht Ihr meine Hilfe?«
Dankend wehrte Alienor ab. »Ich werde mich selbst darum kümmern.« Tröstend wandte sie sich an Marie: »Versuch deine Beine und Arme zu bewegen, es scheint nicht so schlimm zu sein.«
»Mir tut alles weh, sieh doch, mein Bein blutet.« Sie schluchzte bei dem Versuch aufzustehen.
»Tu mir einen Gefallen und geh ein paar Schritte«, bat Alienor das Kind. Stöhnend humpelte Marie vor ihr auf und ab. »So, nun setz dich wieder. Du kannst etwas trinken, solange ich die Schürfwunden verbinde. Die tapfersten Ritter des Abendlandes und deine eigene Mutter sind schon vom Pferd gestürzt, es ist keine Schande.«
Maries Gesicht entkrampfte sich, als sie nachfragte: »Ihr, Maman?«
Alienor hob lachend den Stoff ihres Beinkleides empor und zeigte ihr eine alte Narbe am Unterschenkel. »Ich war etwa so alt wie du, da bin ich im hohen Bogen vom Pferd in eine Dornenhecke gestürzt. Glaubst du es jetzt?«

Das Mädchen nickte heftig und biss die Zähne zusammen, als Alienor ihr die Wunden einrieb. Selbst als Marie ihr Pferd bestieg kam kein Schmerzenslaut mehr über ihre Lippen. Vor den Toren von Saint-Denis begegneten ihnen neben den Pilgern die ersten Mönche der Benediktinerabtei. Zwei Laienbrüder trieben eine blökende Schafsherde vor sich her. Vor dem Ortseingang standen, von Burschen bewacht, voll geladene Heuwagen. Es war Messetag. Die Stadt wimmelte von Händlern. Karren mit Mehlsäcken und Weinfässern versperrten den Weg, alle Sorten von Gemüse wurden auf großen Holzladen feilgeboten.
Wann immer Alienor bisher nach Saint-Denis gekommen war, hatte Abt Suger sie begrüßt. Nun, nach dessen Tod, erwartete sie sein Nachfolger, Hugues de Champfleury, mit dem gesamten Konvent vor der Abtei. »Gott zum Gruße, Abbé«, sagte Alienor, dann grüßte Marie den schwarz gekleideten Mönch auf Lateinisch.
»Hoheit, Prinzessin, Gott zum Gruße. Willkommen im Hause des Herrn. Wünscht Ihr zu speisen und zu ruhen, bevor Ihr die Kirche betretet?«
Alienor blickte zu Marie hinüber, in deren Gesicht geschrieben stand, wie gern sie sähe, wo der heilige Dionysius nun wirklich begraben lag. Alienor erlaubte ihr auf die Frage des Abtes zu antworten. In fließendem Latein bat Marie darum, zunächst die Kirche zu besichtigen, »wenn die Königin damit einverstanden ist und es Euch nichts ausmacht«, fügte sie hinzu.
Majestätisch überragte die Basilika den Neubau des alten Klosters. Alienor machte Marie auf die Rosette und die spitzen Bögen in der Fassade aufmerksam. »Die runden Fensterbögen kennst du von unseren alten Kirchen, aber diese spitze Form gibt es hier in Saint-Denis zum ersten Mal, und auch die Fensterrose ist etwas ganz Neues in unserem Land.«
Marie betrachtete die hohe Kirchenfront von den Türmen bis zu den Portalen. »Maman, auch die Türen sind nur zum Teil so rund, seht Ihr?«

»In Kirchen heißen sie Portale, mein Liebes«, verbesserte sie ihre Tochter, »aber du hast Recht, auch manche von ihnen haben die neuartige Form, passend zu den Fenstern. Magst du sie?«
Der Abt trat an ihre Seite und begann mit den Erklärungen über die neue Bauweise, das Verhältnis von Spitzpfeilern und Spitzbögen. Im Inneren der Kirche war es vollkommen still.
Alienor blickte zu der Rosette hinauf. »Ist es nicht wunderbar, wie die Sonne durch das bunte Glas scheint?« Sie sah, wie Marie das Farbenspiel auf dem Steinboden betrachtete, das die Sonnenstrahlen durch die Rosette warf.
»Wie hoch hier alles ist, wie lang die Säulen sind«, staunte sie und hob erneut den Blick. Sie entdeckte das große, goldene Kreuz im Chor, das mit Topasen und Granaten verziert war. Um es aus der Nähe betrachten zu können, traten sie durch die Vierung in den Chor. Alienor erinnerte sich: Vor sieben Jahren war sie mit Louis zur Einweihung dieses Chores gereist. Suger hatte den neuen Stil mit aller Macht durchgesetzt und den Tag der Einweihung mit großer Pracht zelebriert. Bei jener Gelegenheit hatte sie Bernhard von Clairvaux um Kindersegen gebeten ...
Alienor verscheuchte die dunklen Gedanken und streichelte Maries Kopf. »Wollen wir zu Saint Denis' Grab in die Krypta gehen?« Schweigend stiegen sie hinunter und knieten vor dem Grab des Heiligen nieder. Marie begann zu beten und Alienor flehte Gott an, er möge ihre Entscheidung gutheißen. Aus den Augenwinkeln beobachtete sie das ehrfürchtig betende Kind an ihrer Seite.
»Wir werden heute Abend hier die Andacht besuchen«, sagte Alienor in die Stille.
Marie hielt ihre Hände noch gefaltet. »Ich habe an unser Geheimnis gedacht und dafür gebetet, dass ich es niemals verrate.« Ihre klaren Augen blickten Alienor voller Vertrauen an. »Und dass ich nie mehr vom Pferd stürze«, flüsterte sie. »Meint

Ihr, Saint Denis kann dafür sorgen?« Alienor lächelte. »Natürlich kann er das. Hab nur Vertrauen in ihn. Aber jetzt lass uns gehen.«

Die Sonne blendete sie, als sie hinaustraten. Alienor brauchte einen Augenblick um sich an die Helligkeit zu gewöhnen. Gruppen von Pilgern hatten sich unter einer großen Buche versammelt; einige von ihnen waren in Gespräche mit den Mönchen vertieft. Da ertönte plötzlich lautes Hufgetrappel auf dem Pflaster. Hinter den wartenden Pilgern tauchte ein Reiter auf. Nur mit Mühe brachte er sein heftig schnaubendes Pferd zum Stehen. In größter Eile sprang er ab. Alienor erkannte ihren Boten.

Wie Gold beschien die Septembersonne das Tal des Loir. Ein frischer Wind fuhr durch die Blätter und Gräser und vermischte die Düfte des vollendeten Sommers.
Sie hatten den ganzen Tag über gejagt. Das Jaulen und Kläffen der Hunde zog sich wie eine Schnur durch Eichenwälder und Rebenhänge, führte durch Moor und Bäche und klang jetzt bis in das enge Tal des Yre.
Unten am Bach hob Geoffrey die Hand und die Reiter zügelten ihre Pferde. Die Rösser dampften vor Schweiß und die Gesichter der Männer waren gerötet. »Halt!«, rief der Graf, »das war's für heute! Nehmt das Wildbret mit und reitet voran nach Château-du-Loir. Heute Abend wollen wir feiern!« Und zu Henry gewandt, fügte er lachend hinzu: »Du bleibst natürlich!«
Die Männer johlten und gaben den Pferden die Sporen, sodass sie laut wiehernd zwischen der winselnden Meute hindurchgaloppierten. In einer Minute war der Spuk vorbei. Das dumpfe Geräusch der Hufe verlor sich zwischen den Silberweiden.
Geoffrey glitt aus dem Sattel. Steifbeinig schritt er hinunter ans Ufer und kniete sich vor das plätschernde Wasser. Dann senkte er den Kopf und begann in gierigen Zügen zu trinken. Sein Gesicht glänzte vor Nässe, als er sich schließlich rücklings ins Gras fallen ließ. »Was für ein herrlicher Tag!«, rief er aus. Seine Brust hob und senkte sich unter dem dünnen Lederhemd, er schloss zufrieden die Augen.

Henry stieg ab und reichte seine Zügel an Robert weiter; dann tat er es seinem Vater nach. In dem friedlich dahinplätschernden Fluss schimmerte die strahlende Bläue des Himmels. Das Licht glitt über die weiß gewaschenen Kiesel am Grund und glitzerte auf den Leibern der Fische. Als Henry nun daran ging, sich das getrocknete Blut von Armen und Händen zu waschen, verfärbte sich das Wasser rötlich. Ein Schatten fiel über ihn.
»Sieh nur«, flüsterte Geoffrey dicht an seinem Ohr. Henry hatte sein Kommen nicht bemerkt. Nackt machte sein Vater sich daran, vorsichtig in den Yre zu steigen. Sein ausgestreckter Zeigefinger wies auf die andere Seite des Flusses. »Etwas oberhalb, dort, wo die Birke steht … siehst du sie nicht?«, fragte er leise. Seine Augen leuchteten.
Nun sah Henry das Mädchen. Träumend saß sie am Ufer, ihre bloßen Beine hingen ins Wasser. Sie hatte die Zöpfe gelöst und der Wind spielte in ihren langen Locken. Die Farbe ihrer Haare ähnelte dem Silber der Birkenblätter. Ahnungslos hielt sie ihr Gesicht der Sonne entgegen und sah nicht, wie Geoffrey sich ihr schwimmend näherte.
Dann hörte Henry einen unterdrückten Aufschrei. Er lächelte und empfand so etwas wie Neid. Er wandte sich zu Robert um und sagte: »Der Graf hat sie zuerst gesehen …« Dann, achselzuckend, »es ist schließlich sein Land …«

Gemeinsam lockerten sie die Sattelgurte und führten die Pferde flussabwärts zur Tränke. Ein Eisvogel schoss pfeilschnell an ihnen vorbei und tauchte ins Wasser. Als er wieder emporstieg, hielt er einen Fisch im Schnabel. Aus seinem schillernden Gefieder stürzten die Tropfen wie Diamanten in den Fluss zurück. Die Pferde hatten genug getrunken; unter leisem Schnauben begannen sie zu grasen.
Robert ging hinüber und zog einen Weinschlauch aus der Satteltasche. Den brachte er zu Henry Der ließ sich stehend den roten Saft im hohen Bogen in den Mund laufen. Aufatmend

reichte er ihn zurück. »Du auch, Robert!«, sagte er freundlich und wischte sich mit dem Handrücken das Kinn ab. »Ich freue mich schon auf heute Abend.« Zufrieden fügte Robert hinzu: »Die Jagdbeute war gottlob so groß, dass sich der Burgvogt keine Sorgen zu machen braucht.«
Als Geoffrey schließlich pfiff, führten sie die Pferde durch das saftige Gras zurück. Der Graf von Anjou war bereits bekleidet. Fröhlich vor sich hin summend, nahm er die Zügel entgegen und schwang sich in den Sattel. »Was sind Frauen doch für herrliche Geschöpfe!«, rief er genussvoll aus und stülpte die bestickten Lederhandschuhe über die Hände.
Robert musterte ihn besorgt. »Der Herr Graf sollte sich lieber den Kopf abtrocknen. Er wird sich am Ende noch eine Lungenentzündung holen.«
Geoffrey nahm die Zügel fester und schnalzte mit der Zunge. »Du führst dich auf wie ein altes Weib, Robert. Mir ist immer noch ganz heiß!« Er bückte sich um nicht gegen einen herunterhängenden Eichenast zu stoßen. »Die Kleine war ganz entzückend, ein bisschen scheu, aber wunderschön – genau das, was man sich nach einer anstrengenden Jagd wünscht.« Und lachend: »Schade nur, dass unsere Kirchenväter so ganz anders darüber denken!« Fragend blickte Henry zu ihm hinüber. »Das Merkwürdige ist nur, dass unser Herr Jesus Christus wohl offensichtlich nichts gegen die Frauen einzuwenden hatte. Im Gegenteil, er hat sie stets wie Gleiche behandelt und sie dankten es ihm. Erinnere dich: Übereinstimmend erwähnen die Evangelien seine zahlreichen Anhängerinnen: Maria von Magdala, Junia, Priscilla …«
Verblüfft hob Henry die Hand. »Ja, aber … Paulus hat doch …«
»Ich weiß, ich weiß! Paulus hatte eindeutig ein gestörtes Verhältnis zur Weiblichkeit. Der hätte die Maid am anderen Flussufer nicht einmal gesehen. Und wenn doch …«, listig zwinkerte er Henry zu, »hätte er ihr erst einmal befohlen ihr Haar zu bedecken!«

Geoffrey gab seinem Ross die Sporen und galoppierte fröhlich pfeifend davon. Henry und Robert hatten Mühe ihn einzuholen, bevor er den Burgberg nach Château-du-Loir hinaufpreschte. Der Wind hatte sein Haar getrocknet, das ihm nun wild um den Kopf stand, sein Lederhemd dampfte. Gut gelaunt sprang er vom Pferd und warf die Zügel einem der Stallburschen zu. »Reib es nur ja ordentlich ab!«

Henry kam noch einmal auf das Gespräch zurück, als sie später in der Halle beim Essen saßen. »Erlaubt mir, Vater ...«, begann er und zerschnitt ein Stück Rehkeule auf seinem Teller, »aber ist es nicht Sünde, wenn Ihr so über den Apostel Paulus redet?«

»Überhaupt nicht, mein Sohn«, sagte Geoffrey kauend. »Erst nach dem fünften Jahrhundert, als sich das Christentum aus einer Religion der Verfolgten in eine Staatsreligion verwandelte ...«, er griff nach einem Becher Wein, »verschwand die frauenfreundliche Einstellung mehr und mehr. Jetzt bin ich wieder bei Paulus. Der verlangte, sie dürften fürderhin nur noch verschleiert in der Gemeinde reden. Er bestand darauf, die Frau mit der Sinnlichkeit, dem Körper, dem Unvollkommenen und Vergänglichen gleichzusetzen – den Mann dagegen mit der zu Gott strebenden Geistseele.«

Geoffrey gab dem Truchsess durch Zeichen zu verstehen, er wolle von der Hirschleber essen. Dann wandte er sich wieder Henry zu. »Du siehst, mein Sohn. Der gute Paulus hatte entschieden etwas gegen Weiberröcke ... Vielleicht hat er eine, die er gern haben wollte, niemals bekommen.« Er lachte behäbig. »Jedenfalls bin ich heilfroh, als Mann geboren zu sein. Man merkt doch, dass unsere Kirchenväter ebenfalls Männer waren, denn die haben die Gleichheit von Mann und Frau zu unseren Gunsten abgeschafft!«

Er sah zufrieden zu, wie ihm nachgeschenkt wurde, und nahm einen tüchtigen Schluck. »Denn dass die Frau dem Mann, als dem Haupt des Weibes, in allem untertan und gehorsam zu sein

habe, forderten erst die Theologen des vierten und fünften Jahrhunderts.« Er griff nach einem Mundtuch. »Die, die das geschrieben haben, hatten natürlich keine Ahnung von deiner Mutter ...« Spöttisch blickte er Henry an. »Sie hat sich niemals Gräfin von Anjou genannt. Aber vielleicht tut man das eben nicht, wenn man in erster Ehe mit einem deutschen Kaiser verheiratet war.«
Henry runzelte die Stirn. »Vielleicht haben die Kirchenväter nur an niedrig Geborene gedacht?«
Geoffrey zuckte gleichmütig die Schultern. »Kann schon sein.« Nun nieste er. Schweißtropfen standen ihm auf der Stirn. »Ist Euch zu heiß, Vater?«, fragte Henry besorgt.
Geoffrey nieste noch einmal und schneuzte sich dann geräuschvoll in das Tuch. »Ich bin wohlauf, nur ein bisschen müde.« Wieder lachte er dröhnend. »Kein Wunder, nach solch einem Tag!«

In der Nacht wurde Henry von Robert geweckt. »Steht auf, Herr. Der Bader ist bei Eurem Vater!« Schlaftrunken schreckte Henry auf. »Warum? Was fehlt ihm denn?«
Robert hielt ihm bereits die Stiefel hin. »Er hat hohes Fieber und spricht wirr, Mylord.« Mit einem Satz war Henry aus dem Bett. Eilig kleidete er sich an und lief hinüber zum Schlafgemach seines Vaters. Mit langen Schritten durchmaß er den großen Raum. Die Fackeln blakten im Durchzug und warfen Schatten auf die Bettstatt, deren Vorhänge zurückgeschlagen waren. Er drängte den Bader zur Seite und fasste nach Geoffreys Hand. Sie war glühend heiß. Erschrocken zog Henry sich einen Schemel heran und starrte in das Gesicht des Kranken. »Könnt Ihr mich hören, Vater?«
Neben ihm machte sich der Bader bemerkbar. »Er kann Euch nicht hören, Herr, er schläft gottlob.«
Doch der Kranke begann sich unruhig hin und her zu wälzen und einzelne Worte zu murmeln – »... sie hat sich nicht gewehrt

… sie mochte es auch … wie schön sie war …« Plötzlich riss er die Augen auf. »Sie war noch Jungfrau!« Ein quälender Husten begann ihn zu schütteln, seine heiße Hand fuhr suchend über die Decke und umklammerte dann Henrys Faust. »Ich habe mich erkältet, mein Junge!«, keuchte er. »Gib mir zu trinken.«

Jemand reichte Henry einen Becher. Er beugte sich über Geoffrey und stützte ihm den Kopf. Als der Kranke getrunken hatte, bettete er ihn vorsichtig auf die Kissen.

Da sah er den Mönch. Hoch aufgerichtet stand der Benediktiner am Fußende des Bettes und schlug das Kreuz. Wieder wurde Geoffrey von einem Hustenanfall geplagt; als er ihn überstanden hatte, maß er den Mann in der schwarzen Kutte mit einem langen Blick. Ein paar Mal fuhr er sich mit der Zunge über die trockenen Lippen, dann gelang es ihm zu sagen: »Geht lieber in die Kapelle und betet für meine Genesung, Bruder Manfred. Wir wollen morgen nach Chinon reiten!«

Der Mönch zögerte noch, da herrschte Henry ihn an: »Tut, was der Graf Euch aufgetragen hat!«

Geoffrey brachte ein mühsames Lächeln zustande. »So hätte man immer mit ihnen reden sollen. Dann hätten sie uns nicht so viel Angst einjagen können.« Er bedeutete seinem Sohn näher zu kommen und Henry beugte sich vor. »Ob Paulus mir böse ist?«, wisperte Geoffrey; sein Atem kam rasselnd. »Die alten Juden hatten keinen Humor! Bei ihrem Jehova gab's auch wenig zu lachen.«

Plötzlich begann er zu zittern, seine Zähne schlugen aufeinander. »Mir ist so kalt«, klagte er. Der Bader brachte eine weitere Pelzdecke und breitete sie über dem Kranken aus. Kurz darauf war Geoffrey eingeschlafen und der Arzt schickte alle hinaus.

Als Henry widerwillig das Schlafgemach verließ, traf er im Gang auf Robert. »Geht nur zu Bett, Mylord. Ich werde Wache halten«, sagte er und nahm Henrys Einwand schon vorweg. »Ich werde Euch sofort verständigen, sobald Euer Vater Euch zu sehen wünscht.«

Drei Tage lang rang der Graf von Anjou mit dem Tode. Am Morgen des siebten September sah Henry, wie Robert die Stufen des Palas hinuntereilte und über den Hof auf ihn zukam. Seine Augen waren blutunterlaufen und seine Hände zitterten vor Müdigkeit. »Jetzt will er Euch sehen, Mylord«, sagte er ruhig. Henry legte ihm den Arm um die Schulter. Schweigend kehrten sie gemeinsam ins Haus zurück. Vor Geoffreys Tür trennten sie sich. »Gott mit Euch, Mylord«, murmelte Robert. Helles Sonnenlicht flutete in den Raum. Das Fenster stand weit offen. Geoffrey schien sich am Gesang der Vögel zu erfreuen. Halb aufgerichtet lag er im Bett und lauschte hinaus. Als er Henry bemerkte, winkte er ihn näher zu sich heran. In seinen hellen Augen blitzte der alte Schalk, als er zu ihm sagte: »Es sieht ganz danach aus, als sollte ich Paulus in Kürze treffen.« Seine Stimme klang heiser.
Henry zog sich einen Schemel ans Bett. »So dürft Ihr nicht reden, Vater. In ein paar Tagen seid ihr wieder gesund.« Er war bemüht sich seinen Schrecken über Geoffreys eingefallenes Gesicht nicht anmerken zu lassen.
»Nein, mein Junge, das werde ich nicht, und du weißt es. Hör nur …«
Eine Weile lauschten beide dem Vogelgesang. Beim Anblick von Geoffreys Händen, die kürzlich erst braun gebrannt und kraftvoll den Hirsch zur Strecke gebracht hatten und nun weiß und durchsichtig auf dem Laken lagen, schloss Henry die Augen und biss sich auf die Lippen.
»Höre, mein Sohn, was ich dir zu sagen habe«, begann Geoffrey schließlich, »nimm Verbindung mit deinem Bruder Geoffrey auf, denn ich habe ihn zu meinem Nachfolger im Anjou bestimmt. Übergib es ihm. Widme du dich ganz deinen Besitztümern in der Normandie.« Das Reden strengte ihn an und

er rang eine Weile um Atem. »Wer weiß, Henry, was Gott mit dir vorhat – vielleicht …«, er versuchte ein Lächeln, »vielleicht gelingt es deiner Mutter am Ende doch noch, dich in Westminster krönen zu lassen. Gib den Anspruch auf England niemals auf! Wenn alles überstanden ist, dann …«, wieder rang er nach Atem, »dann setz dich mit deiner Mutter in Verbindung. Sie wird wahrscheinlich nicht zur Beisetzung herkommen, also musst du zu ihr nach England. Versprichst du mir das?«

Benommen sagte Henry: »Ja, ich verspreche es Euch, Vater, aber überanstrengt Euch nicht.« Er drängte die Tränen zurück, die hinter seinen Lidern brannten. »Wir können morgen weiterreden.«

Die dünne, kraftlose Hand des Kranken legte sich über die seine; ihre Berührung war kaum zu spüren. »Dazu reicht die Zeit nicht mehr, mein Sohn«, flüsterte er. Wieder verging geraume Zeit, bevor Geoffrey weitersprechen konnte. »Ich habe dem Schreiber meine Wünsche bezüglich der Beisetzung diktiert. Ich will in Le Mans beerdigt werden. Der dortige Bischof soll meinen Leichnam aussegnen, ehe er in einem gold- und edelsteingeschmückten Sarg verschlossen wird … Und ein Priester soll jeden Tag eine Messe für meine Seele lesen.«

Henry starrte auf die zerbrechlich wirkende Hand, die auf der seinen lag. Als Geoffrey ihren Druck verstärkte, hob er den Blick. Mit Erstaunen stellte er fest, dass Geoffrey lächelte. »Ich hatte ein schönes Leben, mein Sohn. Es tut mir Leid, dass es jetzt zu Ende gehen soll.«

Ein Hustenanfall begann ihn zu quälen. Als Henry ihm die Lippen abwischte, sah er Blut auf dem weißen Tuch. Er kniete vor dem Bett nieder und der Todkranke legte ihm die Hand aufs Haupt. »Gott beschütze dich allezeit. Ich wünsche dir, dass auch du eines Tages in Frieden aus der Welt scheidest.« Die Hand fiel herab, und als Henry erschrocken in Geoffreys Gesicht blickte, da sah er, dass es zur Seite gerutscht war. Doch sein Vater schien noch immer zu lächeln.

Als Henry wieder zu Besinnung kam, galoppierte er wie rasend durch das Tal des Yre. Er sah die Bauern und Frauen nicht, die aus den Weinbergen nach Hause gingen und dem Reiter auf dem ungesattelten Pferd betroffen hinterherschauten. Ein altes Weib mit einem Reisigbündel auf dem Rücken erkannte ihn und bekreuzigte sich; da war er schon vorüber. Ohne dass es ihm bewusst war, hielt er nach der Stelle am Ufer Ausschau, wo sie die Pferde getränkt hatten. Dort sprang er ab. Dann watete er in Kleidern durch den Fluss hinüber zur anderen Seite, wo unter der Birke das Mädchen gesessen hatte. An den umgeknickten Halmen war der Platz, wo sie gelegen hatten, noch immer zu erkennen. Henry versuchte die Gräser aufzurichten; und als es nichts half, kniete er nieder und pflückte große Büschel von wild wucherndem Wiesenschaumkraut, die er in das sanft dahinströmende Wasser warf. Lange verlor sein Blick sich in den leise gluckernden Wellen.

Er schreckte erst auf, als jenseits des Flusses eine Ziege meckerte, und gleich darauf ein junger, barfüßiger Bursche schimpfend angelaufen kam um sie einzufangen. Da pfiff Henry nach seinem Pferd.

Eine Eule strich dicht über ihm vorbei. Lautlos verschwand sie hinter den Büschen. Hinter den Hügeln tauchte der Mond auf. In der Ferne bellte ein Hund. Vereinzelt stieg Rauch aus den Kaminen der Hütten, die sich um den Burgberg scharten.

Während Henry den Hügel hinaufritt, sah er, dass die Männer das Tor für ihn offen gelassen hatten. Sie senkten die Köpfe, als er stumm zwischen ihnen hindurchritt. Wortlos übergab er sein Pferd einem der Stallknechte und ging mit schweren Schritten über den Hof.

Robert stand am Eingang der großen Halle. »Ihr habt einen Gast, Mylord«, sagte er ernst. Henry warf nur einen Blick in den Saal, in dem man die aufgehängten Schilde mit schwarzem Tuch verkleidet hatte, dann winkte er ab. »Ich mag jetzt niemanden sehen.« Er versuchte ein Lächeln. »Morgen. Vielleicht ...«

Schwerfällig wie ein alter Mann stieg er die Wendeltreppe zu seinem Schlafgemach hinauf. Als er die Klinke hinunterdrückte und die Tür aufsprang, da sah er Alienor.

Sie saß in einem Stuhl beim Fenster und sah ihm entgegen. »Komm zu mir«, sagte sie leise.

Er starrte sie an. »Mein Vater ist tot.«

Alienor hatte sich erhoben; mit ausgestreckter Hand kam sie auf ihn zu. »Ich weiß es.« Sie zog ihn in ihre Arme; und da konnte er endlich weinen. »Er ist tot«, schluchzte er. »Heute Morgen ist er für immer gegangen.«

Sie hielt ihn ganz fest und strich über sein Haar. »Du riechst nach Sommer«, flüsterte sie und zog ihn hinüber zum Bett. Wie einem Kind zog sie ihm die Stiefel aus und wie ein Kind wiegte sie ihn in ihren Armen. »Man sagt, er habe einen ruhigen Tod gehabt. Daraus musst du deine Zuversicht nehmen.« Ihre Stimme klang dunkel vor verhaltener Zärtlichkeit. »Jetzt ist er bei Gott.«

Weinend rief Henry aus: »Aber er hat sich gegen den Apostel Paulus versündigt! Vielleicht ist er jetzt im Fegefeuer – oder gar in der Hölle!«

»Dein Vater Geoffrey war ein guter Mensch, daran kann auch der Apostel nichts ändern.« Sie hielt Henry ein wenig von sich ab, damit sie in sein Gesicht blicken konnte. »Warum sollte er auch?«, fragte sie.

Er klammerte sich wie Schutz suchend an ihre Brust. »Er hat ehrfurchtslos von ihm gesprochen«, flüsterte er.

»Hab keine Angst, mein Liebster: Gott ist gütig und er liebt uns, wie er auch Geoffrey geliebt hat.« Sie strich ihm eine Strähne aus der Stirn. »Um uns das zu sagen, hat er seinen Sohn auf die Welt geschickt. Christus hat von unserem Heiligen Vater gesprochen, und damit meinte er bestimmt nicht jenen Bischof in Rom.« Henry wich zurück. »Du bist eine Ketzerin, Alienor. So dürfen wir nicht reden!« Geräuschvoll zog er die Nase hoch. Sie nahm sein sonnenverbranntes Gesicht liebevoll in beide

Hände. »Gräm dich nicht um den Apostel. Soviel ich weiß, hat er Jesus Christus nicht einmal gekannt.«
Aus der Burgkapelle klang der Gesang der Mönche zu ihnen herauf. »Er hat so gerne gelebt«, schluchzte Henry und Alienor nickte.
»Das weiß ich. Er war ein glücklicher Mensch, den Gott reich beschenkt hat.« Henry konnte nicht sehen, dass sie wehmütig lächelte.
»Er will in Le Mans beigesetzt werden. Mein Bruder Geoffrey soll das Anjou erben«, sagte er. Alienor überlegte. »Darüber lass uns ein anderes Mal reden.«
Erst jetzt schien Henry das Ungeheuerliche ihres Besuches aufzugehen. »Wie kommst du nach Château-du-Loir?«, fragte er plötzlich und rutschte ein Stück von ihr ab. Nun sah er ihre Kleidung. »Du hast ja Männersachen an!« Fassungslos musterte er ihre Hosen und Stiefel.
»Es ist die bequemste Art, schnell zu reisen«, entgegnete sie leichthin.
Henry runzelte die Stirn. »Hast du Vater schon gesehen?«
Alienor nickte. »Man hat ihn in der Kapelle aufgebahrt.«
»In dem Aufzug?« Henry bekam ganz runde Augen und Alienor begann zu lachen.
»Vergiss nicht, ich war mit Geoffrey auf dem Kreuzzug. Was glaubst du, wie oft er mich in Hosen gesehen hat!«
Henry schüttelte zweifelnd den Kopf. »Und die Mönche? Was haben sie gesagt?«
Alienors Gesicht verschloss sich. »Wer sind sie, dass sie mir etwas zu sagen hätten? Ich bin die Königin von Frankreich. Noch, jedenfalls.«
Bittend griff er nach ihrer Hand. »Kannst du bis zur Beisetzung bleiben?«
Alienor lächelte. »Nein, mein Liebling, das kann ich nicht. Ich muss heute Nacht noch zurückreiten. Es gibt noch so viel vorzubereiten.« Und da sie seinem verständnislosen Blick begeg-

nete, setzte sie hinzu: »Der König plant eine Reise durch Aquitanien und wünscht mich an seiner Seite.«
Ohne nachzudenken sagte er: »Reise nicht mit ihm, bleib bei mir. Ich kann den Gedanken nicht ertragen ohne dich zu sein.«
»Aber ich *muss* nach Aquitanien. Versteh doch, ich muss die Edlen wieder auf mich einschwören.« Sie holte tief Luft. »Sie müssen sich daran gewöhnen, dass sie wieder eine Herzogin haben, dass *ich* ihre Herrscherin bin – und nicht mein hoher Gemahl!«
Eine Weile maßen sie einander schweigend. Jeder versuchte die Gedanken des anderen zu erraten. Dann fragte Henry: »Und du glaubst, dass dein Plan gelingen wird?«
Alienor straffte die Schultern. »Ich weiß nur, dass sie mich niemals in ein Kloster schicken können. Und wenn ich erst einmal geschieden bin, dann …«, sie holte tief Luft, »dann gehe ich nach Hause. Und das ist Aquitanien!«
Henry fuhr mit einem Finger um ihre Lippen. »Dann werde ich auch nicht auf das Anjou verzichten«, flüsterte er. Mit ihren Blicken hielten sie einander fest, während der Gesang der Mönche anzuschwellen schien.
»Ich liebe dich, Alienor«, sagte Henry.

Goldgelbe Stoppelfelder breiteten sich in dem Tal vor ihnen aus. An den Berghängen ernteten die Weinbauern ihre reifen Trauben. Prall gefüllte Strohkiepen wurden durch die Weinstöcke hinuntergeschafft. Wie Ameisen bewegten sich die Männer, Frauen und Kinder zwischen den Reben einher, während Schwalben sich im Tal sammelten und mit aufgeregtem Gezwitscher zur Reise in den Süden rüsteten.
Alienor empfand die Schönheit des sonnigen Oktobernachmittags ohne Heiterkeit. Seit Tagen versuchte sie, das Gespräch mit Louis fortzusetzen, das sie am Abend ihrer Ankunft in Aquitanien begonnen hatten. Seither hatten die Geschäfte bei Hofe, die Bittgesuche, die Rechtsprechung, die Unterredungen mit den aquitanischen Vasallen ihre Tage so ausgefüllt, dass sie keine Gelegenheit gefunden hatte, mit ihm über die Bedingungen ihrer Trennung zu sprechen. Am frühen Morgen hatten sie ihr Lager in Cahors verlassen, um einen Kontrollritt durch das Quercy zu unternehmen.
Alienor trieb ihr Pferd an Louis' Seite. »Mein Gemahl, lasst uns absitzen und ein wenig trinken, bevor wir zum Lager zurückkehren.«
»Wenn Ihr es wünscht, die Sonne steht noch hoch genug.« Louis winkte einen Knappen heran, der bald mit einer Felldecke und Bechern zurückkehrte. Sie ließen sich unter einer allein stehenden Eiche nieder. Eine Weile saßen sie schweigend nebeneinander und blickten hinunter in das Tal.

Unvermittelt begann Louis: »Wir sind uns einig. Der Heilige Vater ist bereit, unsere Ehe für ungültig zu erklären.«
Alienor wartete ab. Sie musste ihn dazu bringen, seine Pläne für ihre Zukunft preiszugeben. Obwohl sie wusste, dass er nur Wasser trank, reichte sie ihm einen Becher mit Wein. Louis dankte abwesend und ohne sie anzusehen fuhr er fort: »Der Heilige Vater hat die Synode auf den Freitag vor Palmsonntag einberufen.« Alienor war auf der Hut. Sie beobachtete die Schwalben, die in kleinen Grüppchen durcheinander wirbelten, bevor sie wieder zu einem geordneten Schwarm zusammenfanden. Louis nahm einen Schluck und verzog angewidert das Gesicht.
Alienor war darauf vorbereitet und legte beschwichtigend die Hand auf seinen Arm. »Der Wein aus Cahors gehört zu den besten mei…«, sie verbesserte sich, »unseres Landes. Ein halber Becher kann Euch nicht schaden.«
Louis trank davon und sah ihr ins Gesicht. »Was die Annullierung betrifft, so sind die Dinge also geregelt.« Er blickte zu dem Gefolge hinüber, das sich in einiger Entfernung aufhielt. Der Weinbeutel machte bereits die Runde. Die Wachen hatten im Halbrund Stellung bezogen. Holpernd zog ein Karren mit hoch aufgetürmten Weinkörben in das Tal hinab. Bei jeder Bewegung der Ochsen drohte die schaukelnde Ladung zu kippen.
»Aber Louis, wir haben doch weit mehr geregelt. In Poitiers, in der Gascogne, im Berry haben wir bereits Aquitanier eingesetzt. Auf den wichtigsten Lehnsgütern befinden sich schon keine Franzosen mehr. Und für die südlichen Grafschaften bleiben uns bis zum Weihnachtshof in Limoges noch drei Monate.«
»Alienor«, Louis nippte noch einmal an dem Wein, »Ihr wisst so gut wie ich, dass Aquitanien am Tag unserer Hochzeit an die französische Krone fiel, daran wird auch die Annullierung unserer Ehe nichts ändern.«
Mit gesenktem Kopf hatte er ausgesprochen, was sie befürchtet hatte. Sie riss ein Grasbüschel aus und warf es vor sich auf

die Erde. »Um Himmels willen, Louis, du würdest alle meine Edlen gegen dich aufbringen, mögen sie auch hundertmal deine Vasallen sein! Niemals würden sie auf ihr Gewohnheitsrecht verzichten, sie waren seit jeher meinen Vorfahren untergeben. Und heute bin ich ihre Herzogin, ob ich mit dir verheiratet bin oder nicht.« Sie strich sich die Haare aus dem Gesicht, bevor sie vorsichtig fortfuhr: »Wir beide wissen nur zu genau, dass es reine Formsache ist, wenn sie den Lehnseid in Paris ablegen. Die Herzogin von Aquitanien steht ihnen näher als der König der Franzosen. Für mich würden sie sich totschlagen lassen. Wie will dein kleines Königreich einen Krieg gegen die vereinten Barone meiner Hausmacht gewinnen?«

»Du sprichst von Krieg, das sieht dir ähnlich!« Zu ihrem Erstaunen ließ Louis seinen Becher nachfüllen. »Aber ich will Frieden. Vor allem Frieden mit Rom, und ich erwarte, dass du dich dementsprechend verhältst.«

Alienor ärgerte sein ungewöhnlich entschiedener Ton. Sie zog die Beine an und wandte sich ihm abrupt zu. »Seit fünfzehn Jahren kennst du meine Haltung gegenüber dem Herrn mit Mitra. Dass ich mich dementsprechend verhalte – was heißt das? Wenn du mir jetzt zu verstehen geben willst, dass du mein Aquitanien gar nicht für dich und die Krone retten, sondern an die Geier in Habit verschachern willst, dann warne ich dich …« Sie hatte die Stimme erhoben. Louis sah sich betreten um. Einige Barone aus dem Gefolge blickten zu ihnen herüber.

»Lass uns heute Abend weiter darüber reden«, versuchte er sie zu beruhigen.

»Nicht einen Moment werde ich warten«, fuhr sie zornig fort, »die Entscheidung über die Zukunft Aquitaniens liegt einzig und allein bei dir. Was haben sich deine Berater gedacht: dass ich mein Land an Kirche und Krone verschenke? Davon kann Rom lange träumen. Das gab es noch niemals in der Geschichte meines Hauses.« Wütend stützte sie die Ellenbogen auf die Felldecke und streckte die Beine aus.

»Ebenso wenig gab es bisher den Fall, dass ein König seine Frau gehen ließ und auf ihre Ländereien verzichtete«, entgegnete Louis schroff.
»Schaff ihn einfach, diesen Fall. Du bist der König, dir habe ich vor Gott die Ehe versprochen. Der französischen Krone habe ich Aquitanien mit in die Ehe gebracht und nicht der Kirche.« Sie musste ihre Empörung zügeln, um keinen Fehler zu begehen. »Im Grunde ist es eine Frage der Macht. Dir ist sie entglitten, weil du dich und die Interessen des Reichs dem Papst und Bernhard von Clairvaux untergeordnet hast. Sie benutzen dich um den Kampf auszutragen, der eigentlich zwischen mir und Rom stattfindet.«
»Schon wieder sprichst du von Kampf, ich will keinen Kampf. Glaub mir, ich wünsche eine friedliche ...«
Alienor unterbrach ihn. »Dir ist ja nicht einmal bewusst, wie sehr sie dich beeinflussen, dass sie dich gegen mich aufwiegeln und dich benutzen, um meiner Ländereien habhaft zu werden. Louis, ich sage dir, es ist einzig und alleine deine Entscheidung. Aber es ist wohl tatsächlich klüger, wenn wir dieses Gespräch heute Abend fortsetzen.« Sie erhob sich und strich ihr Kleid glatt. Louis verharrte eine Weile, bevor er ihr zu den Pferden folgte. Schweigend saßen sie auf und nahmen den Weg hinunter ins Tal, das mittlerweile im Schatten lag.
Nur noch ein roter Lichtstreifen leuchtete am Horizont, als sie die Bergkuppe oberhalb des Lagers erreichten. Vor den Eingängen der Lederzelte brannten Fackeln. Ein Feuer, aus dem unzählige Funken sprühten, erhellte die Mitte des Platzes. Gegen den klaren Himmel zeichneten sich die Silhouetten der Wachen ab, die auf den Hügeln rund um das Lager Stellung bezogen hatten. Das Schnauben der grasenden Pferde vermischte sich mit dem Gelächter der Männer, die sich am Lagerfeuer wärmten.
Die Wachen vor dem königlichen Zelt nahmen Haltung an und knüpften die Ledertür hoch um das Paar eintreten zu lassen. In

der Mitte des dreigeteilten Zeltes stand das Abendessen bereit; es duftete nach Lammbraten und Speckbohnen, die auf einer kleinen Feuerstelle warm gehalten wurden. »Nimm die anderen Teller fort. Der König und ich essen allein«, befahl Alienor dem wartenden Pagen. Durch die linke Ledertür trat sie in ihren Schlafraum. Unaufgefordert goss die Zofe Wasser in eine Schüssel und hielt ein Tuch bereit.
Marie war aufgestanden und nahm die verstaubten Kleidungsstücke entgegen, die Alienor sich vom Leibe riss. »Sieh in der Truhe nach, ob du ein rotes Kleid findest. Der König liebt rot.« Sie zwinkerte ihrer Hofdame zu. Marie half ihr in das tief ausgeschnittene Kleid und bürstete ihr die Haare. »Wünsch mir Glück, ich kann es brauchen«, flüsterte sie ihr zu, bevor sie in den mittleren Zeltraum zurückkehrte.
Louis erwartete sie bereits. Sie spürte, dass ihr Anblick nicht ohne Wirkung auf ihn blieb. Sie wandte sich dem Pagen zu, der abwartend an der Feuerstelle stand. »Stell die Platten auf den Tisch, dann kannst du gehen.«
Sie setzten sich einander gegenüber an die Schmalseiten des Tisches und sprachen gemeinsam das abendliche Tischgebet.
»Wie oft haben wir das getan«, sagte sie dann mit weicher Stimme.
»Was getan?«, fragte Louis irritiert.
»Aber Louis, das Abendgebet gesprochen ... Möchtest du noch Wein?«
Er nickte. »Bitte mit Wasser. Hast du es immer so versucht?« Seine Augen wirkten dunkel in dem bleichen Gesicht. Ihr Herz klopfte ein wenig schneller. Niemals hatte er bisher ihre Affairen erwähnt. Sollte er eifersüchtig sein? Zwischen Mitleid und Auflehnung schwankend, entgegnete sie lachend: »Du hattest mehr Augen für die Kirchenfürsten als für mich.« Sie spürte, dass ihm das Thema Unbehagen bereitete; so zog sie die Platten mit Fleisch und Gemüse zu sich heran und legte ihm von beidem auf den Teller. Er brach ein Stück vom Weißbrot ab und

begann das trockene Brot zu kauen. Mit welcher Lust sich Henry auf das saftige Fleisch, den Speck und den köstlichen Rotwein gestürzt hätte … Sie verscheuchte das Bild. »Louis, wir sind nicht füreinander geschaffen. Aber können wir nicht in Frieden voneinander lassen?«
»Den Unfrieden habe nicht ich geschaffen«, brach es aus ihm heraus, während er auf seinem Teller herumstocherte. »Beinahe hätte er nicht nur unsere Ehe, sondern auch mich zerstört. Mein Friede ist mein Glaube, er gibt mir die Kraft meine Pflicht zu erfüllen. Und daran kannst auch du nichts ändern.«
»Unser Leben besteht nicht nur aus Pflicht und Gebet, Louis. Die Dankbarkeit für alles Schöne ist wie ein Gebet. Wer das Leben genießt, ist doch nicht gottlos.« Aufmunternd lächelte sie zu ihm hinüber. Wieder tauchte Henry vor ihren Augen auf. Als hätte er ihre Gedanken erraten, hob Louis ernst den Kopf. »Was ist an Henry Plantagenet?«
Ihr Herz setzte einen Schlag lang aus. Ohne nachzudenken, entgegnete sie: »Lebensfreude. Er dankt Gott für jeden Kampf, für jeden Sieg, für jede Niederlage.«
»Ich danke dem Herrn im Gebet. Ich werde mich morgen zu Exerzitien zurückziehen.«
Ungläubig sah sie ihn an. »Wir wollten ins Périgord reiten. Hast du das vergessen?«
»Ich brauche ein paar Tage der Einkehr. Danach reiten wir weiter«, entgegnete er fest. Er überlegte eine Weile. »Was macht Herzog Henry in London? Geht er zu den Juden, braucht er Geld für seine Feldzüge? Die Normandie scheint nicht genug abzuwerfen für seine großen Pläne.« Verächtlich verzog er den schmalen Mund.
»Jetzt, da Stephans Anhängerschaft bröckelt, muss er alles aufbieten um den Bürgerkrieg zu gewinnen«, bemerkte Alienor. Seit Ewigkeiten, schien ihr, hatten sie politische Themen gemieden.
»Mit Eustach scheint er gar nicht zu rechnen.«

»Eustach ist kränklich und schwach. Der Herzog hat bereits einen Großteil der englischen Barone auf seine Seite eingeschworen. Sie halten den Sohn des Königs für unfähig England zu regieren.« Alienor nahm einen Schluck Wein. Sie hatte Henrys Argumentation übernommen.

Plötzlich brach Louis das Schweigen. »Ich wünsche, dass du in ein Kloster gehst. Du kannst wählen, in welches.« Er blickte sie über den Tisch hinweg an, als sei er über seine eigenen Worte erschrocken.

Bernhard von Clairvaux, schoss es ihr durch den Kopf. Das ist sein verdammter Einfluss.

»Niemals«, fuhr sie auf. »Niemand wird mich zu einem Leben zwingen, zu dem ich nicht geschaffen bin. Auch der große Bernhard nicht«, fügte sie höhnisch hinzu.

»Er sieht keine bessere Lösung.« Hilflos griff Louis nach dem Becher. Um Zeit zu gewinnen schenkte sie ihm langsam nach.

»Weder gehe ich in ein Kloster, noch verzichte ich auf Aquitanien! Wie kannst du es wagen, diesen Gedanken vor mir auszusprechen, der nicht einmal dein eigener ist? Tod und Teufel werde ich in Bewegung setzen, um das zu verhindern!« Erregt schlug sie mit der flachen Hand auf den Tisch.

Louis zuckte zusammen und bekreuzigte sich. »Rom wünscht es auch …«

»… und du kennst meine Meinung dazu.« Sie zwang sich zu Ruhe. Lächelnd ging sie um den Tisch herum und beugte vor Louis die Knie. »Ich bitte dich, hör einmal noch auf mich, nicht auf die anderen, um unserer gemeinsamen Vergangenheit und unserer Töchter willen. Tu, was dein Herz dir sagt, denn du hast ein großes Herz. Nimm mir nicht, was ich zum Leben brauche.« Sie schlang die Arme um seinen Hals und küsste ihn auf die magere Wange. »Stürze mich nicht ins Unglück, ich müsste dich hassen. Glaubst du, ich ahnte nicht, dass du mich noch immer liebst? Glaubst du wirklich, ich wüsste nicht, wie sehr du meinetwegen gelitten hast?« Sie blickte ihn voll Mitleid an. Louis senkte den Kopf. Sie fuhr fort. »Eine Zeit lang waren wir glücklich, zerstöre diese Jahre nicht im Nachhinein. Du würdest eine Schuld auf dich laden, mit der du nicht leben könntest, nicht du …«

Mit einer abwehrenden Bewegung befreite er sich aus ihren Armen. »Alienor, ich werde nach bestem Gewissen entscheiden. Es ist nicht an mir zu strafen oder zu urteilen.«

Sie griff nach seinen Händen und legte sie auf ihre warme Brust, während sie beschwörend auf ihn einflüsterte: »Ich weiß, dass du ein guter Mensch bist. Niemand kennt dich besser als ich. Du bemühst dich um Gerechtigkeit wie kein anderer. Ich bitte dich: sei auch gerecht mit mir. Ich fordere nicht mehr, als was mir zusteht.« Sie unterdrückte das Wort ›Freiheit‹, den Satz ›gib mir meine Freiheit‹, der ihr über die Lippen wollte. Ihr Stolz hinderte sie daran, ihn auszusprechen.

Erschrocken zog Louis seine kalten Hände zurück, um sich gebeugt zu erheben. Er verneigte sich ungelenk vor ihr und küsste ihr die Hand. »Ich muss beten … ich muss fasten.« Zögernd richtete er sich auf. »Gott behüte dich. Wir sehen uns nach den Exerzitien wieder. In Beaugency wirst du unsere Entscheidung erfahren.«

Während sie in sein klägliches Gesicht blickte, überschlug sie die Monate bis Palmsonntag. Wie sollte sie bis dahin mit dieser Unsicherheit leben?

Louis hatte sie längst verlassen, da ging sie noch immer im Zelt auf und ab und suchte nach einem Ausweg.

Breitbeinig stand Henry an der Reling und überwachte das Einladen von Proviant und Lasttieren. Seine Augen waren überall: auf dem Oberdeck, wo die kleine Schar von Rittern missmutig in die tobende See starrte, auf dem Hinterdeck, wo sich die flandrischen Söldner zusammengerottet hatten ... Er verfolgte die Matrosen beim Segelsetzen und sein Herz schlug voller Freude, als er sein eigenes Banner über allen Masten flattern sah. Leuchtend hob es sich gegen den grauschwarzen Himmel ab. Schließlich ertönte der Pfiff des Bootsmannes und dann meldete der Kapitän: »Alle Segel klar, Sir!«

Henry nickte, und bald darauf versanken die granitfarbenen, geduckten Häuser von Barfleur im Nebel.

Zärtlich fasste Henry nach den Gebetsperlen, die Alienor ihm geschenkt hatte. Er trug die Schnur um den Hals, und während seine Finger über die kleinen Perlen glitten, überflutete ihn noch einmal die Erinnerung an ihr letztes Zusammensein. Er lächelte.

Eine Windbö traf das Schiff und drückte es zur Seite. Ein Pferd wieherte in Panik. Henry verlagerte sein Gewicht und hielt sich mit beiden Händen an der Reling fest. Vom Oberdeck schrie einer der Ritter zu ihm hinauf; doch der Sturm und das Knattern der Segel trugen die Worte fort. Eine Möwe flog so dicht an Henrys Gesicht vorbei, dass er unwillkürlich den Kopf abwandte.

Da sah er den Mönch. Der Zisterzienser war gerade dabei, sich die enge Holztreppe hinaufzuhangeln. Mit der linken Hand hielt er sich am Geländer fest, während seine rechte das Kreuz umklammerte, das er wie drohend den Elementen entgegenhielt; seine Lippen bewegten sich unaufhörlich. Schwankend kam er auf Henry zu.
Wieder legte sich das Schiff zur Seite und schleuderte den Ordensmann Henry in die Arme. »Lasst das Kreuz los und haltet Euch mit beiden Händen fest«, rief er. Seine Finger klammerten sich in den groben, weißen Stoff des Ordenskleides.
»Wir hätten nicht ablegen dürfen«, keuchte der Mönch. »Satan wird uns noch verschlingen.« Als die nächste Woge das Schiff emporhob, sprühte ihnen Gischt ins Gesicht. Der Zisterzienser rang nach Atem. »Betet, mein Herzog! Das Ende naht!«
Henry rieb sich das Wasser aus den Augen und bugsierte den Gottesmann zurück an das Geländer. »Geht nur hinunter, Vater«, sagte er gutmütig, »in spätestens vier Stunden haben wir England erreicht. Der Wind steht günstig.«
Er blieb an Deck und sah zu, wie der Mönch sich mühsam Stufe um Stufe hinabkämpfte. Immer noch hielt er das Kreuz wie eine Waffe vor sich hin. Henry beobachtete, dass die Ritter sich hastig bekreuzigten und die flandrischen Söldner in höhnisches Gelächter ausbrachen. Sein Blick traf auf den von Robert und er gab ihm ein Zeichen. Als der Gefährte zu ihm trat, sagte Henry: »Ich war nicht gut beraten ihn mit an Bord zu nehmen. Er ist schlecht für die Moral meiner Männer.« Er grinste. »Angeblich bringen sie Unglück und die Seeleute fürchten sich vor ihnen.«
Robert schlotterte vor Kälte in seinem triefnassen Umhang. »Was hättet Ihr sonst tun sollen, Mylord? Der Bischof von Rouen hat Euch gebeten, ihn mit hinüberzunehmen.« Dann lachte er. »Frauen an Bord sollen Unglück bringen, keine frommen Männer.«
Henry zwinkerte ihm zu. »Mir sind Frauen lieber.«

Dann spuckte er hinunter in die aufgebrachte See. »Ich freue mich auf England.«

Endlich! Hoch oben in den Masten ertönte der Ruf »Land in Sicht …«
Nur zögernd schälten sich die Umrisse der Küste aus den Nebelschwaden. Unter dem Gekreisch der Möwen ertönten die Befehle zum Segelreffen. Und dann liefen sie in den kleinen Hafen ein. Henry ging als Erster an Land. Als sein Pferd über die Planken geführt wurde, winkte er Robert erneut an seine Seite. »Das Heer geht nach Shrewsbury und wartet dort auf uns. Du und ich, wir reiten nach Bristol, wo wir die Kaiserin treffen.« Er stieg in den Sattel und winkte den Männern zu – »Bis morgen!«
Gleich darauf dröhnten ihre Hufe in den engen Gassen von Southampton. Überall liefen die Menschen aus ihren Häusern und grüßten ihn ehrerbietig. Auf dem belebten Marktplatz kämpfte sich eine Frau zu ihnen durch und versuchte Henrys Stiefel zu berühren. Sie rief: »Gott schütze dich, Henry Plantagenet. Bring uns endlich Frieden!« Dann hatte die Menge sie zur Seite gedrängt. Als sie die Stadt mit ihrem Gewimmel und Gestank hinter sich gelassen hatten, atmete Henry tief durch. Die Kälte schien er nicht zu empfinden. Dreckklumpen flogen hinter ihm auf, als er sein Pferd zum Galopp antrieb. Robert hatte Mühe mit ihm Schritt zu halten.
Nach ein paar Stunden riss die Wolkendecke auf, die untergehende Sonne blendete sie. Als ihnen ein Reiter über die Hügel entgegenkam, griff Henry unwillkürlich zum Schwert und verhielt sein Pferd.
Auf gleicher Höhe angekommen, glitt der Fremde aus dem Sattel. »Seid Ihr Herzog Henry, Mylord?« Als Henry nickte, zog er eine Pergamentrolle aus seiner Tasche und überreichte sie ihm kniend.« Ich bin ein Bote der Kaiserin. Sie erwartet Euch in Devizes.«

»Warum nicht in Bristol, wie verabredet?«, wollte Henry wissen und Robert raunte: »Vielleicht eine Falle, Mylord ...« Wie zur Antwort griff der Mann erneut in seinen Lederbeutel und zog einen Ring daraus hervor. »Dieses Kleinod Eurer gnädigsten Frau Mutter wird mich legitimieren, mein Herzog.« Henry begutachtete den Ring von allen Seiten und kaute unschlüssig auf seiner Lippe.

»Ich sehe meine Mutter so selten; wie soll ich jedes Schmuckstück von ihr erkennen«, murmelte er spöttisch. Robert trieb sein Pferd dicht an ihn heran und warf einen Blick auf den schmalen Goldreif. Dann lächelte er. »Der Ring ist echt. Ob es auch der Überbringer ist, wird sich erweisen.«

Achtlos verstaute Henry das Schmuckstück in seiner Brusttasche. »Wie weit ist es bis ... wie hieß der Ort?«

»Nur noch vier Meilen«, antwortete der Bote. »Die Kaiserin erwartet Euch zum Nachtmahl.«

»Dann wollen wir sie nicht warten lassen«, sagte Henry und fügte freundlich hinzu: »Solltest du uns in eine Falle führen, dann werde ich dich eigenhändig töten.«

Die kleine Burg schien bis zum letzten Mann bewaffnet. Oben auf dem Wehrgang brachen sich die letzten Sonnenstrahlen an den schimmernden Helmen der Soldaten. Auf einen Pfiff ihres Begleiters wurde das Fallgitter hinaufgezogen; und als Henry und Robert in den Hof einritten, sahen sie sich alsbald umgeben von Rittern und gesattelten Pferden. Knappen liefen herbei um ihnen die Zügel abzunehmen. Ein Schwein, das aus dem Pferch ausgebrochen war, rieb seinen Kopf grunzend an Henrys Stiefel. »Hau ab, du Vieh!«, schimpfte er und suchte sich seinen Weg durch die Pfützen, deren Oberfläche im Licht der Fackeln glänzte wie Öl. Als sie über die Holztreppe zum Turm emporstiegen, sagte er zu Robert: »Eine solche Behausung sieht meiner Mutter gar nicht ähnlich. Das ist ja der reinste Saustall hier. Merkst du, wie es stinkt?«

In der Halle schlug ihnen eine Welle von Hitze entgegen. Überrascht blieb Henry stehen und starrte hinüber zur Empore, an deren Tafel nur eine einzige Gestalt thronte. Durch das Knistern der brennenden Scheite vernahm er ihre Stimme: »Ich sehe, du bist erstaunt, mich in einer solchen Umgebung anzutreffen, mein Sohn.« Sie winkte ihm näher zu kommen; bei dieser Bewegung klirrten ihre Armbänder.
Plötzlich war Henry nervös. Ungelenk beugte er das Knie. »Majestät!«, sagte er mit belegter Stimme.
»Steh auf«, befahl sie. »Ich sehe, du reist wie immer ohne Eskorte.« Ihre Stimme wurde eisig. »Ich habe nicht die Absicht Lösegeld für dich zu zahlen, falls irgendwer dir auflauert. Du bist nicht mein einziger Sohn, vergiss das nicht!«
In seinen Schläfen begann es zu klopfen und er presste die Lippen zusammen. »Küss mir die Hand, dann setz dich und iss. Ich habe nicht viel Zeit«, sagte sie gereizt und deutete auf den leeren Stuhl neben sich. Dann spöttisch: »Warum schickst du deinen Diener nicht fort? Hast du Angst mit deiner Mutter alleine zu sein?«
»Ich bin es so gewohnt, Majestät, dass er in meiner Nähe ist. Aber wenn Ihr befehlt ...«
Eigenhändig schenkte die Kaiserin ihm Rotwein ein. »Ich will heute Nacht noch nach Winchester. Gerüchten zufolge will Stephan versuchen, den Kronschatz von dort fortzuschaffen. Er traut niemanden mehr. Recht hat er«, schloss sie genüsslich. Henry schnitt sich gerade ein Stück Braten ab, da fragte sie: »Woher kommt das Geld für deine Söldner? Und was ist dran an dem Gerede mit Alienor?«
Henry riss die Augenbrauen hoch. Langsam legte er sein Messer nieder. Maud sah ihm in die Augen. »Nun?«
Er bemühte sich ihrem Blick standzuhalten. »Vom Juden«, antwortete er ruhig.
Maud nickte und dachte kurz nach. »Ich werde dir das Geld geben, damit du es sofort zurückzahlen kannst. Ich möchte

nicht, dass du in irgendwelche Abhängigkeiten gerätst. Hier, nimm noch ein Stück Huhn und koste die Soße – sie ist ausgezeichnet.« Sie sah ihm beim Essen zu. Dann lachte sie auf. »Ich hätte es niemals für möglich gehalten, dass Louis sie in ein Kloster steckt.« Ihre Augen funkelten.

Henry stellte sein Glas so hart auf den Tisch zurück, dass der Wein über den Rand schwappte. »Niemand wird sie in ein Kloster schicken!«

Maud rückte ein wenig näher heran. »Ach nein? Wer sollte Louis daran hindern?«, fragte sie maliziös.

Henry holte tief Luft. »Ich!«, sagte er.

Eine Weile war es still bis auf das Knistern des Kaminfeuers. Maud spielte gedankenverloren mit ihrem Glas. Manchmal brach sich der Feuerschein in ihren Ringen. »Alienor … immer wieder Alienor …«, murmelte sie vor sich hin, dann scheinbar übergangslos: »Das mit deinem Vater, das tut mir Leid.«

Henry runzelte die Stirn. »Es tut mir wirklich Leid«, wiederholte sie leise.

»Und warum seid Ihr nicht zur Beisetzung gekommen?«, fragte er scharf.

»Er kam im Leben ohne mich zurecht … Außerdem wurde ich hier gebraucht. Der Mann, der sich König von England nennt, ist alt und verbraucht – wir haben also nur mit Prinz Eustach zu rechnen, aber das Volk und viele der Lords hassen ihn. Also reise ich umher und konspiriere, um sie auf dich einzuschwören.« Sie nahm einen Schluck Wein. »Es war klug von dir, auf mich zu hören und an der walisischen Grenze für Ordnung zu sorgen. Gerade gestern sind diese Teufel wieder in England eingefallen und haben eine Burg gebrandschatzt. Wenn du nun einen Einfall nach Wales unternimmst, dann ist das nur gerecht, und das hiesige Volk wird erkennen, wer sein wahrer Beschützer ist.«

»Wo ist es passiert?«, fragte Henry. Maud zuckte mit den Schultern. »Ungefähr vierzig Meilen nördlich von Bristol. Es war nur eine kleine Festung – aber das spielt ja keine Rolle.«

Seine Finger griffen nach der silbernen Salzschale.« Wie viele wurden verletzt?« Maud lehnte sich zurück. »Alle.«
Ärgerlich schob Henry seinen Stuhl zurück. »Und was hat Stephan deswegen unternommen?«
Maud lachte bitter auf. »Sei nicht töricht! Was hätte er denn deiner Meinung nach unternehmen sollen, Henry? Der gute Stephan hat alle Hände voll damit zu tun, *mich* zurückzuhalten. Da bleiben ihm weder die Zeit noch die Soldaten, die Waliser zu bekriegen.« Sie sah ihn an. »Du siehst, es ist der Moment für dich, England zu beweisen, dass dir keine Burg zu klein ist, wenn es darum geht, Gerechtigkeit walten zu lassen.«
»Gerechtigkeit, ist wohl das falsche Wort dafür. Sagt ›Macht‹, Majestät, dann bin ich Euer Diener.«
Maud hielt den Kopf gesenkt; die Haube warf einen Schatten auf ihre hohe Stirn. Plötzlich sah sie aus wie eine Greisin; und auf einmal verstand er, warum sein Vater nicht mit ihr zusammengelebt hatte. Mit einem Ruck erhob sie sich. Ihre weiten Ärmel fielen zurück und entblößten ein dünnes Gelenk.
»Es wird Zeit für mich.« Henry war ebenfalls aufgestanden.
»Geh nun und besiege die Waliser. Wenn du erst König von England bist, dann werden wir andere Mittel finden, um uns mit ihnen zu arrangieren.«
Er reichte ihr den Arm, um sie von der Empore hinunterzugeleiten. Auf der letzten Stufe fiel ihr noch etwas ein. »Ich werde das Geld für dich bereitstellen lassen. Aber gib es auch dem Juden!«
Henry war versucht zu lachen. »Ihr seid sehr großzügig, Majestät!«, murmelte er.
Maud kniff ihn in den Arm. »Du darfst mich zum Abschied küssen, mein Junge.« Sie hielt ihm ihre Wange hin; und als er sie berührte, war ihm, als fühlte er Pergament an seinen Lippen.
»Gute Reise, Mutter; und Gott sei mit Euch!«, sagte er leise.
»Behüte dich Gott, Henry!« Dann war sie fort.

Henry atmete tief durch, dann wandte er sich langsam um. »Komm her zu mir, Robert, und iss etwas.« Auf einmal lachte er laut auf. »Kannst du mir erklären, warum sie mich immer noch einschüchtern kann?«

Majestätisch stieg der Adler aus den Waliser Bergen empor und schraubte sich in den Himmel. Er nutzte den Ostwind und beäugte, was sich tief unter ihm tat.

Die ersten Sonnenstrahlen brachen sich in Henrys schimmernder Rüstung. Sein Pferd schnaubte leise und der aufkommende Wind verfing sich in seiner roten Satteldecke. Von dem Hügel aus, auf dem er stand, konnte er die Wiesen vor sich und die Burg dahinter überschauen. Kein Laut war zu hören.

»Könnt Ihr sie sehen, Mylord?«, flüsterte Robert.

»Nein … aber ich bin sicher, dass sie da unten sind. Sie liegen in den Büschen«, gab Henry leise zurück. Sein Blick glitt zur Burg hinüber. Aus einem der Schornsteine stieg dünner Rauch. »Sieh nur, sie sind schon wach.«

»Warum greifen wir nicht an?«, wollte Robert wissen und Henry merkte ihm die Spannung an.

»Noch nicht. Lass sie sich zuerst zeigen – schon damit wir wissen, wie viele es sind.« Unterhalb seines Hügels kauerten die flandrischen Söldner; in ihren grünbraunen Uniformen verschmolzen sie mit der Landschaft. Grell hingegen stachen die Banner und Wappenfarben seiner Ritter in diesen frühen Novembermorgen. Im Halbkreis waren sie um den Hügel gruppiert und warteten nur auf sein Zeichen zum Angriff. Da! Einer der Büsche dort unten hatte sich bewegt. »Da sind sie«, zischte Henry »Sie werden versuchen bäuchlings näher zu kommen.

Das verschafft uns einen Vorteil. Außerdem steht die Sonne hinter uns.« Seine Faust umklammerte das bloße Schwert.
»Jetzt?«, fragte Robert.
»Nein – sie müssen noch näher kommen … noch zehn Schritte … noch neun … sind die Armbrustschützen bereit?«
»Ja, Mylord!«
»Es können kaum mehr als hundert Waliser sein – höchstens hundertzwanzig … noch acht Schritte …«
»Warum setzt Ihr nicht zuerst die Bogenschützen ein?«
»Nein, ich brauche gezielte Schüsse! … noch sieben … sehen alle Reiter her?«
»Ja, Mylord!«
Henry stellte sich in die Steigbügel. Trotz der Kühle stand ihm der Schweiß auf der Stirn. »Siehst du den Adler, Robert? Das ist ein gutes Omen … noch fünf Schritte … wir warten noch …«
Plötzlich gellte unterhalb von ihnen ein Pfiff, und im Nu verwandelte sich die Wiese vor ihnen: wie aus dem Nichts sprangen Männer mit Mistgabeln und Sensen auf und rannten unter ohrenbetäubendem Geheul auf sie los. Henry spürte, wie sich ihm die Nackenhaare sträubten. »Nur ein paar von ihnen tragen Kettenhemden«, schrie er Robert zu und zählte laut: »Noch vier Schritte … noch zwei … Angriff!«, brüllte er mit sich überschlagender Stimme, und die Armbrustschützen schossen wie ein einziger Mann ihre tödlichen Pfeile ab. Von den Angreifern der ersten Welle stürzte fast jeder zweite.
»Schuss!«, schrie Henry, und wieder mähten die Pfeile einen Teil der Anstürmenden nieder. Noch höher stellte sich Henry in die Steigbügel. »Reiterei!«, brüllte er; schon bei der ersten Silbe preschten seine Ritter vor und vergrößerten den Halbkreis, um so von hinten angreifen zu können. Erst jetzt klappte Henry sein Visier herab, gab seinem Ross die Sporen und sprengte den Hügel hinunter, mitten durch die Schützen.
»Für England!« Sein Schrei verlor sich im Gebrüll der Verwundeten, im gellenden Wiehern verletzter Pferde. Mit dem

Schwert wild um sich hauend, schaffte er es, in die Mitte des Getümmels zu gelangen, wo der feindliche Anführer sich mit tödlicher Präzision durch die Reihen der flandrischen Söldner schlug. Nur knapp entging Henry dabei einem Hieb mit dem Morgenstern. Auf der Hinterhand riss er sein Pferd herum; jetzt hatte er den Anführer direkt vor sich. Gleichzeitig schwangen beide die Schwerter über ihren Köpfen. Grell prallte Stahl auf Stahl. Funken sprühten. Der Waliser erwies sich als ebenso geschickt wie Henry; der hatte Mühe, die Hiebe zu parieren. Für einen winzigen Moment sah er die Augen hinter dem Visier blitzen. Von einem Pfeil getroffen, strauchelte Henrys Pferd. Der nächste Schwerthieb traf ihn an der Schulter. Vor Schmerz und Zorn fast besinnungslos, holte Henry aus und traf den Feind zwischen Hals und Schulter. Er sah, wie der Gegner die Waffe fallen ließ und sich an die Wunde fasste. Langsam glitt er aus dem Sattel. Trotz des Getümmels um ihn herum meinte Henry, den dumpfen Aufprall zu hören.

Erst jetzt hatte er Augen für das Geschehen: Noch immer wurde gekämpft, aber er sah, dass Einzelne sich bereits zur Flucht gewandt hatten. Er klappte sein Visier hoch und wischte sich den Schweiß aus den Augen. Trunken vor Glück schrie er seinen Männern zu: »Lasst sie laufen – zur Burg jetzt!«

Mit hoch erhobenem Schwert führte er sie an; sein Fußvolk folgte ihm im Laufschritt. Hinter sich ließen sie ein Feld der Verwüstung. Als sie den schmalen Sandweg erreichten, sah Henry, wie auf der obersten Zinne die weiße Fahne gehisst wurde. Er hob den Arm; und als die Männer sich um ihn versammelt hatten, überflog er seine kleine Armee. Vierzig seiner Krieger fehlten und sieben seiner Ritter. Aber noch konnte er keine Trauer empfinden.

»Robert!«, rief er, und der drängte auf schweissnassem Pferd herbei. »Mylord?«

»Wir beide gehen hinein und sehen nach, wer noch übrig geblieben ist.«

Einer der Ritter ergriff das Wort: »Das ist zu gefährlich, Herzog – schickt lieber einen Unterhändler. Den Walisern ist nicht zu trauen.«
Henrys Gesicht glühte. »Ihr wartet hier! Robert, komm!«, befahl er. Soeben wurde das Burgtor rasselnd hinaufgezogen, doch nur ein barfüßiger kleiner Junge lugte kurz um die Ecke und verschwand gleich wieder. Mit einem Schenkeldruck trieb Henry sein Pferd voran und ritt in die Burg. Ein alter Mann stand im Hof; und im Vorüberreiten sah Henry, dass er weinte. Sonst war niemand zu sehen.
Sie stiegen vom Pferd und liefen die enge Holztreppe hinauf, die in den Bergfried führte. Henry stieß die schwere, mit Eisen beschlagene Eichentür auf. Eine Hand voll Leute waren in der Halle versammelt, Mägde und alte Diener, die ihnen erschrocken entgegenstarrten und ein Spalier bildeten, das sie klirrend durchschritten. Niemand sprach ein Wort.
Oben beim Kamin stand eine Frau und sah ihnen entgegen. Henry verneigte sich, als er bei ihr angekommen war; verblüfft stellte er fest, wie schön sie war. Sie war so groß wie er; und ihr rotes Haar bildete einen herrlichen Kontrast zu dem grünen, eng anliegenden Gewand, das sie trug. In ihrem ebenmäßig geschnittenen Gesicht zuckte kein Muskel, als er sie ansprach: »Ich bin Henry Plantagenet, Mylady. Wo ist Euer Mann?«
Sie ballte die Fäuste. »Ihr habt ihn erschlagen – sonst wärt Ihr nicht hier!«
Unwillig warf er den Kopf auf. »Er ist auf englischen Boden eingedrungen, er hat wiederholt englischen Besitz geraubt und gemordet. Deswegen bin ich hier, Mylady – und ich denke, das ist Grund genug!«
»Eure Engländer, Mylord!«, schleuderte sie ihm entgegen. »Wer spricht davon, wie oft sie in unser Land eingedrungen sind? Mein Mann hat nur versucht zurückzuholen, was sie uns geraubt hatten. Alles haben sie uns genommen! Ihr könnt nicht einmal Lösegeld für uns erhalten, weil niemand mehr da ist, der

es bezahlen könnte!« Ihre weit ausholende Geste umfasste die Halle und die darin versammelten Menschen. »Das ist alles, was mir geblieben ist!« Tränen glänzten in ihren großen Augen.
»Habt Ihr genug zu essen für mich und meine Männer?«, fragte er.
»Wenn Ihr mit Hirse vorlieb nehmen wollt. Etwas anderes haben wir auch nicht!«, gab sie hochmütig zur Antwort.
Plötzlich spürte er die Wunde an seinem Arm; und als er hinsah, bemerkte er das Blut, das unter der Armschiene hervor auf den Steinboden tropfte.
»Ihr seid verletzt!« Ihre Stimme klang auf einmal besorgt.
»Das macht nichts, Mylady. Aber wenn Ihr vielleicht ein Glas Wasser für mich hättet.«
Sie gab einer der Mägde ein Zeichen; dann goss sie ihm selbst ein, und als sie ihm den Becher reichte, berührten sich ihre Hände. Bevor er trank, sagte er: »Auf Euch, Mylady – und auf dass diese Kriege ein Ende finden!« Dann reichte er den Becher an Robert weiter. »Wie ist Euer Name, Mylady?«
Unwillkürlich wich sie einen Schritt zurück, bevor sie antwortete: »Ich bin Lady Margareth von Bergwillhill. Dort unten stehen meine beiden Kinder. Was geschieht jetzt mit uns?«
Entwaffnet lachte Henry sie an und zuckte mit den Schultern.
»Ich weiß es nicht, schöne Lady Margareth ... Ihr sagt, Ihr habt nichts mehr – von wem soll ich also Lösegeld verlangen?« Bewundernd glitten seine Augen über ihre schlanke Gestalt. Ihre Brust hob und senkte sich schneller; und er spürte ein Ziehen in seinen Lenden.
Wie Schutz suchend trat die Rothaarige noch einen Schritt zurück. Hastig griff sie an ihren Gürtel. »Hier sind die Schlüssel zur Burg.« Niemand in der Halle rührte sich.
Henry schob sein Schwert zurück in die Scheide und nahm den Helm ab. »Behaltet die Schlüssel, schöne Lady Margareth. Geht und sucht Euch einen neuen Mann. Dann werde ich wiederkommen und mit ihm besprechen, wie wir Frieden halten können.«

Ihre Hände begannen zu zittern und klirrend fiel der Schlüsselbund auf die Steinfliesen. Henry bückte sich und reichte ihn ihr. Wieder berührten sich ihre Hände. »Eure Augen sind wunderschön«, flüsterte er. »Bald schon wird Frieden in England sein. Dann werden wir uns hoffentlich unter glücklicheren Umständen wieder sehen.« Er verbeugte sich. »Lebt wohl, Lady Margareth.«

Zwei Tage später ritt Henry von Westen in London ein, nur von Robert und drei Gefolgsleuten begleitet. Die Übrigen hatte er zum Kontinent zurückbeordert.
Es regnete, als sie das Stadttor passierten. Ein eisiger Wind fegte durch die engen Gassen. Er rüttelte an den Schlagläden der Häuser und zerrte an den Zunftschildern der Gilden.
Soeben ritten sie durch die Schuhmachergasse. Vor einer Auslage hielt Henry an. »Wartet auf mich – ich will nur etwas in Auftrag geben«, rief er seinen Begleitern zu. Dann stieg er ab und reichte Robert die Zügel. Seine Stiefel versanken im Morast und nur mit einem großen Satz erreichte er die niedrige Tür. Als er sie aufstieß, läutete dünn eine Glocke.
Drinnen saßen vier Männer und hämmerten über den Leisten. Ein schwerer Geruch nach Leim und Leder hing in der Stube. Ein Mann in den Dreißigern legte den Hammer zur Seite, strich seine Lederschürze glatt und schaute Henry erwartungsvoll an.
»Gott zum Gruß. Ihr seid der Meister?« Der Mann nickte. Seinen flinken Augen entging nicht, dass der Ankömmling unter seinem nassen Wollmantel ein leichtes Kettenhemd trug.
»Gott zum Gruß auch Euch, edler Ritter. Womit kann ich dienen?«, fragte er beflissen.
Henry lächelte. »Ich suche ein Paar rote Schuhe, kleiner noch als für ein Neugeborenes und aus feinstem Leder, so weich wie die Haut einer Frau. Und schnell muss es gehen. Ich reise mor-

gen wieder ab. Glaubt Ihr, das schafft Ihr?« Er griff unter den Mantel, zog einen Beutel hervor und entnahm ihm ein paar Münzen. »Hier, nehmt. Das dürfte genügen.«

Nun lächelte der Meister verständnisvoll. »Natürlich, damit kann ich dienen, Mylord. Ich habe hier verschiedene rote Leder – wenn Mylord sich wohl für eines entscheiden möchte.« Er trat hinüber zum Regal, auf dem die Lederballen nach Farben geordnet lagen. Mit schwieliger Hand deutete er auf seine Schätze.

Henry folgte ihm. »Dieses Rot ... nein, doch lieber das dort.« Zärtlich glitten seine Finger über das hauchfeine Leder. »Nehmt feine, goldene Schnüre und lasst die Schuhe heute Abend noch zum Bischof von Westminster bringen.«

Auf dem Weg zum Bischofspalast ritten sie durch die Judengasse. Henry machte Robert darauf aufmerksam, dass alle Häuser aus Stein waren. Dunkel glänzten ihre Fassaden im Regen. Hinter den bleigefassten Scheiben waren bereits die Lampen angezündet, und deren anheimelnder Schein erinnerte die Reiter daran, dass sie schon seit Stunden im Sattel saßen. Sie froren unter ihren voll gesogenen Umhängen.

Henry deutete mit der Hand auf ein besonders prächtiges Haus. »Dort wohnt der Jude Isaak. Sorg dafür, dass er heute Abend zu mir kommt.« Er fasste die Zügel fester. »Herrgott, ist mir kalt!« Ungeduldig trieb er sein Pferd an.

»Ihr kennt den Weg, Mylord?«, fragte Robert. Henry nickte. »Hier hinunter. Dann halten wir uns in Richtung Themse und sind bald da.«

Am Haymarket schaute ein Bettler den Reitern neugierig hinterher, dann presste er sich wieder in einen Torbogen. Von da, wo er stand, hörte er noch deutlich, wie gegen das Tor des Bischofs gehämmert wurde. Dann war es in der Gasse wieder still. Der Bettler spuckte aus.

Im Palast des Bischofs streckte Henry wohlig die Beine dem Feuer entgegen, das in der Bibliothek brannte. Er hatte sein Kettenhemd gegen ein bequemes Kleid getauscht, das im merkwürdigen Gegensatz zu dem prachtvollen Gewand seines Gastgebers stand. Eben jetzt hob er sein Glas. »Ich danke Euch für Eure Gastfreundschaft.« Er nahm einen Schluck, dann stellte er sein Glas ab. »Ich höre, es geht dem König nicht gut …«
Der Bischof drehte versonnen an seinem Ring und lächelte maliziös. »Ich fürchte, es wird ihm noch schlechter gehen, wenn er erst erfährt, dass Ihr hier seid.«
»Seid unbesorgt, ich komme nicht als Ursupator. Ich bin nur ein Katholik, der Schutz vor dem Londoner Regen sucht«, sagte Henry leichthin und schlug ein Bein über das andere. »Irgendwann werde ich aus dem über dreißigjährigen Krieg der Häuser Anjou und Blois natürlich als Sieger hervorgehen, aber bis dahin hat es noch Zeit.« Erneut griff er nach seinem Weinglas. »Ich möchte nur, dass die Kirche dies weiß.«
Der Bischof schlug hastig das Kreuz. »Das grenzt an Hochverrat!«, zischte er; doch Henry schüttelte ungerührt den Kopf. »Nein, das tut es nicht. Beide Häuser haben einen rechtmäßigen Anspruch auf den Englischen Thron.« Er lächelte. »Fragt sich nur, wer am längeren Hebel sitzt.« Bedächtig nahm er einen tiefen Zug. »Ein Rotwein wie dieser, aus dem Anjou, lässt einen fürwahr das schlechte Wetter vergessen. Doch was ich noch sagen wollte: Ihr tätet gut daran, Euch beizeiten auf die richtige Seite zu schlagen.«
Versehentlich war er mit der linken Schulter gegen die Stuhllehne gestoßen und ein heller Schmerz jagte durch seinen Arm; er schloss die Augen.
Der Bischof beobachtete ihn gespannt. Henry hatte sich wieder in der Gewalt. »Wärt Ihr so freundlich, mir Euren Medicus zu schicken?« Und als der Bischof nach der kleinen Silberglocke griff und damit läutete, sagte Henry noch: »Ich brauche außerdem eine Stube, in der ich den Juden empfangen kann.«

»Ein Jude ... in meinem Haus?« Unschlüssig sah der Kirchenvertreter Henry an. Sein Gast lächelte ironisch.
»Es ist bereits dunkel und es gießt. Niemand wird ihn kommen sehen, dafür verbürge ich mich.«
Der Bischof hatte die Hände wie zum Gebet gegeneinander gelegt und musterte sein Gegenüber über die Fingerspitzen. »Mein junger Freund ... weiß Eure Frau Mutter, ich will sagen, weiß die Kaiserin davon, dass Ihr solchen Umgang pflegt?«
Lächelnd sah Henry auf den fülligen Kirchenmann hinunter. »Ich treffe mich mit dem Juden auf ihren ausdrücklichen Wunsch.« Er war schon fast an der Tür, als er noch sagte: »Wir alle brauchen doch Geld – also pflegen wir auch Umgang mit dem Juden. Es sollte mich sehr wundern, wenn Eure Bischöfliche Gnaden dieses Spiel nicht ebenfalls beherrschten. Bitte vergesst Euren Medicus nicht, denn meine Schulter schmerzt sehr.«
Wütend griff der Bischof erneut nach der Silberglocke.
Von Robert begleitet betrat Henry bald darauf den kleinen Empfangssaal, in den man den Juden Isaak geführt hatte. Hier herrschte Eiseskälte. Nur zwei Fackeln erhellten den pompös eingerichteten Raum. Geduldig wartend stand der Jude am Fenster und blickte in die Nacht hinaus. Als er die Tür gehen hörte, wandte er sich langsam um. »Gott mit Euch, Herzog. Welch eine Ehre, dass Ihr mich empfangen wollt.« Er verneigte sich tief. Seine hohe, magere Gestalt versank beinahe in dem langen Zobelmantel.
Mit großen Schritten durchmaß Henry den Raum und streckte ihm die Hand entgegen. »Gott auch mit Euch, Meister Isaak. Ich bin es, der zu danken hat, dass Ihr trotz des Wetters den Weg nicht gescheut habt. Darf ich Euch etwas zu trinken kommen lassen?« Der Jude dankte höflich und Henry fiel auf, in welch kultiviertem Ton er ablehnte. Henry deutete auf zwei hochlehnige Stühle, die einander gegenüber standen.
Der Jude wartete, bis Henry Platz genommen hatte, erst dann

setzte er sich und sah erwartungsvoll zu ihm auf. »Womit kann ich dienen, mein Herzog?«
»Es geht wie immer ums Geld, Meister Isaak.« Verständnisvoll sahen die beiden Männer einander an. »Ich habe von Eurem Cousin in Poitiers dreitausend Taler geborgt«, sagte Henry und zog ein zusammengefaltetes Pergament aus seiner Tasche. Der Jude nahm das Pergament vorsichtig entgegen und las es aufmerksam. Schließlich faltete er das Blatt wieder sorgfältig zusammen. »Ich verstehe nicht ganz, mein Herzog, was ich ...«
»Wartet, bitte. Ihr habt es gelesen und kennt die Unterschrift Eures Cousins. Nun möchte ich die Schulden an Euch zurückzahlen, denn es erscheint mir nicht sehr klug, mit so viel Geld durch das Land zu reisen. England ist zur Zeit ein etwas unruhiges Pflaster.« Er lächelte.
Isaak wiegte sich bedächtig hin und her; unaufhörlich kreisten seine Daumen umeinander. Dann hatte er sich entschieden. »Zufällig reise ich selbst in Geschäften nach Paris. Dort lebt ein weiterer Cousin von mir. Ihm kann ich das Geld geben und er wiederum wird für die Weiterleitung nach Poitiers sorgen.«
»Es muss wunderbar sein, so eine weit verzweigte Verwandtschaft zu haben, Meister Isaak. Und alle gehen der gleichen Beschäftigung nach – fast wie in Familien unserer Art.« Flüchtig funkelte Spott in den Augen des Juden auf. »Ja, fast ... Mylord«, sagte er. »Wollt Ihr mir jetzt die Kassette übergeben, damit ich sie quittieren kann?«
Robert, der sich im Hintergrund gehalten hatte, kam herbei und stellte eine kleine Truhe auf den langen Tisch in der Mitte des Raumes. Isaak stand auf und Henry bemerkte, dass der Jude das linke Bein nachzog. »Ihr habt Euch verletzt?«, fragte er.
»König Stephan mag keine Juden«, antwortete der alte Mann gleichmütig. Während er die Goldstücke zu Türmen stapelte und zählte, hielt Henry den Kopf gesenkt; er hätte nicht zu sagen vermocht, ob aus Scham oder aus Trotz. Draußen schlug der Regen gegen die bleigefassten Scheiben.

Endlich bat Isaak um ein Pergament. »Damit wir beide es unterzeichnen – Ihr versteht, damit es rechtskräftig ist.«
Die Feder kratzte über das Papier; und als Henry sich darüber beugte, sagte er: »Warum so förmlich? Habt Ihr mir nicht selbst gesagt, dass Ihr es Eurem Cousin übergeben wollt?« Der Jude griff zur Sandbüchse. »Es ist Brauch in Familien meiner Art, stets sehr korrekt miteinander umzugehen.«
»Was man von Familien meiner Art nicht unbedingt behaupten kann«, entgegnete Henry trocken und schüttelte Isaak die Hand. »Was bin ich Euch für diese Gefälligkeit schuldig?«
Der Jude zog seinen Zobel enger um die Schultern. »Nichts, Mylord. Lasst uns auf bessere Zeiten für England hoffen.« Vielsagend blickte er in die Augen des Plantagenets.
Henry spürte, wie ihm das Blut in den Kopf schoss. »Das verspreche ich Euch.« Isaak verneigte sich und verließ hinkend den Raum.

Am nächsten Morgen regnete es noch immer. Die Pilgrims Road von London nach Canterbury war trotz der kalten Jahreszeit voller Menschen. Da gab es Reiter und schwerfällige, von Ochsen gezogene Reisewagen, Fuhrwerke und Karren; da trieben Bauern ihre Schweine zum nächsten Ort, da liefen Mönche mit blau gefrorenen Füßen in offenen Sandalen. Kinder hingen an den Rockschößen ihrer Mütter und soeben sprengte ein Trupp Soldaten in Richtung Süden und bahnte sich rücksichtslos seinen Weg durch die Menge.
Henry ritt allein mit Robert dahin. Als das Gedränge zu dicht wurde, gab er ihm ein Zeichen und trieb sein Pferd von der Straße. »Wir reiten besser querfeldein, dann sind wir schneller in Canterbury.«
»Ist das klug, Mylord? Wir wären völlig ungeschützt«, gab Robert zu bedenken. »Was geschieht, wenn uns des Königs Leute aufgreifen?«
Henry lachte nur. »Du redest wie ein altes Weib. Des Königs

Leute, wie du sie nennst, kämpfen im Moment im Norden.« Er setzte zum Galopp an und erst oben auf den Hügeln ritten sie auf ihren schweren Rössern wieder nebeneinander durch die regenschweren Wiesen und Wälder.
In einer Senke sahen sie den Hirsch. Der Sechzehnender ließ sie dicht an sich herankommen, ehe er in eleganten Sprüngen absprang. Begeistert zog Henry den Jagdspeer hinter seinem Sattel hervor. »Los, Robert, den kriegen wir und bringen ihn dem Erzbischof von Canterbury als Gastgeschenk mit!«, rief er und nahm die Verfolgung auf.
Fast drei Meilen lang dauerte die Hatz, dann endlich hatten sie das Tier gestellt und Henry gab ihm den Todesstoß. Rot vor Anstrengung machte er sich daran, den Hirsch auszuweiden, um ihn dann hinter sich auf den Pferderücken zu heben. Er säuberte gerade an einem nassen Grasbüschel seine blutbespritzten Hände, als er plötzlich den Kopf hob. »Still, Robert, da ist jemand ...«, flüsterte er und hatte schon nach dem kurzen Messer an seinem Gürtel gegriffen.
Seine Augen versuchten das Dickicht vor ihnen zu durchdringen. Nichts war zu sehen; doch dann klang durch Wind und Regen ein hölzernes Klappern zu ihnen herüber. »Es sind die Ausgestoßenen, Mylord! Kommt, lasst uns verschwinden«, sagte Robert hastig und bekreuzigte sich.
Henry richtete sich langsam auf. »Könnt Ihr mich hören?«, rief er laut, und als keine Antwort kam, »zu wie vielen seid Ihr?«
Vor ihnen knackte ein Zweig, dann tauchte langsam eine Gestalt zwischen den Baumstämmen auf.
Zum Schutz gegen die Kälte hatte der Mann einen zerschlissenen Umhang übergeworfen, der früher einmal blau gewesen sein musste. Um die bloßen Beine hatte er Stofffetzen gewickelt. Seine Kapuze war so tief heruntergezogen, dass Henry sein Gesicht nicht erkennen konnte. Nun begann der Fremde zu sprechen; es klang eher wie ein Krächzen. »Wir sind zu zwölft, Mann.«

Hinter sich hörte Henry, wie Robert das Schwert zog. »Lass es stecken«, zischte er ohne hinzublicken. Laut rief er: »Habt ihr genug zu essen?«
Wieder dieses Krächzen. »Wir sammeln Eicheln, Mann.«
Ohne zu zögern wandte Henry sich um und zog den Hirsch vom Pferd. »Den lasse ich euch hier. Habt ihr einen Feuerstein?« Der Fremde nickte und fast gleichzeitig tauchten hinter ihm zerlumpte Gestalten auf und schoben sich drohend näher. Einige von ihnen hatten nicht einmal Mäntel um und über ihre verwüsteten Gesichter lief der Regen. Erschrocken sog Robert die Luft ein. »O Gott, sie haben die Pest.«
Unwillkürlich trat Henry einige Schritte zurück und bekreuzigte sich.
Der Anführer hob gebieterisch die Hand und der zerlumpte Haufen blieb stehen. »Reitet fort, Mann«, stieß er fast beschwörend hervor. »Sie haben seit Wochen kein Fleisch mehr gesehen und sind hungrig!«
Ihr Aufbruch glich einer Flucht. Hinter ihnen fielen die Kranken wie Tiere über den Hirschen her.

Als sie den Wegweiser nach Canterbury sahen, dunkelte es bereits, und als sie schließlich das Stadttor erreichten, dröhnten die Glocken der Kathedrale und riefen die Bürger zur Abendmesse. Die beiden Reiter hatten Mühe, ihre Rösser durch das Gewimmel in den engen Gassen zu lenken.
Vor dem Erzbischöflichen Palast war eine Wache postiert, die ihnen den Eingang versperrte. Zornig sprang Henry aus dem Sattel, doch gerade da öffnete sich das Portal und Thomas Becket trat heraus. Überrascht blieb er stehen. »Ihr hier, Mylord?«
Erfreut ging Henry auf ihn zu und reichte ihm die Hand. »Becket, wie schön, Euch wieder zu sehen«, rief er.
Becket gab den Wachen ein Zeichen und ungehindert konnten sie zu dritt das Tor passieren. »Wollt Ihr zur Messe oder habt

Ihr eine Unterredung mit Seiner Erzbischöflichen Gnaden?«, fragte Becket neugierig und winkte ein paar Pagen herbei, die ihnen die Pferde abnahmen.

»Soviel ich weiß, hat meine Mutter Erzbischof Theobald benachrichtigt, dass ich eine Unterredung mit ihm haben möchte. Hier sind wir also.«

Becket geleitete sie in eine große Halle und führte sie sogleich zu dem Kamin, in dem ein mächtiges Feuer prasselte. »Habt Ihr bereits ein Quartier, mein Herzog?«, erkundigte sich Becket, und als Henry verneinte, hatte er einen Vorschlag. »Ich bewohne ein kleines Haus auf dem Gelände. Das würde ich Euch gerne überlassen.« Er warf einen Blick auf die nassen Umhänge, die in der Nähe des Feuers zu dampfen begonnen hatten. »Vielleicht möchtet Ihr erst die Kleider wechseln. In der Zwischenzeit werde ich Seine Gnaden über Eure Ankunft unterrichten.«

Beckets Heim erwies sich als gutes Quartier. Auch hier brannte ein wärmendes Feuer und Becket entzündete eine Öllampe. »Ihr müsst entschuldigen, aber es kommt nur morgens eine Frau zum Saubermachen. Ansonsten wohne ich hier allein.« Er deutete auf einen kleinen Tisch, auf dem eine Karaffe und Becher standen. »Hier ist Wein, mein Herzog. Bedient Euch. Ich werde dem Erzbischof sogleich nach der Messe Euer Anliegen vortragen.« Die Glocken waren verstummt und Becket wurde nervös.

»Geht nur, Master Becket, sonst kommt Ihr noch zu spät.« Robert war schon dabei, die Reittaschen auszupacken und Henry trocknete sich mit einem großen Handtuch ab. Als er sich seine bloßen Hände und Arme besah, sagte er: »Vielleicht sollten wir ein Bad nehmen – ich möchte vor Theobald ja nicht wie ein Barbar erscheinen.«

Lachend reichte Robert ihm ein trockenes Hemd. »Master Becket scheint zwar viele Bücher zu besitzen, aber ich sehe keine Magd, die uns heißes Wasser besorgen könnte. Ich fürchte, Mylord, wir müssen uns ein öffentliches Badehaus suchen.« Henry verschnürte sein Hemd. »Warum auch nicht? Alle Welt dürfte jetzt in der Messe sein.« Er sah sich in der kleinen Stube um: ein blank gescheuerter Tisch, vier Stühle, am Fenster ein Stehpult. »Es sieht zwar alles sehr bescheiden aus, aber sieh dir nur die kostbar gebundenen Bücher an, die auf dem Tisch liegen. Ich möchte wetten, Freund Becket ist ziemlich wohlhabend.« Dann griff er nach seinem nassen Umhang. »Worauf warten wir noch!«

Als sie die niedrige Haustür hinter sich zuschlugen, rief der Türmer eben die siebente Stunde aus. Von der Kathedrale klang gedämpft ein Choral bis zu ihnen herüber. Die Gasse lag verlassen da, nur eine gefleckte Katze huschte über die dunkel glänzenden Pflastersteine. Gegen eine Hauswand gelehnt lungerte ein schläfriger Wächter herum, den Speer nachlässig in der Faust. Ärgerlich deutete Henry auf den Mann. »Man sollte ihm einen Fußtritt geben. Gerade jetzt müsste er aufpassen, da alle in der Kirche sind.«

Sie bogen um eine Ecke und sahen auch schon das Schild des Badehauses. Gerade wollte Robert etwas sagen, da sprangen aus einem dunklen Toreingang ein paar Gestalten hervor und warfen ein Netz über sie. Es ging so schnell, dass sie zur Gegenwehr keine Chance hatten. Im Nu waren sie überwältigt und jemand zischte: »Kein Laut, sonst seid ihr des Todes!« Henry sah kaum etwas, spürte jedoch, dass man sie durch ein Tor drängte und eine Treppe hinaufstieß. Einer der Männer klopfte ein Signal an eine Tür, dann wurden Henry und Robert grob in einen dunklen Raum geschoben.

Es dauerte eine Weile, bis Henrys Augen sich an die Finsternis gewöhnt hatten. Die Stube war niedrig und leer; nur drüben beim Fenster stand eine hoch aufgerichtete Gestalt.

»Da will er König werden und lässt sich von ein paar Halunken auf der Straße überfallen«, flüsterte die Gestalt verächtlich. Vor Zorn knirschte Henry mit den Zähnen und versuchte sich zu befreien, doch zu seiner Verblüffung wurde ihm das Netz abgenommen. Nichts war zu hören als das unterdrückte Atmen der Männer.

Wieder gab die Gestalt am Fenster ein Zeichen; und nacheinander verließen die Männer den Raum und zogen Robert mit sich fort. Ein Dielenbrett knarrte, dann war Henry mit dem Anführer allein.

»Eigentlich solltest du spüren, dass ich es bin«, sagte spöttisch eine vertraute Stimme. »Du hast mich oft genug bei Nacht gesehen.« Lachend stieß sich die Gestalt vom Fenster ab, und dann lag Alienor in seinen Armen.

Henrys Herz klopfte wie rasend. »Was bist du nur für eine Frau! Du Wahnsinnige, du Hexe, mir einen solchen Schrecken einzujagen!« Er begann ihr Gesicht mit Küssen zu bedecken. »Ich hätte dich töten können«, murmelte er.

Kichernd bog Alienor sich zurück. »Gib nicht so an, Henry Plantagenet, das hättest du nicht, ich war entschieden im Vorteil!«

Er zog sie wieder enger an sich. »Wie hast du mich überhaupt gefunden?«

»Ich habe ausgezeichnete Späher«, sagte sie leichthin.

»Wie lange kannst du bleiben?«

Sie biss ihn leicht in die Unterlippe. »Eigentlich gar nicht. Mein Schiff liegt unten in Dover. Übermorgen muss ich schon wieder in Aquitanien sein.«

Wieder begann er sie zu küssen, und diesmal sträubte sie sich nicht.

Schwer atmend fragte sie schließlich: »Wohin wolltest du gerade?« Als Henry es ihr sagte, stemmte sie die Arme in die Hüften. »Ich gehe mit!«

Betroffen sah er sie an. »Du weißt nicht, was du redest! Du bist die Königin von Frankreich!«

»Glaubst du etwa, irgendeiner der Badehausbesucher hat mich jemals in natura gesehen? Außerdem, sieh mich nur an, ich bin ein Mann.«

Henry berührte ihr Lederwams. »Und was für ein verführerischer dazu – ich werde sehr auf dich aufpassen müssen!«
Alienor griff nach seiner Hand und zog ihn mit sich. »Worauf also noch warten?« Lachend liefen sie die Holzstiege hinab.

»Womit kann ich dienen? Wünschen die Herren getrennt oder gemeinsam zu baden?« Ein rotgesichtiger, schweißglänzender Mann in einer weißen Schürze trat ihnen entgegen. Alienor zog sich den Schlapphut tiefer in die Stirn, stieß Henry an und fragte mit tiefer Stimme: »Wie steht's mit Mädchen?«
Ein paar Münzen landeten in der feisten Faust des Baders. Watschelnd lief er ihnen voraus, vorbei an gefüllten Zubern, aus denen der Dampf aufstieg und in denen nur wenige Männer und Frauen saßen. »Natürlich, natürlich, der Herr. Ganz wie Euer Lordschaft belieben. Sie haben Glück. Wir sind im Moment nicht belegt, denn alle sind in der Kirche. Haben Eure Lordschaft eine bestimmte Vorliebe?«, dienerte er. Alienor riss fragend die Augen auf und Henry nickte.
»Lasst alle kommen – wir suchen uns dann schon die Passende aus. Aber gesund muss sie sein!«, fügte er drohend hinzu.
Der Mann tat gekränkt. »Nur die allerbesten, die schönsten, die dicksten und die gesündesten Mädchen bieten wir an. Eure Lordschaft werden zufrieden sein.«
Henry stieß ihn an. »Gebt uns ruhig den abgelegensten Raum. Ihr versteht schon – mein Freund hier wird ziemlich laut.« Eilfertig nickte der Dicke, hastete voraus und zog den Vorhang zu einer abgetrennten Kabine zurück. Er beugte sich über den großen Zuber und prüfte die Wassertemperatur.
»Ich werde noch um ein, zwei Eimer heißen Wassers schicken. Wenn die hohen Herrschaften sich in der Zwischenzeit entkleiden wollen … Ihr müsst nur pfeifen, mein Herr, dann schicke ich die Mädchen.« Noch einmal hielt er inne. »Wünschen die Herrschaften zu speisen und zu trinken?«
Alienor nickte. »Ja, von allem das Beste!«

Endlich waren sie allein. Alienor sah sich prüfend um. »Aha«, sagte sie und ließ sich auf einem der beiden Schemel neben dem Zuber nieder.
Henry, der dabei war, seinen Umhang abzulegen, blickte erstaunt auf. »Was meinst du mit ›aha‹?«
»Es kommt mir so alltäglich vor. Ich hatte es mir irgendwie verruchter vorgestellt.«
Unschlüssig sah er sie an. »Möchtest du lieber umkehren?«
Alienor schüttelte entschieden den Kopf. »Wie könnte ich jetzt kneifen, wo er uns doch die schönsten und dicksten Mädchen versprochen hat! Außerdem bin ich hungrig. Jetzt hilf mir die Stiefel auszuziehen.« Sie hob ein Bein, und während Henry kräftig daran zog, fragte sie interessiert: »Gehst du öfter in solche Häuser?«
Henry stellte den ersten Stiefel ab und hob ihr zweites Bein an. »Gewöhnlich habe ich es schon etwas bequemer ... aber wenn es nicht anders geht ...« Er drehte sich zwinkernd zu ihr um. »Fürchtest du dich vor den Mädchen?«
»Ich doch nicht!« Resolut begann sie ihr Hemd aufzuknöpfen; trödelte dann aber doch so lange herum, bis der Knecht zwei Eimer heißen Wassers gebracht hatte. Erst dann entledigte sie sich ihrer Kleidung und glitt in den Zuber.
»Was ist mit deiner Kappe? Willst du sie nicht abnehmen?«, fragte Henry und gesellte sich zu ihr. Bewundernd sah er auf ihre Brüste.
Eine Magd erschien und legte ein Holzbrett zwischen sie auf den Zuberrand; dann stellte sie Brot, Hühnerschenkel, Käse und zwei Becher Wein darauf. Genüsslich griff Alienor zu. »Nun pfeif endlich. Gerade auf die Dicken bin ich gespannt!«
Henry steckte zwei Finger in den Mund und pfiff gellend. Kurz darauf teilte sich der Vorhang und ein junges Mädchen schlüpfte hindurch. »Donnerwetter, ist die aber hübsch!«, entfuhr es Alienor. Bewundernd betrachtete sie das prachtvolle, braune Haar des Mädchens, das auf die bloßen Schultern fiel. Sie trug

ein lockeres Mieder, das ihre Brüste nur notdürftig bedeckte. Den Rock, aus grobem, braunem Stoff, hatte sie hochgebunden. Ihre Züge waren weich, und als sie nun lächelte, sah man zwei Reihen ebenmäßiger Zähne.

»Der Patron meint, Ihr habt mit Dicken nichts im Sinn«, sagte sie in breitem Yorkshire-Dialekt.

»Recht hat er!« Zufrieden nahm Henry das Mädchen in Augenschein. »Komm, geh einmal um den Zuber herum, damit wir dich von allen Seiten sehen können.« Alienor nickte anerkennend und ihre Zehen berührten Henry sacht zwischen den Beinen.

»Mit wem soll ich beginnen?«, fragte das Mädchen. »Haben die Herrschaften einen besonderen Wunsch?« Henry streichelte Alienors Fuß. »Das darfst du selbst entscheiden – such dir von uns beiden den aus, den du am schönsten findest.« Er lächelte siegesgewiss. Laszív beugte sich das Mädchen über den Zuberrand und musterte sie eingehend.

»Den Herrn möchte ich haben!« Sie wies auf Alienor. »Wenn Eure Lordschaft nur den Hut abnehmen möchte, damit ich Euch den Kopf waschen kann.«

»Warum nicht«, sagte Alienor, zog ihren Fuß aus Henrys Umklammerung und schleuderte ihre Lederkappe zu Boden. In Kaskaden fiel ihr Haar herab. »Ich habe gewonnen – das musst du zugeben!« Ihre Augen funkelten. »Gib mir zu trinken!«

Das Mädchen hatte sich hinter sie gekauert. Nun goss sie eine Kanne Wasser über Alienor und begann ihr behutsam und geübt die Kopfhaut zu massieren. Wohlig lehnte Alienor sich zurück. »O, wie ich das mag«, stöhnte sie leise. »Wie heißt du?« Das Mädchen rieb eine Essenz in ihr nasses Haar. »Ich bin Lizzy.«

»Du bist ein Himmelsgeschenk, kleine Lizzy. Mein Gott, auf diese Art hat mir noch niemand die Haare gewaschen.«

Henry schlug mit der flachen Hand auf das Wasser, dass es hoch aufspritzte. »Ich dachte, ich sei dein Himmelsgeschenk«, maulte er.

Träge verschob Alienor ihren Rücken. »Aber sicher bist du das. Nur anders.« Sie spürte die Hand des Mädchens, die zärtlich ihren Nacken umfasste, um ihr erneut frisches Wasser über den Kopf zu schütten.

Mit einem Satz war Henry aus dem Zuber. Nackt lief er zu seinen Kleidern und suchte in den Taschen. Als er gefunden hatte, was er suchte, kam er zurück. »Jetzt ist es aber genug mit dem Haarewaschen. Mach die Augen auf und sieh, was ich für dich gekauft habe!« Und zu Lizzy: »Du kannst jetzt gehen. Den Rest besorge ich selbst!«

Alienors Schultern bebten vor verhaltenem Lachen. »Tu, was er sagt, mein Mädchen, und sei bedankt. Du hast mir sehr viel Freude gemacht.« Als Lizzy sich knicksend entfernte, schlug Alienor die Augen auf und musterte Henry spöttisch. »Ich beginne Euch zu verstehen«, flüsterte sie.

Zweifelnd schüttelte er den Kopf. »Da ist ein großer Unterschied: du bist eine Frau!«

»Und du meinst, die dürften das nicht?«

Henry runzelte die Stirn. »Wenn das Frauen tun, ist es irgendwie schamlos. Sieh lieber mal, was ich für dich habe.« Er schob das kleine Päckchen über das Brett. Alienor übersah es.

»Vielleicht sollten wir ein für alle Mal etwas klar stellen«, sagte sie freundlich. Verwirrt sah er sie an. Alienor strich sich die nassen Haare zurück. »Wenn du dich wie ein Schwein benimmst, dann bist du ein Schwein.« Henry riss die Augen auf. Ungerührt fuhr sie fort: »Wenn ich mich wie ein Schwein benehme, dann bin ich auch ein Schwein. Verstehst du, was ich sagen will?«

Henry verstand nicht. »Ja, aber ...«

»Es gibt moralisch gesehen keinen Unterschied zwischen dir und mir.«

Henry beugte sich vor. »Aber die heilige Kirche sieht das anders.« Alienor schlug aufs Wasser; Tropfen spritzten ihm in die Augen. »Hör auf, wie ein Narr zu argumentieren«, fuhr sie ihn

an. »Die heilige Kirche, das ist nicht Gott, das ist nicht Jesus – das sind nur machtbesessene Männer, die Angst davor haben, sich mit einer klugen Frau auseinander setzen zu müssen.« Sie lachte höhnisch. »Und ich habe geglaubt, du seist gebildet, dich hätten sie mit ihren Drohungen nicht einschüchtern können.«
Henry hob die Hand. »Aber der Heilige Vater sagt doch auch ...« Er brach ab. Eine Weile war es ganz still. Nur gedämpft schallte ab und zu derbe Heiterkeit zu ihnen herüber.
»Schade. Ich habe geglaubt, du sähst mich anders.« Alienor machte Anstalten aufzustehen.
Mit einem schiefen Lächeln hielt er sie zurück. »Warte. Man hat es mir so beigebracht. Tatsache ist, ich habe mir niemals Gedanken darüber gemacht.«
Alienor überließ ihm ihre Hand. »Dann solltest du vielleicht damit beginnen. Ich habe es satt, einen von Rom gegängelten Jasager an meiner Seite zu haben. Gerade jetzt fleht mein Noch-Gatte um das Verständnis und das Wohlwollen der Kurie, damit sie mich nicht in ein Kloster stecken. Wäre er nicht ein so anständiger und fairer Mensch, dann müsste ich befürchten, dass sie mir am Ende noch mein geliebtes Aquitanien wegnehmen.«
Erschrocken griff er nach ihren Schultern. »Das wird Louis nicht zulassen, oder?« Lauernd musterten sie einander; dann sagte sie: »In allem ist er ihnen zu Willen ... aber damit werden sie nicht durchkommen. Ich kenne Louis. Er liebt mich.«
Seine Finger gruben sich in ihr weiches Fleisch. »Wenn sie es tatsächlich wagen sollten, dich in ein Kloster zu stecken, dann gibt es Krieg.«
Sie griff nach einem der großen Badetücher, die neben dem Zuber hingen. »Es wird Zeit. Wenn mein Mann seine Exerzitien beendet hat, muss ich wieder in Aquitanien sein.«
»Könntest du deine Abreise nicht bis morgen verschieben?«, fragte er, als sie sich abtrocknete. »Ich habe heute noch eine Unterredung mit dem Erzbischof von Canterbury. Danach bin ich frei und könnte dich begleiten.«

Alienor schüttelte den Kopf. »Es wäre ganz falsch, wenn wir gemeinsam gesehen würden. Gerade jetzt.« Sie nahm ein frisches Tuch und schlang es sich um den Kopf. Dann setzte sie sich auf den Schemel. »Nur um dich noch einmal zu sehen, habe ich so viel riskiert. Bevor meine Ehe nicht annulliert ist …«
Henry unterbrach sie erschrocken. »Aber das dauert ja fast noch ein halbes Jahr, bis die Synode tagt.«
Alienor beugte sich vor und küsste seine nasse Wange. »Aber danach bin ich frei«, flüsterte sie. »Endlich frei, nach Poitiers zu gehen. Dann kannst du kommen.«
Plötzlich schauderte ihn. Wortlos reichte Alienor ihm ein Tuch und er stieg aus dem Zuber. »Du könntest einfach fliehen«, schlug er vor; doch sie schüttelte nur den Kopf.
»Ich bin nicht Lizzy, sondern die Königin von Frankreich.«
Schweigend kleideten sie sich an. Als Henry sich die Sporen umschnallte, blickte er auf. »Aber ich werde in Beaugency sein. Und wenn ich mich vor den Toren der Stadt herumtreiben muss: ich werde dort auf dich warten! Und dann bringe ich dich nach Poitiers!«, rief er trotzig. »Hast du bei Hofe jemanden, dem du vertrauen kannst?«
Alienor nickte. »Christine de Thouars. Sie ist eine Freundin und zweite Mutter für mich.«
Henry sann nach. »De Thouars … ist das nicht die Vicomtesse, der dein Großvater Wohnrecht im Palast von Poitiers gegeben hat, weil man sie zwingen wollte, einen ungeliebten Mann zu heiraten?«
»Genau. Und weil sie ungehorsam war, drohte man ihr mit dem Kloster. Seit damals lebt sie bei uns. Aber sie hat mich oft und lange in Paris besucht.« Alienors Blick fiel auf das kleine Päckchen, das noch immer zwischen Trinkbechern und Schüsseln auf dem Brett lag. Sie deutete darauf. »War das nicht für mich gedacht?« Henry reichte es ihr und Alienor löste die Schnüre. Dann hielt sie das winzige Paar roter Schuhe in den Händen. »Wie bezaubernd! Ich danke dir.«

Henry trat neben sie. »Es ist ein Symbol«, erklärte er stolz, »purpurne Schuhe für den Kronprinzen, den du mir einmal schenken wirst.« Er zog Alienor in seine Arme und hielt sie fest an sich gedrückt. »Pass auf dich auf, mein Liebling«, flüsterte er in ihr Haar. Keiner von ihnen bemerkte den feisten Bader, der vorsichtig den Vorhang lüftete und kopfschüttelnd die sich küssenden Männer sah.

Als Henry und Robert eine Stunde darauf zurückkehrten, erwartete sie Becket bereits. Bedauernd hob er die Hände. »Ich fürchte, mein Herzog, dass aus Eurem Treffen mit Seiner Erzbischöflichen Gnaden nichts wird. Seine Gnaden hatten nach der Messe einen Schwächeanfall«, erklärte er.

Henry musterte ihn ironisch. »Ihr wollt sagen, Master Becket, dass der Erzbischof mich zu diesem Zeitpunkt nicht zu sehen wünscht. Er wartet lieber ab, bis klar ist, wer als Sieger aus diesem Bürgerkrieg hervorgehen wird.« Müde zog er sich einen Stuhl heran. »Gebt mir einen Becher Wein. Wird dieser Schwächeanfall länger anhalten?«

Becket reichte ihm den Wein und sah auf ihn herab. Jemand müsste Seine Erzbischöfliche Gnaden davon überzeugen, dass die Kirche gerade jetzt das Zünglein an der Waage sein könnte«, sagte er lauernd.

»Und dieser Jemand seid Ihr?« Henry lachte. Beckets Gesicht blieb ernst. »Ja«, sagte er knapp.

Henry stand auf und begann auf und ab zu gehen, drei Schritte hin, drei Schritte zurück. Abrupt hielt er inne. »Habt Ihr König Stephan jemals Eure Dienste angeboten?«

Becket hielt seinem Blick stand. »Ich habe ihn noch nie getroffen.« Robert räusperte sich und Becket fügte an: »Ich habe ihn niemals allein getroffen.« Seine schlanken Finger umklammerten den Becher.

»Warum bietet Ihr Eure Hilfe an?«, fragte Henry weiter.

»Wir haben schon einmal darüber gesprochen, mein Herzog –

ich sehe mich erst am Beginn meiner Laufbahn. Vielleicht erwarte ich mir mehr vom Leben, als nur Protégé des Erzbischofs zu sein.«

Ein verglühendes Holzscheit fiel krachend in sich zusammen. Draußen vor dem Haus ging der Nachtwächter vorbei. Der Schimmer seiner Laterne warf einen grotesken Schatten in die Stube. Henry fragte sich besorgt, ob Alienor mit ihrer Eskorte bereits in Dover angelangt sei.

Alienor hatte Angst: Der Reiter kam unaufhaltsam näher. Etwas Entsetzliches würde geschehen, das fühlte sie. Der Mann riss sie aus dem Reisewagen. Sie schrie um ihr Leben. Schwarze Gestalten huschten umher, zogen ihre Kapuzen über den Kopf und wandten sich schweigend ab. Außer dem Hufschlag des Pferdes war kein Laut zu hören. Der Reiter zerrte sie auf sein Pferd und jagte mit ihr in den Wald. Er fesselte sie an einen Baum. In Todesangst beobachtete sie jede seiner Bewegungen. Er zog ein Fläschchen aus dem Lederwams. Sein Gesicht verzog sich zu einer Fratze und er lachte böse auf. Grinsend kam er auf sie zu. Sie schrie nach Leibeskräften und konnte ihm doch nicht ausweichen. Brutal stieß er ihr das Fläschchen zwischen die Zähne und tröpfelte ihr seinen Inhalt auf die Zunge. Ein bitterer Geschmack breitete sich in ihrem ganzen Körper aus.

Schweißgebadet fuhr Alienor aus den Kissen hoch und schlug wie besessen um sich. Klirrend zerbrach Porzellan. Erschrocken riss sie die Augen auf.

»Gott sei Dank, endlich!«, rief die Vicomtesse de Thouars. Die alte Dame beugte sich über Alienor und nahm sie in die Arme. »Du musst die Bouillon trinken. Du musst zu Kräften kommen, wir dürfen keine Zeit mehr verlieren!« Zitternd barg Alienor ihre nasse Stirn an der vertrauten Schulter. »Es war nur ein Traum, mein Kleines, du hattest einen Fiebertraum, so beruhige dich doch.« Die Vicomtesse strich ihr über die feuchten

Schläfen und drückte den glühenden Körper der Kranken fest an sich.
»Wo bin ich?«, fragte Alienor.
»Wir sind in Beaugency, mein Liebling.«
»Sie wollen mich umbringen«, schluchzte Alienor, »ich weiß es, es ist ihre letzte Waffe. Wenn es ihnen nicht gelingt, mich zu zermürben, werden sie mich umbringen …«
»Unsinn!«, sagte Christine resolut. »Seit gestern tagt die Synode. Du hattest bereits Fieber, als wir von Poitiers aufbrachen. Das Allerwichtigste ist jetzt, dass du schnell zu Kräften kommst. Ich habe meine eigenen Heilkräuter auskochen lassen, sie werden dich stärken.«
Erschöpft ließ Alienor sich in die Kissen zurückfallen. Teilnahmslos beobachtete sie, wie die herbeigerufene Zofe die Scherben der Suppenschüssel vor ihrem Bett auflas und erneut nach heißer Brühe und kalten Umschlägen geschickt wurde. Mit matter Geste bat Alienor: »Sie soll den Vorkoster mitbringen. Ich traue niemandem.« Dann schloss sie die Augen. Die Zofe hielt inne und blickte unsicher zwischen der Königin und der Vicomtesse hin und her.
»Den Vorkoster soll sie bringen und beeile sie sich!«, befahl Christine ungeduldig. Und leise zu Alienor: »Da die Kirchen- und Landesfürsten natürlich in deiner Abwesenheit über dein Schicksal beraten, wie diese Herren es sich immer anmaßen, habe ich seit Eröffnung der Synode einen Vertrauten über der Halle platziert, der mir regelmäßig Bericht erstattet.«
»Ist er auch wirklich zuverlässig?«
»Sei beruhigt. Wir sind auf dem Laufenden«, fuhr Christine unbeirrt fort. »Sollte Unerwartetes geschehen, was Gott verhüten möge, dann sind wir vorbereitet.«
Die Kühle des Tuches, mit dem die alte Freundin ihr Wangen und Stirn abwischte, tat Alienor wohl. »Ich erinnere mich an nichts mehr.« Unsicher blinzelte sie in das liebevolle Gesicht mit den vielen Fältchen, von dem sie wusste, dass es von einer

Sekunde zur anderen streng und unnahbar wirken konnte. »Wie weit sind sie? Ist Louis eingetroffen?«
Christine half ihr in ein neues Leinenhemd. »Natürlich. Der König ist da. Aber alles, was ich dir jetzt zu sagen habe, erfordert deine ganze Aufmerksamkeit. Deswegen musst du erst etwas essen.«
Es klopfte. Der Vorkoster erschien mit der Zofe. Vor Alienors Augen zog er sein Besteck aus dem Lederetui, rührte die Brühe um und probierte in einer eigenen Schale davon. Dann nickte er.
Löffel für Löffel flößte Christine ihr die bittere Brühe ein. Angewidert verzog Alienor das Gesicht. »Du hast noch genau zwei Stunden, um zu ruhen. Dann wird die Synode weitertagen. Ich meine, es wäre klug, wenn du selbst auf das Dach stiegst und deine Richter mit eigenen Ohren hörtest. Nur so kannst du sicher sein, dass wir die Situation richtig einschätzen.«
Alienor lächelte müde. »Louis kann mich nicht verraten.«
»Er vielleicht nicht. Aber du kennst seine Schwächen, und die können uns gefährlich werden.« Christine zwang sie, einen zweiten Teller zu leeren. »Ich werde die Wachen ablenken, während du das Gemach verlässt. Präge dir nun genau den Weg ein, den du zu nehmen hast …« Und sie beschrieb ihn Alienor mit jedem Detail, auf das zu achten war.

In ihrer ledernen Männerkleidung und in lammgefütterten Samtpantoffeln gelangte Alienor unbemerkt aus dem königlichen Gästeflügel in den Haupttrakt des Schlosses. Wie ausgestorben lagen die breiten Gänge vor ihr. Sie zog den schweren Eisenschlüssel aus der Tasche, öffnete behutsam die kleine Holztür, die zum Dachboden hinaufführte, und ließ sie lautlos wieder ins Schloss schnappen. Nach jeder dritten Stufe der steinernen Wendeltreppe musste sie innehalten, um Kräfte zu sammeln. Sie zerriss die Spinnweben vor einem Mauerschacht und blickte hinaus. Unter dem blaugrauen Märzhimmel floss die Loire

gemächlich vor sich hin, als wäre dies ein Tag wie jeder andere. Wie würde ihr Leben am Ende dieser Tage aussehen, würde sie am Ufer dieses Flusses als Gefangene oder als freie Frau zurückreiten? Als sie am Ende der Treppe angelangte, klebte ihr das Hemd am Rücken und ihr Herz pumpte.
Der Dachboden öffnete sich vor ihr unter dem schweren Holzgebälk. Plötzlich ließ ein Geräusch sie zusammenfahren – im Zickzackflug segelte eine aufgescheuchte Fledermaus vorüber. Alienor musste stehen bleiben, um Atem zu schöpfen. Langsam gewöhnten ihre Augen sich an das Dunkel, das nur von kleinen Dachluken erhellt wurde. In dem trüben Licht erkannte sie den dunklen Gang hinter dem steinernen Kaminschacht und auf Zehenspitzen gelangte sie zu der Kammertür.
Sie war angelehnt. Erleichtert stellte Alienor fest, dass sie sich ohne Knarren öffnen ließ. Sofort entdeckte sie die Holzsäule, an deren Sockel eine Diele herausgebrochen war. Über diese Öffnung war ein Tisch gerückt, der die Stelle vor dem Licht der kleinen Dachluke schützte. Von unten klang Husten und Gemurmel herauf.
»Wir beenden unser Gebet und fahren fort.« Sie erkannte die Stimme des Erzbischofs von Sens, der den Vorsitz führte. »Der Bischof von Langres hat das Wort.« Tief unter ihr wurde ein Stuhl verrückt. Alienor ging in die Hocke und rutschte auf allen vieren an das Loch heran. Dann schob sie sich bäuchlings so nahe an die Öffnung, dass sie hinunterblicken konnte.
»Die Königin ist eine Ehebrecherin. Als solche muss sie von der Heiligen Mutter Kirche wie eine Sünderin behandelt werden.« Sie starrte auf den kahlen, runden Kopf hinunter, um den sich goldbestickte Seide spannte. Der Bischof stand an einem Pult schräg vor dem Vorsitzenden, der ein wenig erhöht auf reich verziertem Gestühl thronte. Was maßte der Mann sich an? Wo war Louis? Erst jetzt erspähte sie ihn, etwas abseits des präsidierenden Würdenträgers. Blass und zusammengesunken saß er auf einem viel zu großen Sessel, im golddurchwirkten

Umhang, die Krone auf dem Haupt. »Die Königin verdient die Strafe der Kirche, deren Gesetze sie schamlos missachtet hat. Gott allein in seiner ewigen Weisheit wird sie richten.«
Ein Raunen ging durch den Teil der Halle, den sie nicht sehen konnte; einige der Anwesenden tuschelten, andere klopften auf die Holzbänke. »Gefallene Frauen gehören ins Fegefeuer«, schrie eine aufgebrachte Männerstimme dazwischen.
Selbstgefällig strich der Redner über das Pergament, das vor ihm auf dem Pult lag. »Der Heilige Vater hat sich im Lateran großherzig dazu bereit erklärt«, er ließ eine bedeutungsvolle Pause eintreten, »die Königin zu einer Unterredung zu empfangen.« Alienors Hände krallten sich in den staubigen Holzboden. Louis, so sag doch etwas, flehte sie.
»Seine Heiligkeit, Papst Eugen III., hatte sogar die Güte«, Verachtung lag in seinem Ton, »sie mit seiner Majestät, dem König, nach Tusculum einzuladen.« Unvermittelt wurde sein Ton scharf. »Weder hat sie die Beichte abgelegt noch hat sie Reue für ihre Sünden gezeigt. Mit Erlaubnis Seiner Eminenz«, er verbeugte sich in Richtung des Erzbischofs von Sens, »rufen wir nun die Zeugen auf.«
Alienor stockte der Atem. Louis, du darfst nicht zulassen, dass sie das mit der Königin Frankreichs machen! Ihr Mann nagte an seiner Unterlippe, seine gefalteten Hände verkrampften sich auf seinem Schoß.
Sie traute ihren Augen nicht, als sie Charles erkannte, der sie auf dem Kreuzzug begleitet hatte. Bei allen großen Anlässen war der aquitanische Ritter als Gefolgsmann an ihrer Seite gewesen. Sie hatte ihm vertraut, nicht nur, weil sie mit ihm verwandt war, sondern vor allem, weil sie einander seit ihrer Kindheit kannten. Alienor bebte vor Zorn und Ohnmacht, als Charles neben das Rednerpult trat.
Dann drangen schonungslos die Worte zu ihr hinauf: »Dem gottlosen Sultan Saladin hat die Königin sich hingegeben.«
»Das ist eine ungeheuerliche Behauptung. Wart Ihr dabei?«,

brüllte ein Mann höhnisch dazwischen. Alienor erkannte die Stimme des getreuen Châteauroux. Auf diesen Verwandten jedenfalls war Verlass.
Der Verräter klagte ungerührt weiter an. »Ihren Onkel, Raymond de Poitiers, Fürst von Antiochien, der leider nicht mehr unter uns weilt ...«, du falsche Schlange, zischte Alienor und sie verpasste ein paar Sätze, »... mit Sicherheit das Bett geteilt.«
Nun hatte Louis sich erhoben. Endlich ergreifst du das Wort. Warum hast du nur so lange gewartet? Voll Widerwillen stellte sie sich die Gesichter der Barone und Prälaten vor, die diese Szene mit Genugtuung verfolgt hatten. Sie fühlte sich in ihrem Versteck nackt und bloß.
Der Zeremonienmeister schlug mit dem Stab so hart auf die Steinfliesen, dass sie zusammenschrak. Sie hielt den Atem an. Da vernahm sie Louis' leise Stimme. In der Halle war es totenstill.
»Ich, Louis VII., König von Frankreich, bin nach Beaugency gekommen, um zu bezeugen, dass Alienor, Herzogin von Aquitanien ...«
Alienor horchte auf. Diesen Titel hätte er nicht erwähnen müssen.
»... und Königin von Frankreich, mit meiner Person nach dem kanonischen Recht allzu nah verwandt ist. Die Schriftrollen liegen dem Heiligen Vater seit langem vor. In Rom wurde geprüft, ob es sich um den dritten oder den vierten Grad der Verwandtschaft handelt.« Betretenes Schweigen herrschte. Louis wandte sich direkt an den Erzbischof von Sens: »Ich bin nicht gewillt, öffentlich über Treue oder Untreue Ihrer Majestät zu debattieren. Ich möchte alle Anwesenden bitten, von jeder Art der Beschuldigung wider die Königin Abstand zu nehmen. Ich habe dazu nichts Weiteres zu sagen.«
Ein Stuhl wurde gerückt. »Darf ich Euch um das Wort bitten?« Der Bischof von Bordeaux trat vor und stellte sich demonstrativ zwischen König und Erzbischof. Alienor wagte sich noch ein wenig näher an die Luke. Außer den Bischöfen von Reims

und Rouen kam ihr kein Gesicht in der ersten Reihe bekannt vor.

Nachdem der Kirchenmann sich grüßend vor dem Erzbischof von Sens verbeugt hatte, wandte er sich in versöhnlichem Ton an Louis: »Majestät, selbstverständlich werden wir Eurem Wunsch Folge leisten …« Jemand rief dazwischen: »Gefallene Frauen gehören ins Kloster!« Ohne ihn zu beachten fuhr er fort: »Es ist auch meine Meinung, dass es nicht an uns ist zu richten.«

Erneut schallten Zwischenrufe bis zu ihr. Alienor schrak zusammen, als über ihr ein Holzbalken knackte. Es konnte nur die Märzsonne sein, die schwach durch das verschmutzte Dachfenster schien. Das Holz arbeitet, beruhigte sie sich.

»Ich plädiere dafür, die vor fünfzehn Jahren zu Bordeaux geschlossene Ehe für null und nichtig zu erklären. Ich plädiere weiterhin dafür, Ihre Majestät in ihr Herzogtum zurückkehren zu lassen.« Louis sah auf und blickte zu dem Redner hinüber; sie konnte in seiner verschlossenen Miene nicht lesen. In der Halle war ein Tumult entstanden, in dem die weiteren Worte ihres Freundes untergingen. Aus dem Wirrwarr der Stimmen verstand sie nur einzelne Rufe des Protests. Der Erzbischof von Sens sah sich gezwungen, die Sitzung zu vertagen. »Am morgigen Tag zur gleichen Zeit, am selben Ort«, rief er gegen die aufgebrachten Männerstimmen an. »Wir ziehen uns zu Gebet und Beratung zurück.«

Hatten sie die Sitzung früher beginnen lassen?

»… sündigt der Mann, so kann ihm verziehen werden. Sündigt aber das Weib, so muss ihm strengste Buße auferlegt werden, damit es zur Einsicht gelangt …« Alienor stockte der Atem, als sie die näselnde Stimme des Bischofs von Langres vernahm. »… Woher soll das Weib, das der Schöpfer von Anbeginn als schwächeres Geschlecht erschuf, denn wissen, dass es ohne unsere Gebote verloren ist?«

Sie spähte hinunter. Tatsächlich. An dem Pergamentbündel, das auf dem Stehpult lag, sah sie, dass er sich Louis' Einspruch vom Tag zuvor bereits seit geraumer Zeit widersetzte. Wie raffiniert von ihm, mich nicht mehr direkt anzugreifen, wie teuflisch.

»… Satan und Sünde sind dem Weib näher als dem Manne. Unsere Pflicht als Seelenhirten besteht vornehmlich darin, mit aller Härte das Gute zu fördern und das Böse auszumerzen.« Mit maliziösem Lächeln hob der Bischof den Kopf und blickte Beifall heischend in die Runde. Plötzlich stieß er seinen kurzen Zeigefinger drohend in die Luft. »Gott wird im Jüngsten Gericht über Ehebruch und Untreue urteilen und die Gefallenen im Fegefeuer Höllenqualen leiden lassen. Wir aber haben die heilige Aufgabe, auf Erden zu richten und Gerechtigkeit walten zu lassen!«

Kein Widerspruch wurde laut. Kein Zwischenruf ertönte. Konnte es sein, dass sich all die Männer dort unten einig waren und die horrende Anmaßung des Bischofs billigten? Alienor beschlich Angst. Sie wusste, dass die Hälfte der königlichen Untertanen dort unten verheiratet war. Hatten sie ihre Frauen niemals geliebt, sie niemals geehrt? Wie verlogen dieses Schauspiel war, das sich Synode nannte. Konnte es möglich sein, dass hier ausgesprochen wurde, was öffentlich sonst niemals preisgegeben würde? Alienors Welt wankte. Sie spürte, dass ihr letztes Vertrauen in die Kirche erstarb.

Der Bischof holte zu seinem Schlusswort aus: »In dem uns vorliegenden Fall geht es um schwere Sünden. Gott allein kann verzeihen. Doch die Seele der Königin können allein Keuschheit und Armut retten. Ich plädiere dafür, dass sie den Schleier nimmt und auf ihre Erblande verzichtet.«

Alienors Herz raste. Das setzte der Scheinheiligkeit die Krone auf. Du Lügner, es geht dir einzig und allein um deine Macht, meine Seele hat keine Bedeutung für dich. Niemals mehr werdet ihr euch zwischen Gott und meine Seele drängen. Von heu-

te an werde ich sie vor euch zu schützen wissen. Alienor presste die Hände gegen die Brust, bis sie schmerzten.
Der Erzbischof von Sens verlas die Liste der nun folgenden Redner, Ankläger einer wie der andere. Dieser Bischof war es gewesen, der auch dem Prozess gegen Abaelard vorgesessen hatte. Das Urteil lautete damals: Verbannung und Enthebung aus allen Lehrämtern. Auch ihren Prozess hatte er so geschickt eingefädelt, dass Louis wie ein machtloser Tölpel und sie wie eine billige Dirne behandelt werden konnten.
Ein Baron des Königs brachte seine Anklage vor und schloss: »... Ihren Mutterpflichten hat Ihre Königliche Hoheit nie Genüge getan. Den Staatsgeschäften schenkte sie weit mehr Interesse als der Erziehung ihrer Töchter.« Schlag auf Schlag schallten die Anschuldigungen zu ihr herauf. »Die Königin hat ein schlechtes Vorbild abgegeben. Sie hat leichtlebige Troubadoure an den Hof geholt und dem Ruf des Hauses der Kapetinger geschadet. Unsittliches Benehmen, Musik und zügellose Dichterei nahmen Einzug in Paris. Das war der Nährboden für Unzucht und Flatterhaftigkeit. Wie die Pest breiteten sie sich aus im Land.«
»Sie hat das Königshaus besudelt. Sie hat dem Ruf des Königs und dem ganzen Reich geschadet. Steckt sie in ein Kloster, damit sie unserem Land nicht noch mehr Schaden zufügt!«
»Lasst sie zurückkehren.« Alienor horchte auf. Thibaud de Blois! Mit unbändiger Wut und Verachtung lauschte sie seinen Worten. »Lasst sie in ihre Erblande zurückkehren, wo sie hingehört. Nur so wird sie dem Königreich keinen weiteren Schaden zufügen.« Wenn du wüsstest, dass ich jedes einzelne deiner Worte höre, müsstest du vor Scham im Erdboden versinken. Seit ich denken kann, steigst du mir hinterher, wiegst dich in der Hoffnung, dass ich dich erhöre, du Intrigant. Wie leicht deine Pläne zu durchschauen sind! Kehre ich als Herzogin zurück, dann wärst du der Erste, der um mich buhlen würde, um Aquitanien und Blois zu vereinen.

Ein hoher Berater des Königs ergriff das Wort: »Majestät, Eminenzen. Erlaubt mir einige politische Überlegungen zu bedenken zu geben. Verließe Ihre Majestät Beaugency als Herzogin, wer könnte dann garantieren, dass sie sich nicht mit dem Sohn des Königs von England verbindet? Unser Königreich wäre im Norden und im Westen bedroht.«
»Eustach hat wenig Chancen auf den Thron«, warf jemand ein.
»Dann nehmt nur den jungen Geoffrey von Anjou. Sein Land grenzt an Aquitanien. Diese Verbindung würde unsere gesamte westliche Grenze unsicher machen ...«
Alienor entging nicht, dass der Erzbischof von Sens ungeduldig auf seine Stuhllehne klopfte. Nun unterbrach er den Berater des Königs. »Unsere Pflicht und Schuldigkeit bei dieser Synode ist nicht, die Grenzen des französischen Reichs zu sichern, sondern ein für alle Mal die Grenzen des Glaubens in diesem Land abzustecken. Die Königin hat nicht nur Frankreich geschadet, sie hat die heilige Kirche, die dem König eng verbunden ist, mit in den Schmutz gezogen.«
Louis, der bis dahin reglos zugehört hatte, zuckte zusammen, als der Erzbischof ihm entgegenschleuderte: »Es wäre die Aufgabe des Königs gewesen, den Hof und die Krone von liederlichen weltlichen Einflüssen reinzuhalten. Seiner Pflicht der heiligen Mutter Kirche gegenüber kann der König nur gerecht werden, indem er die Sünde vom Hofe verbannt.« In der Halle herrschte vollkommene Stille.
Alienor verlagerte ihr Gewicht. Könnte sie doch nur verstehen, was Louis nun murmelte. Grübelnd wiegte er den Kopf hin und her. Plötzlich straffte sich sein Körper, seine Hände umklammerten die Sessellehnen und totenbleich erhob er sich. »Ich ziehe mich zum Gebet zurück.« Seine Stimme klang heiser. Alienor stockte das Herz. Wird auch er mich jetzt verraten? Dann bin ich verloren. »Ich muss die Worte Seiner Eminenz bedenken«, setzte er tonlos hinzu. Starren Schritts verließ er die Halle. In die betroffene Stille hinein hörte Alienor den Erzbischof

verkünden, die Synode sei um einen weiteren Tag verlängert. Unfähig, sich zu bewegen, blieb Alienor liegen. Unten war es längst still geworden, als sie endlich in ihr Gemach zurückkehrte. Sie wollte sich auf ein Pferd stürzen, um ihren Kopf zu klären, um Pläne zu schmieden, um sich zu beweisen, dass sie noch lebte.

»Du kannst nicht ausreiten. Die Wachen haben Order, dich nicht aus der Burg zu lassen.«

Ungläubig sah sie Christine an. »Ich muss jetzt ausreiten!«, schrie sie außer sich. »Wer hat das veranlasst?«

»Louis hat den Befehl bei unserer Ankunft erteilt.«

»Louis! Zur Gefangenen macht er mich vor diesen Lügnern. Er demütigt mich und durchschaut nicht einmal, wie sehr sie ihn demütigen!« Alienor brach in lautes Schluchzen aus. »Der Hass und die Verachtung, die aus ihren Beleidigungen sprechen, sind nicht zu ertragen. Eine solche Angst um mein Leben habe ich noch nie empfunden.«

Christine legte ihre Arme um sie und hielt sie schweigend fest. »Du solltest fliehen. Du kannst nicht sicher sein, dass Louis dem Druck der Kirche standhält.«

»Fliehen, sagst du? Das hieße einzugestehen, dass sie tatsächlich Macht über mich besitzen.« Ermattet ließ sie die Schultern hängen. »Dann hätten sie ganz und gar gesiegt, Christine.«

»Ich habe alles für deine Flucht vorbereitet«, sagte die Vicomtesse ruhig. »Diese Möglichkeit steht dir offen und du solltest sie nutzen, solange noch Zeit dazu bleibt.«

Plötzlich befiel Alienor Übelkeit. Ihr Magen verkrampfte sich, sie musste würgen. »Eine Schüssel, schnell Christine«, rief sie und presste die Hand gegen den Mund. Ihr war, als könne sie endlich gegen die Beschuldigungen anspucken, die sie über sich hatte ergehen lassen müssen.

Nach der Frühmesse in der kleinen Burgkapelle kehrten Alienor und Christine in das Gemach zurück. Alienor blätterte fahrig in einer Bibel, da hörte sie Stimmen und Schritte auf dem Gang. Es pochte. Christine öffnete die Tür. Zwei Prälaten des Erzbischofs und zwei Abgeordnete des Königs traten ein und baten, das Dekret verlesen zu dürfen.

»Die Synode ist beendet?«, fragte Christine überrascht.

»Sie wurde heute Nacht fortgesetzt und in den frühen Morgenstunden für geschlossen erklärt.« Einer der Barone entrollte das Pergament.

Starr erhob sich Alienor. »Ich höre«, sagte sie mit beherrschter Stimme.

»Ausgestellt am achtzehnten März im Jahre des Herrn Tausendeinhundertzweiundfünfzig ...« Den Formeln, den Titeln der Teilnehmer, die verlesen wurden, folgte sie nur mit halber Aufmerksamkeit. Dann kam der Schiedsspruch: »Wir erklären die Ehe zwischen Louis VII., König von Frankreich, und seiner Gemahlin, Alienor von Aquitanien, für ungültig. Die Prinzessinnen erklären wir zu legitimen Kindern, die in der Obhut des Königs verbleiben. Der Herzogin von Aquitanien wird zugestanden« – Alienor hielt den Atem an – »in ihre Erblande zurückzukehren, deren Grenzen dieselben bleiben wie zur Zeit der ungültigen Eheschließung am fünfundzwanzigsten Juli im Jahre des Herrn Tausendeinhundertsiebenunddreißig.«

Alienors Miene war unbewegt geblieben. Neugierig blickte der Baron zu ihr auf, bevor er fortfuhr: »Dem König und der Königin wird hiermit gestattet, sich wieder zu vermählen.«

Sie konnte nicht glauben, was sie da vernahm.

»Der Königin kommt dieses Recht nur dann zu, wenn sie dem König die Vasallentreue hält.«

Kaum hatten sie den Raum verlassen, brach es aus Alienor hervor: »Ich traue ihnen nicht. Es kann nicht wahr sein. Lass uns aufbrechen, ehe sie es sich anders überlegen.«

Henry sah zu, wie die Sterne langsam verblassten und die Frühnebel über der Loire wogten. Nervös fuhr er sich durch die Haare. »Bist du wach, Robert?« Als der verschlafen grunzte: »Verflucht! Mir ist der Arsch eingeschlafen. Dies ist die dritte Nacht, die wir warten. Einmal müssen sie diese lächerliche Synode doch beendet haben.« Er rieb sich den Rücken an dem Baum, unter dem sie lagerten. »Louis sollte sich endlich wie ein Mann benehmen und dieses Schauspiel beenden! Wenn sie heute nicht erscheint, dann holen wir sie mit Gewalt aus Beaugency heraus.«

Robert blickte auf den Fluss, der unterhalb von ihnen dahinfloss. »Hoffentlich hält sie sich an die Vereinbarung und benutzt diese Furt.«

»Selbstverständlich! Noch gestern hat Vicomtesse de Thouars es mir bestätigen lassen. Geh und weck die anderen, sie sollen die Pferde tränken. Wir müssen bereit sein.« Seine Augen suchten die Türme von Beaugency, das ungefähr vier Meilen östlich von ihnen lag. Da sah er den ankommenden Reiter. Tief über den Pferdehals gebeugt, zwang er sein Ross in halsbrecherischem Galopp über den gegenüberliegenden Uferpfad, bevor er die Furt überquerte. Dann sprang er ab und lief Henry entgegen.

»Sie ist fort«, stieß der Bote hervor und rang nach Atem.

Henrys Gesicht rötete sich. »Wo ist sie?«, schrie er unbeherrscht.

Der Reiter beugte das Knie. »Thibaud, der Graf von Blois, hat

versucht sie zu entführen. Sie konnte noch rechtzeitig entkommen. Nun will sie in Port-de-Piles über die Creuse ...«
Weiter kam er nicht. Mit ein paar Sprüngen stürmte Henry die Böschung hinunter. Grob riss er dem Mann, der sein Pferd tränkte, die Zügel aus der Hand und schwang sich in den Sattel. »Mir nach! Auf nach Port-de-Piles«, schrie er und galoppierte durch den seichten Fluss. Rücksichtslos gebrauchte er die Sporen. Er sah nicht, wie hoch das Wasser aufspritzte, als seine Männer versuchten ihm zu folgen. Sein Zorn machte ihn unempfindlich für den Schmerz, als er sein Pferd am anderen Ufer durch ein Dornengestrüpp zwang. Er blutete aus einer großen Schramme an der Stirn. »Thibaud, du Schwein! Ich bringe dich um, wenn du ihr auch nur ein Haar gekrümmt hast«, knirschte er und lenkte sein Pferd über eine Wiese, um gleich darauf in einem Wäldchen zu verschwinden.
Als er daraus hervorpreschte, galoppierte er mitten in eine Schar Berittener hinein. Seine Faust fuhr zum Schwert. Da hörte er den Aufschrei: »Henry, um Gottes willen – ich bin's, dein Bruder!« Henry zügelte sein Pferd so plötzlich, dass es auf der Hinterhand stieg; erst da lichtete sich der rote Nebel vor seinen Augen.
»Verdammt noch mal, Geoffrey, was machst du hier?« Er stieß das Schwert zurück in die Scheide und sprang ab. Mit einem Satz hatte er den Jüngeren erreicht und riss ihn aus dem Sattel. Er umfasste den Hals des Sechzehnjährigen und drückte zu. »Warum du hier bist, will ich wissen!«, schrie er mit sich überschlagender Stimme.
Jemand versuchte, ihn zurückzuhalten. »Hört auf, Mylord, Ihr bringt ihn um!«, rief Robert entsetzt. Henry trat nach ihm.

Geoffreys Augen quollen hervor und er versuchte zu sprechen: »Die Königin ... ich habe gehört ... hier vorbei ...«
Henry hatte die Hände von Geoffreys Hals gelöst und begann ihn zu ohrfeigen. Mit voller Wucht schlug er ihn abwechselnd

auf beide Wangen. »Was wolltest du Wicht von der Königin?«, brüllte er.
Vor Schmerz und Scham liefen dem Knaben die Tränen über das Gesicht. »Thibaud von Blois hat versucht sie zu rauben – warum sollte ich es nicht auch versuchen!«, stieß er unter Schluchzen hervor. Ein Faustschlag brachte ihn zu Fall; aber noch immer war Henry nicht mit ihm fertig. Er begann ihn mit Fußtritten zu traktieren und ließ erst von ihm ab, als der Jüngere sich nicht mehr rührte. Erst da schien Henry zu sich zu kommen. Aufatmend fuhr er sich mit der Hand über das Gesicht.
»Gib mir zu trinken, Robert«, sagte er heiser. Nachdem er getrunken hatte, ließ er sich auf den Boden nieder und reichte dem fast Ohnmächtigen den Weinbecher. »Hier, nimm!« Er stützte Geoffreys Kopf; und als er Robert den Becher zurückreichte, forderte er: »Jetzt erzähle mir alles der Reihe nach!«
Mit schmerzverzerrtem Gesicht hielt sich der Knabe die Nieren. »Ich weiß nicht viel«, begann er stockend. »Nur, dass Thibaud sie haben wollte und dass sie verschwunden ist.« Er hustete und spuckte einen Zahn aus. »Jemand wollte gehört haben, dass sie die Furt dort drüben benutzen würde, aber sie ist uns entwischt. Wir waren zu spät da. Wahrscheinlich ist sie schon in Poitiers.« Blut lief ihm über die Unterlippe und tropfte ins Gras.
Henry erhob sich. Plötzlich begann er zu lachen. »Was für eine Frau!«, rief er begeistert; dann zu Geoffrey hinab: »Und du Kind hast geglaubt, du könntest sie so einfach haben!«
Geoffrey richtete sich mühsam auf. »Warum auch nicht! Warum sollst immer du alles bekommen? Bis heute hast du mir das Anjou nicht überlassen, obwohl es unser Vater so gewollt hat!«
Henry sah höhnisch auf ihn hinunter. »Werde erst einmal erwachsen. Dann können wir darüber reden.« Achselzuckend wandte er sich ab; dann bückte er sich und pflückte einen Gins-

terzweig. Er steckte ihn in eine Öse seines Lederhemds und schwang sich in den Sattel. »Wenn's dir besser geht, komm nach Poitiers. Ich lade dich zu meiner Hochzeit ein«, rief er und galoppierte mit seinen Männern nach Süden.

Großvater, hier bin ich wieder.« Vergnügt schlug Alienor mit der flachen Hand auf die marmornen Stiefel der Statue. »Hättest du das geglaubt?« Sie sah zu dem Gesicht ihres Ahnen auf. »Ich auch nicht. Aber ich bin in Poitiers, wieder zu Hause!« Sie stürmte die Stufen zur Empore hinauf und rief durch die ganze Länge des Saales: »Du bist der Erste, der es erfahren sollte – ich bin wieder frei!«

Ausgelassen wirbelte sie herum. »Und ich schwöre dir, aus dieser Lektion habe ich für mein ganzes Leben gelernt!« *Leben – Leben –*, hallte es von den Wänden zurück.

Der kleine Page blickte sich erschrocken um. Er wusste nicht, wohin er sich wenden sollte.

»Komm nur näher.« Alienors freundlicher Ton ermutigte den Jungen. Eilig trat er vor die Empore und blickte zu ihr hinauf.

»Dreh dich um. Weißt du, wer das ist?« Mit ausgestrecktem Arm deutete sie auf die Marmorstatue.

»Wilhelm IX., Herzog von Aquitanien«, antwortete der Page stolz, »auch Wilhelm der Troubadour genannt. Er war stark und mutig und hat Gedichte geschrieben und das Kloster von Fontevrault reich beschenkt.« Dann schlug er die Augen nieder und errötete.

»Du bist ein guter Schüler. Was ist?«

»Königliche … Euer Gnaden, es ist nur … dass mein Vorbild Wilhelm der Eroberer ist, und ich …« Er stockte und blickte beschämt zu Boden.

»Sprich weiter.«
»… und als ich Euer Gnaden noch in Paris zugeteilt war, da habe ich ihn gesehen.«
»Wilhelm den Eroberer?« Ihr Lachen verunsicherte ihn noch mehr.
»Nein, königliche … Euer Gnaden, ich meine, seinen Urenkel, Herzog Henry der Normandie. Und jetzt ist er mein Vorbild!«
»Das trifft sich gut«, sagte Alienor lachend, »denn du wirst ihn bald wieder sehen.«

Sie ließ sich Zeit, die Gänge des Stammsitzes ihrer Ahnen entlangzuschlendern. Der Geruch der gewachsten Steinfliesen, der sich mit dem Rauch erkalteter Holzfeuer vermischte, war ihr seit Kindertagen vertraut. Die Mägde und Pagen, die ihr auf den Gängen begegneten, begrüßten sie freudig. Alienor genoss die Betriebsamkeit, die sie verbreiteten. Es rührte sie, dass jeder einzelne ihrer Untergebenen seinen Stolz dareinzusetzen schien, ihr ein außergewöhnliches Willkommensfest zu bereiten. Aus dem mittleren Fenster des oberen Ganges blickte sie auf die Stadt hinab. Das Wetter würde für die Palmprozession warm genug sein.
Sie öffnete die Flügeltür zu Christines Gemächern. Dort duftete es nach Moschus. Mit einem Blick erfasste sie den Raum. Seit Ewigkeiten lagen dieselben Bücher mit ihren kostbaren Einbänden auf der Kommode, stand zwischen den Fenstern der zierliche Tisch und auf ihm die mit Rotwein gefüllte Kristallkaraffe. Und dort der Betschemel, auf dem sie als Kind so oft gekniet hatte.
»Was für ein herrlicher Tag, Christine. Hast du ausreichend geruht?«
Die Vicomtesse saß in eine Decke gehüllt vor dem Kamin. Ihr schwarzes Spitzentuch hing schief über dem weißen Haar. »Ich habe geschlafen wie ein Murmeltier. Auch wenn ich gestehen muss, dass mir die Aufregungen der letzten Tage und Nächte

noch in den Knochen stecken. Aber es ist gut, sicher zu Hause zu sein. Komm her, lass dich anschauen.«
Schwungvoll drehte sich Alienor einmal um sich selbst und blieb vor ihr stehen. »Ich fühle mich wie neugeboren. Es ist wundervoll, wieder zu Hause zu sein. Und doch habe ich das Gefühl, ich sehe alles, was mir vertraut ist, mit anderen Augen.« Sie küsste die alte Dame fest auf beide Wangen. »Ich danke dir noch einmal. Ohne dich wäre ich in Beaugency verzweifelt.« Dann ließ sie sich in den Lehnstuhl vor dem Kamin fallen. »Was bildet sich dieser Thibaud de Blois nur ein, dass er glaubt, mich entführen zu können! Arme Christine, auch das musstest du noch mit durchstehen.« Sie zog den kleinen roten Lederschuh aus der Tasche und ließ gedankenverloren die winzigen Goldbänder durch ihre Finger gleiten.
»Was ist denn das Bezauberndes?«
Erst an Christines erstauntem Blick bemerkte Alienor, womit sie spielte. »Oh, ich warte auf den zweiten, er muss bald eintreffen.«
Christine lächelte nachsichtig. »Könntest du mir das vielleicht erklären? Ich verstehe kein Wort.«
Alienor legte ihr das rote Schühchen in den Schoß. »Sieh ihn dir an – Henry hat ein Paar davon in England anfertigen lassen. Seither sind sie als Erkennungszeichen unserer Geheimboten über den Kanal hin- und hergereist.«
Mit einer Handbewegung warf Christine die Decke zu Boden und sprang behende auf. »Was sagst du, Henry Plantagenet liebt Schuhe? Welch eine Überraschung!« Nun war es Alienor, die verständnislos dreinblickte.
Christine griff nach Alienors Arm und zog sie mit sich in ihre Kemenate. »Komm, ich muss dir etwas zeigen. Und rot sind sie noch dazu!«
An den Wänden standen rechts und links zahllose Paare sonderbarer, wunderschön gearbeiteter Schuhe. Verblüfft blickte Alienor zwischen den Schuhen und der alten Freundin hin und

her, in deren Gesicht die Lachfältchen Mund und Augen umspielten. »Voilà, meine Lebenslüge liegt offen vor dir.«
Das Spitzentuch rutschte Christine vollends vom Haar, als sie sich vorbeugte und den Rock lüpfte. Kokett hob sie das rechte Bein und deutete auf die dicke Sohle ihres Schuhs. Sie kicherte triumphierend. »Vor vielen Jahren … ach, was sage ich, Jahrzehnten, habe ich beschlossen, dass keiner dieser mächtigen, großartigen, wichtigen Männer …« – sie ahmte theatralisch so einen Eitlen nach – »mehr auf mich herabschauen sollte. Dass ich im Alter nicht schrumpfen, sondern wachsen würde.«
Alienor begann zu lachen. Wie ein Wiesel huschte Christine jetzt an den Regalen entlang, griff nach einem Paar leuchtend roter Satinschuhe, die eher Kothurnen glichen, zog sie an und stolzierte hoch erhobenen Hauptes auf und ab. »Dem Schuster habe ich gedroht ihm die Zunge herausreißen zu lassen, falls er je ein Sterbenswörtchen darüber verliert. Und das, meine Liebe, solltest du mit all den Verrätern von Beaugency tun.«
Christine drohte belustigt mit dem Zeigefinger. »Natürlich benötige ich für meine Lieblinge eine Rocklänge, von der ich die Schneiderin jedes Mal aufs Neue überzeugen muss.«
Vor Lachen außer Atem bat Alienor: »Darf ich?« Sie lief zu den Regalen und kam bald darauf übergroß und unsicher durch den Raum gewankt.
Nun lachte Christine. »Komm, ich zeig es dir.« Sie nahm Alienor bei der Hand und ging geduldig mit ihr auf und ab. »Ist Henry größer als du?«
Alienor knickte ein. »Nein, ein wenig kleiner sogar.«
»Nun, dann brauche ich dir keine zu schenken. Aber ich sehe, du lernst diese Geheimkunst schnell, meine Liebe.«
Erschöpft ließen sich die beiden Frauen in ihre Stühle sinken.
Es klopfte. Marie trat ein. »Ein Bote brachte eine Nachricht von Herzog Henry.« Als Beweis hielt sie das an einem Goldband baumelnde zweite Schühchen in die Höhe.

Stehend überflog Alienor die Zeilen. »In wenigen Stunden wird er hier sein.«

Ein Schatten löste sich aus dem Halbdunkel des Ganges, als Alienor zu ihren Gemächern zurückeilte. Sie fuhr zusammen. Ein Mann in dunklem Umhang trat hervor und fiel vor ihren Füßen auf die Knie. »Ich musste Euch sehen, Hohe Frau. Schönste aller Königinnen.«
Sie liebte den Klang dieser Stimme. Verdammtes Beaugency, wie tief die Angst doch in ihr saß.
»Ich musste wissen, dass Ihr wahrhaftig lebt und atmet, sonst wär mein Leben ohne Sinn.«
Lächelnd beugte Alienor sich hinab und gebot mit weicher Stimme: »Erhebt Euch Bernard. Ich bin wohlauf.«
»Seid Ihr unversehrt? Welche Qualen Ihr durchlitten habt, wie einsam Ihr dort wart!«
Alienor reichte Bernard de Ventadour dic Hand. »Ja, treuer Freund. Sie haben mir das Leben zur Hölle gemacht.«
Der Troubadour nickte. »Ahnungen trügen nie. Doch die Gestirne standen gut, als Euer Schicksal wankte. Bei Tag und Nacht war meine Laute Eurer hohen Seele nah. Die Saiten suchten ihr aus der Ferne Trost und Frieden zuzusenden.«
Voll Rührung blickte Alienor in seine umschatteten Augen. »Kommt und spielt mir vor, was Ihr gedichtet habt.« Erst jetzt fühlte sie sich ganz zu Hause.

Schwer atmend zügelte Henry sein Pferd. Auf dem gegenüberliegenden Plateau lag die Stadt Poitiers. Die untergehende Sonne tauchte die uralten Steine in goldenes Licht. Henrys Herz klopfte, als er die herzogliche Fahne auf der obersten Zinne wehen sah. Gottlob, sie ist heil angekommen. Wieder spürte er den Krampf im Bein und verzog das Gesicht. Robert neben ihm sagte: »Wir hätten auf der Straße bleiben sollen, Mylord.«

»Querfeldein ging es schneller. Sobald wir abgesessen und ein paar Schritte gelaufen sind, vergeht das wieder.«

Als sie das Stadttor passierten, fuhr sein Kopf nach links und rechts. Neugierig besah er sich die belebten, engen Straßen mit ihren Juden und Händlern, ehrbaren Hausfrauen und Dirnen, Gauklern und Musikanten. Dies also war Poitiers, Alienors Stadt. In einer Seitengasse sah er einen Mann, der einen Affen an einer silbernen Kette Kunststücke vorführen ließ. Kinder hockten um ihn herum und lachten über die Späße des Tieres. Eine Frau beugte sich aus einem Fenster und schrie: »Lauft nach Hause, ihr Rangen und wascht euch – unsere Herzogin ist wieder da.«

An der Kreuzung kam Henrys Trupp zum Stillstand. Eine Prozession zog singend an ihnen vorbei. Henry bekreuzigte sich. Zum Schluss rollte ein Mann ohne Beine auf einem kleinen Karren vorüber. Henry beugte sich hinunter und fragte den Krüppel: »Welchem Schutzpatron galt dieser Zug?«

»Keinem. Eigentlich ist Palmsonntag, aber wir danken Gott, dass unsere Herzogin wieder bei uns ist.« Der Beinlose schielte fröhlich zu ihm hinauf. Erneut versetzte er die kleinen Räder in Schwung und versuchte den Anschluss an die Übrigen nicht zu verpassen. Henrys Augen füllten sich mit Tränen.

Und wieder wurden sie aufgehalten. Ein Pilgerzug strömte aus einer Kirche und drängte nun heiter lärmend in das gegenüberliegende Wirtshaus. Sie trugen den Umhang mit der aufgehefteten Jakobsmuschel, dem Zeichen dafür, dass sie ihre beschwerliche Reise nach Spanien beendet hatten und sich nun auf dem Heimweg befanden. Als die Gasse wieder frei war, trieb Henry sein Pferd an. Hohl dröhnten die Hufe ihrer Rösser über das Pflaster. Eine hübsche Frau lehnte sich aus dem Fenster und lachte den Reitern zu. Grüßend hob Henry die Hand. »Der schnellste Weg zur Burg?«, rief er hinauf.

»Dort vorne ist der Marktplatz, da seht ihr sie schon – und unsere Herzogin ist auch wieder da.« Sie musterte ihn kokett. »Aber lasst Eure Pferde vorher stehen. Auf dem Markt ist kein Platz mehr, ganz Aquitanien hat sich heute dort versammelt.« Sie warf ihm eine Kusshand zu. »In einer Stunde werde ich auch dort sein.«

Henry grinste. »Du hörst, was sie sagt, Robert …« Er stieg ab und warf Robert die Zügel zu. »Wir sehen uns in der Burg.«

Humpelnd machte er sich auf den Weg. Die Frau hatte Recht; als er den großen Platz erreichte, schien selbst zu Fuß ein Durchkommen unmöglich. Hunderte von Menschen schoben und drängelten sich voran, hockten oder standen zwischen den engen Budengassen, in denen Obst und Gemüse, Gänse und Hühner in Käfigen, Fleisch, Fisch, Silberwaren feilgeboten wurden. Stoffballen in allen Farben wetteiferten miteinander.

Dahinter lag das imposante Schloss. Dort wartete Alienor auf ihn; ein berauschender Gedanke. Von der Menge wurde Henry abgedrängt. Vor ihm thronte auf einem Melkschemel eine dicke Frau und bewachte einen großen Bottich mit duftenden

Mimosen. Mit einer Kopfbewegung wies sie auf die Menge. »Die freuen sich alle so, dass ihnen das Geld richtig locker sitzt. Ich habe die Franzosen auch nie leiden können. Nun gehören wir gottlob wieder uns selber.« Sie beugte sich vor, zog ein Büschel duftender, gelber Zweige aus dem Bottich und hielt es an ihr rotes Gesicht. »Wie wäre es, junger Herr, wollt Ihr nicht einen Strauß kaufen? Ihr habt doch sicher einen Schatz in der Stadt.«
»Ich nehme sie alle«, sagte er und suchte nach Münzen.

Niemand hielt ihn auf, als er durch das Schlosstor trat. Niemand nahm Notiz von ihm, als er den Schlosshof überquerte; dort scharten sich Ritter und ihre Damen, Soldaten, Knechte und Mägde um den Brunnen, auf dessen Rand ein Mann saß, der zur Laute sang. Henry hielt einen Pagen an. »Ich muss zur Herzogin.«
Der Junge lächelte über den dicken Strauß. »Ich glaube, sie ruht in ihrer Kemenate. Geht nur ins Haus und die Treppe hinauf, dort findet Ihr bestimmt eine ihrer Hofdamen.«
Henry durchquerte eine hohe Halle, in der eine ältere Dame die Träger zweier großer Truhen überwachte. »Nun passt doch auf, ihr Tölpel. Habt ihr nicht gehört, was Meister Giaccomo gesagt hat? Vorsichtig! Und wehe euch, wenn ihr die Beschläge ramponiert.« Lächelnd stieg Henry höher.
Ein langer Gang führte auf eine kunstvoll geschnitzte Tür zu. Er zögerte kurz, dann klopfte er mit dem Ellenbogen dagegen. Als keine Antwort kam, drückte er die Klinke mit dem Arm hinunter.
Er roch ihren Duft, ehe er sie gesehen hatte. Den riesigen Mimosenstrauß zur Seite haltend ging er leise zum Bett hinüber. Die Vorhänge waren aufgezogen. Gleichmäßig atmend lag Alienor da, die Stirn mit einem Tuch bedeckt. Henry stand ganz still. Wie schön sie war. Er ließ ein paar der gelben Zweige auf ihr offenes Haar gleiten. »Ich liebe dein Haar, ich liebe deinen

Mund, ich liebe dich.« Und er ließ den Strauß auf ihren Körper regnen.
Alienor schlug die Augen auf. »Henry!« Mit einem Ruck riss sie sich das Tuch von der Stirn und setzte sich auf.
»Weißt du, wie lange es her ist, seit wir uns das letzte Mal gesehen haben?«, flüsterte er erstickt. Er sah das Grün und das tiefe Schwarz ihrer riesigen Pupillen, als sie ihm die Arme entgegenstreckte: »Henry. Endlich!« Sie zog ihn auf ihren warmen Körper hinunter und hielt ihn fest.
Eine Weile hielt er seinem eigenen Beben stand, dann stieß er die Mimosenzweige zur Seite und fiel über sie her. Er küsste sie: ihre Arme, ihre Beine, ihr Haar. Als seine Lippen an ihrem Hals ein Stück nackter Haut berührten, übertrug sich die Hitze ihres Körpers auf ihn. Zitternd nestelten seine Finger an den Schnüren ihres Mieders, er brannte vor Verlangen, als er endlich ihre nackten Brüste fühlte. Alienors Lippen waren überall und ihr Körper drängte sich ihm entgegen. Mit der freien Hand hob er ihre Hüfte an und streifte ihr Kleid hinauf. Er spürte, wie Alienor den Verschluss seiner Lederhose öffnete und sein Hemd zur Seite schob. Stöhnend warf er sich über sie und drang in sie ein. Ihre weiche Hitze machte ihn benommen. Wieder und wieder stieß er in sie hinein und jedes Mal hob sie sich ihm entgegen.
Er hielt inne. »Wirst du mich jetzt heiraten?«, keuchte er. Sie warf den Kopf zurück und schrie: »Ja. Ja, Ja.«
Später lag sein Kopf auf ihrer Brust und er hörte, wie ihr wildes Herz langsam ruhiger wurde. Alienor fuhr ihm zärtlich durch die Haare. Durch die geöffneten Fenster klang das Lied des Spielmanns. »Das ist schön; genau das habe ich mir immer gewünscht«, sagte Henry und bewegte den Fuß hin und her.
»Was hast du?«
Henry lachte. »Ich dachte, ich hätte einen Krampf, aber der ist wohl vorbeigegangen.« Er hob den Kopf und sah sie an. In sei-

nen Augen funkelte es. »Ich habe meinem Bruder einen Tritt in den Arsch geben müssen, dass er fast bis Paris geflogen ist. Wie war es in Beaugency?«

Alienor fuhr sich mit der Zungenspitze über die trockenen Lippen. »Einfach grauenhaft. Am Ende hatte ich wirklich Angst, dass sie mich in ein Kloster stecken.« Sie versuchte mit der Hand den Nachtkasten zu erreichen, auf dem eine gefüllte Wasserkaraffe stand. Henry half ihr einzuschenken. Während sie in durstigen Zügen trank, sagte er: »Aber du wusstest doch, dass ich dich mit meinen Männern an der Furt erwartete.«

Alienor reichte ihm das Glas. »Lass uns jetzt nicht darüber reden – erzähl mir lieber, warum du dich mit Geoffrey geprügelt hast.«

Henry stützte sich auf einen Ellenbogen. »Der kleine Mistkerl wollte dir auflauern. Die Lust darauf dürfte ihm fürs Erste vergangen sein.« Er grinste. »Mach den Mund auf.« Vorsichtig träufelte er ihr ein paar Tropfen Wasser auf die Zunge. Dann beugte er sich über sie und küsste das Nass von ihren Lippen. »Erst Thibaud, dann Geoffrey. Wer weiß, wie viele Halunken sonst noch auf der Lauer lagen.« Er stellte das Glas ab und zog sie an sich. »Stell dir vor, wie sie sich ärgern würden, wenn sie wüssten, was wir beide gerade getan haben und sofort wieder tun werden.«

»Das zweite Mal werden wir auf heute Nacht verschieben müssen«, sagte sie lächelnd. »Heute Abend findet ein großes Bankett statt. Alle meine Vasallen werden erscheinen, und du –,« sie legte ihm die Hand auf den Mund, »du wirst zu meiner Rechten sitzen.« Nun zwinkerte sie ihm zu. »Besteht die Möglichkeit, dass ich dich den Großen meines Landes gebührend vorführen kann – oder wirst du so erscheinen?« Mit dem Finger deutete sie auf seine offene Hose.

Henry zog die Stirn kraus. »Können wir sie nicht morgen zum Essen bitten? Dies ist doch unser erster Abend!« Mit einigen geübten Griffen brachte Alienor ihre Kleidung in Ordnung.

»Wir haben noch unser ganzes Leben vor uns.« Sie suchte in einer silbernen Schale nach Nadeln und begann ihr Haar aufzustecken. »Ich will ihnen meinen neuen Gemahl vorführen.« Sie wand die Haare im Nacken. Dann undeutlich, weil sie eine Hornspange im Mund hatte: »Ich möchte eine richtige große Hochzeit haben.« Sie befestigte die Spange am Hinterkopf. »Ich glaube, das wird halten, bis die Zofe mich zum Bankett frisiert.« Ihr Blick fiel auf die Mimosen, die zerdrückt auf und neben dem Bett lagen. »Die armen Blüten …«
Henry griff nach einem Zweig und roch daran. »Die glücklichen – sie sind Zeugen einer wundervollen Wiedervereinigung geworden.« Er schwang die Beine aus dem Bett: »Könntest du veranlassen, dass man mir ein Bad bereitet?« Alienor nickte. »In der Zwischenzeit werde ich versuchen Robert zu finden, damit er mir ein passendes Gewand für heute Abend bereitlegt.«
Er vollzog einen Kratzfuß vor Alienor. »Es war mir ein Vergnügen, Euer Gnaden. Der Herzog dankt.« Und schlenderte pfeifend zur Tür.

»Christine, Christine, darf ich hereinkommen?« Ungeduldig pochte Alienor an die hölzerne Flügeltür. Sie hörte ein dumpfes Poltern, dann einen kurzen Schrei. Es dauerte eine Weile, bis die Vicomtesse de Thouars die Tür eigenhändig einen Spalt weit öffnete; mit völlig zerzausten Haaren stand sie da. »Komm herein, wir sind allein. Ich habe sie alle fortgeschickt.«
Alienor stürmte in das Gemach. »Was ist denn hier los?« Neugierig sah sie sich um. In der Mitte des Raumes standen große Holztruhen, eine davon halb geöffnet; unter dem Deckel quollen verschiedenfarbige Leinentücher hervor. Der ganze Boden war mit Holzspänen bedeckt, ein Hammer und ein Stemmeisen lagen herum. »Henry ist da, du musst ihn noch vor dem Bankett kennen lernen.«
Mit einer Hand versuchte die Vicomtesse ihr Haar zu ordnen, die andere verbarg sie hinter dem Rücken. »Ich habe den Herzog schon gesehen.« Sie lachte geheimnisvoll und hüllte sich in Schweigen.
Entwaffnet sah Alienor sie an. »Wie? Das kann nicht sein. Er ist geradewegs zu mir gekommen.«
»So ist es. Das kann ich bezeugen, meine Liebe. Gerade, als ich alle Hände voll zu tun hatte, um meine Lieblinge sicher hierher zu geleiten, da eilte ein Mimosenstrauß auf Männerbeinen die große Treppe hinauf. Unter diesen besonderen Umständen«, Christine deutete auf die Kisten, »wollte ich mich nicht zu erkennen geben.«

Alienor forschte in ihren Augen. »Wie findest du ihn?«
»Ich habe nur sein Profil gesehen, sehr anständig, meine Liebe. Er könnte auch mir gefallen.« Verschmitzt betrachtete sie Alienor. »Ich sehe, du bist glücklich, mein Kind. Willst du mir helfen?«
Lachend machte Alienor sich daran, die Truhen zu öffnen. »Seit Monaten warte ich auf diese Lieferung aus Italien«, sagte Christine versonnen, »Meister Giaccomo hat einfach das weichste Leder und die schönsten Satinfarben. Darf ich dich noch bitten mir in die Kiste zu helfen? Die Goldkinder sind sehr sorgfältig verpackt und müssen einzeln aus den Tüchern gewickelt werden. Und dann berichte.«
Alienor zog sich den Kaminstuhl heran und sah dem gierigen Wühlen der alten Dame belustigt zu. »Stell dir vor, nicht nur der aus Blois wollte mich entführen, auch Henrys Bruder Geoffrey.«
Christine wedelte mit einem violetten Satinschuh. Kaum hatte sie den zweiten entdeckt, stellte sie das Paar ordentlich auf den Fußboden. Bevor sie erneut in der Kiste verschwand, blickte sie zu Alienor herüber. »Und wie soll es nun weitergehen?«
»In sechs Wochen heiraten wir hier, in St. Pierre«, seufzte Alienor zufrieden.
»Groß und prächtig, nehme ich an?«, klang es dumpf aus der Tiefe der Truhe. »Ist das nicht ein wenig übereilt? Wie wundervoll, ich erkläre diese Schuhe zu Hochzeitsschuhen. Welch ein Segen, dass ich nun für alle Festlichkeiten gerüstet bin.« Christine stellte ein tiefblaues Paar, das noch höhere Sohlen als die anderen aufzuweisen schien, in die erste Reihe. »Was werdet ihr bis dahin tun?«
»Henry wird dringend in England gebraucht und du und Marie, ihr werdet mir bei den Hochzeitsvorbereitungen helfen. Außerdem muss ich mich meinen Aquitaniern wieder zeigen. Auch ich werde reisen müssen.« Die Turmuhr schlug siebenmal.

»Ich muss mich für den Abend umkleiden«, sagte Christine.

»… und dir die Haare richten lassen, glaube ich«, fügte Alienor lachend hinzu und half ihr aus der Truhe.

In der Kathedrale St. Pierre herrschte Gedränge. Aus allen Teilen des Landes waren die Großen zusammengeströmt. Robert bemühte sich vorwärts zu kommen; Schweiß stand ihm auf der Stirn. »Macht Platz, junger Mann«, bellte ein bärtiger Ritter und stieß ihm den Ellenbogen in die Seite, »meine Gemahlin und ich sind höheren Rangs als Ihr!« Verlegen versuchte Robert dem Paar auszuweichen und sich zu den niederen Rängen durchzukämpfen.

Als die Herolde am Abend des Maiturniers die Hochzeitsprobe für den nächsten Morgen angekündigt hatten, da schien der ganze Saal entzückt zu sein. Immer wieder wurden die Pokale erhoben, die Ritter überschrien einander mit Bravo- und Hochrufen. Robert erinnerte sich, wie hoheitsvoll Alienor die Glückwünsche ihrer Gäste entgegengenommen hatte. Mit leicht geröteten Wangen, zwischen Stolz und Verlegenheit schwankend, war Henry in die Bravorufe eingefallen.

An diesem Freitagmorgen nun war die weinselige Laune des Vorabends verflogen. Dieselben Ritter suchten mit ihren Damen möglichst in die erste Reihe zu gelangen.

Das Brautpaar kniete in stoischer Ruhe vor dem Hochaltar. Robert gelang es, einen Blick auf Henry zu werfen; gerade jetzt beugte er sich zur Seite, um Alienor etwas zuzuflüstern.

»Verzeihung«, sagte eine Dame zu Robert, »würdet Ihr mich bitte durchlassen.« Er wandte den Kopf, da fuhr sie fort: »Wenn wir den französischen König schon düpieren, dann will ich da-

bei sein.« Sie lachte schadenfroh. »So viel ich weiß, haben unsere beiden da vorn nicht einmal um Erlaubnis gefragt.« Sie drängelte sich so dicht an ihm vorbei, dass ihre Brüste sein Wams streiften. Jemand fasste nach seiner Hand. Überrascht erkannte er Alienors Hofdame Marie, die mit bezaubernder Stimme bat: »Bitte helft mir – ich muss zur Herzogin.« Wie durch ein Wunder bildete sich eine Gasse, durch die sie nach vorn zum Hochaltar gelangten. Vor einer Säule blieb Marie stehen. Tief atmend lehnte sie sich an den kühlen Stein und lächelte Robert an. »Das hätten wir geschafft.«
»Dies ist zu weit vorne für mich, ich gehöre ...«
»Papperlapapp«, sagte sie. »Wie soll der Herzog Euch da hinten finden, wenn er Euch ruft.«
Robert stieß missmutig die Luft durch die Zähne. »Bei solch einer Angelegenheit braucht er mich nicht.«
Neugierig beobachtete Marie die drängelnden Menschen. Den überforderten Zeremonienmeistern gelang es nach und nach, Ordnung in das Durcheinander zu bringen. Im Schutz der Säule blickte Robert sich in der Kathedrale um. »Gestern beim Bankett waren es bedeutend weniger.«
»Natürlich!«, erwiderte Marie lachend. »Die Herzogin hat in der Nacht noch Herolde durch das Land geschickt, um sie alle herbeizuholen. Wer lässt sich schon ein solches Ereignis entgehen?«
Kopfschüttelnd murmelte Robert: »Es ist doch nur die Probe.«
»Unsere Herzogin wünscht immer, dass die Zeremonien nach der Hofetikette abgehalten werden, und Ihr seht ja selbst, dass man es mit ihnen erst einmal üben muss.« Sie folgte seinem Blick. »Die Kathedrale ist herrlich, nicht wahr? Seht nur das Licht dort oben im Rosenfenster. Ist Euch das Bogenfeld über dem Portal aufgefallen? Es stellt den Tod und die Krönung Mariens, das Jüngste Gericht und die Berufung des Apostels Thomas dar.« Und sehnsüchtig fuhr sie fort: »Sollte ich einmal heiraten, dann auch hier in St. Pierre!«

In der Kirche kehrte langsam Ruhe ein. Das Hochzeitspaar kniete noch immer. Henry hatte die Schultern hochgezogen, ein Zeichen seiner Ungeduld, das Robert sofort erkannte. Als der Bischof sich nun zu dem Herzog hinunterbeugte, schlug Henry mit der Faust auf seinen Betstuhl. »Ich halte es für ausgesprochen töricht, dass wir hier seit Stunden knien, Eminenz. Warum sind nicht alle Gäste bereits versammelt, wenn die Herzogin und ich eintreten! Den ganzen Vormittag trödeln wir hier herum. Bislang hat noch niemand gefragt, ob wir überhaupt heiraten wollen! Man macht ja auch kein Probeturnier oder einen Probekrieg.«
Der Bischof zuckte verwirrt zusammen und Alienor legte begütigend ihre Hand auf Henrys Arm. Plötzlich war es still in der Kirche. Jemand kicherte nervös. Jähzornig sprang Henry auf. Seine Sporen kratzten mit einem hässlichen Geräusch über die Steinplatten. »Verzeiht, Eminenz, ich bin dafür, dass wir jetzt die eigentliche Trauung proben, damit ich mit meiner Gemahlin endlich Platz nehmen kann.«
Alienors Stimme klang kühl, als sie anstelle des Bischofs erwiderte: »Eminenz, der Herzog der Normandie und ich werden genau nach gültiger Etikette vermählt.« Im selben Ton bat sie Henry: »Knie dich bitte wieder hin. Wir proben kein Turnier und keinen Krieg. Wir proben für unsere Hochzeit.« Robert sah, dass Alienors Wangen gerötet waren und ihre Augen vor Zorn sprühten.
Der Bischof schlug vor, eine kleine Pause einzulegen, und schon erhob sich eine Frauenstimme aus der Schar der Höflinge: »O bitte ja, Eminenz, nur eine kleine Pause.« Robert erkannte die Vicomtesse Christine, die nun mit seltsam steifen Bewegungen dem Hochaltar zustrebte. Alienor hatte sich ebenfalls erhoben und trat ihr entgegen. »Was ist dir?«, hörte Robert sie besorgt fragen, »fühlst du dich nicht wohl?«
Die Vicomtesse ergriff Alienors Hand und hielt sich an ihr fest. »Ich falle auf der Stelle tot um, wenn ich noch länger stehen muss.«

»O Gott, die Arme«, kicherte Marie. Sie hatte wunderschöne Augen, fand Robert. Nun legte sie den Finger auf die Lippen. »Seht nur, da kommen sie.« Robert folgte ihrem Blick: hinter dem Hochaltar traten in gemessener Prozession die Äbte der Klöster Aquitaniens hervor. »Der ist vom Kloster St. Croix, und der von Montierneuf, und der Benediktiner, der kommt aus Maillezair ...« Marie schien sie alle zu kennen.
Als die Mönche im Halbrund Platz genommen hatten, trat Alienor auf die oberste Stufe. Höflich verneigte sie sich vor den Kirchenvertretern; dann wandte sie sich an ihre Gäste: »Hochedle Ritter, Hochedle Damen.« Ihre klare Stimme drang mühelos bis zu den letzten Reihen. »Mein künftiger Gemahl, Herzog Henry und ich, Wir danken Euch, dass Ihr Unserem Ruf gefolgt seid.« Sie lächelte leicht und ihre Augen suchten bestimmte Gesichter. »Unsere Französische Allianz ist zu Ende gegangen.« In der kleinen Pause, die sie einlegte, vernahm man aus den Reihen der Besucher billigendes Gemurmel. Alienor reichte Henry die Hand und der Spott in ihrer Stimme war nicht zu überhören. »Mit ihm an meiner Seite werden wir Frankreich auf den Platz weisen, der ihm zukommt. Morgen, meine edlen Ritter, werden wir vor den Augen der Welt beweisen, dass wir uns vor niemandem außer Gott zu fürchten haben. Morgen, meine edlen Gefolgsleute, wenn diese Kathedrale in tausendfachem Kerzenschein erstrahlt, wenn alle Banner sie schmücken, wenn die Choräle zum Lobe Gottes erklingen, wenn mithilfe Eurer Gebete Gottes Segen auf diese neue Verbindung erfleht wird, dann ...« Sie trat einen Schritt vor und zog Henry mit sich, »künden wir damit vom Ruhm unseres Landes. Gott schütze Aquitanien!« Sekundenlang war es totenstill; dann setzte der Jubel ein und brach sich an den hohen Wänden der Kathedrale. »Es lebe unsere Herzogin. Hoch, Alienor. Hoch!«
Ohne zu wissen, was er tat, rief Robert: »Es lebe Herzog Henry.« Marie tat es ihm nach. »Welch ein Paar!«

Die Sonne tauchte gerade über der hügeligen Landschaft auf, als Henry und Alienor in den frühen Morgenstunden aufbrachen. In den Niederungen lösten sich die letzten zarten Nebelstreifen vom Boden und gaben den Blick auf das warme Gelb der Getreidefelder frei.

Robert und Marie begleiteten sie in einiger Entfernung. Von Zeit zu Zeit war das unbeschwerte Lachen der Hofdame oder ein gespielt empörtes »Mais Madame ...« zu hören. Alienor und Henry sahen sich verständnisvoll an. Wortlos fühlten sie sich in Dankbarkeit verbunden, für einen so wundervollen Morgen nach einer solchen Nacht. Sie hatten sich geliebt und Pläne geschmiedet und wieder geliebt und ihr Land im Süden, im Westen und im Norden an ihre zukünftigen Söhne und Töchter verteilt. Übermütig hatten sie alle ihre noch nicht geborenen Kinder verheiratet, nach Kastilien, nach Irland, bis in den germanischen Osten. Mit immer kühneren Machtkombinationen hatten sie einander überboten und insgeheim hatte einer des anderen politisches Gespür bewundert.

Henry parierte sein Pferd durch. »Komm nah zu mir heran«, sagte er, »erinnerst du dich an diese Perlen?«

Sie griff nach der Schnur mit den aufgereihten Goldperlen. »Es war das Innigste und Vertrauteste, das ich damals bei mir trug ... in meiner Männerkleidung.«

Lachend entwendete Henry ihr die kleine Gebetskette. »Gib her, sie gehört mir. Sie hat mir schon gute Dienste geleistet.«

Neugierig sah sie ihn an. »Wann zum ersten Mal?«
»Bei der Überfahrt nach England, nach Vaters Tod, als der Sturm wieder über dem Kanal tobte.«
»Wie damals, als deine Tante den eigenen Mann ertrinken sah?«
»... und mit dem Thronfolger ein ganzes Schiff voll junger, viel versprechender Ritter. Es war ein furchtbarer Schlag. Tante Mathilde war als zukünftige Königin Englands sehr beliebt. Vor ihren Augen sank das weiße Schiff und sie beschloss ihr Leben im Kloster fortzusetzen. Sie ist eine großartige Frau. Jetzt heißt es in England von ihr, sie sei von der Königin der Angeln zur Königin der Engel aufgestiegen.«
Sie ritten am Ufer der Vienne entlang, auf dessen saftigen Weiden Rinder und Schafe grasten, dann spornten die Reiter ihre Pferde an und trabten südwärts den waldigen Hügel hinauf. Plötzlich öffnete sich der Wald. Vor ihnen lag ein weites Tal, aus dessen Mulde sich der viereckige Glockenturm und das lang gezogene Dach der Abtei von Fontevrault erhoben.
»Reitet vor und meldet unsere Ankunft«, rief Henry Robert und Marie zu.
Kaum waren sie allein, enthüllte Alienor Henry ihre Pläne. »Du weißt, was für ein Kirchenverächter mein Großvater war ...«
»Und du schlägst ihm in jeder Beziehung nach.« Lächelnd ging sie darüber hinweg. »Das einzige Kloster, das er je beschenkt hat, ist Fontevrault. Seine schönsten Jagdgründe hat er der Äbtissin vor seinem Tod vermacht. Die Jäger seines Reiches standen Kopf.«
»Da stehe ich aber kleinlich da – ich habe Tante Mathilde aus den Hafeneinkünften von Dieppe zehn Pfund Sterling zum Heringskauf zugestanden«, sagte Henry.
Doch Alienor fuhr ernst fort: »Auch Louis und ich haben dem Kloster eine Schenkung gemacht. Ich möchte sie heute erneuern und bekräftigen.«
»Das wird Tante Mathilde freuen. Bitte, lass uns einmal um die Anlage herumreiten. Ich möchte mir alles genau anschauen.«

Er galoppierte voraus. »Alienor, das bist du!«, rief Henry ausgelassen und deutete auf ein riesiges rotes Mohnfeld, das vor dem satten Grün der Wiesen und dem Saum dunkler Tannen im Norden noch strahlender wirkte.
»Monsieur ›Plante-à-genêt‹, das ist Euer Land!«, schrie sie gegen den dröhnenden Hufschlag der Pferde an. Der gesamte Hang strotzte vor gelbblühendem Ginster. »Hirsche und Heringe, Mohn und Ginster. Unsere Sammlung wird immer prächtiger. Zur Geburt unseres ersten Sohnes sollten wir das Feld, wo Mohn und Ginster wächst, Fontevrault als Schenkung übergeben.«
Sie zügelten ihre Pferde erst, als sie zu dem breiten Torbogen der Klostergebäude gelangten. Vor der Abteikirche, zur Linken des weit geöffneten Portals, standen die Nonnen von Sainte-Marie, zur Rechten die Mönche von Saint Jean. Mit ausgebreiteten Armen kam Mathilde von Anjou ihnen entgegen.
»Gott sei mich Euch. Welche Ehre und welche Freude, Euch hier willkommen zu heißen«, sagte die Äbtissin warm und herzlich. Henry ging mit großen Schritten auf sie zu und umarmte sie.
»Meine Tante, welche Freude, Euch hier im stillen Tal von Fontevrault wiederzusehen! Darf ich Euch Alienor, meine Gemahlin, vorstellen?«
Alienor fühlte sich zu dieser mittelgroßen, schmal gewachsenen Frau mit den ernsten grauen Augen hingezogen. Sie spürte, dass diese Frau berufen war ausschließlich Gott zu dienen, und ihr entschlüpfte die Bitte: »Darf auch ich Euch meine Tante nennen?« Die Faszination, die sie in sich aufsteigen fühlte, verwirrte sie; einen winzigen Augenblick lang empfand sie sich dieser Frau gegenüber als unerfahrenes junges Mädchen. Lächelnd schloss die um viele Jahre ältere Äbtissin sie in die Arme. Mit dem rechten Daumen zeichnete sie Alienor ein kleines Kreuz auf die Stirn. »Ihr seid uns ebenso von Herzen willkommen, Gott segne Euch.«

Nebeneinander schritten sie die Stufen in das helle, hoch aufragende Gotteshaus hinab. Nonnen und Mönche begannen zu singen; klare Frauenstimmen wechselten in den Chorälen mit den tiefen Stimmen der Männer. Das mächtige, streng gebaute Kirchenschiff mit den vier weit ausladenden Kuppeln hallte von den Stimmen wider. Sonnenlicht strahlte durch die oberen Fenster in das Querschiff und verteilte sich milder im Hauptteil der Kirche, umfing die Gläubigen dort fast mit Wärme.
Nach und nach füllte sich die Klosterkirche mit Pilgern und Leprakranken, denen das Hospiz von Fontevrault als Bleibe diente. Die gesungenen Gebete klangen wie ein Geben und Nehmen zwischen Frauen- und Männerstimmen.
Als sich die Messe der Wandlung näherte, blickte Alienor vorsichtig zu Henry hinüber. Er hielt den Kopf gesenkt und schien mit Inbrunst zu beten. »Herr, ich bin nicht würdig, dass du eingehst unter mein Dach …«
Sie stieß ihn an und lächelnd sagte sie leise, aber deutlich: »Was für ein Unsinn, natürlich bist du würdig.« Henry grinste und zuckte mit den Achseln. Dann wiederholte er mit den anderen Gläubigen: »Herr, ich bin nicht würdig, dass du eingehst unter mein Dach …«
Lauter als die Andacht der Wandlung es gestattete, sprach Alienor: »Herr, ich bin *doch* würdig, dass du eingehst unter mein Dach …« Im vorderen Teil des Hauptschiffes hätte man eine Stecknadel fallen hören, so still war es geworden. Selbst das Scharren der Holzkrücken der Leprakranken war verstummt. Die Äbtissin blickte auf und lächelte in die Richtung des Herzogenpaares. Nahezu trotzig faltete Alienor die Hände. Laut betete sie: »Aber sprich nur ein Wort, so wird meine Seele gesund.« Davon war sie überzeugt.

»Warum sollten wir unwürdig sein, wenn wir doch Geschöpfe Gottes sind?«, fragte sie Mathilde, als sie nebeneinander die Treppe hinaufschritten, die von der Kirche in den Kreuzgang des Klosters führte. »Wie wunderbar!«, rief Alienor dort aus. Die Sonne fiel auf die Rosen von Provins, die im Halbrund um den plätschernden Brunnen in der Mitte des Innenhofes blühten. Niedrige Buchsbaumreihen trennten die schmalen Wege von den Rosenbeeten. Aus dem kalten Schatten des doppelsäuligen Ganges traten sie in die Wärme des blühenden Kreuzgartens.

Die Äbtissin blieb stehen, schob die Ärmel ihres Habits ein wenig hoch und nahm Alienors Hand. »Meine Liebe, es war wohl sehr schlimm für Euch?«

Alienor wunderte sich über das Vertrauen, mit dem sie ohne zu zögern antwortete: »Beaugency, meint Ihr? Es war entwürdigend. In den Tagen dort habe ich das Böse erlebt.« Sie suchte nach Worten. »Ich habe an allem gezweifelt: an Gott, an Seiner Liebe, an den Menschen …« Sie öffnete die Schnalle ihres Umhangs und ließ ihn über ihren Arm gleiten. »Nein – an den Männern der Kirche. Ihre Feindseligkeit all den Frauen gegenüber, die sie mit ihren eigenmächtigen Geboten nicht beherrschen, ihre vorgebliche Allwissenheit, ihre Anmaßung, die ganze Wahrheit zu kennen … das hat mich zermürbt … Und doch, tief in mir wusste ich: unwürdig bin ich nicht. Ich bin ebenso von Gott gewollt wie sie.«

Mathilde hatte geschwiegen; nun zog sie Alienor mit sich auf die Rundbank am Brunnen. »Habt Ihr noch nie die Erfahrung gemacht, dass Ihr zwar Gutes wünscht, doch Böses daraus wird, gegen das Ihr ohnmächtig seid, weil Ihr es gar nicht entstehen saht, viel weniger verhindern konntet? Wie kann Gott, der Herr, dann in Euch einen würdigen Ort sehen, in den er als Leib Christi einkehrt? Wir sind mit Sünde behaftet, sonst wäre unser Leben nicht ein einziger Kampf um das Gute und gegen das Böse in uns.«

Ungläubig sah Alienor in das klare Gesicht der Äbtissin, die aufrecht neben ihr saß. »Ehrwürdige Mutter, wie aber kann das sein? Wir sind doch von Gott erschaffen, also aus Gutem entstanden. Oder haltet Ihr für möglich, dass ihm das Böse entglitten, dass er nicht Herr darüber wäre?«

»Nein, meine Freundin«, erwiderte Mathilde entschieden. »Gott hat die Macht, nur ein Wort zu sprechen und unsere Seele von allem Bösen zu heilen. Im Vergleich zu dem Allmächtigen sind wir unwürdig. Die Auslegung seines Wortes stammt nur von Menschen – von Männern, da habt Ihr Recht. Sie ändert an Seinem Göttlichen Wort kein Jota. Und das ist das Entscheidende.«

Männerstimmen hallten unter dem Gewölbe des Kreuzganges. Henry lobte den Abt, der ihm das Gästehaus und die Pläne für das Kloster Saint-Lazare gezeigt hatte, das für die Leprösen erweitert werden sollte. Mathilde sah Alienor fragend an. »Habt Ihr mit Henry über diese Erfahrung gesprochen?«

»Nicht so wie mit Euch. Er ist so unbeschwert in seinem Glauben … Später vielleicht.«

»Ihr habt sicherlich Recht. Warten wir, bis er König ist«, sagte Mathilde lachend.

»Großartig, Tante Mathilde, phantastisch, was Ihr für die Kranken plant! Ihr schafft ihnen, die sonst ausgestoßen sind, hier ein wahres Zuhause«, rief Henry, noch bevor er den Brunnen erreicht hatte. »Erlaubt Ihr, dass ich mich zu Euch setze?«

Alienor beugte sich vor, um ihn ansehen zu können. »Noch großartiger finde ich, dass der Gründer von Fontevrault sich dafür einsetzte, gefallene Frauen aufzunehmen. Huren unter dem eigenen Dach zu speisen und zu trösten, das imponiert mir.«

Henry blickte sie verständnislos an. »Aber das ist doch etwas anderes …«

»Überhaupt nicht, was können die armen Mädchen dafür, wenn …«

Souverän griff Mathilde den Gedanken auf. »Robert d' Abrissel litt an ihrem Schicksal mit. Er sah die Frau als etwas Besonderes. Nicht umsonst hat er eine Äbtissin und nicht einen

Abt dazu bestimmt, das Doppelkloster zu leiten. Mütterlich und von hohem Stand sollte sie sein, und möglichst eine Witwe, die Kinder geboren hatte – das war sein Ideal. Eine Witwe von Stand war ich, als ich in den Orden eintrat, ob ich meine Mutterpflichten hier erfülle, das möge Gott entscheiden.« Warm und heiter sagte sie das. Henry nahm ihre Hand und küsste sie. »Am großartigsten sind die Pläne für Eure neue Küche, meine Tante. Alienor, das müssen wir auch haben – wir könnten gleich Weihnachten in Chinon damit beginnen … Ich weiß, ich weiß, es gibt Wichtigeres für uns zu tun«, ermahnte er sich lachend. Eine Welle von Glück durchfuhr Alienor, als Henry gleichwohl begann, ihr die Konstruktion der neuartigen Klosterküche zu erklären. »Sie ist rund. In der Mitte planen sie die Hauptkochstelle, die einen großen Abzug in das spitze Dach erhält. Rundherum werden zwanzig kleinere Herderker gebaut, halbrund natürlich, mit eigenen Rauchabzügen. So werden die Köche bei ihrer Arbeit weder verglühen noch in Rauch und Dampf ersticken.«
Mathilde erläuterte: »Unser Gästehaus fasst fünfhundert Personen und es reicht für die vielen Pilger und Besucher oft nicht aus. Wir mussten uns für diese Art Küche entscheiden, obwohl ein solcher Neubau unsere Möglichkeiten beinahe überschreitet.«
Der Glanz in Henrys Augen entging Alienor nicht. Er würde mit herzoglicher Unterstützung dafür sorgen, dass in der neuen Küche bald die Heringe aus Dieppe gebraten werden konnten. »Aber damit genug vom Klosterleben! Erzählt von Euren Plänen«, forderte Mathilde sie auf, und Henry begann ihre gemeinsamen Vorhaben darzulegen: »Da es eine so grundsolide Auflistung aller Grafschaften, Steuern, Einkünfte, wie wir sie im Domesday Book haben, in Aquitanien leider nicht gibt, sind wir gezwungen bei null zu beginnen.« Er zuckte mit den Schultern. »Es hilft nichts. Wir müssen das ganze Land bereisen, die wichtigsten Wehranlagen und Burgen besichtigen, entscheiden,

ob wir sie abreißen oder ausbauen. Die gesamte Verwaltung muss überprüft werden. Wir haben vor, einen neuen Oberkämmerer zu bestellen, dem alle Burgenverwalter unterstehen sollen. Die Kontrolle der Barone muss verbessert, Rechtsprechung und Finanzkontrolle müssen vereinfacht und direkter geregelt werden. Die Normandie ist deshalb von England aus zu regieren, weil das System der englischen Sheriffs …«

Mathilde unterbrach seinen Wortschwall. »Noch seid Ihr nicht König von England.«

»Noch nicht, meine Tante, aber mit Alienor an meiner Seite« – voll Stolz sah er zu ihr hinüber – »werde ich es eines Tages sein. Es ist nur eine Frage der Zeit. Natürlich bestimmt dieses Ziel unser Leben. Wir werden unsere bewährten normannischen Errungenschaften, wo immer es sinnvoll ist, auf Aquitanien übertragen.«

Alienor fing seinen Blick auf und suchte nach Beispielen. »Die ersten Entscheidungen sind gefällt. Meinen Konnetabel haben wir bereits zum Seneschall von Aquitanien ernannt. Da ich das Land allein bereisen werde, wann immer Henry nach England gerufen wird, haben wir ihn mit allen Rechten ausgestattet uns während unserer Abwesenheit zu vertreten.« Nüchtern setzte sie hinzu: »Natürlich kosten diese Neuerungen zunächst viel. Noch können wir den Zehnten in Aquitanien nicht erhöhen. Bauen wir aber die Pilgerstraßen nach Compostela aus, dann erhöhen wir die Einnahmen der Bevölkerung. So können wir gezielte Steuern erheben. Die Schifffahrt in Bordeaux muss ausgebaut werden. Je entschiedener wir den Handel mit Seide aus Byzanz und Gewürzen aus Afrika fördern, desto mehr wirft der Hafen für die Krone ab. Wein und Öl müssen in viel größeren Mengen in den Norden verschifft werden. Ihr seht, meine Tante, an Plänen und Ideen mangelt es nicht.«

Die Glocken läuteten zum Angelus. Die Äbtissin erhob sich. »Ihr habt eine gewaltige Aufgabe vor Euch. Mit Gottes Segen und Eurem Fleiß wird sie Euch gelingen.«

Durch den Kreuzgang und die Stufen hinunter gingen sie in das gewölbte Refektorium. In der Mitte des angenehm kühlen Raumes stand ein langer Tisch, an dem die Mönche und Nonnen sie schweigend erwarteten. Als sie zu ihren Ehrenplätzen auf der Empore gelangt waren, nahm der Anblick des prächtig gedeckten Tischs Alienor gefangen: Karaffen und Becher aus Silber und Gold glänzten in dem Licht, das durch die schmalen Seitenfenster fiel; der Duft der Rosen, die in üppigen Sträußen in der Mitte der Tafel standen, mischte sich mit dem würziger Speisen. Wären die Nonnen zur Rechten und die Mönche zur Linken des Refektoriumstisches nicht im Habit erschienen, hätte das Bild einem Festmahl bei Hofe geglichen. Alienor stieß Henry unter dem Tisch an und flüsterte ihm zu: »Mein Lieber, komm schnell unter mein Dach, dann wird mein sehnsüchtiger Leib gesund.«
»Dann wollen wir erst einmal diese Köstlichkeiten probieren, um uns zu stärken«, erwiderte Henry laut, »was ist es, Thymian oder Majoran, wonach es hier duftet? Nach Zwiebeln und Knoblauch bestimmt.«
Mathilde sprach das Tischgebet. Kräftige Novizen erschienen mit schweren Platten und Schüsseln. Rostbraune Braten, von buntem Gemüse umgeben, wurden gereicht, helles Kapaunfleisch, mit Kräutern garniert, geröstete, auf Rotkohl thronende Fasanen, mit Federn verziert, als ob sie noch lebten. Im Saal entspannen sich angeregte Gespräche, von denen einzelne Wortfetzen heraufdrangen. Von der Vierfelderwirtschaft war die Rede; die Qualitäten der neuen Zugtiere des Klosters wurden besprochen, und immer wieder der Bau der neuen Küche. Alienor beugte sich zu Mathilde. »Habt Ihr Kaiserin Maud je getroffen?« Erstaunt wandte die Äbtissin sich ihr zu. Das Grau ihrer Augen wirkte im Schatten des Gewölbes fast schwarz. »Natürlich kannten Wilhelm und ich sie. Eure Schwiegermutter ist eine beachtliche Frau. Ich glaube, ich kenne kaum einen Menschen, der so energisch sein Lebensziel verfolgt hat.«

»Ihr Leben war gewiss nicht leicht«, sagte Alienor und ließ den Blick in den Saal schweifen.
»Nein, aber sie verfügt über ein außerordentliches politisches Gespür …«
Plötzlich erstarrte die Novizin, die unten im Saal gerade den Wein ausschenkte. Ihr Körper verbog sich krampfhaft nach hinten. Eine schwere Silberplatte fiel mit Getöse auf den Steinboden. In der folgenden Stille wirkten alle Geräusche überlaut. Wie erstarrt beobachteten die Geladenen die junge Frau, deren Körper sich unter Zuckungen wand.
Die Äbtissin und Henry waren gleichzeitig aufgesprungen. Henry nahm drei Stufen auf einmal die Treppe hinunter; mit wenigen Schritten war er bei der Liegenden und sprach auf sie ein: »So beruhigt Euch doch. Gleich geht es besser. Der Krampf wird bald aufhören. Seid ruhig.« Mit sanftem Druck versuchte er den Kopf der Novizin still zu halten, damit er nicht auf dem steinernen Boden aufschlüge. Ihre Augen hatten sich so verdreht, dass nur das Weiß der Augäpfel zu sehen war. Mathilde reichte ihm ein zusammengerolltes Tuch; Henry zwängte es der zuckenden Frau zwischen die Zähne. Man hörte nur noch gurgelnde Laute, als die Epileptikerin von vier Mönchen hinausgetragen wurde.
Alienor war bleich, als Henry an den Ehrentisch zurückkehrte. Auf einmal kam sie sich so viel älter vor als der unbeschwerte Mann an ihrer Seite. Sie ergriff seinen Arm und sah ihn voll Zärtlichkeit an. »Mein Bruder Aigret hatte diese Krankheit«, flüsterte sie ihm zu. »Ich war so klein, so hilflos gegen diese furchtbaren Schreie … Henry, wie wunderbar, dass du so sein kannst.«
Behutsam löste er Alienors Finger von seinem Arm und zog sie an seinen Mund. Die Wärme seiner Lippen tat ihr gut. Wie um die Situation zu retten war Mathilde von Anjou an das Pult auf der Empore getreten. Eine Öllampe beleuchtete die aufgeschlagene Bibel. Die Gespräche im Refektoriumssaal, die nur

zögernd wieder aufgenommen worden waren, verstummten, als sie ihre schöne Stimme erhob und aus dem Paulusbrief las. Alienors Gedanken kreisten noch um ihre Kindheit in Bordeaux, doch einige Sätze drangen zu ihr vor.

»Wenn ich alle Glaubenskraft besäße und Berge damit versetzen könnte, hätte aber die Liebe nicht, wäre ich nichts. Die Liebe ist gütig, sie ereifert sich nicht, sie prahlt nicht.«

Vor Alienors Augen tauchte das tote Gesicht ihres älteren Bruders auf. Wie selbstverständlich man ihr seine Rolle bei Hofe übertragen hatte, wie normal es ihr erschienen war, dass sie das Erbe an seiner Stelle antreten würde …

»Sie erträgt alles, glaubt alles, hofft alles, hält allem stand. Die Liebe hört niemals auf.«

Alienor spürte, dass Henry sie beobachtete. Sie beugte sich ihm zu und flüsterte: »Gemeinsam sind wir stark. Wir hoffen gemeinsam und wir halten gemeinsam allem stand. Versprich es mir.«

Brüllend fuhr der Sturm durch die dunklen Gassen von Chinon. Zornig rüttelte er an den Türen der niedrigen Häuser und riss und zerrte an den strohgedeckten Dächern. Er fegte Schneeschauer vor sich her, türmte sie an Mauerecken auf und blies eisig über sie hinweg. Seit Menschengedenken hatte es nicht ein solches Weihnachten gegeben.
Vermummt bis zur Unkenntlichkeit stemmte sich der Nachtwächter gegen das Wetter. Seine Handlaterne warf einen tanzenden Schein über den verschneiten Weg. Einmal blieb er stehen, um zu horchen. Ganz in der Nähe heulte ein Wolf. Der Mann fasste seinen Knüppel fester und versuchte hinüber zur Vienne zu spähen. Der Fluss war zugefroren und bot keinen Schutz vor dem, was sich hinter ihm auf den Wiesen und zugewehten Feldern heranschleichen mochte. Wieder erklang das Wolfsgeheul und der Mann bekreuzigte sich hastig. Angst trieb ihn, an der nächsten Kate anzuklopfen. »Lass mich herein, Pierre. Ich sehe ja, du hast noch Licht«, rief er. Sein Blick fiel hinauf zur Burg, die drohend und mächtig auf dem Felsen thronte. Dort war alles dunkel; bis auf den Lichtschein, der aus der obersten Schießscharte des Turms glomm.
Henry mühte sich mit dem hölzernen Fensterladen ab und klemmte sich die Finger dabei. »Es ist hoffnungslos, mein Liebstes. Das Brett will nicht halten!« Er wandte sich ab und kam zurück in den Raum, wo Alienor auf Fellen vor einem gewaltigen Kaminfeuer kauerte.

»Hast du den Wolf gehört?«, fragte sie und schauderte. Henry kauerte sich dicht neben sie und warf noch einen Scheit in die Flammen.

»Hier kann er dir nichts anhaben«, sagte er liebevoll und legte den Arm um sie. »Frierst du auch nicht?« Alienor schüttelte den Kopf. Henry kam mit dem Mund nah an ihr Ohr. »Es tut mir so Leid, dass ich dir keinen komfortableren Raum bieten kann, gerade jetzt in deinem Zustand.«

Alienor hob den Kopf. »Keinen Luxus dieser Welt wollte ich für diese zugige Kemenate eintauschen. Es war das schönste Weihnachtsfest, das ich jemals erlebt habe.« Ihre Stimme klang dunkel vor verhaltener Zärtlichkeit. Sie nahm seine Hand und legte sie auf ihren Bauch. »Du und ich – und er.« Sie schloss die Augen und lächelte verträumt. »Es war ein langes Jahr, Henry und wir haben schon viel erreicht. Weißt du noch, wie wir Tante Mathilde in Fontevrault von unseren Plänen erzählt haben?«

Henry begann sie sacht hin und her zu wiegen. Seine Lippen lagen an ihrer Schläfe. Jäh fiel der Sturm in den Kamin und ließ die Flammen zischen. Sorgsam zog Henry eine Felldecke über ihrer beider Schultern. »Ich wünschte nur, wir wären schon weiter«, flüsterte er.

»Sei nicht undankbar – denk nur an all das, was wir erreicht haben: die Menschen hier im Süden werden den Winter gut überstehen und mit der Zeit werden wir den Wohlstand auch nach Norden hin ausbreiten. Denk an die vielen neuen Pilgerraststätten, die wir haben errichten lassen – und an das Geld, das sie bringen. Denk an die Schiffe, die wir ausgerüstet haben und die erfolgreich zurückgekehrt sind. Denk an die Freisassen, denen wir den Übergang zur Dreifelderwirtschaft ermöglicht haben, weil wir ihnen den Zehnt in diesem Jahr erlassen haben.« Ihre grünen Augen funkelten. »Unsere Truhen sind voll, und wir haben genug Reserve, um deine Kriegszüge nach England zu finanzieren.« Sie lachte ihm zu. »Sorg dich nicht, mein Liebling – ich bin eine gute Hausfrau.«

»Ich habe so oft das Gefühl auf der Stelle zu treten: Eustach und Louis versuchen mit vereinten Kräften mir das Leben schwer zu machen.« Ein glimmendes Holzscheit fiel aus dem Kamin und Henry streckte den Fuß vor, um es mit dem Stiefel zu zertreten. »Immer wieder fallen sie in der Normandie ein.«
Alienor strich über seine Hand. »Warum siehst du nur das Negative?« Sie lachte auf. »Wer hätte geglaubt, dass ausgerechnet Rom dir einmal den Rücken freihalten würde?«
Henry grinste. »Obwohl der Erzbischof von Canterbury mich nicht einmal empfangen wollte ...«
»... haben sie sich geweigert, Eustach als legitimen Nachfolger zu akzeptieren.«
»Der Papst hat den englischen Bischöfen schriftlich untersagt, Eustach anzuerkennen, das weiß ich von Thomas Becket.« Er lachte trocken. »Stephan war außer sich vor Wut und ließ die Bischöfe in einem Haus gefangen setzen. Sie hatten entsetzliche Angst, weil jeder weiß, dass Stephan keine Priester mag. Er drohte ihnen sogar mit Folter.«
Alienor setzte sich auf und die Felldecke glitt zu Boden. »Davon weiß ich gar nichts. Und? Wie ist es ausgegangen?«
»Sie mussten zwar alle ihre Schätze zurücklassen, aber ihr nacktes Leben konnten sie immerhin retten.«
»Großartig!«, rief Alienor aus und schlug gegen Henrys Brust. »Etwas Besseres hätte uns gar nicht geschehen können. Du wirst sehen, damit haben Stephan und Eustach ihr Todesurteil unterschrieben. Das wird der Papst ihnen niemals verzeihen. Gib mir zu trinken, Henry, darauf müssen wir anstoßen!« Als er ihr den heißen Wein reichte, fragte sie: »Siehst du diesen Becket oft?«
»Eigentlich jedes Mal, wenn ich in England bin.« Alienor runzelte die Stirn. »Ist es richtig, ihm so zu trauen?«
»Er hält mich auf dem Laufenden. Durch ihn weiß ich, was der Erzbischof vor hat.«
»Entlohnst du ihn?«

»Ich mache ihm Geschenke.«
»Was rät er dir wegen Newbury Castle und Wallingford?«
»Dazu kann er mir nichts raten. Wie sollte er auch: Stephan hat die beiden Besitze eingenommen und meine Männer erwarten von mir, dass ich komme und sie da raushole.«
Alienor trank ihren Wein bis zur Neige, dann wollte sie sich erheben. Plötzlich schrie sie auf. »Henry, das Kind hat sich bewegt.«
Er hob sie auf und trug sie hinüber zum Bett. Sorgsam hüllte er sie in Decken, dann legte er sich neben sie. Seine Hand fuhr über ihren gewölbten Leib. »O mein Gott, ja, ich kann ihn spüren. Ich wünschte, ich müsste nicht fort. Ich wünschte, ich könnte bei dir bleiben und auf seine Geburt warten.«
Alienors Hand legte sich über die seine. »Wie wollen wir ihn nennen?«, fragte sie leise.
»Ich wünsche mir, dass er sich eines Tages so nennen kann: Seine Hoheit, Prinz William von England, Prinz der Normandie, Graf von Anjou und Prinz von Aquitanien«, sagte er inbrünstig.
Spöttisch sah sie zu ihm auf. »Etwas pompös für so ein kleines Wesen, findest du nicht?«
»Wir beide nennen ihn Little Willy«, setzte er stolz hinzu. Schweigend lagen sie dicht beieinander. Im Kamin krachte ein Ast.
»Bedauerst du es manchmal?« Fragend sah sie ihn an. »Ich meine …«, er stützte sich auf einen Ellenbogen, seine Hand wanderte hinauf zu ihrer Brust, »… ich kann dir bislang nichts als zugige und feuchte Burgen bieten …« Er öffnete die Schnüre ihres Mieders und seine Finger schoben sich unter den Stoff und streichelten ihre nackte Haut. »Aber wenn Little Willy erst geboren ist …« Er fühlte, wie sich ihre Brustspitzen aufrichteten. Henry holte tief Atem. »Eines Tages wirst du wieder Königin sein. Und die Menschen werden mich so lieben, wie du in Aquitanien geliebt wirst, wir werden in kultivierten Häu-

sern leben und du wirst wieder den Platz einnehmen, der dir gebührt!«

Alienor schlang die Arme um ihn. »Lieb mich jetzt«, flüsterte sie und zog ihn zu sich hinab.

Schonen ... Marie, weshalb sollte ich mich schonen?« Alienor betrachtete die Freundin, die ihr im Reisewagen gegenübersaß, in eine Felldecke gehüllt. Die eisenbeschlagenen Räder holperten über zugefrorene Schlaglöcher. Marie beugte sich hinab und schichtete die gewärmten Ziegelsteine wieder aufeinander. Vorwurfsvoll blickte sie auf.

»Weil du in wenigen Wochen niederkommst und diese Reise nicht ausgerechnet im Januar unternehmen solltest.«

Alienor stellte ihre pelzgefütterten Stiefel auf die warmen Steine und veränderte ihre Haltung, um den Rücken zu entlasten. »Henry kämpft in England für unsere Zukunft. Wie kann ich da untätig in Poitiers herumsitzen? Diese Streitigkeiten konnte ich dem Seneschall nicht überlassen – ich muss einen Präzedenzfall schaffen.«

Marie sah sie mit dunklen Augen fragend an. »Ich weiß nur, dass dieser Philipp sich Land angeeignet hat, das ihm nicht gehört.«

»Die gesamte Familie Châteaubord ist zerstritten. Über den anständigen Teil der Familie brauchen wir nicht zu reden. Die anderen ergaunern Land, unterschlagen Gewinne, bluten ihre Bauern aus und fördern Unruhen, um Vorteile daraus zu schlagen.« Aufgebracht fuhr Alienor fort: »Genau diese Verantwortungslosigkeit der Barone ist es, die Henry und mir das Leben schwer macht. Manchmal wünschte ich mir englische Sheriffs ins Land, die am Ort Recht sprächen und vor mir Re-

chenschaft darüber abzulegen hätten. Wie viel einfacher wäre es dann, diese Herren von Châteaubord in ihre Schranken zu verweisen.«
Sie öffnete die Fensterklappe der ledernen Plane; kalte Luft strömte in das Innere des Wagens. Über den Äckern lag eine hauchdünne Schicht Schnee, die in der Dämmerung grau wirkte. Dahinter erhoben sich sanft ansteigende Berge. Aus den Schornsteinen eines Dorfes quollen dünne Rauchschwaden.
Marie sah an Alienor vorbei. »Sieh nur, dort brennt es. Da stimmt etwas nicht.« Alienor wandte sich in die Richtung, in die Marie aufgeregt deutete. »Seht nach, was dort passiert«, befahl sie einem der Ritter, die den Reisewagen begleiteten, und gebot dem Kutscher auf das Dorf zuzuhalten.
Als der Wagen in den Feldweg einbog und die Räder hart aufschlugen, spürte Alienor die ersten Stiche im Rücken. O Gott, bitte nicht, dachte sie und stieß die Tür auf, um einen besseren Überblick zu haben – dies waren die Ländereien der Châteaubord, ihre Stammburg konnte nicht weit sein. Maries betroffene Miene übersah sie.
»Euer Gnaden, sie erschlagen einen Mann, der gebrandschatzt und vergewaltigt hat. Sie haben seine Hütte angezündet.« Außer Atem stieß der Reiter die Worte hervor.
»Mein Pferd!«, befahl Alienor, »die Garde reitet hinter mir.« Zu Marie sagte sie lächelnd, »unter diesen Umständen fühle ich mich zu Pferde sicherer«, und stieg vom Tritt des Wagens in den Sattel. Besorgt sah Marie, welche Mühe ihr das Aufsitzen bereitete.
Im Schritt ritten sie an den kleinen Lehmhäusern vorbei, deren Fenster mit Holzlatten provisorisch gegen Kälte und Nässe geschützt waren. Aus den Lehmritzen der Behausungen stak braunes Stroh hervor. Alienor spürte das Ziehen in der Nähe der Lendenwirbel deutlicher; von dem Latrinengestank in der Gasse, der sich mit beißendem Qualm mischte, wurde ihr übel. Als sie ihr Pferd vor die brennende Hütte lenkte, öffnete sich

der Halbkreis von Bauern, die mit Heugabeln und Äxten bewaffnet waren. Sie wichen vor den Reitern zur Seite und gaben den Blick auf einen blutüberströmten Mann frei. Hinter ihm kämpften ein paar Männer mit Eimern voll Sand gegen die Flammen an. Der Feuerschein beschien das furchtbar zugerichtete Gesicht des Verletzten. Alle blickten erwartungsvoll zu Alienor hinauf.

»Ich bin die Herzogin von Aquitanien. Sagt mir, was hier geschehen ist.«

Angst und Misstrauen sprachen aus den Gesichtern, Not und Verzweiflung. Zögernd trat eine der Frauen aus der schützenden Gruppe der Dorfleute hervor und knickste.

»Lasst Gerechtigkeit gelten, Herrin. Ihr kennt unser Land und Ihr kennt unsere Sorgen – die letzte Weinernte war furchtbar schlecht.« Sie zeigte auf den am Boden hockenden Mann, dann auf ein paar seiner Kumpane. »Immer wenn es für die Weinbauern eine schlechte Ernte gibt, kommen sie ins Tal und drohen uns Vieh und Heu zu stehlen, wenn wir nicht freiwillig davon abgeben.« Mit einem schmutzigen Tuch wischte sie sich Tränen von den Augen. »Früher konnten wir mit ihnen teilen. Aber heute verlangen uns die Burgherren so viel ab, dass uns nicht genügend zum Leben bleibt.« Sie schneuzte sich laut. »Und diesmal kamen sie volltrunken von Bier und stahlen uns Hühner und vergriffen sich an unseren Mädchen – da haben wir uns gewehrt!« Einige Männer gröhlten zustimmend, andere stießen aus Protest ihre Holzstiele in den Matsch, dass es spritzte. Unter ihrem weiten Mantel presste Alienor den Arm gegen ihren Bauch. »Was hast du dagegenzusetzen?«, fragte sie den Mann, der schützend bei dem Verletzten stand.

Selbstsicher hob er den Kopf, stellte sich breitbeinig vor Alienors Pferd und antwortete unwirsch: »Seit Jahren straft uns der Burgherr dafür, dass der Wein nicht in den Maßen gelingen will, die er benötigt. Er behandelt uns wie Vieh und lässt unsere Familien hungern, weil er trotzdem dieselben Abgaben fordert.

Und wir Winzer sollen mitansehen, dass die Bauern hier unten ihr Auskommen haben, während unsere Kinder verhungern?«
Alienor sog tief Luft ein, um den ziehenden Schmerz, der sich immer mehr Raum schaffte, zu überwinden. Als es vorüber war, richtete sie sich im Sattel auf. »Ich bin hier, um Recht zu sprechen. In den kommenden Tagen werde ich in eurem Fall entscheiden. Drei Bauern und drei Winzer eurer Wahl sollen in Anwesenheit des Barons und meines Justitiars gehört werden.«
An die Winzer gewandt fügte sie in scharfem Ton hinzu: »Wenn ihr glaubt, dass ihr ungestraft Selbstjustiz üben könnt, dann irrt ihr. Gerechtigkeit lässt sich nicht durch Diebstahl und Vergewaltigung erzwingen. Schafft euren Verwundeten auf ein Maultier und geht nach Hause. Zum Gerichtstag erscheint ihr, wie ich euch aufgetragen habe.« Den Übrigen rief sie zu: »Seid versichert, ich werde in diesem Land für Gerechtigkeit sorgen. Und sie gilt für jeden Stand, für jeden Baron wie für jeden Bauern.«
Sie riss ihr Pferd herum und gab ihm die Sporen. So schnell es die hereinbrechende Dunkelheit zuließ, ritt sie zu ihrem Wagen zurück.
Mit einem Blick erkannte Marie, dass die Wehen eingesetzt hatten. Alienor ließ sich zusammengekrümmt auf die gepolsterte Bank sinken. »Zur Burg, schnell«, stieß sie hervor. »Gib mir etwas zu trinken, bitte.« Die Pferde wurden bis zur Bergkuppe mit Peitschenhieben angetrieben und zogen kräftig an. Hier oben war es noch heller als im Tal. Kaum rollten sie durch das breite Tor der kleinen Bastide, da liefen Kinder und Gesinde zusammen, um den hohen Gast zu bestaunen. Eine überraschte Dame schaute von einem Turmfenster herab.
Im Innern der mit dicken Mauern geschützten Wehranlage stieg Alienor aus und sah sich um. Hier war sie sicher. Die Kirche mit dem steinernem Runddach, die den Innenhof der Bastide fast ganz ausfüllte, würde ihr den Schutz bieten, den sie jetzt brauchte; ihre Entscheidung war gefallen. »Ich gehe in die Kir-

che.« Es klang wie ein Befehl. »Sorg für alles.« Marie starrte sie fassungslos an. »Begrüß die Herrschaft, aber halt sie mir vom Leibe ...« Der ziehende Schmerz hinderte sie daran weiterzusprechen. Marie überlegte, was sie einwenden könnte, dann gab sie kopfschüttelnd auf und nickte. »Ich komme sofort nach.«
An die Steinwand gestützt, stieg Alienor langsam die Stufen zur Kirchentür hinab. Hinter sich vernahm sie einzelne Befehle, die Marie verteilte: Heißes Wasser, macht Feuer, bringt Fackeln, Tücher, Decken. Dann fiel die schwere Holztür des Gotteshauses hinter ihr ins Schloss.
Stille und diffuses Licht umfingen sie. Die Eiseskälte nahm sie nicht wahr. Einer Wehe nachgebend, ließ sie sich auf der Holzbank nieder, streckte die Beine weit von sich und lehnte den Oberkörper zurück. Dann schloss sie die Augen.
»Allmächtiger Vater, du hast längst entschieden«, murmelte sie, »ich bitte dich, lass mich ihm einen Sohn schenken. Ich will ihn lieben, wie ich Henry liebe, ich will ihn mit all meinen Kräften zu einem guten Menschen machen, aber lass mich einen Sohn gebären.« Die neue Wehe zog ihren Unterleib so zusammen, dass sie die Beine hochstellte und gegen den Schmerz anpresste. Es schien ihr eine Ewigkeit zu dauern, bis er verebbte.
Durch die gewölbten Kirchenfenster drang mattes Licht auf die schlanken Sandsteinsäulen, an deren Kapitellen schemenhaft Fratzen und Schlangenköpfe zu erkennen waren. Der schlichte Altar stand verlassen in der halbdunklen Apsis. Das Taufbecken war nur noch in Umrissen zu erkennen. Alienor atmete in kurzen Zügen. Vielleicht hat alles Böse und Dunkle weniger Chancen, wenn Gott so nah ist. Vielleicht kann ich meinen Sohn hier vor dem Bösen schützen. »Segne ihn, segne ihn«, stöhnte sie.
Ihr Oberkörper krümmte sich. Um dem Ziehen standzuhalten, presste sie den Kopf auf die Knie und umklammerte die Holzbank. Ihre Glieder zitterten vor Anstrengung. Keuchend stieß sie die Luft aus. Das sandfarbene Gestein des Kirchenschiffs

begann mit den Säulen und dem Taufbecken zu verschwimmen. Der Schmerz zerriss ihren Leib von innen. Weit entfernt hörte sie Frauenstimmen, Hände zogen an ihr. Sie ließ es geschehen. Ihr Leib war schierer Schmerz, eine einzige aufgerissene Wunde.

Gleißende Stiche zerrissen sie in immer kürzeren Abständen. Plötzlich lösten die Fratzen sich von den steinernen Kapitellen, wuchsen bedrohlich und begannen auf sie niederzurasen. Wie Höllentiere brüllten sie dumpf und einstimmig in das Kirchengewölbe. Stöhnend hallte ihr Echo zurück. Sie stemmte sich mit aller Macht dagegen um ihren krampfenden Unterleib zu schützen. Sie schrie und presste aus Leibeskräften. Jäh schnitt die letzte Wehe sie von der Außenwelt ab. Ihr eigener Körper war ihr entglitten. Auf einmal herrschte Stille. Sanft fühlte sie sich emporgehoben und in kühlendes Wasser getaucht. Wärme floss aus ihr heraus und dort, wo eben noch der Schmerz gewütet hatte, empfand sie eine erlösende Leere.

Alienor schlug die Augen auf. Irgendwo wimmerte ein Kind. Benommen nahm sie wahr, dass sie auf Stroh und Leinen lag. Fackeln erleuchteten das Kirchenschiff und warfen unruhige Schatten. Ein Feuer brannte in der Nähe. Neben ihr kniete Marie und rieb sie mit einem kühlen Tuch ab.

»Du hast einen Sohn, Alienor.«

»Ist er gesund?« Ungläubig sah sie Marie an.

»Sehr zart, aber gesund, meine Liebe.« Alienor lauschte dem kehligen Schreien des Kindes. Er lebte. Ihr Sohn lebte. Henry und sie hatten einen Prinzen. Sie richtete sich auf, Marie schob ihr schweigend ein Kissen unter den Rücken.

»Bring ihn mir«, sagte Alienor und lächelte matt. Erst jetzt bemerkte sie die geschäftigen Frauen im Hintergrund. Sie trockneten den Neugeborenen und rieben ihm kräftig den Rücken. Nur um Atem zu schöpfen, unterbrach der Kleine sein Schreien. Er spuckte und hustete und schrie aus Leibeskräften, als sie ihn eine Weile an den Füßen zappeln ließen. Dann endlich wickelten sie ihn in Leinentücher und hüllten eine Lammdecke darum.

Unendliches Glück durchströmte Alienor, als ihr Marie den kleinen Körper auf die Brust legte. Das Kind hörte sofort auf zu schreien und lag ganz still. Sie hätte die ganze Welt umarmen können, so sehr fühlte sie sich eins mit diesem Kind. Spürst du meine Wärme, du kleiner Mensch? O Gott, ich danke Dir, segne ihn, schenk ihm Deine Gnade, ich danke Dir. Sie schlug das Lammfell zurück und berührte die dünnen durchsichtigen Ärmchen, die winzigen bläulichen Finger. »Schrei nur, William, es tut dir gut.« William öffnete die Lider ein wenig, sein Augen gehorchten ihm nicht. »Little Willy, Little Willy«, hauchte sie auf seinen Kopf, »welch ein Wunder du bist.«

Die kleine Burg in der Nähe von Malmesbury versank im Schlamm und Morast. Längst hatten Henrys Soldaten es aufgegeben, gegen Schmutz und Nässe anzukämpfen. Eingepfercht wie Tiere hockten sie in den klammen Unterständen und rieben ihre erstarrten Hände über blakenden Feuerstellen. Sie warteten auf weitere Befehle. Mit der bloßen Hand versuchte Henry die beschlagene Scheibe zu säubern. Ungeduldig glitt sein Blick nach draußen auf den Hof, wo der Sturm Schnee und Hagelschauer vor sich her trieb. »Robert, steig auf die Zinnen und schau nach, ob Robert von Leicester nicht zu sehen ist. Er müsste seit einer Stunde hier sein.«
Robert räusperte sich. »Mylord …«
»Ich weiß schon, was du sagen willst – der Graf ist ein Verräter. Verdammt noch mal, das sind sie doch alle, diese ehrenwerten englischen Barone! Offiziell halten sie's mit Stephan und heimlich paktieren sie mit mir.« Nun grinste er. »Das nennt man Politik, mein Lieber. Sie wollen einfach nicht, dass es einen klaren Sieger gibt, dem sie zu guter Letzt gehorchen müssen. Nur wenn das Kräfteverhältnis in der Schwebe bleibt, fühlen sie sich umworben und hoffen für sich einen Profit herauszuschlagen.« Sein Kopf fuhr herum zum Fenster; dort unten wurde das Fallgitter hochgezogen. »Na endlich!«, rief er und rannte aus dem Raum.
Immer drei Stufen auf einmal nehmend stürmte er die Außentreppe des Palas hinunter. Im gleichen Moment schwenkte ein

hoch beladener Ochsenkarren durch den Torbogen. Ihm voran ritt eine hohe Gestalt, deren blauer Umhang sich im Wind blähte. Irgendetwas an der Gestalt kam Henry vertraut vor, und als sie jetzt aus dem Sattel glitt, verschob sich ihre Kapuze und er sah das rote Haar. »Alienor?«, entfuhr es ihm und er blieb wie angewurzelt stehen, während sie mit großen Schritten den Hof überquerte. Wegen des Regens hielt sie den Kopf geneigt; und als sie ihn endlich hob, empfand er die Enttäuschung wie einen Schmerz. Die Frau fiel vor ihm auf die Knie.

Henry fing sie auf und brüllte hinunter, man möge sich um den Tross kümmern. »Im ersten Wagen sitzt mein Sohn«, stammelte die Fremde.

Henry führte sie in die schützenden Mauern, an blakenden Fackeln vorbei zum Kamin. Als er ihr den Umhang abnahm, roch er ihren Duft; und plötzlich wusste er auch, wo sie sich schon einmal begegnet waren.

»Jetzt erinnere ich mich an Euch – Ihr seid Lady Margareth von Bergwillhill.« Als sie zu schluchzen begann, trug er einen Faltstuhl herbei und schob sie sanft darauf, dann reichte er ihr einen Becher mit heißem Wein. »Ich werde Order geben, Euch ein Bad zu richten. Später könnt Ihr mir dann alles in Ruhe erzählen«, sagte er freundlich. Ihre Hände waren blau vor Kälte und konnten kaum den Becher halten. Da nahm Henry ihn ihr aus den klammen Fingern, stützte ihren Kopf und gab ihr zu trinken. Schweigend saßen sie dann nebeneinander, bis eine Magd meldete, der Zuber sei bereit.

»Robert, geh und frag die Knechte, was geschehen ist. Und lass den Schreiber zu mir kommen. Und sollte Graf Leicester erscheinen, so wünsche ich nicht, dass man ihn noch hereinlässt. Es geschieht dem Verräter nur recht, wenn er bei diesem Wetter unverrichteter Dinge umkehren muss«, rief er Robert nach. Sein Blick fiel auf einen kleinen Jungen, aus dessen Kittel das Wasser auf die Steinfliesen tropfte. »Wer bist denn du?«, fragte Henry die schlotternde kleine Gestalt.

Der Junge zog die Nase hoch, reckte das Kinn und sah ihm trotzig entgegen. »Ich bin George«, sagte er. »Der Sohn von Lord George und Lady Margareth.«
Henry winkte ihn näher. »Dann komm ans Feuer und berichte mir, was geschehen ist.«
George schüttelte den Kopf. »Ihr seid doch der, der meinen Vater umgebracht hat. Wenn ich groß bin, dann werde ich Euch töten!«
Henry biss sich auf die Lippen. »Komm trotzdem ans Feuer. Sonst wirst du mich niemals töten können, weil du vorher an Lungenentzündung gestorben bist«, sagte er und deutete auf den Faltstuhl neben sich.
Zögernd kam der Junge näher. »Ich habe nicht gewollt, dass meine Mutter hierher kommt.«
Henry drückte ihn auf den Stuhl. »Nun erzähl mir, was geschehen ist.«
»Erst habt Ihr meinen Vater erschlagen und nun hat der Sohn des Königs unsere Burg gebrandschatzt. Jetzt haben wir überhaupt kein Zuhause mehr!« Der Junge senkte den Kopf und seine Schultern begannen zu beben.
»Eustach, sagst du?« Der Junge nickte. »Warum?«
George warf den Kopf zurück und blickte ihn an. »Weil wir angeblich unter Eurem Schutz stehen!«
Nun musste Henry den schmächtigen Körper einfach an sich drücken. »Woher wusstet ihr, dass ich hier bin?«
George schniefte. »Das weiß doch jeder!« Und er entzog sich. »Wenn ich erst groß bin, dann werde ich Euch alle töten. Euch und Eustach und den König. Alle!«, schrie er und vergrub das Gesicht in den Händen.
Ratlos trat Henry nach einem Holzscheit. »Vielleicht wäre es angebracht, du gingst nach oben und nähmst ein heißes Bad. Beim Abendessen können wir dann in Ruhe miteinander reden.« Dann brüllte er: »Robert? Schafft den Bengel raus – er braucht trockene Sachen.«

Robert, der gerade wieder in die Halle kam, näherte sich schweigend. »Ich will nicht!«, sagte George. Robert lächelte ihn an. »Deine Zähne klappern ja schon vor Kälte. Jeder Ritter wäre jetzt dankbar für ein heißes Bad.«
Henry fuhr sich durch die Haare. Sein Blick fiel auf den Sekretär, der schnatternd vor Kälte seine Pergamentbogen vor sich trug. »Warum ist er nicht wärmer angezogen?«, bellte Henry ihn an.
Der Mann schrak zusammen. »Ich habe nichts anderes. Nur meinen Reitmantel, und der ist nass.« Wortlos zog Henry seinen dicken Schafspelz aus und warf ihn dem Schreiber zu. »Nehmt diesen hier und bringt mir meinen anderen. Der Brief an die Kaiserin kann warten.« Abrupt wandte er sich ab und starrte brütend in die Flammen. Auf einmal sehnte er sich nach Alienor.
Ein Duft mischte sich plötzlich mit dem Geruch des Holzfeuers und langsam drehte Henry sich um. »Lady Margareth«, sagte er leise und in einem viel zärtlicheren Ton, als ihm bewusst war. Ihr grünes, hochgeschlossenes Gewand bildete einen herrlichen Kontrast zu ihrem roten Haar. Unwillkürlich trat Henry einen Schritt vor, um es zu berühren.
Unverwandt blickte sie ihm in die Augen und ließ ihn gewähren ohne die Miene zu verziehen. Langsam wich Henry zurück. »Verzeiht, Mylady – aber Ihr erinnert mich an meine Frau …«, sagte er leise, dann lachte er. »Nehmt es als Kompliment, Lady Margareth – so war es gedacht.« Er reichte ihr den Arm, führte sie zu dem erhöhten Ehrenplatz hinüber und schob ihr den Stuhl zurecht. Als er selbst saß, fragte er: »Seid Ihr gut untergebracht?«
»Ja, Mylord, ich danke Euch für Eure Gastfreundschaft.« Ihre Stimme klang dunkel und weich.
»Ihr irrt, Madame, ich bin nicht der Gastgeber. Es ist vielmehr der Bürgerkrieg, der uns immer wieder zusammenführt.« Er hatte George bemerkt, der soeben mit Robert hereinkam und

verlegen in der Mitte der Halle stehen blieb. Henry winkte ihn herbei und zu Lady Margareth sagte er höflich: »Ihr habt einen bezaubernden Sohn, Mylady. Aus ihm wird einmal ein großer Ritter werden.« Er hob den Blick. »Setz dich, George. Ich habe den Platz zu meiner Linken für dich freigehalten. Und du, Robert, nimm den Stuhl neben der Lady.« Eigenhändig schenkte er die Weinbecher voll. »Der erste Toast gilt Euch, Lady Margareth, die Ihr diesen Tag durch Eure Anwesenheit verschönt; der zweite Toast aber gilt England – auf dass in diesem Land endlich Frieden einkehre!« Zustimmend schlugen die Männer an den unteren Tischen ihre Becher auf die Tischplatten, sodass der Wein überschwappte.

Henry sah, wie begehrlich Georges Augen den riesigen Bratentellern folgten, und er bedeutete dem Diener, zuerst der Lady und dann deren Sohn vorzulegen.

Lady Margareth wandte sich ihm zu. »Erlaubt mir noch einmal Euch zu danken, mein Herzog. Seit fünf Tagen ziehen wir umher und haben so viel Schreckliches gesehen.« Sie senkte den Kopf. Begütigend legte Henry seine Hand auf die ihre.

»Darf ich etwas fragen, Sir?« George schaute ihn ernsthaft an, und als Henry nickte, fuhr er fort: »Man sagt, dass Eure Männer angefangen haben einen großen Graben um die Burg in Wallingford zu graben …«

Wieder nickte Henry. »Ja. Der Zeitpunkt schien mir ratsam, nun, da wir den König in Malmesbury besiegt haben und er auf dem Weg nach London ist.«

»Robert hat mir erzählt, dass Ihr dadurch des Königs Leute auf der Burg einschließen wollt.« George legte sein Messer zurück auf den Tisch. »Aber was gibt Euch die Gewissheit, dass es am Ende genügend regnen wird, um den Graben zu füllen?«

Henry lachte. »Schau nur raus, wie es gießt! Und das seit Tagen. Der Rest jedoch ist Glückssache. So Gott will, werden sie in ein paar Wochen wie die Ratten in der Falle sitzen.« Lauter fragte Henry: »Ist Ventadour im Saal?« Und als der Sänger sich erhob, forderte er ihn auf zu spielen – »auf das Glück, heute Abend eine schöne Frau zu Tisch zu führen. Spiel und singe uns von Sonne, Licht und Wärme, ohne die Lady Margareth nicht zu denken ist!«

Die Männer unten in der Halle klatschten und johlten und seine Tischnachbarin errötete, als Ventadour die ersten Akkorde anschlug. Henry wandte sich erneut an George. »Weißt du, was ein Troubadour ist?«

Der junge runzelte die Brauen. »Ja, aber ich mag sie nicht. Und ich will auch nicht, dass er meine Mutter besingt ...«.

Da wurde die Eingangstür zur Halle aufgerissen. Ein feuchter Luftstrom drang herein und ein bis zur Stirn verdreckter Bote stürmte zur Empore. »Was gibt es – sprich!«, rief Henry.

Der Mann zog sich die Reisetasche von der Schulter und sank vor Henry auf ein Knie. Er konnte nur mühsam sprechen. »Mein Herzog ... Ihr habt ... die Herzogin ... Ihr habt einen Sohn, Mylord!«

Henry starrte ihn an. »Was sagst du? Was hast du gesagt?« Seine Stimme begann zu beben. »Dafür ist es doch noch viel zu früh!«

Der Mann lächelte erschöpft. »Die Herzogin wurde von einem Prinzen entbunden. Beiden geht es gut. Sie befinden sich in Chinon. Ich bin geschickt worden, um Euch zu gratulieren!«

Henry war aufgesprungen und sein Stuhl fiel polternd um. »Mein Gott, ist das wahr?«, schrie er. »Ich habe einen Sohn? Ich habe einen Sohn! Lady Margareth, habt Ihr gehört? Ich habe einen Sohn! Robert, hörst du, der Prinz ist gesund!« Er zog den Boten zu sich in die Höhe und riss ihn in die Arme. »Und du schwörst mir, dass die Herzogin wohlauf ist?«

»Ja, ja – die Herzogin hat mich persönlich geschickt, damit ich Euch sofort berichte.«

Unten im Saal brach Jubel aus; und Henry verbarg sein tränenüberströmtes Gesicht in beiden Händen. Robert hatte Henrys Stuhl aufgehoben und legte ihm nun den Arm um die Schulter. »Ich gratuliere Euch von ganzem Herzen, Mylord.« Dann

hob er seinen Becher den Männern im Saal entgegen. »Ein Hoch auf unsere Herzogin, ein Hoch auf den kleinen Prinzen!« Dann drückte er Henry einen Becher in die Hand: »Trinkt, Mylord. Alles ist gut!«
Henry stürzte den Wein hinunter. »Ich muss hin und mich selbst vergewissern ... Heute Nacht noch reite ich hinunter zur Küste. Ich brauche ein Pferd und zwei Mann Begleitung. In einer Woche bin ich wieder zurück.«
»In einer halben Stunde sind wir reisefertig«, sagte Robert.
Henry schüttelte den Kopf. »Du bleibst hier, Robert, und beaufsichtigst die Grabenarbeiten.« Er erhob sich und neigte sich über Lady Margareths Hand. »Ich muss fort, Madame. Robert wird sich um Euch kümmern.« Und zu dem Knaben: »George, wir werden unser Gespräch ein anderes Mal fortsetzen!«

Zitternd vor Müdigkeit ritt Henry zwei Tage später durch das Burgtor von Chinon. Ohne auf die freudige Begrüßung seiner überraschten Leute zu achten stürmte er ins Haus.
Er fand Alienor in ihrer Kemenate. Sie fuhr auf und starrte ihm sprachlos entgegen. Mit rot unterlaufenen Augen durchquerte er den Raum und sank vor ihrem Bett auf die Knie. »Geht es dir auch gut?«, flüsterte er und küsste ihre Hand. Sie begann sein Haar zu streicheln. Henry hob den Kopf und sah sie an. »Du siehst wunderschön aus.«
Alienor lächelte strahlend. »Warum sollte ich auch nicht?«
»Und wir haben wirklich einen Sohn?«
»Wir haben wirklich einen Sohn!« Der Triumph in ihrer Stimme war nicht zu überhören.
Plötzlich schüchtern geworden, fragte er: »Meinst du, ich könnte ihn sehen?«
»Warte noch ein Weilchen, er schläft jetzt. Aber bald wird man ihn mir bringen.« Sie zog ihn zu sich aufs Bett. Erschöpft lag er neben ihr und starrte zur Decke. »Ich habe es mir so ge-

wünscht«, sagte er schließlich leise. »O mein Gott, ich danke dir – jetzt endlich weiß ich, dass alles gut werden wird.«
Es klopfte an der Tür und eine rundliche Frau trat ein. Sie trug ein weißes Bündel im Arm, das sie behutsam in Alienors Arme legte.
Unwillkürlich wich Henry ein Stück zur Seite; er hatte plötzlich Herzklopfen. »Ist er da drin?«, flüsterte er.
Stolz schlug Alienor das Tuch zur Seite. »Das ist unser Sohn.«
Vorsichtig rutschte Henry näher. »Er hat ja schon die Augen auf …« Sie lachte. »Er ist ja jetzt wach.« Sie begann ihr Mieder zu öffnen.
»Ist er nicht sehr klein?«, fragte Henry ängstlich.
»Nein, so sehen sie alle aus. Vergiss nicht, er kam zu früh auf die Welt – aber er macht sich prächtig.« Sie legte das Kind an die Brust und er sah skeptisch zu.
»Wird er jemals schöner werden?«
Alienor lachte so laut, dass das Kind einen Moment lang inne hielt. »Was fällt dir ein? Er ist wunderschön!«
Vorsichtig berührte Henry mit dem Zeigefinger die winzige Faust des Säuglings. »O Gott, wie weich …«, staunte er. »Hast du die kleinen Fingernägel schon gesehen? Und Haare hat er auch … und richtige Wimpern.« Behutsam tippte er an die kleine Nase. »Meinst du, die wird sich noch auswachsen? … Und schau nur, die winzigen Ohren … Meinst du, er kriegt einmal richtige Hände? Die sehen doch wie Spinnenhände aus …« Er lauschte auf das glucksende Geräusch, mit dem das Kind trank.
Henry stützte sich auf einen Ellenbogen. »Ist es nicht ziemlich extravagant, dass du ihn selbst stillst?«
»Mag schon sein, aber ich wollte es so«, sagte Alienor ganz in den Anblick des Säuglings versunken.
Eine Fliege kreiste über ihrem Bett und ließ sich schließlich auf dem Kopf des Kindes nieder. Ärgerlich scheuchte Henry sie fort. Plötzlich kam ihm eine Idee.
»Haben wir überhaupt ein Kinderzimmer? Und dann brauchen

wir unbedingt ein Pony – ein Prinz muss reiten können. Ich werde es ihm selbst beibringen. Sofort erkundige ich mich nach einem passenden Tier. Und dann werde ich ihm einen Falken schenken!«

»Wenn du mich weiter so zum Lachen bringst, wird unser Sohn nur einen Schluckauf bekommen. Sag mir lieber, wie lange du bleiben kannst?«

Henry runzelte die Stirn. »Ich muss sofort wieder weg, um mich für die nächste Schlacht mit Stephan zu rüsten.«

Bedauernd blickte Alienor zu ihm auf. »Es ist wegen der Taufe. Ich möchte doch, dass du dabei bist.«

Henry überlegte. »Wir könnten ihn jetzt gleich taufen lassen – nur schade, dass du dann nicht dabei sein kannst.« Alienor riss fragend die Augen auf.

»Weil du eben noch unrein bist. Sechs Wochen lang darfst du geweihten Boden nicht betreten, darauf besteht die Kirche. Aber ich bin ja da.«

Sie warf ihm einen vernichtenden Blick zu. »Selbstverständlich werde ich bei der Taufe meines Sohnes dabei sein! Wie sollte ich unrein sein, nur weil ich ein Kind geboren habe?«

Er zuckte die Schultern. »So heißt es eben ...«

Sie begann das Kind zu streicheln. »Wir beide werden diesen Unsinn nicht mitmachen.«

»Du hättest tatsächlich die Kühnheit, dich über die bestehenden Kirchengesetze hinwegzusetzen?« In seinem Ton schwang Bewunderung mit.

»War die Gottesmutter etwa auch unrein? Wenn du wirklich sofort wieder abreiten musst, dann bitte Pater Anselm um das Sakrament. Hier und gleich!«

»Ob er das macht?«

Alienor lachte spöttisch. »Es handelt sich um deinen eigenen Burgpriester, der hier auf deine Kosten lebt.«

Vorsichtig stieg Henry aus dem Bett. »Eigentlich hast du Recht.«

»Aber vielleicht könntest du dich vorher noch waschen«, schlug Alienor vor. »Das bist du dem Prinzen schuldig.«

Schon an der Tür, wandte sich Henry noch einmal um. »Wenn man ihn länger anschaut, dann wird er immer schöner. In der Tat: ich habe einen hübschen Sohn!«

Wallingford Castle
6. November 1153

Alienor, mein Liebstes,

du sollst es sofort erfahren: Eustach ist tot. Und Stephan hat mich anerkannt: Ich bin der neue Thronfolger von England!
Nun ist alles nur noch eine Frage der Zeit …
Malmesbury konnte ich mit wenigen Männern nehmen. Jetzt sind wir in Wallingford. Du siehst also, die Zeichen stehen gut.
Alienor, ich liebe dich und sehne mich nach dir – nach euch: wie geht es Little Willy? Wächst er? Läuft er? Kann er schon sprechen? Erzähl ihm, dass er jetzt der Sohn des Thronfolgers ist und dass er tüchtig essen muss.
Bete für uns und schicke den nächsten Brief nach Winchester, wo wir die Friedensakte unterzeichnen werden. In einem Monat reite ich mit Stephan gemeinsam nach London – wenn du doch schon dabei sein könntest …
Ich vermisse dich Tag und Nacht. Da besonders, weil die Betten klamm sind. Es gießt unaufhörlich.

Ich umarme dich und bin dein Mann,
Henry Plantagenet,
Thronfolger von England!

Mariä Himmelfahrt Bordeaux,
im August 1154

Ehrwürdige Priorin, liebe Tante Mathilde,

Euer Schreiben erhielten wir zu Ostern. Henry dankt Euch ebenso aufrichtig für Eure Zuneigung, wie ich es tue.
Von Euch, verehrte Tante Mathilde, und von Fontevrault zu hören, erwärmt mir jedes Mal das Herz: Der Mohn und der Ginster, den Ihr für uns gepflückt und getrocknet habt, liegt wohlbehütet zwischen den Seiten des Paulusbriefes. Möge die Schenkung zu Williams Geburt eines Tages ihre Früchte tragen.
Der Prinz gedeiht. Und ich danke Gott dafür, dass Er ihn mit regem Geist beschenkt hat. Auch wenn William zart geblieben ist, beginnt er schon die ersten Worte nachzuahmen.
Henry kämpft unterdessen wieder gegen Anarchie und Missstände in England. Trotz des Friedensvertrages versuchen die Barone noch immer Vorteile aus der Misere des Volkes zu schlagen. Mit Härte und Gerechtigkeit durchreist er das Land. Vor dem Herbst wird er das Königreich nicht verlassen können. Es sei denn, Unvorhergesehenes geschieht.
Auch meine Tage sind damit ausgefüllt, mein Land regierbarer zu machen und auf den Tag vorzubereiten, an dem Henry den Thron besteigt.
Im Oktober werden wir in Chinon sein. Wie wünschte ich mir, Euch in Fontevrault einen Besuch abzustatten. Erfüllt die neue Küche Eure Erwartungen?
Ich danke Euch, Tante Mathilde; und ich bitte Euch: betet für uns.

Ich küsse Euch die Hand und bleibe
Eure Euch zutiefst ergebene
Alienor

Auf nach Chinon!« Es war noch dunkel, als Henry den Befehl zum Abmarsch gab. Nebelschwaden standen über den abgeernteten Feldern des Anjou und woben bizarre Schleier in den feuchten Gründen, als sich der Tross gen Süden wandte. Es roch nach Herbst. Bevor sie in den Wald eintauchten, winkte Henry seinen Bruder an seine Seite. »Was ist das für ein Lied, das du die ganze Zeit vor dich hin singst?«

Geoffrey lächelte ironisch. »Par les monts et les prairies Nous chantions la litanie … kein Wunder, dass du es nicht kennst!«

Unwillig runzelte Henry die Stirn. »Hast du denn vor nach Compostela zu pilgern?«

Geoffrey wich einem Ast aus. »Ich denke darüber nach, nun, da du alles hast: Thronfolger von England, eine wohlhabende Ehefrau und sogar das Wohlwollen unserer geschätzten Mutter. Ein Jammer nur, dass Vater nicht mehr lebt – wie stolz wäre er auf dich. Obwohl …«

»Obwohl was?«

»Obwohl er vielleicht nicht damit einverstanden ist, wie du seinen letzten Willen auslegst. Vielleicht findet er keine Ruhe im Grab, weil du seinen Wunsch, mir das Anjou zu überlassen, so einfach missachtest. Aber vielleicht gelten für den Thronfolger von England ja andere Gesetze«, schloss er höhnisch. Henry bekreuzigte sich hastig. Eine Weile ritten sie schweigend nebeneinander her.

Sie erreichten Chinon von Norden aus und Henry atmete auf,

als er die riesige Burg vor sich auftauchen sah. Im strahlenden Oktoberlicht lag sie lang gestreckt und mächtig auf dem Felsen. Vögel umkreisten kreischend den Turm und von der höchsten Spitze sah er die rot-goldene Fahne wehen. Flüchtig blitzte in der Tiefe das Wasser der Vienne auf, dann schlugen sie den Weg ein, der zur Burg führte. Zufrieden stellte Henry fest, dass die fehlenden Steine an der Außenmauer ersetzt worden waren, und das riesige Fallgitter, unter dem er nun hindurchtrabte, glänzte wie flüssiges Silber. »Das habt ihr gut geputzt«, lobte er die beiden Wächter, die mit neuen Wappentüchern über den Kettenhemden Haltung annahmen. Selbst der Innenhof kam ihm verändert vor; kein Blatt lag auf dem Boden, die Tore der Pferdeställe glänzten frisch gestrichen und vor dem Haupthaus standen mit Herbstblumen bepflanzte Tontöpfe. Henry hob die Hand und Knappen liefen herbei, um ihnen die Zügel abzunehmen.

Der Majordomus riss die Türen zum großen Wohnhaus auf und verneigte sich. »Gott zum Gruße, Euer Gnaden! Es ist eine große Ehre für uns, dass Ihr wieder einmal in Chinon seid.« Auch er trug ein neues Gewand. Der Mann war alt und Henry seit Kindertagen vertraut.

»Gott zum Gruß auch dir, François«, sagte er freundlich lächelnd. »Ich werde nur kurz bleiben, denn ich möchte am Abend in Poitiers sein.«

Da rief hinter dem Majordomus eine vertraute Stimme: »Den Ritt kannst du dir sparen. Seit Tagen warten wir hier auf dich.« Hinten auf der Empore stand Alienor und hielt ihren Sohn auf dem Arm.

Im Gehen streifte Henry sich die Stulpenhandschuhe ab. Als er endlich vor ihr stand, zog er ihre Hand behutsam an die Lippen. »Dass du da bist; dass du hier auf mich wartest …«, flüsterte er und fühlte ihre warme Haut an seinem Mund.

»Willkommen daheim«, sagte Alienor und küsste ihn. Begrüße den Sohn des Thronfolgers«, forderte sie ihn auf und hob

ihm den linken Arm entgegen, auf dem der Prinz saß und Henry aus ernsthaften Augen betrachtete.
Henrys Gesicht verzog sich zu einem breiten Lächeln. Strahlend betrachtete er das kleine Wesen, das in seinem roten Samtröckchen und den langen blonden Locken unter der Kappe wie ein Mädchen aussah. »Mein Gott, er ist ja richtig schön geworden«, rief er aus. »Erlaubst du?« Behutsam nahm er das Kind entgegen. »Er hat überhaupt keine Angst vor mir«, sagte er stolz und strich vorsichtig eine Haarsträhne zur Seite, um ihn besser küssen zu können. »Weißt du, wer ich bin?«, flüsterte er und das Kind nickte ernsthaft. »Sag es mir«, bat er zärtlich und der kleine Prinz legte seine dicke, warme, weiche Hand auf Henrys Mund und antwortete: »Du bist Papa!« Da wirbelte Henry ihn im Kreis herum und rief entzückt: »Er spricht ja schon alles! Mein Gott, was für ein wunderbares und kluges Kind wir haben.«
Sporen klirrten durch die Halle und gleich darauf beugte sich Geoffrey über Alienors Hand. »Gott zum Gruße, teuerste Schwägerin. Ihr seid noch schöner geworden!« Er warf die Handschuhe auf einen Tisch am Fenster und trat überrascht näher. »Der ist neu, nicht wahr?« Sein Blick wanderte durch den Raum. Anerkennend musterte er die kostbaren Wandbehänge, die beide Seitenwände fast bedeckten. Er sah die Vielzahl der hohen, silbernen Kandelaber und nickte, als er den schweren seidenen Überwurf betrachtete, der den Ehrentisch auf der Empore schmückte. »Gefällt es Euch?«, fragte Alienor und Geoffrey nickte. »Mein Vater würde sein eigenes Haus nicht wieder erkennen.«
Noch immer in den Anblick seines Sohnes versunken trug Henry ihn zum Fenster und kniete sich auf die breite Sitzbank. »Schau nur, Little Willy, dort unten fließt die Vienne. Wenn das Wetter sich hält, dann werden wir beide morgen dort Boot fahren. Weißt du, was ein Boot ist?« Der Prinz nickte. »Wasser!«, sagte er.

Glühend vor Stolz kam Henry zu Alienor zurück. »Ein solches Kind habe ich noch nie zuvor gesehen.«
Sie reichte ihm einen Silberkelch. »Trink, mein Gemahl. Es ist der beste Wein, der je in Aquitaniens Fässern gereift ist.«
Durstig leerte Henry seinen Pokal bis zur Neige. »Hier riecht es auch anders«, sagte er und Alienor deutete auf die Öllampen, mit denen sie die Pechfackeln von einst ersetzt hatte.
»Seit Wochen versuchen wir diese Burg heimischer zu machen«, lachte sie. »Ihr werdet sehen, meine Herren, die Fenster ziehen nicht mehr, die Kamine rußen nicht; es ist eine Lust hier zu leben.«
Henry stellte sich neben sie und legte den Arm um ihre Schulter. »Danke, dass du alles so herrlich hergerichtet hast. Es ist so, wie Geoffrey sagt … Es ist ein völlig neues Haus.« Alienor lehnte sich an ihn. Geoffrey musterte sie unter halb geschlossenen Lidern.
»Wenn Ihr erlaubt, schöne Schwägerin, würde ich gerne die Kleider wechseln. Wir sind seit sieben Stunden im Sattel. Habe ich noch mein altes Zimmer?« Alienor schien den Spott in seiner Stimme nicht zu hören; sie gab dem Majordomus ein Zeichen.
Als Geoffrey gegangen war, sagte sie: »Er macht Ärger, nicht wahr? Was ist es diesmal?«
Henry nickte. »Die alte Geschichte – er will endlich sein Erbe antreten.«
»Dann biete ihm Geld an«, sagte sie ruhig und zog ihn aus der Halle. Zu dritt stiegen sie die Treppe hinauf. Wann immer aus einer Schießscharte Zugluft hereinfegte, legte Henry schützend die Hand über Little Willys Köpfchen. Er stieß die Tür zu ihrem Privatgemach auf; durch die blank geputzten, bunten Scheiben strahlte die Herbstsonne herein und schimmerte auf dem seidenen Teppich zu seinen Füßen.
»Ich wage kaum darauf zu treten«, sagte er und blickte auf seine schmutzigen Stiefel. »Aha, ich sehe schon«, er deutete auf den großen Zuber. Auf Zehenspitzen ging er zum Bett und setz-

te den Prinzen ab. »Deine Mutter möchte, dass ich ein Bad nehme.« Er begann sich die Stiefel auszuziehen; Alienor half ihm die Ösen seines Kettenhemdes zu öffnen.

»Wo ist Robert? Du tust doch sonst keinen Schritt ohne ihn?«

»Ich musste ihn in England lassen. Er fehlt mir auch, aber ich kenne keinen, der die Burgenbauten entlang der Walisischen Grenze so gut beaufsichtigen könnte wie er.« Nackt stand er vor ihr und gerührt betrachtete Alienor die vielen Narben, die seinen Körper bedeckten.

Henrys Blick fiel auf einen versiegelten Brief, der auf dem Bettkasten lag. »Von wem?«, fragte er und versuchte das Siegel zu erkennen, »seit wann ist er da?« Alienor setzte den Prinzen auf ihren Schoß und zog ihm die Strümpfe aus.

»Ein Bote hat ihn heute nach dem Mittagsläuten gebracht. Ich nahm an, du wolltest ihn allein lesen.«

Henry brach das Siegel und entrollte das Pergament. »Verdammt!«, entfuhr es ihm. »Verdammt!«, wiederholte der kleine Prinz ernsthaft. Alienor schüttelte das Kind ein wenig. »Das sagt man nicht«, tadelte sie zärtlich. Wortlos reichte Henry ihr den Brief. Sie überflog nur die erste Zeile, dann sah sie ratlos zu ihm auf. »Was soll das bedeuten: das Eichhörnchen knackt taube Nüsse in Dover? Wer schreibt dir solch einen Unsinn?«

Henry stakste zum Zuber. »Thomas Becket. Und es bedeutet, dass mein ehrenwerter Adoptivvater, der König von England, sich mit meinem Widersacher, dem Grafen von Flandern, in Dover trifft!« Mit einem Ruck tauchte er ganz unter und kam prustend wieder hoch.

»Auch baden«, bat der kleine Prinz und streckte ihm die Arme entgegen. Vorsichtig hob Alienor ihn ins Wasser und Henry zog den nackten kleinen Körper eng an sich.

»Warum tut er das?«, fragte Alienor und zog sich einen Schemel an den Zuber. Little Willy jauchzte vor Freude und klatschte auf das Wasser; Alienor wischte sich ein paar Tropfen aus dem Gesicht. »Machst du dir ernsthaft Sorgen?«

Henry schüttelte den Kopf. »Stephan ist so unberechenbar, weil er so schwach ist. Er schenkt jedem Gehör, der auf ihn einredet ... und nun, da ich nicht da bin ...«
Alienor runzelte die Stirn. »Aber du bist nun mal sein rechtmäßiger Nachfolger und das Volk liebt dich. Er kann keinen Rückzieher mehr machen.«
Henry sah sie an. »Kann er wirklich nicht?«, fragte er leise.
»Denk daran, wie du in Oxford und London empfangen worden bist – wie sie dir alle zugejubelt haben. Das englische Volk hat den Krieg bis hier obenhin satt!« Sie führte die flache Hand vor ihrem Hals vorbei. Henry hob den jungen aus dem Wasser und Alienor nahm ihn entgegen. »Das Volk ist wankelmütig«, sagte er.
Alienor griff nach einem Handtuch und begann das Kind abzutrocknen, da klopfte es an der Tür und jemand sagte: »Ein Bote hat einen Brief für den Herzog abgegeben.«
Mit einem Satz war Henry aus dem Zuber, lief barfuß durch den Raum und schob den Riegel zurück. »Gib her!« Sein Atem ging laut, als er die wenigen Zeilen überflog.
Alienor erhob sich und ging mit dem Kind auf dem Arm auf ihn zu. Sie sah, wie Henrys Gesicht unter der gesunden Bräune erbleichte. Er reichte ihr den Brief. »Lies«, stieß er heiser hervor. Als Alienor die Handschrift der Kaiserin erkannte, begann ihr Herz zu klopfen. Die Buchstaben verschwammen vor ihren Augen und sie blinzelte ein paar Mal, ehe sie den Text entziffert hatte. »Stephan starb am 25. November. Der König von England ist tot. Bereitet alles für eine rasche Abreise nach England vor. Ich wünsche Euch noch heute in Rouen zu sehen!«
Sie starrten einander an. Little Willy begann sich unbehaglich zu fühlen und versuchte, sich aus Alienors festem Griff freizustrampeln. »König!«, sagte er klar und deutlich. »König – tot.«
»Ja«, wiederholte Alienor flüsternd. »Der König ist tot. Es lebe der König!«

Der kleine Hafen von Barfleur schien vor Gischt überzuschäumen. Möwen trieben kreischend im Fallwind über den weißen Segeln ab. Wellen peitschten mit solcher Wucht gegen die Planken des Schiffes, dass ihr aufgewühltes Wasser sich zischend über Bord ergoss. Die Segel knatterten ohrenbetäubend, als Alienor und Henry über die schwankenden Planken an Bord gingen.

Alienor zog die Kapuze ihres Umhangs eng über den Kopf, dann klammerte sie sich erneut an die Reling. Mit aller Kraft stemmte sie sich gegen die unberechenbaren Sturmböen, die sie loszureißen drohten.

Henry stand breitbeinig neben ihr und schien den Seegang kaum zu beachten. Er sah den Matrosen zu, die mit den Tauen kämpften. Alienor zwang sich die Granithäuser am Hafen zu fixieren. Klein und grau wie sie waren, schienen sie das Einzige weit und breit zu sein, das dieser Sturm nicht in Aufruhr versetzte.

Sobald die letzten Segel gehisst waren und das Schiff ablegte, stiegen sie in die Kajüte hinab. Auf halbem Wege hielt Alienor Henry zurück und stöhnte. »Ich glaube, ich muss noch einmal hinauf, mir ist schon jetzt speiübel.«

Henry schob sie lachend die Stufen hoch und spottete hinter ihr her: »Bahn frei, die Königin von England muss spucken.«

Sie wusste nicht, ob sie ihn beneiden oder verachten sollte, weil er so heiter wirkte. »Deinem ungeborenen Sohn in meinem

Bauch ist übel, nicht mir, du Prinzenmacher«, bemühte sie sich zu scherzen. »Du hast ja keine Ahnung, wie einer Schwangeren zumute sein kann!« Betroffen sah Henry sie an.
Sie erreichte gerade noch die Reling. Alienor fühlte, dass Henry sich hinter sie stellte und sie festhielt wie ein Kind. Beruhigend sprach er auf sie ein: »Gleich ist es vorbei. Glaub mir, man gewöhnt sich daran. Dann wirst auch du dich auf England freuen.«
Gischt spritzte ihr ins Gesicht. Das eisige Wasser empfand sie als Wohltat. »Es geht schon besser. Ich glaube, wir können hinuntergehen.«
»Lass dir von einem alten Kanalüberquerer sagen: Wir schaffen es. Und heute am heiligen Nikolaus erst recht. Hier nimm das«, strahlend sah er in ihr blasses Gesicht und hielt ihr eine kleine flache Lederflasche entgegen, »das beste Heilmittel, das es für Seekranke gibt.« Alienor nahm einen großen Schluck und verzog angewidert das Gesicht. »Und wenn dir der Schutzpatron der Seefahrer nicht reicht, dann darfst du das für die Überfahrt haben.« Henry zog die Gebetsperlen hervor, die sie ihm geschenkt hatte. »Aber nur auf dem Wasser, auf dem Festland brauche ich sie wieder, sie gehören mir.«
Gelassen hielt er sich mit durchgedrückten Armen an der Reling fest, beobachtete die wilden Flügelschläge der Möwen und lächelte zu ihr hinüber. »Du hast nicht wirklich Angst, mein Liebes«, schrie er gegen das Tosen des Meeres an. Alienor strich sich das nasse Haar aus der Stirn. »Du bist ja da«, rief sie ihm zu. Der Wind nahm ihr fast die Luft.
Henry ergriff ihre kalte Hand und zog sie über das schwankende Deck zu der Holztreppe. Nach wenigen Stufen hielt er inne und umschlang ihre Taille. »Ich bin so aufgeregt – ich kann es nicht erwarten. Sag mir, dass es wahr ist.« Alienor drückte seinen Kopf gegen ihren Bauch. »Ich glaube, fassen kann ich es auch erst, wenn wir sicheren Boden unter den Füßen haben … so Gott will«, fügte sie leise hinzu.

Henry lachte. »Er will, ich weiß es.«
Sie betraten die Kajüte. Bleiche Pagen standen im Hintergrund. Über dem Kohlebecken schaukelte ein Kessel. Es duftete nach Punsch.
Geoffrey sagte ärgerlich: »Die anderen Schiffe sind längst losgesegelt. Alles, was Aquitanien und die Normandie an Kirchenfürsten und Hohem Adel zu bieten hat, befindet sich bereits auf stürmischer See. Warum segeln wir zuletzt?«
»Ihr habt die Vicomtesse de Thouars und unseren Freund, Seine Eminenz, den Erzbischof von Bordeaux vergessen, die uns Gott sei Dank begleiten«, wies Alienor ihn zurecht und trat auf diese zu.
»Und Richard de Lucé und Raoul de Faye zählen doch wohl auch«, fuhr Henry fort und lächelte den beiden Männern zu, die nebeneinander saßen.
Alienor beugte sich zu Christine hinunter. »Wie geht es dir, meine Liebe?« Christine saß kerzengerade auf der Bank und antwortete entschieden: »Seegang hat mir noch nie zu schaffen gemacht. Solange ich sitzen kann, ertrage ich alles. Ich hoffe freilich, in Westminster geht es ruhiger zu.«
Damit gab sie Henry das Stichwort. »Der 19. Dezember rückt näher. Wir alle haben große Aufgaben vor uns.« Er nickte in Richtung der beiden Männer, die nun beieinander standen. »Und ich hoffe, dass dies die letzte Prüfung ist, die wir vor unserer Krönung zu bestehen haben.« Er gab den Pagen ein Zeichen den Punsch auszuschenken. »Trinken wir auf eine sichere Überfahrt.«
Die Flammen der Fackeln erzitterten, als das Schiff hart auf das Wasser zurückprallte. Punsch schwappte aus dem Kessel, Becher und Schöpfkelle klirrten zu Boden. Alienor lehnte sich gegen die Holzwand; sie spürte, dass Henrys Selbstsicherheit sich auf die Anwesenden übertrug. So, dachte sie, schwört er Raoul und Richard auf ihre neuen Aufgaben im Reich ein und so wird er die Moral seiner Ritter stärken.

Henry hob aufs Neue seinen Becher und blickte aufmunternd in die Runde. »Wenn Ihr bei unserer Krönung auf dem ehrwürdigen Boden von Westminster stehen werdet, erinnert Euch an diesen schwankenden Moment. Es lebe England!« Alle stimmten mit ein: »Es lebe England!«

Kaum hatten sie die Bucht von Barfleur verlassen, zeigte der Sturm erst seine wahre Stärke. Das Meer schien zu rasen.

»Heiliger Nikolaus, Schutzpatron der Seeleute und der Reisenden ...«, begann der Erzbischof von Bordeaux zu beten, »... heiliger Nikolaus, wir bitten dich, erhöre uns.«

Angeregt disputierte Henry mit Richard de Lucé über die Reform der Rechtsprechung, während Alienor mit Raoul de Faye die Möglichkeiten besprach, die Verwaltung ihres Landes an die normannische anzupassen. »Stephan hatte seinen letzten Atemzug noch nicht getan, da lag Theobalds Einladung nach Canterbury schon auf meinem Tisch. Der schlaue Fuchs, so lange hat er abgewartet«, sagte Henry gerade.

»Aber der Unterstützung des Erzbischofs von Canterbury konntet Ihr Euch doch sicher sein«, warf der Aquitanier ein.

»Als Herzog wollte er mich nicht empfangen – über meine Zukunft war ja noch nicht entschieden.«

Polternde Schritte kamen die Treppe hinunter. Die Kajütentür schlug auf, plötzlich war der Lärm auf Deck bis unten zu vernehmen. Der Kapitän hielt sich im Türrahmen fest, während seine Augen Henry suchten. »Euer Gnaden«, rief er, »wir haben jeden Kontakt zu den anderen Schiffen verloren. Weder die Nebelhörner sind zu hören, noch können wir ihre Fackellichter ausmachen. Ich fürchte, wir werden den Kurs auf Dover nicht halten. Der Sturm treibt uns nach Westen ab.«

»Haltet solange auf Dover wie eben möglich. Je später wir abdrehen, umso besser«, rief Henry ihm zu.

Alienor spürte Henrys Hand auf der ihren; sie musste vor sich hingedämmert haben. Liebevoll sah er sie an. »Ich habe schon heftigere Stürme erlebt. Glaub mir.«

»Schade, dass wir nicht in Dover landen«, sagte sie. »Als kleines Mädchen waren die weißen Klippen von Dover für mich ein sagenumwobener Ort.«
»Bei diesem Höllenwetter könnten wir die Klippen sowieso kaum erkennen«, tröstete er sie. »Als ich ein kleiner Junge war, hat mir die Kaiserin bei einer Überfahrt erzählt, es würden einmal meine Klippen sein, alles, was dahinter liegt, werde eines Tages mir gehören, für alle Schafe, die dort weiden, für all die Menschen, die dort leben, würde ich verantwortlich sein.«
Alienor sah ihn an. Für einen Augenblick verdrängte das Glücksgefühl ihre Angst. »Und nun ist es soweit.«
Das Schiff legte sich auf die Seite. Der Erzbischof begann erneut zu beten. Murmelnd fielen sie in sein Gebet ein. Auf eine mächtige Welle folgte eine noch heftigere. Immer wenn sie sich brachen, ächzte das Holz, war das verzweifelte Wiehern der Pferde zu hören. Hilfesuchend griff Alienor nach den kleinen Kugeln der Gebetskette; sie zu berühren beruhigte sie.
Es musste bereits Morgen sein, als plötzlich ein ferner Schrei zu vernehmen war. Henry richtete sich abrupt auf. Der Schrei schien sich nach unten fortzusetzen. »Land in Sicht!« Alienor sah, wie der Erzbischof und Raoul sich bekreuzigten.
Henry riss Alienor mit sich zur Kajüte hinaus und die Treppen hinauf bis zur Brücke. Noch immer tobte der Sturm. Im Osten bahnte sich das erste zaghafte Tageslicht seinen Weg durch den düsteren Himmel. Am Horizont war bereits ein heller Streifen zu erkennen. Außer sich vor Freude brüllte ihr Henry zu: »Wir haben es geschafft! Halte dich gut fest. Wir haben es geschafft!«
Die Angst wich von ihr. Sie spürte kaum, dass ihr Gesicht, ihr Haar, ihre Kleidung von Regen und Salzwasser getränkt wurden. Nach und nach erhellte schwaches Tageslicht das stürmische Schauspiel. »Dort, die Küste«, schrie sie Henry zu, »ich habe sie gesehen!« Eine neuerliche Welle hätte sie fast losgerissen.

»Es muss nah bei Southampton sein«, brüllte er lachend zurück und schwenkte die Arme in der Luft. »Wir kommen, mein Königreich!«
Hingerissen starrte Alienor ihn an und rief so laut sie konnte zurück: »Ich liebe dich. Hörst du, ich liebe dich!«
»Gott sei Dank!«, schrie er und riss Alienor an sich. Sie spürte, dass er am ganzen Leib bebte, als er sie mit einem Ungestüm küsste, das ihr den Atem nahm.
»Da vorne!«, schrie er. »Da vorne, das muss Little Willys Schiff sein!« Gefährlich weit beugte er sich vor, um nach den anderen Schiffen Ausschau zu halten. »Gott sei Dank, Gott sei Dank«, flüsterte Alienor vor sich hin. Sie spürte nur, dass die Bewegungen der Wellen nach und nach sanfter wurden, je näher sie dem Ufer kamen.

Bis zu den Hügeln hinauf war das Ufer mit Menschen übersät. Schwerter ragten zum Himmel empor. Alienor starrte auf die Menge von Frauen und Kindern, Rittern und Bauern, die sie in strömendem Regen erwarteten. Unter den Menschen herrschte vollkommene Stille.
Kaum aber hatten Alienor und Henry das Land betreten, brachen die Jubelschreie los. »Vivat Rex! Hoch unserem Retter! Es lebe der König!« Klirrend schlugen Schwerter aufeinander. »Es lebe die Königin! Es lebe König Henry, der uns den Frieden bringt!«
Überwältigt standen Alienor und Henry beieinander und sahen auf die jubelnden Menschen. Dafür hast du gekämpft, sie danken es dir, sie lieben dich, dachte sie und blickte zu Henry hinüber. Er zitterte. Und doch: Seine Haltung war die eines Siegers, der endlich nach Hause zurückkehrt.
Der Erzbischof trat neben sie und hob sein goldenes Kreuz gen Himmel. Eine Woge schien die Menge zu erfassen und Alte und Junge, Frauen und Männer sanken auf die Knie in den Sand.

»In nomine patris et filii et spiritu sanctu. Allmächtiger Gott, segne das Königreich England«, rief er laut.
»Amen«, schallte es aus der Masse zurück. »Ein Wunder hat ihn über das Wasser getragen. Gott sei mit ihm«, rief ein alter Mann und wieder folgten Jubelschreie.
Alienor ließ den Blick über die Menge schweifen. Dies also ist dein Land, dies sind die Menschen, für die wir Verantwortung tragen. Plötzlich sah sie ihn. Little Willy stand aufrecht zwischen den knienden Menschen und rief aus Leibeskräften: »Vivat! Vivat!«

Teil 2

Über Nacht war der Sturm verstummt, und es hatte zu schneien begonnen. Alles war weiß. Als sie ihre beiden Zelter vorsichtig den steilen Burgweg hinunterführten, wandte Henry sich mit leuchtenden Augen an Alienor: »Sag mir noch einmal, was du empfunden hast, als du gestern Corfe Castle gesehen hast?«
Eine Schneeflocke schmolz auf Alienors Wimpern. »Das fragst du mich jetzt zum tausendsten Mal.« Sie lachte. »Es ist eine großartige Anlage.«
»Warte, bis wir unten im Dorf sind – wenn du dich dann umdrehst und hinaufschaust, wirst du verstehen, dass diese Burg uneinnehmbar ist. Schon als kleiner Junge habe ich von ihr geträumt. Ich wette, selbst im Heiligen Land hast du keine solche Festung gesehen.« Er atmete tief ein. »Was Chinon auf dem Festland bedeutet, das ist für mich Corfe Castle hier in England. Warte ... bitte!« Henry griff in ihre Zügel und ließ die Pferde wenden; nun hatten sie die gewaltige Festung vor Augen. Drohend stach die schwarze Silhouette in das fahle Licht des Wintermorgens. Das Krächzen der Raben, die unaufhörlich um die Türme jagten, verstärkte den unheimlichen Eindruck. »Sie sieht nicht sehr einladend aus«, meinte Alienor zögernd.
»Aber dafür ist sie stabil. Es ist die größte Erhebung auf der Halbinsel Purbek. Wenn man dort oben auf den Zinnen steht, kann niemand sich ungesehen nähern. Sollte es Louis also ein-

fallen, uneingeladen nach England zu kommen, dann haben wir genügend Zeit, uns darauf vorzubereiten.«
Alienor deutete hinauf. »Schau, von den Männern auf den Wehrgängen sieht man nur die Köpfe. Von hier aus wirken sie so klein wie Ameisen. Was mögen sie sich denken, wenn sie sehen, dass wir beide ohne Eskorte ausreiten?«
»Pah!«, machte er und gab ihre Zügel frei. »Dies ist unser Land. Kein Strauchdieb wird es wagen, das zukünftige Königspaar aufzuhalten. Außerdem …«, er wendete sein Pferd, »… hat der Burgvogt mir berichtet, dass unsere Soldaten die Wälder durchkämmt haben. Von hier bis Dorset werden wir keinem Gesindel begegnen. Der Einzige, der dir gefährlich werden könnte, bin ich!«
Der Schnee auf den Straßen schluckte das Geräusch der Hufe. Aus den Kaminen der Häuser stieg Rauch auf und es duftete nach frischem Brot. Sie bogen nach links ab. »Also willst du mir Dorchester zeigen?«, fragte Alienor.
»Nein, wir reiten noch ein Stück weiter.« Verheißungsvoll blickte er sie an. »Dort zeige ich dir das alte England: keine Verwüstung, keine Not und kein Elend, sondern einen uralten, magischen Ort.«
Alienor legte ihre behandschuhte Hand auf seinen Arm. »Ich erinnere mich – als du mir bei unserem ersten Bankett in Paris von England vorgeschwärmt hast, hattest du damals diesen Ort im Sinn?«
Er nickte. »Komm, lass uns galoppieren.« Als sie den nächsten Hügel erreicht hatten, schlug ihnen der Wind ins Gesicht. Es hatte wieder stärker zu schneien begonnen. Alienor zog den Umhang fester um sich.
»Ein Segen, dass wir Little Willy zu Hause gelassen haben«, rief sie Henry zu, »der Sturm geht einem durch Mark und Bein.«
»Frierst du?«, fragte er besorgt. »Dort vor uns beginnt der Wald, da sind wir besser geschützt.« Er trieb sein Pferd zu einer schnelleren Gangart an.

Nach ungefähr einer Meile schob Alienor ihre Kapuze zurück; ihre Wangen waren gerötet und ihre Augen blitzten. »Hier reitet das zukünftige Königspaar von England und doch ist es so still, als wären wir die einzigen Menschen auf der Welt. Nicht einmal ein Vogel ist zu hören.« Sie versuchte zwischen den Stämmen hindurchzuspähen; aber die Tannen standen so dicht wie eine Mauer. Um sich abzulenken fragte sie: »Woran denkst du?«

»An Becket. Ich überlege, ob Thomas nicht der Mann wäre, mir in Verwaltungsfragen zur Seite zu stehen.«

»Warum gerade er?«, fragte sie. »Soviel ich weiß, ist er Diakon beim Erzbischof ...«

»Die Kirche wird froh sein, wenn ich Becket in meinen Beraterstab aufnehme. So glauben sie, mitmischen zu können.«

»Wenn ich mich recht entsinne, dann wollten wir dieses Land gemeinsam regieren. Und ich kann ihn nicht ausstehen!«

»Du kennst ihn doch gar nicht. Es gibt so vieles, was für ihn spricht.« Henry suchte nach Worten. »Thomas ist gebildet, er hat Charisma. Er ist Engländer und kennt alle wichtigen Lords.«

Alienor hob das Kinn. »Darauf möchte ich wetten«, bemerkte sie trocken. »Er hat sich bei dir eingeschmeichelt, er macht dir kostbare Geschenke. Aber glaube mir: Becket wird immer sein Fähnlein nach dem Wind richten.«

»Genau, mein Liebling! Aber die Fahne, das sind wir – du und ich! Es kommt nur darauf an, wie wir ihn benutzen, wo er uns den größten Vorteil bringt.«

Aus dem Augenwinkel sah sie zu ihm hinüber. »Das klingt so zynisch aus deinem Mund. Ich fand deine Zuneigung zu Becket immer ... nun, sagen wir, ich fand sie etwas übertrieben.«

Liebevoll legte er seine Hand auf ihren Oberschenkel. »Du unterschätzt mich – ich plane eben weit voraus. Und ich wusste, dass ich Thomas eines Tages brauchen würde. Durch seine Eitelkeit ist er wie Wachs in meiner Hand.«

»Pass dennoch auf«, bat Alienor.
»Lass uns anreiten«, schlug er erleichtert vor. »Dieser verdammte Schnee fällt immer dichter.« Wie zur Antwort ertönte ganz in ihrer Nähe lang gezogenes Wolfsgeheul. Die Pferde wieherten erschrocken.
»Los, sie können noch keine Witterung von uns aufgenommen haben. Der Wind steht günstig«, rief Henry und gab seinem Pferd die Sporen.
Mit tief eingezogenen Köpfen jagten sie weiter nach Norden. »Jetzt müsste bald eine Eiche kommen, dort gabelt sich der Weg – wir biegen nach Westen ab!« Dann preschte sein Pferd an ihrem vorüber und übernahm die Führung. Wie aus dem Nichts tauchte plötzlich die Eiche vor ihnen auf und mit unverminderter Geschwindigkeit galoppierten sie links an ihr vorbei. Später erinnerte Alienor sich daran, dass dies die Stelle gewesen war, wo der Schmerz einsetzte. Irgendetwas schien ihre Eingeweide zu zerreißen. »Henry! Warte, bitte ...« Er hörte sie nicht. Im nächsten Augenblick war er verschwunden; sie war allein. Der Schmerz trieb ihr die Tränen in die Augen. Unwillkürlich zwang sie ihr Pferd zu einer langsameren Gangart. Schließlich zog sie die Zügel an und blieb einfach stehen. ›Ich muss ganz ruhig bleiben und tief durchatmen‹, beschwor sie sich. Die Stiche in ihrem Bauch ließen sie den Kopf auf den dampfenden, feuchten Pferdehals legen. Plötzlich scheute das Pferd, wieherte und stieg. Ehe sie die Zügel fester halten konnte, jagte es davon. Wie eine Puppe schwankte Alienor im Sattel hin und her. Ihr linker Fuß hatte den Steigbügel verloren. Sie sah den Wolf, der auf gleicher Höhe neben ihr herlief, aber sie empfand nicht einmal Angst. Es gab nur sie und den Schmerz in ihrem Inneren. ›Gleich werde ich fallen‹, dachte sie und wehrte sich nicht. ›Es wird dunkel‹, war das Letzte, was ihr durch den Kopf fuhr.

»Im Namen des Vaters und des Sohnes und des Heiligen Geistes!« Jemand hielt ihr ein Kruzifix vor die Lippen, sie bemühte sich es zu küssen und murmelte »Amen!« Sie versuchte die Augen zu öffnen. Undeutlich sah sie den Mönch, der über sie gebeugt stand. »Bin ich tot?«, wollte sie fragen, aber sie brachte keinen Ton heraus. Dann wurde der Mönch zur Seite gedrängt und Henry kniete vor ihr. »Mein Liebling. Mein über alles geliebter und einziger Liebling«, flüsterte er, und sein Gesicht war nass von Tränen. »Sprich jetzt nicht, mein Herz. Hier bist du in Sicherheit!«

»Wo sind wir?«, brachte sie heraus.

»In Woodsford. Ganz in der Nähe von Dorchester«, antwortete er. Als sie die Augen erneut schloss, hörte sie, wie er zu jemandem sagte: »Ja, untersuche sie. Aber vorsichtig. Die Herzogin ist schwanger!« Alienor hörte, wie Schritte sich entfernten.

Dann schob jemand die Felldecke zur Seite und vorsichtige Hände glitten prüfend über ihren Leib. »Tut es hier weh?«, fragte eine Frauenstimme. Alienor schüttelte den Kopf. »Und hier?« – »Nein«, antwortete Alienor und öffnete die Augen. Die Frau hob den Kopf und lächelte sie an. »Ihr habt Glück gehabt, Hoheit. Ihr habt Euer Kind nicht verloren. Ich bin die Hebamme, ich muss es wissen!« Fürsorglich zog sie die Decke hoch. »Ihr braucht nur eine Weile Ruhe, Hoheit. Ich werde Euch heiße Suppe besorgen.«

Kurz darauf erschien Henry mit einem Napf voll dampfender, köstlich riechender Brühe. Er bestand darauf, Alienor selbst zu füttern.

»Dein Ärmel ist voller Blut«, sagte sie.

»Ich musste einen Wolf töten«, antwortete er und schob ihr einen Löffel zwischen die Lippen. Erst als der Napf geleert war, stellte er ihn ab, legte sich neben Alienor auf das Bett und hielt sie ganz fest. »Geliebt habe ich dich schon, als ich dich das erste Mal sah, aber wie sehr, das weiß ich erst seit heute, als ich wie

ein Wahnsinniger zurückritt und dich schließlich im Schnee liegen sah. Ich kann nicht mehr ohne dich leben. Eher würde ich auf die Königskrone verzichten als auf dich!« Seine Hand fuhr unter die Decke und legte sich auf ihren Bauch. »Die Hebamme hat gesagt, dem Prinzen Nummer zwei geht es gut.«
»Woher ist sie so schnell gekommen?«, fragte Alienor.
»Wir hatten Glück – die Hausfrau von Woodsford liegt in den Wehen. Die Hebamme brauchte nur die Stube zu wechseln.«
Seine Hand wanderte tiefer. Alienor fühlte, wie ihr heiß wurde und ihre Lebensgeister erwachten. »Ich glaube nicht, dass dies hier der richtige Ort ist.« Und als sie seine Enttäuschung sah: »Eine Frau in den Wehen, gleich hinter der Tür eine Hebamme und obendrein ein Mönch – das ist nicht sehr Lust erregend.«
Er stützte sich auf einen Ellenbogen und sah sie an. »Mir macht das nichts. Im Gegenteil, wenn wir es hier, sozusagen unter den Augen der Kirche ...« – Alienor wollte etwas einwenden, aber er sprach unbeirrt weiter – »treiben, wozu wir als rechtmäßig Verheiratete befugt und sogar verpflichtet sind, dann werden die Besitzer von Woodsford diesen Raum einmal voller Stolz: ›The Queensroom‹ nennen.« Er zwinkerte ihr zu.
Alienor zog mit dem Finger die Konturen seiner Augenbrauen nach. »Lass uns noch ein wenig hier verweilen und dann weiterreiten. Schließlich bin ich fast gestorben, um deinen berühmten Platz zu sehen – da werde ich doch nicht unverrichteter Dinge umkehren!« Sie räkelte sich unter der Felldecke.« Ich glaube, ich hatte großes Glück. Dafür sollten wir Gott danken!«

Der Sturm hatte sich gelegt, als sie durch das Tor von Woodsford ritten. »Was für reizende Menschen hier wohnen«, sagte Alienor und kniff die Augen zusammen, weil die weiße Helligkeit sie blendete. »Ich nehme es als gutes Omen für alle meine Tage in England.«

Henry drängte sein Pferd enger an das ihre. »Wer redet von Tagen? Es wird unser ganzes Leben währen. Gott ist mit uns. Ich weiß es.«

Fasziniert betrachtete Alienor die weite Fläche, die sich vor ihnen auftat. Der Wind hatte Abertausende von kleinen Wellen aufgeschüttet. Dort, wo die Erde den Himmel berührte, ragte ein hoher Hügelrücken empor.

»Das ist Maidencastle«, rief Henry, »unser Ziel.«

»Ich kann gar keine Burg erkennen?«

»Da ist auch keine. Warte, bis wir oben sind und du einen Überblick bekommst. Es ist unvorstellbar, sich auszumalen, was für eine Arbeit es gewesen sein muss, all diese Wälle aufzuhäufen. Wir müssen natürlich ganz hinauf, erst dann erkennst du, wie riesig die Anlage ist. Früher hatten sie natürlich Palisaden in den einzelnen Abschnitten – es muss fast unmöglich gewesen sein, sie zu überrennen!« Alienor hatte Mühe ihm zu folgen.

Auf dem Plateau angekommen, hatten sie einen ungehinderten Blick in alle Himmelsrichtungen. »Das Meer liegt dort im Süden, Woodsford im Osten und Dorset im Norden. Für mich war es jedes Mal ein Abenteuer, wenn mein Lehrer mich hier hinauf nach Maidencastle führte – ich sah die langhaarigen Männer in Schafspelzen vor mir, die sich angreifenden Horden entgegenwarfen, und die Römer, die in wohlgeordneten Kolonnen gegen die Wälle anliefen. Hier waren auch die keltischen Druiden für mich lebendig – wie sie in ihren langen, weißen Gewändern den heidnischen Göttern Opfer brachten. Immer hatte ich das Gefühl an einem magischen Ort zu sein – und ich träumte davon, dass ich einmal wie König Artus sein würde.«

»Aber das bist du doch«, sagte Alienor zärtlich, »nur viel mächtiger. Unser Reich reicht von den Pyrenäen bis hinauf nach Schottland – und wer weiß, vielleicht kommt eines Tages auch Irland noch hinzu.«

Henry schüttelte den Kopf. »Darum geht es nicht: wenn ich von König Artus spreche, dann meine ich seine Tafelrunde – all die Ritter, die er um sich versammelt hatte und die ihm treu ergeben waren.« Er nahm eine Hand voll Schnee auf und presste ihn zusammen.
»Aber das ist doch nur eine Legende«, warf Alienor ein. »Und vergiss nicht, sein eigener Sohn hat sich gegen ihn gestellt.«
»Eben!« Er schleuderte den Schneeklumpen fort und fuhr sich durch die Haare. »Du kannst die Geschichte so lange zurückverfolgen, wie du nur willst: Verrat und Mord und Totschlag. Immer haben Könige geglaubt ein Reich für die Ewigkeit zu errichten und am Ende …«, er wies über das Plateau, »… ist alles vergangen.« Ihn schauderte.
»Frierst du?«, fragte Alienor. »Lass uns noch ein paar Schritte gehen, ehe wir wieder aufsitzen.« Sie führten ihre Pferde über den Kamm des Hügels, dessen eine Flanke steil abfiel.
Henry war stehen geblieben. »Scht«, machte er und hob die Hand. »Sieh nach links. Was ist das?«
»Nur Schnee, und dort drüben ein abgestorbener Baum …«, flüsterte sie. Henry schüttelte den Kopf. »Hier oben gibt es keine Bäume.« Da wieherte Alienors Pferd. Henry bekreuzigte sich hastig. »Lass uns aufsitzen.« Kaum im Sattel, griff er nach dem Schwert. Nur wenige Schritte trennten sie noch von der Stelle, auf die Henry gedeutet hatte, als Alienor erleichtert sagte, »und es ist doch ein …«, aber da reckte sich der Baum plötzlich und wich wie abwehrend zurück.
Henry stieß sein Schwert wieder in die Scheide. »Es ist nur ein Mönch«, sagte er verwundert und rief hinüber: »Wer bist du? Und was tust du hier oben?«
»Ich bin Bruder George aus York …«
Henry gab sich damit nicht zufrieden. »York liegt weitab von Maidencastle.«
»… und auf der Rückreise von Compostela – hier, seht die Muschel auf meinem Mantel. Bretonische Fischer haben mich

an der Küste abgesetzt. Dorchester ist nicht weit von hier, in dem kleinen Kloster dort werde ich für heute Nacht ein Unterkommen finden.«
Alienor konnte den Blick nicht von den bloßen Füßen des Fremden abwenden. Ohne nachzudenken bat sie: »Segnet meinen Mann und mich, Bruder George!« Beide stiegen sie ab und knieten im Schnee nieder. Sie senkten die Köpfe, als der Pilger die lateinische Formel sprach; sie knieten immer noch, als er nach einem gemurmelten Gruß über den Schnee davonging.
Bis er hinter der Hügelkuppe verschwunden war, sahen sie ihm nach; dann klopfte Henry den Schnee von Alienors Umhang.
»Es war so anders, als ich dachte. Erst der Wolf …«
Alienor strich ihm zärtlich über die Wange; und schon war wieder Spott in ihrer Stimme. »Es gibt immer einen Wolf, aber immer wird es für uns auch ein Maidencastle geben. So ist das Leben, mein Lieber!« Sie zog die Zügel an. »Auf nach Corfe – ich habe Sehnsucht nach Little Willy.«

Alienor blickte zurück. Gigantisch ragte Corfe Castle in den klaren Winterhimmel. Carcassonne besaß wahrhaftig eine der mächtigsten Burganlagen im Süden, aber mit ihrem hellen Sandstein wirkte sie nicht annähernd so bedrohlich wie diese hochaufragende Festung aus schwarzen Kalksteinblöcken. Henry hatte auf großem Gefolge bestanden. »Fünfundzwanzig Ritter vorweg und ebenso viele hinter dir. Lord Heytesbury soll sich an deiner Seite halten, niemand kennt die Gegend besser als er. Jeder Hinterhalt ist ihm vertraut.«
Alienor sah zu dem wortkargen Mann hinüber. Sein wettergegerbtes, kantiges Gesicht mit den groben Wangenknochen bewegte sich unaufhörlich; jeden Busch, jeden Hügel, jeden Bergrücken schien er auf Gefahren hin abzuschätzen. »Die Kaiserin hat ihm das Leben gerettet«, hatte Henry erzählt, »seit dem Tag ist er nicht mehr von ihrer Seite gewichen. Er ist einer der wenigen, die niemals das Lager gewechselt haben, einer der wenigen, denen sie vertraut.«
»Lord Heytesbury!« Alienor drängte ihr Pferd näher heran, »wann erwartet die Kaiserin uns in Tytherington?« Sein offener Blick stand in krassem Gegensatz zu seinem verschlossenen Wesen. »Am frühen Abend, Herzogin. Wir werden rechtzeitig eintreffen.«
Eine uralte Buche hob sich mächtig gegen den blauen Himmel ab. Wind und Wetter trotzend ragte ihr dicker Stamm aus der Schneedecke. Ihre Silhouette nahm Alienors Blick gefangen. Der

Lord ließ den Blick längst wieder über die sanften Hügel schweifen, die sich zu beiden Seiten des Weges erhoben. »Berichtet mir von Tytherington«, bat ihn Alienor. Seine blauen Augen leuchteten auf – sie gab ihm Gelegenheit die Kaiserin zu erwähnen. »Zu Beginn ihres rechtmäßigen Kampfes gegen König Stephan schlug sie ihr Hauptquartier in Bristol auf. Von Zeit zu Zeit zog sie sich nach Heytesbury zurück – es schien ihr bei uns zu gefallen. Zwei Kaplanen stellte sie ein angemessenes Haus zur Verfügung. Seither lesen sie in Tytherington die Messen ...«
Überrascht von seinem Redeschwall hob Alienor den Kopf, in dem dunklen Kiefernwald, den sie nun durchquerten, musste sie sich auf ihr Gehör verlassen; doch das vernahm im Augenblick nur Hochachtung.
»... Ihre Majestät geht weitsichtig und unerbittlich in ihren Plänen vor. Jeden Schachzug des Feindes durchschaut sie. Vertrauen belohnt sie. Verrat verachtet sie. In der Kirche von Tytherington verbringt sie Tage in stillem Gebet.«
Ein Pferd scheute. Zwei Ritter vor ihnen deuteten in den Wald. An einer stämmigen Kiefer waren drei Männer aufgehängt und bewegten sich langsam hin und her. Die Zungen hingen aus den blau verfärbten Gesichtern. Alienor hielt ihr Pferd an, um zu entziffern, was auf den Zetteln stand, die an die verrenkten Hälse geknüpft waren: *Verräter – Es lebe König Henry – Verflucht sei König Stephan.*
»Drei Gefahren weniger für uns«, bemerkte Lord Heytesbury voll Genugtuung. »Im nächsten Dorf gibt es wohl keinen von diesen Verbrechern mehr, die unsere Kaiserin verraten haben.«

Als sie den Wald durchquert hatten, breitete sich die Landschaft wieder in sanften Linien vor ihnen aus. Der Weg wand sich um Hügel hinunter in ein größeres Dorf. Trotz der Kälte wimmelte es auf dem Dorfplatz von Menschen, die sich vor einer Holzbühne versammelt hatten. Es roch nach heißen Maronen und Bier.

Drei Schauspieler, die alle eine Krone auf dem Kopf trugen, betraten in leuchtenden Gewändern die Bühne. Die Menge begrüßte sie mit Gejohle. Der erste Schauspieler trat vor und rief mit übertriebender Fistelstimme: »Ich will dich nicht mehr, weil du mir keinen Thronerben geschenkt hast.« Ein zweiter Schauspieler lüpfte sein Gewand, versetzte dem ersten einen Tritt und schrie dazu mit deutlichem Akzent: »Madame, du bist verstoßen, weil du mich hast keinen Sohn machen lassen! Madame, unsere Ehe wird annulliert!« Als das brüllende Gelächter verebbte, wandten die Zuschauer sich neugierig zu den Reitern um, die da unter lautem Hufgetrappel über den Dorfplatz ritten. Alienor zog ihre Kapuze tiefer in die Stirn. »Gebt ihnen den Befehl vorauszureiten«, sagte sie zu dem Lord.
Als der Lärm der Hufe verhallte, nahmen die Schausteller ihr Spiel wieder auf. »Gebt's dem Franzosen! Wo ist unser Herzog!«, rief ein Zuschauer. »Herzog Henry soll kommen und ihnen zeigen, was ein wahrer Mann ist!«, brüllte ein anderer. Der getretene Schauspieler rieb sich sein Hinterteil und sank mit schrillem Aufschrei in die Arme des dritten Schauspielers. Während die beiden sich umschlangen und herzten, kletterte ein Zwerg auf das Podest; in seiner Hand baumelte eine Puppe. »Mehr, mehr!«, rief er und umtänzelte das Paar. »Wir wollen mehr Prinzen für Herzog Henry!« Die Menge feuerte die Schauspieler an: »Es lebe der neue König!«
Plötzlich wurde es auf der Bühne still. Ein schwarz gekleideter, weiß geschminkter Mann trat auf. Seine goldene Krone war doppelt so groß wie die der anderen. »Mein Sohn«, sprach er mit der Stimme einer alten Frau, »erst der Friede, dann die Ehepflichten! Und ...«, drohend hob er den Zeigefinger, »... Pflichten habe ich gesagt, nicht Freuden.« Männer und Frauen brachen in grobes Gelächter aus, zotige Bemerkungen schallten über den Platz.
Alienor gab Heytesbury ein Zeichen. »So also sieht das Volk seinen künftigen Herrscher.«

»Ihr müsst sie verstehen, Herzogin. Sie hatten in diesen Kriegsjahren wenig zu lachen. Sie lieben den Sohn Ihrer Majestät. Er ist ihre Hoffnung auf ein besseres Leben.«
Mit untergehender Sonne stieg aus den Niederungen feiner Nebel auf und tauchte das Land in ein geheimnisvolles Licht, das die Trennung von Himmel und Erde aufhob. Gebannt sah Alienor über die Ebene, die sich in Wellenlinien bis zum Horizont fortsetzte. Raben, aufgescheucht vom Lärm der Reiter, flogen wie schwarze Schatten über ihre Köpfe. Ein fremdes Land. Hingerissen überließ Alienor sich der grau verschleierten Atmosphäre. Sie begriff nun, warum das ihr vertraute Rolandslied weniger mystisch und der Wirklichkeit näher war als die Sage von König Artus und dem Gral. Wie mochte erst Tintagel sein? Eines Tages würde sie mit Henry zu König Artus' Burg reiten.
Hier kann es doch nicht sein, dachte Alienor, als Lord Heytesbury auf die hell getünchte kleine Kirche von Tytherington zuritt. Er saß ab. »An diesem Ort, Herzogin, wünscht Ihre Majestät Euch zu sprechen.«
Alienor hielt inne, bevor sie in den dunkelsten Teil der Kirche trat. Kerzen erleuchteten den einfachen Raum. Das Gestühl war wenig kunstvoll, die Wände schlicht bemalt. Über die frisch gewachsten dunkelroten Steine ging sie nach vorn. Mit leisem Knarren wurde die Tür hinter ihr geschlossen. Welch ein guter Ort; keine Zeugen, keine Spione. Hier können wir ungestört miteinander sprechen.
Ruhig trat Alienor auf die dunkel gekleidete Frau zu, die ihr entgegen kam. Als sie die Begrüßungsworte der Kaiserin – »Gott zum Gruße, Alienor von Aquitanien« – vernahm, sank Alienor in einen tiefen Hofknicks und ergänzte, während sie sich wieder erhob: »... und Gemahlin von Henry Plantagenet, Majestät. Gott zum Gruße.«
Über das strenge Gesicht von Kaiserin Maud huschte ein anerkennendes Lächeln. »Ich war mit dieser Verbindung nicht einverstanden, wie Ihr Euch denken könnt.«

»Aber gegen die Verbindung mit Aquitanien wart Ihr nicht, Majestät?«

Maud lachte trocken. »Natürlich nicht, Alienor. Nur wusste ich bis heute nicht, ob Ihr die richtige Königin für England seid.« Ihr prüfender Blick wirkte nun weniger unnahbar. Unvermittelt nahm Maud ihren Arm. »Wir sollten uns setzen.« Alienor spürte, wie der Händedruck auf ihrem Arm sich verstärkte. Als sie sich in der ersten Bank niedergelassen hatten, nahm Alienor die unzähligen Falten in Mauds blassem Gesicht wahr. Ihre hohe Stirn war am Haaransatz von einem Kopfschleier bedeckt, der an den Schläfen eng anlag und Kinn und Hals unter weichem Tuch verbarg. Ihre Wangenknochen und der gerade Nasenrücken waren Alienor vertraut, darüber hinaus ähnelte Henry ihr kaum.

Fast drohend fragte Maud: »Ist Euch bewusst, welch hohes Amt Euch erwartet, welche Bürde Ihr in Zukunft zu tragen habt?«

»Fünfzehn Jahre lang war ich Königin von Frankreich«, entgegnete Alienor, »diese Zeit hat mich viel gelehrt.«

Die Kaiserin fixierte das Kreuz auf dem schlichten Altar. »Und ebenso lang herrschte in England Bürgerkrieg. Was das für ein Land bedeutet, könnt Ihr nicht wissen. England ist nicht Frankreich. Unser Land braucht eine starke Hand …« Abrupt richtete sie sich auf, glättete mit einer knappen Geste den kostbaren Stoff ihres Gewandes und wandte sich Alienor zu. »Ich habe Euch hergebeten, um Euch einen Rat zu geben. Ich denke, Ihr werdet mich verstehen.« Wieder huschte ein wissendes Lächeln über das hagere Gesicht. »Ihr seid die Frau, die an Henrys Seite mitregieren muss.« Das hatte Alienor nicht erwartet. Geradezu beschwörend setzte die Kaiserin hinzu: »Hört auf meinen Rat. Nutzt die letzte Nacht vor der Krönung. Versucht so ehrlich mit Euch ins Gericht zu gehen, wie Ihr eben könnt. Denn diese alte Tradition hat einen tiefen Sinn. Außer in Todesnöten werdet Ihr niemals wieder die Gelegenheit haben, so nackt vor Gott zu stehen.« Maud beobachtete Alienors Reak-

tion. »Denkt daran in jener Nacht. Trotz Eurer Jugend und Eurer Kraft seid Ihr ohne den Segen des Herrn ein Nichts.«
Die Kaiserin wandte sich erneut dem Altarkreuz zu. Ihre Worte hallten in der kleinen Kirche. »Hört auf mich: Reinigt in der Krypta von Westminster Eure Seele, erforscht Euer Gewissen bis in die dunkelsten Abgründe. Betet um die Gnade des Herrn. Zum einen, damit Ihr wahrhaft würdig und bereit seid zur Königin von England gesalbt zu werden. Zum anderen aber, damit Eure Sünden Euch in Eurem lebenslangen Amt niemals werden einholen können.«
Eine Weile herrschte Stille. Dann brach Alienor das Schweigen. »Ich danke Euch, Majestät. Ich werde jedes Eurer Worte in der Vorbereitungsnacht beherzigen.«
»Dann lasst uns gemeinsam beten.« Nebeneinander knieten sie vor dem Altar nieder. Auf einmal klang die Stimme ihrer Schwiegermutter weich und milde. »Gegrüßet seist du Maria.« Alienor sprach das Gebet leise mit. »Heilige Maria, Mutter Gottes, bitte für uns Sünder, jetzt und in der Stunde unseres Todes.« Ihr gemeinsames »Amen« hallte in dem kleinen Halbrund des Chores harmonisch nach.
Die Art der Kaiserin zu beten berührte Alienor. Sie spürte die beherrschte Müdigkeit dieser außergewöhnlichen Frau und die Einsamkeit, in die ihr Lebenskampf sie geführt hatte. Plötzlich hatte sie den Wunsch, Maud etwas Liebevolles zu sagen. »Majestät, wann dürfen wir Euch in London erwarten?«
»Oh, meine Liebe, ich werde von hier aus direkt nach Rouen reisen. Während Henrys …«, sie verbesserte sich, »während Eurer Abwesenheit werde ich in der Normandie gebraucht.«
»Wie schade«, sagte Alienor, »ich hatte gehofft, Ihr würdet bei unserer Krönung …« Maud nahm Alienors Hand und strich mit dünnen Fingern darüber. »Ich traue der Gemahlin von Henry Plantagenet zu, dass sie auch ohne mich gekrönt werden kann.«
Zum ersten Mal lachten beide gemeinsam.

Sie gingen bereits zur Tür, als Maud sagte: »Ihr müsst Stonehenge noch vor Eurer Krönung sehen.« Draußen befahl sie Lord Heytesbury: »Begleitet meine Schwiegertochter nach Stonehenge. Sorgt dafür, dass ihr Gefolge in angemessenem Abstand wacht und sie an diesem Ort allein verweilen kann. Dann bringt sie nach Clarendon.«
Sie begegnete lächelnd Alienors fragendem Blick. »Ihr müsst diesen heiligen Ort sehen. Dann werdet Ihr verstehen. Unser Gott behüte Euch.« Zum Abschied zeichnete sie ihr flüchtig ein Kreuzzeichen auf die Stirn.

Die Ebene breitete sich unendlich aus. Nur an den grauen Schatten der dichten Schneedecke war die Dünung einiger Hügel zu erkennen. Die baumlosen Kalkhöhen zogen sich dahin. Dann lag der heilige Ort der ›Hängenden Steine‹ vor ihnen. Schweigend übergab Alienor die Zügel ihres Pferdes und ließ Heytesbury mit den Rittern zurück. Ihr Herz klopfte schneller, als sie sich durch knirschenden Schnee den hoch emporgerichteten Steinen näherte. Sie hielt inne. Diese seltsam angeordneten Findlinge in ihrer gewaltigen Größe zogen sie in ihren raum- und zeitlosen Bann. Langsam trat sie näher.

Wie urzeitliche Ungetüme ragten die Basalt- und Sandsteinmonolithe in den grauen Winterhimmel. Wie viel Leid und wie viele Opfer hatten sie gesehen? Stumm und dunkel gaben die mächtigen Steinquader Zeugnis von einer vergangenen Welt, von verlorenen Göttern, von blutigen wie siegreichen Zeiten, von schwachen und starken Menschen der letzten Jahrtausende. Und sie selbst war nur ein winziges Glied in dieser Kette.

Sie spürte die Kraft, die von dem überwältigenden Geheimnis ausging, das die Monolithe in ihrer Anordnung miteinander verband. Allgegenwärtig, anziehend, aufwühlend und Tiefstes in ihrer Seele berührend.

Scheu trat Alienor in den äußeren Ring und berührte die unbehauene Oberfläche eines Blausteins. So übergroß und schwer die Steine waren, sie waren von bewegender Schönheit.

Vorsichtig schritt sie durch den zweiten Ring aus weniger raumgreifenden Findlingen. Im Innern ragten, hufeisenförmig angeordnet, erneut riesige Monolithe mit einigen Oberschwellen empor. Davor lag der Altarstein. »Demut«, murmelte sie, »Demut.« Hier ließen sich die Wurzeln dieses Reiches erahnen. Sie hob die Hand, um sich zu bekreuzigen. Sie vermochte es nicht. Dann trat sie aus den Ringen der Megalithe hervor und ging langsam, jede einzelne Form, die Harmonie des Ganzen, seine Vollkommenheit in sich aufnehmend, durch den unberührten Schnee um die gesamte Stätte herum. Bis sie auf ihre eigenen Spuren traf. Erst dann kehrte sie zu ihrem Gefolge zurück.

Schweigend geleiteten die Mönche Alienor und Henry in die Krypta von Westminster Abbey hinab. Nur das Schlurfen der Benediktiner war zu hören. Mit jedem Schritt, den Alienor die steile, schmale Steintreppe hinuntertat, wurde es kälter und dunkler. In der unterirdischen Grabstätte roch es nach feuchtem Mauerwerk. Pechfackeln brannten in den Halterungen des Gemäuers. In der Mitte der lang gestreckten Krypta verbreitete eine große Kerze unruhiges Licht.
Klobige Säulen stützten das niedrige Steingewölbe mit einfachen Kapitellen. Alienor erschauerte, als sie im Fackelschein die Särge an den Wänden mit den schweren Grabplatten entdeckte. Alles in ihr sträubte sich gegen diese bedrückende Enge. Umgeben von Toten und in Eiseskälte sollten sie diese Nacht verbringen. Dass alle Könige, die in der Krypta von Westminster Abbey ruhten, die letzte Nacht vor ihrer Krönung gefastet und gebetet hatten, war kein Trost. Sie schreckte auf; versehentlich hatte der alte Benediktiner seinen schweren Schlüsselbund gegen den Pfeiler des Treppengeländers geschlagen. Dann herrschte wieder Totenstille.
Der Mönch mit den Schlüsseln deutete auf die beiden Betstühle, die voneinander abgerückt vor einem Erker standen. Drei Fackeln erhellten das rußgeschwärzte Halbrund. Verstohlen blickte Alienor zu Henry hinüber. In seinem Leinengewand, nur mit einer Kordel gegürtet, wirkte er jung, sein Profil fast knabenhaft.

Der alte Mönch streckte die Hand aus, um das Schwert zu segnen, das Henry zwischen ihre Betstühle auf den blanken Steinboden gelegt hatte. »Im Namen des Herrn«, hob der Benediktiner an, »zum Zeichen dafür, dass Ihr in Eurer letzten Nacht vor der Krönung zum König und zur Königin von England Euch nicht berühret, soll dieses Schwert ...«

Alienor fröstelte beim Anblick des feucht schimmernden Bodens. Henry kniete nieder. Zögernd tat sie es ihm gleich. Ihr einfaches Tuchkleid wärmte nicht einmal ihre Knie. Kälte kroch ihr die Schenkel hinauf.

Der Mönch hielt seine Hände über Henrys Kopf; er sprach so leise, dass sie seine Worte nicht verstand. Dann trat er vor sie. Alienor zuckte unwillkürlich zurück. Mit gesenktem Kopf starrte sie auf seine schmutzigen Füße in groben Ledersandalen. Er trat zurück, beschrieb wieder ein großes Kreuzzeichen über dem Schwert und besprengte es mit Weihwasser. Die Wassertropfen glitzerten und bewegten sich zitternd aufeinander zu, dann flossen sie als kleines Rinnsal an der Klinge hinab. Was für ein prachtvoller Damaszenerstahl. Welche Kraft dieses Schwert im Kampf verlangte.

Sie sah zu Henry hinüber. Kein Blick, keine Geste in ihre Richtung. Gottergeben ließ er dies alles über sich ergehen. Plötzlich drängte es Alienor, dem alten Mönch direkt ins Gesicht zu blicken. Seine Züge waren ihr so zuwider wie seine Stimme. Mit Verachtung bemerkte sie, dass er ihrem Blick auswich.

Diese Mischung aus physischer Schwäche und eisernem Willen, den gleichen adlerhaften Blick hatte sie bei Bernhard von Clairvaux erlebt; diese unerschütterliche Gewissheit auf Seiten einer höheren Macht über den Menschen zu stehen, die nicht gleichen Sinnes waren. Das war es, was sie in Beaugency gequält hatte. Die Erinnerung an all die Demütigungen stieg in ihr auf. Niemals mehr würde sie sich unterwerfen.

Während des Schlussgebets starrte Alienor wie gebannt auf den großen Schlüssel, der an der Kutte des Mönchs baumelte. In

Beaugency hatte Louis sie bewachen lassen. Zur Gefangenen erniedrigt hatte sie gebangt, ob man sie in ein Kloster einsperren werde. Diese beengende Gruft weckte in ihr wieder die Schrecken jener Tage.

Gleichzeitig mit Henry erhob sie sich abrupt.

Wie Schatten tauchten zwischen den Säulen der Krypta die anderen Mönche auf; stumm zogen sie hinauf in die Kirche. Ihre Kutten rieben sich an jeder Stufe. Noch ein paar schlurfende Schritte, dann schlug die Tür zur Krypta dröhnend zu. Von außen drehte sich der Schlüssel scheppernd im Schloss. Ein Eisenriegel wurde vorgeschoben. Mit jedem der sich entfernenden Schritte wuchs Alienors Panik. Sie musste die Angst, in dieser Gruft zu ersticken, niederkämpfen. Trotz der Kälte trat ihr der Schweiß auf die Stirn. Sie sank erneut auf die Knie und neigte den Kopf. Jetzt sind wir allein. Nun muss er mich ansehen.

Henry stand unbewegt da. Sein Profil warf verzerrte Schatten auf den gerundeten Erkerrand. Wo war er in seinen Gedanken? Was ging in ihm vor? Betete er?

Seine in sich gekehrte, abweisende Haltung verbot ihr auch nur seine warme Hand zu berühren.

Mit aller Kraft versuchte sie sich auf den morgigen Tag zu konzentrieren. Sie war fünfzehn Jahre lang Königin gewesen und morgen würde sie wieder zur Königin gesalbt werden. Ob Little Willy die Krönungsfeierlichkeiten durchstehen würde?

Der Gedanke an ihn wärmte ihr Herz. Sie stellte sich vor, wie er in seinem goldenen Mantel im Chor auf sie warten würde. Woran würde er sich eines Tages bei seiner eigenen Krönung erinnern? Nach und nach beruhigte sie sich. Sie beschloss, dafür zu sorgen, dass der Prinz die Exerzitiennacht unter leichteren Bedingungen erleben würde. Wozu diese Qual? Little Willy würde beten und fasten können auch ohne eingesperrt zu sein.

Wie eine brennende Grenze lag das Schwert zwischen Henry und ihr.
Nein, sie konnte jetzt nicht beten. Plötzlich zitterte sie vor Kälte und schlug ihre Arme um den Körper. Leise trat sie zurück. Henry schien keinen ihrer Schritte wahrzunehmen.
Ihre kalten Hände reibend trat sie in den hinteren Teil der Krypta. An das Halbdunkel hatten ihre Augen sich gewöhnt. Die Steinsärge ängstigten sie nicht mehr, sie strich sogar mit den Fingern darüber.
Versucht so ehrlich mit Euch ins Gericht zu gehen, wie Ihr eben könnt, Ihr seid ein Nichts, hatte Maud gesagt. Sie sah die gefalteten Hände von Henrys Mutter vor sich. Die geliebten alten Hände ihres Großvaters fielen ihr ein, auch ihn hatten sie in einen solchen kalten Steinsarg gelegt. Er hatte ihr ein Leben vorgelebt, das weder der Bannstrahl des Papstes noch die Drohung mit dem Fegefeuer hatte in Unruhe versetzen können. Dafür war sie voller Dankbarkeit.
Während sie ihren Gedanken nachhing, war ihr, als atmete die Krypta in ihrer unterirdischen Stille.

Nur noch diese eine Nacht, dachte Henry, dann werden wir beide gekrönt. Er kniff die Augen zusammen. Morgen bin ich König von England! Hitze stieg in ihm auf, er legte den Kopf in den Nacken und starrte gegen die Decke. Also hat es sich doch gelohnt, all dieses Warten. Am Ende haben wir doch gesiegt, Alienor und ich! Herrgott, ich kann jetzt nicht beten – ich kann an nichts anderes denken, als dass sie mir morgen die Krone aufsetzen werden. Wenn es Tag wird, reicht der Erzbischof mir das Zepter, dann werde ich gesalbt, dann bin ich endlich angekommen, dann bin ich Henry der Zweite, König von England.
Er öffnete den Mund zu einem lautlosen Schrei und verlagerte sein Gewicht auf das andere Bein. Eine ganze Nacht lang zu knien, scheint mir schlimmer als ein Zwei-Tage-Ritt.

Hier unten ist es wie in einer Gruft, dachte er aufsässig. Sein Blick suchte die brennende Kerze und in ihrem Schein vermeinte er plötzlich das Gesicht seines Vaters zu sehen. Bist du jetzt stolz auf mich, Vater? fragte er stumm; das Gesicht vor ihm verzog keine Miene. Aber das wolltest du doch immer?

Ungeduldig suchten seine Augen nach einer Antwort – und auf einmal zeigte das Gesicht vor ihm eine Reaktion: ganz langsam verzog sich der Mund zu einem höhnischen Grinsen. Deutlich erkannte Henry den funkelnden, boshaften Blick. Hastig schlug er das Kreuzzeichen. Die Kerze flackerte und das Gesicht war verschwunden.

Er hob den Kopf erneut und spähte in die Dunkelheit. Leichte Schritte näherten sich von der Treppe. Zuerst glaubte Henry, einer der Mönche sei zurückgekommen; dann erkannte er, dass es eine Frau war.

Hinter dem Kerzenständer blieb sie stehen und sah ihn unverwandt an; und als sie nun langsam die Kapuze abstreifte, da wusste er auch, wer sie war: Du bist doch tot, wollte er sagen. Sein Herz klopfte so laut, dass er glaubte, Alienor müsse es hören. Aber ich bin nicht schuld. Ich habe nur mit dir angefangen; den Rest haben meine Männer gemacht. Schuld war dein Mann, der seinen Eid gebrochen hat. Ich musste mich doch rächen. Schließlich ging es um meine Ehre, schrie er innerlich.

Da lächelte die Frau ihn an und trat einen Schritt zur Seite, um einem Kind Platz zu machen, dem beide Arme fehlten. Blut tropfte auf den Steinboden und hinterließ einen dunklen Fleck. Das Kind bückte sich und versuchte mit seinem Umhang den Boden zu säubern.

Henry spürte Tränen aufsteigen; und wie durch einen Schleier sah er, wie die Frau das Kind behutsam an sich zog. Sekundenlang traf der volle Kerzenschein das Haar des Jungen und es erinnerte ihn an Little Willys blonde Locken.

Ich war das nicht. Das war ein Gottesurteil, wollte er sagen, aber er brachte keinen Ton heraus. Sein Blick verfing sich in der Blutlache und er konnte kaum atmen.
Das Kind hatte sich seiner Mutter entzogen. Es trat einen Schritt auf Henry zu und sah ihn an. Fragend streckte es ihm die blutenden Armstümpfe entgegen und sein Mund formte ein lautloses: Warum?
Henry wollte erklären; suchte nach Worten; da zog die Frau das Kind mit einer behutsamen Geste zurück. Beide verschwanden im Schatten. Und dann zogen sie in einer grauenhaften Prozession an ihm vorüber: verstümmelte Männer und Frauen, gemarterte Kinder – und alle sahen ihn an und lächelten.
Henrys Hände krampften sich um das Holz. Er wollte schreien, er wollte, dass es aufhörte, Schweiß lief ihm über den Rücken, aber er konnte den Blick nicht abwenden. Ich bin der König, dachte er, und die Tränen strömten ihm über das Gesicht.
Und plötzlich stand sein Vater vor ihm. Führ dich nicht auf wie eine Memme, herrschte er den Sohn an. ›Das ist der Preis, den du hast zahlen müssen!‹ Mit verächtlicher Geste deutete er nach hinten, wo der Strom der Toten nicht enden wollte. ›Sieh nur hin, denn du wirst mit ihnen leben müssen. Sie bilden den Weg, der zu den Thronen führt.‹
Plötzlich begann er zu lachen und sein Gelächter hallte in der Krypta überlaut. Er deutete auf Alienor. ›Deine Geilheit hat dich weit gebracht, mein Sohn!‹, grinste er höhnisch. ›Du bist ein mächtiger Mann geworden. Morgen werden sie dich hochleben lassen; aber du wirst keine Ruhe finden. Wenn du in England bist, werden sie sich auf dem Kontinent gegen dich erheben – und umgekehrt.‹
Am Anfang vielleicht, wollte Henry sagen, aber der Alte unterbrach den Gedanken. ›Oh, nein – so lange du lebst. Ab morgen wirst du niemandem mehr trauen können.‹ Und wieder deutete er auf Alienor. ›Auch diese Hure wird an dem Ast sägen, auf dem du sitzt.‹ Henry presste die Fäuste gegen die Oh-

ren; aber die höhnische Stimme seines Vaters erreichte ihn trotzdem: ›Von ihrer Brut erst gar nicht zu reden …‹ Sein Gelächter schallte von den trostlosen Wänden zurück.
Henry hatte sich vorgebeugt; fast meinte er den Atem seines Vaters zu spüren. Warum gönnst du es mir nicht?, stieß er hervor. Es war immer dein Wunsch, dass ich einmal König würde.
›Wenn man lebt, beurteilt man die Dinge anders. Da, wo ich jetzt bin …‹ Er schnippte den Ärmel zurück und zeigte einen Skelettarm vor. Henrys Schaudern bemerkend, zog er den Ärmel noch ein Stück höher. ›Was erschreckt dich daran? Genau so sieht der Tod aus. Auch daran wirst du dich gewöhnen müssen.‹ Er ließ den Ärmel wieder fallen, sein Gesicht veränderte sich plötzlich und wurde hart. ›König zu sein bedeutet Macht zu besitzen, Macht über Leben und Tod. Ein kleiner normannischer Herzog, dem durch Heirat ein Vermögen zugefallen ist und der nun glaubt, an der Spitze angekommen zu sein, sollte seine Zeit nutzen – sie wird nicht lange dauern.‹
Ich habe geglaubt, dass du mich liebst …, wollte Henry sagen und brachte doch kein Wort hervor. Der Alte hatte sich schon zum Gehen gewandt; jetzt verharrte er und lächelte auf einmal. ›Aber das tue ich doch. Wäre ich sonst hier?‹
Bitte, bleib, bat Henry, aber sein Vater schüttelte den Kopf. ›Meine Zeit ist um. Nutze du die deine.‹ Dann trat er zurück in die Reihe der Toten.
Kälte stieg in Henry auf und Hilfe suchend wandte er den Kopf zu Alienor, aber er sah sie nicht.
Er sah die Ratte.
Sie kam von den hinteren Säulen und lief schnuppernd über die Steinfliesen. Bei der Blutlache, die das Kind hinterlassen hatte, hockte sie sich hin und ihre spitze Nase huschte über den dunklen Fleck. Henry verspürte einen Würgereiz und seine Hände tasteten nach etwas, was er hätte werfen können.
Da spürte er, wie sich Arme um seine Schultern legten, und Alienors Duft hüllte ihn ein. Sie glitt neben ihn und griff nach

seiner Hand. Dann verflochten sich ihrer beider Hände wie zum Gebet und streckten sich nach oben. Der Kerzenschein warf einen bizarren Schatten auf die nackten Mauern der Krypta.

Die Ratte hatte den Kopf erhoben und sah ihnen zu.

Im Palast des Bischofs von London brannte trotz der späten Stunde noch Licht. Missmutig lief ein Diener die Stufen zur Küche herunter und stieß die Tür auf. »Die wollen noch was zu essen haben«, brüllte er. Schlaftrunken hob der Koch, der halb über dem großen Holztisch lag, den Kopf und blinzelte. »Was? jetzt noch?« Mühsam stemmte er sich hoch und gähnte. Sein Blick glitt zu der Feuerstelle, über der ein gusseisener Topf leise vor sich hin summte. »Brühe ist noch da und ein bisschen kaltes Huhn. Du kannst es gleich mitnehmen.« Er griff nach einem Apfel und warf ihn geübt auf einen jungen Mann, der schlafend auf der Erde lag. »Wach auf und richte ein Tablett!« Brummelnd schlurfte er hinüber zum Feuer und begann in dem Topf zu rühren. Dann kostete er und nickte zufrieden. »Gib mir zwei Schüsseln.«

Im Kabinett des Hausherrn saßen sich die beiden Erzbischöfe von London und Canterbury gegenüber. Vor Stunden hatten sie sich zurückgezogen.
»Was macht Euch so sicher, dass er wirklich Becket haben will?«, fragte soeben der Gast. Sein Gegenüber wartete mit der Antwort, bis der Diener sein Tablett abgestellt hatte. Mit einer Handbewegung schickte er ihn hinaus. Dann griff er gierig nach der Schüssel und schlürfte die Brühe. »Sollte er selbst noch nicht auf die Idee gekommen sein, dann muss man sie ihm nahe bringen.« Irritiert sah Theobald von Canterbury ihm zu. »Wie das?«

»Der Plantagenet hat doch niemanden in England, dem er trauen kann!«, antwortete der Bischof brutal. »Er fängt praktisch bei null an. Das ganze Land ist durcheinander und das weiß er.« Dann fügte er süffisant hinzu: »Aber Thomas ist sein Freund. Wer kennt wohl Beckets Talent sich überall beliebt zu machen besser als Ihr? Ich wette mit Euch: es wird funktionieren!«
Theobald von Canterbury schien noch immer nicht überzeugt. »Nehmen wir einmal an, Ihr habt Recht … nehmen wir weiter an, ich verliere meinen Sekretär. Was aber macht Euch glauben, er werde bei Hofe aufsteigen?«
Der Bischof lachte. »Weil Becket sich anders nicht zufrieden geben wird! Henrys Sympathie für ihn – gepaart mit unser beider Fürsprache – ich wüsste nicht, was Beckets Karriere aufhalten könnte.«
»Ihr vergesst Alienor. Sie kann Becket nicht ausstehen.«
Sein Amtsbruder zuckte mit den Schultern. »Im Moment friert sie erst einmal dort unten in der Krypta. Und wenn sie zur Königin gekrönt ist, dann wird sie vollauf damit beschäftigt sein, Prinzen in die Welt zu setzen – sie hat ja nun bewiesen, dass sie es tatsächlich kann.« Dann deutete er auf die Karaffe. »Noch ein Glas von diesem köstlichen Rotwein? Ich habe ihn aus Italien erhalten.«
Theobald schüttelte den Kopf. Er beugte sich vor und fragte mit seiner leisen, kultivierten Stimme: »Unterschätzt Ihr sie nicht ein bisschen? Es muss ihr um die Macht gehen – warum sonst wäre sie erpicht darauf, Königin dieses Landes zu werden? Alles andere hat sie doch in Aquitanien …«
Sein Gastgeber stellte sein Rotweinglas abrupt ab. »Genau. Sie wird sich zurücksehnen nach ihrem sonnigen Aquitanien. Ich gehe jede Wette mit Euch ein: spätestens nach ihrer nächsten Niederkunft wird sie uns verlassen. Und dann hat Becket freie Bahn.«
»Dann haben wir freie Bahn, wollt Ihr sagen«, fasste das Oberhaupt der englischen Kirche zusammen und erhob sich. »Viel-

leicht habt Ihr Recht: Henry ist noch so jung und Becket so ehrgeizig … Aber es ist spät geworden. In ein paar Stunden beginnt die Krönung.«
Der Erzbischof von London hatte sich ebenfalls erhoben. »Wartet noch«, bat er. »Ich frage mich plötzlich: inwieweit können wir Becket eigentlich trauen … Er war doch auch in Frankreich …«
»O nein. Becket hat keinerlei Verbindung zum Französischen Hof. Wie sollte er auch? Ein kleiner englischer Diakon … Da sehe ich keine Gefahr. Doch nun: Gott mit Euch. Versucht noch etwas zu schlafen. Es wird ein anstrengender Tag.« Der Duft seines Parfums blieb noch eine Weile im Raum und vermischte sich mit dem Geruch des Feuers. Der Erzbischof von London griff nach der silbernen Glocke, und als sein Sekretär erschien, befahl er: »Bring mir doch noch einmal die Sitzordnung der Krönungsfeierlichkeit. Ich möchte wissen, wo Becket sitzt.«
»Wenn Ihr erlaubt, Exzellenz, das weiß ich aus dem Kopf: Der Sekretär des Erzbischofs von Canterbury hat keinen festen Platz in der Kirche.«
»Dann ändere das. Ich will, dass er von dem zukünftigen König gesehen wird, wenn dieser Westminster verlässt.« Der Erzbischof gähnte hemmungslos. »Der Gesandte von Frankreich wird sich wundern«, meinte er noch, dann erhob er sich. »Jetzt bring mich zu Bett!«

Ganz London war an diesem neunzehnten Dezember 1154 auf den Beinen. Mit lautem Gejohle begrüßte das wartende Volk die ersten Reiter. Das polierte Metall ihrer silbernen Rüstungen blitzte in der Wintersonne. Die seidenen Decken der festlich aufgezäumten Rösser leuchteten in allen Farben. Rote, goldene, blaue Wimpel flatterten in goldenen Halterungen über den Pferdehälsen. Der Zug wollte kein Ende nehmen. Volltönend begannen die Glocken der Kathedrale von Westminster zu läuten. Da trafen Henry und Alienor hoch zu Ross auf dem überfüllten Platz vor der Kirche ein. Jubelschreie und Hochrufe hallten ihnen entgegen. Dröhnend setzte die schwerste Glocke von Westminster ein. Alienor spürte, wie sich ihr Herz öffnete, wie Glück die Verzweiflung der vergangenen Nacht verdrängte. Dies war ihr Tag.
Eine Pferdelänge vor ihr saß Henry, trotz der nervösen Bewegungen seines Pferdes, kerzengerade im Sattel. Sein golddurchwirkter, mit Edelsteinen besetzter Krönungsmantel glänzte und funkelte bei jedem Schritt des tänzelnden Rosses.
»Wie wunderschön sie ist!« Erneut brachen Begeisterungsschreie los. »Es lebe unsere Königin!«
Alle schienen nur noch Augen für Alienor zu haben. Sie lächelte den jubelnden Menschen zu, die sich bekreuzigten, als ob sie eine himmlische Erscheinung sähen.
Strahlend vor Glück blickte Alienor von ihrem prächtig geschmückten Pferd in die Menge hinab. Ihr dichtes rotes Haar

wurde von glänzenden gold- und perlenbestickten Bändern gehalten. In weichen Wellen hing es über den Krönungsmantel hinab, der in allen nur erdenklichen Edelsteinfarben funkelte.
»Gott segne Euch!« – »Es lebe England!« – »Vivat rex. Vivat regina!«, setzten die Rufe sich über den ganzen Platz fort. In ihrer Begeisterung durchbrach die Menge die Abgrenzungen. Mütter streckten Alienor ihre Kinder entgegen, Männer versuchten Henrys Stiefelspitzen zu berühren. Brutal wurden sie zurückgedrängt.
Der Jubel brandete noch einmal auf, als sie am Fuße der Kathedrale absaßen. Posaunen ertönten aus den Rundbögen über dem gesamten Kirchenschiff, als sie das Portal von Westminster durchschritten.
Die festliche Stimmung des geschmückten Gotteshauses war atemberaubend. Sie hatte gesiegt. Niemals wieder würde man sie demütigen können wie in Beaugency. Wenn sie diese Kathedrale verließ, hatte sie ihre Widersacher endgültig in die Knie gezwungen. Ein Freudenschauer lief ihr den Rücken hinab. Überwältigt von dem großartigen Anblick und dem Gefühl unendlichen Glücks, hätte sie am liebsten innegehalten.
Prachtvoll war das Bild der Fahnen, die von den Balustraden des runden Kirchengewölbes hingen. Sofort entdeckte sie die purpurne Fahne mit Henrys drei goldenen Löwen. Mit Girlanden aus Tannengrün verbunden, schmückten die verschiedenfarbigen Seidentücher, welche die ersten Wappen der eigenen Familie und der mit ihnen verwandten Häuser zeigten, das gesamte Längsschiff. In den Rundbögen darüber standen schwere Silberkandelaber, deren Kerzen festliches Licht verbreiteten. Bunte Bänder schlangen sich um die ebenfalls mit Girlanden geschmückten Säulen.
Gekrönte Häupter und Kirchenfürsten, Vertreter des Heiligen Stuhls und aller großen Familien des Reiches hatten sich in der Kathedrale erhoben. Unter Fanfarenklängen setzte sich die Prozession in Bewegung. Aufrecht und in gleichmäßigem Ab-

stand hinter Henry einherzuschreiten forderte zunächst Alienors ganze Aufmerksamkeit. Bei jedem Schritt spürte sie die Last des schwer wallenden Krönungsmantels. Nur die ersten Hofdamen durften die kostbare Schleppe tragen; so wusste Alienor zu ihrer Beruhigung Marie direkt hinter sich.
Seit Generationen wurde dieses Gewand in der Abtei von Westminster aufbewahrt. Die schwere Seide, mit schillernden Edelsteinen besetzt, roch nach Sandelholz und geschlossenen Truhen. Der Tradition entsprechend trug sie den Krönungsmantel an der rechten Schulter gerafft. Ebenso für diese Zeremonie festgelegt und vorgeschrieben waren auch ihre kostbaren Untergewänder, die an Schulter und Brust Schlitze für die Salbung trugen.
Alienor war sich ihrer strahlenden Schönheit bewusst, als sie hoch aufgerichtet nach vorne schritt. Jeden einzelnen Augenblick dieses Weges empfand sie als überwältigendes Geschenk. Die Posaunen, die nun über dem Hochaltar erklangen, das volltönende Glockengeläut, die bewundernden Blicke, die sie aus allen Reihen trafen, die leuchtende Pracht der Gewänder, der im Kerzenlicht erstrahlende Hauptaltar, vor dem sich die goldenen Ornate der Erzbischöfe und Bischöfe abhoben, erfüllten sie mit einem nie gekannten Hochgefühl. Ich habe gesiegt. Und ich werde weiterhin siegen, dachte sie.
Im Widerschein der unzähligen Kerzen funkelten die ziselierten Silberrüstungen der Ritter, an denen sie vorbeischritt. Dazwischen glitzerten die kostbarsten Diademe und Kronen auf den Häuptern ihrer Gäste.
Alienor sah alles: Sie erkannte die Verwandten aus Aquitanien und der Normandie, die englischen Lords, die nach Familien geordnet nebeneinander standen. Jede Farbe der prächtigen Gewänder nahm sie wahr, die einzelnen Gesichter; manche der Erstgeborenen, die an der Krönung teilnehmen durften, hätte sie mit Namen nennen können. Die Châtelleraults, die Sanzays, die Lusignans, die Familie des Vicomte de Thouars erfasste sie

ebenso deutlich wie ihre Vasallen aus der Gascogne, die Grafen von Limoges und des Périgord. Auf der anderen Seite erblickte sie die Lords und Barone von Salisbury, Gloucester und Hereford, die Grafen von York und Norfolk mit ihren Familien, den Earl of Leicester und Henrys schottische und irische Verwandte.

Alles erschien Alienor majestätischer, ja tiefgründiger als bei ihrer ersten Krönung. Die Posaunen klangen, als ob sie Himmel und Erde miteinander verbinden wollten. O Gott, hilf mir, meine Aufgabe, so gut ich kann, zu erfüllen!, flehte sie und spürte die gewaltige Verantwortung, die sie von nun an bereit war zu tragen.

Als sie den Chor der Kathedrale betraten, in dem die engsten Angehörigen und die höchsten Kirchenvertreter sie erwarteten, begannen die Mönche die Laudes zu singen. Der Lobgesang der Männerstimmen, die im Wechsel Anrufungen der Heiligen und Heilrufe für das Herrscherpaar und das Haus Plantagenet sangen, verbreitete eine Feierlichkeit, die Alienor tief bewegte. Weihrauchduft stieg aus goldenen Schalen empor und verbreitete sich im ganzen Chor. Im Vorübergehen erkannte Alienor Gervaise von Blois, den Abt von Westminster, die Erzbischöfe von Rouen und Bordeaux, den Erzbischof von York, der in dem uralten Kampf gegen Canterbury auch dieses Mal unterlegen war.

»Oh, Mama ist so schön!«, wisperte Little Willy Christine zu, die neben ihm im Chor stand. Sie lächelte den Prinzen an, während die Hofdame ihm ihre Hand auf die Schultern legte, damit er ja nicht weiterspräche.

Theobald de Bucé, der Erzbischof von Canterbury, trat ihnen entgegen. An seiner Seite zelebrierten fünfzehn Bischöfe die Messe. Aus dem Augenwinkel sah Alienor, wie Little Willy sich auf die Zehenspitzen stellte, um zu erkennen, was die Edlen feierlich auf Samtkissen vor Henry einhertrugen. Auf dem ersten Samtkissen lag der Ring. Es folgten Henrys Schwert, zu-

sammen mit zwei weiteren Schwertern, das Zepter, die Krone und die Virga.
Niemals hatte Alienor eine ganze Messe hindurch eine solche Andacht empfunden. Die Pracht, die sie umgab, verblasste vor der Intensität, mit der Theobald die Krönungsmesse zelebrierte. Mit seiner Predigt schlug er alle Anwesenden in den Bann. Die Worte, die er sprach, waren von tiefem Glauben und der Klugheit eines langen Lebens erfüllt.
Alienor war wieder in ihr Gebet versunken, als die ersten Harfentöne erklangen. Eine tiefe Solostimme setzte ein. »Christus vincit«, sang sie mit warmem Ton. Wie ein Echo nahm der Chor der hellen Knabenstimmen die Hymne auf und antwortete: »Tibi laus, tibi Gloria Christe.« – »Christus vincit«, entgegnete die Mönchsstimme. Die überirdischen Klängen erfüllten die ganze Kathedrale. Der gesamte Chor schloss mit den Worten »per infinita saecula saeculorum«.
In der Kirche herrschte vollkommene Stille, als nun der Sakristan von Westminster vortrat und Theobald von Canterbury die Ampulle mit dem geweihten Öl überreichte. Laut hob der Erzbischof an, »O allmighty and everlasting God« zu beten. Die Worte drangen tief in Alienors Seele. Du bist ein Nichts, erinnerte sie sich. Allmächtiger Gott, betete sie inständig, gib mir Deinen Segen, schenk mir Deine Gnade.
Alienor fröstelte, als ihr das kostbar bestickte Unterkleid aufgeschoben und über den nach hinten geschlagenen Krönungsmantel gelegt wurde. Ihre unbedeckte Schulter wirkte zart über der Pracht des fließenden Stoffes. Er gab ihren entblößten Hals frei. Auch wenn die Seide ihres Unterkleides nur bis zum Ansatz der Brüste und bis zur Mitte der Oberarme gerafft worden war, die Linien ihrer nackten Haut bildeten einen scharfen Kontrast zu den schweren Stoffen der hochgeschlossenen Bischofsornate.
Der Erzbischof benetzte seine Fingerkuppe mit dem dargereichten Öl, schlug betend das Kreuzzeichen über Henrys

Haupt und salbte ihn am Scheitel, auf den Schultern und zwischen den Schulterblättern. Alienor erinnerte sich an die alte Legende, nach der ein Engel die Ampulle mit dem Öl zur Salbung Chlodwigs vom Himmel herabgebracht hatte. Und Henrys Worte kamen ihr wieder in den Sinn: ›Haupt, Schultern und Arme werden gesalbt, weil dies Ruhm, Stärke und Wissen des Königs versinnbildlicht. Denk daran, dass wir durch das heilige Öl zwischen Gott und den Menschen stehen.‹
Mit sonorer Stimme betete der Erzbischof die überlieferten Salbformeln. Dann nahm er erneut von dem heiligen Öl und beschrieb damit Kreuzzeichen auf Henrys Brust und Handgelenken sowie den Innenflächen seiner Hände. Der Bischof segnete den Gesalbten, dann trat er vor Alienor. Sie senkte die Augen.
»O allmächtiger und ewiger Gott, mit dem Öl der Gnade deines Heiligen Geistes, mit dem du die Priester, Könige, Propheten und Märtyrer gesalbt hast, salbe diese Königin«, betete er und benetzte ihr das Haupt. Als seine kalten Finger ihre Brust berührten, in der sich dehnenden Zeit dieses allumfassenden Moments, fühlte sie sich klein und unbedeutend vor der Allmacht Gottes. Herr ich bin nicht würdig …, aber sprich nur ein Wort, betete sie ohne sich dessen bewusst zu sein.
Zum ersten Mal seit Beginn der Krönungsfeierlichkeiten lächelten Alienor und Henry sich zu, als sie vor den Hauptaltar geleitet wurden.
Man reichte Henry die Pergamentrolle mit der Krönungscharta. Er erhob sich, um die Krone zu empfangen, dann legte er das Pergament auf den Altar. Sie wusste, dass er seine Charta ganz im Sinne Wilhelms des Eroberers verfasst hatte. Mit dem Segen, den Theobald nun aussprach, war Henrys Schwur von Gott geheiligt: »Die Kirche zu schützen, Gerechtigkeit gegenüber den Untergebenen walten zu lassen, teuflische Gesetze und Gebräuche zu unterbinden«, gelobte er in diesem Pergament. Nur Alienor wusste, dass Henry noch einen vierten

Schwur hinzugefügt hatte: »Die Rechte der Krone zu verteidigen«.
Henry trug bereits die Königskrone, als der Erzbischof auf sie zutrat. Während die goldene Krone über ihr Haupt gehalten wurde, begann Theobald mit lauter und deutlicher Stimme zu sprechen: »Gott setze sie als Königin über das Volk ein … Er lasse sie der königlichen Herrschaft teilhaftig sein … Das englische Volk möge sich freuen, dass es durch die Herrschaft seines Fürsten regiert und … durch die Klugheit und Tugend der Königin gelenkt werde …«
Alienor war, als bliebe die Welt stehen. Herr, ich hoffe, ich bin würdig, diese Krone zu tragen, betete sie inbrünstig. Erst als sie das Gewicht der Krone auf ihrem Kopf spürte, vernahm sie die einsetzenden Fanfaren, das feierliche Glockengeläut, das Dröhnen von Schwertern, die auf die Schilde schlugen.
Dann nahm Henry ihre Hand, um sie, die Königin von England, hinauszugeleiten.

»So, mein Junge«, sagte Henry heiter, »jetzt kriegen wir sie am Arsch! Schließlich müssen die Lords doch eine Vorstellung davon bekommen, wie ich zu regieren gedenke.«
Becket ritt neben ihm. »Ich nehme an, mein König, sie wähnen uns noch in den Betten.« Er verzog das Gesicht. »Für mich war es auch ein bisschen früh.«
»Aber genau darum geht es, ich will sie ja überraschen. Das Domesday Book allein genügt mir nicht – das sind nur tote Aufzeichnungen, Listen, Zahlen. Ich will die Wirklichkeit sehen. Ich will mich selber davon überzeugen, ob sie rechtmäßig in ihren Burgen sitzen …«
Er blickte hinter sich: zweihundert Berittene folgten ihnen in einer langen Reihe. Bei jedem Ausatmen von Mensch und Tier stiegen kleine Dampfwölkchen in die klirrende Kälte. Der Schnee schluckte fast alle Geräusche. »Ich hätte nicht für möglich gehalten, dass die Flandern so sang- und klanglos unser Land verlassen würden …«
Becket zog die Augenbrauen hoch. »Was hattet Ihr gedacht, mein König? Für die flämischen Söldner ist nach Stephans Tod kein Platz mehr in England. Mich wundert nur, dass Ihr ihrem Anführer, diesem Wilhelm von Ypres, seine Ländereien in Kent gelassen habt …«
Henry zuckte mit den Schultern. »Was soll's – er ist ein blinder alter Mann. Nach seinem Tode wird ohnehin alles an die Krone zurückfallen. Solange kann ich warten.«

Vor ihnen, auf dem verschneiten Weg, tauchte eine kleine Gruppe auf: ein Mann und eine Frau, die einen Handwagen hinter sich herzogen, und ein kleiner Junge. Als sie näher kamen, sah Henry, dass das Kind vor Kälte mit den Zähnen klapperte. Henry hob die Hand und sein Zug kam zum Stehen.
»Wo wollt Ihr hin?«, fragte Henry freundlich.
Der Mann ließ die Deichsel los und kam näher. »Nach Süden – vielleicht nach London. Nur fort von hier.« Er sah Henry direkt in die Augen; und der erschrak über die Hoffnungslosigkeit, die sich darin spiegelte.
»Warum?«, fragte er. Da begann die Frau zu schluchzen. »Sag's ihm, John ...« Ihr Mann schüttelte den Kopf. »Wozu? Der ist auch ein Lord. Was kümmern ihn unsere Sorgen!«
Henry stieg vom Pferd und näherte sich dem Kind. »Sag du mir, warum ihr euer Heim verlassen habt.«
»Sir Cedric hat uns unser Schwein weggenommen. Vater wollte es verkaufen, damit wir was zu essen haben. Und weil er uns schon das Korn weggenommen hat.«
Henry sah zu Becket. »Sir Cedric? Wer ist das?«
Becket wandte sich direkt an den Mann: »Seid Ihr aus Carben?« Und als der nickte, antwortete er: »Jetzt weiß ich, wer Cedric ist. Seine Burg muss etwa zehn Meilen von hier liegen. Leider nicht auf unserer Route ...«
»Wer sagt das. Wir werden Sir Cedric einen Besuch abstatten«, sagte Henry. Und zu dem Mann: »Ihr kommt mit. London ist nichts für Euch. Wir bringen Euch zurück nach Hause.« Die Frau war näher gekommen und berührte demütig seinen Stiefel. »Bitte nicht, Herr. Sir Cedric wird uns auspeitschen lassen. Wir hatten nicht die Erlaubnis das Dorf zu verlassen.« Sie schluchzte auf. »O Gott, wenn Ihr Johns Rücken gesehen hättet ...«
Henry stieg ab und kniete sich in den Schnee dicht vor das Kind. »Was willst du, was geschieht?«, fragte er.
Die blau gefrorenen Lippen des Jungen begannen zu zittern und seine Augen füllten sich mit Tränen. »Ich will heim ...«

Henry stand auf. »Also ist es entschieden. Ihr kommt mit. Ihr könnt auf den Packpferden reiten.« Und zu Becket: »Sorg dafür, dass der Wagen nachgebracht wird.« Er reichte dem Kind die Hand. »Willst du bei mir mitreiten?«
Der Junge war fassungslos. »Na?« Henry zog ihn hoch. »Wie heißt du?«, fragte er, als er den Knirps aufs Pferd hob.
»Auch John, wie mein Vater! Und wer bist du?«
Henry schwang sich hinter ihn in den Sattel und griff nach den Zügeln. »Ich bin der König.«

Als die Burg vor ihnen auftauchte, pfiff Becket verwundert durch die Zähne. »Donnerwetter«, sagte er, »ich hätte nicht für möglich gehalten, dass Cedric in der kurzen Zeit solche Mauern hochgezogen hat.«
Henry hielt sein Pferd an. »Seit wann?«, und ehe Becket antworten konnte, drehte sich das Kind im Sattel um und blickte zu ihm auf. »Seit Herbst mussten alle für ihn bauen. Weihnachten war's dann fertig. Vater war auch im Steinbruch«, fügte er stolz hinzu.
»Von welchem Steinbruch sprichst du?«, wollte Becket wissen.
»Der vom Kloster«, erwiderte der kleine John. »Jedenfalls hat er mal dem Kloster gehört.«
Auf dem Wehrgang tauchten ein paar Wachen auf und starrten auf die Ankömmlinge herunter. Henrys Augen begannen zu funkeln. »Na, dann wollen wir mal«, sagte er und gab dem Fahnenträger ein Zeichen. Der galoppierte los und gleich darauf war seine helle Stimme zu vernehmen: »Im Namen des Königs! Öffnet das Tor!« Zunächst geschah gar nichts; nur ein paar Raben ließen sich krächzend auf den Zinnen nieder. Dann endlich wurde das Gitter hochgezogen; aber noch immer war niemand zu sehen. »Ich würde jetzt gern absteigen«, wisperte das Kind. »Sir Cedric wird sicher böse sein.«
Henry hob ihn hoch und setzte ihn vorsichtig auf den gefrorenen Boden. Er winkte ihm kurz zu, dann galoppierte er in voller Karriere über die Holzbrücke in den Burghof.

Dort sah es trotz der Schneedecke verwahrlost aus; ein paar windschiefe Hütten klebten an der Innenmauer, roh und lieblos zusammengezimmert, ähnelten sie mehr Viehunterständen als menschlichen Behausungen. Unter den Türen drängten sich verängstigte Leute. Als Henry sein Pferd zügelte, wichen sie zurück.

Die Tür des Palas wurde so ungestüm aufgerissen, dass sie gegen die Mauer schlug. Hastig lief ein Mann die Außentreppe hinunter. Im Laufen versuchte er sein Schwert zu gürten.

»Ist er das?«, fragte Henry interessiert und Becket nickte.

Aufmerksam betrachtete Henry den Mann. Er mochte vierzig Jahre alt sein, das Haar fiel ihm wirr und verfilzt auf die Schultern und seine Augen blickten verschlagen aus einem rohen Gesicht. Breitbeinig pflanzte er sich vor Henrys Pferd auf. »Ihr seid der König?«, bellte er. Henry nickte. Erst da beugte er das Knie. »Willkommen auf Carben, mein König!« Und mit einer Kopfbewegung auf die Reiterschar: »Ich fürchte, mein Haus ist zu klein, um Euch allen Unterkunft zu bieten.«

Henry schwang sein rechtes Bein über den Sattel. »Das wird nicht nötig sein. Ich will hineinkommen, um etwas mit Euch zu besprechen«, sagte er gleichmütig. Er gab Becket ein Zeichen und ging auf den Wohnturm zu. Sir Cedric beeilte sich ihnen zu folgen.

In der Halle war es düster und zugig. Im Kamin qualmte ein Feuer. Es roch nach verfaultem Stroh, feuchtem Holz und verschüttetem Bier. Erstaunt fiel Henrys Blick auf den prachtvollen Wandbehang, der fast die gesamte Breitseite der Halle bedeckte und sich in dieser Umgebung merkwürdig fremd ausnahm. »Von Eurer Frau?«, fragte er ironisch.

Sir Cedric verneinte. »Ich bin unverheiratet.« In dem Bemühen seinen Gast auf ein anderes Thema zu bringen, rief er nach heißem Bier.

Immer noch stand Henry vor dem kostbaren Wandbehang. Mit dem Finger strich er über das golddurchwirkte Gewebe; und

ohne sich umzuwenden fragte er Becket: »Was gibt es über Sir Cedric zu sagen?«
Einen Moment lang war außer dem Zischen der feuchten Hölzer im Kamin nichts zu hören.
»Ich warte!«
Becket räusperte sich. »Ich habe die Unterlagen nicht bei mir, mein König.«
»Ach, komm, Thomas – was weißt du über unseren Gastgeber?«, fragte Henry ungeduldig.
Becket unterdrückte ein Lächeln. »Während des Bürgerkrieges hat er viermal die Seiten gewechselt. Er schuldet König Stephan eine größere Summe, die er bis heute nicht zurückgezahlt hat. Er besitzt diese Burg und rund zweihundert Hufen. Bewirtschaftet werden seine Ländereien von einundzwanzig Unfreien und drei freien Familien, von denen er Pacht einbehält. Er liegt in Fehde mit dem nahe gelegenen Benediktinerkloster und einem Gerücht zufolge soll er versuchen, seinen Finanzen durch Erpressung aufzuhelfen.«
Eine schlampige Magd näherte sich mit den Getränken. Noch immer war Henry anscheinend in den Anblick des Wandteppichs vertieft und die Frau blickte verwirrt von einem zum anderen.
»Stimmt das?«, brüllte Henry plötzlich und drehte sich um. Vor Schreck ließ die Frau ihr Tablett fallen. Mit zwei großen Schritten war Henry bei Cedric, der einen Schritt zurückwich.
»Mit Erpressung habe ich nichts zu tun«, stammelte der Burgherr. »Wer das sagt, der lügt!«
»Wir werden sehen«, sagte Henry gefährlich leise.
Sir Cedrics Hand fuhr zum Schwert.
»Haltet ein, Mylord«, gellte eine Frauenstimme. »Er ist der König!«
Henry stand so dicht vor ihm, dass ihm die ungewaschenen Ausdünstungen seines Gegenübers ins Gesicht schlugen. Angewidert verzog er die Mundwinkel. »Die Frau hat Recht«, sag-

te er. »Ihr vergesst Euch, Sir!« Er zog den Titel ironisch in die Länge.

Die Frau, die geschrien hatte, begann hysterisch zu schluchzen.

»Räumt die Scherben beiseite«, herrschte Becket sie ungeduldig an.

Henry hatte Abstand zwischen sich und den Burgherrn gebracht. »Lasst die Fenster öffnen und schafft dieses faulige Stroh hinaus. Ich habe keine Lust in einem Schweinestall Recht zu sprechen.«

»Keiner hat mich angeklagt«, begehrte Sir Cedric auf.

Ohne Notiz von ihm zu nehmen befahl Henry, den Abt oder, wenn der nicht anwesend sei, den Subprior des Klosters herbeizuholen; dann ging er hinüber zum Fenster, riss den hölzernen Schlagladen auf und hielt das Gesicht in den eisigen Wind. Es ist kalt, dachte er. Vielleicht wäre es besser, Alienor nach der Niederkunft nach Aquitanien zu schicken. Little Willy ist so anfällig für Erkältungen. – Plötzlich war sein Herz von Zärtlichkeit für seine kleine Familie erfüllt. – Ja, Aquitanien ist eine gute Idee. Dieser Winter in England ist selbst für die Hiesigen besonders schlimm. Andrerseits wird er sich beizeiten daran gewöhnen müssen. Schließlich wird er einmal der König sein. Er lächelte und vor seinem inneren Auge tauchten die Bilder auf; er glaubte ihn zu sehen: Little Willy, wie er jauchzend die Arme nach ihm ausstreckte, wie rührend er ihn damals in Chinon mit der kleinen Samtkappe gefunden hatte, das strahlende Lächeln von Alienor … Ich bin glücklich, dachte er und schloss die Augen. Jemand räusperte sich hinter seinem Rücken. Und dann noch einmal.

»Was gibt es?« Als Henry sich langsam umwandte, hatte er für einen Augenblick Schwierigkeiten sich zurechtzufinden.

»Wie Ihr befohlen habt, mein König«, antwortete Becket, »dies ist Abt Radolfus.«

Der Benediktiner war Henry auf den ersten Blick sympathisch. Eine hoch gewachsene, asketisch wirkende Gestalt, an der das

Bestechendste die strahlend blauen Augen waren, die ihn prüfend betrachteten.

»Mein König!« Der Abt verneigte sich und Henry ging zu ihm und drückte ihm beide Hände. »Ich bin sehr froh, dass Ihr gleich gekommen seid«, sagte er freundlich. »Und da ich überzeugt bin, dass Ihr Mühe hattet meiner Bitte so umgehend Folge zu leisten, bin ich Euch doppelt dankbar für Euer Erscheinen.« Er wies auf einen der beiden Schemel, die jetzt an den brennenden Kamin gerückt waren. »Nehmt Platz, bitte – und helft mir Licht in diese verworrene Angelegenheit zu bringen.«

Abt Radolfus sah ihn spöttisch an. »Ich sehe da keine verworrene Angelegenheit, mein König. Für mich sieht es ganz klar aus ...« Sein Blick schweifte durch die Halle. »So klar, wie dieser Wandbehang, der ins Kloster gehört. Er ist eine Stiftung. Aber vielleicht sollte ich sagen, er war eine Stiftung für das Kloster, denn jetzt hängt er hier.« Der Mönch lächelte und setzte sich auf den Schemel. Henry fiel auf, wie dankbar er seine blau gefrorenen Hände ans Feuer hielt. Er nahm ihm gegenüber Platz und streckte die Beine weit von sich.

»Berichtet – was hat es mit diesem Wandbehang auf sich?«

»Lady Morgan schenkte ihn uns zum Dank dafür, dass ihr Mann gesund vom Kreuzzug zurückkehrte.«

»Wie kommt er also hierher?« Erst jetzt bemerkte Henry die Veränderung, die mit dem Raum vor sich gegangen war: Das verrottete Stroh war erneuert worden, das Kaminfeuer duftete nach Buchenscheiten und selbst die Magd war auf wundersame Weise verändert – jetzt trug sie einen sauberen braunen Rock und eine weiße Bluse. Aus dem Augenwinkel blickte Henry zu Sir Cedric hinüber. Nur der sieht immer noch aus wie ein Schwein, dachte er. Der Mönch zog die Hände vom Feuer zurück und steckte sie in die Ärmel seiner Kutte. »Wenn das Chaos herrscht, dann gelten die alten Gesetze nicht mehr.«

Jäh sprang Henry auf, der Schemel fiel polternd um. »Ihr vergesst, dass *wir* das Chaos beendet haben!«

Ungerührt sah der Mönch zu ihm auf. »Das mag vielleicht für London gelten, mein König. Aber bis Eure neuen Gesetze sich hier auf dem Lande durchgesetzt haben … das wird wohl noch eine Weile dauern.« Resigniert zuckte er mit den Schultern.
»Ihr irrt. Ich bin dabei, für jede Grafschaft Sheriffs einzusetzen, Männer, die direkt der Krone unterstehen und die sich nicht von jedem«, er wies mit einem Ruck des Kopfes auf Sir Cedric, »einschüchtern lassen. Deshalb unternehme ich diese Rundreise durch England.« Sein Gesicht hatte sich gerötet. »Und nun Ihr, Sir Cedric, erklärt mir Eure Auffassung. Was hat der Wandteppich hier zu suchen?«
»Das Kloster lässt unrechtmäßig seine Schweine in meinem Wald weiden. Sie waren nicht gewillt dafür zu zahlen. Also habe ich mir diesen Fetzen Stoff so lange ausgeborgt, bis sie ihre Schuld abgetragen haben.«
Henry bemerkte, dass Abt Radolfus die Hände faltete, ehe er ruhig bemerkte: »Ihr wisst, dass das nicht stimmt, Sir Cedric. Der Wald, von dem Ihr sprecht, ist Eigentum des Klosters, ebenso der Steinbruch, aus dem Ihr uns vertrieben habt.«
»Könnt Ihr das beweisen, Abt?«, fragte Henry. Der Mönch nickte. »Ich habe Euch die Schenkungsurkunden mitgebracht, mein König.« Er hielt Henry zwei Pergamentrollen entgegen. »Sie stammen von den Eltern unseres Subpriors, den ehemaligen Besitzern dieser Burg.«
Henry hatte die Rollen entgegengenommen und las sie durch; dann reichte er sie Becket. »Wieso haben sich die Besitzverhältnisse geändert?«
Becket warf nur einen flüchtigen Blick auf die beiden Bogen. »Die ehemaligen Besitzer standen auf Seiten der Kaiserin. Sir John wurde bei der Schlacht um Oxford getötet, seine Witwe daraufhin von hier vertrieben«, sagte er trocken.
»Mit welchem Recht?«, fragte Henry.
»Recht …« Becket dehnte das Wort. »Ich stimme Abt Radolfus zu: in jener Zeit änderte das Recht sich täglich …«

Ärgerlich warf Henry den Kopf zurück. »Ich frage dich, gibt es juristisch irgendwelche Probleme?« Er zeigte auf die Rollen und Becket verneinte.
Sir Cedric wollte widersprechen, aber Henry schnitt ihm das Wort ab. »Haltet den Mund, bis ich Euch die Erlaubnis zum Reden gegeben habe«, fuhr er ihn an.
Es war ganz still in der Halle, als Henry noch einmal vor den Wandbehang trat und eine Weile schweigend davor verharrte. Schließlich wandte er sich um. Abt Radolfus war aufgestanden. Er hielt die Augen geschlossen. Er betet, dachte Henry und gleichzeitig fiel ihm die Armseligkeit seiner Kleidung ins Auge. Das grobe Wolltuch war an vielen Stellen verschlissen und oft geflickt.
Er atmete tief durch. »Hört mein Urteil: Ich, Henry der Zweite, König von England, bestimme hiermit, dass der Steinbruch und dieser Wandteppich unverzüglich an den Abt Radolfus zurückgegeben werden. Ferner verfüge ich, dass Sir Cedric sich sofort aus dieser Burg zu entfernen hat und auch in Zukunft nicht näher als dreißig Meilen von hier gesehen werden darf. Bei Zuwiderhandlung erkläre ich ihn für vogelfrei.« Er nickte dem Mönch zu. »Master Becket wird dies heute noch schriftlich für Euch aufsetzen.« Plötzlich lächelte er. »Ihr seht, Mylord: das Recht ist nicht nur auf London beschränkt.«
Der Abt sank in die Knie und küsste Henrys Hand. »Gott segne Euch, mein König. Ich danke Euch, auch im Namen meiner Brüder. Aber erlaubt mir noch eine Bitte.«
»Was noch?«, fragte Henry erstaunt.
»Unten im Verlies schmachtet Theodor von Islington nun schon seit Monaten. Er ist ein alter Mann und ich bete zu Gott, dass er überhaupt noch am Leben ist. Seine Familie ist ruiniert, denn Sir Cedric hat seine Lösegeldforderungen immer wieder erhöht.«
Cedric stand unter Schock. Aus starren Augen stierte er auf die kleine Versammlung. Plötzlich brüllte er los: »Du verfluchter

Pfaffe. Ich werde dein Kloster anzünden. Alle werde ich Euch davonjagen. Du wirst nicht eine ruhige Stunde mehr in deinem Leben haben.« Er rang nach Atem.
»Schafft mir den Mann aus den Augen«, sagte Henry, plötzlich müde geworden. Er bedeutete dem Mönch sich zu erheben. Zwei Soldaten ergriffen Cedric und schleiften den wild um sich schlagenden Mann hinaus.
»Sorgt dafür, dass das Verlies geöffnet wird«, befahl Henry, »und lasst den Bader holen – gewiss eine zwingende Notwendigkeit, wenn man hier zu Gast gewesen ist. Thomas, du wirst dich darum kümmern. Und lass nach der Geldtruhe suchen. Irgendwo muss von diesem Blutgeld noch etwas übrig geblieben sein.«
Thomas hatte die Halle verlassen, Henry reckte sich. »Darf ich Euch zu einem Glas Wein einladen, Abt Radolfus?«, fragte er freundlich, und als er das Aufblitzen in dessen Augen bemerkte, lachte er. »Wir führen ein paar Fässer aus Aquitanien mit. Genau das Richtige für diese Zeit und diesen Ort.«
Kurz darauf wurde jedem von ihnen ein Pokal gereicht. Abt Radolfus hielt sein Glas gegen das Feuer und ließ die dunkelrote Flüssigkeit langsam darin kreisen, ehe er andächtig den ersten Schluck zu sich nahm. Henry beobachtete, dass er die Augen geschlossen hielt, als er trank.
»Scheint besser zu sein, als Euer normaler Messwein, Abt«, spottete er gutmütig.
»Dieser hier schmeckt nach Sonne ...«
»Ihr kennt den Süden?«, fragte Henry. »Wo seid Ihr gewesen?«
»Ich war in Compostela, um ein Gelübde zu erfüllen. Die Wallfahrt dauerte fast ein halbes Jahr. Ostern bin ich losgezogen und im Spätsommer kam ich zurück nach England.« Bedächtig nahm er einen weiteren Schluck. »Gott der Herr hat mich beschützt und behütet auf der ganzen Reise. Nicht ein einziges Mal bin ich Wegelagerern in die Hände gefallen.« Er lächelte listig.

»Hätten sie denn etwas bei Euch gefunden?«, fragte Henry.
Der Mönch nickte eifrig. »Wir sind zwar eines der unbedeutsamsten Klöster in England, und doch besitzen wir einen Schatz, den ich von meiner Wallfahrt mitgebracht habe.«
»Und der wäre?« Henry war nun richtig neugierig.
Abt Radolfus nestelte einen kleinen Anhänger, den er um den Hals trug, unter seiner Kutte hervor. »Seht her, mein König!« Seine Augen glühten vor Stolz. »Hier drinnen ist ein Dorn aus der Leidenskrone unseres Heilands.«
Henry war verblüfft. »Oh. Wie seid Ihr daran gekommen?«
»In Bordeaux habe ich Schach gegen einen byzantinischen Kaufmann gespielt. Er galt als unschlagbar.« Der Mönch steckte sein Amulett wieder zurück. »Ich habe ihn besiegt«, sagte er demütig und nahm erneut einen Schluck Rotwein.
»Ihr seid fürwahr ein gewiefter Kirchenmann«, befand Henry anerkennend. »Wenn wir beide einmal Zeit haben, dann müsst Ihr auch gegen mich spielen. Zwar wird der Einsatz keine Dornenkrone sein – aber ein kleiner Steinbruch ist auch nicht schlecht, oder?«
Der Abt stieß einen tiefen Seufzer aus. »Jetzt können wir endlich weitermachen …«
»Womit denn?«
Radolfus sah ihn über den Rand des Pokals an. »Wir besitzen nur eine Kapelle, mein König, aber mithilfe des Steinbruchs und eines guten Baumeisters werden wir eines Tages eine stattliche Kirche zum Wohl und zum Ruhme Gottes haben. Und darin werde ich diese Reliquie ausstellen, dann werden die Pilger kommen und der Orden wird mit ihnen seine kleinen Geschäfte machen. Und eines Tages … wer weiß …« Er lächelte. »Gottes Wege sind für uns manchmal schwer zu verstehen. Aber zu guter Letzt beschützt er seine Schafe doch.« Er hatte sich erhoben. »Mein König, ich danke Euch.«
Als Henry seinen Gast durch die Halle geleitete, bat er noch: »Haltet mich auf dem Laufenden, was Eure Kirche angeht. Ich

möchte mich gern beteiligen.« Mit geneigtem Kopf nahm er den Segen des Abtes entgegen. »Soll ich Euch zum Kloster eskortieren lassen?«, fragte er besorgt.
Abt Radolfus schüttelte den Kopf. »Das wird nicht notwendig sein. Sechs bewaffnete Brüder warten unten im Burghof auf mich. Wir sind es hier gewöhnt, uns unserer Haut zu wehren.«
Als er verschwunden war, schlenderte Henry zurück zum Feuer und streckte die Beine von sich. Da fiel ihm der Knecht auf, der vor dem Kamin kniete und geschickt neue Buchenscheite übereinander türmte. »Seit wann bist du hier beschäftigt?«, fragte er ihn schließlich.
Der Mann blieb gleich auf den Knien, als er sich umwandte. »Seit immer, mein König. Ich habe schon bei dem vorherigen Herrn gedient.«
»Warst du im Krieg?«
Der Mann schüttelte den Kopf. »Ich doch nicht ... Solche wie ich bleiben zurück und kümmern sich um Haus und Hof. Mein Vater war schon Burgvogt und ich hätte es auch werden sollen ... unter dem vorigen Herrn, meine ich natürlich.«
»Wer bewirtschaftet jetzt das Gut?«
Der Mann stand auf. Mit dem Fuß stieß er ein brennendes Scheit zurück. »Es sieht nicht gut aus. Die Scheunen und Vorratskammern sind fast leer und wir haben erst Januar. Unten im Dorf ist es noch ärger«, sagte er ernst.
Henry dachte an den kleinen John, der mit ihm auf dem Pferd hierher geritten war.
Der Mann schien seine Gedanken gelesen zu haben. »Viele von ihnen denken darüber nach, in die Städte zu ziehen. Sie wollen lieber vogelfrei sein, als hier elendiglich zu verhungern. Ich hab's auch schon mal versucht. Wollte runter nach Winchester zu Verwandten, aber Sir Cedric hat mich einfangen lassen. Mir tut heute noch der Rücken weh.« Er lachte bitter auf, dann bückte er sich und ergriff den leeren Korb. »Darf ich jetzt ge-

hen, Herr?« Henry hielt ihn zurück. »Hast du eine Vorstellung davon, wie es hier weitergehen soll?«
Nach einer Weile entgegnete der Mann: »Das hängt wohl von dem neuen Besitzer ab, meine ich.«
»Nehmen wir an, es gibt vorläufig keinen neuen Besitzer. Was also würdest du dann tun, um die Leute durch den Winter zu bringen?«
Der Mann überlegte lange. »Ich würde alle Leute aus dem Dorf hinauf auf die Burg holen. Dann würde ich alles aufschreiben, was jeder von ihnen hat: eine Kuh, ein oder zwei Schweine, Hühner, Gänse. Das würde ich dann mit den Burgvorräten zusammenzählen, um mir auszurechnen, wie viel jeder pro Tag verzehren kann. Wenn wir alle zusammenlegen ... ja, ich glaube, dann könnten wir es schaffen. Aber nur, wenn keine Unterschiede zwischen Freien und Unfreien gemacht werden. Jedenfalls bis zur nächsten Ernte.«
Verblüfft stieß Henry einen leisen Pfiff aus. »Du kannst also schreiben und rechnen?«
Der Mann grinste. »Dafür würde es reichen. Mein Vater hat es mir beigebracht«, sagte er stolz.
Der Mann war schon fast draußen, da rief ihm Henry hinterher: »Wie heißt du eigentlich?«
»Walter, mein König.«

Als Becket zurückkehrte, fand er den König in Gedanken versunken vor. Niemand hatte in der Zwischenzeit gewagt Henry zu stören. »Ach du bist es, Thomas. Was ist mit dem Mann aus dem Verlies? Hat er überlebt?«
Becket ließ sich in den Stuhl fallen, auf dem zuvor Abt Radolfus gesessen hatte. »Beinahe nicht. Aber der Medicus meint, er bringt ihn wieder auf die Beine. Es wird eine Weile dauern.« Er griff nach dem Pokal und wollte ihn gerade an die Lippen setzen, da fiel ihm ein, dass dieses Glas schon benutzt worden war. Suchend sah er sich um.

»Stell dich nicht so an, Thomas, du kannst ruhig daraus trinken. Dein Vorgänger war ein heiliger Mann.«

»War er das?«, fragte Becket. »Was soll geschehen, mein König? Sir Cedric hat Fersengeld gegeben und der Mann aus dem Kerker ist befreit. Das Kloster hat seinen Steinbruch wieder und die Kostbarkeit da …«, er wies auf den Wandbehang, »wird morgen zurückgeschafft. Ihr kommt mir vor wie Lancelot auf der Suche nach dem Gral.«

Henry schob irritiert das Kinn vor. »Warum Lancelot? Du irrst, Thomas, wenn du meinst, ich wäre ein Träumer. Der heutige Tag war nur ein Vorgeschmack von dem, was uns in Zukunft erwartet! England ist voller Cedrics. Aber glaube mir: Ich werde dieses Land befrieden. Hier ist genug Blut vergossen worden. Die Menschen wollen nur leben – dazu müssen sie essen und ein Dach über dem Kopf haben. Und ich, als ihr König, muss ihnen die Voraussetzung dafür schaffen. So einfach ist das, mein Freund.«

Becket lehnte sich zurück. »Es würde zu lange dauern, wenn Ihr Euch persönlich um alles kümmern wollt.«

»Das sehe ich nicht so! Die Königin und ich, wir wollen über alles Bescheid wissen – erst dann werden wir Männer bestimmen, die darüber wachen sollen, dass unsere Gesetze auch befolgt werden.« Er reichte Becket seinen eigenen Pokal; dann stand er auf und begann auf und ab zu gehen. Plötzlich hielt er inne. »Erkläre mir, wieso du die Hintergründe von Cedric und all dem hier, so gut kanntest?«

Becket ließ sich Zeit mit der Antwort. Schließlich sagte er beiläufig: »Ich kenne eben einflussreiche Herren und habe zugehört, wenn sie miteinander sprachen.«

Henry lehnte sich mit dem Rücken gegen den Kamin. »Und weiter?«

»Nichts weiter. Ich habe mir Notizen gemacht …« Becket lächelte maliziös. »Ihr versteht, mein König: man muss Augen und Ohren offen halten, wenn man weiterkommen will.«

Henry verschränkte die Arme vor der Brust und sah auf ihn hinunter. »Und du willst weiterkommen?«
Beckets Lachen war entwaffnend. »Das ist doch legitim. Meine Eltern haben mich dazu gebracht.«
»Was soll das heißen?«
Becket goss seelenruhig Rotwein in Henrys Glas und reichte es ihm. »Meine Mutter träumte, als sie mit mir schwanger war, sie habe die Kirche von England in ihrem Bauch! Und mein Vater fiel vor mir auf die Knie, als er mich bei meinem Lehrer besuchte.« Er schmunzelte. »Ihr werdet verstehen, mein König, das sind Geschichten, die sich einem Knaben einprägen.«
»Die ganze englische Kirche, in ihrem Bauch, sagst du? Großer Gott, wie dick war sie denn?« Rotwein schwappte aus Henrys Glas. Becket brachte seine makellos gepflegten Stiefel in Sicherheit. »Und wie war das mit deinem Lehrer? Wie hat er reagiert?«
»Er war furchtbar zornig darüber. Ich habe ihn niemals wieder so wütend gesehen.« Becket verzog das Gesicht.
Es klopfte; und als Henry den Hauptmann seiner Garde erkannte, ging er ihm entgegen. Der Soldat beugte das Knie. »Wann wünscht mein König, dass wir abreiten?«
Henry überlegte nur kurz. »Blast zum Aufbruch. Dann reitet Ihr nach Oxford. Lasst mir eine Hand voll Männer, die mich später begleiten sollen. Ich habe hier noch einiges zu erledigen und werde nachkommen.«
Als der Mann gegangen war, gab Becket zu bedenken: »Man erwartet uns in Oxford.«
Henry machte eine wegwerfende Geste. »Das hat Zeit. Zuerst einmal müssen wir das Lösegeld finden, denn ich kann diese Burg und ihre Bewohner nicht mittellos zurücklassen.« Ärgerlich trat er nach einem Schemel. »Wenn ich nur wüsste, wo der Dreckskerl das Geld versteckt hat …«
Becket musterte ihn unter halb geschlossenen Lidern. »Ich habe da so eine Idee …«, sagte er ruhig.

Sie warteten, bis es dunkel geworden war, dann verließen sie die Halle. Draußen schlug ihnen der eisige Nachtwind entgegen. Wolken umlagerten einen fahlen Mond. Auf der Holztreppe, die hinunterführte, lag eine dünne Schicht Schnee.
»Pass auf, Thomas, es ist glatt«, warnte Henry. »Wo ist das Verlies?«
»Auf der Rückseite des Turmes. Ich habe die Wächter abgezogen.«
Dort drückte Becket die kleine Pforte auf und ließ Henry den Vortritt. Dann hantierte er geschickt mit den beiden Feuersteinen, die er aus der Tasche gezogen hatte. Henry bückte sich und hob eine Hand voll Stroh auf; die Halme begannen zu glimmen. Vorsichtig blies er, bis eine kleine Flamme züngelte, dann zündete er daran die Pechfackel an. Henry hielt sie von sich und leuchtete den Raum aus: bis auf einen roh gezimmerten Tisch und einen Schemel war er leer.
»Dort drüben ist das Loch zum Kerker. Wo finden wir jetzt ein Seil, damit wir hinabkönnen?« Suchend sah er sich um. »Verdammt, die Kerle müssen ihm doch sein Essen an einem Strick hinuntergelassen haben …«
»Der Topf dort unter dem Tisch, vielleicht …« Becket zog den Behälter hervor; darunter lag ein dickes Seil. Er ließ es durch die Hände gleiten und zog probeweise daran. Schon war er dabei, es sich um den Leib zu binden. »Ich bin leichter als Ihr, mein König.« Er gab Henry das andere Ende und nahm ihm die Fackel aus der Hand. Und während Henry das Seil mit beiden Händen hielt, kletterte Becket in das Verlies hinunter.
Der Strick hing schlaff in Henrys Hand. Er kniete sich hin, um besser sehen zu können. Der Schein der Fackel warf unheimliche Schatten an die feuchten Mauern.
»Hier wimmelt es von Ratten«, rief Becket und seine Stimme klang dumpf und wie von weit her.
»Was war das?«, rief Henry.
»Ich habe nur eines dieser Biester totgeschlagen.«

Nun hörte Henry ein scharrendes Geräusch. Noch tiefer beugte er sich in den dunklen Schacht. »Thomas, kannst du mich hören?«
»Ja, Euer Gnaden?«
»Wenn du etwas findest, dann mache ich dich zu meinem Berater!«, rief er hinab. Er lachte vor Erregung. Der Lichtschein unten stand still, dann näherte er sich und gleich darauf stand Thomas unter der Öffnung. Er hielt die Fackel so, dass sie sein Gesicht bestrahlte. Er stand nur da und starrte ausdruckslos nach oben. Plötzlich lächelte er.
»Vielleicht hättet Ihr noch etwas warten sollen ... Ich hatte die Truhe bereits gefunden. Ihr könnt das Seil hochziehen.«
Der Zauber schien gebrochen. Henry stand auf und zog die Holzkiste nach oben; er band sie los und ließ das Seil erneut hinab. Wieder stand er breitbeinig vor der Öffnung und zog. Gleich darauf tauchte Beckets Kopf über dem Rand auf, er gab die Fackel ab und wand sich geschickt aus der Öffnung. Dann klopfte er sich den Staub aus der Kleidung. »Bringen wir sie nach oben. Da ist es wärmer«, schlug er vor.
Unbemerkt gelangten sie in den Palas zurück. In der Halle verriegelte Becket die Tür. Dann ging er zum Kamin hinüber und legte ein paar neue Scheite nach.
Henry stellte die kleine Truhe auf den Boden, nahm sein Messer und versuchte sie zu öffnen. Es misslang ihm; zu stabil waren die Eisenbänder darum verlötet. Leise schimpfte er vor sich hin. Becket griff in die Tasche und zog einen kleinen Gegenstand hervor; dann kniete er sich ebenfalls vor die Truhe.
»Was ist das?«, fragte Henry.
»Eines der nützlichen Dinge, die ich in Bologna erworben habe.« Becket versuchte das kleine silbrige Instrument in das Schloss zu schieben. Der Deckel sprang auf. Triumphierend blickte er zu Henry hinüber.
Unwillkürlich bekreuzigte sich Henry. »Das grenzt an Zauberei«, flüsterte er, »woher hast du das?«

»Von einem Ungläubigen, mit dem ich damals in Italien befreundet war.«
Henry hatte die Truhe offenbar vergessen. »Mit einem Ungläubigen warst du befreundet?«
»Warum nicht? Als Student hatte ich alle möglichen Freundschaften.« Er schob die Kiste in Henrys Richtung. »Nun seht selbst, was darin ist«, sagte er. Ihn schien der Inhalt nicht zu interessieren.
Henry schlug den Deckel zurück und zog ein paar Pergamentrollen daraus hervor. Er überflog sie flüchtig. »Lauter Schuldbriefe«, murmelte er, »du musst sie dir einmal in Ruhe ansehen … Aber da haben wir etwas!« Er griff mit beiden Händen hinein und ließ gleich darauf Silbertaler auf den Boden fallen. Einer davon rollte bis in die hinterste Ecke des Raums, drehte sich ein paar Mal um sich selbst und blieb dann klirrend liegen. »Lösegeld einzutreiben scheint ein einträgliches Geschäft zu sein.«
Henry grinste wie ein kleiner Junge. »Wen wundert es da noch, dass er die Familie in den Ruin getrieben hat.«
Ohne Vorwarnung warf er sich auf Becket; und gleich darauf rollten sie sich balgend wie junge Hunde über den Boden. »Du hast noch gar nichts dazu gesagt, dass ich dich als meinen Berater an den Hof holen möchte«, keuchte Henry, als es ihm gelungen war, seine Knie auf Beckets Schultern zu setzen. Er wippte ein paar Mal auf und ab.
»Wollt Ihr mich denn zum Ritter schlagen?«, brachte Becket stoßweise hervor. Sein Blick wurde lauernd.
»Nein. Das habe ich nicht vor. Aber dafür wirst du immer in meiner Nähe sein.«
»Warum wollt Ihr das?«, fragte Becket schnaufend.
Henry ließ von ihm ab. »Weil du der gerissenste Hund bist, der mir je untergekommen ist«, antwortete er lachend.
Er rollte sich auf den Rücken und starrte zur Decke. »Du weißt für alles eine Lösung.«
Becket biss sich auf die Lippen. »Was ist mit der Königin?«

»Die Königin wird alles billigen, was mir und dem Reich gut tut.«
Becket fasste nach Henrys Hand. »Warum?«, fragte er noch einmal leise. »Warum gerade ich?«
Henry wandte den Kopf und sah ihn an. Ihre Gesichter lagen dicht voreinander.
»Ihr wisst doch so wenig von mir«, setzte Becket hinzu.
»Ja, du musst mir von deiner Zeit in Italien erzählen.«
»Ich habe auch in Paris studiert«, sagte Becket lächelnd. »Ich hatte noch das Glück Pierre Abaelard zu hören, für mich einer der Größten unserer Zeit. Von überall kamen sie, um ihn zu hören: aus Deutschland, England, Flandern und Spanien, aus allen Gegenden Frankreichs. Nächtelang haben wir disputiert.« Er setzte sich auf und schlang die Arme um seine Beine. »Das war schon eine tolle Zeit, damals«, sagte er mit glühenden Augen. »Unsere theologischen Diskussionen hatten es in sich. Wir redeten öffentlich über die göttlichen Mysterien, die Fleischwerdung des Wortes, die unteilbare Dreieinigkeit – und jeder durfte sagen, was er wollte …«, er lachte auf, »… wenn er es nur rhetorisch gut vortragen konnte. Es war eine herrliche Zeit!«
»Da hatte man ihn schon entmannt – nicht wahr?«, fragte Henry und verzog das Gesicht. Becket nickte. »Das tat seiner Ausstrahlung keinen Abbruch.« Und nach einer Weile fügte er hinzu: »Man sagt, ihr Onkel habe die Häscher gedungen, die Abaelard kastrierten. Dafür gehört er verflucht, denn eigentlich trifft Heloise die Schuld. Sie hat ihn verführt.«
Henry schüttelte den Kopf. »Ich habe es anders gehört. Abaelard hat das Vertrauen, das ihr Onkel in ihn als Lehrer setzte, missbraucht und sie geschwängert. Das kannst du ihr unmöglich anlasten. Sie war doch noch ein halbes Kind. Außerdem soll sie ihn geliebt haben.«
Ruckartig wandte Becket den Kopf und blickte ihn an. »Wenn ich das Sagen gehabt hätte, sie wäre gesteinigt worden.«

Henry grinste. »Das klingt mir ganz nach den Praktiken deiner ungläubigen Freunde. Lass derlei nur niemals die Königin hören – deine Einstellung zu Frauen würde ihr missfallen. Denk daran, aus Aquitanien stammt der Brauch der hohen Minne. Frauen stehen hoch über uns. Wir sind nur dazu da, sie anzubeten.« Er legte Becket die Hand auf die Schulter. »Und du willst sie steinigen ... Aber jetzt erzähl mir von Italien und deinen amüsanten Freunden dort.«
Becket rückte etwas vom Feuer ab. »Erlaubt mir noch etwas über Abaelard hinzuzufügen, damit Ihr versteht, warum dieser Mann so wichtig für mich geworden ist. In seinem ›Dialogus inter philosophum, judeum et christianum‹ hat er seinen wohl wichtigsten Satz niedergeschrieben.« Er schloss die Augen und zitierte aus dem Kopf: »›Dies ist das höchste Gut des Philosophen: Die Wahrheit durch die Vernunft suchen und sich in allen Dingen nicht von der Meinung der Menschen, sondern vom Verstand leiten lassen.‹ Ein paar Monate später hat man sein Werk auf dem Konzil zu Sens verurteilt – aber was kümmert das mich!« Eine Weile schwieg er und hing seinen Gedanken nach. Dann gab er sich einen Ruck. »Lassen wir Abaelard ruhen. Die Fortsetzung kennt Ihr, mein König: Kaum wieder in London wurde ich Theobald von Canterbury empfohlen. Der Erzbischof hatte die Güte, mir seine persönliche Aufmerksamkeit zu schenken. Das rief natürlich Neid hervor.« Er lächelte ironisch. »Der Primas von England setzte mich zweimal sogar vor die Tür, nur damit wieder Frieden im Palast herrschte. Aber er nahm mich immer wieder gnädig auf und schließlich gehörte ich sogar zu seinem Gefolge, als er nach Rom reiste, um beim Papst vorstellig zu werden.«
»Ach, diese Geschichte meinst du«, murmelte Henry.
Beckets Augen schimmerten boshaft, als er fortfuhr: »Theobald war klug genug zu erkennen, dass es nur zu Lasten der Kirche gehen kann, wenn der Bruder des Königs auch Erzbischof ist. Er wollte also direkt beim Apostolischen Stuhl vor-

sprechen. Allerdings war Innozenz II. schon tot, als wir schließlich in Rom eintrafen. Eigentlich war das unser Glück: der neue Pontifex, Cölestin II., war ein Schüler von Abaelard, mit ihm war leichter zu verhandeln. Schade, dass er nur sechs Monate im Amt blieb ... aber das alles wollt Ihr gar nicht wissen. Ich soll von Bologna berichten ...«

Henry füllte noch einmal die Becher nach. »Erzähl weiter!«

»Ich habe dort Zivil- und Kanonisches Recht gehört – und dank Theobalds Zuwendungen konnte ich neben dem Studium das wirkliche Leben kennen lernen.«

»Was verstehst du unter ›wirklichem Leben‹?«, fragte Henry.

»Freunde zu haben.« Dann, nach einem Moment des Schweigens: »Bislang war ich immer nur der Protégé von jemandem gewesen, der weit über mir stand. Dafür wurde ich oft genug angefeindet. In Bologna war plötzlich alles anders. Da spielte es keine Rolle, dass ich der Schützling des Erzbischofs von Canterbury war. Kaum jemand von denen, mit denen ich umging, hatte überhaupt von ihm gehört ...«

Henry wartete geduldig. Becket war aufgesprungen; er stand nun beim Fenster und atmete gierig die Nachtluft ein.

»Er hieß Pietro und war der Sohn eines Fleischers. Aber er war der schönste Mensch, den ich je gesehen habe.« Trocken lachte Becket auf. »Mein bester Freund – der Sohn eines Metzgers! Könnt Ihr Euch das vorstellen, Mylord?« Langsam wandte er sich zu Henry um. »Wir machten lange Wanderungen und am Abend spielte er mir auf der Laute vor. Er hatte eine Stimme wie ein Engel.«

Beckets sehnsüchtiger Ton machte Henry betroffen. »Was ist aus ihm geworden?«, fragte er leise.

»Was soll schon aus ihm geworden sein? Ein Metzger wahrscheinlich, wie sein Vater. Und ich habe ihn verraten. Erinnert Euch, Abaelards These von der Vernunft ... Als Erzbischof Theobald mich nach England zurückbeorderte, war in meinem Leben kein Platz mehr für Fleischersöhne. Er wäre meiner Karriere nur im Wege gewesen.« Zaghaft begann Becket zu lächeln. »Da sitze ich und berichte meinem König von den Abgründen meiner Seele ...«

»Haben wir die nicht alle?«, sagte Henry.

Becket lehnte sich vor und drückte den Kopf auf Henrys Knie. Nach einer Weile legte dieser behutsam seine Hand auf Beckets Kopf.

So saßen sie stumm beieinander, bis sich unten im Burghof die Ersten zu regen begannen.

Der Wind hatte innerhalb der Burgmauern Schneewehen aufgehäuft. Aus den strohgedeckten Hütten spähten zerlumpte Männer und Frauen ängstlich auf den Hof, wo sich Henry mit Walter und Becket besprach.

»Also ist zunächst alles klar«, sagte Henry zu Walter. »Ich übergebe dir vorläufig die Verantwortung für diese Burg und für die Menschen, die dazugehören. Master Becket wird dir genügend Pergament überlassen, damit du alles aufschreiben kannst. Besprich dich mit Abt Radolfus, wenn du Schwierigkeiten hast.« Sein Blick schweifte über den Hof und blieb an einem kleinen Jungen hängen, der ihn nicht aus den Augen ließ. Als sich ihre Blicke trafen, lächelte der Kleine. Henry zwinkerte ihm zu und ein Strahlen belohnte ihn.

»Komm mal her!«, winkte Henry. »Dich kenne ich doch.«

»Ja. Ich bin John und du bist der König. Stimmt das, dass Sir Cedric für immer weg ist?«, fragte er.

»Ja, das stimmt«, bestätigte Henry ernsthaft. »Und nun lauf wieder zu deiner Mutter und lass mich noch mit den Männern hier reden.« Er wandte sich Walter zu. »Man wird euch einen Beutel Geld dalassen. Davon musst du Saat kaufen. Auch das schreibe brav auf. Und achte darauf, dass sich abends alle Leute innerhalb der Burgmauern befinden.

Ich nehme an, Sir Cedric wird versuchen noch einmal zurückzukommen, weil er hier etwas vergessen hat.« Er lachte. »Ich

möchte sogar wetten, dass er zurückkommen wird. Stellt also ständig Wachen auf.«
Er winkte dem Soldaten, der sein Pferd am Zügel hielt, dann reichte er Walter zum Abschied die Hand. »Ich wünsche dir viel Glück. Lebwohl!«
Walter kniete im Schnee nieder und küsste seine Hand. »Ich verbürge mich mit meinem Leben dafür, dass alles so verläuft, wie Ihr es angeordnet habt, mein König. Gott schütze Euch!«
Henry war schon aufgesessen; und als er jetzt sein Pferd über den Burghof lenkte, da scholl es ihm aus den Hütten entgegen: »Lang lebe unser König. Gott segne unseren König Henry.«
Der kleine John lief neben seinem Pferd her. »Kommst du wieder?«, rief er hinauf und Henry nickte.
»Wenn ich groß bin, dann werde ich dein Soldat«, scholl es hinter ihm her. Henry lachte und hob grüßend die Hand.
Er genoss die Stille, die über dem Land lag. Der Winter hatte ein weißes Tuch über die sanften Hügel gelegt; und seine Soldaten, die gestern nach Oxford aufgebrochen waren, hatten den Weg eingeebnet.
Nach einer knappen halben Stunde zügelte er sein Pferd und sah sich um. Becket schien tief in Gedanken versunken. Als der Trupp Henry eingeholt hatte, lenkte er sein Pferd dicht neben das von Becket. Dem Fahnenträger gab er ein Zeichen, sich hinter ihnen einzuordnen.
Eine Weile ritten sie schweigend nebeneinander her. Dann sagte Henry halblaut: »Ich habe einen Narren an Abt Radolfus gefressen! Der mit seinem heiligen Dorn …« Er lachte auf. »Wie viel echte Dornen man mir im Laufe meines Lebens schon vorgeführt hat … Die Krone muss gigantisch gewesen sein.«
»Darauf kommt es doch nicht wirklich an. Es sind Symbole, mein König!« Streng zeichnete sich Beckets klares Profil gegen das Winterlicht ab.
Erstaunt sah Henry zu ihm hinüber. »Denken alle Kirchenleute so wie du?«

Becket zuckte mit den Schultern. »Ich habe mir niemals vorher darüber Gedanken gemacht, bis ich in Rom Zeuge wurde, wie ein Kreuzzugteilnehmer versuchte, eine komplette Dornenkrone an den Mann zu bringen.«

»Und? Hatte er Erfolg damit?«

Becket wandte sich Henry zu. »Ja. Kaum zu glauben, nicht wahr?« Sie sahen sich an und brachen in Gelächter aus. Henry legte Becket die Hand auf den Arm. »Ob unser Abt das weiß? Aber vielleicht ist er auch nur ein geschäftstüchtiges Schlitzohr. Wenn er erst einmal seine Kirche gebaut hat, wird so manches Silberstück im Kloster hängen bleiben. Na, ich gönne es ihm von Herzen. Mich freut aber auch, dass er seinen Wandbehang wiederkriegt.«

»Kaum wart Ihr abgeritten, da tauchte eine Abordnung aus dem Kloster auf, um ihn mitzunehmen«, sagte Becket. »Walter hat es sofort notiert«, fügte er amüsiert hinzu.

Hinter ihnen waren die Stimmen lauter geworden, klirrend fuhren Schwerter aus den Scheiden.

»Was ist los?«, rief Henry und der Fahnenträger holte auf. »Wir haben eine Horde von Männern ausgemacht. Sie hielten sich hinter den Hecken verborgen. Was soll mit ihnen geschehen?«

»Sind sie bewaffnet?«, fragte Henry. Der Fahnenträger nickte.

»Dann fragen wir sie doch am besten selbst. Bring ihren Anführer her.«

Als gleich darauf zwei Soldaten einen verwahrlosten Mann herbeizerrten, pfiff Henry leise. »Erkennst du den nicht wieder, Thomas?«, sagte er; dann mit gefährlich ruhiger Stimme zu Sir Cedric: »Habe ich nicht befohlen, Ihr sollt Euch hier im Umkreis nicht mehr blicken lassen?«

Der Mann blickte verstockt zu Boden. Henrys Gesicht begann sich zu röten. »Antworte! Ich rede mit dir!«, brüllte er.

»Ich muss noch einmal zurück, mein Eigentum holen. Danach will ich wohl abziehen. Aber zuerst hole ich mir, was mir gehört, und niemand wird mich daran hindern.«

Mit einem Satz war Henry aus dem Sattel. Ein Griff nur, und er hatte das Schwert des anderen in der Hand und schleuderte es hinter sich. Dann begann er den Barhäuptigen zu ohrfeigen, bis Cedric den Halt verlor und in den Schnee fiel; nun traktierte Henry ihn mit Fußtritten. »Falls Ihr die Truhe aus dem Verlies meint, die könnt Ihr vergessen! Wir haben sie«, keuchte er. Cedric versuchte auf die Beine zu kommen und wieder begann Henry ihn zu schlagen.

»Haltet ein, mein König. Er ist es nicht wert«, rief Becket. »Lasst ihn in Ketten legen und in Oxford in den Kerker werfen.«

Allmählich kam Henry zur Besinnung. »Hast ja Recht«, sagte er schwer atmend und bestieg sein Pferd. »Dann wollen wir einmal sehen, wer bereit ist Lösegeld für ihn zu zahlen.« Er gab das Zeichen zum Aufbruch und setzte sich mit Becket wieder an die Spitze des Zuges. »Setz die Summe nur recht hoch an.«

»Ich, mein König?«, fragte Becket.

»Natürlich, du! Als mein Kanzler bist du verpflichtet den Kronschatz zu mehren.«

Becket zog so hart am Zügel, dass sein Pferd zu steigen versuchte. Spöttisch blickte Henry zu ihm hinüber. »Aber wir haben doch gestern darüber gesprochen. Außerdem hast du hohe Fürsprecher – den Erzbischof von Canterbury, den Bischof von Worcester … Doch glaub mir, selbst wenn Seine Heiligkeit in Rom sich für dich stark gemacht hätte, wenn Ich dich nicht haben wollte, würdest du nie Kanzler werden.«

»Aber ich bin nicht adelig«, murmelte Becket demütig. Henry lachte auf. »Gott sei Dank nicht!«

»Wäre es nicht einfacher, wenn Ihr mich zum Ritter schlagen würdet, mein König? Sonst werden die großen Lords mich niemals als ihresgleichen ansehen.«

»Das sollen sie auch nicht. Sonst paktieren sie am Ende noch mit dir. Ich brauche einen Kanzler, der nur mir untersteht, und nicht jemanden, der selbst nach der Krone schielt.«

Flüchtig verhärtete sich Beckets Gesicht. »Und doch gebe ich zu bedenken, dass ich Euch als Lord unter Lords vielleicht doch nützlicher …«

»Gib's auf, Thomas!«, unterbrach ihn Henry unwillig. »Sie würden dich nie als einen der ihren ansehen. Sie würden dich verachten: ein eitler Kaufmannssohn, der einen Titel tragen darf. Nur wenn du bleibst, wer du bist, werden sie Respekt vor dir haben – vor dir und der Macht, die du vertrittst.«

Becket holte tief Luft und straffte die Schultern. »Ihr seid zu gütig, mein König«, sagte er formell.

Oxford
29. Januar

Alienor, mein liebstes Herz,

wir wurden aufgehalten; so kommt es, dass ich erst heute in Oxford bin. Die Stadt hat mir einen überwältigenden Empfang bereitet. Das Bankett dauerte vier Stunden. Neben mir saß der Bischof und auf der anderen Seite Lady Irene, ein altes Schlachtross mit schadhaften Zähnen, die aber sehr amüsant zu erzählen wusste.

Morgen in aller Frühe geht es weiter. Die neuen Katapulte sind schon auf dem Weg. Gegen Mittag hoffe ich sie eingeholt zu haben; dann beginnt der Krieg. Mindestens vier Burgen werde ich schleifen lassen müssen. Diese Zerstörung kommt mir manchmal so unnötig vor, und doch weiß ich, dass es richtig ist. Die betreffenden Lords sitzen zu Unrecht darin und wollen meine Regentschaft nicht anerkennen – also muss ich ihnen zeigen, dass ich der König bin!

Mein liebstes Herz, bitte übernimm du dich nicht zu sehr. Reite lieber nicht umher, wenn die Wege zu schlecht sind, sondern bleib in London und warte die Niederkunft ab. Du musst nicht alles persönlich überwachen … Jetzt werde ich schlafen gehen, da ich morgen beizeiten aus den Federn muss. Küss mir unseren kleinen Kronprinzen und du selber sei umarmt. Behüte dich Gott; ich liebe dich.

Henry
(Ich habe Becket gesagt, dass er Kanzler wird)

Die große Halle von Bermondsey duftete nach Bienenwachs und Holzfeuer. »Du hast es wundervoll gemacht!«
Alienor blickte von dem Schreiben auf, das aufgerollt vor ihr lag. Während sie es mit beiden Händen festhielt, fragte sie abwesend: »Was, Marie, was habe ich wundervoll gemacht? Nein, warte, ich will eben diese Anklage zu Ende lesen. Bitte sorg dafür, dass Magister Matthieu noch heute Vormittag zu mir kommt. Diesem Jean Fitz Ralph werde ich zeigen, was Rechtsprechung heißt. So ein verantwortungsloser Bursche wagt es, sich Vizegraf von London zu nennen – den Titel müsste man ihm absprechen!«
Die Königin schob die Pergamentrolle beiseite, um sich sogleich in die nächste Schrift zu vertiefen. Marie hatte sich bereits erhoben, um nach dem Kanzlisten zu schicken, als Alienor ihr zurief: »Lass dem Magister ausrichten, wir brauchen den Friedensrichter nicht. Ich wünsche, dass er in meinem Namen zwei gepfefferte Briefe aufsetzt. Er soll auch neuen Siegellack mitbringen. Von jetzt an werde ich ihn öfter brauchen. Marie?« Alienor sah sie an und sagte lachend: »Und wenn du zurück bist, reden wir darüber, wer wundervoll ist, ich oder du.« Marie zog sich lächelnd den warmen Umhang enger um die Schultern und ging.
Alienor schob einen Stapel mit Rechnungen beiseite, die ihr überzogen schienen und die sie gemeinsam mit dem Friedens-

richter kontrollieren wollte. Sie hatte Richard de Lucé gern um sich; zuverlässig und vorbereitet, wie er immer war, verlor sie mit ihm niemals unnötig Zeit.
Alienor erhob sich. Der Tag hatte früh begonnen, und wenn sie stundenlang über Akten und Urkunden gesessen hatte, spürte sie die Last des letzten Schwangerschaftsmonats. Sie legte die Hand auf die Hüfte, um ihren Rücken zu dehnen und öffnete das Fenster.
Trübe Februarluft hing über der Themse. Auf dem gegenüberliegenden Ufer ragte der Tower aus dem Nebel. Was für ein Treiben auf der London Bridge. Alienor machte sich ein Vergnügen daraus, zu beobachten, wie Ballen von Wolle und Leder auf die weit ausladenden flandrischen Schiffe verladen wurden. Tief im Wasser liegende Lastkähne, mit schwerem Erz beladen, glitten langsam vorüber. »Ach ja, ich muss Matthieu an die Zinnerzerträge erinnern«, murmelte sie vor sich hin. Die Vorbereitung des österlichen Finanzgerichts fesselte sie zunehmend. Wenn der ›Exchequer‹ zum ersten Mal in ihrer Regierungszeit tagte, würde sie an Henrys Seite sitzen.
Voller Stolz hatte Henry ihr in groben Zügen erklärt, wie das normannische Verwaltungssystem seit Wilhelm dem Eroberer funktionierte. »Wir sind viel moderner als ganz Frankreich. Unser Zentralismus erlaubt wirkliche Kontrolle bis zum kleinsten Bauern. Es lebe Urgroßvaters Domesday Book! Was für eine geniale Idee von ihm, darin sowohl die Bevölkerung als auch ihre Vermögenswerte zu erfassen. Nur auf die Verlässlichkeit der Sheriffs sind wir angewiesen. Wenn sie uns zweimal im Jahr ihre Abrechnungen vorlegen, müssen die Zahlen korrekt sein.« Er hatte sie gebeten, auch auf ihren Reisen durch das Land Stichproben zu machen – »Nur so können wir adeligen Halunken auf die Schliche kommen und nichtsnutzige Barone überführen.« Anschließend hatten sie sich darauf geeinigt, dass sie sich um die Zinnminen des Landes kümmern würde, auf die das Königshaus einen Zins erhob, ebenso wie um

die Einkünfte der Krone aus dem Markt von Oxford oder der Mühle von Woodstock.
Alienor wunderte sich, dass sie die graue Stimmung auf der Themse mochte, dass sie die herben Gerüche nach Teer und Stockfisch unten an den Docks nicht abstoßend fand. Zwar war ihr von Kindheit an der Hafen von Bordeaux vertraut, doch dort duftete es nach orientalischen Gewürzen, nach Zimt und Kümmel und fremdartigen Essenzen; aus der Guyenne wurden Weinfässer, Holz und Obstkisten verschifft, aus dem Orient kamen Ladungen mit farbenfrohen Stoffen. Der sonnige Hafen spiegelte die Lebensfreude der Menschen wider.
Im Londoner Hafen lief das Leben schwerfälliger ab. Unter grauem Himmel wurden Lasten auf Barken geschleppt. Und doch sorgte die Abenteuerlust der englischen Kaufleute, die mit ihren Wollsäcken und wertvollen Bodenschätzen furchtlos bis nach Kleinasien segelten, für eine besondere Stimmung. Sie haben das Zeug zu einem Volk von Seefahrern, dachte sie.
Alienor stand noch am Fenster, als Marie zurückkehrte. »Komm her und sieh dir an, wie anders mein neues Land ist!«, rief sie Marie zu.
»Alie, genau das meinte ich vorhin – du bist wundervoll, weil du deine Lebenslust mit der nördlichen Seele in Einklang bringst. Ich glaube nicht, dass es in London zu Weihnachten je eine so feierliche Hofhaltung gab wie in diesem Jahr. Glaubst du, dass die Burg von Bermondsey auf ihren Holztischen je Mandelgebäck oder Damastdecken gesehen hat? Wie haben die Großen Englands über den Duft von Weihrauch während der Weihnachtsmesse gestaunt! Sie zeigen ihre Bewunderung nicht, aber weißt du, warum? Weil du ihnen nichts aufdrängst, du bietest ihnen deine …«, Marie verbesserte sich lachend, »… unsere Art zu leben an ohne Anerkennung dafür zu erwarten. Das ist das Geheimnis deines Erfolges.«
Alienor dankte ihr. »Es macht mir einfach Freude, Marie, die Burgen zu verschönern und bewohnbar zu machen. Henry ist

wirklich nicht verwöhnt, aber er genießt die Annehmlichkeiten doch sehr. Du wirst sehen, sobald der Palast von Westminster wieder aufgebaut ist, werde ich ihn nach meinen Vorstellungen ausstaffieren. Ich möchte übrigens auch, dass die Bordelaiser Winzer eine Abordnung schicken – ich möchte das Handelsvolumen in den nächsten Jahren verdoppeln. Wie wir alle beobachtet haben, trinken unsere englischen Gäste aquitanischen Wein mit Wonne.«

Alienor saß bereits wieder über neuen Bestellungslisten – aquitanisches Lampenöl, neue Kupferkessel, Kissen und Vorhänge, Gold, um Besteck und Tafelgeschirr von Westminster zu vergolden –, als der Magister gemeldet wurde; sie bat ihn an das Schreibpult, während sie das Pergament vom Tisch nahm und stehend entrollte.

»Meister, die Mönche von Reading haben bei mir Beschwerde eingereicht, da man ihnen zu Unrecht Land weggenommen habe, das ihnen von Richard Fitz B. vermacht wurde, als er Mönch wurde. So könnt Ihr mein Schreiben beginnen und dann fahrt wörtlich fort: ›Ich befehle Euch unverzüglich nachzuforschen, ob es sich so verhält, und wenn der Sachverhalt sich als richtig erweist, den Mönchen alsbald ihre Äcker zurückzugeben, sodass ich in Zukunft keine Klagen über Mangel an Recht und Gerechtigkeit mehr hören muss; ich dulde nicht, dass sie ungerechterweise etwas verlieren, was ihnen gehört. Seid gegrüßt.‹«

Sie wartete, bis er fertig geschrieben hatte, dann fuhr sie fort.

»Und nun: Der Abt von Abingdon klagt, dass gewisse ihm geschuldete Leistungen nicht erfolgt wären, ob es sich um Kirchenzehnt oder Frondienste handelt, ist mir nicht bekannt. In jedem Falle ist dies nicht rechtens. Schreibt also Folgendes: ›Den Rittern und den Männern, die Äcker und Meiereien vom Kloster Abingdon bewirtschaften, meinen Gruß. Ich befehle, dass Ihr nach Recht und Gerechtigkeit und ohne Aufschub dem Abt Vauquelin von Abingdon die Dienste leistet, die

Eure Vorfahren‹ ...« Alienor machte eine Pause, dann fuhr sie fort, »... ›die Eure Vorfahren dem Kloster zur Zeit unseres Vorfahren, des Königs Heinrich, des Großvaters unseres königlichen Herrn, geleistet haben; und wenn Ihr es nicht tut, so werden die Gerichtsbarkeit des Königs und die meine Euch dazu zwingen.‹«

Der Magister konnte sein Erstaunen nicht mehr unterdrücken und sah Alienor fragend an.

»Versiegelt das Schreiben nur getrost. Auch wenn der Ton Euch vielleicht ein wenig überrascht.«

»Hoheit, darf ich mir erlauben Euch in dieser außerordentlichen Strenge nur zu bestärken? Es ist die einzige Sprache, die diese Herren verstehen.«

»Davon bin ich zutiefst überzeugt, Magister«, entgegnete Alienor, »ich danke Euch für Eure Offenheit. Und noch etwas wünsche ich auf der Stelle zu erledigen. Ich habe ein dringendes Schreiben an den König aufzusetzen. Würdet Ihr draußen warten, bis ich fertig bin und dafür Sorge tragen, dass der Kurier sofort aufbricht? Ich danke Euch. Gott zum Gruße, Magister.«

Alienor griff zur Feder und schrieb:

Bermondsey
London im Februar 1155

Mein liebster König,

du fehlst mir. Vor allem nachts. Die Tage sind so ausgefüllt, dass sie mir viel zu kurz erscheinen. Die Bittschriften und Hilfsgesuche häufen sich. Ich greife durch, wo ich nur kann. Im Süden des Landes sollst du den Rücken frei haben, wenn du im Norden kämpfst. Verlass dich auf deine Königin.
Gestern war Vollmond. Er schien auf Little Willys Gesicht. Nachdem ich ihm wieder diese Samtkappe, die ihm die Amme

immer umbindet, ausgezogen hatte, sah ich dich zum ersten Mal als kleinen Jungen vor mir. Er ähnelt dir immer mehr. Seit einigen Tagen will er nur noch mit meinem Seidentuch einschlafen. Hast du denn auch gelutscht? Hat deine Kinderfrau das etwa durchgehen lassen? Oder hast du's gar heimlich getan? Gesteh es mir, wenn du zurück bist. Willy zog mir das Tuch vom Hals, als ich mit ihm das Abendgebet sprach, seither verlangt er immer danach. Ich lasse ihm diese kindliche Freude. Er spricht immer mehr. Nur seine Zartheit bereitet mir Sorgen.
Matthieu wartet, ich muss schließen. Leider.
Hat der Vollmond gestern Nacht meine Grüße und meine Liebe übermittelt? Wenn nicht, hetz ich die Sterne gegen ihn auf.
Ich umarme dich und wünsche mir, dass du heil und schnell nach Hause kommst.

Ganz und gar deine Königin Alienor

Marie goss heißes Wasser nach, während Alienor sich von der Zofe auskleiden ließ.
»Was duftet hier so, Marie? Es riecht nach Sommer.«
»Lavendel. Du hattest aus Bordeaux Lavendelöl angefordert.«
»Rosenwasser ist auf Dauer auch langweilig. Warte, ich will noch einmal lesen, was ich geschrieben habe.« Sie ging zu Marie. »Gib mir einen Tropfen von dem Lavendel. Er soll doch wissen, was ihm alles entgeht.«
Alienor beugte sich über den Tisch und tupfte von der öligen Essenz auf das Pergament, während sie den Brief überflog.

Kent
Ende Februar 1155

Mein lieber Urenkel von Hastings,

du wunderst dich, dass ich nicht auf Bermondsey bin. Abt Walter von Battle hat mich um eine Unterredung ersucht. Er bat darum, möglichst inoffiziell empfangen zu werden, er habe mir Dringendes mitzuteilen, was er keinem Boten anvertrauen könne.
Wir sind über Rochester geritten. Graf de Clare gibt heute Abend ein Bankett in Tonbridge, einer wehrhaften Burg, die wir hier besitzen.
Gestern sind wir bis zur Dämmerung auf dem Hügel von Senlac gewesen. Die Abtei liegt wirklich königlich über Hastings. Ich wünschte mir so sehr, dass du bei mir sein könntest. Stattdessen strampelte dein Sohn so wild, als ob er ahnte, dass ich mir gerade vorstellte, wie die Speere Eurer Normannen auf die englischen Schilde prallten. Was für ein schönes Land – und wie viele Tote mag die Erde von Hastings unter sich begraben haben. Und wie gut kann ich verstehen, dass Wilhelm gerade an diesem Ort ein Kloster bauen ließ. Unser Kind tobte in meinem Bauch, als ob es mitkämpfen wollte. Ich bin sicher, es wird ein Junge, der sich messen will. Wir sollten ihn Henry nennen. Er wird dir vielmehr ähneln als Little Willy. Nein, lach mich nicht aus, ich spüre es. Gebe Gott, dass der Kleine in diesem Winter nicht mehr kränkelt. Dein zweiter Sohn wird ein zäher Kerl und wer weiß, vielleicht war das gestern ja sein erster Anfall von Jähzorn!

Alienor nahm den Kiel und tauchte ihn in das Tuschfass, um einen Pfeil zu dem Lavendelfleck zu malen, daneben schrieb sie weiter:

Damit du eine Ahnung davon hast, wie gut ich heute Abend duften werde, hier eine Probe meines neuen Badeöls. Drück nur deine Nase rein. Von Abt Walter berichte ich dir lieber mündlich.

Langsam ließ Alienor sich in das heiße Wasser gleiten. »Wie hast du denn den Schaum gezaubert?«
Marie kniete sich auf das Bänkchen vor dem Bottich. »Eine Überraschung für dich – das Allerneuste aus Byzanz.« Sie schob die Ärmel hoch, tauchte die Hände in den Schaum und begann kleine Berge zu formen. Nachdenklich hob sie den Kopf und fragte: »Alie, weißt du, weshalb die Normannen in Hastings gelandet sind – warum nicht in Dover?«
Alienor schob einen Schaumberg neben ihr Knie und pustete dagegen. »Ich nehme an, der Wind hat die Schiffe nach Westen abgetrieben – anders kann ich's mir nicht erklären.«
Marie schob den Schaum ein Stück weiter. »Ich habe mich immer gefragt, warum Wilhelm der Eroberer die entscheidende Schlacht gegen die Engländer auf diesem Schlachtfeld geschlagen hat.«
»Jedenfalls hat Wilhelm in Erinnerung an seinen Sieg die Abtei Battle gebaut. Seit fast neunzig Jahren genießt sie besondere Rechte. Und genau aus diesem Grund war ich gestern dort.« Alienor begann zu flüstern. »Schick die Zofe raus, ich erzähl's dir gleich.« Sie tauchte tiefer unter und die Schaumhügel verschwanden im Wasser. Als sie allein waren, fuhr Alienor fort: »Abt Walter ist der Bruder von Richard de Lucé, du weißt, ich mag ihn. Also: Walters Abtei unterstand keiner Gerichtsbarkeit, weder dem König noch der Kirche. Unter Stephan gerieten der Bischof von Chichester und der Abt von Battle zum ersten Mal aneinander. Die Diözese wollte die Gerichtsbarkeit an sich reißen. Und Walter hat sofort nach unserer Krönung um die Bestätigung seiner Privilegien gebeten und sie auch erhalten, gegen den heftigen Widerstand des Bischofs von Chiches-

ter und des Erzbischofs von Canterbury. Walter traut dem Frieden trotzdem nicht und fürchtet, dass Hadrian ...«
»Zumal der neue Papst Engländer ist ...«, warf Marie ein.
Alienor nickte, »... sich nicht dem Verdacht aussetzen will, er gestehe dem englischen König mehr Unabhängigkeit von Rom zu als anderen weltlichen Fürsten, deshalb könnte gerade er in dieser Sache Schritte unternehmen. Und ich glaube, Walter hat recht getan uns zu warnen. Battle könnte zum Präzedenzfall werden. Unter uns, seit der deutsche Kaiser nach Canossa ging, glaubt sich Rom im Aufwind. Nur hat Rom seine Rechnung nicht mit Henry gemacht.«
Sie lehnte sich im Bottich zurück und sagte mehr zu sich als zu Marie: »Zur Vorsicht muss ich Richard de Lucé daran erinnern, dass er die Charta von Battle noch einmal genau überprüft.«

»Die Königin von England«, verkündete der Herold. Graf Roger de Clare führte Alienor durch die schwere Flügeltür. Als sie den Saal betraten, hielt Alienor einen Augenblick inne. Alle Blicke richteten sich auf sie. Der strahlend grüne Samt tat im Fackellicht seine Wirkung, ein Goldreifen glitzerte auf dem kunstvoll geschlungenen Haar, die golddurchwirkte Schärpe, die sich über dem Ausschnitt in zwei fließenden Bahnen bis zum Saum fortsetzte, ließ auch das kritischste Frauenauge nicht erraten, dass sie sich im letzten Monat ihrer vierten Schwangerschaft befand.
Galant und selbstsicher schritt der Graf an ihrer Seite durch den Saal zu ihrem Platz am Kopf der Tafel. »Majestät, wir haben für Euch eine bescheidene Überraschung vorbereitet. Ich hoffe, Ihr werdet nicht enttäuscht.«
Goldene Buchstaben schmückten eine Wand des Saales. Alienor begann sie zu entziffern: Morgana, Gawein, Ginevra, Galahad, kam aber nicht weiter, denn ein uralter hagerer Mann mit weißem Bart und weißem Umhang trat langsam auf sie zu. Er verneigte sich, sah sie mit stahlblauen Augen an und begab sich,

ohne ein Wort zu sagen, auf die Bühne, die unter den goldenen Namen aufgebaut war. Hunderte von Öllämpchen erhellten dort das Bühnenbild eines Rittersaals, in dessen Mitte ein goldenes Gefäß von der Decke hing. Sechs Pagen trugen einen großen runden Tisch auf die Bühne.

Alienor hörte, dass an der Tafel lateinisch und angelsächsisch gesprochen wurde; sie bildete sich ein, zwischen den nun einsetzenden Lautenklängen auch okzitanische Worte zu vernehmen.

»Graf, lasst mich raten ... Die Artusrunde! Das war der Zauberer Merlin, nicht wahr?«

»Königin, ich war sicher, dass Ihr ihn erkennen würdet.«

Ein Raunen ging durch den Saal, als der berühmte Wace von Jersey sich vor der Königin verbeugte. Alienor begrüßte ihn erfreut, wusste sie doch, dass er zu den feinsinnigsten Kennern der Artussage gehörte; Bernard de Ventadour hatte ihr von seiner großen Begabung als Vorleser erzählt. In seinen eng anliegenden Strümpfen und den gebauschten schwarzen Bundhosen wirkte der schmale Mann sehr jung. Seine dunklen Locken standen unter der weiten Samtkappe wirr ab.

Leise begann er zu lesen, während der größte Teil der Pechfackeln aus den Halterungen genommen wurde, um die Aufmerksamkeit auf die Bühne zu lenken, auf der sich im warmen Flackerlicht der Öllampen König Artus mit seinen Rittern eingefunden hatte.

Je mehr er sich einlas, umso heftiger riss ihn seine Fantasie mit, immer klangvoller beschrieb er die Niederlagen der Ritter, ihre inneren Kämpfe und äußeren Siege, ihren Mut und ihre Treue. Seine Zuhörer folgten ihm gebannt.

Alienor klatschte wie die anderen Zuschauer, als König Artus auf der Bühne das Schwert Excalibur aus dem weißen Felsblock löste und Wace die Bescheidenheit des Königs hervorhob, der königlichen Geblüts war ohne es zu ahnen. Alienor träumte sich in die Blumenwiese, in der Artus die junge Ginevra erblickte. Wace beschrieb ihre keimende Liebe in den zarten Tönen, die ihr aus ihrer Kindheit vertraut waren, sie lauschte den Gesängen des Troubadours, der die Legende des Vorlesers in unregelmäßigen Abständen übernahm. Dann tauchte sie zurück in die Welt voll strotzender Kraft, die von König Artus' Runde ausging. Krieg und Tod und gewalttätige Eroberungen verwoben sich mit den Mythen der keltischen Welt, mit Liebe und der Verehrung von Schönheit und Geist.

Es war still im Saal, als Wace sich schließlich vor der Königin verbeugte.

Alienor erhob sich. »Wir danken Euch für Eure Kunst, sie hat die Kraft unsere Seelen zu berühren.« Dann vertiefte sie sich in ein Gespräch mit Roger de Clare, in dem es um Lancelot und Ginevra ging, um Heloise und Abaelard, um Poesie und Literatur.

Zu später Stunde kehrte Alienor in ihr Gemach zurück. Sie atmete tief durch. Die Zofe erhob sich und Alienor schickte sie sogleich zu Bett. Dann setzte sie sich an den Tisch und schrieb.

Ich komme gerade von dem Bankett zurück: es war wunderbar, ich fühle mich so leicht.

Ach mein Lieber, setzt du dich auch nicht zu großen Gefahren aus? Versprich es mir. Stell dir vor, sie haben Wace von Jersey die Monmouth'schen Artuserzählungen vorlesen lassen. Ich werde Wace nach London an den Hof holen. Wer immer zu uns kommt, soll ihn die Geschichte der englischen Könige vorlesen hören! Die aus Rom wird er mit seiner Stimme verzaubern und sie lehren, dass Frauen außer bösem Fleisch auch reine Herzen haben können. Er liest wie ein Engel, von einer berückenden Einfachheit sind seine Worte. Aber was schwärme ich zu dieser nächtlichen Stunde.

Was würde ich dafür geben, mit dir nach Schottland zu reiten. Wollen wir Pfingsten nach Tintagel reisen? Ich stelle mir Little

Willys Augen vor, wenn er auf diese wunderbare Weise von Avalon hört.

Lieber Gott, behüte meinen Henry,
mich friert ohne ihn.
Deine hundemüde Alienor

PS: Auf dem Weg nach London muss ich in Fortbridge Recht sprechen. Ein Sheriff veruntreut offensichtlich unsere Gelder.

Der Tross war bereits in den frühen Morgenstunden nach London vorausgeschickt worden. Als Alienor nach dem Frühstück mit zwanzig bewaffneten Rittern von Tonbridge aufbrach, hatte der Graf darauf bestanden, ihr Geleit zu verstärken. »Die Wälder von Kent sind im Winter besonders unsicher, erlaubt mir, Euch zehn meiner besten Leibwächter mitzugeben. Sie kennen jedes Feld und jedes Versteck. Um diese Jahreszeit verwandelt der Hunger selbst den harmlosesten Wegelagerer in eine mörderische Bestie«, hatte er sie bei ihrem Abschied gewarnt.

Zunächst war es ein Leichtes, den Spuren der Trosskarren im Schnee zu folgen. Die mit dem königlichen Hausrat beladenen Ochsenwagen führten Alienors Bett, Schrank und Tisch ebenso mit sich wie den Waschzuber, Felle, Gewänder und Lebensmittel. Die schweren Räder hatten breite Bahnen im Schnee hinterlassen, auf denen die Pferde schnell vorankamen.

Dann begann es immer heftiger zu schneien; abgesehen vom Knirschen des Leders, von den metallischen Geräuschen der Rüstungen und dem Schnauben der Pferde schien es immer stiller zu werden. Alienor dankte innerlich dafür, dass sie genügend Ortskundige mit sich führte, denn die Spuren im Neuschnee verblassten immer mehr. Sie zog sich die Kapuze ihres Pelzes tief in die Stirn. Pater Simon, der die Morgenmesse gelesen hatte, ritt in ihrer Nähe. In unsicheren Gegenden gab ihr das ein gutes Gefühl. Eine geordnete Reihe von Reitern schütz-

te sie mit ihren Lanzen nach außen, während ein Trupp vorausritt und der Rest die Nachhut bildete. Sie verlangsamte die Gangart ihres Pferdes und rief Simon zu:
»Pater, holt mir den Magister. Ich habe einiges mit ihm zu besprechen.«
Gleich darauf tauchte Matthieu an ihrer Rechten auf und begrüßte sie. »Meister, berichtet mir, worum es in Fortbridge geht. Ich weiß nur, dass das Dorf in Aufruhr ist. Der Vogt schrieb, der Sheriff sei bestochen und sein Urteil werde vom ganzen Dorf als ungerecht empfunden. Was ist dran an der Behauptung?«
»Es geht um einen Besitz, den Ihre Kaiserliche Hoheit, die Mutter unseres verehrten Königs, vor über zehn Jahren dem Templerorden schenkte.«
»Majestät!« Ein Ritter der Leibgarde des Grafen de Clare kam von vorn in stäubendem Schnee auf sie zu galoppiert. »Da vorne hängt ein Mann am Baum, er wurde erhängt. Wünscht Ihr, dass ich Euch auf der anderen Seite weiterbegleite?«
»Wie rücksichtsvoll von Euch, Mylord. Bedenkt, dass ich einen Kreuzzug mitgemacht habe, so leicht erschüttert mich nichts. Nein, ist schon gut, ich reite genau weiter wie bisher.«
Die klägliche knochige Figur mit den verfilzten Haaren baumelte an einem kahlen Ast. Auf einem Schild um den Hals der Leiche, die nur mit zerfetztem Tuch bedeckt war, hing ein Schild ›Go to hell‹.
Alienor wandte sich wieder dem Magister zu. »›Fahr zur Hölle‹ – das ist die Justiz der Gesetzlosen, Meister, unsere Gesetze sollen für alle gelten, für arme wie reiche Schufte. Fahrt fort.«
Matthieu rieb sich die kalten Wangen, als sie im Schritt weiterritten. »Ein Baron aus der Nachbarschaft von Fortbridge, der im Krieg auf Stephans Seite stand, hat die Schenkung immer wieder angefochten und behauptet, es handle sich um sein Erbe. Auf hinterhältigste Art und Weise hat er die Bauern malträtiert, ihre Ernten vernichtet, Kinder gestohlen, ihre Schwei-

ne erstochen. Am Tag Eurer Krönung wandte sich das Dorf erneut an den Sheriff, in der Hoffnung, dass sie jetzt geschützt würden. Es lagen weiter tote Schafe auf den Weiden, Getreide verbrannte. Daher die Behauptung, er sei von dem Baron bestochen.«

»Was ist Eure Meinung zu dem Fall, Meister?«

Matthieu ließ sich mit seiner Antwort ein wenig Zeit. »Es wird schwierig sein, seine Schuld zu beweisen. Am ehesten kommt man ihm über den Sheriff auf die Fährte.«

»Genau das werden wir tun«, rief Alienor und trieb ihr Pferd an.

Als sie in das befestigte Dorf einritten, drängelten sich die Bauern vor den kleinen Katen, die im Halbrund um das mächtige Haus der Templer standen. Ihre Dächer hatten Löcher, das Stroh war nur hier und da notdürftig geflickt. »Es lebe die Königin, lang lebe sie«, erscholl es von allen Seiten, als sie und ihr Gefolge absaßen. Alienor wurde übel, so unerträglich stank der im Schneematsch verteilte Unrat. Vor den Katen suchte sich ein braunes Rinnsal seinen Weg die Stufen hinab und floss durch zerfallene Mauerreste hindurch.

Sie wandte sich den zerlumpten Menschen zu, die so notdürftig gekleidet waren, dass sie erschrak. Bei der Eiseskälte trugen die Männer nur Sackleinen, ihre verdreckten Arme waren nackt. Wie zum Schutz zog sie ihren warmen Mantel eng um sich. Abgemagerte Mütter hielten ihr Hilfe suchend ihre schreienden Kinder entgegen. Niemals zuvor hatte sie Elend so stark empfunden. Bauern hatten für sie wohlgenährte kräftige Körper; die hier schienen ihr nur wie Schatten ihrer selbst, ausgezehrt und bitterarm. Sie verspürte Zorn in sich aufsteigen, als sie die derben ausgemergelten Gesichter der Reihe nach ansah. Erschrocken wichen die Leute zurück. Doch ein Bursche mit roten Haaren trat vor sie hin. »Frau Königin, seit die Templer die Burg übernahmen, geschieht nur noch Unglück. Gebt uns

einen neuen Sheriff, der das Recht richtig anwendet.« Er begann zu schluchzen. »Mein Sohn hungert so sehr.« Und er fiel auf die Knie.
»Dafür werde ich sorgen«, erwiderte Alienor und wandte sich ab, um die Tempelritter zu begrüßen, die eilends aus der Burg herbeigelaufen waren. Auf den weißen Leinenmänteln strahlte das blutrote Kreuz, das sie zum ersten Mal in Jerusalem gesehen hatte. Damals war sie von den auffallend schönen Rittern hingerissen gewesen, die sich ganz in den Dienst des Heiligen Grabes gestellt hatten. Im Tempel des Ordens am Felsendom hatte der Großmeister sie beeindruckend kultiviert empfangen ... Wie lange schien das her zu ein.
Als sie nun unter dem halbrunden Torbogen in den Innenhof der Burg ritt, traute sie ihren Augen nicht. Vor ihr führten die Arbeitsbrüder des Ordens ein Dutzend edelster Pferde im Kreis herum, wohlgenährt, mit glänzendem Fell. Wieder stieg Wut in ihr auf und es schoss ihr durch den Kopf: Diese Tiere bekommen mehr zu fressen als das ganze Dorf zusammen.
»Majestät, welch eine Ehre, Euch hier begrüßen zu dürfen.« Der Präzeptor neigte sich über ihre Hand.
»Schade nur, dass der Anlass so unerfreulich ist«, entgegnete Alienor kühl. »Ich wünsche auf der Stelle Recht zu sprechen. Führt mich hinein.«
Der Gewölbesaal mit den geschwungenen Kapitellen, die kostbaren Wandteppiche, die auserlesen Schätze des Orients, die auf zierlichen arabischen Konsolen zur Schau gestellt waren, reizten sie nur; der Kontrast zu der bitteren Armut draußen war zu krass. Alienor saß hoch aufgerichtet an dem großen Eichentisch, umgeben von Meister Matthieu und seinen Kanzlisten.
»Lasst den Sheriff eintreten«, rief der Magister.
Ein Mann mittleren Alters bahnte sich schwankend einen Weg durch die Reihen der Tempelherren, deren weiße Gewänder sich von dem ungepflegten Grau des Sheriffs angenehm abho-

ben. An einer Säule hielt er sich fest, gab sich einen Ruck und kam vor der Gerichtstafel zu stehen. Unsicher verbeugte er sich.
»Sheriff«, drohend hob Alienor die Stimme, »wie lauten die Euch anvertrauten Pflichten, sprecht!«
»Majestät, Eure Gerichtsbarkeit in der Grafschaft zu vertreten, für Recht und Ordnung zu sorgen, Eure Einnahmen zu sichern und zu kontrollieren ...«
»Nennt Ihr das Recht und Ordnung, was vor den Toren dieser Burg herrscht! Wer hat Euch mit diesen Aufgaben betraut?«
Der Mann begann zu zittern. »Ihr und der König.«
»Jemandem so Verantwortungslosen wie Euch mit Sicherheit nicht! Ihr wagt es, den Auftrag des Königs mit Trunkenheit zu verraten. Schafft ihn mir aus den Augen! Führt ihn hinaus!«
Ein junger Ordensritter nahm den Sheriff bereits beim Arm, da setzte sie hinzu: »Euer Nachfolger wird Recht sprechen, wie WIR es verstehen, und Eure Bestrafung, wie die aller an dem desolaten Zustand dieses Dorfes Verantwortlichen, soll für all jene, die unsere Recht verraten, eine Lehre sein.«
»Mylord«, wandte sie sich in demselben Ton an den Präzeptor, »schickt alle hinaus. Ich wünsche mit Euch und Eurem Schatzmeister allein zu reden.« Die Schritte der Ordensbrüder verhallten. Alienor versuchte sich zu beruhigen.
»Majestät«, begann der Präzeptor vorsichtig, »erlaubt Ihr mir das Wort an Euch zu richten?« Alienor hob den Kopf und sah den Schatzmeister an. Was für ein edles Gesicht, was für schöne Züge. Sie betrachtete ihn aufmerksam. Und doch, ihr Templer habt mehr Privilegien als alle anderen Orden, nicht einmal den Zehnt müsst ihr zahlen, dachte sie ungehalten.
»Sprecht, Mylord. Ihr werdet mir Wichtiges zu sagen haben.«
»Ich nehme alle Verantwortung auf mich.« Er blickte erst scheu in ihre Richtung, dann auf seinen Meister. »Wir erwarten große Schenkungen aus Paris. Zunächst musste das Mutterhaus hergerichtet werden, damit dann Gelder und Material für das Heilige Land erwirtschaftet werden können.«

»Wie ist dieses Ziel noch ehrenwert zu nennen, wenn man es auf Kosten von halb verhungerten Menschen erreichen will, für die Ihr die Verantwortung tragt?« Jetzt blickte sie dem Präzeptor ins Gesicht. »Die Schenkung der Kaiserin betraf schließlich nicht nur diese Burg, sondern auch das Land und seine Bauern.«

»Majestät, unser Leben in diesen Mauern kreist so sehr um Jerusalem, um die Verantwortung für die Christen und unsere Heiligtümer, dass wir uns um die Leibeigenen nicht genügend kümmern konnten.«

»Mylord, wie viel Mahlzeiten nehmt Ihr in diesem Orden ein?«, fragte sie streng.

»Drei, Majestät«, entgegnete der Meister unsicher.

»Ich befehle Euch vom heutigen Tag an zweimal am Tag zu speisen. Die dritte Mahlzeit geht an die Hungernden da draußen, zweimal pro Woche mit Fleisch, habt Ihr mich verstanden?«

Der Präzeptor verbeugte sich höflich. »Nehmt mein Versprechen entgegen, dass alles nach Eurem Willen geschieht.«

Alienor erhob sich. »In sechs Monaten wünsche ich einen Bericht von Euch zu erhalten, in dem Ihr mir über die Arbeit des neuen Sheriffs Rechenschaft ablegt. Und glaubt mir, ich werde dem König genau davon berichten, wie Ritter, die Ehre und Verantwortung für die gesamte Christenheit auf ihr Banner schreiben, die Schenkung seiner Mutter veruntreuen. War Christus nicht ein armer Mann, hat er sein Brot nicht geteilt? Ich werde selbst an diesen Ort zurückkehren und kontrollieren, ob Ihr das Euch anvertraute Volk christlich behandelt!«

Müde und abgekämpft kehrte Alienor in der Nacht nach London zurück. Ihre Begrüßungspflichten in Bermondsey erledigte sie in der Vorfreude auf ihren Sohn. Am liebsten hätte sie ihn sacht aus seinem Bett gehoben und den kleinen warmen Körper fest an sich gedrückt; stattdessen beugte sie sich be-

hutsam über das friedlich schlafende Kind, küsste und streichelte es und atmete seinen Duft ein. Niemals empfand sie Dankbarkeit so tief, wie in der Gegenwart ihres schlafenden Sohnes.
Ihre Gelenke schmerzten, als sie sich aufrichtete. Vorsichtig schloss sie hinter sich die Tür und kehrte in ihre Gemächer zurück.
Den Brief von Henry sah sie sofort. Müde wie sie sich fühlte, ließ sie sich rasch entkleiden und schickte die Zofe schlafen.
Sie erbrach das Siegel und legte sich auf das Bett. Schläfrig begann sie zu lesen; sie lächelte vor sich hin, als sie von seiner Sorge um sie las, von seiner Beruhigung, sie sicher in London zu wissen. Ach, mein Liebster, wenn du wüsstest, was das für ein Tag war – erst die Leiche, dann die Armut, dann die Pracht der Templer, zu guter Letzt die Attacken der Wölfe auf dem Heimweg. Bei der Erinnerung an das Heulen der hungrigen Tiere musste sie innehalten. Sie fühlte sich erschöpft, aber zufrieden.
»Henry, wie stolz ich auf dich bin«, murmelte sie vor sich hin, als sie zum Ende des Briefes kam; dann sprach sie seine Sätze nach. »Behüt dich Gott. Ich liebe dich auch, Henry.«
Plötzlich erstarrte sie; sie richtete sich auf, um die Nachschrift des Briefes im Schein der Öllampe noch einmal zu lesen. Unter ›Henry‹ stand da tatsächlich: »Ich habe Becket gesagt, dass er Kanzler wird.«
Etwas krampfte sich in ihr zusammen. »Henry, nein! Du Feigling, du elender Feigling«, schrie sie und trat gegen den Tisch neben ihrem Bett. Er fiel polternd um, Pokal und Silberschale schepperten gegen die Wand und auf die Steinplatten. Mit aufgelösten Haaren erschien die Zofe aus der Kammer, murmelte »Königin, Königin« und lief ängstlich zur anderen Tür wieder hinaus.
Alienor sah und hörte sie nicht. In ihrer Wut lief sie zum Kamin, warf den Brief in die glühende Asche und den gesamten Reisigkorb hinterher. Die Funken stoben auf den Steinboden,

als das Pergament Feuer fing und das Reisig zu prasseln begann. »Ich ahnte es«, flüsterte sie, »ich wusste, dass du dieses Nichts züchtest wie eine Natter. Du musstest diese Entscheidung mit mir absprechen.« Ein glühender Holzscheit rollte nach vorn. »Und davor schreibst du Feigling mir, dass du mich liebst!«
Die Zofe hatte ein zweites Mal vorsichtig die Tür geöffnet, um Marie einzulassen, die nun erschrocken zum Kamin hinübersah. »Alie, um Gottes willen, was ist mit dir?«
Erschöpft ließ Alienor sich in den Sessel am Feuer fallen. »Sei still, er ist ein Feigling. Entschuldige ihn ja nicht, er ist ein Feigling«, wehrte sie ab und verfiel in Schweigen.
»Alie, willst du mir nicht sagen, was passiert ist?« Als Marie sich vor ihr auf den Boden kniete, blickte Alienor sie mit großen Augen an; dann beugte sie sich vor und schlang die Arme um ihren Hals.
»Er hat diesen Becket zum Kanzler ernannt. Erstens kann ich ihn nicht ausstehen und zweitens hätte Henry es mit mir absprechen müssen.« Sie nahm Maries Gesicht in ihre Hände und sagte plötzlich ganz ruhig: »Er ist keiner von uns, so schlau er auch sein mag. Er spricht nicht unsere Sprache, das kann sich eines Tages rächen. Und Henry bedenkt es nicht.« Sie sah Marie liebevoll an. »Schläfst du bei mir? Ich kann heute Nacht nicht allein sein. Geh schon zu Bett.«
Marie lachte. »Na und du, wo willst du heute Nacht noch hinreiten?« Alienor saß bereits am Tisch. Sie zog das Pergament zu sich heran und begann zu schreiben.

London, im Jahre 1155

Mein lieber König von England und von ganz Aquitanien, mit Interesse habe ich gelesen, dass Thomas Becket, Erzdiakon von Canterbury, mangels eigenen Hintergrunds gefördert von Theobald de Bucé, Erzbischof von Canterbury, zum Kanzler und damit zur wichtigsten Person nach dir und mir im ganzen Reich wird … dein frisch gebackener Kanzler hat dich doch sicher auf der Stelle angefleht ihn zum Ritter zu schlagen. Schwör mir, dass du die Wahrheit gestehst, wenn du zurück bist. Ich wollte dich nur daran erinnern, dass er im Westen Londons, in Cheapside, aufgewachsen ist, falls es dir entfallen sein sollte, dort wo die St. Paul's Cathedral steht …

Gleich nach dem König, die Königin Englands,
deine Alienor

Sie biss auf den Federkiel und spürte, wie der ohnmächtige Zorn wieder in ihr aufstieg. Sie steckte den Kiel in den Ständer und rollte das Pergament. Dann löschte sie die Öllampe und stieg zu Marie ins Bett.
»Ist es jetzt gut?«, fragte Marie leise.
»Besser«, antwortete Alienor und rollte sich auf die Seite, um sie anzusehen. »Ich danke dir, Marie. Behüt dich Gott. Schlaf schön.« Alienor lag noch lange wach.

Der Sturm toste um die Burgmauern. Ein Reiter trieb sein Pferd bis auf Rufnähe an das große Tor und schob sein Visier hoch. »Ergebt Euch, im Namen Henrys von England«, rief er hinauf. Zur Antwort hagelte es von oben Steine.

Eilends klappte der Reiter das Visier herunter und galoppierte durch die engen Zeltgassen zur Spitze des Hügels, wo Henry mit einer Hand voll Männer auf ihn wartete. Alle trugen schwere Panzer und Helme; nur der König war barhäuptig. Jetzt schüttelte er sich den Schnee aus dem kurz geschorenen rötlichen Haar und winkte den Mann zu sich heran. Der blutete aus einer Stirnwunde. »Sie geben nicht auf, mein König«, stieß er hervor. Henry stellte sich in die Steigbügel und versuchte durch das Schneetreiben zu der Festung hinüberzublicken. Die Wehrgänge schienen verwaist, von den Verteidigern war nichts zu sehen. Und doch wusste er, dass viele Augenpaare jede seiner Bewegungen verfolgten. »Die Offiziere begleiten mich in mein Quartier«, befahl er und bedeutete Becket ihm zu folgen.

In seinem Zelt war es warm. Dicke Lederwände hielten Wind und Kälte ab und ein Knappe sprang herbei, um ihm aus dem Harnisch zu helfen. »Du hattest Recht, Thomas«, sagte Henry, »wir werden uns mehr Zeit für sie nehmen müssen.« Er ging zu dem Tisch, auf dem eine Miniaturausgabe der belagerten Burg aufgebaut war. Nachdenklich blickte er darauf hinab. »Man soll Kundschafter an den Fluss schicken – sie sollen herausfinden, wie weit der Windrush zugefroren ist. Wenn das

Eis stabil ist, könnten wir einen Teil unserer Katapulte von hier aus einsetzen.« Er deutete auf die Rückseite der Miniaturburg. »Wichtig ist, dass wir sie nicht zur Ruhe kommen lassen.«
Einer der Offiziere gab den Befehl halblaut weiter; dann trat ein anderer vor. »Mein König, ich habe einen Söldner in meiner Abteilung, den wir ›die Katze‹ nennen. Der geht senkrecht die Wand hoch. Das habe ich selbst erlebt.« Fragend sah er Henry an.
»Was ist das für ein Mann? Kannst du ihm vertrauen?«
»Er ist Teil einer Kriegsbeute. Aber er ist zuverlässig.«
Henry biss sich auf die Lippen und Becket mischte sich ein. »Versuchen könnte man es, mein König. Wenn man ihn in den frühen Morgenstunden, solange es noch dunkel ist, die Latrinenwand von innen hochklettern lässt ... das könnte klappen.«
»Gut. Nehmen wir an, er schafft es, auf den Abtritt zu kommen.« Henry schüttelte den Kopf. »Damit haben wir längst noch nicht das Haupttor geöffnet! Dort werden genügend Wachen stehen ...«
»Nicht, wenn wir sie gleichzeitig von zwei Seiten angreifen«, warf der Offizier ein und Becket deutete auf die Burg. »Wir sind hier in den Cotswolds, die Teil eines Kalkstein-Gürtels sind, der England von Dorset bis Humberside durchzieht. Es dürfte nicht allzu schwierig sein, einen Stollen unterhalb der Mauer zu graben. Dann hätten wir vier Chancen auf einmal.« Triumphierend sah er Henry an. »Wenn der Windrush zugefroren ist, sogar fünf.«
»Warten wir ab, bis die Kundschafter zurück sind. Und bis dahin«, lächelnd wandte Henry sich an alle, »sollten wir uns die Zeit mit einem anständigen Tropfen vertreiben!« Und als jeder seinen gefüllten Becher in der Hand hielt, brachte er einen Toast aus. »Auf dass Sir Hugh bald die Hosen verbrennen!«
Die Männer brüllten vor Lachen und einer rief: »Man sagt, er lebt mit einer ehemaligen Nonne zusammen. Mut hat er also, das muss man dem Verräter lassen.«

Ein Mönch hob beschwörend die Hände. »Haltet ein, Mylords. Lasst uns am Vorabend dieser Schlacht Gott nicht durch unsere unkeuschen Gedanken erzürnen.«
Begütigend legte Henry ihm die Hand auf den Arm, da wurde die Ledertür des Zeltes zurückgeschlagen. Der eintretende Mann wischte sich den Schnee aus dem Gesicht.
»Sprich! Wie sieht es aus?«, rief Henry. »Wird das Eis halten?«
»Ja, mein König.« Begeistert schlugen die Ritter mit ihren Schwertern an die Schilde. Henry hob die Hand.
»Hört meine Befehle: Von den sechzig Ochsenkarren führt ihr die Hälfte hierher.« Sein Zeigefinger deutete auf die Rückseite der Miniaturburg. »Ich wünsche, dass die Steine sofort entladen werden und für Nachschub gesorgt wird. Die restlichen dreißig postiert ihr hier, hier und hier.« Er deutete auf die Vorderseite. »Jeweils zweihundert Bogenschützen sollen im Halbkreis davor in Stellung gehen. Und achtet mir ja auf die Ochsen. Wir brauchen sie noch. In einer Stunde greifen wir an. Pater Peter, Euren Segen, bitte!«
Die Becher wurden abgestellt und die Versammelten beugten die Knie. Als der Letzte gegangen war, wandte Henry sich Thomas zu. »Wen soll ich grüßen, wenn du fällst?«, fragte er lächelnd. Becket sah ihn ernst an. »Der Einzige, den ich grüßen möchte, steht jetzt neben mir«, sagte er leise. Henry ließ sich wieder in seinen Harnisch helfen; es schien, als habe er Beckets Worte nicht verstanden. »Ich nehme an, Sir Hugh wird sich erinnern, dass wir schon einmal aneinander geraten sind. Damals habe ich ihn gewarnt.«
»Wo war das?«, fragte Becket und stülpte seine Handschuhe über.
»Auch irgendwo hier in der Gegend. Damals kämpfte er an allen Fronten gleichzeitig. Er verriet sie alle an den Nächsten: Stephan, seinen Sohn Eustach, und selbst bei meiner Mutter hat er es versucht. Er wird niemals Ruhe geben, drum muss ich ihm nun einen richtigen Denkzettel verpassen.«

»Aber warum stellt Ihr ihn dann nicht in einer richtigen Schlacht? Warum wollt Ihr die Burg schleifen? Sie steht an einem strategisch wichtigen Punkt. Wir könnten sie gut gebrauchen und mit einem unserer Leute besetzen«, bemerkte Becket.

»Weil ich ein Exempel statuieren will. Die großen Lords müssen endlich einsehen, dass sie dem König unterstehen und dass alles, was sie haben, nur zum Lehen ist. Aber du hast Recht: es ist schade um die Burg.«

Draußen empfing sie ein eisiger Wind. Der Offizier, der jetzt Meldung machte, hatte eine dünne Eisschicht auf seinem Helm.

»Die Wurfmaschinen sind postiert, mein König. Wir warten nur auf Euer Zeichen.«

Es hatte aufgehört zu schneien. Drüben in der Burg schien alles ruhig zu sein; die dünnen Rauchsäulen, die aus dem Innern stiegen, machten Henry zornig.

Der Offizier schien ähnlich zu empfinden. »Da sitzen sie warm über ihren Töpfen! Aber bestimmt nicht mehr lange«, knurrte er.

»Wie steht's mit den Männern an den Rammbolzen? Sind genug Bogenschützen da, um sie zu decken?«

»Jawohl, mein König.«

Freude auf den bevorstehenden Kampf stieg in Henry auf. Sein Herz schlug schneller, als er dem Hornbläser das Zeichen zum Angriff gab. Er drückte seinem Ross die Sporen in die Flanken und galoppierte den Hügel hinab. Wie aus dem Nichts waren die Wehrgänge der Burg plötzlich belebt. Bogenschützen schossen einen Hagel von Pfeilen auf die Angreifer hinab. Henry sah, dass die ersten seiner Männer die Großtürme bereits so dicht an die Außenmauer herangekarrt hatten, sodass sie nur noch ein paar Meter von den Zinnen entfernt waren. Aus den überhängenden Pechnasen ergoss sich ein dampfender schwarzer Strom nach unten. Männer brüllten vor Schmerz und Hass. Henry riss sein Pferd herum und galoppierte zum rückwärtigen Teil der Anlage, dann die Uferböschung hinunter. Auch hier bot sich ihm ein ähnliches Bild: unaufhörlich schickten die

Katapulte ihre Geschosse nach oben und die Soldaten feuerten sich gegenseitig mit ihren Rufen an. Den Männern mit dem Rammbock war es gelungen, ein erstes Loch in die Mauer zu reißen.
Einer der Offiziere zwängte sein Pferd durch das Gewimmel, um zu Henry zu gelangen. »Sie haben nicht damit gerechnet, dass wir vom Fluss her angreifen. Von dieser Seite gibt es kaum Gegenwehr.« Er glühte vor Begeisterung.
Henry sah den Pfeil buchstäblich kommen. Der Aufprall war nicht mehr als ein dumpfer Schmerz. Verwundert fuhr seine Hand nach oben und fühlte den Schaft zwischen Schulter und Hals. Er sah, wie der Offizier den Mund öffnete und wunderte sich, dass kein Ton herauskam. Er wollte ihm sagen, da oben hinter der Schießscharte stehe ein Meisterschütze, aber dann erschien es ihm sinnlos. Er warf den Kopf zurück und sah die Raben, über den zugefrorenen Fluss zu ihnen herüberfliegen. Und er sah den einzelnen schwarzen Vogel, der sich genau auf seiner Schulter niederließ. Er musste scharfe Krallen haben, denn dort, wo er sich niedergelassen hatte, breitete sich ein höllischer Schmerz aus.

»Nehmt den Vogel fort«, murmelte Henry. »Er tut mir weh.«
»Gottlob, er spricht«, sagte eine Stimme, die ihm vertraut vorkam. Und er fühlte, wie sich eine warme Hand auf die seine legte.
»Nimm den Raben weg«, murmelte er.
»Geht zur Seite, Master Becket. Der König hat viel Blut verloren. Lasst mich diese Salbe auftragen, dann wird er schlafen.«
Und dann saß der Vogel wieder auf seiner Schulter und sein Flügelrauschen übertönte alles andere.

Als Henry das nächste Mal zu sich kam, erkannte er Becket, der neben seinem Lager auf dem Boden kauerte. Er hatte die Hände gefaltet und betete.

Erstaunt blickte Henry sich um. Es dauerte eine Weile, bis er sich zurecht fand: dies war sein Zelt, dort drüben stand der Tisch mit der Miniaturburg, die kleinen Öfen brannten. Warum fror ihn nur so? Seine Lippen waren rau und spröde und er musste sich erst ein paar Mal räuspern, ehe er einen Ton herausbrachte: »Thomas – warum ist es so still? Wo sind die anderen?«
»Sie sind alle unten. Jetzt wird es nicht mehr lange dauern.«
»Was ist mit Hugh? Hat er sich ergeben?«
Becket schüttelte langsam den Kopf. »Er ist tot.« Henry versuchte sich aufzurichten, aber Becket drückte ihn sanft aufs Lager zurück. »Ihr dürft Euch nicht bewegen. Haltet still und ich werde Euch alles berichten.« Er nahm Henrys Hand und hielt sie fest. »Vier Tage lang haben wir die Burg attackiert, ohne nennenswerten Erfolg. Viermal ist ›die Katze‹ durch den Latrinengang hinaufgestiegen, bis es ihm schließlich gelang, eine Seitenpforte für unsere Männer zu öffnen. Jetzt sind die Unsrigen dabei, die Mauern niederzureißen. Das wird noch ein paar Tage dauern.«
Henry hörte schweigend zu, dann bat er: »Gib mir etwas zu trinken.« Becket holte eine Karaffe und goss Rotwein in einen Silberbecher.
Nachdem er getrunken hatte, legte Henry den Kopf zurück und fragte weiter: »Wie viele haben wir verloren?«
»Zwölf Offiziere, neun Pferde und sechsundzwanzig Soldaten. Ernsthaft verwundet wurde außer Euch, mein König, gottlob niemand.«
»Achtunddreißig Mann und neun Pferde …«
Becket fiel ihm ins Wort. »Aber, mein König, fünf Barone haben bereits ihre Unterhändler geschickt. Sie warten auf Eure Genesung, damit Ihr sie empfangen könnt. Das bedeutet Kapitulation. Der Arzt meint, Ihr werdet in ein paar Tagen wieder so weit hergestellt sein, um ihnen Eure Bedingungen zu diktieren.«

Henry drehte den Kopf zur Wand. »Gibt es Nachricht von meiner Frau?«
»Nein. Aber ich weiß, dass es ihr gut geht.«
Ruckartig drehte Henry sich zu ihm um. »Woher weißt du das?«
Einer der Boten hat berichtet, dass sie London verlassen hat, um irgendwo im Süden Recht zu sprechen.« Becket lachte. »Vielleicht hat sie auch nur eine kleine Vergnügungsreise unternommen, weil es ihr in London langweilig war, jetzt, wo Ihr nicht da seid.«
»Und Prinz William? Hat sie ihn mitgenommen?«, fragte Henry besorgt.
»Der Prinz ist in London geblieben«, sagte Becket mit beruhigendem Lächeln. »Auch Königinnen sind nur Frauen, Mylord! Wer weiß schon, was in ihren Köpfen vor sich geht?«
Henry bat um einen Schluck Wein, und als er getrunken hatte, wünschte er den Arzt zu sehen. Als Thomas das Zelt verließ, rief er ihm nach: »Und schick mir anschließend den Schreiber.«
Becket wandte sich um. Sein Gesicht lag im Schatten, sodass Henry seinen Ausdruck nicht erkennen konnte. Sein Ton war unverändert freundlich und besorgt. »Wollt Ihr nicht mir diktieren? Ich wäre glücklich Euch zu Diensten zu sein.«

Der Arzt hatte den Verband gewechselt und die Wunde gesäubert, da war Becket bereits wieder zurück. Unter dem Arm trug er Schreibzeug und ein Schachbrett. Munter hielt er beides in die Höhe. »Ihr könnt wählen, was wir zuerst tun, mein König. Ich bin fast sicher, Ihr werdet Euch für dieses hier entscheiden.« Er hielt das Schachbrett höher.
»Leg beides hin und lass uns reden.« Becket zog sich einen Schemel heran. »Im Lager herrscht Jubel, da sie nun wissen, dass es Euch besser geht. Ich habe ihnen eine Extraration Bier nach der Abendmesse zugesagt. Wundert Euch also nicht, wenn es etwas lauter wird.«

»Wie lange dauert es, bis die Burg geschleift ist?«
»Zwei bis drei Wochen, schätze ich. Die äußere Ringmauer war sieben Meter dick.«
»Wurden Gefangene gemacht?«
Becket verneinte. »Unsere Männer waren vor Hass außer sich, als sie hörten, dass Ihr verwundet wurdet. Wir fürchteten bereits das Schlimmste und haben jeden Morgen einen Bittgottesdienst für Euch abgehalten.«
Henry runzelte die Stirn. »Was wurde aus den Burgvorräten? Konnten die gerettet werden?«
»Das war das Erste, wofür ich gesorgt habe. Alles ist bereits auf die Karren verladen und der Gespannmeister ist schon unterwegs zur schottischen Grenze. Wenn Ihr Euren königlichen Vetter Malcolm trefft, so werden wir ihn aufs Beste bewirten können.«
Henry versuchte die verletzte Schulter unter der Pelzdecke zu bewegen; sein Gesicht verzog sich. »So weit sind wir leider noch nicht«, presste er mühsam hervor. »Hugh war nur der Erste. Es stehen noch so viele auf der Liste: Milo von Gloucester und sein Sohn Graf Roger von Hereford, William von Aumale …«
»Alles zu seiner Zeit, mein König. In ein paar Tagen seid Ihr wieder wohlauf.« Becket zog ein sauberes Tuch aus der Tasche und wischte Henry vorsichtig den Schweiß von der Stirn.
»Mir ist kalt, Thomas«, flüsterte Henry. Seine Zähne schlugen aufeinander. Mit einer Handbewegung scheuchte Becket den Pagen hinaus, dann legte er sich neben Henry auf das Lager und nahm ihn vorsichtig in die Arme. »Gleich wird Euch wärmer, mein König«, flüsterte er.

Zwei Tage später ritt Henry, von Becket begleitet, den Hügel hinunter und inspizierte den Fortgang der planmäßigen Zerstörung der Burg. Zwei Drittel der Ringmauer war, bereits abgetragen. Im inneren Burghof beherrschten zerrissene Dächer und geschwärzte Mauern das Bild. Es war kaum vorstellbar, dass bis vor kurzem hier noch Menschen gelebt hatten und ihrer Arbeit nachgegangen waren. Jemand hatte einen einzelnen Kinderholzschuh auf einen Pfosten gehängt. Irritiert wandte Henry sich ab. Sein Blick fiel auf das geborstene Dach der Kapelle und verfing sich an den prachtvollen bunten Scheiben, die wie ein Wunder heil geblieben waren.

»Eine italienische Arbeit«, bemerkte Becket. »Ich habe sie mir bereits aus der Nähe angesehen und überlegt, ob wir sie nach London verschicken sollten.«

Henry nickte. »Schick sie nach London. Ich möchte, dass die Königin sie sieht.« Er wandte sich ab und musterte den Palas, der fast unversehrt vor ihnen aufragte. Er stieg vom Pferd. Als er die hölzerne Außentreppe hinaufstieg, fragte er: »Was ist mit den Frauen geschehen?«

»Sie müssen die Burg durch den Geheimgang verlassen haben. Niemand weiß, wo sie geblieben sind – zur Enttäuschung unserer Männer«, entgegnete Becket.

»Wo führt der Geheimgang hin?«

»Hinab zum Fluss, und am anderen Ufer des Windrush beginnen die Wälder … trotzdem, sie hatten wohl kaum eine Chance bei diesem Frost.«

Henry betrat die große Halle. Der ehemals prachtvolle Saal glich einem Schlachtfeld. Ärgerlich durchmaß er den Raum und blieb vor einem zerrissenen und angekohlten Wandbehang stehen. Einzelne Szenen ließen sich noch erkennen: König Arthur mit seiner Tafelrunde, der Zauberer Merlin mit seinem Stab. Henry hob ein Stück Stoff hoch und glättete es an der Wand. »Das muss Ginevra sein und der daneben soll wohl Lancelot darstellen.« Abrupt wandte er sich ab. Das Stück Stoff fiel zu Boden. »Hugh hat zu leben verstanden«, sagte er.

»Und doch hat ihn Gott der Allmächtige seiner gerechten Strafe zugeführt«, rief Becket, »seht nur, was von ihm übrig geblieben ist!« Er deutete hinüber zum Kamin. Darüber hatte jemand einen abgeschlagenen Kopf genagelt.

Henry starrte auf das, was einmal sein Widersacher gewesen war. Plötzlich brüllte er los. »Man soll den Kopf auf der Stelle entfernen und ihm ein christliches Begräbnis geben!«
Becket war zusammengefahren. »Pater Peter wird sich weigern das zu tun. Sir Hugh war ein Sünder und hat vor seinem Tode nicht gebeichtet.«
»Warst du etwa dabei?«, brüllte Henry mit sich überschlagender Stimme. »Und sollte der Mönch sich weigern ihm ein christliches Begräbnis zu geben, dann wird sein Kopf bestimmt bald neben dem hier hängen. Ich bin der König und ich befehle es!«
Mit Riesenschritten verließ er die Halle.

Mitternacht in Cleobury

Mein liebstes Herz,

ich kam so lange nicht dazu, dir zu schreiben. Jetzt will ich es endlich nachholen.
In York traf ich mit William von Aumale zusammen. Mein Einfluss genügte, um den aufrührerischen Vasallen zum Nachgeben zu zwingen. Er übergab mir die Festung, die er auf dem unzugänglichen Felsen von Scarborough hatte errichten lassen. Überhaupt hatten wir vorwiegend Glück: Roger von Hereford, der durch Vermittlung seines Vetters, des Bischofs Gilbert Foliot, einsichtig geworden war, überließ mir die geforderten Burgen, ohne dass ein Tropfen Blut geflossen ist.
Nun belagern wir Cleobury. Wenn wir das geschafft haben, dann muss Mortimer uns die Burgen Bridgenorth und Wigmore ausliefern. Ich hätte dann erreicht, was ich mir vorgenommen habe. Langsam begreifen sie, dass ein neuer Wind in England herrscht.
Natürlich weiß ich, dass viele der Barone unzufrieden mit mir sind – werden doch alle Vergünstigungen, die sie sich bei

Stephan erschlichen haben, infrage gestellt. Aber ich habe sie durch meine Machtstellung in der Normandie in der Hand – fast alle meine Lords haben dort bedeutende Ländereien und niemand will endgültig das normannische Erbe verlieren. Davon gehe ich aus.
Verzeih diesen trockenen Anfang. Ich fürchte, wir sind alle ein wenig verbauert in den letzten Monaten.
Ich mag nicht auf deinen zornigen Brief eingehen. Man kann nie wissen, ob der Bote abgefangen wird. Wir reden darüber, wenn wir wieder zusammen sind. Eines aber kann ich dir vorab sagen: B. wurde nicht zum Ritter geschlagen!

Ich habe große Sehnsucht nach dir und Little Willy und ich danke Gott dafür, dass du einem zweiten Prinzen das Leben geschenkt hast. Wenn wir nur erst wieder zusammen sind … Zu Ostern treffe ich dich in Winchester! Ich kann es kaum erwarten.

Dein Henry

Birkengrün und Eichkätzchen, alles was an Blütenzweigen aufzutreiben ist, bringt in die Halle. Schickt zum Binden der Sträuße so viele Mägde, wie Ihr entbehren könnt!« Der Kastellan schüttelte verwundert den Kopf.

Seit den frühen Morgenstunden eilte Alienor durch den Palast von Winchester und kontrollierte, was aus ihren Anordnungen geworden war. »Reißt die Tücher da herunter. Damast hatte ich befohlen. Das Öl in den Lampen muss nachgefüllt werden. Warum steht der Königstisch nicht gerade!« Knechte und Mägde hasteten durch die Gänge. »Nehmt die silbernen Kandelaber fort. Wir benutzen heute die goldenen siebenarmigen.«

Jede Minute konnte Henry eintreffen. Sie wollte ihn in aller Pracht empfangen. Sobald ihr Bote seine Ankunft an den Toren der Stadt meldete, sollten die Ammen ihr die festlich gekleideten Söhne bringen. Überall im Schloss prasselten Buchenscheite in den Kaminen. Es duftete nach frischem Stroh auf den gescheuerten Böden.

Alle ihre Bediensteten trugen saubere Kleidung, die Frauen weiße Schürzen, sogar in der Küche. Dort hatte sie für neue Holztische und Herdstellen gesorgt, einen praktischeren Zugang zu den Vorratskellern schlagen und einen Raum abtrennen lassen, in dem Köche, Mägde und Knechte zu festgelegten Zeiten speisen konnten.

Sie trat an ein Fenster und sah zufrieden in den Hof hinab. Er war entrümpelt und ausgekehrt. Neben der Treppe zum

Hauptportal standen in schweren Holzbottichen Birken. Das Grün leuchtete in der wärmenden Frühlingssonne.
Sie selbst hatte ein leuchtendes rotgrünes Gewand mit weiten Ärmeln gewählt, das Haar trug sie bis auf den Stirnreifen offen. Gertenschlank und strahlend stand sie auf der Treppe, als Henry mit seinem Gefolge in den Hof einritt. Little Willy hielt sie an der linken Hand, den wenige Wochen alten Henry trug sie auf dem Arm.
Henry blickte sich staunend um und starrte zu ihr hinauf. Dann sprang er vom Pferd, nahm die Stufen in wenigen Schritten und stand lachend vor ihnen. Alienor zersprang vor Glück fast das Herz. Sie drückte Little Willys Hand – »Welcome in Winchester, father«, begrüßte der junge seinen Vater prompt.
Henry riss ihn zu sich hoch und küsste ihn heftig auf beide Wangen. »Du redest ja richtig!« Überrascht sah er Alienor an. Ihre grünen Augen funkelten in der Märzsonne.
»Dein Sohn hat viel gelernt«, sagte sie mit bebender Stimme.
»Du bist noch schöner geworden.« Atemlos starrte er sie an und legte den Arm um ihre Taille. Erst jetzt schien er das Bündel auf ihrem Arm zu entdecken. »Und du bist unser zweiter Prinz?« Alienor strich dem schlafenden Kind das Häubchen zurück, damit Henry ihn besser sehen konnte. »Aber du bist mein Erstgeborener.« Lachend kniff er Little Willy in die Wange.
Kaum waren sie allein, ließ Henry sich stöhnend auf einen Stuhl fallen und zog Alienor auf seinen Schoß. »Ahnst du, wie herrlich es ist, nach Krieg und Elend von einer wunderschönen Königin so liebevoll empfangen zu werden? Und dann noch zu wissen, dass du meine Frau bist?« Er betrachtete die Frühlingssträuße und sah sie zwinkernd an. »Wie viel Zeit bleibt uns bis zum Beginn des Exchequers?«
»Leider nicht genug.« Alienor drängte sich an ihn und spürte die Hitze in ihrem Körper aufsteigen, als sie durch den Stoff seine Hände auf ihren Brüsten fühlte.

Bedauernd machte sie sich los. »Jetzt nicht. Aber ich zeig dir etwas, was dich freuen wird.« Sie hielt ihm ein Stück ungegerbtes Leder entgegen. »Erkennst du's nicht?« Sie lachte über seine verständnislose Miene.
»Mehr als aneinander genähtes Schafsleder kann ich nicht ausmachen. Und was steht da? Winchester Ostern 1155? Was ist das?«
»Es ist eine echte Pipe roll. Die ganzen letzten Wochen hat Little Willy Worte wie Buchführung, Finanzgericht, Kostenkontrolle, Abrechnungswesen gehört und sich entsetzlich gelangweilt, wenn er zu mir gebracht wurde – ich war ja ständig mit den Vorbereitungen für den Exchequer beschäftigt. Nur bei dem Wort Pipe roll strahlte er immer und plapperte es ständig nach. Marie hatte die Idee ihm eine eigene machen zu lassen. Little Willy ist so stolz drauf und hat dir auch etwas darauf gekritzelt. »Komm mit.« Sie zog ihn durch die Halle zu Little Willys Gemach.
Vor dem prasselnden Kaminfeuer stand ein langer Kindertisch, bedeckt mit einem schwarzweiß karierten Tuch, das einem Schachbrett glich. Die sieben Reihen weißer und schwarzer Quadrate waren mit Stapeln runder Holzmarken bedeckt. Um den Tisch herum saßen Holz- und Lederpuppen auf Kinderstühlen. Am oberen Ende thronte Little Willy, eine verrutschte Pergamentkrone auf dem Kopf. Als ein Markenturm mit lautem Geklapper umfiel, herrschte er die Holzfigur neben sich an: »Kanzler, schafft Ordnung!«
Henry beobachtete die Szene fasziniert und flüsterte: »Der Exchequer in Miniatur, was für eine Idee!« Dann trat er ein paar Schritte vor, kniete nieder und wandte sich mit einer leichten Verbeugung an seinen Sohn. »Mein König, ich stehe Euch zur Verfügung. Gebt mir die Kerbhölzer und ich lasse Eure königlichen Einkünfte von der Rechentafel auf dem Tisch auf die Pipe rolls übertragen. Der Schatzmeister wird sie anschließend in Winchester in den Truhen des Kronschatzes aufbewahren.« Henry schmunzelte.

Bei dem Wort Pipe roll blickte Little Willy auf. »Papa!«, rief er und sprang auf, verfing sich aber in seinem Königsmantel und fiel hin. Henry zog ihn in seine Arme. »Hat die Amme dir wieder die Samtkappe aufgezwungen? Wir ziehen das dumme Ding aus, damit deine Krone richtig sitzt. Du hast alles Zeug zu einem echten König, und der braucht hartes Gold und keinen Samt auf dem Kopf.«

Little Willy befreite sich aus den Armen seines Vaters. »Papa, was ist ein Kerbholz?«, fragte er, ging zu seinem Sessel und schlüpfte wieder in seine Rolle.

»Mein König, auf dem Kerbholz werden so viele Striche eingeritzt wie Gelder erwirtschaftet wurden, wofür die Sheriffs in Eurem Auftrag verantwortlich sind.«

»Warum haben wir dann Holzmarken?«, fragte das Kind nach.

»Weil nicht jeder so klug ist wie Ihr. Ihr erkennt allein an den Geldsummen, die in den Grafschaften eingenommen wurden, wie viel Geld der Krone insgesamt zusteht. Die Sheriffs dagegen können nicht lesen und nicht rechnen wie Ihr, sie können aber an der Menge der Rechenmarken sehr wohl sehen, wie viel verdient worden oder verloren gegangen ist.«

Alienor lehnte noch immer am Türrahmen und genoss das Bild vor ihren Augen. Ihr Sohn stand kerzengrade am oberen Ende des Tisches, ganz Herr der Situation. Sein königliches Spielgewand hob sich rot vor dem Kaminfeuer ab, als er nun einen Kontrollgang um den Rechentisch begann. Er trat fest auf, damit auch jeder Schritt seiner Stiefel auf dem Steinboden gut zu hören war.

»Mein König«, hob Henry wieder an, »zu Eurer Rechten sitzt natürlich die Königin, jetzt kommt Ihr an Richard de Lucé, unserem Friedensrichter, vorbei.«

Little Willy blieb stehen und sah auf die dunkelblau gekleidete Puppe hinab. »Den mag ich. Was tut der?«

»Er entscheidet in Streitfällen, wer Recht hat. Wenn ein Vasall erwischt wurde, weil er zum Beispiel Land gestohlen hat, dann muss er vor dem Friedensrichter erscheinen und bestraft werden. Er ist nach uns und dem Kanzler der wichtigste Mann im Königreich, er muss klug und gerecht sein.«

Als der kleine König an den farbenprächtig gekleideten Vasallen des hohen Adels und der Kirche, die mehr oder weniger aufrecht auf ihren Kinderstühlen saßen, entlanggegangen war, rannte er auf Alienor zu und streckte die Hand aus. »Und du wärst meine Königin, ja? Kommt, ich führe Euch zu Eurem Platz.«

Sie nahm seine kleine Hand und streichelte sie, dann presste sie den kleinen König an sich und herzte ihn. König Willy ließ das Drücken und Küssen über sich ergehen, als fände es in Wahrheit gar nicht statt. Kaum hatte er wieder Boden unter den Füßen, sah er seinen Vater geniert an. Henry zwinkerte seinem Sohn ermutigend zu, woraufhin Little Willy seine Königin zum oberen Tischende führte. Alienor lachte Henry im Vorbeigehen an. »Er weiß wie man mit Königinnen umzugehen hat.«

Als sie am Platz des Kanzlers vorbeischritten, hob Henry erneut mit Erklärungen an: »Und dies ist Thomas Becket, unser neuer Kanzler. Wenn ich auf Reisen bin, ist er der wichtigste Mann im Reich.«

Abrupt blieb Little Willy stehen. »Das ist er nicht. Meine Königin ist viel wichtiger!« Erbost starrte er die schwarz gekleidete Holzpuppe an.

Alienor, die inzwischen am Platz der Königin vor dem Kindertisch kniete, mischte sich ein. »Mein König, Ihr seid im richtigen Glauben. Natürlich ist nur Eure Königin vom richtigen Blut, nur sie ist gesalbt wie Ihr.«

»Ich mag ihn nicht«, murmelte der kleine König und stieß die Puppe vom Stuhl. Henry warnte ihn grinsend. »Ohne einen erstklassigen Kanzler seid Ihr anfechtbar, Majestät!«

Alienor stützte sich vorsichtig auf die Tischplatte. »Das meint unser König ja gerade, Klasse muss er haben, um erstklassig sein zu können.« Sie strahlte Henry an. Little Willy blickte unschlüssig zwischen seinen Eltern und der Figur am Boden hin und her.

»William, du brauchst einen Kanzler! Ohne ihn kannst du nicht regieren.« Henrys Ton brachte Little Willy dazu, die Puppe hochzuheben und achtlos auf den Stuhl zurückfallen zu lassen. Dann war er schon wieder mit anderem beschäftigt. Er begann die Marken vor sich von den weißen Feldern auf die schwarzen zu ordnen.

»Ihr wisst sicher, dass diese Marken hier vor uns viel mehr wert sind, als die dort unten am Tisch«, unterbrach Alienor sein Spiel, »die hier vor mir sind zum Beispiel zehntausend Pfund wert.« Sie beschrieb mit ihren Händen einen hohen Berg von Münzen.

»Dann brauchen wir große Truhen. Papa, du hast doch gesagt, dass sie in die Schatzkammer gebracht werden.«

»Also muss der Konnetabel nach Schatztruhen schicken lassen«, sagte Henry. »Er sitzt Euch schräg gegenüber.«

»Schatzmeister, die Truhen!«, befahl der kleine König der gelben Lederpuppe, »dort hinten in die Ecke!«

»Mein König, darf ich Euch bei Eurer Arbeit unterbrechen. Ich habe mir erlaubt Euch von meiner Reise ein Geschenk mitzubringen.« Der kleine König und die Königin blickten neugierig zu Henry hinüber. »Es muss noch in meinem Unterkleid sein.« Henry ließ sich Zeit in seinen Ledertaschen zu suchen. Little Willy war aufgesprungen. Alienor nutzte die Gelegenheit ihn auf ihren Schoß zu ziehen. Sie schlang ihre Arme um seinen ungeduldigen Körper und sog den Duft seiner Haare ein.

»Hier, mein Geschenk, Majestät«, rief Henry und hielt eine runde Goldmünze in der Hand. »Sie stammt von Eurem Ururgroßvater.« Er hielt die Münze so, dass das Feuer den Kopf von Wilhelm dem Eroberer hell erleuchtete. Als das Gold im Feuerschein funkelte, verwandelte sich der kleine König blitzschnell in den Jungen, der sein Eigentum so schnell wie möglich in den Händen halten wollte. Er rutschte vom Schoß seiner Mutter und krabbelte quer über den Tisch. Dass die Rechenmarken reihenweise auf den Steinboden fielen, störte ihn überhaupt nicht.

»Eine richtige Goldmünze, eine ganz echte goldene Münze.« Little Willy saß mitten auf dem Schachbretttisch, als hätte er einen großen Sieg errungen, und hielt die schwere Münze erst in der rechten, dann in der linken Hand. Er hielt sie Alienor zum Bewundern hin.

»Wartet, ich habe noch etwas vergessen, ich bin gleich zurück ... Henry, um Gottes willen, wir müssen gehen! Es geht heute schließlich um viele tausend Goldmünzen.«

Henry, der mittlerweile mit gekreuzten Beinen an dem Kindertisch saß, forderte Little Willy auf, die echte Münze auf das Feld in der Mitte zu legen. »So viel ist diese Münze allemal wert. Wollen wir nun ganz schnell Ordnung schaffen und zum Schluss der Sitzung kommen.«

In Windeseile baute Little Willy um seine Goldmünze herum hohe Türme von Rechenmarken. Als Alienor mit Siegel, Lack und Kerze zurückkehrte, hörte sie gerade noch Henrys abschließende Worte: »Majestät, die Kontrollen Eures Finanzgerichts haben ergeben, dass die Erträge für das Königreich äußerst zufriedenstellend sind.« Das Kind strahlte und hielt seine Münze fest umschlossen in der Hand, während seine Eltern mit ernster Miene ihre Siegel auf seine Pipe roll drückten.

Als Henry und Alienor wenig später den Saal betraten, wich die aufgeregte Geschäftigkeit rund um die lange Rechentafel bewunderndem Schweigen. Henry hatte seinen üblichen kurzen Ledermantel gegen einen ähnlichen Umhang getauscht, wie ihn Little Willy getragen hatte. Henry und Alienor trugen dem Anlass entsprechend Kronen auf den Häuptern.

Bei ihrem Anblick blieb der Schreiber des Schatzmeisters, der mit zwei Kämmerern und zwei Rittern wartete, betroffen stehen; so viel Glanz hatte er noch nie gesehen. Die Sheriffs drängten sich in der unteren Hälfte des Saales, um einen Blick auf das Paar werfen zu können.

Die hohen adeligen Vasallen und Vertreter der Kirche warteten bereits seit geraumer Zeit an ihren Stühlen. Thomas Becket befand sich, wie immer ganz in Schwarz gekleidet, an der Kopfseite des Tisches, Henry zur Linken. Rechts neben Alienors Sessel arbeitete Richard de Lucé an den Dokumenten über die Zinnerzerträge der Krone, die sie ihm hatte zukommen lassen. Als sie sich niederließ, nickte sie ihm aufmunternd zu.

Bevor Henry die Sitzung eröffnete, flüsterte er Alienor zu: »Wollen wir jetzt ›Erwachsenen-Exchequer‹ spielen?« Sie reagierte flink. »Die Holzpuppe in Schwarz soll für einen raschen Ablauf sorgen, sonst könnte sie auf den Boden fliegen.«

Henry erwiderte nicht weniger schnell: »Deshalb sitzt er ja hier. Ein erstklassiger König braucht einen erstklassigen Kanzler, habe ich dich richtig verstanden?«

Alienor beugte sich ihm zu, bis sie die Wärme seiner Haut an ihrer Wange spürte, und sagte: »Du und ich sind hier erstklassig. Sonst niemand.«

Wo Henry nur blieb? Nach dem Bankett hatte sie ihn aus den Augen verloren, als die Gäste sie beim Abschied in immer neue Gespräche verwickelten. Heiter und vom Rotwein angeregt war sie in ihr Schlafgemach geschlendert, in der Erwartung ihn hier vorzufinden. Sie ließ sich auskleiden und wünschte sich bei jeder Berührung der Zofe, dass es Henrys Hände wären, die ihr die Bänder aus den Ösen zögen. Am Ende würde er sie ja doch nur ungeduldig aufreißen. Die Vorstellung erregte sie. Jetzt endlich wollte sie ihn für sich allein haben. Es sah Henry nach seiner Abwesenheit nicht ähnlich, dass er ihr nicht sofort gefolgt war. Er müsste längst hier sein, wenn er nicht …

»Meinen Pelzmantel!«, befahl sie der Zofe. Wortlos verließ sie das Schlafgemach. Sie schlug den Weg in die oberen Gemächer des westlichen Flügels ein; vielleicht hielt er sich in den Gasträumen auf. Alienor öffnete eine schwere Holztür und trat ohne zu Zögern ein. Auf dem Boden lag ein schwarzer Mantel. Ein seltsames Geräusch ließ sie aufhorchen. Sie sah Licht durch die Ritzen eines Kabinetts schimmern. Behutsam öffnete sie die Tür einen kleinen Spalt; die Lederscharniere gaben lautlos nach. Im Halbdunkel sah sie zwei Männer vor sich. Der eine war jung und trug ein dunkles Wams und eng anliegende Hosen. Er hielt eine Peitsche in der Hand. Der andere stand mit dem Rücken zu ihr; er war damit beschäftigt, sein schwarzes Obergewand aufzuknüpfen. Langsam ließ er es über die Schultern gleiten.

Nun fiel das schummrige Licht auf die nackten Schultern eines knabenhaft gebauten Mannes, die sich zu einem schmalen Rücken hin verjüngten. Fasziniert starrte Alienor auf seine vollkommenen Proportionen. Mit der freien Hand zog sie den Pelz ganz eng um ihren Bauch.

Aufreizend langsam wandte sich der Mann mit dem halb entblößten Oberkörper um und nickte dem anderen zu. Alienor stockte der Atem. Becket. In dem Augenblick holte der Jüngere aus, die Peitsche knallte mit einer solchen Wucht auf die nackten Schultern, dass das Hemd wie auf Befehl über den Gürtel und die Schenkel glitt. Becket hielt die Augen geschlossen.

So könnte er auch beten, dachte Alienor. So asketisch sein Gesichtsausdruck auf sie wirkte, sie empfand die Langsamkeit, mit der er den nackten Teil seines Körpers dem anderen entgegenhob, als lasziv. Beim nächsten Hieb zuckte Alienor zusammen. Becket krümmte sich und schien doch keinen Schmerz zu spüren. In Erwartung der nächsten Peitschenschläge begann er sich ganz zu entkleiden. Seine Hände nestelten unruhig an Gürtel und Hose, während das Leder in immer kürzeren Abständen auf seinen vorgebeugten Oberkörper peitschte. Das Hemd war längst zu Boden geglitten, darüber häuften sich die restlichen Kleidungsstücke. Je heftiger Becket atmete, desto gröber schlug der andere zu.

Alienors Neugierde stand im Widerstreit mit ihrer aufsteigenden Übelkeit und ihrem Ekel. Sie sah, wie der schöne Körper unter den Schlägen in die Knie sank, wie Becket sich lustvoll wand und krümmte. Er riss die Kleider zwischen seine Schenkel, als er sich unter den letzten Peitschenhieben rekelte. Er schrie auf, dann sank er auf dem schwarzen Stoff zusammen. Zitternd eilte Alienor davon.

Als Henry die Tür des Kinderzimmers behutsam hinter sich zuzog, glaubte er immer noch die weiche Haut seines Sohnes zu spüren. Voll Zärtlichkeit und in wachsender Vorfreude auf Alienor hastete er durch den Gang. All die Wochen ohne sie … auf einmal kamen sie ihm vor wie vergeudete Zeit. Heiter stieß er die Tür zu ihrem gemeinsamen Schlafgemach auf. »Schmeiß sie alle auf der Stelle hinaus. Jetzt will ich mit dir allein sein!«, rief er. Dann sah er sich überrascht um. »Wo ist die Königin?«, fragte er die Zofe, die dabei war, Alienors Kleider sorgsam in eine Truhe zu legen.

»Sie hat den Pelz noch einmal umgelegt und ist hinausgegangen«, sagte die Frau und knickste.

»Dann wird sie ja gleich zurück sein. Geh du nur auch schlafen«, sagte Henry freundlich und goss sich Wein ein. Eigentlich habe ich genug getrunken, dachte er, aber ein Tropfen mehr kann nicht schaden. Außerdem wird Alienor gleich da sein – dann haben wir besseres zu tun. Er lachte und setzte sich in den Stuhl, der nahe beim Fenster stand, und sah hinaus auf den nächtlichen Himmel.

Wie schön Alienor heute beim Bankett ausgesehen hat, dachte er. Dieses wundervolle Gesicht, diese Gestalt … wie sie beim Sprechen die Hände bewegt … Er versuchte sich daran zu erinnern, was sie getragen hatte, aber es wollte ihm nicht einfallen. Auf alle Fälle war das Oberkleid blau gewesen; oder nein, vielleicht doch rot. Rot war immer ihre Lieblingsfarbe …

Er sprang auf. Ihr Geschenk! Er hatte vergessen es ihr zu geben. Hastig durchstöberte er die Truhen auf der Suche nach dem Wollhemd, das er gestern unter seinem Kettenpanzer getragen hatte. In einer der Taschen war das Päckchen gewesen. Schließlich fand er, was er suchte, und betrachtete unwillig die Unordnung, die er hinterlassen hatte. »Wo bleibt sie denn nur, verdammt noch mal?«, fluchte er leise vor sich hin. Gerade hatte er sich dazu durchgerungen, sie suchen zu gehen, da öffnete sich die Tür und Alienor erschien. Sie trug den Bärenpelz, den er ihr von unterwegs geschickt hatte und versuchte mit zitternder Hand die goldene Schließe zu öffnen.

»Was hast du?«, rief Henry erschrocken. »Weinst du?«

»O nein, ich weine nicht!« Sie warf den Kopf zurück. Der Mantel glitt zu Boden; es kümmerte sie nicht. Ihr Unterkleid aus fließender Seide schmiegte sich eng um ihren Körper. Er wollte auf sie zugehen.

»Bleib, wo du bist!«, herrschte sie ihn an. »Erst will ich wissen, ob das die Spielchen sind, die ihr bei Euren Kriegen miteinander treibt?« Ihr Gesicht war flammend rot und ihre Augen funkelten ihn an.

»Von was für Spielchen redest du?«

Mit dem Fuß stieß sie den Pelz zur Seite. Dann ging sie hinüber und goss sich ein Glas Rotwein ein. Henry sah, dass ihre Hände bebten. »Willst du mir nicht erklären, was geschehen ist?« Sie schien ihn nicht gehört zu haben. Verblüfft registrierte er, dass sie das Glas in einem Zug leerte.

Dann holte sie tief Luft. »So etwas Widerliches habe ich lange nicht gesehen«, stieß sie hervor. Mit einem Ruck wandte sie sich ihm zu. »Und jetzt zu dir, Henry Plantagenet!«, schrie sie. »Lässt du dich auch auspeitschen?« Und mit verstellter Stimme ahmte sie seine Briefe nach: »Ich habe solche Sehnsucht nach dir, mein liebstes Herz, ich möchte mich in dir verlieren, ich träume jede Nacht von dir und wache mit deinem Duft auf …« Höhnisch lachte sie ihn an; gleich darauf war sie bei ihm und

trommelte mit den Fäusten gegen seine Brust. »Wie macht Ihr es denn, mein hoher Herr? Zuerst er dich und dann du den Bastard? Oder umgekehrt?«
»Beruhige dich doch, um Himmels willen!« Er versuchte ihre Fäuste festzuhalten. »Wovon sprichst du überhaupt?« Alienor trat nach ihm. »Von deinem Günstling Becket, diesem Schwein! Aber ich habe es ja gewusst!«
Henry wich zurück und versuchte seine Schienbeine vor ihren Tritten in Sicherheit zu bringen. »Was hat Becket getan?« Jetzt brüllte auch er.
»Sag bloß, du hast es nicht gewusst«, fauchte sie.
Henry schüttelte den Kopf. »Keine Ahnung.« Er neigte den Kopf, als hätte er nicht richtig verstanden. »Du willst sagen, dass Thomas sich schlagen lässt?«
»Thomas, Thomas, Thomas«, äffte sie ihn nach. »Er hat einen hübschen Gehilfen, der es ihm besorgt. Ich habe es gerade mit eigenen Augen gesehen«, zischte sie. Und als sie seine Miene sah: »Was ist? Findest du es schade, dass nicht du es bist?« Sie starrten einander an und an Henrys Schläfen begannen die Adern hervorzutreten. »Deine Eifersucht macht dich blind … Wie wagst du nur, so von ihm zu sprechen«, knirschte er zwischen den Zähnen.
Mit einem Satz war Alienor an der Tür und riss sie auf. »Dann geh doch und sieh selbst. Sicher hat er sich noch eine Dreingabe ausbedungen!«
Die Wache fuhr erschrocken zurück, als Henry in den Gang stürmte. Er lief den ganzen Weg hinüber in den Flügel, in dem die Ehrengäste untergebracht waren. Ohne anzuklopfen riss er die Tür zu Thomas Gemach auf. Es war leer; aber die Tür zu dem begehbaren Wandschrank stand einen Spalt offen. Da hörte er auch schon das Klatschen der Peitsche. Blind vor Zorn riss er die Tür auf. Becket kniete nackt auf der Erde und ein junger Mann stand über ihn gebeugt und züchtigte ihn. Blut floss von Beckets Rücken.

Mit einem Griff hatte Henry dem Fremden die Peitsche entrissen und begann auf ihn einzuschlagen. Becket war zu Boden gesunken; er schien nicht zu bemerken, was um ihn herum geschah. Henry hatte den Mann in die Ecke gedrängt und schlug ihm die Peitsche immer wieder ins Gesicht. Im Nu verwandelte es sich in eine einzige rote Masse; erst als er ohnmächtig die Wand hinunterrutschte, ließ Henry von ihm ab. Er machte auf dem Absatz kehrt und verschwand. Keiner der drei Männer hatte auch nur ein Wort gesprochen.

Alienor hatte die Vorhänge des Bettes zurückgezogen und hockte im Schneidersitz auf den Kissen. Sie sah ihm entgegen. Krachend warf Henry die Tür hinter sich ins Schloss und begann immer noch schwer atmend sich wortlos seiner Kleider zu entledigen, während sie fortfuhr, mit gleichmäßigen Strichen ihr Haar zu bürsten. Dann legte er sich neben sie und starrte zur Decke. Ohne sie anzusehen fragte er leise: »Warum tut er das?«
Alienor wollte zu einer Antwort ansetzen; aber nach einem kurzen Blick auf sein Gesicht zuckte sie nur mit den Schultern.
»Ich verstehe es nicht. Aber ... vielleicht hat er ja ein Gelübde abgelegt? Viele Mönche tun es ...«
»Sei nicht albern«, sagte sie trocken.
Er richtete sich halb auf. »Doch, ich weiß, dass viele es tun – aus Buße oder was weiß ich ...«
»Aus Buße ... Sieht so ein Büßer aus?« Alienor legte die Bürste zur Seite und schlang die Arme um ihre Knie. Aus halb geschlossenen Augen musterte sie ihn. »Waren sie noch dabei?«, fragte sie scheinbar arglos. »Und wie!«, schnaubte er.
Alienors Mundwinkel zuckten und Henry zog die Stirn kraus.
»Lachst du etwa?«, knurrte er.
Prustend warf sie sich über ihn. »Und ich hatte schon geglaubt ...« Sie konnte vor Lachen nicht weitersprechen. Henry schüttelte sie. »Hör auf. Hör sofort auf!« Aber dann steckte ihn ihr Lachen an.

»Hast du Worte? Hast du so etwas schon mal erlebt?«, gluckste er. »Da geben wir ein Vermögen dafür aus, dass er aufs Köstlichste bewirtet wird – und dann das …«
Alienor riss ihn an den Haaren. »Jeder tut's auf seine Weise …«, zitierte sie kichernd.
»Aber das tut doch weh!«, sagte er naiv. Ihn schauderte. »Und du hast wirklich gedacht …«
»Ihr wart so lange zusammen unterwegs … Deine Briefe wurden zum Schluss so sachlich … Ach verdammt, ich weiß auch nicht, was ich gedacht habe, als ich ihn sich ausziehen sah.«
Henry stützte sich auf, um sie besser anschauen zu können. »Das hast du tatsächlich gesehen?« Sie nickte. »Und du hast nicht voll Scham die Augen niedergeschlagen?«
»O nein! Das konnte ich mir doch nicht entgehen lassen. So etwas geschieht ja nicht an jeder Ecke.«
Henry legte die Hand um ihre Brust. »Das wirst du beichten müssen, mein Herz«, sagte er ernst.
Wie eine Katze wand sie sich unter ihm hervor. »Typisch«, zischte sie, »er tut's – aber ich soll es dem Pfaffen gestehen!« Lauernd sah sie zu ihm auf. »Und du hattest wirklich keine Ahnung?«
»Natürlich nicht. Während dieser Reise hatten wir weiß Gott besseres zu tun!« Ärgerlich schüttelte er den Kopf. »Warum kann er nicht so wie Robert sein?«
Zart strich sie ihm mit der Hand über den bloßen Arm. »Er hat einen schönen Körper«, meinte sie versonnen.
»Ja, er sieht gut aus zu Pferde«, gab Henry zu und dehnte sich wohlig unter ihrer Berührung. Ihre Finger wanderten mit kreisenden Bewegungen über seine Schultern und langsam an seinem nackten Körper hinab. Henry schloss die Augen. »Was für ein Tag«, seufzte er und rutschte näher an sie heran. Ihre Hand streichelte die Innenseite seiner Schenkel.
Als er in sie eindringen wollte, wehrte sie ab. »Warte noch.« Sie fuhr fort ihn zu berühren und Henry hielt die Luft an.

»Mein Gott, wie habe ich das vermisst«, flüsterte er.
»Glaubst du, dass sie beide etwas davon haben?« Er spürte ihre Zunge auf seiner Haut und stöhnte laut auf.
»Ich weiß es nicht – und ich will es auch gar nicht wissen. Hör nicht auf …«
»Wo kriegt er so jemanden her?« Alienor gab nicht auf. »Er schien so ein hübscher Junge zu sein.«
»Jetzt nicht mehr!«, knurrte Henry.
»Wieso?« Alienor hob neugierig den Kopf. »Was hast du mit ihm gemacht?«
»Ich habe ihn verdroschen!«
Sprachlos starrte sie ihn an. »Und Becket? Was hast du mit ihm gemacht?«
»Nichts, verdammt noch mal.« Er schrie es fast. »Der andere hat ihn doch ausgepeitscht. Das dürfte genügen.« Hilflos sah er sie an. »Was soll nun werden? Ich habe ihm doch mein Wort gegeben, dass er Kanzler wird …«
Alienor legte den Kopf auf seinen Bauch blickte zum Betthimmel hinauf, während sie ernsthaft überlegte. »Er soll es ruhig werden«, antwortete sie schließlich.
»Aber gerade du warst doch immer gegen ihn!«, warf Henry ein.
»Das war ich auch. Und doch glaube ich, dass du klug gehandelt hast ihn zu erwählen. Denn damit steht er genau zwischen dir und den Lords und er selbst kann nicht nach der Krone schielen. Außerdem wird er wissen, dass sein Stern nur durch dich zu halten ist: wenn du verlierst, dann ist er wieder ein Nichts. Also wird er alles versuchen, um deine Position als König zu festigen. Benutze ihn!«
»Aber wie soll ich jetzt mit ihm umgehen … nachdem ich das gesehen habe?«, fragte er bedrückt.
Mit einem Ruck warf sie sich herum, sodass ihre Gesichter dicht voreinander waren. »Ignoriere es einfach. Du weißt es und er weiß, dass du es weißt – damit hast du ihn in der Hand. Das

Wissen um die Schwächen des anderen bedeutet Macht, mein Liebster.«

Henry legte die Arme um sie und begann ihr Gesicht zu küssen. »Und wenn es nun doch ein Gelübde war …«, murmelte er und zog die Träger ihres Nachthemdes herunter. Er fühlte den Druck ihrer nackten Brust auf seiner Haut. »Komm«, flüsterte er, »ich kann nicht mehr warten.«

Wieder ritt Henry nach Norden. Becket hatte er zurückgelassen. Der Weg, der sie von Winchester hinauf an die walisische Grenze führte, war beschwerlich: der nasse Frühsommer hatte die Flüsse und Bäche über die Ufer treten lassen und die Pferde wateten im Schlamm. Zudem regnete es seit drei Tagen ununterbrochen. Um möglichst schnell das Ziel zu erreichen hatte Henry darauf verzichtet, die zum Teil noch gut erhaltenen römischen Straßen zu benutzen.

Sie waren dem Tross weit voraus; und zum Schrecken seines Quartiermeisters machte der König keinerlei Anstalten eine Rast einzulegen.

Einsam und an der Spitze seiner Ritter führte Henry den Zug an; nur der Bannerträger war ihm voraus. Sie hatten die Hampshire Downs durchquert, ohne dass er mit einem seiner Begleiter ein Wort gewechselt hatte. Vor Newbury änderte er plötzlich die Richtung und rief dem Fahnenträger einen knappen Befehl zu: »Nach Westen!« Gleich darauf wälzte sich der Zug am Walbury Hill vorbei.

Erst am späten Nachmittag ließ der Regen nach und die Wolkendecke riss auf. Sie überquerten gerade eine Wiese, auf der sich schon die ersten Bodennebel bildeten, da sahen sie die Reiter. Dicht aneinander gedrängt standen sie auf einem Hügel und schienen auf das Heer gewartet zu haben. Sofort holte Henrys Leibwache auf und bildete einen Ring um den König. Unwillig nahm Henry den Helm ab und kniff die Augen zusammen.

»Wie viel sind es, Andrew?«, fragte er einen seiner Offiziere.
»Vielleicht hundert, vielleicht auch mehr. Sie haben die Sonne direkt hinter sich, ich kann ihre Farben nicht erkennen.«
Plötzlich gellte vom Hügel herunter ein Pfiff und einer der Reiter galoppierte auf sie zu. Noch einmal erklang der Pfiff und vermischte sich mit dem zornigen Schrei eines Bussards. Erst da hellte sich des Königs Gesicht auf. Erleichtert begann er zu lachen. Er gab seinem Pferd die Sporen, durchbrach den schützenden Ring seiner Leibgarde und preschte dem Ankömmling entgegen.
Fast gleichzeitig sprangen sie ab und liefen aufeinander zu. Der Mann sank vor Henry in die Knie, doch der ließ es nicht zu, sondern zog ihn in die Arme. »Robert! Gott, was freue ich mich dich zu sehen.« Er hielt ihn auf Armlänge von sich entfernt, lachend sagte er: »Ich habe unseren Pfiff sofort erkannt!«
»Das hatte ich gehofft«, entgegnete Robert. »Mein König scheint vergessen zu haben, dass ich ja nur eine Stunde von hier lebe …«
»Tatsächlich?« Henry deutete auf den Hügel. »Und da kommst du mit so großer Eskorte?«
»Erst heute Morgen habe ich gehört, dass Ihr gegen die Waliser zieht. Deswegen sind wir hier und weil ich um die Ehre bitte, Euch heute Nacht beherbergen zu dürfen. Meine Männer kennen im Grenzgebiet jeden Schlupfwinkel. Sie könnten die Euren anführen und wir beide stoßen dann morgen dazu.«
»Großartige Idee! Ich kann jeden Mann gebrauchen.« Henry zog eine Karte von Wales aus seinem Lederwams und rief seine Offiziere zu sich.
Wenig später verschwand er mit Robert über die Hügel. Eine Weile hörten sie noch das Knallen der Peitschen, vereinzelt einen Befehl. Dann tauchten sie in den Wald ein. Henry stellte sich in den Steigbügeln auf und atmete tief durch. »Du kamst wie gerufen, Robert. Ich bin heute Morgen mit dem falschen Bein aufgestanden – aber jetzt geht es mir wieder gut.« Er grins-

te. »Lange her, seit wir beide allein die Gegend unsicher gemacht haben.«
»Ihr seid jetzt der König. Kein schlechter Tausch, scheint mir«, sagte Robert mit einem Zwinkern.
»Du hast dich nie bei Hofe blicken lassen«, stellte Henry vorwurfsvoll fest.
»Was soll ein einfacher Mann wie ich bei Hofe?«, gab Robert zurück. »Außerdem gab es viel zu tun und ich freue mich darauf, Euch das Ergebnis zu zeigen, mein König.«
»Wie lebt es sich im Grenzgebiet?«, wollte Henry wissen.
»Vielleicht ein bisschen mehr Überfälle als anderswo, ein bisschen mehr Aufsässigkeit als anderswo, und doch …« Er stockte. Fragend blickte Henry zu ihm hinüber. »Ja, mein König, ich liebe dieses Land. Ich hätte nie geglaubt, dass ich hier so glücklich sein könnte. Aus dem Soldaten, aus dem Herzogbegleiter ist ein Landwirt geworden.«
»Du machst mich richtig neugierig«, sagte Henry und gab seinem Ross die Sporen. Nun lichtete sich der Wald, ein paar Birken und einige Hecken, dann bot sich ihnen auf einmal ein ungehinderter Blick auf die Burg.
Henry zügelte sein Pferd. »So groß hatte ich sie wirklich nicht in Erinnerung«, murmelte er bewundernd.
»Das konntet Ihr auch nicht, mein König«, entgegnete Robert stolz. »Ich habe eine neue Ringmauer aufziehen lassen und den Palas habe ich um ein Stockwerk erhöht.«
Mit Kennerblick betrachtete Henry die Burg. »Wo hast du all die Steine her? Aus Caen?«
»Das wäre viel zu teuer geworden. Wir haben nur Steine aus Wales benutzt.«
Henry kaute an seiner Unterlippe. »Und die Waliser haben dir die Steine so einfach überlassen?«
»Nein, natürlich nicht. Aber Ihr dürft nicht alle walisischen Fürsten über einen Kamm scheren. Es gibt viele Stammesfehden zwischen ihnen – manche von ihnen sind primitiv, manche

aber auch nicht. Ich habe ein Abkommen mit einem von ihnen.«
»Was für ein Abkommen?«, fragte Henry nach.
»Sein Sohn lernt Landwirtschaft bei mir.«
Verblüfft starrte Henry den Freund an. »Er lernt was?«
»Ja. Der junge Prinz übt sich in der Dreifelderwirtschaft. Dafür habe ich die Steine bekommen.«
»Und was hat der Waliser von der Dreifelderwirtschaft?«
»Viele Vorteile«, antwortete Robert. »Bislang haben sie ausschließlich mit dem Zweifeldersystem gewirtschaftet, und dabei bleibt immer die Hälfte des Bodens unbenutzt. Bei der Dreifelderwirtschaft jedoch wird das Land in drei große Flächen aufgeteilt. Im ersten Jahr wird auf dem ersten Schlag eine Winterfrucht, zum Beispiel Weizen, angebaut, auf der zweiten im Frühjahr eine Frühlingsfrucht, sagen wir Hafer gesät. Der dritte Teil bleibt Brache. Das zweite Jahr wird auf der Brache Wintergetreide, auf dem ersten Feld Sommergetreide angebaut und das letzte Feld wird brachgelassen. Im dritten Jahr ist der erste Schlag die Brache, das zweite trägt Winter –«
»Um Gottes willen, Robert, woher weißt du das alles? Mir wird ja schon vom Zuhören ganz wirr.«
Robert grinste. »Vielleicht habe ich es ein bisschen umständlich erklärt. Es ist im Grunde ganz einfach. Seht Euch nur die Felder an: sie sind sechsmal größer, als die, die Ihr gekannt habt. Und wisst Ihr, mein König, woran das liegt?«
Henry schüttelte den Kopf. Robert deutete auf die Felder, die sich links und rechts vor ihnen bis weit hinter die Burg erstreckten. »Weil wir ausschließlich den schweren Pflug mit Streichbrett benutzen. Das Pflugmesser dringt senkrecht in den Boden ein, während die Pflugschar die Grasnarbe durchtrennt und das gebogene Streichbrett die Erde aufbricht und zur Seite schleudert.«
Henry bekam ganz runde Augen. »Seit wann interessiert dich das?«

Fröhlich zuckte Robert die Achseln. »Vielleicht immer schon und ich habe es nur nicht gewusst. Als Ihr, mein König, mir damals aufgetragen habt die Burg wiederaufzubauen, da war ich ziemlich unglücklich. Ich war zu lange mit Euch zusammen, um mir ein Leben ohne Euch auch nur vorstellen zu können. Aber ich habe mich an dieses Land gewöhnt. Mittlerweile weiß ich, dass selbst der Regen sein Gutes hat. Schaut doch selbst: das Sommergetreide steht gut und im nächsten Jahr wird es noch besser sein.« Robert bückte sich zur Seite nach ein paar Halmen und ließ sie fast zärtlich durch die Hand gleiten.
Henry sah ihm zu. »Wahrscheinlich hat dein Waliser Recht, dir seinen Sohn anzuvertrauen.«
»Hoffentlich«, entgegnete Robert trocken. »Leute, die ihre Felder bestellen, ziehen ungern in den Krieg. Die haben andere Sorgen.«
»An welche Sorgen denkst du da?«
»Für diesen Pflug brauchen wir mehr Zugtiere. Sechs bis acht Ochsen oder zwei bis vier Rösser.«
»Rösser? Du meinst, du spannst Rösser vor den Pflug?«
Robert nickte. »Ja, aber sie erschweren das Wenden am Ende des Feldes. Außerdem sind sie teuer. Kein normaler Pächter hat die Mittel, um Pflug und Zugtiere zu kaufen. Und das Pflügen will gelernt sein.« Ein plötzlicher Windstoß fuhr durch die Halme und ließ vereinzelt Kornblumen und Klatschmohn aufleuchten.
»Wie schön«, sagte Henry und sehnte sich auf einmal nach Alienor. »Jetzt zeig mir die Burg«, bat er. »Ich werde froh sein, wenn ich aus den nassen Kleidern komme.«
Robert stieß einen gellenden Pfiff aus, dann wies er nach vorn. Oben auf dem Palas wurde die Fahne der Plantagenets gehisst.
Henry lachte. »Woher hast du gewusst, dass ich kommen würde?«
»Ich habe es gehofft, mein König. Willkommen daheim!«
Als die Hufe Ihrer Pferde wenig später über die hölzerne Zug-

brücke donnerten, standen Knechte bereit, um ihnen die Zügel zu halten und auf der Treppe, die hinauf zum Palas führte, knicksten Mägde und schwenkten Ginstersträuße. Gerührt legte Henry den Arm um den Freund. »Ich sehe, du hast die alten Zeiten nicht vergessen!« Ein Page riss das schwere Eichenportal auf; und gleich darauf standen sie in der Halle, die mit frischen Binsen ausgelegt war.
In dem riesigen Kamin loderte ein Feuer. Davor stand hoch aufgerichtet eine schlanke Frauengestalt. Der Widerschein des Feuers schimmerte in ihren roten Haaren und brach sich in ihrem dunkelgrünen, glänzenden Oberkleid. Sie hielt einen Pokal mit Wein in der Hand und hob ihn Henry entgegen. »Willkommen, mein Herr und König. Wir haben Euch erwartet.«
Er nahm ihr den Kelch aus der Hand und beugte sich vor, um sie auf die Wange zu küssen. »Lady Margareth, wie freue ich mich Euch wieder zu sehen!« Sie duftete nach Lavendel und einen Herzschlag lang schloss Henry die Augen und atmete ihren Duft ein. Dann trat er einen Schritt zurück, hob den Pokal und sah ihr in die Augen.
»Auf Euch, Mylady!« Irrte er sich oder funkelten ihre Augen plötzlich mutwillig?
Henry sah sich um; Robert wies ihn auf einen besonders prachtvollen Wandbehang hin. »Seht ihn Euch nur genauer an, mein König«, sagte er stolz.
»Aber das ist ja Chinon – und der Fluss – und die Brücke«, rief Henry aus. Lachend zeigte er mit dem Finger auf zwei Reiter, die gerade im Begriff waren die steinerne Brücke zu überqueren. »He – und das sollen wohl wir beide sein! Hier bin ich – und das bist du. Ich erkenne deine Haltung.« Bewundernd strich er über die glänzenden Seidenfäden. »Er ist wunderhübsch. Wo wurde er hergestellt?«
»Ich habe ihn in einem flandrischen Kloster in Auftrag gegeben.« Erstaunt drehte Henry sich um. »Wie bist du denn nach Flandern gekommen?«

»Ich habe mich auch auf Schafe spezialisiert. Genauer gesagt, auf Langhaarschafe. Vor knapp zwei Jahren hat mir einer der Cliffordbrüder von einem sensationellen Bock erzählt, den er gerade in Lindsey in der Grafschaft Lincoln gekauft hatte. Ja, so fing es an.«
»Ich kann's nicht fassen, Robert. Erst erzählst du mir von der Dreifelderwirtschaft und jetzt von Böcken aus Lindsey ...«
Lady Margareth warf ein: »Wenn Ihr Herren erlaubt – Seine Majestät möchte vielleicht zuerst aus den nassen Kleidern. Ich habe oben trockene Sachen bereitlegen lassen und die Mägde sorgen für heißes Wasser.«
Henry nickte dankbar und legte den Arm um Robert. »Das klingt verlockend. Du kannst mir beim Umziehen helfen und dabei erklärst du mir deine erstaunlichen Interessen.«
Lächelnd sah ihnen die Hausfrau nach, als sie nebeneinander durch die Halle marschierten. Dann klatschte sie in die Hände. »Stellt die Tische auf. In einer Stunde wird gegessen. Und nehmt das beste Geschirr!«
Auf der Wendeltreppe murmelte Henry vor sich hin: »Dreifelderwirtschaft ... Langhaarböcke ...« An einer Schießscharte blieb er stehen. »Ah ja – ich erinnere mich. Als wir damals angriffen, da haben wir dort drüben gestanden. Es war nicht so schwierig, weil die Außenmauer nicht hoch genug war. Aber das hast du ja jetzt verbessert. Und außerdem vergrößerst du Felder und jauchzt über Schafe wie andere über Frauen. Dabei lebtst du mit solch einem Prachtexemplar unter einem Dach ...« Henry pfiff anerkennend, als Robert an ihm vorbeigriff und die schmale Holztür aufstieß. Wohlgefällig musterte er den angenehm warmen Raum, dessen Boden ein dunkelroter Teppich bedeckte. Zwei Frauen schöpften heißes Wasser in einen Bottich. Auf einen Wink von Robert gingen sie hinaus.
Henry stellte sich vor das Feuer und streckte die Hände aus. »Jetzt ist es fast wie früher«, stellte er befriedigt fest, als Robert ihm die Lederschlaufen seines Hemdes öffnete, um es dann auf

einen hölzernen Ständer neben dem Kamin zum Trocknen zu hängen. Mit nacktem Oberkörper ließ Henry sich auf einen Hocker fallen und Robert bückte sich, um ihm die Stiefel auszuziehen. Genau wie früher prüfte er die Sohlen.

»Na? Sind sie noch in Ordnung?« Er sah zu, wie Robert die Stiefel vor die Tür stellte. Dann entledigte sich Henry seiner Hosen und stieg in das dampfende Wasser. Er schloss die Augen und murmelte: »Wir hätten uns nicht so lange aus den Augen verlieren sollen.«

Robert lächelte. »Ich bin kein Edelmann. Ich verstehe nichts von Politik und ich bin kein Troubadour. Ich bin nur Eurer Majestät Diener, den Ihr an diesen Platz gestellt habt, damit ich für Ordnung sorge.«

»Ich glaube fast, du bist der einzige wirkliche Freund, den ich habe«, sagte Henry und wusch sich das Gesicht.

Robert nahm ihm den Schwamm aus der Hand und kniete sich hinter den Zuber um Henry den Rücken abzureiben.

»Liebst du sie?«, fragte Henry.

»Die Schafe, mein König?«

»Die Frau, du Dummkopf. Sag's mir – liebst du sie?«

Robert seifte Henry die Arme ein. »Was würde es nützen? Sie steht hoch über mir. Sie war in erster Ehe mit dem Verwandten eines walisischen Fürsten verheiratet. Und wer bin ich?«

Mit einem Satz hatte sich Henry aufgerichtet. Wasser schwappte über den Zuberrand und bildete einen dunklen Fleck auf dem Teppich. »Komm her zu mir und knie dich hin. Gib mir deine Hände«, befahl er. Nackt wie er war ergriff er Roberts Hände und umschloss sie mit den seinen. »Ich, Henry der Zweite, König von England, erhebe dich, Robert, in den Adelsstand. Ferner übereigne ich dir diese Burg und alles, was dazu gehört, zum Lehen. Erhebt Euch, Sir Robert und gebt mir den Lehnskuss. Mir wird nämlich kalt.« Er küsste Robert auf den Mund und stieg aus dem Bottich. »Wenn es sich noch mit deiner neuen Würde vereinbaren lässt, dann könntest du mir das Handtuch reichen.« In Roberts Augen schimmerte es verdächtig, als er daran ging, seinen König abzutrocknen.

»Wenn ich du wäre, dann würde ich nicht eine Sekunde länger warten und sie endlich heiraten«, sagte Henry. »Sie ist so unglaublich schön. Und wer weiß, vielleicht lenkt sie dich ein bisschen von deinen Schafen ab.«

Wie befreit lachte Robert auf. »Aber sie war's doch, die mich darauf gebracht hat.« Er verschwand nach draußen und kam mit den geputzten Stiefeln zurück. Dann reichte er Henry das Wams. »Es ist schon trocken«, sagte er und half ihm es über den Kopf zu ziehen. »Es nützt nichts, wenn wir nur Burgen bauen. Was wir brauchen, ist eine funktionierende Landwirtschaft. Nur das bringt handfeste, finanzielle Vorteile, und die wiederum kommen dann auch dem Kronschatz zugute. Ich war in Flandern, um direkte Abnehmer aufzutun.«

»Wie lief es denn bisher?«, fragte Henry.

Robert reichte ihm die Haarbürste. »Margareth hat ihre Wolle bisher bei den Zisterziensern abgegeben. Die funktionieren als Zwischenhändler – sie verkaufen die gesammelte, aufgekaufte Wolle en gros nach Flandern.«

»Ich verstehe. Wieviel Schafe hast du?«

»Hundertundzwölf. Ich hoffe aber, im Herbst eine neue Herde dazu kaufen zu können. Dann wird es sich lohnen, die Vliese direkt nach Flandern zu verschiffen.«

Henry nickte. »Das klingt gut. Aber jetzt lass uns hinuntergehen. Ich habe Hunger und wir wollen Lady Margareth nicht warten lassen.«

Auf der Wendeltreppe stieg ihnen ein köstlicher Bratenduft entgegen, und als sie die große Eichentür zur Halle aufstießen, blieb Henry überrascht stehen: weiß gedeckte Tische waren längs der Wänden aufgebaut. Im Kamin drehten zwei Männer ein Kalb am Spieß.

Lady Margareth kam von der Empore herunter und Henry fiel auf, dass sie sich umgekleidet hatte. Ihr weißes Oberkleid wur-

de von einer großen Goldbrosche zusammengehalten. »Erlaubt, mein König, dass ich Euch unsere Gäste vorstelle, die wir Euch zu Ehren hergebeten haben.«
Henry reichte ihr den Arm und sie führte ihn zu einem gedrungenen, schwarzhaarigen Ritter. »Dies ist Sir Clifford, der bei Eurer Krönung dabei war. Und dies ist Sir John, ein Nachbar von uns – auf der englischen Seite, natürlich.« Sie lächelte spöttisch.
Beide Ritter waren auf die Knie gesunken; freundlich bat Henry sie, sich zu erheben. »Ich freue mich, meine Lords, Euch im Hause meiner Freunde zu treffen.« Sein Blick fiel auf ein Mädchen von acht oder neun Jahren, das sich scheu im Hintergrund hielt. Blondes Haar fiel ihr lang über den Rücken, und man sah schon jetzt, dass sie eines Tages eine Schönheit werden würde. »Wer ist das?«, fragte Henry.
Lady Margareth zog das Kind heran. »Dies ist Rosamund Clifford, seine Schwester.« Sie deutete auf den schwarzhaarigen Ritter. Das Mädchen näherte sich mit gesenktem Kopf und sank in einen tiefen Knicks.
Henry reichte ihr die Hand. »Na, komm. Ich helfe dir auf«, sagte er freundlich, dann hob er ihr Kinn und sah ihr in die Augen. »Hast du denn gar keine Stimme?«, fragte er lächelnd.
Das ebenmäßige Gesicht des Kindes verfärbte sich tiefrot. Unwillig befreite sie ihren Kopf aus seinem Griff. »Ich bin Rosamund Clifford und ich spreche nicht mit jedem«, sagte sie ernst. Ihre Stimme klang wie Musik. Alle hielten erschrocken die Luft an.
Henrys Blick bohrte sich in den des Mädchens. Ungerührt sah sie zurück. Plötzlich begann er dröhnend zu lachen. »Das nenne ich Courage, junge Dame. Wollt Ihr auch bei Eurem König keine Ausnahme machen?«
»Könige tragen Kronen«, entgegnete sie. Immer noch hielt sie seinem Blick stand. Ihre Wimpern warfen Schatten auf die Wangenknochen und zwischen ihren Lippen schimmerten weiße

Zähne. Spontan beugte Henry sich zu ihr hinunter und küsste sie. »Das nächste Mal werde ich meine mitbringen«, versprach er.

»Verzeiht, mein König«, sagte Lady Margareth. »Ich weiß nicht, was in sie gefahren ist. Es ist überhaupt nicht ihre Art sich so aufzuführen.« Sie bedeutete dem Mädchen sich zu entfernen, aber Henry hielt sie zurück. »Vergebt Ihr, Mylady. Könige ohne Kronen sind eben eine Enttäuschung.« Die Übrigen fielen wie befreit in sein Lachen ein. »Aber Courage hat sie, das muss man ihr lassen. Mylord Clifford, habt Ihr schon Heiratspläne für Eure Schwester?« Der Schwarzhaarige verneinte und Lady Margareth geleitete Henry an seinen Platz.

Unten in der Halle verstummte jedes Gespräch. Henry hob seinen Pokal Lady Margareth entgegen; dann nickte er Robert zu. »Ich danke Euch, Lady Margareth, und auch Euch, Sir Robert!« Die Gäste begannen Beifall zu klatschen, und erst, als wieder Ruhe eingekehrt war, fuhr Henry fort: »Ich hatte fast vergessen, was wirkliche Freundschaft ist. Umso dankbarer bin ich, dass ich sie heute wieder gefunden habe. Ich erflehe Gottes Segen für dieses Haus und für alle Menschen, die darin wohnen.«

»Amen«, riefen die übrigen Gäste. Sie drängten zur Empore, um Robert zu gratulieren. Henry bemerkte, dass Lady Margareth abwechselnd blass und rot wurde. Er beugte sich zu ihr und flüsterte ihr ins Ohr: »Es gibt keinen besseren Mann als ihn. Wenn Ihr ihn also wollt: Meine Erlaubnis habt Ihr. Und lasst mich wissen, wann gefeiert wird. Ich gebe Euch mein Wort, ich werde kommen.« In dem allgemeinen Durcheinander fiel es niemandem auf, dass er zum Ende der Ehrentafel schlenderte und sich zu Rosamund Clifford hinunterbeugte. »Mein Toast war nicht vollständig, junge Dame«, raunte er ihr zu.

»Dann sprecht ihn aus«, flüsterte sie zurück.

»Wenn du älter bist, dann werde ich es dir sagen«, versprach er und zwinkerte ihr zu.

Während des Essens ließ Rosamund ihn nicht aus den Augen.

Das Sonnensegel flatterte fröhlich im Wind. Little Willy hatte aufmerksam beobachtet, wie die Männer den Picknickplatz herrichteten. Selig ließ er den feinkörnigen weißen Sand durch seine Finger rieseln und schaute den Möwen hinterher, deren schrille Schreie diesen friedlichen Sommermorgen durchbrachen. Als er das Lachen hörte, wandte er den Kopf und sah seine Mutter und Marie, die einander das Gesicht einrieben.

»Warum tut ihr das?«, wollte er wissen. Marie stupste ihn in die Seite. »Wir müssen auf unsere Haut achten. Frauen wie wir dürfen nicht braun werden.«

»Aber Papa ist immer braun. Er rutschte über den heißen Sand näher und blinzelte in die Sonne. »Und ihr seid doch so schön.«

Alienor strich ihm über das Gesicht. »Es freut mich, dass du das findest«, sagte sie zärtlich. Der Junge fasste nach ihrer Hand und hielt sie fest. »Wann heiratet Marie?«

Alienor warf einen überraschten Blick auf die Freundin. »Hoffentlich gar nicht. Das würde nur bedeuten, dass sie uns für immer verlassen muss.« Und zu Marie: »Aber immerhin wäre es ja möglich, oder?« Sie hob fragend die Augenbrauen.

»Sie kann ja Papa heiraten. Dann bleibt sie immer hier«, rief Little Willy und lief zum Wasser hinunter.

Alienor lehnte sich wohlig auf der Decke zurück. »Es klingt so selbstsüchtig, aber ich könnte es nicht ertragen, wenn du mich verließest. Wir haben zu viel miteinander erlebt. Wenn ich zu-

rückdenke, dann waren wir niemals getrennt – seit meiner Kindheit hast du mich begleitet.« Sie kicherte. »Immerhin habe ich schon den zweiten Ehemann. Aber du bist meine einzige Freundin.«
Marie stopfte sich ein Polster unter den Kopf. »Du übertreibst – du hast noch Christine. Die kennst du genauso lange …«
»Das ist etwas anderes. Christine hat mir immer die Mutter ersetzt, aber du und ich, wir sind gleichaltrig. Du warst mit mir auf dem Kreuzzug, du kennst meine Hochs, meine Tiefs und meine Lieben. Und du weißt auch, dass ich jetzt angekommen bin. Henry ist mein Leben. Sie beugte sich vor und verwischte einen Tupfer Fett auf Maries Nase. »Denkst du noch an ihn«, fragte Alienor leise.
Marie schlug die Augen auf. Sie sah zu Little Willy hinüber, der am Ufer eine Sandburg baute. »Was hätte es für einen Sinn. Er ist noch immer verheiratet. Seine Ehe wird bestimmt nicht annulliert.«
Alienor zog die Beine an. »Manchmal habe ich ein schlechtes Gewissen, weil ich so glücklich bin.«
»Das brauchst du nicht.« Marie zog ihre Strandtasche näher und kramte ein Pergament hervor. »Er hat mir geschrieben, dass er die Kaiserin begleiten wird.«
Überrascht richtete Alienor sich auf. »Er kommt her?«
Marie lächelte traurig. »Ja. Lies selbst und sag mir dann, ob noch ein Sinn darin liegt, weiter auf eine Zukunft mit ihm zu hoffen.«
Alienor nahm das Blatt und las die wenigen Zeilen. Dann sah sie Marie betroffen an. »Vielleicht ergibt sich ja die Möglichkeit ihn allein zu treffen.«
Marie stand auf. »Ja, auf zugigen Fluren und auf der Wendeltreppe. Das ist ein bisschen wenig, nicht?« Sie schlenderte hinunter zum Wasser.
Alienor sah, wie sie sich neben Little Willy kniete und seine Sandburg bewunderte; dann wandte sie den Blick und starrte

hinüber zum Festland. Henry, komm bald, flehte sie inbrünstig. Ich sehne mich so sehr nach dir – und vielleicht fällt dir ein, wie wir meine Marie glücklich machen können. Ich weiß doch, dass sie ihn noch immer liebt.

»Mama, sieh nur, was ich gebaut habe. Papa wird stolz auf mich sein«, rief ihr kleiner Sohn. Alienor warf sich den Seidenschal über die Haare. Als sie neben den beiden im feuchten Sand kniete, sagte sie auf Okzitanisch: »Sorge dich nicht, Marie. Wenn es Gottes Wille ist, dann werdet ihr zusammenkommen. Und ich verspreche dir, dass ich alles tun werde, um euch beiden eine Gelegenheit zu verschaffen, in Ruhe miteinander zu reden.«

»Schau nur, Mama, Marie ist ganz rot geworden«, bemerkte der kleine Prinz. »Freut sie sich auch so sehr, dass die Kaiserin heute kommt?«

Alienor lächelte. »Bestimmt, mein Sohn.« Ihre Hände glitten über den aufgetürmten Sand. »Hier kannst du noch etwas anbauen.«

Marie fand eine Muschel und drückte sie in die Außenwand. »Das ist eine Schießscharte«, sagte sie. »Lauf und such noch ein paar mehr.«

Die Frauen blickten ihm nach, als er ernsthaft das Ufer absuchte. Sein weißes Röckchen flatterte im Wind. »Ich mache mir solche Sorgen um ihn. Er ist so zart«, murmelte Alienor.

Marie griff nach ihrer Hand. »Und doch finde ich, dass er sich auf der Isle of Wight schon wunderbar erholt hat. Die Luft tut ihm gut und er isst auch besser.«

»Diese Ferientage tun uns allen gut. Wenn Henry erst zurück ist ...«

Marie lachte. »Er freut sich auf die ungestörten Tage mit euch. Wie wird er auf den Besuch der Kaiserin reagieren?« Alienor zuckte die Schultern. »Sie kennt den Begriff Ferien gar nicht. Die Irlandfrage ist der einzige Grund für sie herüberzusegeln. Das wird ihm bestimmt nicht gefallen.«

»Und wie denkst du darüber?«

»Offen gestanden, ich weiß es selbst nicht. Einerseits erscheint es mir als folgerichtig, dass Henry Irland angliedern will, andererseits kann ich die Vorbehalte meiner Schwiegermutter verstehen. Warum sollen wir wieder einmal den Frieden aufs Spiel setzen, nur damit die Kirche dort Fuß fassen kann.«
Marie überlegte. »Fuß gefasst haben sie ja längst ...«
»Ja, aber die Gelder tröpfeln nur spärlich nach Rom. Henry soll das Land befrieden, damit es sich für sie auszahlt.« Sie stand auf. »Ich habe Hunger. Lass uns nachschauen, was sie in die Körbe gepackt haben.«
Mit den Augen verfolgte Marie ein Fischerboot, das unweit der Küste langsam vorübersegelte.
Alienor reichte ihr einen Hühnerschlegel. »Ich überlege, ob ich nicht auch Becket hierher beordern soll ...«
»Das würde dir Henry nie verzeihen. Jetzt, da der Kanzler in Ungnade gefallen ist.«
Offiziell ist er in unserem Auftrag im Norden. Ich könnte ihm aber einen Kurier schicken ...«
Marie rutschte näher. »Warum?«
»Weil Henry zu emotional ist. Beckets Sachverstand ist da ein guter Ausgleich.«
»Ich dachte, du kannst ihn nicht ausstehen?«
»Auf den Tod nicht! Und doch erkenne ich seine Fähigkeiten an.«
Da lachte Marie auf. »Adieu, ihr schönen Ferien.« Sie rief nach Little Willy, und als er sich mit sandigen Füßen auf die Kissen plumpsen ließ, reichte sie ihm einen Becher Saft. »War es schön für dich?«, fragte sie zärtlich.
Das Kind nickte eifrig. »Wenn bloß die bösen Vögel nicht wären. Immer kommen sie und machen mir Angst.«
Alienor zog ihn an sich und küsste ihn auf die blonden, nach Meer riechenden Haare. »Vor denen musst du dich nicht fürchten. Es sind nur Möwen, die sich fragen, ob du mit ihnen spielen willst.«

»Ich mag sie nicht.« Er schmiegte sich an Alienor. »Wann kommt Papa?«
Sie wiegte ihn sacht. »Morgen, vielleicht auch übermorgen. Auf jeden Fall ganz bald.« Sie brach ein Stück Brot und schob es ihm in den Mund.
Er kaute lustlos. »Bleiben wir noch länger?« Und als Alienor nickte, murmelte er: »Dann will ich jetzt schlafen.« Er entzog sich ihr und rollte sich auf den Kissen zusammen. »Aber ihr dürft nicht weggehen.« Bald war er eingeschlafen.
Nach einer Weile nahm Alienor den Faden wieder auf. »Henry plant im September eine Versammlung in Winchester abzuhalten.«
»Wegen Irland?«
»Alienor nickte. »Wir haben England so weit geordnet …«
»… und ihr wollt noch mehr Macht«, warf Marie ein.
»Was ist daran verwerflich? Zumal wir mit Rom an einem Strang ziehen – Theobald von Canterbury hat erst neulich darüber geklagt, dass sein Erzbistum an der archaischen Ordnung der alten keltischen Kirche und im Grunde an der Macht der irischen Äbte scheitert. Und der Papst …«
»… will als erster Engländer im Lateran selbstverständlich, dass Irland untertan ist«, meinte Marie. »Aber ist es für euch, ich meine, für das Haus Plantagenet, nicht noch ein wenig zu früh dafür? Genießt doch lieber den Frieden, den ihr hier geschaffen habt.« Sie zog eine Leinendecke über Little Willy. »Kein Wunder, dass es die Kaiserin so eilig hat hierher zu kommen, um Henry persönlich davon abzuhalten.« Sie reckte das Gesicht der Sonne entgegen. »Welch ein herrlicher Tag, so ohne alle Etikette. Und wir denken bereits wieder an Krieg und Totschlag.«
Alienor strich sanft über den Kopf des schlafenden Kindes. »Vielleicht hast du Recht.«

Es war noch dunkel, als Henry und Robert den Burghof verließen. Ein Kauz strich klagend um die Mauern des Palas und sah ihnen hinterher, als sie im gestreckten Galopp über die Zugbrücke ritten. Kurz darauf verlor sich das Geräusch ihrer Hufe in den Feldern.

Von den Waliser Bergen strich ein warmer Wind über die Ebene und formte immer wiederkehrende Wellen in den reifen Feldern. Es duftete nach Erde und Gras. Es war Sommer. Seit drei Wochen zogen sie nun mit dem Heer an der Grenze entlang, um die aufsässigen Clans zurückzuschlagen. Nachts schliefen sie in ihren Zelten oder nahmen in Klöstern Quartier. Und jeden Morgen wachte Henry mit einem Glücksgefühl auf. Endlich war seine politische Sehnsucht greifbar geworden und nahm Gestalt an in Verträgen, in den Bittgesängen der Mönche für seine Monarchie, im Lehnsversprechen eines Vasallen und im grenzenlosen Vertrauen seiner Soldaten.

Und im Land reifte die Ernte heran.

Robert war stets an seiner Seite. Beide Männer hatten darauf verzichtet, den Barbier in Anspruch zu nehmen. Und am Morgen verglichen sie lachend ihre Bärte. »Was wird die Königin davon halten?«, neckte ihn Robert und jagte ihm durch eine Furt hinterher.

Henry kam nicht mehr dazu, etwas zu erwidern, denn wie aus dem Nichts tauchte ein Riese von Mann vor ihnen auf. Er hielt die Armbrust in Anschlag und zielte direkt auf Henrys Kopf.

»Ihr beiden, kommt her zu mir und pfeift die Übrigen zurück – sonst bist du ein toter Mann«, dröhnte seine Stimme übers Wasser. Warum hatten sie am Morgen nur auf ihre Helme verzichtet! Zähneknirschend fügte Henry sich dem Befehl, hob die Hand und bedeutete seinen Männern am anderen Ufer der Furt zu warten.
»Sitzt ab und kommt her zu mir!«, befahl der Mann. Henry und Robert gehorchten. Als sie absaßen, stieg ihnen das Wasser bis zur Hüfte. »Keine falsche Bewegung, sonst …« Der Mann verfolgte mit seiner Armbrust jede Bewegung, die Henry machte. »Versucht, Euch hinter mir zu halten«, flüsterte Robert und warf sich vor Henry. Da traf ihn der Pfeil. Henry sah, wie Robert sich langsam um sich selber drehte, ehe er seitlich ins Wasser kippte. Einen Augenblick lang hielt seine Hand noch die Zügel, dann warf sein Pferd wiehernd den Kopf zurück und Robert trieb langsam davon. Ohne nachzudenken stieß Henry einen Schrei aus und stürzte sich kopfüber ins Wasser. Drei, vier Schwimmzüge, dann hatte er Robert erreicht. Schwimmend versuchte er ihn an Land zu bringen. Er hatte den Mann mit der Armbrust vergessen; er hatte nur Augen für Robert. »Halt durch, mein Freund. Gleich haben wir es geschafft«, keuchte er und zog den Verletzten die steile Uferböschung hinauf. Zweimal rutschten sie ab. Außer sich vor Angst schlug er dem Freund mit der Hand ins Gesicht. »Robert, kannst du mich hören?« Schließlich hatte er Robert nach oben gehievt. Schwer atmend kauerte er halb über ihm.
»Lasst ihn liegen und steht langsam auf.« Henry erstarrte. Sein Blick fiel auf die zerschlissenen Lederstiefel, die nur drei Schritte vor ihm aufgetaucht waren; dann sah er langsam nach oben. Eine schmutzstarrende Kutte und darüber ein hageres Gesicht. Und wieder zielte die Armbrust direkt auf ihn.
Henry schien die Gefahr nicht zu begreifen. Vorsichtig bettete er den Körper des Verwundeten auf den sandigen Boden; aber als er die Arme frei hatte, schnellte er vor – seine Fußspit-

ze traf die Waffe und stieß sie dem Fremden aus der Hand. Dann lag er auch schon über ihm und seine Hände krallten sich um den Hals des Feindes; der Mann begann zu röcheln, seine Stiefel schlugen auf die Erde. Das Blut rauschte in Henrys Kopf. Immer wieder holte er tief Luft und jedes Mal verstärkte er den Druck seiner Hände. Dann gab es ein knirschendes Geräusch und der Kopf des Riesen fiel zur Seite. Und immer noch hielten Henrys Hände den Hals in tödlicher Umklammerung.

Er kam erst wieder zu sich, als er seinen Namen hörte. »Henry, Henry ...« Da ließ er von dem Fremden ab und eilte zu Robert. »Gott sei Dank! Du lebst! Wo hat das Schwein dich erwischt?« Er strich Robert die nassen Haarsträhnen aus dem Gesicht. »Bleib ganz ruhig. Ich werde Hilfe holen.« Er stieß einen Pfiff aus und kurz darauf hatten seine Männer sie erreicht. Aufgeregt sprangen sie von den Pferden und Henry rief nach dem Bader. Vorsichtig zog man Robert das Kettenhemd über den Kopf. Blut strömte aus einer Wunde oberhalb der Hüfte. Unwillkürlich legte Henry die Hand darauf und versuchte den Blutfluss zu stillen.

Der Bader kniete neben ihm und öffnete bereits seine Ledertasche. »Überlasst ihn mir, mein König. Er muss den Pfeil im Wasser verloren haben. Mir bleibt jetzt nur die Wunde zu versorgen.«

Zögernd zog Henry seine blutverschmierte Hand zurück. »Er wollte mir das Leben retten«, murmelte er. Und laut rief er: »Gibt es hier eine Herberge in der Nähe?«

»Zwei Meilen flussabwärts gibt es ein kleines Kloster«, antwortete einer der Reiter.

Henry richtete sich auf. »Dann reite hin und kündige uns an.« Und zu dem Bader: »Kann er zu Pferde sitzen oder sollen wir eine Bahre richten?«

Zweifelnd blickte der Mann auf den Verwundeten. »Er hat viel Blut verloren und ist im Moment besinnungslos. Eine Bahre wäre besser.«

Schon schlugen die Männer ein paar junge Bäume und richteten aus Fellen und Stricken eine Trage. »Das genügt«, meinte Henry ungeduldig und half mit, Robert auf das Fell zu legen. Dann nahm er selber einen der Stricke und befestigte ihn an seinem Sattelknauf. Zu viert hielten sie ihre Pferde dicht beieinander und ritten im Schritt, um dem Verletzten möglichst Erschütterungen zu ersparen.
Endlich tauchte die Klostermauer vor ihnen auf. Der Bruder an der Pforte hatte das Fallgitter hochgezogen und ließ sie passieren. Vorsichtig wurde Robert zu Boden gelassen; Laienbrüder halfen ihn auf die Krankenstation zu tragen.
Erst jetzt verbeugte sich Henry vor dem Abt, der mit seinem Subprior zu ihrer Begrüßung erschienen war. Vergebt uns, dass wir so plötzlich bei Euch eindringen. Mein Freund wurde verwundet.«
»Was soll mit Euren Männern geschehen?«, fragte der Abt und seine berechnenden Augen blickten kühl über die Soldaten, die am Eingang herumstanden und auf Neuigkeiten warteten. »Das Kloster ist zu klein, um sie alle zu beherbergen.«
Ärger stieg in Henry auf. »Darum hat man Euch auch nicht gebeten!« Er winkte einem seiner Offiziere. »Schlagt die Zelte außerhalb der Mauer auf der Wiese auf«, befahl er.
Der Mönch erhob Einspruch: »Auf der Wiese weiden unsere Schafe. Wir könnten sie Euch allerdings verkaufen.« Sein Subprior, der bis dahin geschwiegen hatte, fügte hinzu: »Es sind keine gewöhnlichen Schafe – ich will sagen ...«
»Ich weiß, was Ihr sagen wollt: Eure ungewöhnlichen Schafe kosten mehr als normale Vierbeiner.« Henry hatte leise gesprochen. Plötzlich begann er so zu brüllen, dass die beiden Mönche erschrocken einen Schritt zurückwichen. »Was ist das für ein Kloster hier? Zu welchem Orden gehört Ihr überhaupt?«
Der Abt fingerte nervös an seinem Kreuz. Er musste sich zweimal räuspern, bevor er antwortete: »Wir nennen uns ›die Gei-

ßel Gottes‹ und warten noch auf die Anerkennung durch Rom.« Henrys Blick schweifte über den Klosterhof. Er war nicht sehr groß, aber die darumliegenden Bauten waren aus solidem Stein errichtet. Hühner und Enten liefen frei herum und aus dem Backhaus wehte der Duft von frisch gebackenem Brot zu ihm herüber. »Die Geißel Gottes lebt nicht schlecht, wie mir scheint«, meinte er trocken. »Ich will jetzt zu meinem Freund auf die Krankenstube. Und Ihr beide wartet hier auf mich!«
Der Abt warf den Kopf auf. »Wir unterstehen Rom und Ihr könnt uns keine Befehle erteilen.«
Henry grinste. »So, das kann ich nicht? Aber Rom hat Euch noch nicht einmal anerkannt. Demnach steht Ihr auf englischem Boden. Und ich bin der König.« Dann schnippte er einmal mit den Fingern, und als zwei Offiziere herbeieilten, sagte er lässig: »Diese Männer rühren sich nicht von der Stelle.« Mit langen Schritten überquerte er den Hof und verschwand in dem Haus, in das man Robert hineingetragen hatte. Ein hoher, karger Raum tat sich vor ihm auf, in dem je vier Betten einander gegenüber standen. Nur zwei davon waren belegt. Im ersten Bett lag Robert. Man hatte ihn entkleidet und sein Gesicht, das am Morgen noch so gebräunt und kräftig gewirkt hatte, hob sich kaum von dem weißen Kopfkissen ab. Auf Zehenspitzen kam Henry näher.
Robert hatte die Augen geschlossen. Der Bader richtete sich auf. »Sir Robert hat Glück gehabt. Ich habe ihm eine gehörige Portion Mohn ins Bier gegeben. Nun hoffe ich, dass er sich gesund schläft. Die Wunde habe ich noch einmal versorgt und heute Abend werde ich den Verband erneuern. Wenn kein Wundbrand entsteht, dann dürfte er in zwei bis drei Tagen wieder zu Pferde sitzen.«
»Gottlob«, flüsterte Henry und zog sich einen Schemel ans Bett. »Geht nur, ich werde bei ihm wachen.«
Durch die geöffneten Fenster klangen die Stimmen und das Lachen seiner Soldaten herein; jemand begann ein altes Volkslied

zu singen und ein paar andere stimmten ein. Die ersten Takte summte Henry mit, dann begann Robert zu stöhnen und er beugte sich über den Freund. »Es wird gleich besser. Versuch zu schlafen – ich bin bei dir.« Beruhigend legte er seine Hand auf die des Kranken. Roberts Gesicht begann sich zu entspannen. Ein paar Mal noch flackerten seine Augenlider, dann war er eingeschlafen.
Eine große, blaue Fliege flog summend durch den Raum. Henry verscheuchte sie mit seiner freien Hand, als sie sich auf Roberts Gesicht niederlassen wollte. Dann beobachtete er, wie sie sich erhob, um schließlich auf dem bloßen Arm des zweiten Patienten zu landen, von dem Henry nur einen verfilzten, weißhaarigen Schopf ausmachen konnte. Auch dieser Kranke schien tief zu schlafen. Die Fliege war verschwunden. Henry hörte erst wieder ihr zorniges Gebrumm, als hinter ihm die Tür geöffnet wurde und ein hübscher Novize barfüßig über die ausgetretenen Steinfliesen zu ihm trat. Demütig hielt er den Kopf geneigt und wartete darauf, dass Henry ihn ansprach.
»Was willst du?«, fragte er halblaut und der junge flüsterte zurück: »Mein Herr lässt fragen, wie lange er noch mit dem Subprior in der stechenden Sonne stehen soll? Und ob Ihr den Befehl nicht rückgängig machen wollt?«
»Nein! Das will ich nicht!« Irrte er sich oder zuckte ein zufriedenes Lächeln über die Züge des Knaben? »Du gönnst es ihnen, dass sie dort schwitzen.« Es war mehr eine Feststellung als eine Frage und Henry unterdrückte ein Lachen, als der Novize blutrot anlief. »Erklär mir, warum habt ihr solch einen abstrusen Namen für Euren Orden gewählt?«
»Das darf ich nicht«, wisperte der Junge ängstlich und blickte verstohlen hinüber zur Tür.
»Weißt du, wer ich bin?«, fragte Henry.
Unruhig trat sein Gegenüber von einem Fuß auf den anderen. »Ihr seid der König!«, stieß er hervor. »Aber sie würden mich töten, wenn ich etwas erzähle.«

Behutsam löste Henry seine Hand aus der von Robert und erhob sich. Dann schob er den Novizen vor sich her zum Fenster und stellte ihn so, dass das Tageslicht ihn voll beschien. Eine Weile musterte er ihn schweigend. »Wovor fürchtest du dich?«

Die Augen des Knaben füllten sich mit Tränen. Zornig wischte er sie weg.

Henry versuchte es noch mal. »Seit wann bist du hier?«

»Seit zwei Jahren.«

»Aber du bist nicht gerne hier?«

Der Junge lehnte sich plötzlich schlaff gegen die Wand. »Ich muss. Ich muss«, stammelte er. Und dann brach es aus ihm heraus: »Der Vogt hat mich hierher gebracht. Als Buße für meine Mutter. Sie ist eine Verlorene und sie sagen, dass sie in der Hölle endet. Deswegen bin ich hier und muss ihnen zu Willen sein.« Er begann haltlos zu schluchzen.

»Dem Abt?«

»Dem Abt und jedem, der will.«

»Wo ist deine Mutter jetzt?«, fragte Henry und der Junge ballte die Fäuste. »Ich weiß es nicht. Sie haben sie fortgejagt, als sie in anderen Umständen war. Das Dorf wollte sie steinigen, aber sie konnte entkommen. Danach hat der Vogt mich hierher verkauft.« Vor Aufregung hatte er rote Flecken im Gesicht.

»Und dein Vater?«

»Er war Soldat bei König Stephan und wurde bei Oxford erschlagen.«

Henry beugte sich aus dem Fenster und blickte hinaus auf die Wiese. Seine Soldaten lagerten im Gras. Knappen waren dabei, die Rüstungen zu polieren; dort drüben hatten sie bereits die Zelte aufgebaut. Die Fliege flog dicht an seinem Gesicht vorbei ins Freie. Henry wandte sich wieder dem Jungen zu. »Kannst du reiten?«, fragte er. Der Novize nickte.

Kurz darauf schlenderte der König gemächlich über den Klosterhof und baute sich vor den schwitzenden Mönchen auf. Ironisch betrachtete er die beiden. »Ein schöner Tag heute, nicht wahr?« Er winkte seinem Adjutanten und befahl den Sheriff und den Justitiar zu sich. Noch immer ließ er die Mönche nicht aus den Augen. »Jaja, die Geißel Gottes kann jeden treffen. Eh man sich's versieht, schlägt sie zu ...« Und als sein Sheriff neben ihn getreten war: »Diese beiden hier sind ab sofort ihres Amtes enthoben. Stellt alle Besitzansprüche des Klosters fest. Vergleicht die Ländereien mit den Unterlagen aus dem Domesday Book und lasst mir kein Schaf durchgehen.« Er lächelte. »Und was den Klosterschatz anbelangt, so wird er vorläufig konfisziert. Mönche und Novizen sollen in ein reguläres Kloster überführt werden und dort nach ausführlicher Befragung ihrer jeweiligen Bestimmung zugeführt werden. Das wär's, meine Herren.«

Der Abt zitterte vor Hass. »Wenn Ihr Hand an das Kloster legt, wird man Euch exkommunizieren!«, zischte er mit Speichel in den Mundwinkeln.

Henrys Augen verengten sich zu Schlitzen; und so laut, dass jeder ihn hören konnte, sagte er: »Und wenn Ihr noch einmal Hand an einen Jungen legt, wird man Euch Euer Lieblingsspielzeug abschneiden. Dann verspürt Ihr am eigenen Leib, wie schmerzhaft die Geißel Gottes sein kann.« Angewidert verzog er das Gesicht und wandte sich zum Gehen.

Die Flüche des Abtes gellten noch hinter ihm her, als er wieder die Pforte zur Krankenstation aufstieß. Er fand den Novizen noch immer am Fenster vor. »Geh und melde dich bei meinem Quartiermeister. Wir werden morgen überlegen, was wir mit dir anfangen können.«

»Was ist mit dem Vater Abt?«, fragte der Junge ängstlich; aber Henry antwortete nur mit einer wegwerfenden Geste und ging zu Roberts Bett. Leise schloss der Junge hinter sich die Tür und Henry setzte sich ans Fußende des Bettes.

Robert schlug die Augen auf. Als er Henry erkannte, versuchte er zu lächeln. »Was ist geschehen?«, fragte er leise und be-

feuchtete seine Lippen mit der Zunge. Henry sah sich suchend um. Dann entdeckte er eine Karaffe mit Wasser. Er schenkte Wasser in ein Glas und brachte es hinüber zum Bett. Behutsam stützte er Roberts Kopf und gab ihm zu trinken. »Fühlst du dich besser?«
Robert nickte. »Dieser Kerl stand doch urplötzlich vor uns – war er eigentlich allein? Warum wollte er dich töten?« Henry zuckte die Schultern. »Ich hatte keine Zeit mehr ihn danach zu fragen.«
»Ist er tot?«
»Ja.«
Robert runzelte die Stirn. »Hat's mich schlimm erwischt? Ab der Hüfte kann ich nichts mehr spüren ...«
»Du willst wissen, ob du noch ein Mann bist?«, fragte Henry lachend. »Ich kann dich beruhigen. Der Bader meint, du sitzt morgen, spätestens übermorgen wieder zu Pferde. Du wirst noch viele Kinder mit Lady Margareth haben und ihr werdet alle glücklich eure Langhaarböcke zählen.« Dann, plötzlich ernst: »Schade, dass unser Grenzausflug so enden musste.«
Robert lächelte. »Es war genau wie früher! Gott sei Dank hat dieser Kerl danebengetroffen. Ich möchte diese drei Wochen für nichts auf der Welt missen.«
»Ich auch nicht«, sagte Henry. »Jetzt musst du dich erholen. Wir bleiben noch ein, zwei Tage hier, dann kann ich dich Lady Margareth beruhigt zurückschicken.«
»Und du? Was wirst du tun?«
»Ich will die Königin und die Kinder auf der Isle of Wight treffen. Ich habe Sehnsucht nach ihnen.«
Erschrocken versuchte Robert sich aufzurichten. Vergebt mir ... Herr!«
»Was hast du?«, fragte Henry.
»Ich hatte vergessen, dass Ihr der König seid ...« Behutsam drückte ihn Henry auf das Kissen zurück. »Als ob das jetzt und hier eine Rolle spielte«, murmelte er zärtlich. »Hör nur.« Drau-

ßen hatten die Männer wieder mit einem Lied begonnen. Der schwermütige Gesang vermischte sich mit dem Zwitschern der Vögel, und plötzlich wurde Henry schwer ums Herz. »Ich werde dich vermissen, Robert«, flüsterte er; dann stand er auf. »Jetzt muss ich dich für eine Weile allein lassen. Ich habe noch ein paar Unterredungen mit dem Sheriff und meinem Justitiar. Ehe ich nach Süden reite, möchte ich, dass hier wieder Ordnung herrscht. Dafür bin ich schließlich da.« Sein Lächeln fiel fast kläglich aus. »Aber zum Abendessen bin ich wieder zurück«, versprach er.

Corfe
24. August 1155

Liebste Alienor,

ein Kurier wird heute noch hinüberrudern und dir diese Depesche überbringen. Im Großen und Ganzen war der Feldzug befriedigend. Im Süden von Wales herrscht Ruhe und mit dem Norden habe ich einen Waffenstillstand ausgehandelt. Das wird für eine Weile vorhalten. Robert ist gestern Nacht nach Hause geritten; zurück zu Lady Margareth, die er heiraten wird und zu seinen Langhaarböcken, von denen ich dir geschrieben habe. Es geht ihm wieder gut.
Fast bin ich ein wenig traurig, weil unsere gemeinsame Zeit vorüber ist. Robert ist der beste Freund, den ich jemals hatte. Gestern habe ich hier die Wälle inspiziert und war wieder einmal überrascht, in welch ausgezeichnetem Zustand diese Burg ist. Ich frage mich, ob wir den Kronschatz nicht hierher schaffen sollten, wenn wir das nächste Mal auf dem Kontinent sind. Hier kommt niemand ungebeten herein.
Ich war fast ein wenig enttäuscht darüber, dass die Kaiserin auf der Isle of Wight ist, ich hatte mich auf ein ungestörtes

Familienleben gefreut. Ich hatte mir einen Bart stehen lassen, den ich aber heute früh abrasiert habe. Liebst du mich noch?

Ich dich!
Dein Henry.

Hat Little Willy schwimmen gelernt?

Henry stand vorne im Boot und versuchte die winzigen Gestalten, die sich zu seiner Ankunft am Ufer versammelt hatten, zu erkennen. Die untergehenden Strahlen der späten Augustsonne tauchten den kleinen Hafen in goldenes Licht. Im gleichmäßigen Rhythmus glitten die Ruder ins Wasser, glänzten beim Hochziehen in der Sonne um gleich darauf wieder in die ruhige See zu tauchen. Ungeduldig nickte Henry zum Klang der Trommel, die den Ruderern den Takt angab. Da! Da vorne, das musste Alienor sein. Er erkannte sie an ihrer Haltung. Sie hielt den Kronprinzen an der Hand. Sein Herz begann heftig zu klopfen und er hob den Arm. Er sah, wie Alienor den kleinen Prinzen hochhob, auf ihn einredete und ihn zum Winken animierte. Er stieg auf den Bootsrand und sprang ins Wasser.

Er war noch vor dem Boot an Land. Nass wie eine Katze erreichte er den Strand und schüttelte sich. Alienor hatte den Prinzen an eine der Hofdamen weitergereicht, sie raffte ihre Röcke und rannte ihm entgegen. Lachend fielen sie sich in die Arme. Und für einen langen Augenblick hörte er nichts als das Pochen ihres Herzens gegen seine Brust. »Wie gut das tut«, flüsterte er in ihr Haar.

Erst jetzt drangen die Hochrufe zu ihm hindurch. Er legte den Arm um Alienor und gemeinsam schritten sie der Abordnung der Inselbewohner entgegen, die zu seiner Begrüßung erschienen war. Geduldig hörte er sich die Reden an, dann winkte er lachend ab. »Ich bin sehr glücklich, heute hier bei meiner Familie und bei Euch zu sein, aber erlaubt, Ihr edlen Damen und Herren, dass ich zuvor meinen Sohn begrüße!« Dann hielt er den Kronprinzen im Arm.

»Weißt du noch, wer ich bin?«, fragte er zärtlich und der Junge nickte ernsthaft. »Du bist der König!«, und dann leuchteten seine Augen auf. »Und du bist mein Vater.« Er beugte sich näher an Henrys Gesicht und drückte ihm viele kleine Küsse auf die Wange. »Du bist ganz nass«, flüsterte das Kind.

Flüchtig tauchte vor Henry das Gesicht des Novizen auf und er dachte: Ich habe ihn nicht einmal nach seinem Namen gefragt. Mit der freien Hand griff Henry nach Alienor und zog sie dicht an sich heran. Nebeneinander stiegen sie die Stufen zu Carisbrooke Castle hinauf. Das ist Glück, dachte Henry. Der Geruch des Meeres vermischte sich mit dem Duft der Heckenrosen. Im Osten begann es zu dunkeln. »O Gott, wie freue ich mich auf die paar Tage Nichtstun, ehe ich nach Irland muss«, sagte Henry.

»Du sollst nicht nach Irland«, meinte Little Willy und schlang die Arme fester um Henrys Hals.

»Ich fürchte, ich muss, kleiner Prinz«, antwortete Henry lachend.

Sein Sohn schüttelte den Kopf. »Großmutter findet, es ist eine schlechte Idee«, und als Henry ihn erstaunt ansah, nickte er nachdrücklich. »Hat sie gesagt. Und ich hab's gehört.«

Fragend blickte Henry zu Alienor. »Was soll das? Natürlich muss ich nach Irland! Ich habe jetzt die Rückendeckung von Rom und es passt in unsere Pläne. England braucht Irland.«

»Reg dich nicht auf. Die Kaiserin hat gute Gründe. Sie wird sie dir selber erklären. Später. Nun komm ins Haus. Du musst aus deinen nassen Kleidern.«

»Aber was mischt sie sich in meine Pläne«, sagte Henry unmutig.

Auf Carisbrooke Castle rief der Türmer die zehnte Stunde aus und Alienor schmiegte sich enger an Henry. Sie saßen dicht beieinander in einer Sandmulde auf den Dünen und schauten hinaus aufs Meer. Die Sonne war längst untergegangen, doch im Westen schimmerte noch ein rotgoldener Streifen.

Alienor wandte den Kopf. »Tut's dir Leid wegen Irland?«

»Merkwürdigerweise überhaupt nicht. Die Einwände der Kaiserin waren überzeugend. Warum sollten wir auch für Rom die Kastanien aus dem Feuer holen? Ihnen geht es doch nur um ihre Pfründe. Nein, meine Mutter hat Recht: erst einmal muss England befriedet werden.« Er vergrub sein Gesicht in Alienors lose fallendem Haar. »Du duftest nach Sommer«, murmelte er und hob ein paar Strähnen an, um ihren bloßen Nacken küssen zu können.

Wohlig dehnte sie sich unter seiner Berührung und schloss die Augen. »Kann uns jemand sehen, Henry Plantagenet?«, fragte sie träge und legte seine Hand auf ihre Brust.

Er ahnte ihre Haut unter dem dünnen Kleid und begann sie zu streicheln. Die Spitzen ihrer Brüste wurden hart und drängten sich seiner Berührung entgegen.

Alienors Lippen waren feucht und schmeckten nach Meer. Seine Hand löste die Haken und Ösen ihres Kleides. Als er in sie eindrang, hielt Alienor die Augen geöffnet. »Wie konnte ich es nur so lange ohne dich aushalten ...«

Nur noch ein violetter Schimmer am Horizont zeigte an, wo die Sonne im Meer versunken war. Henry und Alienor lagen nebeneinander und hielten sich an den Händen. Er spürte, wie Gelächter in ihr aufstieg. »Ich habe an den unmöglichsten Stellen Sand«, prustete sie. »Außerdem wird mein Po kalt.« Sie hob eine Hand voll goldfarbenen Sand auf und ließ ihn über seine feuchte Brust rieseln. »Und wir haben gerade ein neues Kind gezeugt. Dieses Mal wird es ein Mädchen. Ich weiß es.«

Henry griff nach seinem Lederhemd und schob es ihr zu. »Leg

es unter dich, es wärmt. Und wenn du mir einen Augenblick Zeit lässt, dann trage ich das meinige dazu bei, dass du nicht mehr frierst.«

»Es eilt nicht, mein Lieber. Nun bin ich ohnehin schon wieder schwanger«, spottete sie zärtlich.

»Woher willst du das wissen?«, fragte Henry.

Alienor zuckte die Schultern. »Ich habe es immer gewusst.«

Henry runzelte die Stirn. »Auch mit dem Betbruder?« Alienor hatte sich aufgerichtet. »Ja, auch mit dem. Natürlich haben wir es nie auf einer Düne getrieben. Wenn seine königliche Majestät, Ludwig der Siebte, geruhte mir beizuliegen, dann hat das Gemurmel der Mönche stets unsere Anstrengungen begleitet. Du kannst dir denken, wie aufregend das war.« Sie zog eine Grimasse. »Immer wurde gebetet. Vorher und nachher – und sicher hat seine allerdurchlauchtigste Majestät auch *dabei* gebetet. Nur genützt hat es nichts – wir waren nicht in der Lage einen Kronprinzen zu machen.« Liebevoll sah sie Henry an. »Da musstest du schon kommen.«

Er griff nach ihr. »Wir könnten noch einmal ... Vielleicht wird es dann doch kein Mädchen.«

Alienors Augen blitzten kriegerisch. »Was hast du gegen Mädchen? Ich war schließlich auch mal eins. Und ich habe es doch weit gebracht! Wenn Louis meine Töchter nur mit den Grafen von Champagne und von Blois verheiratet, dann muss unsere Tochter mindestens ...«

»Einverstanden«, unterbrach Henry sie lachend, »sie wird den Kaiser heiraten!«

Alienor schien versöhnt zu sein. »Ich bin durstig. Mal sehen, was wir noch übrig gelassen haben.« Nackt wie sie war, lief sie zum Ginsterbusch hinüber und zog den Korb darunter hervor; mit einer Karaffe kehrte sie zurück und ließ sich wieder neben ihm nieder. »Mach den Mund auf«, befahl sie und träufelte Wein aus Aquitanien in seinen Mund.

Henry schluckte. »Was ist mit den Bechern?«, fragte er.

»Auch voller Sand.« Sie zwinkerte ihm zu, dann warf sie geübt den Kopf zurück und hielt sich die Karaffe vor den Mund. Bewundernd stellte er fest, dass nicht ein Tropfen danebenlief.

»Du kannst so viele Dinge tun wie ein Mann«, sagte er anerkennend.

»Da, wo ich herkomme, kann das jede Bäuerin«, entgegnete sie stolz und reichte ihm die Karaffe.

Henry legte den Kopf in ihren nackten Schoß. »Ich werde mich von Becket trennen«, sagte er nachdenklich. »Ich hatte in Wales viel Zeit darüber nachzudenken und ich weiß, dass ich ihn nicht mehr in meiner Nähe haben will. Was wir brauchen, das sind Männer wie Robert – durch und durch sauber und loyal.«

»Nur Pech, dass solche Männer etwas von Dreifelderwirtschaft verstehen, vielleicht auch noch von Langhaarböcken«, entgegnete sie sanft, »aber nichts von Politik. Natürlich brauchen wir Männer wie Robert. Doch sie können nicht Kanzler von England sein.«

Eine Weile hingen sie ihren Gedanken nach. Schließlich sagte Henry: »Als jener Mann mit der Armbrust auf mich zielte, da stellte sich Robert dazwischen. Er war bereit für mich zu sterben. Für mich – nicht für den König!«

»Genau das meine ich«, erwiderte Alienor leise, »Robert für dich, Becket für den König.«

»Ich habe immer noch diese ekelhafte Szene vor Augen ... Das verstößt gegen jedes Gebot.«

Alienor lächelte, aber Henry konnte es nicht sehen. »Töten verstößt auch gegen jedes Gebot«, sagte Alienor.

Henry schlug mit der geballten Faust auf den Sand. »Wenn ich ihn nicht getötet hätte, dann wäre Robert jetzt womöglich tot. Oder ich! Du kannst diese Situationen nicht miteinander vergleichen!«

»Becket mag Praktiken ausüben, die dir befremdlich erscheinen. Das hat aber nichts damit zu tun, dass er ein brillanter Kopf ist. Erinnere dich, wie sie ihn in Canterbury gehasst haben –

aus was weiß ich für Gründen – und doch hat Theobald ihn immer protegiert. Der Erzbischof war klug genug, sich nicht von Kleinigkeiten beirren zu lassen.«

Mit einem Ruck hatte Henry sich aufgesetzt. »Willst du sagen, *ich* sei nicht klug genug? Weil ich mich an Kleinigkeiten störe?«, rief er. »Du hast ihn nie als Kanzler haben wollen! Jetzt will ich ihn nicht mehr! Ich könnte es nicht ertragen, ihm ins Gesicht sehen zu müssen …«

Alienor stand auf und reichte ihm sein Hemd. »Es wird kühl, mein Liebling.« Und während er sich das Hemd über den Kopf zog, hörte sie ihn murmeln, »Kleinigkeit! Als wäre so etwas eine Kleinigkeit!«

Er hatte Schwierigkeiten mit den Ösen und sie half ihm. Dann schlang sie die Arme um seinen Hals und flüsterte: »Du bist der König. Benutze ihn!« Ihre Nacktheit erregte ihn aufs Neue und er küsste sie.

»Becket für den König und Robert für Henry«, flüsterte sie. »Und dies hier«, sie berührte ihn, »dies nur für mich!«

Durch die geöffneten Fenster des Schlafgemachs drang lautes Vogelgezwitscher. Es klang, als wollten sie diesen Sommermorgen besonders lebhaft begrüßen. Alienor saß bereits fertig angekleidet vor dem Spiegel und schob ihr Haar unter den Kopfschleier.
Henry beugte sich von hinten über sie, um sie zu umarmen. Ihre Augen trafen sich im Spiegel. Gott, bist du schön.« Alienor drückte seine Arme über sich.
»Ich habe dir frische Sachen herauslegen lassen. Wir erwarten einen Gast zum Frühstück.« Sie spürte, wie sein Körper sich vor Unmut straffte. »Aber wir wollten doch allein sein! Wer ist es?«
»Ich habe Thomas Becket gleich nach der Frühmesse herbestellt«, antwortete sie ohne den Kopf zu heben, »er bleibt nur zum Essen.« Henry presste seine Arme so fest um ihren Körper, dass es ihr Schmerzen bereitete. Sie wagte nicht zu atmen, als er ausstieß: »Ich will ihn nicht sehen. Niemals wieder.«
Alienor befreite sich aus seiner Umklammerung und nahm sein Gesicht zwischen ihre Hände. Die Ader an seiner Schläfe pochte. »Henry, sieh mich an. Es geht nicht um uns. Es geht um England«, sagte sie entschieden. »Würdest du ihn so schnell absetzen, würde es dir als Schwäche ausgelegt, als eine falsche Wahl, die du getroffen hast.« Genau so hatte sie sich seine Reaktion vorgestellt.
»Bitte, hör mir zu«, fuhr sie liebevoll, aber energisch fort. »Es muss sein und es muss jetzt sein. Wir dürfen keine Zeit verlie-

ren. Becket ist der fähigste Mann auf diesem Posten und wir brauchen ihn.« Sanft versuchte sie seinen Kopf zu sich herumzudrehen. »Henry, es wäre doch gelacht, wenn wir zusammen nicht stark genug wären unsere innere Abneigung zu überwinden. Gemeinsam, erinnerst du dich?«
Langsam wandte er ihr sein Gesicht zu. Seine Züge waren verzerrt, als ob er nicht nur in Becket, sondern nun auch in ihr einen Feind entdeckte. In seinen Augen funkelte Wut und Alienor erschrak, als sie auch einen Hauch von Trauer entdeckte. War er traurig um ihret- oder um seinetwillen? Sie hatte mit einem lauten Zornesausbruch gerechnet. Sie hatte sich sogar Sätze zurechtgelegt, die sie ihm an den Kopf werfen wollte. Henry schwieg. Wie versteinert zog er sein Hemd über den Kopf, zurrte die Lederschlaufen fest und zerrte die Stiefel über den Kniebund der Hose. Die Glocken der Burgkapelle begannen zur Frühmesse zu läuten, als Henry fertig war.
»Was meint die Überzeugungstäterin, soll der König auch noch die Krone tragen?« Alienor glaubte, Spott in seiner Stimme zu hören, doch ihr Lachen prallte an Henrys verschlossener Miene ab. So sagte sie schlicht: »Mit oder ohne Krone. Ihr seid der König von England.«
»Gehen wir zur Messe«, befahl er barsch.
Kaum kniete Alienor neben Henry in der Bank, presste sie die Hände zum Gebet zusammen. Ich hasse ihn, ich hasse ihn und ich wusste es von Anfang an. Und doch handle ich nach bestem Gewissen. Sie flehte zu Gott, er möge sie den Morgen so durchstehen lassen, dass Henry ihr am Ende Recht gäbe. Ist es denn eine Sünde, dass ich Becket am liebsten vom Hofe vertreiben würde? Nur Du weißt, welche Rolle er in Henrys Leben wirklich spielt. Ich bin bereit ihn anzunehmen, so gut ich kann. Gib mir die Kraft dazu, Henry davon zu überzeugen, dass ich es ernst meine.
Als sie beim Agnus Dei laut betete, »so wird meine Seele gesund«, sah sie zu Henry hinüber. Als er das dritte »Herr, ich

bin nicht würdig, dass Du eingehst unter mein Dach« sprach, nickte er ihr mit dem Anflug eines Lächelns zu. Gemeinsam beteten sie: »Und sprich nur ein Wort, so wird meine Seele gesund.« Alienor jubelte innerlich, als sie die Kommunion empfing; sie hatte gewonnen. Der Schlusssegen machte sie stark.

Die Wachleute nahmen Haltung an, als Henry und Alienor den kleinen Raum von Carisbrooke Castle betraten. Es roch nach geräuchertem Speck und frisch gebackenem Brot, nach gebratenen Eiern und Kräutern. Alienor hatte Befehl gegeben, die Gerichte auf dem Tisch bereitzustellen und nicht mehr zu stören. Hinter ihnen wurde die Tür von außen geschlossen. Sie waren mit Becket allein.

»Mein König, meine Königin«, der schmale, dunkel gekleidete Mann trat aus dem Schatten des Fensters hervor und verbeugte sich tief. Alienor glaubte, ein Vibrieren in seiner Stimme zu hören; Henry sah ihn nicht an, als Becket sich wieder aufrichtete.

Alienor blickte ihm geradewegs in das bleiche Gesicht, das nach zu wenig Schlaf aussah. Er sieht wirklich fünfzehn Jahre älter aus als Henry, stellte sie mit Befriedigung fest.

»Hatte Er eine gute Überfahrt?«, fragte sie höflich. Bei der Anrede zuckte Becket fast unmerklich zusammen und entgegnete ruhig: »Ich danke Euch für die Nachfrage, meine Königin, wir brauchten ein wenig länger, weil das Meer unruhig war.« Mit Erstaunen bemerkte Alienor, dass sein Blick nicht auf ihr haften blieb. Sie war so sehr daran gewöhnt, dass Männer sie bewunderten, und es irritierte sie, als Becket mit dem Ende der Antwort die Augen von ihr abwandte. Wie eine gläserne Wand, dachte sie, glatt und kalt.

Sie spürte, wie sich die Spannung, die der schwarzhaarige Mann ausstrahlte, auf sie übertrug. Ich werde nicht zulassen, dass er meine Pläne durchkreuzt, schwor sie sich und kämpfte die Ablehnung nieder, die in ihr aufstieg.

Henry nahm den Steinkrug, der vor seinem Teller stand und goss sich Bier ein. Er deutete auf den Krug neben Becket. »Bediene er sich, wenn er Bier zu trinken wünscht.«
Becket folgte der Aufforderung. Alienor nahm die Platte mit dem aufgeschnittenen Weißbrot und bot Henry davon an. »Ich habe keinen Hunger, hohe Gemahlin.« Sah sie da unter Beckets blassen Zügen nicht kleine, rote Flecken durchschimmern? Alienor griff zu dem Topf vor Henry, öffnete den Silberdeckel und ermunterte ihn: »Mein Gemahl, nehmt von der Hirse, sie wird Euch schmecken.«
Er zögerte, bevor er sich den Teller füllte. Während Alienor sich Eier und Speck nahm, um anschließend die Schüsseln Becket zuzuschieben, erwog sie, welchen Ton sie anschlagen sollte, um Becket zum Reden zu bringen. Sie entschied sich für Anerkennung. »Ihr scheint in London ein Meisterwerk vollbracht zu haben, Lord Chancellor.« Becket blickte überrascht auf und zog die flache Schüssel mit den gebratenen Eiern zu sich heran. Sein seidengefütterter Ärmel verrutschte und gab sein zartes Handgelenk frei.
»Für ein Meisterwerk bedarf es eines Meisters. Ich bin keiner. Ich habe nur meine Aufgabe erfüllt. Uns standen ausgewählte Steinmetze und Maurer zur Verfügung. Um Zeit zu sparen musste ihre Arbeit nur gut koordiniert werden ...«
Alienor nickte ihm ermunternd zu; ohne hinzusehen nahm sie eine Veränderung in Henrys Körperhaltung wahr. »Berichtet«, warf Henry mürrisch ein und bat Alienor, ihm von dem Speck und den Eiern zu reichen. Erleichtert stellte sie fest, dass er von allem ordentlich nahm.
»... Und hierfür war die Zeit zwischen Ostern und Pfingsten die klimatisch günstigste. Die Maurer waren gehalten den Mörtel so anzurühren, dass jede Lieferung aus dem Steinbruch sogleich verarbeitet werden konnte, während die Zimmerleute bereits das Deckengebälk und Dachgestühl vorbereiteten. Ein Bauleiter hat all das Tag und Nacht überwacht.«

Henry lehnte sich zurück und sah zum ersten Mal zu Becket hinüber. »Ein Lärm und eine Betriebsamkeit soll dabei geherrscht haben wie bei dem Turmbau zu Babel – und dabei handelt es sich um unsere Residenz.« Er wandte sich Alienor zu und legte seine Hand auf ihren Arm. »Hohe Gemahlin, von nun an werden wir in Westminster Hof halten können.«
Der Bann war gebrochen. Erleichtert verfolgte Alienor das Gespräch, das sich nun zwischen König und Kanzler ergab. Henry fragte und Becket antwortete so präzise und kenntnisreich, wie sie es von ihm erwartet hatte.
Als Alienor und Henry ihn verabschiedet hatten, lachte auch Henry zum ersten Mal an diesem Tag. »Darf ich mit dieser Überzeugungstäterin nun noch vier ruhige Tage genießen – ohne Gäste und ohne ausgewählte Garderobe?«

Wieder ging ein Sommertag zur Neige. Alienor blieben nur noch wenige Tage auf der Isle of Wight. Henry war bereits auf dem Weg nach London und sie freute sich auf die Rückkehr von Marie. Am Nachmittag hatte sie Blumen gepflückt und ihr dicke Sträuße aus Kornblumen, Mohn und Rosen gebunden. Little Willy hatte eifrig mitgeholfen und einen kleinen Strauß von Hahnenfuß und Wiesenschaumkraut beigesteuert.

Als sie in Maries Gemach gingen, um die Sträuße dort aufzustellen, fragte Little Willy: »Mama, warum ist Tante Marie denn nicht da?«

»Sie kommt ja heute wieder, mein Kleiner, sie hat jemanden besucht, den sie sehr lieb hat.«

Er sah sie fragend an. »Wie lieb?«

»So lieb.« Sie breitete die Arme aus und drückte ihn an sich, als er auf ihren Schoß sprang.

»Ist er so groß wie ich?«

»Nein, du neugieriger Junge«, erwiderte sie lachend, »er ist größer und älter als du. Er ist ein tapferer Ritter.«

Little Willy nahm die selbst gepflückten Blumen aus dem Krug und verstreute sie auf Maries Bett. Dann sagte er, »warte, Mama«, rannte davon und kehrte gleich darauf mit seinem Lieblingsspielzeug, einem tönernen Ritter zurück. »Wenn sie ihn so lieb hat, dann muss er bei ihr sein«, erklärte Little Willy stolz und setzte die Tonfigur vor ein Kissen, damit sie nicht umfal-

len konnte. »Da wird sie sich freuen, wenn sie schlafen geht.«
Alienor strich ihm über den Kopf und wollte gerade den Raum verlassen, als aus dem Burghof pötzlich Geschrei ertönte. Sie öffnete das Fenster; in Ketten wurde ein Mönch in den Hof gezerrt. Ihm folgte eine Gruppe aufgebrachter Menschen. »Ich hab es gesehen, ich habe sie um Hilfe rufen hören! Er war es!«, schrie ein Mann, der mit einem Dreschflegel auf den Mönch einschlug. Der Mönch stolperte über seine Ketten und taumelte. »Du gottloser Verräter! Zur Hölle mit dir!« – »Umgebracht hat er sie«, kreischte eine Frau und schlug mit den Fäusten nach dem Mönch.

Alienor nahm Little Willy an der Hand und eilte auf die Balustrade am Bergfried hinaus. Das Geschrei verstummte, als sie erschien. »Frau Königin, Frau Königin«, schrie der Mann, der den Mönch an der Kette zerrte, zu ihr hinauf, »er hat eine Frau vergewaltigt. Er hat sie in den Wald geschleppt und zu Tode gewürgt. Der Müller hat's gesehen.«

Der Mann mit dem Dreschflegel nahm seine Kappe ab. »Ich bin hinter ihm hergerannt, als er fliehen wollte. Wir waren alle auf dem Feld und konnten ihn stellen. Er hat eine Frau gewürgt, eine edle Frau, Frau Königin. Sie ist furchtbar zugerichtet«, brüllte er.

»Wo ist die Frau?«, rief Alienor hinunter, »der Medicus soll auf der Stelle zu ihr aufbrechen und dann bringt sie sofort hierher!«

»Bringt mir den Müller in die Halle«, befahl Alienor von der Balustrade. Sie schickte Little Willy zu seiner Amme und ließ Wein und Bier bringen.

»Seid Ihr der einzige Zeuge? Berichtet der Reihe nach«, forderte sie den Müller auf, der mit hochrotem Gesicht vor ihr erschien.

»Wir haben auf dem Feld gearbeitet. Als wir am späten Nachmittag das erste Korn geladen haben, sahen wir eine Reiterin mit einem Begleiter am Waldrand. Wir haben sie alle gesehen.«

»Nehmt einen Schluck Bier«, sagte Alienor und reichte dem

Mann einen Becher. Sie selbst schenkte sich mit bebenden Händen Wein ein. »Es ist wichtig, dass Ihr mir der Reihe nach erzählt, was passiert ist«, wiederholte Alienor ruhig.

»Ich bin mit dem Kornwagen … neben mir saß mein Sohn …« Der Müller schneuzte sich. »Ihr müsst wissen, Frau Königin, uns gehören zwei eigene Ochsen und nur mein Sohn darf sie lenken. Also. Wir sind mit der ersten Kornfuhre zur Mühle gefahren, am Wald entlang … Da lag ein verletzter Mann, ein wohlgekleideter Herr ohne Rüstung, gefesselt unter den Bäumen und zwei Pferde grasten neben ihm. Und dann …«, er nahm einen großen Schluck Bier, »und dann hörte ich sie schreien. Ich hab Peter gefragt, ob er's auch gehört hat, es war so schrill. Ihr müsst wissen, Frau Königin, er hört nicht gut, aber er hatte es auch gehört.« Er brauchte sichtlich einen weiteren Schluck. »Dann bin ich runter vom Bock und rein in den Wald, es war so dunkel in dem Dickicht – aber ich hörte ja die Frau schreien … solche Schreie hört auch ein Tauber … und mein Sohn ist taub … ich ging in die Richtung, wo die Frau schrie und schrie und …«

»Und was saht Ihr da?«, unterbrach Alienor den Müller ungeduldig.

»Ein schwarzer Mann kniete über ihr auf dem Boden.«

Die Tür wurde aufgerissen. »Verzeiht, Majestät«, ein Page verbeugte sich, »die Frau, die Tote, die Dame ist da.«

Alienor blieb das Herz stehen. Lieber Gott, lass es nicht wahr sein, flehte sie und befahl dem Müller schnell zum Ende zu kommen.

»Ihr Kleid lag blutbeschmiert über ihrer Brust, er war dabei, einen schwarzen Strick um ihren Hals zu schlingen und zog ihn zu. Als ich ankam, war sie tot. Den Strick hab ich hier. Der Müller griff in seine Tasche und entrollte einen schwarzen Hanfgürtel. »Hier, Frau Königin.«

Alienor erkannte die verknoteten Enden der Kordel. Benediktiner, dachte sie. Sie dankte dem Müller und schickte ihn fort.

Sie brauchte eine Weile, um sich zu fassen. Es konnte irgendeine Frau sein. Sie lief die Treppe zu ihrem Gemach hinauf und schlug einen Schlagladen halb zu, um unbemerkt in den Hof hinabschauen zu können.
In einer Ecke hockte der Mönch; seine Verfolger standen drohend um ihn herum. Auf der anderen Seite des Hofes stand die Trage aus Ästen, um die sich Frauen versammelt hatten, wie zum Schutz der Toten. Langsam drang Alienor das grausige Bild ins Bewusstsein. Mein Gott, Marie, wie haben sie dich zugerichtet. Mein Gott, mein Gott, wie kannst Du das geschehen lassen! Meine treue kleine Marie, mein kleines Mädchen! Büßen soll er, mehr als alle anderen, gerade weil er sein Leben Gott geweiht hat!, dachte sie.
Es wurde still, als Alienor auf die Trage zuging. Sie schlug das Tuch bis zu den Füßen der Ermordeten zurück. Dann bekreuzigte sie sich. »Holt den Sheriff«, befahl sie mit trockener Stimme. Sie kämpfte gegen ihre Tränen an. »Was ist mit ihrem Begleiter?« Der Medicus schüttelte den Kopf. »Es besteht wenig Hoffnung, dass er überleben wird.«
Der Sheriff wurde gemeldet. »Ihr wisst, weshalb ich Euch rufen ließ. Ich wünsche das Urteil und die Ausführung der Todesstrafe hier am Ort. In drei Tagen. Der Schuldige ist unten, Ihr könnt ihn anhören. Zeugen gibt es genügend. Der Sachverhalt ist eindeutig. Kümmert Euch um das Nötige. Ich werde zugegen sein.«
Der Sheriff zögerte. »Frau Königin, es handelt sich um einen Mönch. Da könnte die Kirche mitreden wollen.«
Alienor schrie ihn an: »Wagt Ihr es, die Gerichtsbarkeit des Königs anzuzweifeln! Schickt einen Boten nach London. Der Kanzler wird sofort das Siegel des Königs darunter setzen. Der Prozess findet hier in Carisbrooke statt! Ihr könnt gehen.«
»Das Letzte, was ich für dich tun kann, soll königlich sein, meine tote Marie«, murmelte Alienor. Dann gab sie Anweisungen, die Halle mit schwarzen Tüchern zu verhängen und die Ka-

pelle angemessen herzurichten, damit ihre Freundin dort aufgebahrt werden konnte.
Benommen stieg sie am Abend zu Maries Gemach hinauf, um die Blumen, die sie zu ihrem Empfang gepflückt hatte, in die Kapelle zu bringen. Vor dem Bett blieb sie stehen. Little Willys Wiesenschaumkraut lag halb verwelkt vor dem Ritter aus Ton, der ein wenig zur Seite gekippt war. Ihre Rosen strahlten in leuchtendem Rot, der Mohn hing müde über den Krugrand. Fackeln und Kerzen erleuchteten die kleine Burgkirche. Marie lag gewaschen und frisch gekleidet auf der Bahre, die mit schwarzem Tuch umhängt war. Eine helle Kinnbinde verdeckte die Würgemale, ihre dunklen Haare rahmten das Gesicht. Um den Kopf auf dem Damastkissen hatte man einen blauen Kopfschleier gelegt. Alienor schickte die Totenwachen hinaus. Du siehst aus, als erlebtest du die glücklichsten Stunden deines Lebens, und dabei bist du tot. Weinend beugte sie sich über Maries blasses Gesicht und küsste die kalte Haut. Und wie habe ich dir in diesen Tagen alles Glück der Erde gewünscht. Glaub nicht, dass du schuldig bist. Liebe ist stärker als alles in der Welt. Das wirst du nun viel besser wissen als ich. Ach Marie, du wirst mir immer fehlen.
Alienor nahm eine von Maries schmalen Händen und begann sie zu streicheln. Immer hast du Blau getragen. Sie nahm eine Kornblume aus ihrem Strauß und legte sie Marie zwischen die Finger. Tränen tropften darauf. Es ist so unwirklich, dass die Blumen, die ich für dich gepflückt habe, als du gelitten hast, länger leben als du. Dir nahm man die Würde, dir hat man so entsetzlich wehgetan und die Blumen und ich ahnten nichts davon.
Es war Morgen, als Alienor sich erhob und laut versprach: »Ich werde dich rächen. Du warst nicht nur meine engste Freundin. Du warst die erste Hofdame der Königin von England. Amen.«
Sie verließ die Kapelle und begab sich in ihr Gemach. Bis zum Prozessbeginn wollte sie nicht gestört werden.

Knechte schirmten mit Speeren ein Halbrund um den Tisch ab, an dem ein Reiserichter, der Sheriff und ein paar Schreiber Platz genommen hatten; ein Stuhl war leer.
Rufe wurden laut, als man den Mönch in den Hof stieß. Die Ketten klirrten auf dem Pflaster. Seine Kutte war verdreckt und voller Stroh. Er hielt den Kopf gesenkt und hatte die Kapuze tief über das Gesicht gezogen. Der Müller bahnte sich einen Weg durch die Menge. »Du gottloser Hund!«, schrie er und riss dem Mönch die Kapuze vom Kopf. »Wir wollen dich sehen, du feiges Schwein.« – »Zieht ihn aus!«, kreischte eine dicke Frau. »Wir wollen sehen, womit du sie gequält hast!« Noch ehe die Herren am Tisch reagieren konnten, stürzten sich drei Männer auf den Mönch und rissen ihm die Kleider vom Leib.
»Haltet ein!«, befahl der Richter. Er hatte sich erhoben und bedeutete den Knappen einzuschreiten. »Erst muss Recht gesprochen werden!«
Unter dem Burgtor erschien eine schwarze Gestalt. Alle wandten sich ihr zu. Der Abt erbleichte, als er sah, was sich vor seinen Augen zutrug. Er trat auf die Bäuerin zu, die ihm am nächsten stand und herrschte sie an: »Gebt mir Euer Tuch!« Die Bäuerin zog ihr Tuch von den Schultern und hielt es ihm entgegen. Der Abt ging zu dem Nackten und wickelte das Tuch um seine Lenden, dann setzte er sich schweigend auf den leeren Stuhl am Tisch.
Alienor hatte die Szene von der Balustrade aus beobachtet. Little Willy hielt ihre Hand fest umklammert und presste den Kopf an die Latten. Alienor gab ein Zeichen und das Glockengeläut verstummte.
»Im Namen unseres Allergnädigsten Königs, Heinrich II. von England, und unserer Allergnädigsten Königin«, der Richter verbeugte sich vor Alienor, »eröffne ich den Prozess gegen Mönch Michael von Quarr Abbey. Ihm wird vorgeworfen, Gräfin Marie von Châtellerault, die erste Hofdame unserer Königin, missbraucht …« – »vergewaltigt und geschändet hat er

sie!«, schrie jemand dazwischen – »schändlich missbraucht und ermordet zu haben«, fuhr der Richter fort.
Alienor sah zu den Sommerwolken hinauf. Um diese Tageszeit musste es geschehen sein. Sie drückte Little Willys Hand und blickte zu ihm hinab. »Ich kann Tante Marie nicht sehen. Wo ist sie?«, fragte der kleine Prinz.
Unten im Hof wurden die Zeugen aufgerufen, der Müller, sein Sohn und eine Hand voll anderer Männer traten vor den Richter. »Sie ist tot, sie wird nie mehr zu uns kommen.«
»Ist sie da oben beim lieben Gott?«, fragte Little Willy und zeigte zum Himmel. Alienor nickte.
Der Müller beschrieb in drastischen Worten, in welchem Zustand er die Leiche vorgefunden hatte, und nacheinander berichteten die anderen Zeugen, was sie gesehen hatten. Der Sheriff sorgte dafür, dass jeder, der sich zu Wort meldete, identifiziert wurde. »Ihr seid der Pächter der Mühle am Fluss?« Der Müller nickte. Der Schreiber führte Protokoll. Die Unruhe der Zuschauer wuchs.
»Wie könnt Ihr wissen, dass der Angeklagte der Mörder ist?«, wollte der Richter wissen. Alle Zeugen redeten durcheinander, bis der Müller sie übertönte.
»Ich habe den Gürtel des Mönchs unserer Frau Königin gegeben, damit wurde die Dame erwürgt.« Der Richter legte den Gürtel auf den Tisch und wandte sich an den Angeklagten: »Ist dies Euer Gürtel?« Der Mönch nickte. »Was habt Ihr zu den Anschuldigungen zu sagen?« Der halb entblößte Mann duckte sich und schwieg.
Alienor sah das vor Angst verzerrte Gesicht des Gefangenen zum ersten Mal, doch sie empfand kein Mitleid. »Verlest das Urteil!«, befahl sie laut von der Balustrade.
Der Abt erhob sich und sagte mit fester Stimme: »Ich bin der Abt von Quarr. Dieser Mönch untersteht mir und damit der Kirche. Kein weltliches Gericht darf Hand an einen Gottesmann legen …«

Die Menge unterbrach ihn mit höhnischem Gelächter. Alienor hob langsam die Hand und gebot Ruhe. »Das Urteil des Königs, bestätigt von Lord Chancellor Thomas Becket.« Der Reiserichter hielt das Pergament mit dem roten Siegel in die Höhe, sodass alle es sehen konnten. Alienor fuhr fort: »Das Urteil lautet: Tod durch Köpfen. Ich wünsche, dass der Schänder und Mörder meiner Hofdame entmannt wird, dass ihm die Hände abgeschlagen werden, bevor ihm seine gerechte Strafe zuteil wird. Verlest das Urteil – und dann vollstreckt es!«
Während der Richter das Pergament entrollte und verlas, erhob sich der Abt und verließ den Hof ohne sich vor Alienor zu verbeugen. Die Zuschauer tuschelten und reckten ihre Köpfe. Sie brüllten vor Begeisterung, als der Mönch entmannt wurde. Seine gellenden Schreie übertönte der Lärm der Menge. Kaum waren die blutigen Hände auf das Pflaster gefallen, da hackte ein Schwert dem Mönch den Kopf vom Rumpf. »Recht so, er hat die Hölle verdient!«, hallte es von allen Seiten.
Little Willy fragte leise: »Mama, warum tun sie das?« Alienor drückte seine kleine Hand. »Er hat Marie wehgetan. Deshalb haben sie ihm wehgetan. Das ist eine gerechte Strafe.«
»Aber wir müssen nicht traurig sein.« Zuversichtlich nickte der Prinz. »Marie ist jetzt beim Lieben Gott.«

Verstohlen beobachteten die Stallknechte das merkwürdige Verhalten des Königs. Seit einer Stunde schon schlenderte er ziellos im Innenhof des Tower umher, warf immer wieder einen Blick in die Pferdeställe, streichelte mechanisch über die Nüstern der Tiere und gab vor, die aufgebockten Sättel zu inspizieren. Erst als die Glocken das Ende der Frühmesse ankündigten, verließ er hastig die Ställe.

Becket war einer der Ersten, die aus der Kapelle heraustraten. Demütig neigte er den Kopf. »Mein König«, sagte er leise, »ich freue mich, Euch nach so langer Zeit wieder zu sehen.« Seine Stimme gab nichts preis, doch mit Genugtuung bemerkte Henry die roten Flecken auf Gesicht und Hals seines Kanzlers.

»Ja, es hat lange gedauert«, erwiderte Henry. Er sah sich um, als bemerkte er die baulichen Veränderungen des Tower erst jetzt. »Meine Frau, die Königin, hat Recht: Ihr leistet gute Arbeit. Wären wir nicht zum Festland gesegelt, dann hätte ich es mir früher angeschaut.«

Er schlug den Weg zu jenem Tor ein, durch das man zur Themse hinuntergelangte. Becket folgte ihm. Dann standen sie nebeneinander am Ufer des Stroms und beobachteten Barken und große Schiffe, die darauf verkehrten. Die Segel knatterten im Wind und die Rufe der Schiffer mischten sich mit dem Krächzen der Raben, die unaufhörlich um den Tower kreisten.

»Warum seid Ihr nicht nach Winchester gekommen?«, fragte Henry schließlich. »Alle großen Lords waren versammelt.«

»Ihr sagt es selbst, mein König, alle großen Lords waren versammelt. Was hätte ich dort verloren gehabt?«
»Ihr wart geladen.« Henry stampfte mit dem Fuß unwillig auf. »Und Eure Absage klang wie die eines Kanzleibeamten. So – bürgerlich ...«
»Beides bin ich«, sagte Becket mit dem Anflug eines Lächelns, »und ich glaubte«, er sprach nun leiser, »meinem König besser dienen zu können, indem ich versuchte das Domesday Book zu vervollständigen.«
»Und? Wie weit seid Ihr gekommen?«
Nun zeigte sich so etwas wie Stolz auf Beckets hagerem Gesicht. »Ich habe die vier Grafschaften, die in der Domesday-Erhebung unberücksichtigt geblieben sind, endlich erfasst – Northumberland, Cumberland, Durham und Westmorland. Ich habe mit meinen Mitarbeitern den Norden von England bereist und die Ortsansässigen unter Eid befragt, um die Eigentumsrechte und die Vermögenswerte auf jedem Lehnsgut und in jedem Dorf zu ermitteln. An jedem Ort, den wir besuchten, hat die Untersuchungskommission eine Gerichtssitzung abgehalten. Wir haben nicht nur die Kronvasallen überprüft, sondern auch die Sheriffs, Priester und Gemeindevorsteher, sowie jeweils sechs repräsentative Landpächter. Ich glaube, sagen zu können, dass wir nun wissen, wie viele Leute von jedem Stand auf einem Gut leben, wie viel Wald, Weideland, Mühlen, Fischereigebiete und Tiere es umfasst.«
»Sehr gut!«, sagte Henry. »Ausgezeichnet! Das bedeutet in der Tat eine Aufbesserung des Staatssäckels, sobald erst einmal die Steuern eingezogen sind. Unter diesen Umständen ist es zu entschuldigen, dass du Winchester ferngeblieben bist.«
»Es macht mich glücklich Euch dienen zu dürfen, mein König.« Er vergaß sich und berührte Henrys Ärmel. Brüsk wandte Henry sich ab und schritt auf das Tor des Tower zu. Becket ballte einige Male die Fäuste; dann folgte er dem König in den Innenhof.

Soeben war ein Kurier eingetroffen; er trug die königlichen Farben. Henry pfiff, der Bote sprang vom Pferd und eilte herbei. Henry erbrach das Siegel und überflog das Dokument. Sein Gesicht verdüsterte sich und seine Augen suchten Becket.

»Wieder Ärger in der Normandie«, sagte er zornig. »Dabei war ich doch gerade erst da! Verdammt! Und mein königlicher, französischer Bruder in Christo rührt keinen Finger, wenn seine Leute die meinen bestehlen.«

Er biss sich auf die Lippen, dann legte er Becket den Arm um die Schultern. »Lass uns hineingehen und bei einem Glas Bier überlegen, was zu tun ist.«

Er bedeutete Becket Platz zu nehmen. Er selbst begann wie ein gefangenes Tier auf und ab zu gehen. Halblaut schimpfte er vor sich hin: »Der französische König ist ... ja, was eigentlich? Unfähig! Mit Beten allein kann man kein Land regieren. Überhaupt, was ist das für eine Situation? Wir sind beide Könige – und ich bin, bei Gott, ein mächtigerer König als Louis. Und doch, auf dem Kontinent ist er mein Lehnsherr und hat Anrecht darauf, dass ich ihm den Arsch küsse.«

Becket verkniff sich ein Lächeln. Henry schlug mit der Faust auf den Tisch. »Kannst du mir vielleicht verraten, warum ich diese französische Betschwester nicht einfach überrenne?«

»Ihr wäret noch nicht in Paris, da hätte der Heilige Vater Euch bereits exkommuniziert«, sagte Becket.

»Der Heilige Vater, der Heilige Vater. Pah! Seine Heiligkeit ist gebürtiger Engländer. Dem ist das Hemd auch näher als der Rock. Und mit mir als alleinigem König hätte er endlich das Gegengewicht zu dem deutschen Kaiser, den er nicht ausstehen kann. Was sagst du dazu?« Unwillig wischte Henry sich Schweißtropfen von der Stirn.

»Ich denke mir, Seine Heiligkeit hat genug damit zu tun, sich auf eine konzentrierte Macht einzustellen, und damit meine ich den Kaiser – eine zweite kann er nicht gebrauchen. Und was hätte er gegen den französischen König in der Hand? Er ist wie

Ihr ein gesalbter Herrscher und zudem stets ein gehorsamer Sohn Roms.«
»Das bin ich auch!«, behauptete Henry.
Jetzt lachte Becket offen. »Und wie war's mit Irland, mein König?«
Zunächst war Henry verblüfft. »Woher weißt du das schon wieder, Thomas?« Er ging zu der Konsole, auf der die Karaffe mit Bier stand. Während er zwei Becher einschenkte, fragte er lauernd: »Hätte ich denn nach Irland gehen sollen?«
Becket hatte sich erhoben und nahm ihm einen Becher ab. »Nein, mein König. Ich fand Eure Entscheidung, die Interessen Englands an die erste Stelle zu setzen, sehr richtig. Die Kirche kommt erst danach.«
Henry nickte ihm ironisch zu. »Wie treffend bemerkt, mein Kanzler. Wenn dies tatsächlich Eure Einstellung ist, dann kann uns ja nichts auf der Welt jemals trennen. Auf England!« Er leerte das Glas in einem Zug, dann wischte er sich den Schaum vom Mund. »Und auf uns, Thomas!«, setzte er leise hinzu.
Wieder zeigten sich diese Flecken in Beckets Gesicht. In seinen Wangen zuckte es und Tränen traten ihm in die Augen, wie Henry erstaunt bemerkte; mit einem Schritt war er bei ihm. »Thomas … Thomas«, murmelte er.
Da fiel Becket auf die Knie und fasste nach Henrys Hand. »Ich habe Euch so vermisst, mein König«, stammelte er. »Ich will Euch alles geben. Ich will Euch dienen – aber verstoßt mich nicht. Ich könnte sonst nicht leben!«, stieß er schluchzend hervor. Betroffen zog Henry ihn in seine Arme. Lange standen sie so beieinander und Henry hörte, wie Beckets Herz schlug. Als es vorüber war, ließen sie verlegen voneinander ab.
»Ich will dich doch nicht verstoßen«, murmelte Henry. »Am besten, wir reden nicht mehr davon.« Er ging zum Fenster und sah auf die Themse hinaus. »Hast du schon gefrühstückt?«, fragte er ohne sich umzudrehen. Hinter sich hörte er, wie Becket die Nase hochzog. »Nein, mein König.«

»Ich auch noch nicht. Also lass uns hinuntergehen!« Er wandte sich vom Fenster ab. »War vielleicht auch besser so, dass du nicht nach Winchester gekommen bist. Wir beide mussten uns erst einmal allein sehen. Nach all der Zeit …« Er kam auf Becket zu und boxte ihm leicht in die Seite; dann ging er zur Tür und riss sie weit auf. »Nach Euch, mein Kanzler!« Mit einer übertriebenen Verbeugung ließ er Becket den Vortritt. »Vielleicht fällt dir ja bei einem ausgedehnten Frühstück ein, wie wir Louis Beine machen könnten!«

In Reading waren die Nächte noch immer kalt. Die Junisonne besaß nicht genügend Kraft die Burgmauern zu erwärmen. Alienor hatte in ihrem Schlafgemach Feuer machen lassen und dann alle fortgeschickt. Sie wollte auch diese Nacht mit ihrem Sohn allein verbringen.
Die Flammen erleuchteten Ausschnitte der Wandteppiche, die dem hohen Raum ein wenig von seiner Kälte nahmen. Alienor lag angezogen auf dem Bett und sah sich um. Ihr schien, die Welt um sie herum beginne sich zu verändern. Das Reh auf dem Wandbehang bewegte sich im Feuerschein, die Hunde schienen übereinander zu purzeln, Bauernkinder spielten Ringelreihen.
Oh, mein Liebling, dass Gott dir einen gesunden Schlaf schenke, dass er dich behüte, damit du wieder so fröhlich sein kannst wie sie. Vor ihren Augen tauchten die Bilder ihres Sohnes auf, wie er in eine blühende Wiese lief, wie er mit den kleinen Welpen herumtollte – Wenn ich groß bin, darf ich dann einen eigenen Hund haben? hatte er sie gefragt. Nachdem die Atemnot nicht nachlassen wollte, hatte Alienor in der Nacht zuvor Little Willys kleines Holzbett in ihr Gemach stellen lassen. So schlief ihr Sohn im Schatten des Feuerscheins, weit genug vom Fenster entfernt, damit er keinem Luftzug ausgesetzt war, und ihrem Bett so nah, dass sie hören konnte, wenn sein Atem wieder unruhig wurde. Im Laufe des Abends hatte sie ihn immer wieder auf den Arm genommen und auf und ab getragen, sein

heißes Köpfchen an ihre Schulter gedrückt, bis der Kinderkörper schwer und matt auf ihr hing.
»Sei ruhig, ich bin ja da«, hatte sie geflüstert, wenn er um Luft rang. Im Innern hatte sie gefleht, wenn ich dir doch nur die Angst nehmen könnte, wenn ich dich doch nur davor beschützen könnte! Lieber Gott, gib mir die Schmerzen, aber ich bitte dich, verschon mein Kind.
Nach dem letzten Anfall war Willy ganz plötzlich eingeschlafen. Alienor hatte ihn in unendlicher Dankbarkeit und neuer Hoffnung, es könnte nun überstanden sein, vorsichtig in sein Bett gelegt und lange gelauscht, ob seine Atemzüge auch regelmäßig blieben. Die Wangen des Dreijährigen waren unnatürlich rot. Selbst jetzt, da William schlief und ruhig atmete, wirkte er noch verkrampft, als verzehre er sich von innen. Die blonden Locken klebten ihm an den Schläfen. Die Wadenwickel, deren Kühlung er nur weinend ertragen hatte, waren längst vom Fieber wieder erwärmt. Danach hatte sie sich an den Schreibtisch gesetzt, um an Henry zu schreiben.

Reading
im Juni 1156

Mein Liebster,

ich brauch dich so. Jetzt, da ich zum Himmel flehe, das Schlimmste möge überstanden sein, kann ich dir schreiben, dass Little Willy uns seit zwei Tagen und Nächten große Sorgen bereitet. Ich wollte dich nicht beunruhigen, aber noch niemals habe ich um ein Kind solche Angst gehabt. Alles ist anders. Ich habe immer geglaubt, ich könnte die Ängste und Furcht meiner Kinder vertreiben, ganz einfach, weil ich ihre Mutter bin. Diesmal, bei William, fürchte ich, machtlos zu sein. Ich fühle mich klein und schwach und ausgeliefert, trotz der Liebe zu diesem Kind. Ich brauche dich so …

Sie hob den Kopf in Richtung des Kinderbettchens, als Little Willy sich stöhnend auf die Seite warf und nach ihr verlangte. Der Federkiel fiel auf das Pergament, als sie aufsprang. William streckte ihr seine Ärmchen entgegen und in seinem Gesicht stand geschrieben: Hilf mir, ich kriege keine Luft, so hilf mir doch. Seine Augen glänzten vor Fieber.
Sie beugte sich zu ihrem Sohn hinab; da schleuderte er den Kopf hin und her und wehrte sich gegen jede Berührung. Alienors Herz krampfte sich zusammen. Er darf nicht aufgeben, schoss es ihr durch den Kopf. Sie hob das um sich schlagende Kind sanft aus dem Bett und presste es gegen ihren Körper. »Mein Kleiner, gib nicht auf, du schaffst es, wenn du nur willst.«
Ihre ruhige Stimme überraschte sie selbst. Plötzlich spürte sie, wie Little Willys Körper sich entkrampfte, während seine Brust sich unter dumpfem Stöhnen heftig hob und senkte. Er klammerte die Ärmchen um ihren Hals und sagte leise »Trinken.«
Alienor zitterten die Hände, als sie ihm frisches Wasser einflößte. Wenn er trinken will, dann ist das gut, dachte sie; die vergangenen Stunden hatte er sich geweigert irgendetwas zu sich zu nehmen. William nahm einen kleinen Schluck und sank erschöpft an ihre Schulter; er schlief so schnell ein, dass sie es zuerst nicht bemerkte. Die Stirn des Kindes glühte an ihrem Hals. Ich sauge dir die Hitze aus dem Körper, ich pumpe dich mit Kraft voll, ich will nicht, dass dir etwas geschieht – Henry, hilf mir, dachte sie, als sie Little Willy langsam auf ihren rechten Arm gleiten ließ, um ihn erneut behutsam auf sein Laken zu legen. Sie deckte ihn zu und lauschte ängstlich seinen Atemzügen. Little Willy schlief, doch sie erkannte, dass es kein guter, kein erholsamer Schlaf war.
Alienor ging zum Fenster und öffnete es leise. Draußen herrschte Totenstille. Bevor sie zu ihrem Schreibtisch zurückging, wärmte sie sich die Hände am Feuer. Sie sträubte sich gegen die Vorstellung, die aus dem Nichts kam – und doch sah

sie plötzlich kleine schreiende Wesen vor sich, die sich gegen das Fegefeuer wehrten.
»Gott, auch ungetauft sind es deine Geschöpfe, auch ungeölt, nicht wahr?«, murmelte sie dagegen an. Erschrocken über sich selbst, trat sie einen Schritt vor, bis sie die Flammen fast berührte, und wieder wanden sich große und kleine Menschenkörper in der Glut, schrien, wimmerten, weinten. – Henry, meinst du wirklich, Er liebt sie nicht alle, so wie sie sind? Am Schreibtisch versuchte sie unter den Klecksen zu entziffern, was sie bisher geschrieben hatte. Sie zog einen großen Strich – und ihre Feder zersprang. Dann begann sie von Neuem:

Henry, mein geliebter Henry, vielleicht ist es Gottes Wille, dass wir uns an den Gedanken gewöhnen müssen, dass es keine Hoffnung für unseren Erstgeborenen gibt.

Sie hielt inne. Darf ich ihm das schreiben? fragte sie sich, darf ich ihm die Hoffnung nehmen? Und wieder zog sie einen Strich.

Henry, zusammen sind wir stark, auch wenn ich im Augenblick allein und wie ein kleines Junipflänzchen bin, das jeder Sturm wegraffen, jeder Hagel zerschmettern kann – komm und hilf mir unseren Sohn zu retten, mir ist kalt, mein Mut hat mich verlassen …

Diesmal röchelte das Kind nach Luft ohne die Augen zu öffnen, sein Gesicht war aschfahl, keine Geste, kein Wort der Mutter, nicht einmal deren Wärme drang mehr zu ihm durch. So groß wurde die Atemnot, dass es sich lieber an den Holzstäben als an seiner Mutter festklammerte. Verzerrt richtete Little Willy sich auf, er keuchte um sein Leben, nahm um sich herum nichts mehr wahr, dann fiel er in eine tiefe Ohnmacht.
Alienor war an sein Bett gestürzt und musste mitansehen, was ihrem Kind geschah. Sie hielt sein Köpfchen mit einer Hand

und sank vor seinem Bett auf die Knie und betete: »Gegrüßet seist du, Maria, ich verstehe dich, deinen Schmerz« – sie sah die junge Frau vor sich, während sie das blutleere Gesichtchen ihres Sohnes anstarrte, der auf keine Berührung reagierte.
»Der Herr sei mit ihm, hab Gnade mit meinem Kind«, dann murmelte sie leise weiter, »Heilige Maria, Mutter Gottes, bitte für Willy, jetzt und in der Stunde seines Todes.« Sie streichelte sein eingefallenes Gesichtchen, als Little Willy die Augen öffnete und ohne Ziel um sich blickte.
Ganz langsam beugte sie sich wieder hinab und hob seinen geschwächten Körper hoch. Sie küsste seine blasse Stirn, aus der alles Fieber gewichen war, und legte das Kind vorsichtig neben sich auf das Bett. Schwach atmend lag Little Willy neben ihr. Sie sprach mit ihm über seine Zukunft, über die Zukunft seiner Eltern. Verzweifelt wollte sie ihn so lange an ihr Leben binden, bis Henry käme.
Irgendwann hörte sie den Boten über den Burghof davonreiten. Als die ersten Vögel zu singen begannen, schickte sie nach dem Priester.

In der Halle des Palastes zu York drängten sich die Bittsteller und warteten darauf, vorgelassen zu werden. Die letzten Strahlen der Junisonne warfen die Farben der bunten Fensterscheiben auf den polierten Boden, hoben hier eine Rüstung, dort einen schimmernden Helm hervor.

Henry saß unter dem Königsbaldachin. Gerade beugte er sich zu Becket hinüber. »Gebt mir die Unterlagen. Vierhundert Hektar müssten auch für ein Kloster genügen«, flüsterte er und wandte sich dann in seiner gewöhnlichen Lautstärke an den Mönch, der vor ihm stand. »Wieso ist Euch erst jetzt eingefallen, dass Ihr Anspruch auf diese Wiese habt? Meint Ihr nicht, dass Ihr genug besitzt?«

»Mein Amtsvorgänger hat sie dem Freien geschenkt, aber dazu war er nicht befugt. Auch ein Abt kann nicht nach Belieben über Klostereigentum verfügen.«

Henry streckte die Beine von sich. »So? Kann er das nicht? Aber viel mehr interessiert mich: *warum* hat er sie dem Freien geschenkt?«

Mit einer abwehrenden Handbewegung antwortete der Mönch: »Das ist eine lange Geschichte, Majestät.«

Henry grinste launig. »Erzählt. Wir haben Zeit.«

Becket mischte sich ein: »In meinen Unterlagen steht …«

Der Mönch fiel ihm ins Wort. »Wenn man es so einfach sagt, dann wirft es ein schlechtes Bild auf unser Kloster. Das haben wir nicht verdient.«

»Zeig her«, sagte Henry zu Becket und begann die Urkunde zu überfliegen. »Sieh an, sieh an«, murmelte er, »Euer Vorgänger musste sich vor König Stephans Truppen verstecken – und hat sich ausgerechnet das Bett der Tochter dieses Bauern dafür ausgesucht …« Er reichte Becket die Rolle zurück.
»Geschenkt ist geschenkt«, sagte er. »Der Nächste.«
Unwillig verneigte sich der Mönch und zog sich zurück.
»Du hast deine Ohren aber auch überall, Thomas«, sagte Henry lachend.
»Dazu bin ich da«, antwortete Becket. »Wir sollten aber langsam zum Ende kommen. Die Stadt hat vor, ein Essen für Euch zu geben.« Er unterdrückte ein Gähnen. »Wir tagen ohne Unterbrechung seit heute Morgen …«
»Das Essen wird ohne mich stattfinden. Du kannst mich vertreten. Ich reite heute Nacht noch nach Reading. Vier Tage habe ich die Königin nicht gesehen und Prinz William ist immer noch fiebrig.«
In diesem Moment drängte sich ein Kurier durch die Versammelten, ließ sich, verschwitzt und schmutzig, vor Henry auf ein Knie nieder und überreichte ihm einen versiegelten Brief. Als Henry gelesen hatte, sprang er auf. »Wann bist du losgeritten?«, fragte er den Boten.
»Im Morgengrauen, mein König!«
Henry lief bereits die Stufen der Empore hinunter. »Mein Pferd! Verzeiht, meine Herren. Ich muss sofort nach Reading. Seine Königliche Hoheit, Prinz William, ist … mein Sohn ist sehr krank.« Schon war er fort.
Becket wandte sich um. »Die Anhörung ist vertagt.«

Der Vollmond tauchte das Land in sein gespenstisches Licht. Unbarmherzig gab Henry seinem Pferd die Sporen und trieb es immer weiter nach Süden.
Es dämmerte bereits, als er die Türme von Reading vor sich auftauchen sah. Ein verschlafener Burgvogt öffnete ihm das Tor.

Ohne innezuhalten ritt Henry bis zum Eingang des Palas. Sein Blick suchte das Fenster im zweiten Stock; und da sah er Alienor. Sie rief seinen Namen. Er glitt aus dem Sattel und stürmte die Stufen hinauf. Alienor kam ihm entgegen. Wortlos schloss er sie in die Arme.

»Komm«, flüsterte sie und ergriff seine Hand. »Er schläft jetzt.«

Auf Zehenspitzen folgte er ihr in das Gemach. Der Leibarzt kniete neben dem Bettchen. Jetzt erhob er sich mühsam und schüttelte den Kopf. »Mein König, ich fürchte …«

»Psst«, machte Henry, »Ihr dürft ihn nicht aufwecken.« Er ging an dem Arzt vorbei. Erschrocken sah er, wie eingefallen das Gesicht des Kindes war. »Hat er denn genug gegessen?«, fragte er hilflos und sank auf die Knie. Zärtlich strich er über das Köpfchen. Jetzt schlug das Kind die Augen auf und er sah die Qual darin. »Ich bin's, Papa«, flüsterte Henry zärtlich und zog das Kind in seine Arme.

Hinter sich hörte er, wie Alienor dem Arzt gebot draußen zu warten, und er begann Little Willy sacht hin und her zu wiegen. Er sah, wie das Kind sich aufbäumte, den Mund aufriss und nach Luft gierte. Und wie das kleine Gesicht blau anlief.

»Doktor, Doktor«, rief Alienor gellend. Mit dem Kind im Arm war Henry hinüber zum Fenster gelaufen und hielt den kleinen Körper hinaus in die warme Morgensonne. Das Kind bäumte sich auf und seine Hände krallten sich in Henrys Haare. Nun war der Arzt neben Henry getreten. »Es hat keinen Sinn, mein König. Gebt ihn mir.« Henry schien ihn nicht zu hören.

»Du musst atmen, mein Sohn. Du musst ganz ruhig bleiben. Papa ist bei dir.«

Der Arzt zerbrach eine Ampulle und hielt sie dem kleinen Prinzen an die Nase. Noch einmal bäumte sich der Körper des Kindes auf und sein Mund verformte sich zu einem Schrei. Dann fiel sein Köpfchen kraftlos zur Seite.

Der Arzt bekreuzigte sich und Alienor schluchzte auf.

»Nein, nein«, flüsterte Henry. »Er schläft jetzt.« Vorsichtig trug er das Kind hinüber zu dem großen Bett und legte es darauf. Dann zog er das Kettenhemd über den Kopf und streifte auch sein Untergewand ab. Mit nacktem Oberkörper legte er sich auf das Bett und zog den Körper seines Sohnes auf sich. »So ist es gut, mein Sohn. Jetzt kannst du ruhig schlafen. Ich halte dich ganz fest.« Seine Lippen berührten die Haare des Kindes und er schloss die Augen.

Er hörte, wie die Tür ging und Alienor ans Bett trat. Er spürte, wie sie ihren Kopf auf den Leib des Kindes legte. Mit der freien Hand streichelte er ihr Gesicht. »Komm zu uns«, bat er sie. »Er wird wieder gesund werden, er weiß, wie sehr wir ihn lieben. Und wenn er wieder gesund ist, dann schenke ich ihm das Pony, das ich ihm versprochen habe. Und dann nehmen wir ihn überall hin mit. Ganz England muss unseren Sohn, seinen Kronprinzen sehen. Gestern in York haben schon alle nach ihm gefragt. Jetzt bleibe ich so lange hier, bis er wieder ganz gesund ist.«

»Er ist tot, Henry«, flüsterte Alienor.

Er schien sie nicht zu hören. Immer noch lagen seine Lippen auf Little Willys Köpfchen. »Wie seine Haare duften«, flüsterte er und zog mit dem rechten Arm Alienor fester an sich. »Wenn das Wetter sich hält, dann könnten wir morgen ein Picknick mit ihm machen. Weißt du noch, wie er die Blumen auf der Wiese begossen hat?«

»Hör auf, bitte ...«, sagte Alienor, aber Henry sprach weiter: »Und wenn es Herbst wird, dann fahren wir alle zusammen hinunter nach Aquitanien. Das Klima bekommt ihm besser.« Plötzlich schauderte ihn. »Bitte, zieh die Decke über uns – Little Willy fängt an zu frieren.« Zärtlich hauchte er gegen den Kopf seines Sohnes und mit jedem Atemzug, den er tat, schien sich der kleine Körper zu bewegen. »Siehst du, er ist schon ganz ruhig jetzt ... und ich werde auch müde. Ich bin ohne Pause von York hierher geritten. Ja, decke uns zu und dann lass uns schlafen.«

Seine Stimme verlor sich. Durch das geöffnete Fenster klang das Jubeln einer Lerche. Von den Feldern wehte der Geruch von abgemähtem Gras herein und unten im Hof wurden die Pferde zur Tränke geführt.

Alienors Kopf lag auf Henrys Brust dicht neben dem Gesicht ihres Kindes. Bebend strichen ihre Finger über die Züge des kleinen Prinzen; zogen zärtlich die Konturen der Brauen nach, berührten vorsichtig die Jochbögen, um schließlich auf den halb geöffneten Lippen zu verweilen. Mit einem Ruck setzte sie sich auf. »Sieh nur, Henry. O mein Gott, wie schön er ist.«

»Lass nicht zu, dass man ihn uns wegnimmt. Ich könnte auf alles verzichten, wenn ich nur dich und ihn behalten darf.«

»Sieh ihn dir doch an, mein Liebster. Jetzt leidet er nicht mehr.«

Zögernd schlug Henry die Augen auf und hob das Kind zu sich empor. »Du hast Recht – er sieht aus wie ein Engel. Mein Sohn ... Mein geliebter Sohn ... hörst du die Lerche da draußen? Sie wird deine Seele ein Stückchen begleiten ... Behüt dich Gott, Little Willy, du hast deine Mutter und deinen Vater so glücklich gemacht ... Sieh nur, das Fenster steht offen, jetzt kann deine Seele hinausfliegen. Gott wartet auf dich.«

Vorsichtig zeichnete er mit dem Daumen ein Kreuzzeichen auf die Stirn des Kindes und legte es zurück auf seine nackte Brust. »Jetzt sind wir ganz allein, Alienor«, er schluchzte auf, »jetzt haben wir nur noch einander.«

Alienor umschlang ihn. »Das darfst du nicht sagen. Wir haben noch Henry.«

»Ganz England trauert mit Euch, mein König.« Der Priester sah ihn gütig an. Sie standen gemeinsam in der dunklen Schlosskirche zu Reading.

»Ich danke Euch, auch im Namen der Königin.« Henrys Stimme klang heiser.

Der Priester zog ihn näher zum Altar. »Lasst uns gemeinsam noch ein Gebet für den Prinzen sprechen. Dann müsst Ihr schla-

fen gehen, sonst werdet Ihr und die Königin den morgigen Tag nicht überstehen. Vier Nächte lang hat die Königin nicht geruht.« Gemeinsam knieten sie vor den Altarstufen nieder.
»Ihr habt ihm die letzte Ölung gegeben ... Hat er noch etwas gesagt? Hat er sich erschrocken, hatte er Angst?«
Begütigend legte ihm der Priester die Hand auf den Arm. »Aber er kannte mich doch – warum hätte er Angst haben sollen?«
Im flackernden Kerzenschein wirkte das Antlitz des Gekreuzigten wie lebendig. »Vater unser ...«, begann der Priester.
Doch Henry stand auf. »Warum?«, fragte er – und noch einmal, mit sich überschlagender Stimme: »Warum? Was hatte er dir getan?« Henry fixierte das Kreuz und schrie noch einmal: »Warum musste er sterben?« Seine Stimme hallte durch das Kirchenschiff. Eine Weile schien er auf Antwort zu warten; dann drehte er sich um und verließ die Kirche. Die Sterne verblassten bereits, als er den Hof überquerte. Mühsam stieg er die Stufen des Palas hinauf.
In der Halle loderte ein Feuer und der Geruch von heißem Wein stieg ihm in die Nase. Er wollte gerade die Wendeltreppe betreten, da hörte er: »Komm her und begrüße mich, mein Sohn.«
Die Kaiserin saß dicht beim Feuer. »Mutter? Ihr?«
Sie streckte ihm die Hand entgegen. »Komm her zu mir, Henry. Alienor hat mich benachrichtigt. Ich bin sofort aus Rouen aufgebrochen.«
Er beugte sich über ihre Hand. »Ich danke Euch«, murmelte er, Tränen in den Augen.
Maud deute auf den Stuhl, der dem ihren gegenüberstand. »Setz dich und trink mit mir.« Eigenhändig goss sie ihm ein und reichte ihm den Becher. Nur die Scheite knackten in der Stille. Maud spielte mit den Ringen an ihrer Hand. Endlich hob sie den Blick und sah ihn an. »Erzähl«, bat sie.
Henry zuckte mit den Schultern. »Was soll ich erzählen, außer ... dass wir ihn geliebt haben, über alles geliebt haben ...«
»Ich weiß«, sagte sie leise.

»Er war anders als andere Kinder«, begann Henry schließlich. »So klein er war, so tapfer war er auch. Wir hatten manchmal das Gefühl, als ob er uns trösten wollte, weil er so krank war. Alienor erzählte mir, dass er sie einmal nach einem Anfall gestreichelt habe, als wüsste er, dass er sie beruhigen müsse.« Er lächelte ein wenig. »Er war so zärtlich – und es machte so viel Freude zärtlich zu ihm zu sein.« Eine Weile verlor er sich in seinen Erinnerungen. »Wir waren eine richtige Familie: Vater, Mutter und ein Sohn ...«

»Ihr habt noch einen Sohn. Und Ihr werdet weitere Kinder haben«, warf Maud ein, aber Henry schüttelte den Kopf.

»Das ist anders! Schon kurz nach seiner Geburt habe ich zu Alienor gesagt, dass ich nie wieder ein Kind so würde lieb haben können.« Zum ersten Mal schaute Henry seine Mutter direkt an. »Er war die direkte Verbindung zwischen Alienor und mir. Für ihn wollten wir die Krone ...«

Maud schob ihre Reifen zurück. »Du bist eine andere Generation. Zu meiner Zeit war das Verhältnis zwischen Eltern und Kindern nicht so eng ... Aber haben wir die Krone nicht für dich gewollt? Für wen, wenn nicht für dich, habe ich denn all die Jahre über gekämpft? Glaubst du, es hat mir Spaß gemacht, all die Zeit über Krieg zu führen? Immer auf der Flucht zu sein, niemandem trauen zu können, töten zu müssen. Kannst du dir nicht vorstellen, dass ich mich oft nach einem anderen Leben gesehnt habe?« Erschöpft sank sie in ihren Stuhl zurück.

»Ach, Mutter. Ich weiß doch, was ich Euch alles zu verdanken habe. Nur dass ich für Little Willy niemals der König war, sondern nur der Vater – jemand, vor dem er keine Angst zu haben brauchte ...«

Ihre Stimme klang plötzlich alt und brüchig. »Du meinst, ich war immer nur die Kaiserin für dich?«

Henry ließ eine Weile verstreichen. Dann nickte er.

»Glaubst du denn, ich hätte dich nie geliebt?«, flüsterte die Kaiserin.

»Doch. Nur anders, Mutter.« Dann sagte er zärtlich: »Ihr müsst müde sein nach der langen Reise. Wollt Ihr Euch nicht hinlegen?« Er griff nach ihrer Hand. »Ich danke Euch so sehr, dass Ihr gekommen seid.«

Sie erhob sich und tat einen Schritt auf ihn zu; und da er noch immer saß, drückte sie seinen Kopf an ihre Brust.

»Geh du auch schlafen, mein Sohn! Du brauchst jetzt alle Kraft.«

»Ich bringe Euch noch in Euer Gemach«, sagte er. Maud schüttelte den Kopf.

»Lass nur. Ich kenne den Weg. Geh du lieber zu Alienor. Aber weck sie nicht auf.« Henry sah ihr nach, wie sie die Halle durchquerte.

Am unteren Ende wandte sie sich noch einmal um. »Ich beneide dich und Alienor«, sagte sie und verschwand.

Reading
im Frühjahr 1157

Meine liebste Christine,

könnte ich doch jetzt dein Lachen hören. Ich wünsche mir inständig Freude zu empfinden – und kann es nicht.

Marie fehlt mir, Little Willy fehlt mir. Beide waren so selbstverständlich in meinem Leben, täglich, stündlich. Ach, ich vermisse dieses Kind so sehr. Ich zwinge mich dem Schmerz nicht nachzugeben. Er überfällt mich und ich weine und weine um meinen ersten Sohn, wenn ich hier an seinem Grab stehe.

Kannst du nicht kommen, Christine? Ich brauche dich, damit du mir sagst, dass es eines Tages aufhört wehzutun. Mit Henry kann ich meine Trauer nicht teilen. Er leidet noch immer und bat mich sogar, Little Willy in seiner Gegenwart nicht mehr zu erwähnen. So tief empfindet er den Verlust. Ich glaube, er sieht in diesem Tod ein böses Zeichen für unser Schicksal.

Den kleinen Henry nimmt er kaum wahr, unsere Tochter ignoriert er. Was kann die arme Mathilde dazu? Aber dir kann ich gestehen, ich setze all meine Hoffnung auf unseren nächsten Sohn. Er soll Richard heißen.
Komm, sobald du kannst. Lehr mich wieder zu lachen, meine gute alte Freundin. Ich umarme dich von Herzen.

Deine Alienor, die sich nach dir sehnt

Henry schloss die Tür geräuschvoll hinter sich. »Es ist wieder ein Mädchen!« Alienor saß über Karten gebeugt und studierte die Ländereien der Grafen von Toulouse, die zu ihrem rechtmäßigen Erbe gehörten. Ohne aufzublicken sagte sie: »Sieh dir das an, Henry. Wir können Raimond einkesseln, falls er sich weiterhin weigert unsere Lehnshoheit anzuerkennen. Der Graf von Barcelona, der Graf von Montpellier, die Vizegräfin von Narbonne haben sich gegen ihn verbündet. Schau her, sie umzingeln ihn. Wenn wir jetzt mein Erbe einfordern, dann haben wir den Zugang zum Mittelmeer!« Sie deutete auf die Städte des Languedoc. »Und damit zum Orient.«
Henry beugte sich über den Tisch und schob die Karten beiseite. »Hörst du mir eigentlich gar nicht mehr zu?« Mit aufgestützten Armen stand er vor ihr und sah sie ärgerlich an. »Du weißt, welche Bedenken ich gegen diesen Toulouse-Feldzug habe. Die Schotten sind unser dringlichstes Problem. Toulouse kann warten.« Er schlug mit der flachen Hand auf den Tisch. »Ich werde mein Verhältnis zu Louis jetzt nicht mit einem Krieg gegen seinen Schwager Raimond belasten.«
Alienor überlegte, wie sie ihn überzeugen könnte. Schon an Louis' Seite war sie erfolglos gegen Raimond de Toulouse vorgegangen. Mit Henry würde sie ihn endlich in die Knie zwingen.
»Erstens, mein Lieber, hat Raimond sich Land angeeignet, das meiner Großmutter Philippa gehörte und heute mir zusteht.

Zweitens vergrößert Raimond sein Gebiet ständig auf Kosten der Provence. Und drittens misshandelt Raimond auf widerliche Art und Weise Louis' Schwester. Ich bin mir nicht so sicher, ob Louis großen Wert darauf legt, seinen niederträchtigen Vasallen zu schützen.«

»Erst die Schotten«, entgegnete Henry entschieden. »Mit Louis habe ich ganz andere Pläne. Wenn du mir bitte zuhören wolltest.«

»Verzeih – du sagtest etwas von einem Mädchen«, entschuldigend griff sie nach seiner Hand.

»Louis hat es auch mit seiner Constanze wieder nur zu einer Prinzessin gebracht! Da hilft ihm selbst der mächtige Alfons von Kastilien als Schwiegervater nichts – er müsste es schon selber machen.« Henry grinste.

»Wie heißt sie?«

»Margarethe. Mein Gott, weißt du eigentlich, welch ein Glück wir mit Henry und Richard haben? Jetzt sind unsere Prinzen am Zug. Es gibt eine Möglichkeit das Vexin, das Vater an Louis abtreten musste, ohne Krieg zurückzubekommen.«

Ungläubig sah Alienor ihn an. »Louis wird niemals freiwillig darauf verzichten, und das weißt du.«

»Eben drum. Und wenn Margarethe dem Thronerben Englands versprochen wird?« Erwartungsvoll blickte er sie an. »Als Mitgift könnte sie Henry das Vexin mit in die Ehe bringen. Louis kann sich glücklich schätzen bei einer solchen Partie für seine Tochter. Was hältst du davon?«

»Das wäre der erste Schachzug.« Alienor spann den Gedanken bereits weiter. »Aber das Allerwichtigste wäre natürlich, dass unser Sohn mit Margarethe eines Tages die französische und die englische Krone vereinen könnte. Henry, das ist eine großartige Idee! Aber wir müssen sehr diplomatisch vorgehen.«

»Deshalb habe ich an Thomas gedacht«, sagte Henry selbstzufrieden. »Er ist zum Diplomaten geboren. Den notwendigen Charme und die Gabe Louis zu beeindrucken hat er allemal. Was die Form angeht, auf die Louis so viel Wert legt, so ist es von unserer Seite korrekt, den Lord Chancellor als Verhandlungspartner zu schicken. Was meinst du?«

Alienor überlegte, ob sie auf Beckets unendliche Qualitäten eingehen sollte. »Nur halte ein Auge drauf, dass er nicht zu viele schöne Männer auf die Reise mitnimmt. Louis legt Wert auf Etikette und vor allem auf Anstand.« Bedeutsam zwinkerte sie Henry zu. »Becket müsste darauf hinwirken, dass Louis diese Verlobung als Garantie für den Frieden zwischen Kapetingern und Plantagenets begreift. Ist dein Thomas klug genug für diese Mission?«

»Da bin ich mir sicher.« Henry streckte die Beine aus und sah auf seine Stiefelspitzen.

»Was hältst du davon, das nächste Kind Geoffrey zu nennen? Gerade der richtige Moment, unseren vierten Sohn auf den Namen deines Vaters zu taufen, wenn wir planen, das Vexin zurückzuholen.« Henry nickte.

»Wann hast du vor nach Woodstock zu reisen? Ich würde dieses gottverlassene Jagdhaus gerne zu einem schönen Flecken ausbauen. Es liegt so reizvoll zwischen dem Flüsschen, wie heißt es noch …?«

»Glyme«, antwortete Henry.

»… und den Sumpfwiesen. Dem Haus fehlt ein bisschen königlicher Glanz.« Sie lachte ihn aufmunternd an.

»Wie meine Königin befiehlt. Jedenfalls schicken wir Thomas nach Paris. In ein paar Monaten können wir uns dann Woodstock widmen – doch bis dahin gibt es noch eine Menge zu tun. Ich muss mich jetzt um die neuen Münzen kümmern. Die Leute warten schon.« Henry küsste ihr die Hand und sagte im Hinausgehen: »Vergiss bei all dem nicht, dass ich dich liebe.«

»Ich dich auch«, rief sie ihm nach.

Einige Tage später ritt Alienor mit kleinstem Gefolge zu einer Lichtung im Wald von Worcester, wo sie der junge Guillaume le Maréchal bereits erwartete.

»Gott zum Gruße, wie geht es Eurem Onkel?«, erkundigte sie sich.
»Ich habe Graf Patrick länger nicht gesehen. Er ist mit seinen Gouverneursaufgaben im Poitou ein sehr beschäftigter Mann«, erwiderte er und sah sie erwartungsvoll an. »Wie kann ich Euch dienen, Majestät?«
Alienor nahm ihn beim Arm und führte ihn beiseite. »Ich möchte Euch mit einer Aufgabe betrauen, die einiges Geschick erfordert. Kanzler Becket ist mit großem Gefolge als Gesandter nach Paris aufgebrochen, um Gespräche mit König Louis zu führen. Ich wünsche von Euch einen genauen Bericht über diese Reise, mit allen Details, derer Ihr habhaft werden könnt. Ich wünsche zu erfahren, wie das Volk und wie der König auf ihn reagieren. Findet schnellstens Mittel und Wege dies herauszufinden und unterrichtet mich darüber.«
Sichtlich entzückt über diesen Auftrag verneigte sich der junge Mann. »Ich danke Euch, Majestät, für das Vertrauen, das Ihr in mich setzt. Ich werde Euch nicht enttäuschen.«
»Reitet auf der Stelle los. Ich verlasse mich auf Euch.«

»Beiß ab.« Alienor steckte Henry eine von der Junisonne gewärmte Erdbeere in den Mund, dann suchte sie sich in dem Feld, an dessen Rand sie unter einer alten Buche saßen, eine weitere Frucht. »Welch eine gesegnete Stelle. Ich hätte niemals gedacht, dass sich in den Wäldern von Oxfordshire ein solches Paradies verbirgt.«
Vor ihnen lag das Manor House von Woodstock auf einem Plateau. Die Sonne tauchte das dunkle, massive Gemäuer in mildes Licht, Lerchen und Amseln sangen um die Wette.
»Ich kann verstehen, dass dein Großvater sich diesen Flecken ausgesucht hat. Hat er so viel gejagt wie du?«
»Ich glaube, er war ein leidenschaftlicher Jäger«, antwortete Henry, »aber genauso interessierten ihn die Rhetoriker und Gelehrten, die begannen aus Bologna und Paris nach Oxford zu

kommen. Und siehst du, dort hinten«, er zeigte auf Mauerreste unterhalb des Hauses, »zu Großvaters Zeiten umgab die Mauer eine Fläche von sieben mal sieben Meilen und darin ließ er Löwen, Kamele und Tiger frei laufen – sogar ein Stachelschwein soll er gehalten haben, aber die Jagdhunde haben es gerissen.«
Alienor lachte. »Wollen wir nicht etwas Ähnliches tun? Ich habe schon lange eine Idee und hier könnten wir sie verwirklichen. Ich habe in Byzanz einen Park gesehen, der ein einziges Heckenlabyrinth war. Bei großen Festen machte sich die Gesellschaft einen Spaß daraus, sich in dem Irrgarten zu verlieren.«
»Ich schenke ihn dir zu Geoffreys Geburt«, sagte Henry und half ihr aufs Pferd.

Alienor und Henry hatten soeben ihren Rundgang durch das Manor House beendet, als ein Bote gemeldet wurde. »Kommt er aus Paris?«, fragten Alienor und Henry fast gleichzeitig. Sie mussten beide lachen.
»Ich habe heute mehrere Schreiben erhalten«, sagte Alienor beiläufig, »Becket scheint seit seiner Landung auf dem Festland mit Erfolg zugunsten des Königs von England Eindruck zu schinden.«
Henry entließ den Boten und entrollte das Pergament. ›Die Bevölkerung von Paris glaubt mittlerweile an ein Wunder.‹ Er las den Schlusssatz zuerst vor, dann der Reihe nach. ›Als der Lord Chancellor in der Stadt seiner königlichen Hoheit, Louis VII., einzog, standen Menschen an den Straßen und klatschten. In wohlgeordneten Gruppen und vollendeter Kleidung sangen zweihundertfünfzig Pagen und Schildknappen englische und walisische Lieder. Jäger folgten, Hundewärter führten edle Jagdhunde, Falkner trugen ihre vorzüglichen Vögel auf dem Arm, Sperber, Habichte und Falken. Die Karren mit Lederplanen wurden von jeweils fünf Rössern gezogen, von herausgeputzten Pferdeknechten angeführt und von riesigen Doggen

begleitet. Der erste Karren mit vergoldeten Achsen und scharlachroten Vorhängen trug den Hausaltar des Kanzlers.« Henry blickte zu Alienor hinüber. »Er versteht es, nicht wahr? Zwölf Maultiere trugen – und so weiter, und so weiter … Als Letzter ritt der Lord Chancellor selbst in die Stadt ein. Am Ende glaubten die begeisterten Pariser, der König von England höchstpersönlich reite über den Pont Neuf. Andere mutmaßten, wenn der Kanzler so auftrete, wie mächtig müsse erst sein König sein.« Zufrieden rollte Henry das Pergament zusammen. Alienor beobachtete ihn belustigt. »Soll ich dir noch mehr berichten? Zwischen den Kästen auf den Maultieren turnten Affen herum – natürlich waren die Schaulustigen begeistert. Und Becket ließ für sich allein vierundzwanzig verschiedene Gewänder mitschleppen. Mag sein, dass er sie, neben Pelzen und kostbaren Mänteln, an Bischöfe verschenkte. Ein Pferd trug ausschließlich Bücher.«
»Ist das nicht schlau ausgeklügelt?«
Ungerührt fuhr Alienor fort: »Da es zu Louis' Gastfreundschaft unbedingt gehört, Becket wie jeden Staatsgast immer und überall zu bewirten, verbot er den französischen Händlern, der englischen Delegation das Mindeste zu verkaufen. Mein Kurier berichtet jedoch, dass Becket sich einen Spaß daraus machte, seine Leute heimlich in die benachbarten Marktflecken zu schicken, wo sie Fisch, Fleisch, Brot und Wein in großen Mengen erwarben. Es war ihnen untersagt, über Preise zu feilschen. Der Proviant wurde in seine Residenz bei den Templern geschafft – genug, um tausend Mann drei Tage lang zu verköstigen. Findest du das nicht ein bisschen übertrieben?«
»Nein«, sagte Henry bewundernd, »in ihm steckt ein Staatsmann. Die kleinen Leute, die sonst bei Staatsbesuchen nur mit Steuern belastet werden, haben an Thomas noch verdient. Sie werden ihn lieben, und damit uns.«
Alienor holte Luft. »Er ist Kanzler und sonst nichts. Er soll das Heiratsversprechen unserer Kinder aushandeln, mehr nicht. Er

geht zu weit, er hat die Ideen eines Emporkömmlings. Dafür wird Louis keinen Sinn haben.«
»Alienor«, sagte Henry lauter als bisher, »Thomas muss Louis imponieren. Seine Taktik ist die richtige.«
Wieder wurde ein Bote gemeldet. Alienor nahm das Pergament entgegen und überflog es.
»› ... König von Frankreich reich beschenkt, Kronrat höchst beeindruckt ... lange Unterredungen unter vier Augen zwischen König Louis und dem Lordkanzler. Tausende säumten die Straßen. Die Mission ist ein voller Erfolg.

In tiefster Verehrung und Dankbarkeit
Ihrer Majestät auf immer ergebener
Guillaume Le Maréchal‹

Ja, Becket hat es geschafft«, sagte Alienor.

Das laute Singen der Amseln verkündete das Ende des sonnigen Nachmittags, da ging die Tür auf und Henry erschien mit einem großen Strauß vor Alienors Schreibtisch. »Wie sieht es denn hier aus?«, fragte er überrascht beim Anblick der zusammengeknüllten und zerrissenen Pergamentseiten, die überall auf dem Boden verstreut lagen.
Seit Stunden saß sie über dem Entwurf des Irrgartens für Woodstock. »Es ist gar nicht so einfach, wie du denkst.«
Er ging um den Schreibtisch herum und hielt ihr die Sommerblumen entgegen. »Ginster und Mohn zur Verlobung unseres Thronfolgers mit der Prinzessin der Kapetinger.«
»Wie herrlich! Ich danke dir.« Alienor schob das voll gemalte Pergament zur Seite.
Henry steckte ihr eine Mohnblüte aus dem Strauß ins Haar, dann brach er einen Ginsterzweig ab und zog ihn sich durch die Hemdöse. »Ich helfe dir den Irrgarten zu Ende zu zeichnen.«
»Du wirst sehen, dass man schon beim Zeichnen aus diesem Labyrinth nicht mehr herausfindet.«

Er setzte sich neben sie. Nach einer Weile fragte Alienor leise. »Hast du noch einmal über Toulouse nachgedacht?«
»Ich habe mir gedacht – verdammt ...«, er knüllte das Pergament zusammen und warf es zu den Übrigen auf den Boden, »... dass ich Louis im kommenden Frühjahr treffe und mich mit ihm berate. Raimond ist nicht nur sein Schwager, er ist auch sein Vasall. Ich muss erst herausfinden, wie ernst Louis Raimonds Anspruch auf den Schutz des Königs nimmt.«
Ohne aufzublicken sagte Alienor. »Ich habe mich mit Richard de Lucé beraten. Er meint, wir könnten es uns mittlerweile erlauben, eine ordentliche Kriegssteuer zu erheben. In der Normandie müsste jeder Ritter sechzig Sous beisteuern, in England werden es zwei Mark sein müssen. Bis zum nächsten Sommer könnten wir alles vorbereitet haben.«
Henry sah sie überrascht an. »Ist es dir wirklich so wichtig?«

Die Zeltwand wurde zurückgeschlagen und ein Luftzug raschelte in den Pergamenten auf dem Tisch.

Henry hob den Kopf. »Wie sieht es aus, Thomas?«

Becket riss sich den Helm vom Kopf und warf ihn einem Knappen zu. »Selbst das Wetter ist auf unserer Seite, mein König. Der Vollmond spiegelt sich in der Garonne. Dem Grafen von Toulouse werden seine Späher berichten, wie riesig diese Zeltstadt ist. Morgen Abend bereits wird er sich ergeben haben.« Zufrieden griff Becket nach einem Pokal und goss sich Wein ein.

»Das wird meine Frau freuen«, erwiderte Henry. »Je eher wir die Söldner zurückschicken können, desto besser.« Er starrte auf die Karten vor sich. »Du hast viel Geld aus England herausgepresst, um diesen Krieg zu führen. Meine Engländer werden mir alles verzeihen, wenn wir mit reicher Beute aus Toulouse zurückkehren.« Er schob die Karten zusammen. »Ich bin froh, dass es morgen losgeht. Nach dem Bittgottesdienst werde ich das Zeichen zum Angriff geben. Auf unseren Sieg, Thomas!« Er griff nach seinem Pokal und leerte ihn. »Was wirst du jetzt tun?«

Becket fuhr sich mit der Hand durch das kurz geschnittene Haar. »Ich habe noch eine Unterredung mit dem Arzt. Ein Teil der Soldaten leidet unter Brechdurchfall. Er probiert ein neues Mittel an ihnen aus und ich will mich vergewissern, dass es wirkt.«

Henry hob die Brauen. »Unsere Leute oder nur Söldner?«

»Es handelt sich um die Kompanie, die unten am Fluss lagert. Der Arzt meint, sie haben vergiftetes Fleisch gegessen.«
»Nun gut. Ich gehe noch ein wenig an die Luft.« Er streckte sich. »Ich nehme mir irgendein Pferd und schau mir den Vollmond an, denn mein Schlachtross will ich schonen – und ehe du dich zurückmeldest, bin ich längst wieder da.«
»Nehmt bitte jemanden zur Bewachung mit«, sagte Becket besorgt.
Henry griff nach seinem Umhang und warf ihn sich um die Schulter. »Ich habe ein Schwert und dies hier!« Wie herbeigezaubert lag ein blitzendes Messer in seiner Hand. »Niemand soll sagen, der König von England wagt keine nächtlichen Ausritte durch die Erblande seiner Frau.«

Henry ritt über die Hügel, die sich nördlich der Garonne erhoben. Der Vollmond tauchte das Land in geisterhaftes Licht und spiegelte sich in den Wellen. Irgendwo spielte ein Hirte auf seiner Flöte. Die klagenden Töne vermischten sich mit dem Pfeifen des Windes. Tief atmete Henry die klare Luft ein; und plötzlich vermisste er Robert. Sobald er wieder in England wäre, würden Alienor und er ihn besuchen.
Was hatte Alienor noch gesagt? Dass sie Robert um sein Leben beneide – nur die Burg und die Familie und die Landwirtschaft ... Als ob ihr das auf Dauer genügen würde ... schließlich war er ihretwegen hier. Es ging um Alienors Ansprüche an Toulouse. Hoffentlich behielt Becket Recht und die Schlacht war morgen Abend schon entschieden ... Ihm schien, als ertöne das Flötenspiel ganz in seiner Nähe. Neugierig trieb er sein Pferd vom Weg ab und folgte dem Klang.
So fand er die Hütte. In einer kleinen Mulde schmiegte sie sich eng an den Stamm einer Birke. Auf der Schwelle saß ein Knabe und entlockte seinem Instrument jene schwermütige Melodie, die Henry angezogen hatte.
Er saß ab und band sein Pferd an einen Ast. Der Junge hörte

nicht auf zu spielen, als Henry langsam hinüberschlenderte und sich neben ihn setzte; nur einmal hob er den Blick.
»Kommt herein«, rief eine Männerstimme aus dem Innern der Hütte. Ohne zu zögern erhob sich Henry und stieß die Tür auf. Er musste sich bücken, als er eintrat. Der Raum war klein und nur durch eine offene Feuerstelle schwach erhellt. Davor stand ein alter Mann. An der Art, wie er den Kopf hielt, erkannte Henry, dass er blind war.
»Es ist gut, dass du gekommen bist«, sagte der Blinde. Dann tat er einen Schritt auf Henry zu und hob die Hand. Wie prüfend fuhr er über sein Gesicht. Er schien zufrieden. »Du bist es, auf den ich gewartet habe.« Er trat wieder zurück. »Noch ist es Zeit.«
»Zeit wofür?«, fragte Henry beklommen.
Der Alte lächelte wie zu einem Kind. »Die Schlacht abzublasen«, sagte er ruhig.
Henry schüttelte den Kopf. »Dazu ist es jetzt zu spät. Bei Tagesbeginn greifen wir an.« Henry sprach langsam und wie in Trance.
Der Blinde faltete die Hände. »Dann wirst du sterben.«
»Warum? Wer seid Ihr?«, fragte Henry stockend.
Das Feuer schimmerte auf dem langen, weißen Haar des Alten. »Ich bin derjenige, der den König warnen soll.« Er löste seine Hände voneinander und berührte Henry an der Schulter. »Hör auf mich. Sonst wirst du den Sonnenuntergang nicht mehr erleben«, sagte er und griff nach dem langen Stab, der neben der Tür lehnte. »Leb wohl. Ich muss nach meinen Ziegen sehen.« Dann schritt er hoch aufgerichtet an Henry vorbei. Jäh brach die Musik ab, und als Henry benommen hinaustrat, sah er den Alten, auf den Knaben gestützt, langsam über die Wiese davongehen.
Ein Windstoß fuhr in die Birke. Henry schauderte; mit zitternden Händen band er sein Pferd los und stieg in den Sattel. Als er aufblickte, waren der Mann und der Junge verschwunden. Irgenwo heulte ein Wolf.

Im Stadtschloss von Poitiers lehnte Alienor am Fenster und schaute hinunter in den Innenhof. Hinter ihr im Saal standen die Höflinge in Grüppchen zusammen und redeten halblaut und aufgeregt aufeinander ein. Vereinzelt drangen Gesprächsfetzen zu ihr herüber. »Er war verschwunden … heilloses Durcheinander … Becket konnte doch nicht den Angriffsbefehl geben … unverantwortlich … man dachte schon, die Toulouser hätten ihn gefangen genommen … wie konnte er nur allein …«

Alienor sah den Trupp Berittener in den Innenhof preschen. Sie wandte sich um. »Der König kommt. Lasst mich allein!«

Kaum waren sie alle verschwunden, wurde die Tür aufgestoßen und Henry trat ein. Alienor nahm einen Pokal und reichte ihn ihm. »Willkommen zu Hause, mein Liebster!« Ihre Hände berührten sich flüchtig. Durstig leerte Henry den Becher; dann lehnte er sich mit dem Rücken an die Tür und sah sie an. Alienor konnte seine Miene nicht deuten.

»Nun?«, fragte sie leise, und als er noch immer nicht sprach, sondern sie nur unverwandt anschaute: »Die Hauptsache ist, dass du unverwundet bist.«

Da rief er halblaut ihren Namen – »Alienor …« Sie warf sich in seine Arme, und während sie sein Gesicht mit Küssen bedeckte, stöhnte sie: »Mein Gott, ich hatte solche Angst um dich … ich habe so furchtbar geträumt letzte Nacht … ich glaubte, ich würde dich nie wieder sehen!«

Henry hielt sie so fest, dass sie kaum atmen konnte. »Es gibt keinen Krieg mit Toulouse«, stieß er hervor. »Becket löst die Armee auf, einen Teil zumindest. Die Übrigen werde ich später mit in die Normandie nehmen.« Und er vergrub sein Gesicht in ihrem Haar.

»Willst du schlafen gehen?«, sagte sie zärtlich. »Du kannst mir dann später alles erzählen. Wenn du möchtest ...«, fügte sie hinzu.

Henry schüttelte den Kopf. Sanft zog sie ihn hinüber zur Fensterbank. Eine Weile saßen sie schweigend beieinander und lauschten den Vögeln und dem Stimmengewirr unten im Hof. Alienor hielt noch immer seine Hand.

»Bist du sehr enttäuscht?«, fragte er schließlich. Und bevor sie antworten konnte: »Becket war außer sich. Alle anderen auch, nehme ich an. Und dann das viele Geld ... mein Gott, allein Gervasius von Canterbury hat uns hundertachtzigtausend Pfund vorgestreckt ... und was haben wir damit gewonnen? Es ist lächerlich – die Festung Cahors und ein paar Burgen auf dem Weg nach Toulouse.« Er biss sich auf die Lippen. »Wahrscheinlich lacht der gesamte französische Hof über mich!«

»Lass sie lachen«, sagte sie fest. »Louis wird denken, du hättest den Feldzug seinetwegen abgebrochen. Und dem Toulouser hast du deine ganze Stärke vor Augen geführt. Von nun an wird er immer Angst vor dir haben.«

»Angst ...«, murmelte Henry. »Ja, Angst ...« Er lehnte den Kopf an die Mauer und schloss die Augen. »Wovon hast du geträumt?«, fragte er und Alienor hob seine Hand und presste sie an ihre Brust. »Ich sah dich an der Stadtmauer von Toulouse – Männer hatten dich umzingelt und hieben mit Äxten auf dich ein. Du warst ganz allein. Es war entsetzlich. Von Wolfsgeheul hier ganz in der Nähe bin ich aufgewacht. Aber als ich heute Morgen die Zofen danach fragte, hatte niemand außer mir den Wolf gehört.«

»Doch. Ich habe ihn auch gehört«, flüsterte Henry.

Über und über mit Schlamm und Schmutz bedeckt stürmte Henry in Alienors Kemenate zu Westminster. Sie saß auf Kissen in einer Fensternische und lauschte den Klängen, die Ventadour seiner Laute entlockte. Mit einer unwilligen Handbewegung scheuchte Henry den Sänger hinaus, ehe er ihr gegenüber Platz nahm.

»Wie war die Jagd?«, fragte sie nach einer Weile und verlagerte mühsam ihr Gewicht.

»Herrlich!« Zärtlich schweifte sein Blick über ihr bleiches, angestrengtes Gesicht. »Ein Jammer, dass du wieder schwanger bist – es hätte dir gefallen. Wir haben mit Thomas' Meute gejagt!« Er zog sich die Stulpenhandschuhe aus. »Kannst du dir vorstellen, dass man Wölfe mit Wölfen jagt?« Dann griff er nach Alienors Beinen und legte sie sich auf den Schoß. »Gleich wirst du dich besser fühlen«, sagte er und begann ihr die Waden zu massieren.

Erst jetzt legte Alienor den Stickrahmen zur Seite, lehnte den Kopf an die Wand und schloss die Augen. »Es ist mir auch noch nie so lange erschienen wie dieses Mal.«

»Es wird vorbeigehen, mein Herz. Und wenn das Kind erst da ist, dann tun wir wieder alles gemeinsam und du kannst dich persönlich davon überzeugen, dass die neue Münzprägung sich bereits in jedem Weiler durchgesetzt hat. Thomas ist wirklich ein Teufelskerl. Manchmal denke ich, er könnte mit seinen zweiundfünfzig Mitarbeitern dieses Land ganz allein regieren.«

Unwillig entzog ihm Alienor ihre Beine und stellte sie wieder auf den Boden. »Pass nur auf, dass es nicht dazu kommt«, sagte sie trocken.
»Wie meinst du das?«, fragte Henry arglos.
»Thomas, Thomas … Ich werde noch verrückt, wenn ich dieses Gerede noch länger ertragen muss!« Schwerfällig erhob sie sich und begann auf und ab zu gehen. »Wo steht geschrieben, dass sich so jemand eine Wolfsmeute halten muss? Ich frage dich, wie kommt es, dass er der reichste Mann in England ist? O ja, ich weiß, was du sagen willst – aber findest du nicht auch, dass Becket zu vergessen scheint, wem er dies alles zu verdanken hat?« Sie strich sich die Haare zurück und begann an den Fingern abzuzählen. »Becket ist Gouverneur des Londoner Tower und hat die Befehlsgewalt über die Garnison. Er besitzt die Propstei Beverley, Pfründe in Hastings, die ihm der Graf von Augy verliehen hat …« Alienor lachte ironisch. »Wofür, darauf wollen wir hier nicht näher eingehen. Ferner besitzt der Herr die Burgvogtei Eye mit einem Kontingent von hundertzwanzig Mann und die Burg Berghamstead, auch nicht gerade ein Spielzeughaus. O ja, Mister Becket hat es weit gebracht!« Alienors Augen sprühten vor Zorn.
Henry stand auf und nahm sie einfach in die Arme. Sanft wiegte er sie hin und her. »Du hast sein goldenes Tafelgeschirr vergessen, mein Herz«, spottete er liebevoll, »und all die Grafen und Barone, die sich um seine Tafel scharen, weil es dort köstliche Gerichte und edle Weine im Überfluss gibt. Ich weiß aus sicherer Quelle, dass die Haushofmeister Anweisungen haben, die Gäste mit seltenen Köstlichkeiten zu bewirten!« Er überschüttete sie mit zarten Küssen.
»Du ruinierst mein Kleid«, sagte sie schließlich und Henry lachte laut.
»Dann werden wir Thomas eben bitten, dir Geld für ein neues zu geben – stell dir nur vor, wie diese Nachricht die Runde durch das Königreich macht!«

Als sie sich endlich voneinander lösten, sagte sie: »Du hast ja Recht. Ich weiß, ich bin missgünstig und eifersüchtig. Es muss an dieser Schwangerschaft liegen. Ich bin doch sonst nicht so.«
Henry führte sie zu der Fensterbank zurück und setzte sich neben sie. »Ich habe von Robert gehört, dass sie in Wales hervorragende Falken haben und ich habe ihn gebeten, einen besonders hübschen Vogel für dich zu besorgen. Den kannst du handzahm machen, während dieser letzten Wochen.«
Alienor lächelte versöhnt. »Was für eine liebe Idee. Was schreibt Robert noch?«
»Dass die Ernte viel versprechend war und dass er seine Zucht von Langhaarschafen vergrößert hat. Sobald das Kind da ist, müssen wir ihn besuchen.«
Alienor hatte die Hände über dem Bauch gefaltet und blickte sehnsüchtig aus dem Fenster. »Es muss schön sein, so ein Leben wie Robert zu führen …«
»Ich kann mir dich schlecht inmitten all der Langhaarböcke vorstellen«, sagte Henry lachend. »Und ich sehe mich auch nicht in der Rolle. Mir reicht ja schon der eine …«
»Wen meinst du denn?«
Ventadour mit seinen Locken. Jemand müsste ihm einmal sagen, dass er sie öfter waschen soll.«
Alienor schlug ihm leicht auf seine schmutzigen Lederhosen. »Sie können ja nicht alle so geleckt aussehen wie dein Becket.«
»Ja, Thomas ist immer makellos.« Alienor spürte, dass ihn etwas bedrückte. »Was ist geschehen, mein Liebling?«, fragte sie leise.
»Manchmal holt mich diese Geschichte wieder ein«, sagte Henry verlegen. »Du weißt, was ich meine … und dann denke ich, ich müsste ihm irgendwie helfen …« Er strich sich übers Kinn. Dann sagte er, zögernd zunächst: »Diese Geschichte in Winchester … ich habe geglaubt, man müsste ihn mit einer Frau zusammenbringen, dann bräuchte er diese Art von, sagen wir, Zerstreuung nicht …«

Er stockte. Alienor ließ ihm Zeit. Ihre Hand lag immer noch auf seinem Oberschenkel.
»In Stafford gibt's so eine Frau«, fuhr er fort. »Sie heißt Avice und niemand kann von ihr behaupten, dass sie sehr spröde wäre. Außerdem ist sie sehr schön. So eine gewisse Art von Schönheit ...« Alienor nickte.
Henry holte tief Luft. »Thomas hatte vorige Woche in der Nähe zu tun. Übernachtet hat er bei einem Geistlichen namens Vivianus. Zuerst hat Avice Geschenke für Thomas abgegeben, dann kam sie selbst.«
»Sie brachte sich selbst als Geschenk?« Henry nickte.
»Und? Hat er das Geschenk angenommen?«
»Sie hat sogar auf seinem Bett gesessen! Aber Thomas muss es so schrecklich gefunden haben, dass er die Nacht über auf dem Fussboden schlief!« Henrys Augen waren weit vor Staunen. »Stell dir vor, er zieht den kalten Steinboden einer schönen und willigen Frau vor!«
»Und woher weißt du das alles, mein Liebling?« Alienors Stimme bebte.
»Ich habe Vivianus angestiftet, nachts einmal nachzusehen – die Dame ist schließlich nicht billig. Mit einer kleinen Laterne ist er über den Hof gelaufen und hat vorsichtig die Tür zu Thomas' Kammer geöffnet: da liegt dieser Mensch doch tatsächlich auf der Erde und schläft. Das Bett war nicht einmal aufgeschlagen. Von Avice weit und breit keine Spur.«
»Und was sagte die Dame Avice dazu?«, fragte Alienor amüsiert. »War sie nicht furchtbar enttäuscht?«
»Und ob! Sie sagte, das sei ihr noch nie passiert.«
»Darauf möchte ich wetten«, sagte Alienor; dann warf sie den Kopf zurück und lachte, bis ihr die Tränen kamen. »Keusch ist sein Leib und gesund sein Geist! Seine Moral ist ziemlich starr, findest du nicht? Den armen Richard von Ambly lässt er im Verlies dafür büßen, dass er seines Nächsten Weib begehrte ...«
»Das war etwas ganz anderes«, sagte Henry ungehalten, »die

Frau war verheiratet und ihr Mann befand sich auf einer Seereise. Und Richard von Ambly hatte auch noch die Dreistigkeit ihr weiszumachen, ihr Mann wäre tot. Nur so hat er sie ins Bett gekriegt. Da war es völlig verständlich, dass Thomas empört war und ihn in Ketten werfen ließ!«

»Da war es doch völlig verständlich, dass Thomas empört war«, ahmte Alienor ihn nach. »Dein Diener Becket wacht über seine Sinne – und über die seiner Umgebung. Jeder wird bei ihm mit allen Köstlichkeiten verwöhnt – so lange es nur nicht um Frauen geht. Nun, wenigstens zu einer Leidenschaft bekennt er sich offen«, bemerkte Alienor, »und das ist die Jagd. Aber rutsch mal ein bisschen – du sitzt auf Salisburys Policraticus!« Sie zog das Buch unter ihm hervor und hielt es hoch. »Endlich jemand, der es wagt, Becket in die Parade zu fahren!« Dann begann sie zu blättern. »Hier – hör dir das an: Jeder Stand hat seine Pflichten und Anstandsregeln. Was haben wir, du und ich, mit dem Beruf des Jägers gemein? Der Fürst muss das Volk führen, der Gelehrte lehren, der Richter Gesetzesbrecher bestrafen. Wärest du nicht entrüstet, wenn ein Jäger die Königs- oder Papstwürde anstrebte? Glaube mir, ich empöre mich zu Recht, wenn ich sehe, wie du von höchstem Stande auf den schändlichen und mörderischen Beruf des Jägers herabsinkst!«

»Er hat tatsächlich gewagt, das über Thomas zu schreiben?«, staunte Henry. »Aber es ist ihm nicht gelungen, ihm die Lust aufs Jagen auszutreiben. Demnächst gehen wir in den Wäldern von Lincoln auf Bärenhatz.«

Sehnsüchtig blickte Alienor zu ihm hinüber. »Was gäbe ich nicht dafür, wenn ich dich begleiten könnte. Nicht einmal nach Dover darf ich mit, um mir den Umbau der Burg anzuschauen. Der Arzt hat mir für die letzten drei Wochen absolute Ruhe verordnet. Wie ich es hasse, hier herumzusitzen!« Wütend griff sie nach dem Stickrahmen und schwenkte ihn vor Henrys Nase. »Damit verbringe ich meine Tage, während um mich herum das Leben pulsiert!«

Liebevoll nahm ihr Henry den Rahmen aus der Hand. »Du hast Recht, das passt auch nicht zu dir. Das ist etwas für Witwen oder Gefangene, aber nichts für meine Königin. Soll ich nicht ein paar Worte mit dem Arzt reden? Wir könnten für die Reise nach Dover einen bequemen Wagen richten. Und in Canterbury machen wir Rast. Ich habe gehört, dem Erzbischof gehe es nicht gut und du magst Theobald doch gern. Abwechslung täte euch beiden bestimmt gut.« Sacht tippte er mit dem Finger an ihren Bauch.

Wird es auch nicht zu viel für dich?«, fragte Henry besorgt.

»Aber nein«, sagte Alienor. »Ich will Theobald eine Freude machen. Er ist einer der wenigen Kirchenfürsten, für die ich Respekt empfinde, und wer weiß, wie lange er noch lebt.«

Das Licht der schweren achtarmigen Kandelaber spiegelte sich in den goldenen Pokalen, Bestecken und Tellern, die alle die Initialen des Erzbischofs von Canterbury trugen. Die geschliffenen Karaffen glitzerten. Das dunkle Ornat, das Theobald de Bucé trug, wirkte viel zu weit. »Eminenz.« Alienor neigte den Kopf vor dem Erzbischof und küsste den Ring an seiner Hand.

»Majestät, ich freue mich, dass auch Ihr die Mühsal auf Euch genommen habt mich zu besuchen.« Theobalds Stimme klang erschöpft; seine Miene hatte an Strenge verloren. Milde und Klugheit überwogen jetzt. Er begab sich hinter seinen Stuhl und begann das Tischgebet zu sprechen. »Benedic, Domine, nos et haec tua dona«, seine dünne Hand beschrieb in großzügigen Bewegungen drei Kreuzzeichen, »quae de tua largitate sumus sumturi per Christum Dominum nostrum.«

»Amen«, sprachen sie gemeinsam, bevor Theobald mit dem abendlichen Zusatz endete: »Ad coenam vitae aeternae perducat nos Rex aeternae gloriae.«

»Amen.«

Der Erzbischof hob den Pokal. »Erlaubt mir Euch zu danken, mein König und Euch, meine Königin.« Er verneigte sich in ihre Richtung. »In wenigen Jahren habt Ihr das Land aus Not und Willkür herausgeführt. Und ich muss gestehen«, er lächelte fein, »ich hatte meine Zweifel, ob diese große Aufgabe gelingen würde. Ich habe wohl nicht bedacht, dass zwei Menschen gemeinsam zu doppelter Leistung fähig sind. Jetzt bin ich zuversichtlich.« Er trank ihnen zu, dann wechselte er das Thema.

Während der ersten Gänge sprang die Konversation von Barbarossas Italienfeldzug zu dessen Schwierigkeiten mit Papst Alexander III., von den Fresken in der Anselm-Kapelle in Canterbury zu den Konflikten im Heiligen Land. Gerade war von den Miniaturen der Winchester-Bibel die Rede, da wandte sich der Erzbischof unvermittelt Henry zu.

»Becket dient Euch nicht nur mit seinen Kenntnissen der Jurisprudenz, sondern auch mit Herz und Seele, nicht wahr, mein König?«

Alienor glaubte einen Anflug von Ironie zu vernehmen; sie erwiderte an Henrys statt: »Eminenz, er war Euer Zögling. Ihr habt ihn zu dem gemacht, was er heute ist.« Sie sah ihn offen an. Theobald, dessen Wangen von Wein oder Fieber gerötet waren, blickte auf seine gefalteten Hände. »Ja, ich glaubte, ihn wirklich gut zu kennen.«

»Solltet Ihr an die Entscheidung im Prozess um die Abtei von Battle denken«, sagte Henry besonnen, »so hat der Kanzler den Status des königlichen Gotteshauses verteidigt, den diese Abtei seit den Tagen Wilhelms des Eroberers besitzt. Mehr nicht. Wir erinnern uns sehr wohl Eurer Vermittlerrolle in dieser Sache. Der Kanzler hat seine Sache jedoch untadelig gemacht.«

»Ja, in Eurem Sinne hat er sich korrekt verhalten, mein König«, entgegnete der Erzbischof. »Thomas Becket hat die Kirche verraten. Der Heilige Vater hatte dem Abt von Battle befohlen gemäß kanonischem Recht die Autorität des zuständigen Bischofs anzuerkennen. Und Euer Kanzler, der immerhin einmal Erzdiakon von Canterbury war, verhielt sich wie Judas, als der Abt von Battle dennoch die königliche Gerichtsbarkeit anrief.« Etwas leiser fügte Theobald hinzu: »Wäre er nicht ein so vorzüglich geschulter Rhetoriker, unterstünde die Abtei heute der Diözese, wenn nicht gar Canterbury ... und damit mir, Majestät.« Lächelnd trank er Henry und Alienor zu.

»In dieser Sache, Eminenz, ist seit Jahren entschieden – die Klage des Bischofs wurde abgewiesen«, sagte Alienor. »Bewunderungswürdig aber ist, wie früh Ihr die Qualitäten Eures Schülers erkannt und gefördert habt.«

Der Erzbischof begann nun von dem Fleiß und der Bescheidenheit des jungen Becket zu erzählen; abschließend sagte er: »Ich wünschte, dabei wäre es geblieben. Sein Aufstieg jedoch hat ihm erbitterte Feinde eingetragen.«

Am Ende des Mahls richtete Theobald das Wort noch einmal an Henry. »Gott segne Euch auf dem Feldzug«, und zu Alienor: »Möge Er Euch bei der Niederkunft schützen und Euch ein gesundes Kind schenken.« Dann segnete er sie.

Als sie in ihre Gemächer zurückkehrten, sagte Henry: »Den Verlust von Battle hat er Thomas nie verziehen. Den Segen für die Schottenschlacht haben wir dringend nötig. Gebe Gott, dass danach wirklich Frieden herrscht.«

»Du bist verrückt«, sagte Henry zärtlich, »einfach verrückt!« In Stiefeln und im Kettenhemd lag er auf seiner Pritsche und sah zu, wie Alienor eine leichte Rüstung anprobierte. Hagel trommelte auf ihr Zelt. Im Innern jedoch war es warm, die dicken Planen hielten den Sturm ab und Kerzen verbreiteten ein anheimelndes Licht.

Alienor nahm ein Lederband und versuchte die Flut ihrer Haare zu bändigen. »Wenn ich den Zopf hochbinde, müsste es gehen«, sagte sie. Dann legte sie den Handspiegel ab, stülpte sich den Helm über den Kopf und klappte das Visier hoch. »Na, wie findest du mich?«

»Perfekt. Trotzdem werde ich dir verbieten mitzukämpfen. Wir sind doch keine Barbaren.«

»Du kannst es mir nicht verbieten«, erwiderte Alienor, »du kämpfst schließlich auch. Hast du mir nicht selbst erzählt, wie wenig berechenbar diese Barbaren aus dem Norden sind, mit welcher Hinterlist sie immer wieder angreifen? Hast du nicht auch gesagt, dass du jeden Mann brauchen kannst? Hier bin ich. Du kannst auf mich zählen.«

»Du sagst es: ich sprach von Männern, nicht von Frauen. Nicht auszudenken, wenn Malcolms Leute dich in die Finger bekämen! Entweder würden sie dich töten oder aber ein Lösegeld fordern, das wir nie aufbringen könnten.« Geschickt löste Alionor die Verschlüsse ihres Kettenhemdes, bis es klirrend zu Boden fiel. »Ich habe so etwas schon einmal gemacht – auf dem

Kreuzzug. Und wie man weiß, gehen die Heiden mit ihren Gefangenen auch nicht gerade zimperlich um. Vor allem aber will ich in deiner Nähe sein und nicht mehr nur abwarten müssen – voller Angst, ob du überhaupt wieder nach Hause kommst.«
Sie legte sich neben ihn und bedeckte seinen Mund mit ihrer Hand. »Still, mein Liebster. Ich kann nicht weiter durchs Land ziehen, um Recht zu sprechen und die Angaben im Domesday Book auf ihre Vollständigkeit zu prüfen, während du in Gefahr schwebst. Seit Little Willys Tod ertrage ich das nicht mehr.«
Henry wandte den Kopf ab. »Sprich nicht davon. Gerade darum darfst du dich nicht in Gefahr begeben. Sollte mir etwas zustoßen, dann brauchen unsere anderen Kinder dich, denk an den kleinen Geoffrey.«
»Ich gebäre sie und sie sichern die Dynastie. Aber du bist mein Leben.« Sie versuchte die Tränen zurückzudrängen. »Wann greifen wir an?«
»Bei Tagesanbruch.«
Schweigend lagen sie nebeneinander und lauschten auf den Sturm. Als draußen ein Pferd wieherte, griff Henry nach Alienors Hand. »Ich fühle mich so schuldig, weil er nie ein Pony besessen hat. Und weil er nie mehr die Sonne sehen kann. Und weil ich die anderen nicht so lieben kann«, sagte er heiser.
»Es war Gottes Wille«, flüsterte Alienor. Wir kennen seine Gründe nicht. Der Tod gehört zum Leben und er macht auch vor Königskindern nicht Halt.«
»Erinnerst du dich an die Isle of Wight?« Er spürte, dass sie nickte. »Immer, wenn ich von einem Schiff an Land gehe, bilde ich mir ein, du stündest dort und hieltest ihn in den Armen. Wie damals. Im goldenen Licht ...«
»So sollst du ihn in Erinnerung behalten. So lange wir beide an ihn denken, so lange lebt er in uns weiter.« Henry begann zu weinen. Alienor wiegte ihn sanft hin und her.
»Glaubst du, er ist im Himmel?«, fragte er schluchzend.
»Ich weiß es«, sagte Alienor.

»Lass uns für ihn beten.« Und er begann: »Vater unser, du hast uns unseren Sohn genommen. Möge er nie wieder Angst und Schmerzen erleiden müssen.«
Ihm versagte die Stimme und fest sprach Alienor weiter: »Wir danken Dir, o Herr, dass wir dieses Kind gehabt haben und vertrauen es Deiner Obhut an. Behüte Henry und mich und gib uns die Kraft, unseren Weg mit Deiner Hilfe bis zu einem guten Ende zu gehen. Hilf uns, Herr, diesen Kampf in Deinem Namen zu bestehen und beschütze uns und unsere Liebe.«
»Amen«, sagte Henry und half ihr auf.
Alienor legte noch einmal die Arme um ihn und küsste ihn. »Es wird bald Tag. Hilf mir die Rüstung anzulegen. Zu zweit geht es leichter.«
»Zu zweit sind wir unverwundbar«, flüsterte er. »Aber du kannst unmöglich ein normales Langschwert führen – womit willst du kämpfen?«
»Gib mir ein leichtes Schwert. Und jetzt lass uns den schottischen Rebellen zeigen, dass unsere Grenzen unantastbar sind.«
Sie setzte den Helm auf und klappte das Visier herunter.
Henry schlug die Zeltwand zurück und ließ ihr den Vortritt.
Über der baumlosen Anhöhe tobte noch immer der Sturm, peitschte die Ginstersträucher nieder und trieb Wolkenbänke vor sich her. Alienor, bereits im Sattel, nahm das Schwert aus der Hand eines Pagen entgegen und zückte es einige Male probeweise.
Auf Henrys Zeichen hin galoppierten rund zweihundert Ritter an, in Gruppen von jeweils zehn. Plötzlich waren die Schotten da – was wie eine Anhäufung von Ginsterbüschen ausgesehen hatte, bewegte sich und wuchs. Äxte schimmerten und ein ohrenbetäubender Lärm übertönte den Wind.
Henrys Männer schwärmten aus und warfen sich den Eindringlingen entgegen. Ein Morgenstern traf ihn an der Schulter und hätte ihm fast das Schwert aus der Hand gerissen. Alienor hatte den Hieb gesehen und trieb ihr Pferd in seine

Richtung; da Henry aber sogleich weiterkämpfte, jagte sie dem Angreifer hinterher.
Leichtfüßig lief der Mann mit der dornenbesetzten Eisenkugel durch das Getümmel und wich jedem Reiter geschickt aus, die todbringende Waffe über dem Kopf schwingend. Ein anderer Schotte rammte Henrys Ross die Lanze in die Seite; nur mit einem Sprung konnte er sich in Sicherheit bringen, doch sofort waren Berittene zur Stelle, um ihn zu schützen. Einer von ihnen sprang ab und half ihm auf, dann überließ er ihm sein Pferd.
Wieder im Sattel, versuchte Henry in dem Getümmel Alienor ausfindig zu machen: Immer noch hetzte sie den Mann mit dem Morgenstern. Jetzt sprang der Mann über ein Gestrüpp; Alienors Pferd war ihm dicht auf den Fersen. Henry sah, wie sich der Mann im Sprung drehte und an Alienors Pferd festkrallte. Die Warnung, die Henry ihr zuschrie, ging im Kampfgebrüll unter. Nun zog der Schotte mit der linken Hand ein Messer aus dem Strumpf und begann auf Alienor einzustechen. Sie hob das Schwert gegen den Angreifer. »Nicht so, um Gottes willen!«, brüllte Henry; doch er konnte nicht zu ihr, denn gleich drei Männer hängten sich an sein Pferd, und blindlings hieb er um sich. Dem einen trennte er beim ersten Schlag den Arm ab; dem Zweiten hieb er seine eiserne Faust auf den ungeschützten Kopf, die Hufe seines Pferdes erledigten den Rest. Der Dritte hatte sich hinter ihn aufs Pferd geschwungen und Henry entging dem Messer nur, weil er sich blitzschnell duckte. Stahl krachte auf Stahl und splitterte. Mit seinem ganzen Gewicht warf Henry sich nach hinten, der Angreifer rutschte ab.
Wieder suchten seine Augen Alienor. Von dem Mann mit dem Morgenstern war nichts mehr zu sehen. Rücksichtslos drängte sie zu ihm her, und als sie ihn erreichte, sprang sie zu seinem Entsetzen ab und zog den hinderlichen Helm vom Kopf. Henry sah, wie der Schotte schwankend aufzustehen versuchte. Und er sah, wie Alienor das Schwert hob und es mit aller Kraft auf den Mann niedersausen ließ. Blut spritzte auf ihre Rüstung.

Da sah sie ihn an. Für Henry verblasste das Schlachtgetümmel. Er sah nur sie, die triumphierend dastand, blutüberströmt. Ihre Blicke verhakten sich ineinander. Alienor warf den Kopf zurück und stieß einen wilden Schrei aus.
»Setz den Helm auf! Schütze deinen Kopf«, brüllte er.

Eine Stunde später war die Hochebene mit Leichen übersät. Überall wimmerten Menschen und Tiere. Die Ginsterbüsche waren rot von Blut.
»Gelb und rot«, murmelte Henry, »Mohn und Ginster – unsere Farben.« Seine Männer waren noch dabei, die Verwundeten zu versorgen, als Henry neben Alienor wortlos zum Hauptquartier zurückritt. Vor dem Zelt angekommen, stiegen sie gleichzeitig ab und tauchten hinter die schützenden Lederwände. Gleichzeitig rissen sie sich die Helme ab; dampfend und nach Blut riechend standen sie voreinander. Mit fliegenden Händen halfen sie einander aus den Rüstungen, dann fielen sie stumm übereinander her. Henry und sie schrien gleichzeitig.
Es war schnell vorbei. Schwer atmend rollte er zur Seite. Von draußen klangen Hufgetrappel und Stimmen zu ihnen herein. Ein Pferd wieherte, ein Horn wurde geblasen. Henry starrte zu dem Kruzifix in der Ecke; er hörte Alienor seufzen. Langsam wandte er sich ihr zu. Er wollte sprechen, aber sein Mund war ausgedörrt. Er wollte ihre Hand berühren, aber er fand die Kraft nicht dazu. Dann sah er das Klümpchen Blut an ihrer Stirn. Es war nicht ihr Blut. Unwillkürlich rückte er von ihr ab. Ihn fror. Alienor wandte träge den Kopf. Ihre Pupillen wirkten riesig. »Was hast du?«, fragte sie schleppend; und als er nicht antwortete: »So ist das also. Ich hätte nicht geglaubt, dass Töten so leicht sein kann. Auch diesen Rausch habe ich nicht gekannt. Fast beneide ich euch.«
Henry konnte den Blick von dem Tropfen getrockneten Bluts an ihrer Stirn nicht abwenden. Er befleckte ihr Gesicht – und sie bemerkte es nicht einmal.

»Nun verstehe ich endlich«, fuhr sie mit dieser fremden Stimme fort, »ja, jetzt begreife ich, was das ist – Krieg. Es ist eine Lust zu töten. Es ist wie ein Rausch. Hast du gesehen, wie rot gesprenkelt die gelben Ginsterbüsche am Ende waren?«

Ihre Hand, die sich auf seine zitternden Finger legte, war heiß und trocken. »Ich habe es für dich getan, mein Herz. Und ich fühlte mich dir so nahe. Lieb mich noch einmal, Henry.«

Es war ihm zuwider, als Alienor sich träge über ihn schob. »Wir sind eins«, murmelte sie. »Nichts kann uns mehr trennen. Alienor und Henry. Im Tod wie im Leben. Wie wir es Gott gelobt haben!« Sie glitt an ihm auf und ab, er nahm nichts wahr als den Fleck getrockneten Bluts. Als er schließlich in ihr kam, schluchzte er auf. »Mir graut vor dir!«

Plötzlich war der Schleier zerrissen. In ihrem tiefsten Innern wühlte ein Schmerz, der ihr die Luft nahm. Sie musste fort von hier. Dann fasste sie sich an die Stirn. Hatte sie geträumt? Sie richtete sich auf und sah sich um. Das Zelt war nur von wenigen Kerzen beleuchtet. Vor ihr auf dem Stuhl lag ihr blutbeschmiertes Kettenhemd. Die Bilder der Schlacht, die Angst holten sie ein. Der Magen drehte sich ihr um. Bebend stand sie auf, taumelte aus dem Zelt und übergab sich unter immer neuen Krämpfen.

Erschöpft lehnte sie sich draußen an die Zeltwand. Obwohl sie sich kaum aufrecht halten konnte, trieb es sie fort. Sie musste fliehen, alles hinter sich lassen. Sie gürtete ihre Hose und rannte mit wirren Haaren und offenem Lederwams zu der Koppel. Einem der Pferde riss sie den Zügel über den Kopf. Die rhythmische Bewegung und der laute Hufschlag des galoppierenden Pferdes taten ihr gut. Sie sah den Ast nicht, der ihr gegen die Schulter schlug. Sie schrie auf, und auch das Schreien tat gut. Es trieb sie weiter den Berg hinauf. Ihre Stiefel hämmerten in die Flanken des Tieres. Auf der Höhe parierte sie so plötzlich durch, dass sich das Pferd aufbäumte.

Schwarze Vögel kreisten über dem Feld, das mit Rosskadavern und Leichen übersät war. Es war kein Traum gewesen, dies war die Wirklichkeit. Das Pferd verweigerte, als seine Hufe scheppernd gegen ein Schild traten, das braun befleckt im zertrampelten Gras lag. Sie zwang es im Schritt weiter. An aufge-

schlitzten Bäuchen mit herausquellenden Gedärmen ritt sie vorbei. Ein Morgenstern steckte mit seinen eisernen Spitzen in der Flanke eines Rosses. Seine Zunge hing aus dem offenen Maul. Als Alienor auf der anderen Seite des Feldes Männer erblickte, die ihre toten Krieger wegschleiften, dachte sie: Und wenn sie mich erschlügen, dann wäre ich von all dem frei.
Sie horchte auf. Was war das für ein klagender Laut? Über einem leblosen Körper, der mit ausgestreckten Beinen auf dem Rücken lag, bewegte sich etwas. Sie konnte nur ein Bündel von grauem Tuch erkennen, das eintönig hin und her schwang. Als sie sich näherte, hob eine Frau ihr bäuerliches Gesicht zum Himmel, um es gleich wieder über den Toten zu neigen. Ihre dumpfen Klagen begannen aufs Neue.
Dann sah Alienor ihn. Vor ihr lag der abgeschlagene Kopf, sie suchte nicht einmal nach dem Rumpf der Leiche. Sie erkannte den Kopf des Mannes sofort und starrte auf das fahle Totengesicht.
Sie riss ihr Pferd herum und jagte davon. »Dir graut vor mir«, schrie sie und schlug mit der geballten Faust auf den Pferdehals ein. Fliehen, nur fliehen. Willenlos ließ Alienor das Tier laufen, bis es nach einer Weile auf einer Lichtung stehen blieb. Schluchzend rutschte sie vom Pferderücken und sackte auf dem feuchten Boden zusammen. »Ich wollte alles, alles mit dir teilen, auch in der Schlacht wollte ich dir nah sein … und du begreifst es nicht …«
Sie starrte auf ihre beschmutzten Hände, die sich in das feuchte Moos krallten. »Ich habe getötet«, wimmerte sie. »Du sollst nicht töten.« Sie murmelte es immer wieder: »Du sollst nicht töten.« Auf allen vieren rutschte sie auf das Moorloch zu, auf dessen Oberfläche gelbe Blätter schwammen. Sie riss sich Wams und Hemd und Hose vom Leib und wankte in das eisige Wasser.
Das braune Moorwasser floss über ihre Haut. Sie sah nur Blut. Wie besessen wusch sie sich von neuem. Erst als sie schließlich

bis zum Hals untertauchte, brachte die Kälte sie zur Besinnung. Sie fror erbärmlich, als sie sich mit zitterndem Leib erhob, um sich anzukleiden.

Plötzlich hielt sie inne. Sie lauschte dem zarten Rascheln der Birkenblätter. Zum ersten Mal seit dem tosenden Grauen der Schlacht wurde ihr bewusst, dass um sie herum Leben war. Vereinzelte Vögel waren zu hören. Der kleine Bach, der zu dem Moortümpel führte, gluckerte leise; mit Erstaunen sah sie, dass ihr Pferd nicht durchgegangen war. Friedlich grasend bewegte es sich in einiger Entfernung voran. »Danke«, flüsterte sie. Vorsichtig näherte sie sich ihm, presste ihr Gesicht auf das warme Maul und saß auf.

Mit durchhängendem Zügel ließ sie das Pferd einen großen Bogen um das Schlachtfeld schlagen. Ein Ochsenkarren voller Leichen zog gemächlich den Hang zum Zeltplatz hinab. Ein Reiter preschte daran vorbei, direkt auf sie zu. »Verzeih mir«, schrie Henry ihr entgegen, »mein Liebstes, verzeih mir. Ich hätte es nicht zulassen dürfen!« Er riss sie vom Pferd in seine Arme und umklammerte ihren bebenden Körper. »Du bist geschwächt von der Geburt, du bist eine Frau. Ich hätte es nicht zulassen dürfen.«

»Was ist das für ein Gott, der dies geschehen lässt!«, stieß sie hervor. Dann brach sie zusammen.

Robert strahlte. »Welch eine Überraschung! Herzlich willkommen, mein König.« Er sank auf das Knie.
»Nicht doch, Robert. Ich komme als Freund.« Henry zog ihn hoch und in seine Arme. Dann hielt er ihn auf Armeslänge von sich und musterte ihn. »Gut siehst du aus. Das Leben scheint dir rundum zu bekommen.« Er lachte. »Jetzt möchte ich aber Lady Margareth meine Aufwartung machen.« Er schob Robert in Richtung Palas, blieb jedoch verwundert stehen. »Wer ist denn das?«, fragte er und deutete auf das junge Mädchen, das oben an der Tür wartete.
»Das ist Rosamund Clifford, mein König. Gewiss erinnert Ihr Euch nicht mehr, aber sie wurde Euch schon einmal vorgestellt. Sie vertritt meine Frau, die Verwandte im Lake District besucht.« Henry betrachtete die blonde Schönheit, die keine Anstalten machte ihm entgegenzukommen.
»Aber ja, ich erinnere mich«, sagte Henry leise und lief immer zwei Stufen auf einmal nehmend die Treppe hinauf. Oben angekommen verneigte er sich übertrieben. »Miss Clifford! Ich bedaure Euch heute erneut so unköniglich entgegentreten zu müssen. Aber wenn ich auf Jagd gehe, dann lasse ich meine Krone zumeist daheim.« Mit Genugtuung bemerkte er ihr Erröten. Erst jetzt sank sie in einen tiefen Knicks.
»Willkommen, König Henry.«
Er fand ihre Stimme bezaubernd. »Erlaubt, dass ich Euch den Lordkanzler von England vorstelle – komm her, Thomas, und

begrüße Miss Clifford!« Wieder knickste sie und Henry bemerkte: »Wenigstens glaubt sie dir, dass du Lordkanzler bist.« Förmlich beugte Becket sich über ihre Hand.
»Mylords, darf ich Euch hineinbitten.« Das blonde Haar fiel Rosamund offen bis zur Hüfte und wehte ihr nach, als sie voranging. Henry vermeinte einen Duft wahrzunehmen, den er nicht einordnen konnte.
In der Halle fiel ihm von neuem die Sauberkeit auf; selbst die Binsen auf dem Steinfußboden waren sichtlich erst am Morgen erneuert worden. Auf dem Tisch stand schweres, glänzend poliertes Silbergeschirr. Als Robert die Becher füllte, sagte Henry: »Könnten doch alle meine Untertanen so leben.« Dann wandte er sich Rosamund zu. »Ich danke auch Euch, Miss Clifford. Ihr seid ein bezaubernder Ersatz für Lady Margareth.« Nun fiel ihm auf, dass ihr blaues Gewand genau den Farbton ihrer Augen hatte.
»War die Jagd erfolgreich?«, fragte Robert.
»Und wie! Die beiden Falken, die du uns an den Hof geschickt hast, sind einfach prachtvoll. Was machen deine Langhaarschafe?«
»Ich habe hin- und hergekreuzt, aber jetzt besitzen wir ein Prachtexemplar«, erwiderte Robert. »Die Händler in Flandern reißen mir die Vliese nur so aus der Hand. Im nächsten Jahr werde ich sie im eigenen Schiff über den Kanal bringen.«
»Donnerwetter! Gratuliere.« Henry sah, wie Becket und Rosamund gleichzeitig die Augen gen Himmel rollten. Robert musste es selbst bemerkt haben, denn er drückte Rosamunds Arm: »Ich weiß, ich bin ein Langweiler. Bei mir dreht sich alles nur um Schafe – verzeih.«
»Ja – Schafe, Schafe, Schafe! In diesem Haus wird von nichts anderem geredet.«
Als Rosamund nun lachend die Haare zurückstrich, durchfuhr es Henry wie ein Schlag. Irritiert wandte er sich Robert zu. »Meine Frau beneidet dich um das Leben, das du führst.«

»Ich beneide mich selbst darum«, sagte Robert lächelnd.
Im unteren Teil der Halle begannen Knechte Tische aufzustellen und Rosamund ging hinunter, um Anweisungen zu geben. Sie geht immer noch wie ein Kind, dachte Henry. Zu Robert sagte er: »Meinem Lordkanzler sieht man die vier Jagdtage nicht an, mir täte ein bisschen Wasser bestimmt ganz gut.«
Robert blickte von einem zum anderen. »Darf ich Euch in Eure Räume geleiten? Auf Euch, mein König, wartet das alte Gemach.«
Er stieß die Tür zu Henrys Schlafgemach auf. Zufrieden glitt sein Blick über die Reittaschen, die bereits ausgepackt waren. Dampf stieg aus dem Zuber auf. »Rosamund ist bereits eine richtige Hausfrau. Seid gewiss, mein König, dass sie sich auch um die Jäger gekümmert hat.« Und zu Becket: »Für Euch, mein Herr, ist in der Kammer nebenan alles vorbereitet.«
Als Henry mit Robert allein war, zog er sich das Hemd über den Kopf und ließ sich auf den Schemel neben dem Zuber fallen. Robert half ihm die Stiefel auszuziehen; und wie früher inspizierte er die Sohlen. »Zufrieden?«, fragte Henry schmunzelnd. »Alles ändert sich – nur du bleibst immer der gleiche. Wahrscheinlich liebe ich dich deswegen so.« Nackt sprang er in den Zuber, sodass das Wasser überschwappte.
»Wie geht es Königin Alienor?«, fragte Robert.
Henry war ganz eingetaucht. Prustend tauchte er wieder auf und wischte sich das Wasser aus den Augen. »Sie ist dabei, unsere Residenz in London zu einem wirklich fürstlichen Hof zu gestalten.« Er seifte sich die Arme ein. »Bei uns wird jetzt viel gesungen. Die alten Turniere sind beinahe abgeschafft – stattdessen wetteifern die Sänger um den Sieg.« Er grinste. »Erinnerst du dich noch an Ventadour?« Robert nickte. »Sie protegiert ihn immer noch. In London kannst du seine Lieder und Balladen in jeder Schänke hören.«
Robert kniete hinter ihm und Henry reichte ihm den Schwamm. »Warum bringst du sie nicht an den Hof?«

»Ihrem Vater fehlt es an Geld und Margareth findet, sie sei noch zu jung dafür.«
»Gibt es für sie schon Heiratspläne?«
»Noch nicht. Ihre Mitgift ist auch nicht sehr hoch.« Robert hielt Henry das Handtuch hin. »Ihr wißt, mein König, die Steuern …«
»Du meinst, Becket nimmt zu viel?«
Robert zuckte mit den Achseln. »Für manche ist es heutzutage schwierig – Wenn Ihr erlaubt, gehe ich jetzt hinunter und vergewissere mich, dass alles in Ordnung ist.«
»Geh nur, mein Lieber.« Er schlang sich das Tuch um die Lenden und lief zum Bett hinüber, wo seine frischen Sachen ausgebreitet lagen. Als die Tür wieder ging, fragte er ohne sich umzusehen: »Bist du schon umgezogen, Thomas? Ist es nicht herrlich hier?«
Erst jetzt blickte er über die Schulter. An der Tür stand Rosamund und sah ihn an. »Ich bin gekommen, um nachzusehen, ob man die Fackeln angezündet hat.«
Verlegen sah sich Henry um. »Nein. Noch nicht.« Mit beiden Händen hielt er das Handtuch. Sie machte keine Anstalten den Raum zu verlassen. Auf einmal lächelte sie. »Ob ich Euch jemals mit Krone sehen werde?«
Hinter Rosamund tauchte Beckets Gesicht auf. »Ich werde unten warten«, sagte Becket. Das Mädchen war verschwunden.

»Lady Margareth versteht es, ein starkes Bier zu brauen, und mir ist verdammt heiß.« Henry schwankte ein wenig, als er sich einige Stunden später von Robert aus den Kleidern helfen ließ. Während er auf das Bett fiel, sah er, dass Robert den Kopf aus dem Fenster streckte. »Was ist?«, fragte er. »Hörst du jemanden kommen?«
Sorgsam schloss Robert den Fensterladen. »Nein, mein König, aber ein Gewitter zieht auf. Ich sorge mich um meine Schafe, sie geraten so leicht in Panik.« Er begann die Fackeln in ihren

eisernen Halterungen zu löschen. »Wann wünscht Ihr geweckt zu werden?«, fragte er.
»Ich will so früh wie möglich mit Thomas zurück. Die Königin erwartet uns in London. Gute Nacht, Robert!« Er drehte den Kopf zur Wand und schloss die Augen. Gleich darauf war er eingeschlafen.
Ein Donnerschlag ließ die Burg in ihren Grundfesten erbeben. Henry erwachte. Die Tür zur Wendeltreppe ging auf und der Luftzug vom Kamin drückte sie immer wieder krachend gegen das Schloss. Henry schwang die Beine aus dem Bett und lief barfuß hinüber. Die Fackeln im Treppenhaus warfen tanzende Schatten gegen den rohen Stein. Auf der obersten Stufe stand das Mädchen.
Ihr langes weißes Nachthemd bauschte sich im Luftzug und ihre Augen waren unnatürlich weit aufgerissen. Hastig bekreuzigte Henry sich. Ein weiterer Donnerschlag krachte über die Burg. Mit einem Aufschrei ließ das Mädchen die Kerze fallen und warf sich Henry in die Arme. Sie bebte.
»Na, na. Es ist doch nur ein Gewitter«, murmelte er und hielt sie fest.
Alles leuchtete weißbläulich auf. »O Gott, ich habe solche Angst«, wimmerte Rosamund. Wortlos hob Henry sie auf und trug sie hinein. Mit dem Fuß stieß er die Tür ins Schloss; dann legte er sie behutsam aufs Bett. Er bückte sich, hob die Pelzdecke auf und hüllte das Mädchen darin ein.
Sie griff nach seiner Hand. »Wäre nur Tante Margareth da – ich fürchte mich so …«
Da schlüpfte Henry unter die Pelzdecke und hielt Rosamund eng an sich gedrückt. »Ich werde dir eine Geschichte erzählen. Soll ich das?«, flüsterte er. Rosamund nickte.
»Vor langer Zeit lebte in England ein Einhorn. Es war so schön, dass alle Prinzen des Landes es jagen wollten.«
»Wo lebte das Einhorn?« Im Dunkeln musste Henry lächeln.
»Ich glaube, es war wohl hier in der Gegend.« Rosamunds Ge-

sicht war so nah, dass er spürte, wie das Blut in ihrer Schläfe pochte.

»Und es waren nur Prinzen, die Jagd darauf machten?« Henry nickte.

Sie schlang den Arm um ihn. »Und dann?«

»So ging das schon seit Jahren«, fuhr er fort, »aber immer vergeblich. Manchmal bekam einer der Jäger es zu Gesicht und danach wollte er nie wieder etwas anderes jagen. Das verstehst du doch?«

»Ja, weil es so schön war.«

»Genau. Und alle diese Jäger wurden traurig, nachdem sie es gesehen hatten. Und so wäre es bis in alle Ewigkeit weiter gegangen, wenn nicht eines Tages der walisische Prinz Daffyd gekommen wäre. Das war ein Prinz, der mütterlicherseits direkt von König Artus abstammte.«

»Ah«, hauchte Rosamund. Draußen krachte ein gewaltiger Donnerschlag, aber sie schien es nicht zu hören.

»Es war in einer Vollmondnacht im August«, erzählte Henry weiter. »Daffyd hatte seine Begleiter weit hinter sich gelassen. Allein ritt er mit seiner Armbrust durch den Wald und da stand das Einhorn vor ihm und sagte: ›Wenn du mich am Leben lässt, dann zeige ich dir das Elfenreich.‹«

Nun hob Rosamund den Kopf und hauchte ihm ihre Frage fast in den Mund. »Was hat Daffyd geantwortet?«

Henry räusperte sich. »Er hat nicht lange überlegt. Natürlich wollte er das Elfenreich sehen – wie jeder Erdenmensch. Also zeigte das Einhorn ihm den Weg.

Es muss ihm dort gefallen haben, denn niemand hat ihn jemals wieder gesehen. Und damit man ihn nicht vergisst, läuft das Einhorn in Sommernächten wie diesen hier über den nächtlichen Himmel. Das soll uns daran erinnern, dass es einmal einem Prinzen gelungen ist, ins Elfenreich zu kommen. Du siehst also, du musst dich nicht fürchten, wenn es donnert. Es ist nur das Einhorn.«

Sie lächelte, das spürte er. Und dann sagte sie schlaftrunken: »Daran werde ich denken, wenn wieder ein Gewitter kommt.«
Henrys rechter Arm war eingeschlafen, aber er mochte ihn nicht unter ihrem Körper wegziehen. Schläfrig murmelte sie: »Ich bin froh, dass Ihr nicht Prinz Daffyd seid.«
»Warum?«
»Weil Ihr dann auch das Elfenreich gefunden hättet. Und dann hätte ich Euch nie getroffen.«
»Obwohl ich niemals eine Krone trage?«
Mit einem Ruck fuhr sie auf. Mit einem Satz war sie aus dem Bett. Henry hörte ihre nackten Füße auf den Fliesen, dann war auch dieses Geräusch verklungen und es blieb nur noch das stetige Rauschen des Regens.
Erfüllt von Zärtlichkeit dehnte und streckte er den eingeschlafenen Arm. Dann suchte seine Hand auf dem Laken nach der Wärme, die ihr Körper zurückgelassen hatte.
Mit offenen Augen wartete er darauf, dass der Tag anbrach, und erst, als er Roberts Schritte auf der Treppe vernahm, kreuzte er die Arme hinter dem Kopf und lachte dem Freund entgegen. »Du bist umsonst so früh aufgestanden, mein Lieber. Wenn du erlaubst, bleibe ich gern noch einen Tag!« Robert öffnete die Fensterläden. »Soll ich einen Boten nach London schicken?«
»Nicht notwendig. Wie ist das Wetter?«
»Es regnet weniger. Ihr tut gut daran zu bleiben, bis die Wege trockener sind«, antwortete Robert.

Henry begegnete Becket unten in der Halle. Gut gelaunt schritt er auf die Empore zu, auf der ein Frühstück bereit stand. »Hirse und Bier … genau danach ist mir jetzt. Und du? Wie hast du geschlafen? Du siehst so reisefertig aus.«
Bleich lehnte Becket am Kamin. »Wenn Ihr zu Ende gefrühstückt habt und der Hausherr endlich auftaucht …« Fahrig fuhr er sich durch das glatte Haar. »Ich hasse Gewitter! Es ist, als ob Gott uns drohte.«

»Unsinn, Thomas. Setz dich lieber hin und iss mit mir. Auf Robert wartest du vergeblich, der kümmert sich um seine Schafe, und außerdem spielt es keine Rolle, denn wir reisen erst morgen.« Er griff nach einem Hühnerschenkel und biss geräuschvoll hinein. »Ach, übrigens, warum sollte Gott dir drohen? Tugendhaft, wie du bist ... Nun setz dich endlich. Es ist so ein herrlicher Tag heute.«
»Es regnet«, sagte Becket trocken. »Habt Ihr vor auf Jagd zu gehen, mein König?«
Henry schüttelte den Kopf. »Wo ist eigentlich Miss Clifford?«
Becket kniff die Augen zusammen. »Woher soll ich das wissen?«, antwortete er ruppig.
Überrascht sah Henry ihn an. »Was hast du? Magst du Miss Clifford nicht?«
Becket hatte sich nun doch entschlossen etwas zu sich zu nehmen. Geziert schnitt er sich eine Scheibe Schinken ab.
»Mach dich nur nicht schmutzig!«, mahnte ihn Henry spöttisch. »Magst du sie? Oder magst du sie nicht?«
»Ich kann dazu nichts sagen ... Sie ist eben ein Mädchen – vielleicht ein bisschen blass, ich meine, alles an ihr ist blass. Soviel ich weiß, ist ihre Mitgift auch äußerst gering. Zudem glaube ich, dass es schwierig werden wird, sie an den Mann zu bringen ...«
»Warum?«
»Sie wirkt vorlaut. Und es müsste schon ein rechter Tölpel sein, dem das nichts ausmacht.«
Henry schaukelte gefährlich auf zwei Beinen seines hochlehnigen Stuhls. »Warum reitest du nicht nach London, wenn du so sichtlich ungern hier bist?«, fragte er leichthin.
»Warum sollte ich zurückreiten, wenn Ihr noch einen Tag verweilen wollt? Der Hausherr ist so angenehm wie sein Schinken und Miss Clifford ist zu unbedeutend, als dass sie Platz in meinen Überlegungen hätte.«
Krachend stellte Henry seinen Stuhl wieder auf vier Beine. »Ich verbiete dir so über Robert zu sprechen. Sir Robert ist des

Königs Freund. Vielleicht hat das Platz in deinen Überlegungen!«
»Verzeiht, mein allergnädigster Herr. Ich bewundere Sir Robert für das, was er aus diesem Besitz gemacht hat«, sagte Becket hölzern. »Und es lag auch nicht in meiner Absicht Miss Clifford herabzusetzen.«
»Das könntest du auch nicht, Lord Kanzler. Miss Clifford ist von Stand.« Henry begann zu brüllen. »Und wenn sie keine Mitgift hat, dann liegt das an dir und deinen überzogenen Steuerforderungen!«
Totenbleich faltete Becket sein Mundtuch zusammen. Wie fahle Vögel flatterten seine Hände über den Tisch. »Nichts ist jemals ohne Absprache mit Euch geschehen, mein König.«
»Dann muss man eben hin und wieder eine Ausnahme machen! Man darf den menschlichen Aspekt nicht aus den Augen lassen. Dafür bezahle ich Euch schließlich, Lord Kanzler!«
Becket erhob sich. »Ich kann nur noch einmal betonen, dass niemals etwas ohne Eure Zustimmung geschehen ist. Wenn Ihr befehlt, dann trete ich zurück.«
Henry war um den Tisch gegangen. Nun stützte er die Hände auf. »So ist das also! Zurücktreten will er. Weil er meint, er wäre so hoch gestiegen, dass man ihn nicht kritisieren darf!« Er lächelte flüchtig. »Wenn du dich da nur nicht irrst. Ich habe dich emporgehoben und«, er fuhr mit der Hand über die Schulter, »ich kann dich wieder herunterholen. So einfach ist das!«
Sie starrten einander an.
Von unten in der Halle näherten sich feste Schritte und Henry wandte den Kopf. »Ah, mein lieber Robert«, rief er, »wie haben die Schafe das Gewitter überstanden?«
Nass und völlig verdreckt kam Robert auf die Empore. »Es ist noch einmal gut gegangen, mein König. Die Hirten haben gut Acht gegeben und wir haben nur zwei Tiere verloren.« Er verbeugte sich vor Becket. »Ich hoffe, Ihr hattet eine angenehme Nacht.«

Ehe Becket noch erwidern konnte, sagte Henry: »Mein Lord Kanzler bedauert es unendlich, heute noch nach London zurückreiten zu müssen. Du verstehst, mein Lieber, Regierungsgeschäfte ...«

Enttäuscht blickte Robert von einem zum anderen. »Ich hatte verstanden, Ihr wolltet noch bleiben, mein König. Drum habe ich nach einem Musikanten geschickt, damit er uns heute aufspielt ...«

»Aber wer redet denn von mir?« Henry zeigte mit dem Finger auf Becket. »*Er* muss nach London. Ich bleibe.« Becket biss sich auf die Lippen. »Auf ein Wort, mein König. Erlaubt, dass ich unter vier Augen mit Euch spreche.«

Sogleich ging Robert hinunter in die Halle. Als unten die große Tür geschlossen wurde, fragte Henry: »Nun? Was willst du mir sagen?« Er blickte zum Fenster, an dessen bleiverglasten Scheiben der Regen stetig herunterlief.

Becket räusperte sich. »Wenn Ihr mich nach London zurückschickt – habt Ihr einen Auftrag für mich?«

»Keinen besonderen. Aber vielleicht könntest du das Domesday Book einmal nach menschlichen Gesichtspunkten überprüfen.« Er grinste.

»Soll ich der Familie Clifford die Steuern erlassen, mein König?« Becket sprach ruhig und beherrscht.

»Nein, natürlich nicht«, brummte er. »Ich muss ein gerechter König sein. Aber es wird dir schon etwas einfallen, nicht wahr?«

Becket bückte sich, ergriff Henrys Hand und drückte einen innigen Kuss darauf; seine Augen glitzerten. »So vertraut Ihr mir also wieder, mein König?«

Winchester
im Frühsommer 1160

Mein geliebter König,

ich habe mich heute verliebt. Erschrick nicht, es handelt sich nur um einen Chorknaben, der den Even Song mitsingen durfte. Scheu und jung stand er vor den dunklen Reihen der Benediktiner.
Das blasse Engelsgesicht schien sich ausschließlich auf seine eigenen inneren Töne zu besinnen, die über die Mönchsstimmen hinwegklangen, als seien sie nur dafür geschaffen, zwischen Himmel und Erde hin- und herzuschweben. Von einer Zartheit, deren Zauber nicht nur die Steine von Winchester Cathedral erweichen könnte. Sie erschütterte meine Seele.
Was vermögen zwanzig Männerstimmen gegen eine reine Kinderstimme? Nichts. Es war überirdisch.
Und ich bin erschrocken über die Intensität, die ein so junger Mensch in seiner Klarheit ausstrahlen kann. Oder ist das Unschuld? Das schöne Querschiff der Kathedrale verblasste angesichts dieses rotlockigen Knaben und seines vollkommenen Gesangs.
Ich stand lange vor dem schwarzen Taufbecken – wir könnten unser nächstes Kind dort taufen lassen – und mir war, als habe dieser Knabe eine Saite in mir berührt, von der ich nichts ahnte und die bis zum heutigen Abend nachklingt. In mir ist ein Schmerz, den ich mit niemandem teilen kann, nicht einmal mit dir.
Was ist nur geschehen, Henry? Ein wenig verwirrt und seltsam unglücklich gehe ich schlafen und umarme dich umso fester.

Immer und ewig deine Alienor

PS: Gilbert Foliot, die Pestbeule, bittet um eine Unterredung. Er will mir in seiner Funktion als Bischof von Hereford irgendwelche Dinge erzählen. Wahrscheinlich will er nur intrigieren. Ich werde ihn in London empfangen.

PPS: Habe ein langes, liebes Schreiben von Tante Mathilde aus Fontevrault beantwortet. Wollen wir Fontevrault nicht eine neue Schenkung machen? Sollten wir die Fontevristen-Klöster in England nicht stärker unterstützen? Ich denke an Eaton. Robert of Leicester liegt mir immer wieder damit in den Ohren. Amesbury kam mir als Neugründung in den Sinn. Man munkelt Erstaunliches. In diesem Benediktiner-Kloster scheint es hoch herzugehen. Auch gegen die Lepra müssen wir etwas tun. Ich werde mich um neue Hospitäler kümmern müssen.

PPPS: Warum bist du nicht hier? Wie kann die Stimme eines Chorknaben in mir nur eine solche Unruhe auslösen?
Ich werde für dich und mich beten.

Zerlumpte Gestalten drängten sich um die Seitenpforte des Armenhauses von St. Cross. Die Brüder vom Heiligen Kreuz erwarteten die Königin bereits am Hauptportal, ihr zu Ehren mit Baretts und auberginenroten Mänteln angetan.
Alienor nickte dem Ältesten der Brüder freundlich zu. »Ich sehe, Ihr habt alle Hände voll zu tun?«
»Wir danken für Euren Besuch, Frau Königin. Die Armut will nicht nachlassen und die Lepra bereitet uns zunehmend Sorge. Darf ich Euch ins Haupthaus bitten?«
»Wartet. Ich will sehen, wie ihr die Armen speist.« Und schon ging Alienor auf die Seitenpforte zu.
»Heute gibt es nur Graupensuppe. Zu Bier für jeden reicht es nicht«, erklärte der freundliche alte Mann.
Alienor musste sich bücken, um in den dunklen Raum hinabzusteigen. Der Gestank verwahrloster Menschen schlug ihr entgegen, die an langen Holztischen schweigend ihre Suppe löffelten. In der Mitte standen zwei Frauen und rührten in einem großen Kessel über einem offenen Feuer. In einer Ecke fütterte ein Bruder vom Heiligen Kreuz einen jungen Mann, dessen Armstümpfe auf dem Tisch lagen.
Der alte Bruder hatte Alienors Blick verfolgt und flüsterte ihr zu: »Er hat gestohlen. Man hat ihm die Hände abgehackt.« Dann noch leiser: »Seine ganze Familie ist an Lepra erkrankt. Die Kirche hat sie ausgesegnet. Sie leben in den Wäldern. Wir müssen diesen Jungen speisen, sonst würde er verhungern.«

Schlurfend verließen die zerlumpten Gestalten den düsteren Raum und die nächste Gruppe von Armen drängte sich auf die Holzbänke. Sie rissen sich um die Brotstücke, die auf der Mitte des Tisches ausgeschüttet wurden. Dann machten sie sich heißhungrig über die nachgefüllten Holzschüsseln her.

»Die Aussätzigen speisen wir, sobald es dunkel wird, heimlich hinter dem Haupthaus, obwohl die Kirche ihnen jeden Kontakt mit gesunden Menschen verbietet. Leider ist einer unserer Brüder bereits erkrankt«, sagte der Älteste und bekreuzigte sich. »Gebe Gott, dass er der Einzige bleibt. Sonst wäre unsere ganze Arbeit gefährdet.«

»Mir bleibt wenig Zeit. Aber ich habe genug gesehen«, sagte Alienor. Sie atmete tief durch, als sie ins Freie traten. Sogleich winkte sie den Magister zu sich. »Meister Matthieu, bereitet ein Schreiben vor«, sagte sie so laut, dass alle Brüder vom Heiligen Kreuz es hören konnten, »in welchem dem Hospital von St. Cross eine Schenkung zugesichert wird, die den Brüdern ein Auskommen garantiert, das ihnen ihre selbstlose Arbeit erleichtert. Zweitens werde ich dafür sorgen, dass das Armenhaus eine eigene Mühle erhält. Drittens sollen aus dem nächstliegenden Steinbruch Steine zur Verfügung gestellt werden, damit ein Hospiz für die Leprösen errichtet werden kann. Veranlasst das Nötige. Diese frommen Brüder haben es verdient.« Sie lächelte dem Alten zu. »Gott mit Euch.« Und schon hatte Alienor ihr Pferd wieder bestiegen und ritt aus dem Hof von St. Cross in Richtung Nordosten.

Die Junisonne wärmte ihr Gesicht. Sie hatte die Garde vorausgeschickt. Mehrere Pferdelängen hinter ihr ritt das Gefolge. Alienor genoss die klare Luft, sie sog den Duft des geschälten Holzes in den Wäldern ein, sah auf dem samtigen Moos Waldmeister grünen und freute sich an den Buschwindrosen, die über dornigen Hecken wucherten. Eine Lerche trällerte über ihr.

Nein, ich habe keine Lust, Becket heute Abend zu treffen, dachte Alienor und schon winkte sie einen der Knappen zu sich.

»Schickt mir den Magister her und einen Boten, der sofort nach London aufbrechen kann.«
Der Bote galoppierte mit ihrer Nachricht für den Lord Kanzler davon, als der Magister sein Pferd an ihre Seite drängte. »Meine Königin, Ihr habt nach mir rufen lassen?«
»Meister, erinnert Ihr Euch, als wir die Abtei Battle besucht haben, sind wir doch auf dem Rückweg durch Fortbridge gekommen ...«
»Aber ja – ein betrunkener Sheriff quälte das Dorf, eine Schenkung der Kaiserin an die Tempelritter.«
»Nun, mich interessiert, was aus dem Dorf und aus den Versprechungen der Templer geworden ist. Reitet vor und helft der Garde den Weg dorthin zu finden. Ich möchte ihnen einen Besuch abstatten.«
Als sie sich Fortbridge näherten, breitete sich vor ihnen ein weites, zum größten Teil gerodetes Tal aus. Am Waldrand lagen wohl geordnete Baumstämme.
Gutes Land und gut bewirtschaftet, dachte Alienor befriedigt. Zu ihrem Erstaunen sah sie auf der Koppel eine beträchtliche Anzahl von Arabern, ein Tier edler als das andere. Ein Hengst hob den schmalen Kopf, seine Nüstern bebten. Schwarze Fohlen tollten über die Weide. Eine trächtige Stute nahm von den Reitern kaum Notiz. Unvermittelt gab Alienor ihrem Pferd die Sporen. Wozu der Überfluss!
Als sie unter dem Tor durchgaloppierten, sah sie die Katen genauso verödet im Halbrund der Festung liegen wie damals im Winter, nur notdürftig mit Stroh gedeckt. Das Dorf wirkte wie ausgestorben.
Erst nach längerem Pochen wurde das Tor der Templerburg geöffnet. »Ich wünsche auf der Stelle den Präzeptor zu sprechen«, herrschte Alienor den erschrockenen Wächter an. Sie kannte den Weg zum Gewölbesaal und ging in großen Schritten darauf zu. Sie erinnerte sich an die geschwungenen Kapitelle, an die Kostbarkeiten des Orients. Erregt ging sie auf und ab.

Mit wehendem Umhang erschien der Präzeptor. »Majestät, welche Ehre, Euch wieder hier begrüßen zu dürfen.« Das rote Kreuz leuchtete auf dem weißen Mantel. »Wir hoffen, dass Ihre Majestät eine gute Reise hatten. Und ... dass sie unsere ...«, er deutete mit einer großen Geste auf die Tempelritter, die sich in aller Hast um ihn geschart hatten, »... Bemühungen um Fortschritte gutheißt.«
Alienor rang um Beherrschung. Der jüngere mit den schönen Zügen, erinnerte sie sich, war der Schatzmeister. »Berichtet! Wie arbeitet der neue Sheriff?«
»Ganz in unserem Sinne«, antwortete der Ordensritter, dann verbesserte er sich: »In Eurem und in unserem Sinne, Majestät.« Der Schatzmeister blickte den Präzeptor fragend an und fuhr an dessen Stelle fort. »Die Unterstützung aus Paris, die wir bei Eurem letzten Besuch erwarteten, Majestät, ist eingetroffen. Wir haben das Land gründlich bestellen können. Die Erträge sind um das Doppelte gestiegen. Und wir danken König Henry und Eurer Majestät für die großzügige Schenkung.«
Alienor stockte der Atem. Welche Schenkung. Ich weiß von keiner Schenkung, schoss es ihr durch den Kopf. »Wofür habt Ihr sie genutzt?«, fragte sie ungehalten.
»Wir haben die neu erworbenen Wälder gerodet und Felder und Äcker angelegt. Die Leute werden mit den neuen Aufgaben ein Auskommen haben.«
»Insofern mögt Ihr nach meinem Willen gehandelt haben«, entgegnete Alienor kühl. »Nur kann ich nicht erkennen, dass Ihr Eure Verantwortung für die Menschen ernst genommen habt. Ihre Behausungen sind unverändert vernachlässigt.«
Der Schatzmeister erwiderte: »Mit dem Sheriff ist vereinbart, dass die Häuser der Festung hergerichtet werden, sobald die Erträge dies zulassen.«
Abschätzend betrachtete Alienor die Männer um sich her. »In Jerusalem bin ich Rittern Eures Ordens begegnet, die ihr Leben dafür aufs Spiel setzten, das Heilige Grab zu schützen. Ihre

Einsatzbereitschaft«, sie hob ein wenig die Stimme, »die Selbstlosigkeit, mit der sie allen Christen dienten und, im Gegensatz zu Euch, niemals den eigenen Wünschen den Vorrang gaben, sollten Euch ein Vorbild sein. Wozu züchtet Ihr Pferde, wenn das Dorf noch immer hungert! Schickt mir auf der Stelle den Koch!«

Die Templer schwiegen betreten. Kurz darauf erschien ein Mann, der an seiner weißen Schürze herumnestelte. »Wie viele Mahlzeiten bereitet Ihr am Tag?«, fragte sie ihn.

»Drei, Frau Königin.«

»Und wie oft bekommen die Unfreien Fleisch?«

Der Koch blickte unsicher zwischen dem Präzeptor und Alienor hin und her. »Wenn genügend Fleisch von der Tafel übrig bleibt, Frau Königin«, antwortete er zögernd.

»Ich danke Euch. Ihr könnt gehen.« Kaum hatte der Koch den Saal verlassen, wandte sich Alienor erneut an den Präzeptor. »Der Sachverhalt ist klar. Ihr habt Euer Wort, das Ihr mir gegeben habt, gebrochen. Ich werde in London entscheiden, wie Ihr die Schenkung zurückzuerstatten habt.«

Wortlos verließ sie den Saal.

Der Hof der Kanzlerresidenz hallte vom Hufgetrappel ihres großen Gefolges wider. Der Kanzler erwartete Alienor unter dem prächtigen Steinportal. Lag es an der Ruhe, die er ausstrahlte, oder an seinen betont gemessenen Bewegungen? Alienor fand ihn verändert. Seinem Auftreten fehlte jede Unterwürfigkeit. Sie blieb im Sattel sitzen, als er vor ihr Pferd trat.

»Gott mit Euch, Chancellor, ich hoffe, der König hatte eine erfolgreiche Falkenjagd in Wales«, sagte sie von oben herab. Erst nachdem Becket sich verbeugt hatte, saß sie ab.

»Gott zum Gruße, meine Königin. Ich fürchte, Euer Gemahl traf nur auf unkönigliches Wild«, entgegnete er doppeldeutig.

Alienor sah ihn überrascht an. »Wo könnte man besser mit Falken jagen als in Wales?«

»Während der Jagd pfiff der König seinen Falken zurück. Der König fand ein Karnickel, auf welches das edle Tier herabstoßen wollte, nicht angemessen«, erklärte Becket. Die Sonne schien ihm direkt ins Gesicht und offenbarte seine vielen feinen Falten. Er wirkte übernächtigt. Alienor war, als hätte sie ihn bislang immer nur im Halbdunkel gesehen. »Ich habe einiges mit Euch zu besprechen.«

»Selbstverständlich, meine Königin. Ich stehe der hohen Gemahlin meines Königs zu Diensten. Darf ich Euch in mein bescheidenes Haus geleiten?« Höflich bot er ihr seinen Arm. Sie lehnte dankend ab.

Bescheiden nennt er das ... Von der geräumigen Halle, wo sorgfältig gekleidete Pagen sie erwarteten, führte ein breiter Gang zu dem offenen Säulensaal. Ein weiß gekleideter Mann verbeugte sich im Vorübergehen vor ihr. Wieder dieser Tempelritter, dachte Alienor anerkennend. Wie gut sein Informationsnetz funktioniert.

In der Schreibstube, deren Tür offenstand, wurde fleißig gearbeitet. Ordentlich gestapelte Rollen lagen in den Wandregalen.

»Vor geraumer Zeit habe ich Fortbridge einen Besuch abgestattet«, begann Alienor unvermittelt, als sie im Hauptsaal der Residenz angelangt waren. »Ich nehme an, Ihr wisst, dass ich auf dem Rückweg von Winchester erneut dort war.«

Ohne die Miene zu verziehen, bot der Kanzler ihr einen hochlehnigen Stuhl an. »Ich stehe gern, wenn ich mit Euch rede, Chancellor. Ich wünsche eine Erklärung von Euch, weshalb ich über die Schenkung der Krone an die Templer nicht unterrichtet wurde.«

Becket sah sie an. »Verzeiht, meine Königin, wenn hier ein Fehler unterlaufen sein sollte, für den ich natürlich die Verantwortung übernehme«, erwiderte er ruhig. »Der Konnetabel hatte Anweisung, Euch über diese Schenkung an Fortbridge zu unterrichten. Ich werde das sofort überprüfen lassen.«

Alienor trat zu dem Stuhl und legte die Hände auf die Rückenlehne. »Das genügt mir nicht. Falls dies nicht Euer Fehler war, Chancellor, so wünsche ich eine Erklärung dafür, dass dem Orden ausgerechnet in dem Augenblick Gelder zukamen, als ich Missstände festgestellt habe.« Und scharf setzte sie hinzu: »Ich bin sicher, auch darüber seid Ihr bestens informiert.«

Ein brauner Schatten huschte plötzlich über ihnen durch das Gewölbe. Ein kleiner Affe wollte es sich auf dem Stuhl bequem machen. Becket verscheuchte ihn. Laut rebellierend wippte der Affe vor Becket auf und ab, dann kauerte sich das Tier in eine Ecke und begann sich zu lausen.

»Ein aufgewecktes Haustier habt Ihr da«, bemerkte Alienor spöttisch.

»Verzeiht, meine Königin. Bei manchen Gästen gerät sie außer Rand und Band.« So sachlich wie zuvor fuhr Becket fort: »Die Schenkung an den Orden in Fortbridge fand zu der Zeit statt, als Ihr ...«, kaum merklich verzögerte er seinen Satz, »... und der König beschloss, gegen den Grafen von Toulouse zu ziehen. Ihr wisst weit besser als ich, wie reich der Templerorden ist. Wir brauchten für den Feldzug mehr Geld, als die durch die eigens hierfür erhobenen Kriegssteuern hereinkam. Der Großmeister stellte es uns zur Verfügung. Die kleine Schenkung an Fortbridge kam nur einer Dankesgeste gleich.«

»Findet Ihr es nicht ein wenig übertrieben großzügig, Chancellor, wenn eine kleine Schenkung aus einem ganzen königlichen Waldbestand besteht? Ich habe die gerodete Fläche gesehen und ordne hiermit an, dass diese Schenkung rückgängig gemacht wird.«

Becket zog die Brauen hoch. »Majestät, das können wir nicht.«

»Natürlich können ›wir‹. Ich wünsche es so. Und wenn die Templer in Fortbridge ihre gesamte Pferdezucht verkaufen. Die Schenkung ist hiermit für null und nichtig erklärt. Es war Euer Fehler, Chancellor, und Ihr habt ihn zu berichtigen. Hättet Ihr einen Kanzlisten nach Fortbridge gesandt und die Erfüllung meiner Anordnungen überprüfen lassen, wäre es nicht da-

zu gekommen.« Befriedigt stellte sie fest, dass Beckets Wangen rot gefleckt waren. »Ich werde doch wohl keinen zweiten Kontrollritt nach Fortbridge zu unternehmen brauchen?«
Endlich senkte er den Blick. »Was Ihr befehlt, wird geschehen. Ich werde mich selbst darum kümmern.«
»Das erwarte ich. Und noch etwas. Gebt an den Konnetabel weiter, dass die Brüder vom Heiligen Kreuz in St. Cross wahrhaftig eine königliche Schenkung verdienen. Meine genauen Anweisungen kennt Magister Matthieu.«
»Darf ich Euch bitten, die Ausgabenliste Eures Hofes zu überprüfen? Beim letzten Mal fandet Ihr einige Rechnungen überhöht. Die anderen Papiere, die Ihr angefordert habt, sind vorbereitet.« Über Beckets Gesicht huschte ein selbstsicheres Lächeln.
Alienor bewunderte seine Reaktion. Dieser Fuchs, wie geschickt er den Spieß umzudrehen versucht, dachte sie. Der Kanzler winkte einen Pagen heran und befahl ihm, seinen Magister aus der Schreibstube zu holen. Kaum sah der Affe, dass Becket sich bewegte, versuchte er durch lautes Gezeter dessen Aufmerksamkeit zu erregen. Becket kraulte ihm den Kopf und bat die Königin an den Tisch.
Der Magister breitete die Pergamentrollen vor ihr aus. Sie nahm sich die Zeit, die Dokumente genau zu prüfen. Zuletzt griff sie zu den Rollen, die ihre Hofausgaben betrafen.

– *Conroi: einundvierzig Pfund, acht Sous und sieben Deniers*
– *Verpflegungskosten, Pferdegeschirr, Mehl, Wein.*
– *Öl für Lampen, Damaststoffe, Leinentücher, Decken,*
– *Vorhänge, Weinfässer.*
– *Pfeffer, Kümmel, Zimt, Weihrauch, Essenzen …*

»Diesmal ist alles in Ordnung, Chancellor.« Alienor erhob sich. »Wann erwartet der König Euch? Sagt meinem Gemahl, dass ich in wenigen Tagen nach Woodstock aufbrechen werde.«
Becket verneigte sich.

Henry und Becket hatten in den Wäldern um Woodstock gejagt. Die Sonne warf ihre letzten Strahlen über das Land und färbte die Mauern der Burg golden, als sie in den Innenhof ritten. Glücklich und müde gab Henry seinen Falken ab. Da näherte sich ihm der Haushofmeister. »Mein Herr und König, gerade ist Nachricht von der Königin gekommen. Sie übernachtet heute noch in Oxford und plant ihre Ankunft erst für morgen Mittag.«
Enttäuscht sah Henry zu Becket hinüber. »Schade – ich hatte mich so auf ein vergnügliches Abendessen gefreut.« Dann fiel sein Blick auf die fremden Pferde, die vor den Stallungen angebunden waren. »Wer ist das?«
»Sir Clifford mit seiner Schwester«, antwortete der Haushofmeister. »Er bittet um die Ehre von Euch empfangen zu werden.« Henry bemerkte nicht, wie sich Beckets Gesicht verdüsterte. »Wo sind sie?«, rief er, »in der Halle?« Er wartete die Antwort nicht ab, sondern stürzte ins Haus.
Den feisten Edelmann, der demütig das Knie beugte, erkannte er kaum wieder, ging jedoch leutselig auf ihn zu und reichte ihm die Hand. Seine Augen suchten die schmale Gestalt beim Fenster. »Miss Clifford«, rief er. »Nun habt Ihr Euer Versprechen doch wahr gemacht und seid nach Woodstock gekommen, auch wenn es gedauert hat ...« Er blieb dicht vor ihr stehen. Ihre Schönheit hatte sich voll entfaltet. Sie hielt seinem Blick stand ohne mit der Wimper zu zucken. Henry war es, der zuerst die

Augen senkte. »Hat man Euch gut bewirtet?«, fragte er und trat einen Schritt zurück.

Rosamunds Bruder hatte die Szene lauernd beobachtet. »Vergebt unser plötzliches Erscheinen, mein König. Wir sind auf dem Weg von Canterbury nach Hause, und als meine Schwester hörte, dass Ihr in Woodstock seid, da konnte ich sie kaum halten …«

»Und womit kann ich Euch dienen?«, fragte Henry – doch schon hatte er Rosamunds Arm genommen und führte sie hinaus. »Besprecht Euer Anliegen mit dem Lord Kanzler«, rief er über die Schulter. »Ich werde Miss Clifford inzwischen die Gärten zeigen.« Mit Rosamund am Arm überquerte er den Hof und stieß dann eine Pforte in der Mauer auf – »Nach Euch, Miss Clifford.« Sie trat an ihm vorbei und blieb überwältigt stehen. Noch war es hell genug, dass sie das dichte Hintereinander von Hecken erkennen konnte. Von dort, wo sie standen, gingen vier kiesbestreute Wege ab. Sie blickte zu ihm auf und lächelte zum ersten Mal. »Welchen sollen wir nehmen?«, fragte sie.

Henry erwiderte ihr Lächeln. »Welchen wir auch einschlagen, wir werden uns verlaufen.«

»Wie könnte ich mich verlaufen, wenn Ihr bei mir seid, mein König«, sagte sie leise. »Hört nur, wie schön die Vögel singen.«

Da nahm Henry sie bei der Hand. Der Kies knirschte unter ihren Schritten. Bald bog der Weg ab und dann gabelte er sich. Entschlossen traf Henry eine Wahl und zog Rosamund hinter sich her: noch eine Ecke und wieder eine Gabelung. Dann stießen sie auf einen runden Platz, in dessen Mitte eine steinerne Bank stand.

»O, wie schön«, rief Rosamund. Sie deutete auf die Rosen, die den kleinen Platz umsäumten. »Wie sie duften …« Zart strich sie über eine der blassrosa Blüten. »Ist dies der Platz der Königin?«, fragte sie ohne Henry anzusehen.

»O nein, der ist weiter hinten. Die Farbe der Königin ist blutrot«, erklärte er. »Es gibt unzählige Plätze hier und jeder hat eine andere Farbe.« Er brach eine Blüte ab und reichte sie ihr. »Eine Rose für die Rose«, sagte er leise; dann deutete er auf die Bank. »Wollt Ihr Euch nicht setzen, Miss Clifford?« Er blieb vor ihr stehen und sah zu ihr hinab. Rosamund führte die Blüte an ihre leicht geöffneten Lippen. »Es hat lange gedauert«, murmelte Henry. »Ich habe schon geglaubt, Ihr hättet mich vergessen.«

»Wie könnte ich? Wo ich in der Zwischenzeit so oft das Einhorn über den Himmel habe jagen hören.«

»Also habt Ihr keine Angst mehr, wenn es donnert?«

Sie schüttelte leicht den Kopf. »Und ich bin noch immer glücklich ...«

»Worüber?« Seine Stimme klang belegt.

»Dass Ihr nicht Prinz Daffyd seid.« Sie strich mit der Rose über ihre Wange und schloss die Augen. Überdeutlich hörte Henry den Vogel, der sich ganz in ihrer Nähe in der Hecke niedergelassen hatte.

»Davon habe ich geträumt«, flüsterte Rosamund. Ein leichter Wind trieb spielerisch den Weg entlang. Die junge Frau löste das Band, das ihr Haar zusammenhielt und hielt ihr erhitztes Gesicht in die Brise.

Henry merkte nicht, dass er die ganze Zeit über mit geballten Fäusten vor ihr stand; fast war er erleichtert, als jetzt einer seiner Hunde um die Ecke bog und freudig auf ihn zulief. Er bückte sich um das Tier zu liebkosen. »Ich wäre glücklich, Miss Clifford, Euch heute Nacht als meinen Gast betrachten zu dürfen.«

»Ich danke Euch, mein König. Aber mein Bruder möchte heute noch weiterreiten, fürchte ich.«

»Dann werde ich ihn allein fortschicken. Ich mag ihn nicht«, sagte Henry. Er reichte Rosamund die Hand und zog sie von der Bank. »Wenn er reiten möchte, dann sollte er es lieber gleich tun, ehe es vollends dunkel wird.« Auf einmal lächelte er. »Er kann Euch beruhigt hier lassen. Der Lord Kanzler von England weilt ebenfalls unter meinem Dach – das dürfte genügen,

um Euren Ruf nicht zu gefährden.« Sanft schob er Rosamund in Richtung des Hauses. »Dort geht es lang.« Fröhlich bellend lief ihnen der Hund voraus.
Sie stießen auf Becket und Sir Clifford, als sie durch die kleine Pforte wieder in den Hof traten. Die beiden standen bei den gesattelten Pferden, und als sie die Schritte hörten, blickten beide verärgert auf. »Mein König«, sagte Becket, »Sir Clifford bittet um die Erlaubnis sich entfernen zu dürfen.« Rosamund schien er nicht zu bemerken.
»Aber gewiss doch, Sir Clifford, ich wünsche Euch eine gute Reise. Eine Eskorte wird Eure Schwester morgen zu Euch geleiten, lebt wohl.« Und er dirigierte Rosamund an den beiden vorbei auf das Portal zu.
Das junge Mädchen neben ihm kicherte verhalten. »Was für ein himmlisches Gefühl das sein muss König zu sein.« Sie ahmte Henry nach. »Lebt wohl, Sir Clifford. Eure Schwester bleibt heute hier!« Und mit ihrer normalen Stimme, die ihn immer wieder aufs Neue bezauberte: »Er wird entsetzlich wütend sein, aber was soll er machen?«
»Doch, es hat seine Vorteile«, gab Henry zu und grinste. »Jetzt führe ich Euch aber auf Euer Zimmer. Wir sind sehr stolz auf dieses Haus, müsst Ihr wissen. Alles ist modern – selbst die Gesinderäume sind zweckmäßig ausgebaut worden. Sie haben sogar ihren eigenen Abtritt – für England sicher einzigartig. Eine Idee der Königin.« Nebeneinander schritten sie die breite Wendeltreppe hinauf und bogen oben auf dem Gang nach links ab. »Schaut aus dem Fenster, Miss Clifford – von hier aus ist der Irrgarten genau zu sehen. Dort seht Ihr auch die Bank, auf der Ihr gesessen habt.«
Gebannt betrachtete Rosamund die leuchtenden Wandbehänge zwischen den Fenstern. »Sie kommen aus Aquitanien«, sagte Henry, »aus den Erblanden meiner Frau. Und den hier«, er deutete auf den nächsten, »hat sie in Fontevrault in Auftrag gegeben.«

Er stieß eine Eichentür auf, die geräuschlos zurückschwang und den Blick in einen quadratischen Raum freigab, den ein Vierpfostenbett beherrschte. Jemand hatte die Wandfackeln angezündet; ihr Licht verfing sich in den dunkelroten Samtportieren des Bettes. Andächtig ging Rosamund hinüber und berührte den Stoff. Henry war an der Tür stehen geblieben. Nun beugte sie sich aus dem offenen Fenster. »Manchmal glaube ich, Oxfordshire ist das schönste Land auf der Welt«, rief sie.
Gerührt betrachtete Henry die zierliche Gestalt. »Oxfordshire ist nur eine Grafschaft«, berichtigte er sie liebevoll. »Ich werde unten Bescheid geben, dass man Eure Sachen hinaufschaffen soll. Wir treffen uns später in der Halle.«
Rosamund hatte sich vom Fenster abgewandt. »Bitte ... geht noch nicht.«
»Aber wovor fürchtet Ihr Euch denn? Es donnert doch nicht.«
Sie streckte ihm die Hand entgegen. »Bitte, noch nicht.« Henry trat ins Zimmer.
Wortlos standen sie jetzt voreinander.
»Ich habe es mir so sehr gewünscht«, flüsterte das junge Mädchen. »Ich war es, die meinen Bruder überredet hat, hier einfach aufzutauchen. Ich war so einsam, als Ihr damals davongeritten seid. Ich habe Euch so viele Briefe geschrieben – aber ich habe nie gewagt sie abzuschicken. Ich musste Euch wieder sehen.«
Und dann hielt er sie in seinen Armen. Er spürte, wie ihre Hände sich um seinen Nacken legten und wie ihr Körper, der ihm so zart und willenlos erschienen war, sich plötzlich an den seinen drängte. Mit kindlichen Küssen begann sie sein Gesicht zu bedecken. Er wollte die Hände hinter seinem Kopf lösen, er wollte sie von sich schieben; stattdessen begann er gierig den Verschluss ihres Kleides zu lösen. Er stöhnte laut auf, als er ihre nackte Brust fühlte. »O ja, berühre mich«, keuchte sie. Da hob er sie auf und trug sie zum Bett hinüber. Mit hastigen Bewegungen begann er sich zu entkleiden. Und als sie dann un-

ter ihm lag, war er erstaunt, wie willfährig sie seinen Bewegungen entgegen kam. Rosamund ließ ihm keine Zeit für Überlegungen. »Das habe ich gewollt. Nur das. Immer nur das. Seitdem ich Euch das erste Mal gesehen habe.«
Später lag sein Kopf auf ihrer schweißnassen Brust. Er hob die Hand und berührte ihr Gesicht. »Weinst du?«, fragte er zärtlich. Sie schüttelte den Kopf. »Nicht wirklich – oder nur, weil ich so glücklich bin. Schick mich nie wieder fort.« Sie begann seinen bloßen Rücken zu streicheln. »Hab mich noch einmal lieb.«

Von draußen klang der erste Hahnenschrei herüber, als Henry barfuß zu seinen Gemächern lief. Erleichtert stieß er die Tür auf, und als er sie leise hinter sich geschlossen hatte, lehnte er sich mit dem Rücken dagegen und atmete tief durch. Sein Blick fiel auf das aufgeschlagene und unbenutzte Bett. Und dann sah er Becket. Zusammengekauert auf einem Schemel hockend starrte er ihm mit brennenden Augen entgegen. Da gab sich Henry einen Ruck; er stieß sich von der Tür ab. »Ich weiß, was du jetzt sagen willst, Thomas! Aber bitte …«, abwehrend hob er beide Hände, »bitte, mach mir keine Vorhaltungen. So etwas geschieht eben.«
Langsam stand Becket auf. Er überragte den König um einen halben Kopf. »So etwas darf nicht geschehen«, sagte er heiser und dann rieb er seine Hände, als fröre er.
Wieder krähte draußen der Hahn. Henry wies mit dem Kinn zum offenen Fenster. »Hör doch, Thomas. Du solltest endlich schlafen gehen.«
Becket schien ihn nicht verstanden zu haben. Tonlos wiederholte er: »So etwas darf nicht geschehen.«
»Sei nicht päpstlicher als der Papst, mein Lieber. Der hätte es gerade nötig, mir Vorhaltungen zu machen.« Er grinste und warf sich aufs Bett. »Geh schlafen, Thomas. Ich bin müde.« Gähnend zog er das Lederhemd über den Kopf.
Plötzlich schrie Becket auf. Mit sich überschlagender Stimme schrie er: »Ihr seid der gesalbte König!« Er trat gegen den Sche-

mel, auf dem er gesessen hatte, dass er krachend durch den Raum flog; Holz splitterte. »Ihr habt Euer Amt von Gott!«
»Bist du verrückt geworden? Du weckst ja das ganze Haus auf«, zischte Henry; dann warf er sein Hemd zu Boden.
Becket tat einen Schritt auf das Bett zu und neigte sich über ihn, als wolle er ihn schlagen. Instinktiv wich Henry zurück; er sah die Schweißperlen auf Beckets Stirn. Jetzt streckte der Kanzler die Hände nach ihm aus; sie kamen näher; und sie bebten so, dass Henry bis zum Kopfende des Bettes zurückwich. »Thomas! Beruhige dich«, keuchte er. »Ich werde es beichten und Gott wird mir verzeihen.«
Beckets bebende Hände hielten dicht vor Henrys Gesicht inne. »Schwört es mir, mein König!« Jetzt sprach er wieder ruhig und beherrscht.
»Ja, ja, ich verspreche es und schwöre, dass ich es beichten werde.«
Ein Krampf ging durch Beckets Körper. Aufschluchzend fiel er über das Bett. Zögernd legte Henry ihm die Hand auf den Kopf. »Ist ja gut, Thomas. Beruhige dich. Es ist ja alles gut.«
Becket hob das tränenüberströmte Gesicht und blickte ihn an. »Ist es das, mein König?« Wieder nickte Henry. Da griff Becket nach seiner Hand und küsste sie.
»Rutsch ein wenig höher«, sagte Henry und zog ihn an seine nackte Brust. Eine Weile lagen beide schwer atmend nebeneinander; dann begann Henry dröhnend zu lachen. »Junge, Junge, du hast mir richtig Angst eingejagt. Einen Moment lang habe ich geglaubt, du schlägst mich.«
»Das habe ich auch geglaubt«, flüsterte Becket. Seine feuchte Wange lag auf Henrys nackter Haut.
Erste Lichtstrahlen tasteten sich durch das Fenster und die Vögel begannen zu singen. Henry zerrte die Pelzdecke unter sich hervor und hüllte sie beide darin ein. »Jetzt lass uns noch ein wenig schlafen.« Aber nach einer Weile begann er von neuem. »Bist du noch wach, Thomas?«

»Ja, Mylord.«
»Die meisten Herrscher tun es ...«, flüsterte Henry, »ausgenommen natürlich der französische König.«
»Ausgenommen auch der englische König!«, sagte Becket. »Unkeuschheit ist schlimmer als Töten.«
»Nur schöner«, grinste Henry verschlafen. Plötzlich war er hellwach. »Wer sagt es ihr? – Die Königin wird gegen Mittag erwartet – da wäre es vielleicht besser ...«
»Ich werde dafür sorgen, dass sie früh genug verschwunden ist.« Nun war es an Becket zu lächeln.
»Das möchte ich lieber nicht. Es war das erste Mal für sie, verstehst du?«
Becket hatte sich auf einen Ellbogen gestützt und blickte auf ihn hinab. »Sie ist eine Sünderin und Ehebrecherin«, erwiderte er streng.
Henry dachte nach. »Wenn man's genau nimmt, passt das beides auch auf mich.«
»Die Sünde geht immer vom Weibe aus«, erwiderte Becket bestimmt.
»Das meinst du nur, weil du dir nichts aus Frauen machst«, sagte Henry grinsend. »Miss Clifford ist so ... so märchenhaft. Wie ein träumendes Kind, das ein böses Erwachen haben wird, wenn du es jetzt nach Hause schickst. Vielleicht sollte ich es doch lieber selber tun ...«
»Nein, Mylord.« Becket schwang die Beine aus dem Bett. »Wir werden dem Teufel keine Gelegenheit geben, wieder Macht über Euch zu erhalten. Ich werde mit Miss Clifford reden und für Euch bestelle ich den Priester in die Kapelle. Dann könnt Ihr vor dem Frühstück noch beichten.«
Henry kreuzte die Arme hinter dem Kopf. »Aber tu es bitte freundlich, Thomas.«
Als Becket den Raum verließ, drehte Henry sich zur Wand und war sofort eingeschlafen. Er hörte nicht, wie unten im Hof die Pferde aufbrachen.

Erleichtert schob Alienor im Innenhof von Woodstock den Schleier zur Seite und ließ sich aus dem Sattel helfen. In der Sonne sprühte ihr rotes Haar Funken. »Rate nur, wen ich getroffen habe?« Lachend legte sie die Arme um Henry. »Die kleine Clifford! Wie ein Häufchen Elend kam sie mir auf dem Weg entgegen.« Sie küsste ihn und einen Moment lang hielt er sie eng an sich gepresst. »Gut, dass du wieder da bist«, flüsterte er.

Alienor trat einen Schritt zurück und sah sich zufrieden um. »Schön ist es hier.« Dann griff sie nach seiner Hand. »Lass uns in den Garten gehen. Den ganzen langen Weg über habe ich davon geträumt.« Und als sie sein Zögern bemerkte: »Nur für einen Augenblick. Es war so heiß und staubig unterwegs.« Sie zog ihn mit sich fort zu der Pforte, die in den Irrgarten führte. Kaum hatten sie die Tür hinter sich geschlossen, warf sie sich in seine Arme. »Und von dir habe ich natürlich auch geträumt«, und zärtlich fuhr sie ihm durchs Haar. Als sie über den Kiesweg gingen, sagte sie beiläufig: »Diese kleine Clifford ist schon ein merkwürdiges Geschöpf. Ich fürchte, dass sie bei unserem guten Robert auf Dauer verbauert. Als ich sie ansprach, rutschte sie vom Pferd und knickste ein ums andere Mal. Nicht einen zusammenhängen Satz brachte sie heraus.«

Sie gelangten zu dem kleinen Platz, an dem er zuvor mit Rosamund gewesen war. Alienor zog ihn zur Steinbank. »Es waren unsere Leute, die sie begleiteten. Sie sagte, ihr Bruder hätte dir seine Aufwartung gemacht. Was wollte er denn von dir? Ach, sieh dir das an, hier hat jemand eine Rose abgebrochen! Verdammt noch mal, es ist der Dienerschaft doch verboten an die Blumen zu gehen. Hat man denn nirgendwo je einen Platz für sich allein!«

Henry zog sie sanft zurück und bettete ihren Kopf an seiner Schulter. »Reg dich nicht auf. Erzähl mir lieber, was du erreicht hast.«

Eben noch verstimmt, begann Alienor munter zu berichten. »In Oxford gab's das übliche Gerangel um Geld. Aber viel aufregender fand ich die Ehebrecherin, die sie an den Pranger gestellt hatten – wir kamen zufällig daran vorbei. Und diese Dame ging nicht etwa in sich, nein, sie bezichtigte den Mönch, den man hinzugerufen hatte, ebenfalls Beischlaf mit ihr gehabt zu haben. Kannst du dir das vorstellen? Da steht er in seiner Kutte und will sie mit Weihwasser besprengen und sie zieht vom Leder.«

Henry schmunzelte. »Und was hat er gemacht?«

Alienor streckte ihre langen Beine in den weichen Stiefeln aus. »Zuerst hat er psalmoniert, doch als sie dann von einem Muttermal an einer ganz exquisiten Stelle zu reden begann, da hat er schleunigst das Weite gesucht. Das ganze Volk hat gejohlt.«

»Und was hast du getan?«, fragte Henry.

Alienor wandte ihm ihr schönes Gesicht zu und ihre Augen funkelten. »Ich? Oh, ich war ganz königlich und taub. Was hätte ich denn sonst tun sollen?« In komischer Verzweiflung zuckte sie mit den Schultern. »Nach geltendem Recht gehören Ehebrecher eben an den Pranger. Wenn es dir nicht passt, dann musst du die Gesetze ändern, mein Liebling!« Sie zog seinen Kopf zu sich hinab und küsste ihn. »Und jetzt werde ich hineingehen und mich mit kühlem Wasser erfrischen. Gehe ich recht in der Annahme, dass unser geschätzter Lord Chancellor heute Abend unser Gast sein wird? Gut, dann werden wir die Gespräche über unsere Kinder eben auf später verschieben.«

»Liegt denn etwas an?«, fragte Henry, als sie dicht nebeneinander zum Ausgang schlenderten.
»Nun, Henry der Jüngere wird nach dir König von England werden. Da fände ich es nett, wenn Richard als künftiger Herzog von Aquitanien eingesetzt würde – es würde mir Spaß machen, ihm eigenhändig die Krone aufzusetzen. Denk mal darüber nach.«
Henry überlegte. »Ich weiß nicht, ob das eine so gute Idee ist«, meinte er schließlich. »Unser Sohn Henry wäre besser dran, wenn ihm alles gehörte.«
»Meinst du nicht, England ist groß genug? Aber es eilt ja nicht. Noch leben wir ja beide.«
Sie hatten die Pforte erreicht und Henry ließ Alienor den Vortritt. »Die Hauptsache ist doch, dass die Dynastie gesichert ist. Söhne haben wir genug. Alles andere wird sich später finden«.
Als sie in der kühlen Halle standen, sah sich Alienor im Halbdunkel um und winkte dann eine der Mägde zu sich, die dabei waren, den Tisch für den Abend herzurichten. Zu Henry sagte sie: »Etwas vermisse ich in diesem Land. In Aquitanien gibt es Blumen in Hülle und Fülle.« Dann zu der Magd: »Geh in den Irrgarten, schneide alle blassrosa Rosen ab und schmücke damit die Tafel.« Und wieder zu Henry: »Kommst du mit hinauf?«
»Ich habe noch mit Becket zu reden«, erwiderte er.

London
16. Oktober 1160

Meine geliebte Frau,

diesen Brief schreibe ich eigenhändig, weil ich nicht möchte, dass er irgendjemandem in die Hände fällt; wir könnten uns die größten politischen Schwierigkeiten einhandeln.
Es geht um Louis VII., mit dem du ja das zweifelhafte Vergnügen gehabt hast das Ehelager zu teilen!

Konstanze von Kastilien ist noch nicht richtig kalt, da bemüht er sich um eine dritte Ehe mit Adela von Champagne! Erinnere dich daran, wie er öffentlich getrauert hat, als Konstanze im Wochenbett starb; und nun das. Ich bin außer mir!
Durch dieses neue Ehebündnis wird das Königreich Frankreich buchstäblich der Champagne ausgeliefert, denn Theobald von Blois und Heinrich von Champagne werden sich diesen fetten Brocken nicht entgehen lassen, wenn ihre Schwester erst Königin von Frankreich ist. Wenn der Teufel es will, dann wird sie ihm womöglich auch noch den lang ersehnten Erben schenken. Was wird dann aus all unseren schönen Plänen?
Ich vermisse dich unendlich. Auch wenn der Tower nicht mehr kalt und zugig ist und die Kamine richtig ziehen, beneide ich dich um deinen Aufenthalt in Aquitanien. Gestern hat es hier geschneit. Mir ist kalt – im Bett und überall.
Ich habe vor einer Stunde nach Thomas geschickt und ich erwarte ihn noch immer.
Pass auf dich auf und möge Gott dich beschützen.

Dein einsamer Henry

Er faltete das Pergament und suchte nach Siegellack. Dann rief er nach seinem Sekretär. »Dieser Brief geht heute noch hinunter zur Küste und mit auslaufender Flut hinüber zum Kontinent. Ihr bürgt mir dafür, dass die Königin ihn übermorgen in Händen hält.«
Da wurde die Tür aufgestoßen und mit vor Kälte gerötetem Gesicht eilte Becket in den Raum. Als er das Knie beugte, sah Henry die Regentropfen auf seinem Haar; sein Blick glitt über den kostbaren Zobelmantel. »Zieh den aus – du bist ja ganz nass«, sagte er schroff. Irritiert blickte er in das heitere Gesicht des Freundes. »Was gibt es denn zu lachen? Warte nur, bis ich dir die neuesten Nachrichten berichtet habe!«

Becket lachte kurz auf. »Frankreich und seine neuen Heiratspläne? Ach, das hat gar nichts zu bedeuten. Wir werden Kapital aus der Situation schlagen.« Listig sah er Henry an.
»Ach ja? Und wie stellst du dir das vor?«
»Was der französische König kann, das können wir schon lange.«
»Wie das?«, fragte Henry ungeduldig.
»Nun, indem wir ebenfalls heiraten. Dies ist genau der richtige Zeitpunkt, Euren Sohn Henry mit der französischen Königstochter Margarethe zu vermählen.«
»Bist du verrückt geworden?«, rief Henry. »Mein Sohn ist gerade fünf und die Französin erst zwei Jahre alt!«
»Wen kümmert das?«, erwiderte Becket sarkastisch. »Ich habe bereits Verbindung mit den Legaten Heinrich von Pisa und Wilhelm von Pavia aufgenommen, damit sie uns umgehend die Dispenz für diese – zugegeben, etwas ungewöhnliche – Hochzeit besorgen. Jetzt wird es sich auszahlen, dass wir uns beizeiten auf die Seite des Papstes geschlagen haben.«
»Alexander wird uns etwas husten! Eine zweijährige Braut!«
Becket schüttelte den Kopf. »Um politisch den Rücken frei zu haben, ist er auf die Gunst des englischen Königs angewiesen.«
Henrys Miene hellte sich auf. »Das hieße, wir könnten eine ordentliche Mitgift einheimsen?« Und mit einem tiefen Seufzer: »Endlich die lange begehrten Burgen im Vexin und in Gisors. Aber was geschieht mit den Templern, die in Gisors sind?«
»Sie werden uns die Festung ohne einen Schwertstreich übergeben«, versprach Becket, »mein Wort darauf.«
Henry sprang auf; im nächsten Moment riss er Becket in seine Arme und begann mit ihm durch den Raum zu tanzen. »Wer braucht sich schon Sorgen zu machen, wenn er einen solchen Kanzler hat!« Dann hielt er inne und fragte erstaunt: »Wie kommt es nur, dass deine Späher den meinen immer einen Tag voraus sind?«

Vereinzelt fielen noch ein paar Flocken, als Henry und sein Kanzler an der Spitze eines kleinen Trupps von Reitern auf Woodstock zuritten. »Hier draußen ist der Schnee liegen geblieben. Das wird uns bei der Wolfsjagd helfen.« Er deutete auf die Wagenspur, die sich vor ihnen im frischen Weiß abzeichnete. »Wer immer das gewesen sein mag, er sollte sich beeilen nach Hause zu kommen«, sagte er. »Es wird bald wieder schneien.«

Eine Weile ritten sie schweigend nebeneinander her, dann sagte Henry: »Wenn das mit der Hochzeit gelingt ...«, er zwinkerte Becket zu, »... dann schicke ich meinen Sohn an deinen Hof. Du kannst dann ja versuchen ihm den notwendigen Schliff beizubringen.«

Vor Freude wurde Beckets Gesicht ganz rot. »Welche Ehre, mein König.«

»Die Königin hat freilich auch noch ein Wort mitzureden«, schränkte Henry ein. »Obwohl ich mir nicht denken kann, dass sie etwas dagegen hätte. Wo sonst könnte unser Thronfolger schon besser politisches Kalkül und höfisches Gebaren erlernen. Ich möchte wetten, Thomas, du bist der eitelste Mann im ganzen Reich.« Er griff hinüber und berührte Beckets Zobel. »Wer außer dir geht in dieser Pracht auf Bärenhatz! Sieh mich an.« Lachend deutete er auf den Schafspelz, den er trug.

»Ich liebe nun einmal schöne Gewänder«, erwiderte Becket ungerührt, »und auch ein Zobel wärmt.« Plötzlich wies er nach

vorn. »Seht nur, mein König! Dort hat es einen Unfall gegeben.«
Gleichzeitig gaben sie ihren Pferden die Sporen. Im Näherkommen sahen sie einen Wagen, von dem sich ein Rad gelöst hatte; der Ochsenlenker war damit beschäftigt, seine Tiere zu beruhigen. Erschrocken blickte er zu den Reitern auf. »Vergebt Ihr Herren, dass ich die Straße nicht frei machen kann. Aber seht selbst.« Er deutete auf das Gefährt, das sich bedenklich zur Seite neigte.
»Ist das Rad noch zu reparieren?«, fragte Henry und prüfte es bereits. »Steig ab, Thomas«, befahl er. »Wenn ihr beiden den Wagen aufrichtet, kann ich das Rad vielleicht wieder einsetzen.«
Unschlüssig sah der Ochsenlenker von einem zum anderen. Henry hielt das verschlammte Wagenrad schon in den Händen. »Worauf wartet Ihr!«, rief er ungeduldig. Zögernd stieg Becket vom Pferd, sorgsam darauf achtend, dass sein Mantel nicht mit dem Boden in Berührung kam. »Herrgott, was ist das schwer! Was habt Ihr bloß geladen?«, fuhr Henry den Ochsenlenker an, als sie sich anschickten den Karren aufzurichten. Als das Rad auf die Achse geschoben hatte, wurde die Plane zaghaft angehoben. Überrascht trat er einen Schritt zurück. »Miss Clifford!«
In diesem Moment rief Becket, der hinter dem Wagen stand: »War's das jetzt?«
»Ich fürchte, es fängt erst an«, murmelte Henry vor sich hin und half Rosamund herauszuklettern. Unwillkürlich zupfte er ihr ein paar Strohhalme aus dem Haar. Sie standen voreinander und starrten einander an. Als sie sich jetzt eine blonde Haarsträhne aus dem Gesicht strich, bemerkte Henry, dass Rosamunds Hände vor Kälte bläulich waren; ohne nachzudenken zog er seine Stulpenhandschuhe aus und begann ihr die Finger warm zu reiben.
»Was habt Ihr auf diesem Karren zu suchen?«, fragte er schließlich. Ihre blauen Augen begannen zu verschwimmen.

»Ich habe in Canterbury gebetet«, antwortete sie leise.
»Mein König, was ist?«, rief Becket ungeduldig. »Reiten wir weiter?«
Da nahm Henry Rosamund bei der Hand und zog sie um den Wagen herum. »Sieh nur, Thomas, wen ich gefunden habe.«
Becket riss so ärgerlich am Zügel, dass sein Pferd bockte. »Verdammtes Vieh«, knurrte er; und erst, als er es wieder beruhigt hatte, verbeugte er sich knapp. »Miss Clifford. Welche Überraschung.«
Willenlos ließ sich das junge Mädchen von Henry aufs Pferd heben; dann schwang er sich hinter ihr in den Sattel. »Gib dem Fuhrmann ein wenig Geld«, befahl Henry, dann ritt er los. »Wir sehen uns in Woodstock«, rief er über die Schulter.
Nun fühlte er nur noch den Wind auf seinem bloßen Gesicht und die Wärme ihres Körpers an seiner Brust. »Ich habe gewusst, dass es nicht das Ende war«, flüsterte er Rosamund ins Ohr.
Es dämmerte, als sie die Mauern von Woodstock vor sich auftauchen sahen. Im Innenhof sprang er vom Pferd und hob sie hinab. Dann trug er sie auf seinen Armen ins Haus.

Rosamund hatte die Augen geschlossen und den rechten Arm fest um Henrys Nacken geschlungen. Sie sprach kein Wort, als er mit ihr die Wendeltreppe hinaufstieg. Erst als sie den oberen Gang erreicht hatten, bat sie wispernd: »Nicht in das alte Gemach, bitte …« Henry ging an der geschlossenen Tür vorbei und betrat bald darauf Alienors und sein Schlafzimmer. Ohne zu zögern setzte er Rosamund auf dem breiten Bett ab und zog ihr den feuchten Umhang von den Schultern. »Besser?«, fragte er und kniete nieder, um ihr die Stiefel auszuziehen. Fürsorglich breitete er die Pelzdecke über sie.
Rosamund hatte ihn schweigend gewähren lassen. Immer noch zitternd vor Kälte sah sie zu, wie er zu dem mannshohen Kamin hinüberging und große Scheite Brennholz darin aufbaute.

Er griff in seine Tasche und zog einen Feuerstein hervor. Nach wenigen Augenblicken prasselten die Flammen.
Zufrieden trat Henry zurück und begutachtete sein Werk. Dann ging er hinüber zur Tür und rief nach heißem Bier. Er wartete, bis er Schritte auf dem Gang hörte; schon an der einen Spalt breit geöffneten Tür nahm er das Tablett entgegen. Behutsam goss er von der dampfenden Flüssigkeit in einen Becher, schob Rosamund einen Arm unter den Kopf und gab ihr zu trinken. Wie ein Kind ließ sie alles mit sich geschehen.
Als die Reiter im Hof einritten, hob sie erschrocken den Kopf und zog die Felldecke bis zum Kinn.
Henry lächelte. »Niemand wird es wagen, hier hereinzukommen.«
Zaghaft erwiderte sie sein Lächeln. »Bestimmt?«, hauchte sie.
Er nickte. Unschlüssig sah er auf sie hinab. »Kannst du dir denken, was jetzt geschieht?« Rosamund nickte ernsthaft.
Er runzelte die Stirn. »Du weißt, dass es eine Sünde ist?«
Wieder nickte sie und Henry biss sich auf die Lippen. »Aber du willst es trotzdem?«, fragte er nach einer Weile.
»Ja, ich will es!«, stieß sie hervor.
»Sag noch einmal, dass du es willst!« Doch Rosamund kam nicht mehr dazu zu antworten. Aufstöhnend fiel er über sie her, zerrte die Felldecke zur Seite und schob ihr Kleid hinauf. Sie stieß einen Schrei aus und warf ihre Beine um seinen Leib. »Sag meinen Namen …«, rief er, als er kam.
Rosamund zog ihn auf sich herunter. »Mein König. Mein König!«, flüsterte sie.
Ernüchtert ließ er von ihr ab. »Warum sagst du das?« Er warf sich auf den Rücken und starrte zur Decke. Lächelnd beugte sie sich über ihn und begann ihn zu küssen. »Aber das bist du doch«, antwortete sie. Ihre Hände begannen seinen Körper zu erkunden.
»Lass das!«, sagte er schroff und schob sie beiseite. »Warum wolltest du nicht in dem alten Raum mit mir schlafen?«

»Weil du mich dort gedemütigt hast.«
Henry wandte den Kopf und sah sie an. »War das der einzige Grund?«
»Nein«, sagte Rosamund. »Dies ist das Gemach der Königin. Ich wollte, dass es hier geschieht.«
Irritiert schob er sich ein Kissen unter den Kopf. »Was hast du davon?«
Sie lächelte noch immer. »Ich bin nur die Tochter eines kleinen Lords – aber ich bin die Geliebte des Königs. Und da es hier das erste Mal geschehen ist ...«
»Nun?«
Ihr Kopf fuhr herum. »Wann immer du mit mir schläfst, bin ich die Königin!«
Mit einem Ruck hatte er sich aufgerichtet und begann sie links und rechts zu ohrfeigen. »Wage es nicht noch einmal, die Königin zu erwähnen«, zischte er. »Dafür könnte ich dich in den Kerker werfen lassen.« Schwer atmend ließ er von ihr ab.
»Schlag mich ruhig, wenn du dich dann wohler fühlst.« Ihre Hand begann seine Hüfte zu streicheln, dann die Innenseiten seiner Schenkel. »Du willst mich doch, mein König. Also lass mich nie wieder durch einen deiner Knechte fortschicken. Woodstock ist unsere Burg und hier bin ich die Königin.«
Henry hasste sich dafür, dass er wieder nach ihr griff. Rosamund half ihm die Knöpfe ihres Mieders zu öffnen. Nackt beugte sie sich über ihn. »Schau mich an ... Fass mich an ... Ich bin jung ... Ich bin die junge Königin von Woodstock!«
Ihr blondes Haar fiel über sein Gesicht und hüllte ihn ein. Im Kamin krachte ein Scheit. Da stieß Henry sie mit einem Fluch von sich und schwang sich aus dem Bett. Hastig stieg er in seine Kleider. Er war schon an der Tür, als er zu ihr hinüberrief: »Miss Clifford, in einer Stunde wartet die Eskorte auf Euch!«
Er glaubte ihr Lachen noch auf der Treppe zu hören. Als er an Beckets Gemach vorbeieilte, blieb er plötzlich stehen; vorsich-

tig öffnete er die Tür einen Spalt – und vernahm das Geräusch einer Peitsche auf nackter Haut. Bebend schloss er die Tür. Dann lehnte er sich gegen die Mauer und begann zu schluchzen. »O mein Gott, was habe ich getan.«

Den Rest der Nacht irrte er ziellos durch das Haus. Ihm war, als sähe er es zum ersten Mal. In der großen Halle nahm er eine Öllampe und hielt das Licht dicht vor den prächtigen Wandbehang, den die Schwestern aus Fontevrault Alienor und ihm zum Dank für eine neue Schenkung gesandt hatten. Er beleuchtete die beiden Schilde, die auf Alienors Geheiß über dem Kamin aufgehängt worden waren: Symbol der Allianz zwischen Aquitanien und England.

Mit der Lampe in der Faust stieg er erneut die Wendeltreppe zu ihrem Gemach empor. Der Raum war leer. Er riss die Pelzdecke und das Laken vom Lager und warf beides in die Flammen. Beißender Qualm stieg auf, der ihm in den Augen brannte; dennoch blieb er dort stehen, bis alles verkohlt war. Dann riss er die Tür auf und brüllte: »Geht und weckt den Lord Kanzler! Wir reiten hinunter zur Küste. Ich will zur Königin …«

Ihr Aufbruch von Woodstock glich einer Flucht. Noch schrien Ritter nach ihren Knappen, wurden schlaftrunkene Pferde aus den Boxen gezerrt, schleppten Knechte die Sättel herbei und nestelten Männer im Laufen an den Verschlüssen ihrer Kettenhemden, da galoppierte Henry bereits aus dem schneeverwehten Burghof.

Becket war ihm dicht auf den Fersen.

An der Küste endlich hatte der Tross sie eingeholt. Während Becket das Einschiffen überwachte, stand Henry barhäuptig am Ufer und starrte nach Süden auf das aufgewühlte Meer. Niemand wagte ihn anzusprechen.

Ängstlich beobachteten seine Männer, wie der Sturm die Segel blähte, und als sie die schwankenden Planken betraten, vergaß nicht einer sich zu bekreuzigen.

»Komm mit mir!«, befahl Henry seinem Kanzler. »Ich habe mit dir zu reden!« Barsch bugsierte er Becket in die niedrige Kajüte. Dann lehnte er sich mit dem Rücken gegen die Tür, verschränkte die Arme und maß Becket lauernd von Kopf bis Fuß. »Nun?«

Der andere hatte sichtlich mit aufsteigender Übelkeit zu kämpfen und hielt sich totenbleich am Tisch fest. »Ich verstehe nicht … mein König …« Becket hielt sich die Hand vor den Mund.

»O doch, mein Freund, du verstehst mich sehr gut. Hör auf zu kotzen, wenn ich mit dir rede!«, brüllte Henry.

Becket warf den Kopf in den Nacken und atmete hechelnd. »Es tut mir Leid, mein König, aber ich fühle mich nicht gut.«

Henry lachte böse. »Wenigstens in diesem Punkt empfinden wir ähnlich, mein verehrter Lord Kanzler, sind wir doch beide Sünder.« Becket erbrach sich in sein Taschentuch. Ungerührt sah Henry ihm zu. »Hat es nicht einen widerlichen Nachgeschmack? Verdirbt es nicht im Nachhinein alles Genossene – wie köstlich es auch einmal erschien?« Becket hielt die Augen geschlossen. »Warum tun wir das, Thomas?«, fragte Henry leise. »Wir haben doch alles, was wir uns je gewünscht haben. Antworte mir!«

Beckets Augen schwammen in Tränen. »Ich weiß es nicht, mein König«, stieß er unter Schluchzen hervor. »Es ist der Teufel …«

»Glaubst du das wirklich? Das hieße ja, dass uns gar keine Schuld trifft, denn der Teufel ist mächtig. Luzifer, dieser gefallene Erzengel, ist ein weitaus mächtigerer Mann als der König von England und dessen Kanzler.« Nachdenklich ging er zum Bullauge. »Dort hinten versinkt England. Ich bin froh, dass wir fortgehen. Wenn wir erst auf dem Kontinent sind, wird alles wieder so sein wie früher. An der Seite der Königin ist für Luzifer kein Platz.« Erleichtert wandte er sich ab und streckte Becket eine Hand entgegen. »Komm mit nach draußen, Thomas. Die frische Luft tut dir gut. Der Wind wird unsere Sünden forttragen.«

»Die Lust, mein König, ist die größte Sünde«, flüsterte Becket, als er sich aufrichtete.
»Darüber haben wir jetzt genug geredet. Uns beiden genügt es zu wissen, dass es der Teufel war.« Er riss die Tür auf und ging hinaus.

Wie viel wärmer als in England es doch im Anjou ist. Kaum zu glauben, dass wir hier sind, um das Weihnachtsfest zu begehen«, sagte Henry, als er an Beckets Seite über die Brücke der Vienne ritt. »Sieh nur!«, rief er und deutete auf die Fahne, die über der Burg von Chinon wehte: »Die Königin erwartet uns.«

Girlanden und bunte Bänder schmückten das große Burgtor; das gesamte Personal stand aufgereiht im Burghof, und als Henry und Becket über die hölzerne Brücke ritten, riefen die Leute laut »Vivat Rex« und schwenkten Fähnchen. Rot vor Freude stieg Henry vom Pferd. Er hatte nur Augen für Alienor, die in einer dunkelroten Robe am Fuß der Treppe zum Palas stand.

»Willkommen zu Hause!«, rief sie ihm strahlend entgegen. Dann lag sie in seinen Armen und er fühlte ihr Herz schlagen.

»Glücklich?«, fragte sie.

»So sehr! Danke für diesen überwältigenden Empfang. Danke. Danke.« Den Arm noch immer um ihre Schultern, wandte er sich an die Versammelten. »Es tut gut, wieder zu Hause zu sein. Große Dinge liegen vor uns, aber daran lasst uns heute nicht denken, sondern miteinander fröhlich sein. Es gibt Wein für alle!« Dröhnender Applaus scholl ihm von unten entgegen, sodass kaum zu verstehen war, mit welchen Worten Alienor Becket begrüßte. Henry nahm sie bei der Hand und führte sie die Stufen hinauf. »Ich hatte beinahe vergessen, wie schön du bist«,

murmelte er und betrachtete sie voll Stolz. Sie trug ihr langes rotes Haar in einem weichen Knoten im Nacken und die fahle Wintersonne spielte darauf.
Als Alienor sie in die Halle bat, blieben die beiden Männer überrascht stehen; seit ihrem letzten Aufenthalt hatte sich manches dort verändert. Statt des einen Wandbehangs hingen nun deren drei und ihre Farben wetteiferten im Schein der Lampen und des Kaminfeuers.
»Zufrieden?«, fragte sie und zog Henry mit sich in die Mitte des Saales. »Schau zurück zur Tür!« Er hob den Blick und sah, dass man auch hier bunte Wappen über das Portal gehängt hatte. »Alle unsere Besitztümer«, verkündete Alienor. »Wer hier zu Gast ist, der weiß, bei wem er sich aufhält!«
»Du bist wirklich eine Königin«, sagte Henry. Alienor entzog sich ihm und reichte Becket den Arm. »Kommt mit hinauf zum Kamin. Dann müsst Ihr mir berichten, wie es in England gegangen ist. Manchmal habe ich geradezu Heimweh nach dem Nebel!« Doch dann stutzte sie. »Oder wäre es Euch angenehmer, wenn man Euch sofort in Euer Gemach brächte? Ihr seht blass aus. Soll ich Euch den Medicus schicken? Ich möchte, dass Ihr zu Weihnachten wieder wohlauf seid.«
Dankbar erwiderte Becket: »Ihr seid sehr gütig, Königin.« Sie sahen ihm nach, als er durch den Saal schritt; dann wandte Alienor sich Henry zu. »Jetzt habe ich dich endlich für mich«, sagte sie leise. »Trink schnell aus und lass uns nach oben gehen!« Eng aneinander geschmiegt verließen sie den Raum.
Als Alienor die Tür zu ihren Privatgemächern aufstieß, flüsterte Henry: »Es hat so lange gedauert …!« Kaum war die Tür hinter ihnen ins Schloss gefallen, griff er nach ihr. Sein Mund wurde trocken, als er ihr Gewand löste. Er zog ihr das Kleid über den Kopf und öffnete beinahe andächtig die winzigen Schlaufen ihres Mieders. Als sie nackt vor ihm stand, kniete er nieder und presste den Kopf gegen ihren flachen Leib. »Ich habe mich immer nur nach dir gesehnt«, flüsterte er. »Dich zu lie-

ben und von dir geliebt zu werden, bedeutet mir mehr, als König von England zu sein!«
Sie legte ihre Hände um seinen Kopf und zwang ihn sie anzusehen. »Was immer auch geschehen mag – das weiß ich, mein Liebster.« Lachend stolperten sie hinüber zum Bett. Als er auf ihr lag, sah sie ihm in die Augen und wisperte: »Du bleibst der Einzige für mich, Henry Plantagenet!« Und er antwortete: »Du bleibst die Einzige, Alienor, Königin meines Herzens!«

Von draußen klang das fröhliche Geplauder der Höflinge durchs Fenster. Alienor rekelte sich. »Einer von uns muss den Anfang machen. Sie warten auf uns und wären enttäuscht, wenn sie dich heute beim Essen nicht bei sich hätten.«
Flüchtig küsste sie ihn auf die Nasenspitze und schwang ihre langen Beine aus dem Bett. »Vielleicht solltest du auch nach Becket sehen. Wahrscheinlich war es unverantwortlich, ihn die ganze Strecke von der Küste aus reiten zu lassen.«
Henry sah ihr zu, als sie sich im Handspiegel betrachtete.
»Ich hatte so viel Mühe mit meinen Haaren. Nun sieh dir an, was du angerichtet hast!« Sie hielt den Spiegel so, dass sie ihn im Bett sehen konnte. »Aber es stand dafür, Henry Plantagenet«, sagte sie lachend. »Möchtest du mir nicht erzählen, was in England vorgefallen ist?« Henry reckte sich und unterdrückte ein Gähnen. »Ach, das Wetter und die Kälte …«
»Vergiss den Nebel nicht«, spottete sie und suchte nach einem Kamm.
»Was ist, warum starrst du mich so an?« Mit beiden Händen fuhr Henry sich durch die Haare. »Was ist so merkwürdig daran, wenn ich mich auf dich freue und wenn ich glücklich bin endlich wieder in Chinon zu sein?« Alienor legte den Spiegel zur Seite. Draußen hatte jemand ein Lied angestimmt und andere fielen ein. »Hör nur, Henry«, sagte sie. »Sie singen für dich.«
Dann zog sie ihm die Decke vom Körper und warf sich noch einmal auf ihn.

Der Wilderer duckte sich tiefer in das Schilf und spähte zum anderen Ufer der Loire hinüber, wo ein prächtiger Zug von Reitern vorbeizog; die leuchtenden Gewänder der Damen spiegelten sich im Wasser. Von dort, wo er kauerte, konnte er jedes Wort verstehen, was drüben gesprochen wurde. Eine Wildente paddelte vorbei; er hätte sie mit bloßen Händen packen können.

Henry setzte sich im Sattel zurück und wies auf die beiden Knaben vor ihnen, die glühend vor Stolz auf ihren Ponys saßen. »Der Kronprinz ist fast alt genug ein richtiges Pferd zu haben, aber Richard …«, er grinste, »sieht aus wie ein Mädchen. Findest du nicht, man sollte ihm die Haare schneiden?«

»Was hast du? Er ist doch noch so klein. Wenn man ihm die Haare geschnitten hat, gebe ich ihn praktisch ab. Lass ihn mir noch ein Weilchen«, bat Alienor.

»Sitz gerade, Richard, und halte die Zügel kurz!«, brüllte Henry nach vorn.

»Er versucht es ja, Papa«, rief der ältere Junge, »aber sein Pony ist zu unruhig und er hat Sorge, ob er es bis Fontevrault schafft!«

»Ich schaffe es wohl!«, krähte die kleine Gestalt und drückte den Rücken durch. »Und zu Weihnachten wünsche ich mir ein Pferd für große Leute. Dann werden schon alle sehen, dass ich der zukünftige Herzog von Aquitanien bin!«

Mit einem Schenkeldruck drängte Henry sein Ross voran. »Wer hat dir denn diesen Floh ins Ohr gesetzt?«, fragte er zornig.

Die Hände des Kindes begannen zu zittern und die Zügel wippten auf und ab. Sofort begann das Pony zu bocken. Henry der Jüngere hieb mit seiner Gerte danach. »Gib Ruhe, du störrisches Vieh«, sagte er ruhig und lächelte seinem Bruder aufmunternd zu. »Halt es nur ganz fest.«
Verärgert bemerkte Henry Tränen auf den hübschen Wangen seines Zweitältesten. »Was ist das für ein Geschwätz?«
»Mama hat es mir gesagt!« Das Kind zog hörbar die Nase hoch.
»Wenn du dich da nur nicht irrst«, sagte Henry sarkastisch und wendete sein Pferd auf der Hand.
»Warum bist du so mit ihm?«, fragte Alienor ruhig.
Henry knurrte: »Gestern lag er noch bei seiner Amme und heute ist er dabei, das Reich aufzuteilen!«
Hinter ihnen wurden Rufe laut. »Seht doch nur – ein gutes Omen, am Weihnachtsmorgen!«
Henry und Alienor wandten beide gleichzeitig die Köpfe: zwölf schneeweiße Schwäne flogen dicht hintereinander über den Fluss. Alienor lächelte; gleich darauf wurde sie wieder ernst. »Sag mir, was dich wirklich bedrückt.«
»Was sollte mich schon bedrücken«, antwortete Henry mit einem Schulterzucken.
Alienor wandte sich zu dem Gefolge um. »Der König und ich reiten nach Fontevrault voraus.« Grüßend hob sie die Hand und galoppierte an. Als sie an den Knaben vorbeiritt, lächelte sie ihnen zu.
»Mama, warte!«, rief der kleine Richard; aber Alienor schüttelte den Kopf. »Wir treffen uns alle im Kloster. Pass gut auf dich auf!«
Nach gut einer Meile zügelte Alienor ihr Pferd. Der Wind hatte ihr Tränen in die Augen getrieben. Sie zerrte an ihrem dunkelgrünen Stulpenhandschuh und wischte sich mit der bloßen Hand übers Gesicht. »Nun sag, was dich bedrückt.«
»Was soll ich dir erzählen? Du weißt doch sowieso immer schon alles.«

»Erinnerst du dich noch an unseren Wahlspruch? ›Gemeinsam sind wir stark‹.«
Er schwieg.
»Wenn es darum geht, dass Becket Erzbischof werden soll ...«, sie wartete auf seine Reaktion; und als die nicht kam, fuhr sie gleichgültig fort, »dann soll er es eben werden. Auch wenn ich dagegen bin.« Sie versuchte zu lächeln. Jedenfalls ist das kein Grund dir – und damit uns allen – die Weihnachtstage zu verderben. Und außerdem«, sie zwinkerte ihm zu, »was soll Tante Mathilde denken, wenn sie dich gleich sieht? Am Ende glaubt sie, wir hätten uns gestritten.«
»Alienor!« Ungestüm fasste er nach ihrer Hand. »Ich habe etwas Schlimmes getan ... ich habe dich betrogen.« Er sah, wie sie bleich wurde.
»Mit wem?«, flüsterte sie.
»Was ändert das schon.«
Alienor blickte zum Fluss hinunter. Braun und träge wälzte er sich voran. Sie holte tief Atem. »Aber natürlich ... Miss Clifford«, sagte sie leise. »Wie oft?«
»Ein- oder zweimal. Ich weiss es nicht genau. Was spielt das schon für eine Rolle.«
Alienor riss den Kopf herum und starrte ihn an. »Ich möchte meinen, das spielt eine große Rolle!«, antwortete sie eisig. »Wenn es nur ein einziges Mal geschehen wäre, dann könnte ich mir einreden, du seist betrunken gewesen.« Wieder starrte sie auf den Fluss. »In unserem Haus?«, fragte sie, »in Woodstock?«
Henry blickte auf seinen Sattelknauf. »Ich habe sie fortgeschickt. Sie wird nie wieder dorthin zurückkehren.«
»Sieh mich an, Henry!«, befahl Alienor. Zögernd hob er den Kopf. Sein Lächeln misslang. Da schlug sie ihm zweimal mit der Reitpeitsche ins Gesicht. Er fühlte, wie ihm warmes Blut über das Gesicht lief. Ruhig zog Alienor ihren Handschuh wieder an. »Ich hasse dich. Du hast alles zerstört. Es kann nie wie-

der so wie früher sein, Henry Plantagenet!«, sagte sie und gab ihrem Pferd die Sporen.
Es gelang ihm nicht, sie vor Fontevrault einzuholen. Als er sein Pferd schließlich an der Klosterpforte zügelte, wandte sie ihm das Gesicht zu. Es war nicht zu erkennen, was sie dachte, als sie sagte: »Man freut sich auf unseren Besuch, mein König!«
Alienor lächelte, als sie vom Pferd stieg, um die Nonnen zu begrüßen.

Mit einer Handbewegung schickte Alienor die Zofe hinaus; dann beugte sie sich näher an den Spiegel und begann sich die Wimpern zu tuschen. Ohne aufzublicken sagte sie unpersönlich: »In einer Dreiviertelstunde erwarten wir deine Mutter in der Halle.« Sie griff nach einem Tüchlein und wischte vorsichtig an ihren unteren Augenrändern entlang.
Henry war hinter sie getreten und suchte im Spiegel ihren Blick. »Lass es wieder gut sein, Alienor. So ist es nicht zum Aushalten!« Ungerührt zog sie den Stöpsel eines Parfumflacons heraus und schnupperte daran.
»Hörst du mir überhaupt zu?«, brüllte Henry unbeherrscht.
Alienor hatte sich für ein anderes Parfum entschieden. »Du bist ja nicht zu überhören.« Sie erhob sich und ging hinüber zu ihrer Schmuckschatulle; spielerisch probierte sie ein paar Ringe an und hielt sie so gegen das Licht, dass sie zu funkeln und glühen begannen.
Erregt lief Henry auf und ab. »Gut! Ich gebe zu, dass ich dich betrogen habe! Aber davon geht die Welt nicht unter. Beim ersten Mal habe ich es gebeichtet und beim zweiten Mal habe ich es dir gesagt.« Er hob beide Hände. »Ich kann nur sagen, dass Gott barmherziger ist als du. Er hat mir nämlich verziehen.«
»Mit ihm hast du schließlich auch nicht das Ehegelübde gebrochen«, entgegnete Alienor ungerührt.
»Warum musst du es nur so dramatisieren? Ich habe es getan! Und ich habe es gesagt! Und statt Verständnis bei dir zu fin-

den …« Er war immer lauter geworden. Nun brüllte er: »Wir hatten ein schreckliches Weihnachten!«
Alienor suchte nach ihrem Umhang. Das Rot der Seide kontrastierte mit ihrem roten Haar. »Ich hatte eher den Eindruck, alle hätten gerade diese Weihnachten sehr genossen. Selbst unser geschätzter Lord Chancellor hat sich über sein Geschenk sehr gefreut. Und erinnere dich bitte, wie glücklich die Kinder waren.« Sie warf sich den Umhang um die Schultern. Als sie zur Tür wollte, packte Henry sie grob.
»Die Kinder interessieren mich nicht! Ich war nicht glücklich!«
»Lass mich los. Deine Mutter ist es nicht gewohnt, dass man sie warten lässt«, sagte Alienor kühl und rauschte hinaus.
Fluchend stolperte Henry hinüber zum Bett, auf dem sein Prachtgewand ausgebreitet lag. Mühsam kämpfte er sich hinein. Dann legte er die goldene Kette um, die Alienor ihm zum Fest geschenkt hatte. Mit den Fingern versuchte er sich die Haare zu glätten, dann verließ er den Raum.
In der Halle standen Höflinge und Ehrengäste Spalier, als er eintrat. Oben auf der Empore wartete Alienor mit den Kindern. Flüchtig die Rufe und Grüße der Gäste beantwortend eilte er durch den Saal und trat neben Alienor, als die Kaiserinwitwe angekündigt wurde. Schmal und kerzengerade schritt Maud langsam zwischen den Menschen hindurch, die das Knie vor ihr beugten. Henry ging ihr entgegen und küsste die Hand, die sie ihm reichte. »Willkommen in Chinon, Mama, es ist uns eine große Ehre, dass Ihr das Neujahrsfest mit uns begehen wollt.«
Alienor war hinzugetreten und knickste tief. Maud half ihr auf und küsste sie auf die Wange. »Auch ich freue mich diesen Tag mit Euch verbringen zu können.« Eindringlich betrachtete sie ihre Schwiegertochter. »Mir scheint, Ihr werdet immer schöner«, sagte sie; und mit einem Seitenblick auf Henry: »Das ist doch die einzige Sprache, die sie verstehen. Was hat er nur für hässliche Narben im Gesicht?«

»Ein Ritt, im Nebel ... Ihr versteht ...«, sagte Alienor.
Desinteressiert zuckte Maud die Schultern. »Nun, Reiterpech. Jetzt sollen meine Enkelkinder mich begrüßen.« Wohlgefällig betrachtete sie den Kronprinzen. Als er vortrat und sich über ihre Hand beugte, hob sie sein Gesicht und bemerkte: »Du gleichst deinem Vater immer mehr.« Schon waren ihre Augen bei dem Nächsten. »Und dies ist der kleine Richard.« Sie tätschelte ihm die Wange. »Du kommst wohl mehr auf deine Mutter. Erinnerst du dich noch, wer ich bin?« Der Prinz errötete und bekam vor Aufregung kein Wort heraus. Sein Bruder kam ihm zur Hilfe. »Sie ist die Kaiserinwitwe, unsere Großmutter«, flüsterte er, »du musst ihr die Hand küssen!«
Ernsthaft tat Richard, wie ihm befohlen war, dann sah er hinauf in das strenge Gesicht. »Bin ich etwas gefragt worden?«
Maud nickte. Der kleine Prinz holte tief Atem, bevor er sagte: »Natürlich wusste ich ganz genau, wer Ihr seid. Und ich weiß noch mehr!«
Maud hob die Brauen. »So? Was weißt du denn noch?«
»Dass sich alle vor Euch fürchten, der König und die Königin und der Lordkanzler von England. Nur ich nicht.«
Maud legte ihm die Hand auf die blonden Locken. »Das freut mich, mein Enkelsohn. Wir beide müssen uns später einmal richtig miteinander unterhalten.«
Sie sah, dass Alienor ein Lächeln unterdrückte. Auf ihr Zeichen verbeugten sich die beiden Prinzen und ließen ihre Schwester vortreten. Die Kaiserin schien nur für Mathilde Augen zu haben; die Kleinen beachtete sie kaum. Nun beugte sich Henry zu ihr. »Mutter, gestattet unserem Lord Kanzler, Euch zu begrüßen.« Er bedeutete Becket näher zu treten und als der jetzt das Knie vor ihr beugte, sagte Maud: »Eure Meinung über mich habe ich ja soeben vernommen, Lord Kanzler. Hättet Ihr sie auch so formuliert?« Ironisch neigte sie den Kopf und schritt an der Seite ihres Sohnes weiter, um die Höchsten des Reiches zu begrüßen.

Becket sah ihnen nach. Alienor war neben ihn getreten. »Sie schafft es doch immer wieder, einen in Schrecken zu versetzen«, sagte sie heiter. Und dann leichthin: »Kronprinz Henry soll also an Eurem Hof erzogen werden?«
»Falls Ihr dem zustimmt, meine Königin.« Alienor nickte. »Warum nicht, Mylord Chancellor. Dafür beabsichtige ich Prinz Richard an den Hof von Aquitanien zu nehmen. Ich werde ihn selbst erziehen.«
Überrascht sah Becket sie an. »Ihr wollt zurück nach Poitiers, meine Königin?«
Sie nickte erneut. »Unser Reich ist groß. Es kann nur von Vorteil sein, wenn an allen strategisch wichtigen Punkten ein Familienmitglied sitzt. Euch eingerechnet.«
»Aber Ihr seid Königin von England – dort ist Euer Platz.« Becket war irritiert.
»Dort gedenke ich auch zu bleiben«, erwiderte Alienor.

Henry und die Kaiserinwitwe hatten ihren Rundgang beendet und Alienor ging ihnen entgegen. »Mutter, wenn Ihr erlaubt – ich habe nebenan ein kleines Souper für Euch auftragen lassen.«
Erleichtert griff die Kaiserinwitwe nach Alienors Arm. »Gott sei Dank! Dieses nichtssagende Gerede kann doch recht ermüdend sein. Ein Essen im kleinen Kreis … danach ist mir jetzt. Bittet doch Becket hinzu. Und nun kommt, meine Liebe. Ein Glas Wein würde nicht schaden.«
Bewundernd blieb Maud in dem kleinen Gemach stehen. »Wie hübsch das geworden ist«, lobte sie und deutete auf die erlesenen Tapisserien an den Wänden. »In meiner Jugend ging man sehr viel sparsamer damit um, aber ich frage mich, warum: es verbirgt die grauen Wände aufs Trefflichste und vermittelt ein Gefühl von Wärme.«
Henry reichte ihr einen Becher Wein, an dem sie genießerisch nippte, dann warf sie einen Blick auf die Tafel und beorderte mit den Augen Becket zu sich. »Ihr werdet links von mir sit-

zen, Lord Kanzler, da ich rechts schlecht höre. Ich habe Diverses mit Euch zu bereden.«

Sie ließ sich von ihm zu ihrem Platz geleiten, den man mit grünen Zweigen bekränzt hatte. Als alle saßen, schaute sie ironisch von einem zum anderen. »Das muss ein Schlag für Eure Pläne gewesen sein, dass Louis nun zu guter Letzt doch einen Sohn gezeugt hat.« Sie ließ sich von der Silberplatte mit gebratenen Wachteln vorlegen. »Obwohl ich sagen muss, dass Ihr den Schlag gut pariert habt: die versprochene Mitgift würde Louis sicher gern rückgängig machen.« Sie lachte hämisch. »Wessen Idee war das eigentlich? Des Königs oder die Eure?« Aus dem Augenwinkel musterte sie Becket; aber bevor er antworten konnte, zuckte sie mit den Achseln. »Nicht dass es von Belang wäre, dafür seid Ihr schließlich da.« Dann blickte sie zu Alienor. »Wie steht es mit den übrigen Heiratsabsichten?«

Behutsam stellte Alienor ihr Glas ab. »Die anderen sind noch recht klein«, antwortete sie.

»Papperlapapp!«, entgegnete die Kaiserinwitwe scharf. »Vom Plan zur Tat ist es oft ein langer Weg und man kann ihn nie früh genug einschlagen.«

Begütigend legte Henry seine Hand auf die von Alienor. »Woran dachtet Ihr, Mutter?«, fragte er.

Maud widmete sich der gebratenen Wachtel auf ihrem Teller und ließ sich mit der Antwort Zeit. »Ich denke an Eure Tochter Mathilde«, sagte sie, »und als möglichen Kandidaten an den Herzog von Sachsen.« Siegesgewiss sah sie in die Runde. »Heinrich der Löwe wäre eine würdige Verbindung – Ihr wisst sicher, welche Schwierigkeiten er dem Kaiser macht. Ich sage Euch, mit ihm wird man zu rechnen haben.«

»Donnerwetter«, meinte Henry. »Euer Ehrgeiz, Mutter, ist wirklich grenzenlos.«

Ohne ihn zu beachten tätschelte Maud Beckets Arm. »Macht Euch an die Vorarbeit, mein lieber Lord Kanzler. Das Ziel ist hoch – aber es steht dafür.« Sie reichte Henry ihr leeres Glas.

Während er es füllte, fragte Maud: »Was hat es mit dem Gerücht auf sich, dass Ihr«, sie blickte auf Becket, »den Erzbischofstuhl von Canterbury anstrebt?«
Becket errötete und Henry beeilte sich zu sagen: »Das ist bisher nur eine Idee – noch lebt Theobald. Sollte er jedoch sterben, dann wäre Thomas kein schlechter Mann für diesen Posten. Er versteht es, den Klerus in die Schranken zu verweisen ...«
»Unsinn«, unterbrach ihn Maud, »das mag jetzt gelten, da er in unserem Lager steht. Dass er als dein Kanzler den habgierigen Kirchenmännern auf die Finger klopft, ist nur selbstverständlich, doch was wird sein, wenn er erst in Canterbury sitzt? Glaubst du etwa im Ernst, dass Rom sich einen derart willfährigen Erzbischof leisten kann?« Sie wandte sich direkt an Becket: »Wie denkt denn Ihr darüber, mein Lord Kanzler?«
Beckets Gesicht war von Röte überzogen. »Ich kann nur hoffen, dass unser jetziger Erzbischof noch lange unter den Lebenden weilt«, sagte er hastig.
Die Kaiserinwitwe überlegte. »Wie wäre es stattdessen mit Gilbert Foliot?«, fragte sie. »Der Bischof von Hereford erscheint mir nicht schlecht für diesen Posten.«
»Foliot ist ein Heuchler und besessen von Ehrgeiz«, sagte Henry. »Ein Verleumder oder Schmeichler, wie es die Situation gerade fordert!«
Maud sah ihn ironisch an. »Aber das sind wir doch alle, mein Lieber«, entgegnete sie sanft.

Alienor unternahm noch einen Rundgang durch das nächtliche Haus. Dass Maud die Veränderungen in Chinon bewundert hatte, erfüllte sie mit Stolz. Sie öffnete ein Fenster, um auf die Vienne hinunterzublicken. Der Mond musste hinter der Burg stehen, er warf lange Schatten. Poitiers, Chinon und Woodstock, das waren die Häuser, in denen sie sich wohl fühlte, die sie liebte. Der Gedanke an Woodstock versetzte ihr einen Stich.

Gerade als sie das Fenster schließen wollte, hörte sie Schritte hinter sich. »Hier steckst du also. Ich möchte mit dir sprechen.« Christine stand vor ihr und sah sie an, als wolle sie Alienor ohrfeigen. »Komm mit«, sagte sie gestreng. Schweigend schloss Alienor das Fenster und folgte ihr.

Christine ließ die Tür ihres Gemachs geräuschvoll hinter ihnen zufallen. »Was ist los mit dir? Mir kannst du nichts vormachen!«

Alienor zögerte. »Henry und ich ... wir hatten eine Auseinandersetzung.«

»Und? Das ist das Normalste von der Welt, in jeder Ehe.«

Alienor zuckte die Schultern. »Ich glaubte, unsere Ehe sei etwas Besonderes.«

»Genauso sehe ich es auch, meine Liebe«, sagte Christine ärgerlich. »Ihr seid nicht irgendein Paar, dass es sich leisten kann, persönliche Schwierigkeiten zu pflegen. Ein ganzes Reich hängt davon ab, wie ihr eure Probleme löst. Du bist mit dem König von England verheiratet: verhalte dich entsprechend!«

»*Ich* habe meine Pflichten erfüllt«, sagte Alienor störrisch.
»Wie alt bist du eigentlich?«, fragte die alte Dame.
Verwundert blickte Alienor in ihr zorniges Gesicht. »Achtunddreißig, das weißt du doch.«
»Ich hatte es vergessen, weil du dich wie ein dummes junges Ding aufführst, das zum ersten Mal betrogen wird. Lächerlich!«
Fassungslos starrte Alienor sie an. Christine geriet in Rage. »Wie war das mit Raymond de Poitiers in Antiochien? Du hast mit ihm geschlafen, weil du es so wolltest, ohne Rücksicht auf Louis. Und alle wussten es. Wer hängt dir hier ewig an den Rockschößen und du lässt es zu? Bernard der Troubadour. Ja, meinst du, das sei komisch für Henry!« Mit hochroten Wangen befahl Christine: »Setz dich. Ich habe mehr Größe von dir erwartet. Wie hast du es erfahren?« Die Vicomtesse schenkte Wein ein und reichte ihr den Becher. »Ich warte.«
»Er hat es mir gesagt.«
»Wer ist es?«
Einen Augenblick lang wollte Alienor die Antwort verweigern, dann sagte sie widerstrebend: »Eine gewisse Miss Clifford. Und ausgerechnet in Woodstock.«
Erbarmungslos hakte Christine nach: »Hattest du damals die Größe, Louis deine Affaire mit Raymond zu gestehen?«
»Das war etwas anderes«, sagte Alienor entrüstet.
»Der einzige Unterschied, Alienor, ist, dass du diese Größe nicht hattest. Du weißt also gar nicht, was es für Henry bedeutet hat, dir die Geschichte zu beichten. Das ist großartig von ihm. Er liebt dich wirklich. Er hat Courage.«
Alienor blickte verwirrt zu Boden. »Warum?«, fragte sie leise, »warum hat er es nur getan?«
»Sie hat es darauf angelegt«, sagte Christine ungeduldig, »auf ihn und auf Woodstock. Sie hat ihn verführt. Und du tust, als wäre es das erste Mal, dass ein kleines Luder einen mächtigen Mann verführt, um Vorteile daraus zu schlagen. Wahrscheinlich hat die gesamte verarmte Familie Clifford sie darin bestärkt.«

Christine ließ sich auf einen Stuhl fallen. Alienor fühlte sich beschämt. »Komm her zu mir.« Zum ersten Mal lächelte Christine. Alienor warf sich vor ihr auf die Knie und legte den Kopf auf ihren Schoß. »Ich liebe ihn«, flüsterte sie, »ich war wie gelähmt.«
Christine strich ihr übers Haar. »Mein Kleines. Ich hoffe doch sehr, ich muss dir nicht befehlen auf der Stelle zu ihm zu gehen! Hat er dich um Verzeihung gebeten?«
Alienor blickte zu ihr auf. »Ja.«
»Na, du hast ein unverschämtes Glück mit diesem Mann. Ist es jetzt besser?« Liebevoll sah sie auf Alienor hinunter.
»Danke, Christine. Ich danke dir sehr.« Eilig erhob sie sich und wünschte ihr eine Gute Nacht.

Leise schloss sie die Tür ihres Gemachs und blieb an den Türrahmen gelehnt stehen. Sie waren allein. Henry lag angezogen auf ihrem Bett. »Schon wieder in Strümpfen?«, fragte sie.
Henry wandte ihr den Kopf zu und lächelte müde. »Ich möchte mit dir reden.«
»Das habe ich gehofft«, sagte Alienor. Sie trat an das Bett und legte sich neben ihn. »Ich kann ohne dich nicht leben. Ich liebe dich.« Ihr Herz begann heftig zu schlagen, als er sich ihr zuwandte.
Er sah sie prüfend an. »Verzeihst du mir?«
»Ja, Henry«, sagte sie einfach und hielt seinem ungläubigen Blick stand. Wie eine Last fiel der Druck der letzten Tage von ihr ab. »Wollen wir es dabei belassen?« Zärtlich strich sie ihm eine Locke aus der Stirn. »Wobei?«, fragte er dicht an ihrem Ohr. »Bei meinem Versprechen und bei deinem Versprechen?« Jeder schien in den anderen hineinzutauchen. Er lächelte. Dann beugte er sich zu ihr hinab und küsste sie auf die Stirn. Sie spürte seinen weichen Mund auf ihren Lippen. Endlich. Es war wie ein stilles, friedliches Nachhausekommen.
»Ja. Lassen wir es dabei«, flüsterte er und zog sie in seinen Arm.

»Du bist mein Glück. Gute Nacht, mein Liebstes«, sagte Henry leise.

»Tu es nicht, Henry. Mach Becket nicht zum Erzbischof«, sagte Alienor unvermittelt. Genauso blind, wie er dir jetzt ergeben ist, würde er sich seiner neuen Aufgabe widmen.«

»Ich bin sein Freund«, sagte Henry. »Niemals wird er gegen meine Interessen handeln. Ich kenne ihn zu gut.«

»Du musst wissen, was du tust. Ich warne dich nur. Die Rechte der Krone zu schützen ist nicht Aufgabe des Erzbischofs, sondern unsere und die unseres Kanzlers. Lass ihn, wo er ist. An deiner Seite ist er gut für uns. Und du bist besser an meiner Seite.«

Sie spürte seinen Atmen in ihrem Nacken. »Ich wünsche mir, dass wir in den nächsten Jahren mehr miteinander reisen. Ich glaube, langsam können wir uns das leisten.«

»Ein frommer Wunsch, mein Lieber.« Alienor lachte. »Du reist morgen nach England, ich reise nach Aquitanien. Wer weiß, wie lange wir uns nicht wieder sehen.«

»Danach nur gemeinsam«, murmelte er schlaftrunken.

Im Hafen von Barfleur schwappten die Wellen gegen den Kai. Mit ihnen hoben und senkten sich die vertäuten Schiffe. Der Kronprinz hüpfte von einem Bein auf das andere und zupfte Becket am Ärmel. »Wann kommt es denn endlich, Lord Kanzler?«
»Das fragst du nun zum zehnten Mal«, brummte Henry gutmütig, »diese Aprilwinde sind unberechenbar.« Da wurde er auf ein Schiff aufmerksam, das gerade in den Hafen manövrierte. »Sieh mal«, sagte er zu seinem Sohn, »ein englisches Handelsschiff. Ich nehme an, sie bringen Wolle.« Möwen stürzten sich kreischend auf den Segler und flogen dicht über die Köpfe der Männer, die nun Taue herüberwarfen. Helfer am Ufer fingen sie auf und schlangen sie um die Pfosten. Planken wurden ausgelegt, und der erste Reisende ging an Land.
Auf einmal bahnte Henry sich einen Weg durch die Menge. »Robert!«, rief er aus. »Warum hast du mich nicht wissen lassen, dass du kommst!« Lachend zog er den Freund in die Arme.
Robert strahlte. »Mein König, welche Freude. Ich wähnte Euch in Chinon!«
Henry schüttelte den Kopf. »Ich bin schon länger in der Normandie. Gerade jetzt erwarten wir ein Schiff, das uns Geld aus England bringen soll. Ich muss wieder mal Soldaten den Sold bezahlen. Bist du abkömmlich? Dann trinken wir doch in der Schenke zusammen ein Bier.«

»Mit Freuden, mein König. Es dauert ein paar Stunden, bis die Wollsäcke im Lagerhaus verstaut sind.«
Henry legte ihm den Arm um die Schulter und schob ihn auf ein Wirtshaus zu. »Das hatten wir lange nicht mehr, mein Freund. Erzähl, wie geht's zu Hause?«, fragte er, als man sie bedient hatte.
»In England herrscht Frieden«, antwortete Robert, »selbst mit den Walisern lässt es sich auskommen. Das habt Ihr gut gemacht, mein König.«
Henry runzelte die Stirn. »Was man hier vom Kontinent nicht behaupten kann. Dem französischen König scheint es nicht zu gefallen, dass wir uns wie vereinbart die Mitgift im Vexin genommen haben, nachdem mein Sohn die französische Prinzessin geheiratet hat.« Er wies mit dem Kinn in Richtung Hafen. »Deswegen brauche ich das Geld.«
In diesem Augenblick wurde die Tür des Schankraumes erneut aufgerissen und Becket und der Kronprinz kamen herein. Suchend sahen sie sich im Halbdunkel um. Zum ersten Mal fielen Henry die eleganten Bewegungen seines Sohnes auf. Wie gut er aussieht, dachte er voller Stolz. Fast könnte man ihn für den Sohn von Thomas halten, wenn man sie so nebeneinander sieht. Und laut rief er: »Komm her, Henry, und sage meinem alten Freund Robert Guten Tag!« Robert hatte sich erhoben, aber der Thronfolger übersah die ausgestreckte Hand; ein höfliches Lächeln, ein angedeutetes Nicken, dann wollte er auf die Bank rutschen.
Henrys Gesicht wurde weiß vor Zorn. Er stellte den Becher ab, stand auf und packte seinen Sohn an den seidenen Rockaufschlägen; dann schlug er ihn rechts und links kräftig ins Gesicht. Alle Gespräche in der Wirtsstube verstummten.
»Wer hat dich erzogen?«, brüllte Henry und schüttelte den Thronfolger hin und her. »Sir Robert ist mein Freund, und selbst wenn er der Letzte meiner Untertanen wäre, du hast dich wie ein höflicher Mensch aufzuführen! Von einem Prinzen er-

warte ich, dass er sich wie ein Prinz benimmt. Und jetzt scher dich hinaus, komm wieder rein und begrüße meinen Freund, wie es sie geziemt!« Alle Augen sahen dem Jungen nach, der kreidebleich durch die Schankstube zur Tür ging.
Robert hatte nach Henrys Hand gegriffen. »Seid nicht so streng mit ihm, mein König. Er ist noch so jung.«
»Ich muss mich bei dir entschuldigen, mein Freund«, sagte Henry laut, sodass jeder ihn hören konnte. »Verzeih mir, dass ich meinen Sohn so schlecht erzogen habe!« Dann wandte er den Kopf zur Tür und brüllte: »Du kannst jetzt hereinkommen!«
Gebannt verfolgten alle, wie der Thronfolger erschien. Aufrecht ging er zwischen den Tischen hindurch, blieb vor seinem Vater stehen und sagte ein wenig stockend: »Ich bitte um Vergebung, mein König! Und gestattet bitte, dass ich Euren Freund begrüße.«
»Ja«, sagte Henry eisig. »Du darfst ihm die Hand küssen!« Verlegen reichte Robert dem Thronfolger die Hand. Henry wandte sich jetzt Becket zu. »Nun, Thomas, sind die Kisten angekommen?«
»Sie sind bereits weitergeleitet nach Rouen, mein König. Ich habe dreißig Mann Berittene zum Geleit mitgegeben – das dürfte wohl genügen.«
Henry lachte plötzlich. »Man kann über Louis sagen, was man will, aber Geld geklaut hat er noch nie!« Wie befreit fielen alle in sein Gelächter ein. Dann fiel sein Blick auf den Thronfolger, der immer noch verlegen am Tisch stand. »Setz dich, mein Junge!«, sagte er freundlich.
Gerade erschien der Wirt mit einer neuen Runde, da stürzte ein Bote in den Farben des Erzbischofs von Canterbury in die Schenke. »Wo ist der König?«, rief er.
Henry hob den Arm und der Mann öffnete seine Umhängetasche und zog ein Pergament hervor. Kniend überreichte er es. Henry hatte das Siegel erbrochen; dann sagte er tonlos: »Der

Erzbischof von Canterbury ist tot.« Er neigte den Kopf und bekreuzigte sich. »Wir alle haben einen treuen Freund verloren. Gott sei seiner Seele gnädig.«
Er sah zu Becket hinüber, als sähe er ihn zum ersten Mal. Ihre Blicke krallten sich ineinander.

Der nächtliche Aprilhimmel war mit Sternen übersät. Henry und Becket lagerten oben auf den Klippen in einer Mulde. Ganz in der Nähe sang eine Nachtigall.
Henry richtete sich halb auf. »Hör nur, Thomas! Ich weiß auch nicht, warum dieser kleine Vogel mich so anrühren kann.« Er lachte verlegen. »Es ist schön, mit dir zusammen zu sein. Geht's dir nicht genau so?«
Beckets Hand strich leicht über Henrys Haar. »Es ist einer der glücklichsten Momente meines Lebens.« Er spielte mit einer Haarsträhne und wickelte sie sich um den Finger. »Außerdem haben wir erreicht, was wir uns vorgenommen haben: es herrscht Frieden …«
Henry setzte sich abrupt auf. »Frieden!«, stieß er verächtlich hervor. »So lange Menschen regieren, ob sie Kronen oder eine Tiara tragen, wird es niemals Frieden geben!«
Er hatte einen trockenen Ast gefunden und begann ihn emsig zu zerbröckeln. »Nun, da Theobald tot ist, wird Rom alles versuchen mir einen Gegenspieler vor die Nase zu setzen, der dafür kämpfen wird, die alten Privilegien der Kirche zurückzugewinnen. Aber dafür haben wir nicht all die Jahre gekämpft. Was ich wirklich will, ist eine Staatskirche. Und du wirst mir helfen sie zu errichten.«
»Sie haben ein gewaltiges Druckmittel gegen uns in der Hand«, sagte Becket nach einer Weile.
»Du befürchtest, dass sie uns exkommunizieren? Das würden sie nicht wagen!«
Becket warf ihm einen Blick zu, den Henry nicht deuten konnte. »Beim Kaiser haben sie es gewagt«, meinte er leichthin.

Henry starrte in den Sternenhimmel. »Ich bin aus anderem Holz geschnitzt«, sagte er selbstbewusst. Brüsk stand er auf. »Aber nun lass uns schlafen gehen. Es wird bald hell.« Er streckte die Hand aus und half Becket auf die Beine. »Ich würde dich oft in Canterbury besuchen kommen«, sagte Henry, als sie nebeneinander zurückschlenderten. »Erzbischof von Canterbury zu sein ist mehr als Lord Kanzler von England. Wir wären nahezu gleichrangig.« Er lachte.
Becket blieb stehen und lauschte. »Da kommen Reiter«, sagte er. Jetzt vernahm auch Henry das rhythmische Stampfen galoppierender Hufe. »Sie wollen zur Burg«, rief er. »Komm, sie dürfen uns nicht sehen.« In der Dunkelheit zählte Henry zwölf Reiter, die dicht an ihnen vorübergaloppierten. Er zog den Freund hinter eine Hecke. »Ich konnte ihre Farben nicht erkennen, aber wenn es Feinde sind, dann werden sie nicht viel ausrichten.«
Becket stöhnte bei dem Versuch aufzustehen. »Ich fürchte, ich habe mir den Fuß verstaucht.« Vorsichtig versuchte er ihn zu belasten, zog aber laut die Luft ein. »Ich kann nicht gehen. Das Beste wird sein, ich bleibe hier.«
»Gut«, sagte Henry. »Ich gehe nachsehen. Wenn alles in Ordnung ist, lasse ich dich holen.«
Als die Burg vor ihm aufragte, sah er mit Erstaunen, dass man das Fallgitter hochgezogen hatte. Im Innenhof wurden Pferde abgeschirrt und eine Frauenstimme rief einen Befehl.
»Alienor!« Sie wandte ihm den Rücken zu, und als er ihr nun die Hand auf die Schulter legte, fuhr sie herum.
»Wo kommst du her?«, fragte sie lachend. »Ich wähnte dich im Bett und wollte dich überraschen.«
Im Osten dämmerte es bereits und Henry sah, wie müde Alienor war. Zärtlich legte er den Arm um sie und führte sie die Treppe hinauf in die Halle; während er ihr einen Becher Wein einschenkte, fragte er: »Du bist doch nicht den ganzen Weg von Poitiers hierher durchgeritten?«

»Die ganze Nacht. Ich bin wie gerädert. Aber ich musste einfach sofort kommen …« Sie sah ihn an.
»Warum? Und warum diese Eile?« Henry hatte sich neben sie gekniet. Alienor fasste nach seiner Hand und drückte sie gegen ihre Wange. »Wegen Theobald natürlich. Damit du keine vorschnelle Entscheidung triffst. Oder hast du schon …?«
Henry erhob sich und ging nun vor ihr auf und ab. »Ich verstehe nicht, wieso ihr alle so dagegen seid – Mutter, du, Foliot …« Plötzlich schlug er sich gegen die Stirn. »Großer Gott, ich habe ihn ja ganz vergessen. Thomas liegt eine Meile von hier mit einem verstauchten Knöchel!« Er drehte sich um und gab seine Anweisungen. »… Und seid vorsichtig und rüttelt ihn nicht durch, bevor der Medicus nach ihm gesehen hat!«
Alienor unterdrückte ein Gähnen. »Keine Amme könnte besorgter sein«, spottete sie. Dann wurden ihre Züge wieder ernst. »Lass uns gemeinsam überlegen, wer statt seiner in Frage käme.«
Ratlos hob Henry die Hände. »Ich kenne niemanden, der mir mehr ergeben ist als Thomas. Und du musst zugeben, dass er ein überaus fähiger Kanzler war.«
Alienor begann ihre Schläfen zu massieren. »Unbenommen. Da hat er sich bewährt und wir konnten ihn einschätzen. Wie wäre es mit dem Bischof von York?«, fragte sie sanft.
»Roger? Kommt überhaupt nicht infrage! Der würde mich mit seiner Eitelkeit ganz krank machen.«
Alienor unterdrückte ein Lachen. »Eitelkeit scheint ein weit verbreitetes Übel zu sein.«
Bittend fasste er erneut nach ihrer Hand. »Was hast du wirklich gegen Thomas vorzubringen?« Er sah die Sorge in ihren Augen.
»Ich glaube nicht, dass er wirklich loyal ist, wenn es darauf ankommt. Nimm Theobald, zum Beispiel …«
»Was ist mit ihm?« Alienor hob einen Finger und drückte ihn sacht auf Henrys Lippen. »Hör zu: Es war Theobald, der ihn

aus der Schar von Schülern ausgewählt hat, es war Theobald, der ihm das Studium in Bologna finanziert hat, es war Theobald, der ihn als Erzdiakon zurück an seinen Hof nach Canterbury holte. Und es war immer noch Theobald, der, als er todkrank war, deinen Becket ein ganzes Jahr lang angefleht hat ihn zu besuchen.«
»Ja, und?«
»Und er ist niemals gekommen! Als sein Gönner ihn brauchte, da war er ihm lästig! Jagd, Kriege und Pomp waren ihm wichtiger als die letzte Bitte eines sterbenden Freundes.«
Wortlos starrten sie einander an.
Hinter ihnen hüstelte jemand. Alienor und Henry fuhren herum. Auf einen Stock gestützt stand Becket in der Halle.
»Ah, Thomas!«, rief Henry. »Ich sehe, du kannst schon wieder auftreten. Komm herauf!« Langsam trat Becket näher.
Als er sich über Alienors Hand beugte, sagte sie: »Ihr habt gehört, worüber wir gesprochen haben, Lord Chancellor!« Es war eine Feststellung, keine Frage. Ein Lächeln huschte über Beckets blasses Gesicht.
»Ich kam nicht umhin zu verstehen, dass Eure Majestät mein Handeln missbilligt.« Er senkte den Kopf. »Und Ihr habt Recht, meine Königin. Ich hätte der Bitte des Erzbischofs nachkommen sollen.«
Unruhig blickte Henry von einem zum anderen. »Natürlich war das schlimm – aber nun können wir es leider nicht mehr ändern«, murmelte er.
Alienor fuhr auf. »Wer einmal einen Freund verrät, der tut es auch ein zweites Mal!«
Die Hand Beckets, die den Stock umklammert hielt, wurde weiß. »Setz dich doch, Thomas«, sagte Henry und angelte mit dem Fuß einen freien Schemel heran. Mühsam nahm Becket Platz, dann blickte er Alienor direkt in die Augen. »Ihr seid also immer noch dagegen, dass ich Erzbischof von Canterbury werde, meine Königin?«

»Ja, das bin ich«, sagte sie fest. »Im Übrigen ist es Brauch, dass den Stuhl des Primas von England nur jemand einnehmen kann, der einmal Mönch war. Ihr aber seid nur Diakon.«
»Das ist Unsinn, meine Liebe«, warf Henry unmutig ein, »wenn jemand zuerst Lord Kanzler gewesen ist, dann kann man darauf verzichten. Zudem …«, er starrte sie an, »… warum soll er denn nicht beides sein: Lordkanzler und Erzbischof!«
»Weil es nicht geht!«, rief Alienor. »Weil die Interessen so«, sie schlug sich mit der Faust in die andere Hand, »zueinander stehen. Verstehst du das denn nicht! Er könnte es nicht, selbst wenn er wollte!«
Becket hob den Kopf. »Sollten wir das nicht die Bischöfe entscheiden lassen«, sagte er milde.
»Hütet Euch, Lord Chancellor!«, zischte Alienor. »Hütet Euch vor allzuviel Ehrgeiz. Habt Ihr nicht schon genug erreicht?«
Becket hielt ihrem Blick mit unbewegter Miene stand. Resigniert ließ sie die Schultern sinken und sagte müde: »Ihr kennt jetzt meine Meinung.« Als Henry anbot sie in ihre Gemächer zu begleiten, winkte sie ab und verließ den Saal.
»Die Königin sah sehr angegriffen aus«, bemerkte Becket, als sie gegangen war.
Henry wandte sich ihm zu. »Wie geht es deinem Fuß?«, fragte er besorgt.

Auf dem Markt zu Poitiers, den das Königspaar besuchte, ließ Henry mitten im Gewimmel anhalten. Er sprang vom Pferd und kaufte einer Marktfrau einen ganzen Arm voller Flieder ab. Als er ihn Alienor überreichte, klatschten die Umstehenden Beifall und eine dicke Fleischersfrau schrie: »Recht so, mein König. Niemand ist schöner als unsere Herzogin!« Plötzlich war Alienor umringt von Menschen, die ihr lachend Blumensträuße entgegenstreckten. Hingerissen sah Henry zu ihr auf. »Sie lieben dich wirklich alle – genau wie ich.« Er stieg wieder in den Sattel. Die Rufe der Menge schallten ihnen noch hinterher, als sie das Portal des Stadtschlosses erreichten.

»Ich bin gespannt, ob der Bote aus England schon angekommen ist«, sagte Henry, als sie absaßen.

»Also hast du doch Zweifel, dass sie ihn wählen?«

»Foliot wird dagegen sein, aber der ist leicht überstimmt. Ansonsten wird wohl kein Bischof sich meinem Wunsch widersetzen. Die Anwesenheit des Kronprinzen dürfte sie daran erinnern, wessen Spiel dies ist – und zu wessen Bedingungen es gespielt wird.« Er hielt Alienor die Tür auf.

»Dennoch bist du nervös«, sagte sie leise.

Er schüttelte den Kopf. »Ich wüsste nur gern Bescheid, damit wir es hinter uns haben.«

»Sollen wir hinaufgehen und ein wenig Schach spielen?«, schlug Alienor vor. »Das lenkt dich ab.«

»Eine gute Idee«, sagte er und sie zog ihn mit sich zur Treppe.

Über das Brett gebeugt, saßen sie am Fenster von Alienors Gemach, da wurde die Tür stürmisch aufgerissen und ihr zweitältester Sohn Richard erschien.
»Kannst du nicht anklopfen?«, herrschte Henry den Knaben an.
»Ich nehme dir den Turm weg, wenn du nicht aufpasst«, sagte Alienor gelassen und zu dem Kind: »Ja? Was gibt es Richard? Papa hat Recht: man muss anklopfen, bevor man den Raum einer Dame betritt.«
Der Fünfjährige warf sich in ihre Arme. »Geoffrey hat mich getreten. Da, sieh nur …« Er krempelte einen Strumpf hinunter und deutete auf eine Stelle unterhalb des Knies.
Alienor lächelte. »Ich sehe ja gar nichts!« Ihr Sohn zog die Nase hoch und schmiegte sich an sie.
Wütend hatte Henry die Szene beobachtet. »Was bist du nur für eine Memme! Wenn Geoffrey dich tritt, dann gib ihm eine Ohrfeige und die Sache hat sich – du bist schließlich der Ältere. Aber belästige deine Mutter und mich nicht mit solch einem Unsinn!«
Das Kind verzog den Mund. »Aber man hat mir gesagt, ich sollte immer ritterlich zu anderen sein, besonders wenn sie kleiner sind als ich«, schniefte er.
»Jetzt reicht es!«, brüllte Henry. »Werde erst einmal ein Mann – dann kannst du über Ritterlichkeit spekulieren. Wo ist dein Hauslehrer?«
Das Kind verbarg sein Gesicht an Alienors Brust. Undeutlich murmelte es: »Ich habe frei – weil gleich Mittag ist.«
»Ein Prinz hat niemals frei!«, bellte Henry. »Wenn du nicht lernen musst, dann scher dich hinaus und übe mit deinem Holzschwert. Und geh beim Bader vorbei, damit er dir die Haare schneidet. Ich will dich heute Abend nicht mehr mit dieser Mädchenfrisur sehen!«
»So, jetzt reicht es«, sagte Alienor ruhig und schob den Knaben sanft von sich. »Geh hinaus und tu, was Papa dir gesagt hat, mein Liebling.«

Richard begann zu quengeln. »Ich will mir aber nicht die Haare schneiden lassen!«
Alienor war aufgestanden und schob ihn zur Tür. »Jetzt bitte Papa um Verzeihung für dein schlechtes Benehmen.«
Erneut drückte Richard sein Gesicht gegen ihren Schoß. »Nein, ich will nicht. Ich will überhaupt nicht, dass er in dein Gemach kommen darf!«
Alienor schüttelte ihn leicht. »Du bist sehr ungezogen, Richard, und machst mich dadurch sehr traurig.«
Da schlang er die Arme um sie. »Oh, bitte nein! Ich will nicht leben, wenn Ihr traurig seid, Mama!«
Henry hatte die Beine weit von sich gestreckt und sah angewidert auf seinen Zweitältesten. »Hat man je ein solch exaltiertes Balg erlebt? Mir scheint, der Umgang mit deinen Troubadouren bekommt ihm nicht, meine Liebe.«
Alienor beugte sich zu ihrem Sohn hinab und flüsterte: »Bitte Papa um Verzeihung.«
Störrisch schüttelte Richard den Kopf, dass seine blonden Locken flogen. »Ich will nicht! Weil er mich nicht mag!« Und dann sah er Henry geradewegs in die Augen und schrie: »Ich hasse ihn!«
Alienor wurde rot und gab ihm eine schallende Ohrfeige. »Ich will dich erst wieder sehen, wenn du zur Vernunft gekommen bist«, sagte sie und schob ihn hinaus. Mit dem Rücken zur Tür fragte sie Henry leise: »Warum bist du so unausstehlich zu ihm?«
Henry sprang auf. »Weil, weil … er so zum Speien weibisch ist. Wilhelm der Eroberer würde sich im Grabe umdrehen, wenn er seinen Nachfahren sähe! Ein Glück, dass er nicht der Thronfolger ist.« Erregt begann er nach den Schachfiguren zu treten. »Und wie unbeherrscht und jähzornig der Bengel ist …« Er schielte zu Alienor hinüber. »Was gibt es denn zu lachen?«
»Von wem er das nur haben mag? Wahrscheinlich liebe ich ihn, gerade weil mir das alles so vertraut ist!« Sie ging auf Henry zu und legte ihm die Arme um den Hals. »Er ist dir so ähnlich und

du könntest so viel Freude an ihm haben …« Als Henry aufbegehren wollte, legte sie ihm sacht die Hand auf den Mund. »Er ist Richard und nicht Little Willy, mein Liebster, und dafür kann er nichts.«

Henry legte den Kopf auf ihre Schulter. »Verzeih mir«, flüsterte er.

Sie waren so miteinander beschäftigt, dass sie das Klopfen zunächst nicht hörten. Dann hob Alienor den Kopf und mit zwei Schritten war Henry an der Tür. Mit ein paar Pergamentrollen kam er zurück. »Aus England!«, rief er. »Unser Sohn schickt einen Bericht von Beckets Wahl!«

Aufgeregt begann er die Siegel zu lösen. »Hör zu, ich lese dir vor: ›Hochwohlgeborener König, mein allergnädigster Papa‹, und so weiter und so weiter … Jetzt kommt es: ›Euer Justitiar Richard de Lucé hat alles Menschenmögliche unternommen, um die Wahl des Kanzlers zum Erzbischof sicherzustellen.‹ Ich wusste es, ich wusste, dass auf Lucé Verlass ist!«

Alienor war zu ihrem Fensterplatz zurückgekehrt. »Und was schreibt er noch?«, fragte sie ruhig.

»Warte, warte – also, ›der Justitiar holte seinen Bruder, den Abt Walter von Battle, zu Hilfe, dazu die Bischöfe von Chichester, Exeter und Rochester …‹ Sehr gut, hier schreibt er, wie Lucé sie von meinem Willen überzeugt hat: ›Der König, unser Herr, nimmt sich mit großem Eifer der Sache Gottes an … und vor allem der ehrwürdigen Kirche von Canterbury, die er seine Mutter im Herrn nennt. Er liebt sie mit dem Herzen eines Sohnes und bringt ihr dauerhafte und respektvolle Zuneigung entgegen!‹ Das hat er doch wunderbar ausgedrückt, findest du nicht, mein Liebling?«

Alienor nickte ruhig. »Lies bitte weiter.«

»›… weshalb er ihr die Wirren und Leiden ersparen möchte, die eine lange Vakanz des erzbischöflichen Stuhles hervorrufen könnte … Es ist Eure Aufgabe und Euer Interesse einen Mann zu wählen, dessen Schutz Euch vor Gott und den Menschen nützt. Denn wenn Bande wechselseitiger Freundschaft den König und den Erzbischof verbinden, dann stehen Euch glücklichere Zeiten bevor und die Kirche wird in Ruhe gedeihen können ...‹«

Keuchend hielt Henry inne. »Wundervoll formuliert! Aber weiter, weiter ... ja, hier, pass auf, Alienor: ›Doch sollte es unglücklicherweise anders kommen, dann würden daraus Verwicklungen und Sorgen, Schwierigkeiten und Verwirrungen, Gefahren für den Staat und für das Seelenheil erwachsen.‹«

»Was schreibt unser Sohn vom Wahlgang?«, fragte Alienor.

Wieder beugte Henry sich über die Blätter und überflog die Zeilen: »›Siebenundzwanzigster Mai 1162, Refektorium der Westminster-Abtei ...‹ Ja, hier steht es: ›Prior Wibert gab die Entscheidung der Mönche von Christchurch bekannt und daraufhin dankten alle mit einer Stimme dem allmächtigen Gott!‹«

»Also Becket«, fasste Alienor trocken zusammen.

Henry stürzte auf sie zu und riss sie in die Arme. »Thomas ist Erzbischof von Canterbury. Damit haben wir den englischen Klerus im Griff. Gemeinsam werden wir Rom zeigen, wo seine Grenzen sind!«

Behutsam löste Alienor sich aus seiner Umarmung und bückte sich nach den ungeöffneten Briefen, die zu Boden gefallen waren. Sie riss die Siegel auf und begann die Schreiben zu überfliegen. »Ich gratuliere dir: Nachdem unser Sohn der Wahl zugestimmt hatte, ›fiel Heinrich von Blois, Bischof von Winchester, die Aufgabe zu, die Wahl für gültig zu erklären.‹ Und, hier steht es: ›Im Namen des Königs hat der Thronfolger den Kanzler von England im Hinblick auf all seine früheren Handlungen und Entscheidungen entlastet.‹«

Henry holte tief Luft. »Mein Gott, wie bin ich froh!«

Alienor trat zu ihm hinüber und legte seine Hände an ihre Wangen. »Ich wünsche dir von ganzem Herzen, dass du die richtige Entscheidung getroffen hast – für dich, für uns, für das Reich.«

Leise wurde an die Tür geklopft; Henry wandte den Kopf. »Ja?« Der kleine Richard schob seinen Kopf durch den Spalt. »Darf ich hereinkommen, bitte?«, fragte er schüchtern.
Henry lachte dröhnend. »Um Himmels willen, wie siehst du denn aus?« Alienor zog den Knaben herein. »Du warst also beim Bader?« Ihre Stimme bebte; bedauernd strich sie über die kurz geschorenen Haare ihres Sohnes.
»Ich wollte Euch um Verzeihung bitten für mein schlechtes Benehmen, Papa«, sagte Richard leise.
»Nun siehst du endlich wie ein richtiger Junge aus!«, sagte Henry schmunzelnd und zog ihn gerührt an sich.

Teil 3

Barfleur
in einer halben Stunde laufen wir aus

Liebste Alienor,

stell dir vor: Thomas hat mir seine Lord-Kanzler-Kette zurückgesandt. OHNE KOMMENTAR!
Mich traf fast der Schlag, als ich sie erhielt. Ich habe den Boten geohrfeigt, weil ich glaubte, er hätte den beiliegenden Brief verloren! Nicht einmal ein mündlicher Gruß wurde mir ausgerichtet. Verstehst du das? Es kann sich doch nur um ein Missverständnis handeln, oder? Nun, da alle unsere Wünsche in Erfüllung gegangen sind und Thomas endlich Erzbischof ist. Glaubst du, dass er mich nicht mehr liebt?
Aber das kann es natürlich nicht sein. Dazu sind wir uns zu nah. Es könnte doch sein, dass er Feinde in seiner unmittelbaren Umgebung hat, die alles versuchen, um uns jetzt auseinander zu bringen und die seine Kanzlerkette hinter seinem Rücken an mich abgeschickt haben.
Eine andere Erklärung kann es nicht geben. Gottlob werde ich ihn ja in Woodstock treffen. Dort wird sich alles aufklären und sich herausstellen, dass ich vollkommen unnötig erregt bin.

Ich muss an Bord – in Eile
dein Henry

Die Julisonne sandte ihre letzten Strahlen über den Irrgarten von Woodstock. Eine Amsel saß über Henry in der Hecke und sang; ein Falter gaukelte dicht an seinem Gesicht vorbei. Er schien es nicht zu bemerken. In sich versunken hockte er auf der Bank und malte mit einer Gerte Figuren in den Kies, bis er Schritte hörte.

»Ach, du bist es, Thomas!«, sagte er müde, »kommst du mich zum Bankett abholen?« Becket schüttelte den Kopf. »Das hat noch Zeit, mein Sohn.«

»Warum diese lächerliche Anrede? Zumal, wenn wir allein sind? Aber wenn du auf dein Alter anspielst, bitte ...« Henry rückte zur Seite und deutete auf die Steinbank. Becket setzte sich neben ihn und eine Weile hing jeder von ihnen seinen Gedanken nach. Plötzlich lächelte Henry wehmütig.

»Hier haben wir schon glücklichere Tage erlebt, nicht wahr, Thomas?«

»Aber gerade heute müsstet Ihr doch glücklich sein, mein ...«

»Weil sie mir heute alle gehuldigt haben? Das ist nicht mehr als eine zwangsläufige Folge meiner – oder sollte ich sagen unserer? – Politik. Gewiss huldigen sie mir, der König von Schottland, von Rhys, der Fürst von Südwales, von Owen, der Fürst von Nordwales ... aber darum geht es doch gar nicht«, sagte Henry müde. Er griff nach Beckets Hand. »Zwischen dir und mir ist alles so anders geworden ... Wir waren doch einmal Freunde, Thomas! Hast du das wirklich vergessen?«

Unmerklich rückte Becket ein wenig ab. »Nein«, sagte er leise. Ungeduldig sprang Henry auf und zerrte ein Pergament aus der Tasche. »Und was ist hiermit? Du hast dich mir nicht nur widersetzt, du versuchst auch noch mich beim Papst anzuschwärzen!«
»Ihr habt den Brief abfangen lassen?« Ein leichtes Lächeln flog über Beckets Gesicht.
»Sorge dich nicht: Alexander wird das Original erhalten«, erwiderte Henry sarkastisch und begann halblaut vorzulesen: »›Das Unrecht hat den Zeitpunkt gut gewählt. Es hat die heikle Lage der römischen Kirche erkannt und glaubt, die Gelegenheit sei günstig für die Ausführung seiner finsteren Pläne … Man entreißt Jesus Christus, was er mit seinem Blut erkauft hat. Die Macht greift nach dem Erbe des Herrn …‹« Henry hob den Kopf. »Was hat denn Jesus Christus mit seinem Blut gekauft? Etwa die Pfründe des Klerus oder die Gerichtsbarkeit der Kirche? Du schreibst sogar: ›Weder die Lehren der heiligen Väter, noch die Vorschriften der Canones, nichts von alledem vermag die Kleriker hier zu schützen …‹«
Becket unterbrach ihn: »Aber das stimmt doch alles.«
»Dann sage mir, ob dies der Brief eines Freundes ist!« Henry zitierte: »›Man spioniert uns nach. Dem König kommt jedes Wort zu Ohren, das hier gesprochen wird … Sollten wir nicht fliehen, um nicht mitansehen zu müssen, wie das Erbe des Gekreuzigten geplündert wird? Zweifellos. Aber zu wem sollen wir fliehen, wenn nicht zu dem, der unsere Kraft und Zuflucht ist?‹« Henry ließ das Blatt sinken. »Wie theatralisch du dich auszudrücken beliebst! Es geht dir gar nicht um Jesus Christus, Thomas! Dir geht es einzig und allein um deine ganz persönliche Macht!«
»Das ist nicht wahr!«, begehrte Becket auf. »Mir geht es ausschließlich um die Kirche und ihre Privilegien, für die ich in England verantwortlich bin.«
»Du lügst, Thomas! Es geht dir um deine Privilegien. Du hast

es weit gebracht: vom Kaufmannssohn zum Lord Kanzler – bis auch das dir zu wenig war. Nun bist du Erzbischof und du führst dich auf, als wärst du der König!«
Er beugte sich vor und griff eine Hand voll Kieselsteine auf. »Du scheinst zu vergessen, dass ich dich gemacht habe, und ...« Er ließ die Steine fallen.
»Und was?«, fragte Becket höhnisch, »ich unterstehe unmittelbar Rom.«
Henry blickte einem Vogel nach. »Rom wird sich davor hüten, sich ausgerechnet jetzt mit mir anzulegen, wo Alexander so viel Scherereien mit dem Kaiser hat. Wenn es zum Schwur käme, Rom würde dies«, er schnippte mit den Fingern, »mit dir machen!« Er streckte die Beine aus. »Gib bei dem Dänengeld nach, Thomas«, bat er. »Was ist das schon? Eine Grundsteuer in Höhe von zwei Silberpfennigen und du machst solch ein Aufheben davon!«
»Das Dänengeld hat Wilhelm der Eroberer einst eingeführt, um den Krieg gegen die anstürmenden Dänen zu finanzieren. Aber nun kommen keine Dänen mehr«, sagte Becket maliziös.
»Richtig, aber erinnere dich, du selbst warst dafür, dass diese Grundsteuer von königlichen Kommissaren eingetrieben wird. Und ich möchte daran festhalten – allerdings soll sie nicht mehr den Grafschaften, sondern dem königlichen Schatzamt zufließen.«
Becket schüttelte entschieden den Kopf. »Das betrachte ich als Machtmissbrauch und Veruntreuung von Geldern.«
Verblüfft starrte Henry ihn an, dann stand er langsam auf. »Gott ist mein Zeuge, diese Steuer wird der Krone zufließen. Und du hast nicht den geringsten Grund dich dem zu widersetzen, denn niemand wird dadurch geschädigt!«
Auch Becket hatte sich erhoben und schob seine Hände in die Ärmel. »Und ich schwöre dir, dass niemand, der ein Stück Land auf dem Grund der Kirche bewirtschaftet, dir auch nur einen Silberpfennig bezahlen wird!«

Einen Augenblick lang starrten sie einander wortlos an. Dann griff Henry nach Beckets Arm. »Lass uns so nicht auseinander gehen. Wir waren Freunde!«

Becket trat einen Schritt zurück.

»Ich wollte, dass du Erzbischof wirst, damit wir dieses Land gemeinsam zur Blüte führen«, sagte Henry wehmütig.

»Dann überlasst mir die Gerichtsbarkeit bei meinen Leuten«, murmelte Becket. »Ich will nicht, dass Kleriker der weltlichen Gerichtsbarkeit überstellt werden. Körperstrafen sind unvereinbar mit der körperlichen Unversehrtheit eines geweihten Mannes. Denn selbst der einfache Kleriker ist der Thron Gottes und Gott muss ihn einnehmen können.«

Henry lachte höhnisch auf. »Und dabei spielt es wohl keine Rolle, um was für einen Hurenbruder es sich in Wirklichkeit handelt? Wie war das mit dem Kerl – oh, verzeih, dem Kleriker und Thron Gottes –, der ein junges Mädchen vergewaltigt und ihren Vater ermordet hat? Oder mit dem anderen, der einen silbernen Kelch aus einer Londoner Kirche entwendete?«

»Ich habe ihm all seine Rechte aberkannt und ihn mit einem glühenden Eisen brandmarken lassen«, erklärte Becket.

Henry riss die Brauen in die Höhe. »Was soll das bedeuten? Ist er nun kein Thron Gottes mehr? Mag Gott sich denn auf jemanden setzen, der eine stinkende Brandwunde hat? Oh, Thomas, erkenn doch einfach an, dass ich der König bin!« Traurig fügte er hinzu: »Was hatten wir einmal für Pläne …« und nach einer Weile: »Und ich habe dich so geliebt!«

Becket antwortete nicht.

Drüben im Haus wurde eine Glocke geläutet. »Sie rufen uns zum Bankett«, sagte Henry. »Komm, lass uns hinübergehen.«

Alienor zügelte ihr Pferd und schüttelte sich den Schnee vom Umhang. Skeptisch blickte sie auf die Mauern von Clarendon, die vor ihnen aufragten. »Ich weiß nicht, ob dies der geeignete Ort ist …«

Henry lachte. »Was hast du gegen Clarendon? Die Burg ist weiträumig genug, um alle Großen des Reiches für einen Hoftag zu beherbergen und ich mag die Grafschaft Wiltshire – es ist eine liebliche Gegend.«

Alienor sah sich um. »Lieblich mag die Gegend wohl sein, allerdings nicht Ende Januar.« Sie fröstelte.

Henry hatte sich in die Steigbügel gestellt und wandte sich nach dem schier endlos langen Zug um, der hinter ihnen durch den Schnee geritten kam. Mit Befriedigung sah er, dass sein Justitiar eigenhändig das Packpferd am Zügel führte, auf dessen Rücken eine schwarze Truhe festgezurrt war. Dann sagte er zu Alienor: »Keine Sorge, meine Liebste. Schau nur, wie sie gefeuert haben.« Stolz deutete er auf den Rauch, der aus dem großen Außenkamin der Burg quoll.

Alienor musste lachen. »Aber ich sehe auch, dass der Wind den Qualm immer wieder hinunterdrückt!«

»Sobald wir drinnen sind, wärmst du dich erst einmal auf. Ich gehe mit Lucé noch einmal die Urkunden durch, dann komme ich nach.« Er zwinkerte ihr zu.

»Daraus wird nichts, mein Lieber. Ich möchte die Urkunden gemeinsam mit dir und Lucé noch einmal durchsehen.«

Als sie gleich darauf in den Innenhof einritten, bemerkte Alienor voller Zufriedenheit die langen Bretter, die vorsorglich über den aufgeweichten Boden gelegt worden waren, sodass sie trockenen Fußes die Treppe zum Palas erreichte. Eilends lief sie in die schützende Wärme.

Henry sah sich erneut nach seinem Justitiar um. »Lasst die Truhe gleich in den Raum neben der Halle schaffen«, und zu den übrigen Reitern: »Kommt nur hinein, Mylords. Drinnen wartet heißer Wein auf uns.« Dann sprang er die Treppe hinauf und trat in die große Halle. Dankbar nahm er den dampfenden Becher entgegen, den der Burgvogt ihm reichte, und fragte: »Alles in Ordnung, James? Ist für den Reichstag alles vorbereitet?«

»Gott zum Gruß, mein König, und willkommen. Wir haben für vierzehn Tage Vorräte in der Burg und die Jäger sind angewiesen, uns mit frischem Wildbret zu versorgen. Es sind genügend Kerzen vorhanden und das Kloster hat frisches Pergament und Tinte geliefert.« Henry dankte und zog sich für einen Moment zurück.

Als er wieder erschien, hatten sich die meisten seiner Männer bereits in der Halle versammelt. Der Haushofmeister dirigierte die Knechte, die heißen Wein ausschenkten; andere waren dabei, Böcke und Platten für die Tafel aufzubauen. Oben auf der Empore stimmten Musikanten ihre Instrumente. Henry strebte durch das Getümmel zu dem Nebenraum, wo im Kamin ein anheimelndes Feuer brannte.

Richard de Lucé nestelte gerade den Schlüssel hervor, den er an einer Kette um den Hals trug. »Trink erst etwas, ehe du die Urkunden ausbreitest«, forderte Henry ihn auf. »Wir warten auf die Königin.«

Er schlenderte hinüber zum Feuer und ließ sich mit einem wohligen Seufzer auf einem Schemel nieder. Ein Hund kam zu ihm und legte ihm die Schnauze vertrauensvoll auf das Knie. »Erkennst du mich wieder?«, fragte Henry zärtlich und kraulte das Tier. »Dieses Mal können wir leider nicht auf die Jagd

gehen, denn morgen kommt der Erzbischof von Canterbury, und den müssen wir in die Knie zwingen.«
Lucé hatte sich ihm gegenübergesetzt. »Ich gäbe sonst etwas dafür, wenn ich wüsste, wie Becket reagiert«, sagte er.
»Die Stimmung ist gegen ihn«, antwortete Henry kalt.
Mit kleinen Schlucken trank sein Justitiar, dann hob er den Blick. »Heute Morgen bin ich neben Richard von Hastings geritten. Der meinte auch, dass Becket keine Chance hat, wenn er nicht alle gegen sich aufbringen will. Einschließlich des Papstes.«
»Ihr sprecht gerade vom Großmeister des Templerordens?«, fragte Alienor. Mit ihr kam der Duft von Rosen in den Raum. Zu ihrem langen roten Haar, das an den Schläfen noch feucht war, trug sie einen Umhang von warmem Burgunderrot. Henry sprang auf und zog sie in seine Arme; genießerisch schnupperte er an ihr. »Du bringst einem die Erinnerung an einen Sommertag zurück«, flüsterte er zärtlich. Einen Moment lang spürte er den Druck ihrer warmen Brüste gegen seinen Körper, dann ließ er sie los.
Zu dritt beugten sie sich über den Tisch und sichteten die Dokumente. Eines davon nahm Alienor in die Hand und las halblaut daraus vor: »›Artikel I: Wenn zwischen Laien oder zwischen Geistlichen oder zwischen Geistlichen und Laien ein Streit über das Patronat und die Besetzung einer Kirche entsteht, dann wird dieser vor dem königlichen Gericht verhandelt und entschieden.‹« Sie legte das Blatt zurück und griff zum nächsten: »›Geistliche, die vor Gericht zitiert und mit welchem Vorwurf auch immer angeklagt werden, erscheinen, wenn sie vom Justitiar des Königs vorgeladen werden, vor dessen Gerichtshof, und sie erscheinen vor dem geistlichen Gericht für alle Fragen, die man dort für nötig befindet, jedoch in der Weise, dass der königliche Gerichtshof einen Vertreter an den Gerichtshof der heiligen Kirche entsendet um festzustellen, wie dort entschieden wird. Und wenn der Geistliche überführt wird oder gesteht, darf die Kirche nicht länger ihre Hand über ihn halten.‹«

Alienor lächelte zufrieden. »Genau das, was wir gewollt haben. Wenn Becket jedoch der ist, für den ich ihn halte, dann wird er spätestens an dieser Stelle die Versammlung unter Protest verlassen. Was meint ihr?«

»Ich fordere nur das ein, was mir zusteht«, fuhr Henry nervös auf und Lucé fügte hinzu: »Dies entspricht dem Gewohnheitsrecht.«

»Nur dass wir hiermit ein schriftliches Gesetz daraus machen«, erwiderte Alienor, »das hat es bislang noch nie gegeben.«

Henry schlug so hart auf den Tisch, dass der Kerzenhalter wackelte und Lucé ihn festhalten musste. »Genau darum geht es. Wenn Becket Krieg haben will, so soll er ihn haben!« Mit dem Kinn wies er in Richtung Halle. »Die Lords, Bischöfe und Prälaten dort drüben, die werden morgen dafür stimmen! Keiner von ihnen hat vergessen, wie rigoros Thomas als Lord Kanzler für die Rechte der Krone eingetreten ist!«

Lucé, der immer noch schützend den Kerzenleuchter hielt, sagte: »Sie alle trauen seinem heiligmäßigen Getue ohnehin nicht. Seine eigenen Leute in Canterbury nehmen es nicht ernst!« Er lächelte verstohlen. »Nicht nur, dass er ein härenes Gewand unter seinem erzbischöflichen Ornat trägt – nein, der Herr lässt sich jeden Morgen geißeln! Grund genug hat er sicher!«

Henry und Alienor sahen sich über den Tisch hinweg an. Er wollte etwas sagen, aber sie schüttelte unmerklich den Kopf. »Ach ja?«, sagte sie leichthin, »tut er das?«

Henry hatte die Fäuste geballt und war zum Feuer getreten. Mit dem Rücken zu ihnen murmelte er: »Warum kann er es nicht lassen!« Dann trat er mit dem Stiefel nach einem kohlenden Scheit.

Hinter ihm griff Alienor nach einem weiteren Pergament. »Erzbischöfen, Bischöfen und geistlichen Lehnsträgern des Königreiches ist es nicht gestattet, das Land ohne Erlaubnis des Königs zu verlassen. Und wenn sie die Erlaubnis des Königs erhalten, sollen sie geloben, während ihrer Reise alles zu unterlassen, was dem König oder dem Königreich zum Schaden gereichen könnte.« Nun lachte sie verblüfft auf. »Das ist wirklich ein starkes Stück – damit unterbindest du, dass sie zu ihren Konzilen reisen können. Du schneidest sie von Rom ab. Jedenfalls, wenn du es wünschst!«

Henry starrte immer noch ins Feuer und murmelte vor sich hin: »Warum tut er das!« Alienor griff nach seiner Hand.

»Vergiss es. Er wird schon genug gestraft sein, wenn er dies morgen mitanhören muss«, flüsterte sie.

»Damit kommen wir erst zum Schluss heraus«, rief Lucé herüber. »Zuerst muss er sein Treuegelöbnis öffentlich erneuern. Aus sicherer Quelle weiß ich, dass der Papst ihn dazu angehalten hat. Er hat keine Chance.«

Besorgt sah Alienor, wie heftig die Ader an Henrys Schläfe pochte. Begütigend lehnte sie ihren Kopf an seine Schulter. »Zu viele sind gegen ihn. Sei ein bisschen nachsichtig.«

»Warum sollte ich!«, stieß er hervor. »Er hat mich verraten. Und er führt sich auf, als wäre er der Papst persönlich.«

»Erinnere dich doch«, sagte Alienor, »er war schon immer ein wenig theatralisch.«

Henrys Kopf fuhr herum. »Theatralisch nennst du das? Ich nenne das eine Sittenlosigkeit schlimmster Sorte! Und so jemand schimpft sich Erzbischof von Canterbury!« Er schlug sich mit der Hand gegen die Stirn. »Und ich habe dafür gesorgt, dass man ihn wählt!« Abrupt wandte er sich Lucé zu. »Er lässt sich jeden Tag geißeln, sagst du?«

Der Justitiar nickte. »So sagt man. Jeden Tag.«

Henry drückte Alienors Hand so fest, dass es schmerzte. »Dann wollen wir ihm morgen Anlass geben, sich zweimal täglich schlagen zu lassen!«

Von der Halle klang Musik zu ihnen herein. »Komm, mein Liebster«, sagte Alienor. »Unsere Gäste erwarten uns.« Und zu Lucé: »Ihr habt großartige Arbeit geleistet. Der König und ich danken Euch. Und ich bin sicher, dass wir Erfolg damit haben

werden. Lasst uns heute Abend fröhlich sein – morgen steht uns ein anstrengender Tag bevor.« Sie sah noch, wie der Justitiar begann die Pergamente zurück in die schwarze Truhe zu legen. »Schließt sie sorgfältig ab«, riet sie und öffnete die Tür.
»Recht hast du«, sagte Henry. »Lass uns jetzt fröhlich sein. Wer weiß, was morgen ist.« Er reichte ihr die Hand und führte sie in die Halle: und beide lächelten sie ihren Gästen zu.
»Ein Toast auf unseren König und unsere Königin!«

Gleich nach der Frühmesse versammelten sich die Großen des Reiches in der Halle. Jeden Einzelnen von ihnen begrüßte Henry mit dem traditionellen Bruderkuss. Obwohl ein mächtiges Feuer im Kamin brannte, war es empfindlich kalt. Henry sah, wie Alienor die bloßen Hände schützend in ihren Umhang hüllte. Das Gewicht der Krone bereitete ihm Kopfschmerzen; er hätte sie am liebsten abgelegt. Stattdessen schritt er plaudernd und lächelnd durch die Reihen der Versammelten. Nur Alienor entging nicht, dass er ständig an seinem Ring drehte. Alles wartete.

Der Haushofmeister stieß die Tür erneut auf und verkündete die Ankunft des Erzbischofs von Canterbury mit Gefolge. Henrys Herz setzte für einen Schlag aus, als ihm Thomas Becket langsam im erzbischöflichen Ornat entgegenschritt, den Hirtenstab in der Hand und flankiert von Herbert von Bosham und Edward Grim. Lords, Bischöfe, Äbte und Prälaten bildeten schweigend eine Gasse, um den Primas der Englischen Kirche hindurchzulassen.

Henry sah das bleiche Gesicht des alten Freundes und bemerkte die Schatten unter seinen Augen. In Beckets Gesicht zuckte kein Muskel, als er den Hirtenstab nun Bosham zum Halten gab und sich vorbeugte, um mit Henry ebenfalls den Bruderkuss zu tauschen. Beckets glatte Wange war eiskalt. Henry meinte, ein vertrautes Parfum wahrzunehmen, und der Schmerz wollte ihn fast überwältigen. Erst als er fühlte, dass Alienor dicht neben ihn getreten war, vermochte er zu sprechen: »Gott zum Gruß, Mylord Archbishop. Wir freuen uns, dass Ihr unserer Einladung gefolgt seid.«

»Ich danke Euch für die Einladung, mein König«, entgegnete Becket kühl. »Und ich bin froh, dass Ihr mir Gelegenheit gebt meinen Unterwerfungseid hier öffentlich ohne Einschränkung erneut zu leisten.« Er hatte leise gesprochen und doch hatte jeder in der Halle seine Worte vernommen.

Ein hörbares Ausatmen ging durch die Menge; jemand rief Bravo und plötzlich redeten alle durcheinander. Becket hatte sich den Hirtenstab wieder reichen lassen und begrüßte nun Alienor, da flüsterte Lucé nah hinter Henry: »Jetzt wäre der richtige Zeitpunkt.« Henry nickte unmerklich. Ein Kleriker trat vor und begann die sechzehn Artikel der Urkunde vorzulesen. Als er geendet hatte, herrschte Totenstille. Henry hob die Hand. »Wir werden Euch jetzt für eine Weile allein lassen, damit Ihr in Ruhe darüber sprechen könnt. Niemand soll sagen, ich hätte Euch gedrängt zu unterschreiben.« Er reichte Alienor die Hand und führte sie hinaus.

Kaum waren sie allein, legte er den Kopf an ihre Schulter. Sie sah, wie seine Hände zitterten. »Alles wird gut werden«, sagte sie und schenkte ihm einen Becher Wein ein. »Becket hat seinen Unterwerfungseid geleistet, davon kann er nicht zurück.«

»Er tut so, als hätten wir uns nie zuvor gesehen. Wenn er mich anblickt ist in seinen Augen – nichts.«

»Trink, mein Liebster. Was hast du erwartet, dass er dir um den Hals fällt?«

Es wurde an die Tür geklopft und Lucé erschien. »Noch reden sie alle wild durcheinander«, berichtete er heiter. »Aber es zeichnet sich bereits ab, dass niemand seine Unterschrift verweigern wird.«

»Was ist mit Becket?«, fragte Henry.

Lucé wiegte den Kopf. »Das kann ich noch nicht sagen. Er bespricht sich mit seinen Vertrauten und die Übrigen reden auf ihn ein. Besonders der Großmeister des Templerordens lässt ihm keine Ruhe und mahnt ihn, es sei auch im Sinne des Heiligen Vaters mit Euch zu einer gütlichen Einigung zu kommen.«

»Als ob es ihm darum ginge!«, sagte Henry erregt. »Der Erzbischof sieht dies hier als Zweikampf zwischen sich und mir. Die ›Rechte‹ der Kirche interessieren ihn nicht.«

Durch die geschlossene Tür drangen laute Stimmen bis zu ihnen. »Soll ich hinausgehen und versuchen sie zu beruhigen?«, fragte Lucé. Alienor nickte.

Henry trat ans Fenster und schaute hinaus auf die Schneelandschaft. »Hoffentlich haben die Bauern genug in ihren Scheuern. Ein harter Winter, dieses Jahr.« Er beobachtete ein paar Raben, die kreischend um die Burgmauern flogen. »Ob Thomas es wohl vermisst zu jagen? Das kann er nun nicht mehr.«

»Wenn dies hier zu Ende ist, dann lass uns nach Woodstock gehen«, sagte Alienor hinter ihm. »Da ist es warm und selbst im Irrgarten kannst du mir nicht verloren gehen – ich brauche ja nur deinen Spuren zu folgen.«

»Ich werde dir niemals verloren gehen«, sagte er zärtlich. Dann wandte er sich entschlossen um. »Gehen wir zurück in die Halle. Ich muss sein Gesicht sehen.«

Inmitten seiner wenigen Getreuen stand Becket an dem Tisch, auf dem die Dokumente lagen. Soeben rief Lucé: »Mylords, ich bitte Euch, zur Sicherheit Euer Siegel auf das Dokument zu setzen.«

Ohne zu zögern drückte Foliot, Bischof von London, sein Siegel in das heiße Wachs. Dann trat er zurück, um dem Nächsten Platz zu machen.

Nun wäre es an Becket gewesen, sein Siegel zu setzen. Alle sahen es: Er stieß seinen Hirtenstab auf den Boden. »Nein!«, rief er. »Ich werde mich nicht an diesen üblen Machenschaften beteiligen! Der allmächtige Gott sei mein Zeuge: Solange ich lebe, werde ich mein Siegel niemals unter eine solche Urkunde setzen!« Zum ersten Mal sah er Henry direkt an. »Was ist mit

Artikel XII?«, schrie er mit sich überschlagener Stimme. »Hier sollen mit dem zweckentfremdeten Mittel des Lehnseids die Kirchengüter in den weltlichen Lehnsbesitz eingegliedert werden!« Mit zitternder Hand deutete er auf die Papiere. »Die Inhaber kirchlicher Ämter und Güter sollen vom König bestellt werden! Diese Klausel, mein König, verletzt den Geist kanonischer Grundsätze und läuft den Reformen zuwider, die seit einem Jahrhundert überall, auch in England, mit Erfolg stattgefunden haben!« Wie ein Besessener fuchtelte Becket mit seinem Hirtenstab herum. »Artikel III jedoch bringt das Fass zum Überlaufen. Danach liegt die Entscheidung, welches Gericht zuständig ist, allein bei der königlichen Macht!«
Weit über den Tisch gebeugt fixierte Henry ihn mit zusammengekniffenen Augen. »Gerade Artikel III dürfte Euch nicht fremd sein, Mylord Archbishop!«, zischte er. Auf seinen Wink reichte Lucé ihm ein Dokument und Henry schwenkte es dicht vor Beckets Gesicht. »Seht es Euch nur genau an, Mylord Archbishop. Es trägt Eure Unterschrift! Wollt Ihr es uns nicht vorlesen. Nein? Ihr wollt nicht?« Henry wandte sich an die Versammelten. »Hier steht geschrieben, dass der ehrenwerte Lord Kanzler von England, Thomas Becket, die Verurteilung des Mörders der Gräfin Châtellerault sanktioniert. Der Mörder war, wie Ihr alle wisst, ein Benediktiner!«
Die Halle toste; nur zu gut erinnerte man sich an den Fall der Hofdame der Königin. Becket war bleich geworden. Noch näher beugte Henry sich über den Tisch, bis ihre Gesichter sich fast berührten. »Erinnerst du dich noch an Marie, Thomas?«, flüsterte er heiser. »Weißt du noch, wie schön sie war – und wie entsetzt wir beide waren, als uns die Nachricht in London ereilte? Keine Strafe schien uns damals hart genug. Auch dir nicht, Thomas! Du hast es nicht einmal für notwendig befunden, den Benediktinerabt zu informieren. Das musste der Sheriff tun! Im Namen des Königs wurde das Todesurteil vollstreckt. Hast du das wirklich alles vergessen?«

Auf Beckets Stirn hatten sich Schweißperlen gebildet; und er klammerte sich an seinen Hirtenstab. »Das war etwas anderes! Damals war ich Euer Kanzler!« Er schluchzte auf.
»Nichts ist anders heute. Dies ist immer noch das Land des Königs. Und ich bin der König!«
Benommen senkte Becket den Kopf, dann ließ er sich von Roger von Pontigny zur Seite führen. Niemand schien mehr auf den Erzbischof zu achten. Alle drängten herbei, um ihr Siegel zu setzen.
Fast mitleidig blickte Alienor Becket nach, der samt seinem Gefolge klanglos verschwand. An der Tür drehte er sich noch einmal um. Quer durch den Saal trafen sich ihre Blicke; der Erzbischof neigte das Haupt und war fort. Niemand hatte ihm auch nur Lebwohl gesagt.
Lucé trat zu Henry. »Soll ich ihn zwingen sein Siegel zu hinterlassen?«, fragte er geschäftsmäßig.
»Wozu?« Müde deutete Henry auf die Lords, die sich um den Tisch scharten. »Sie unterschreiben ja alle. Lass drei Exemplare der Constitutiones anfertigen: eines für das königliche Archiv, ein zweites erhält der Erzbischof von York.«
»Und für wen ist das dritte?«, fragte Lucé.
»Für den Erzbischof von Canterbury natürlich.« Henry hatte sich bereits Alienor zugewandt. »Es ist vorbei. Thomas ist fort. Was wird er jetzt wohl tun?«
»Für den Fall, dass er zu fliehen gedenkt, habe ich die Küstenstationen benachrichtigen lassen«, rief Lucé.
»Niemand wird ihn über den Kanal ziehen lassen«, schrie Foliot, »da müssten ihn die Mönche von Canterbury schon eigenhändig hinüberrudern!«

In der Nacht wurde Alienor durch ein Geräusch geweckt. Sie fuhr auf. Ihre Hand tastete unter der Felldecke nach Henry. Er war nicht da; und sie fror auf einmal. Vorsichtig schob sie den Vorhang des Bettes einen Spalt zur Seite und lugte hindurch. Im matten Licht des verlöschenden Feuers kauerte Henry auf einem hochlehnigen Stuhl. Er hatte eine Pelzdecke um sich geworfen und schluchzte hemmungslos.

Mit einem Satz war Alienor aus dem Bett. Barfüßig lief sie über den eisigen Boden, schlang die Arme um Henry und wiegte ihn sacht hin und her. »Ist es wegen Becket?«, fragte sie leise.

»Ich kann es einfach nicht verstehen. Thomas ist erst seit achtzehn Monaten Erzbischof – und nun sieh, wie weit wir es haben kommen lassen!« Henry schluchzte auf. »Das ist das Ende.«

»Unsinn!«, sagte Alienor fest. »Was sprichst du von Ende, wo dies doch nur die erste Auseinandersetzung zwischen euch war! Du willst die Kirche von England dem allgemeinen Recht unterwerfen. Hast du denn tatsächlich geglaubt, er würde Ja und Amen dazu sagen?« Ihr war entsetzlich kalt. »Sobald sich alle Gemüter beruhigt haben, werdet ihr beiden euch an einem geheimen Ort aussprechen und einen Kompromiss finden. So ist es doch zwischen Krone und Kirche bisher immer gelaufen.« Aufmunternd lächelte sie ihn an. »Können wir nicht im Bett weiterreden? Ich bin der reinste Eiszapfen.«

Henry hielt seine nackten Beine in den Kamin. »Ohne Thomas mag ich nicht regieren«, murmelte er. Resigniert ging Alienor hinüber zum Bett, an dessen Fußende ihr wollener Morgenmantel lag. Dann kramte sie in der Truhe nach ein paar dicken Socken und zog sie an. Hinter sich hörte sie Henry sagen: »Er hat mir das Siegel ohne ein Wort zurückgeschickt, da war er erst ein paar Tage Erzbischof. Und gestern dann dieses Schauspiel hier in Clarendon. Er will nichts mehr mit mir zu tun haben!« Wieder begann er zu weinen. »Und dabei waren wir uns einmal so nah! Er hat mir von sich erzählt, ich kenne Geschichten von ihm, die niemand sonst kennt, in denen er sich mir vollkommen offenbart hat!«

»Ich war selbst einmal Zeuge einer solchen Offenbarung«, sagte Alienor trocken.

»Du hast ihn nie leiden können. Und das hat ihn sehr gekränkt!« Henry starrte ins Feuer. »Am liebsten würde ich gleich morgen nach Canterbury reiten und mich mit ihm versöhnen.«

Alienor rollte die Augen gen Himmel. »Dann tu es doch, um Himmels willen! Sink ihm wieder in die Arme und zerreiß die frisch unterschriebenen Statuten – am besten, du dankst ab und lässt ihn in Westminster krönen. Dann haben wir endlich Ruhe und Becket hat, was er will.«

Henry zog die Nase hoch und wischte sich mit der Faust über die Augen. »Aber wenn ich nach Canterbury reite, dann wird es aussehen, als gäbe ich nach. Und ich weiß aus Erfahrung, dass man ihm nicht den kleinen Finger reichen darf ...« Er dachte laut und nahm nicht wahr, dass Alienor sich abmühte, einen schweren Stuhl zum Feuer zu zerren. Noch einmal ging sie zum Bett und zog die Felldecke an sich, um sie über den Stuhl zu breiten.

Mit einem Seufzer ließ sie sich darauf nieder. Eine Weile saßen sie schweigend beieinander, dann fragte Alienor: »Also, was wird jetzt?«

Henry zuckte mit den Schultern. »Ich weiß es nicht. Ich kann schlecht nach Canterbury – meine Lords würden irre an mir werden.«

Alienor nickte. »Und warum bittest du ihn nicht privat zu dir? Nur du und er. Ich verspreche auch ganz fest, dass ich nicht dabei sein werde. Schließlich will ich ihn nicht wieder kränken«, versuchte sie zu scherzen.
Er ging nicht darauf ein. »Weil ich Angst habe, dass er nicht kommen wird.«
»Dann lade ihn vor, verdammt noch mal. Du bist der König!« Henry hatte ein Bein unter sich gezogen. »Thomas ist viel zu intelligent um nicht zu wissen, warum ich ihn sehen möchte.«
»Es wird sich doch wohl irgendein Grund konstruieren lassen, weswegen er kommen muss«, schnaubte Alienor. Henry hob den Kopf und sah sie an. »John.«
Alienor überlegte. »Der vom Schatzamt? Was ist mit dem?«
»John ist unserem Haus seit langem treu ergeben. Er besitzt reiche Ländereien auf dem Festland und an der walisischen Grenze mehrere wichtige Festungen.«
Ungeduldig fiel Alienor ihm ins Wort. »Das weiß ich doch alles. Aber was ist mit ihm?«
Henry beugte sich vor und warf ein neues Holzscheit ins Feuer. Als er sich Alienor wieder zuwandte, blitzten seine Augen. »Er erhebt Anspruch auf ein Stück Land, das zum erzbischöflichen Landsitz Pagenham gehört. Er hat den Fall vor das kirchliche Gericht gebracht.«
»Und nun soll er gemäß den neuen Konstitutionen von Clarendon an den königlichen Gerichtshof? Ich verstehe.« Sie musste lachen. »Und dazu willst du Becket vorladen?« Henry nickte.
Alienor hauchte auf ihre Hände. »Eh die Rachsucht dich vollends übermannt – würde es dir etwas ausmachen, mir einen Becher Wein einzuschenken? Wer Könige beneidet, der muss wahnsinnig sein. Nicht einmal ein warmes Zuhause können sie sich leisten – stattdessen ziehen sie von einer zugigen Burg zur nächsten.« Sie hob den Becher, den er ihr gebracht hatte. »Was ist mit dir? Trinkst du gar nichts?«

»Ich bin viel zu traurig und aufgewühlt«, sagte Henry. Da tippte Alienor sich mit dem Finger an die Stirn. »Jetzt reicht es, Henry Plantagenet. Den ganzen Tag über hat Foliot, die alte Giftspritze, sich über die Theatralik von Becket lustig gemacht.« Sie warf Henry einen halb ärgerlichen, halb belustigten Blick zu, »aber ich finde, ihr steht euch in nichts nach. Wahrscheinlich liegt dein Thomas jetzt auch heulend in den Kissen oder er lässt sich gleich von zwei Schönlingen ...« Sie unterbrach sich: »Verzeih.« Ihr Blick fiel auf Henrys bloße Füße. »Du gehst jetzt auf der Stelle ins Bett!«, befahl sie. »Das mit Becket mag alles sehr traurig und aufwühlend sein, aber du wirst dir den Tod holen, wenn du nicht in die Wärme kommst.«
Sie stand auf und ging ihm voraus. »Dann brauchen wir uns auch keine Gedanken mehr darum zu machen, wie und wann du den Erzbischof treffen kannst.« Sie rief ihm zu: »Bring bitte die Pelzdecken mit!« Und während sie zitternd auf das Lager kroch, murmelte sie: »Ich arme Irre, warum bin ich nur jemals aus Aquitanien fortgezogen ...« Bald umklammerten sie einander vor lauter Kälte. Halb wach sagte Henry plötzlich: »Natürlich verschlingt Dover Unsummen. Aber Thomas schuldet mir auch Unsummen!«
»Du wirst dich doch nicht so entblöden und deine Geschenke zurückfordern?« Die Laken waren so klamm, dass ihre Zähne aufeinander schlugen.
»Nur, wenn es zum Äußersten kommt.«
Alienor schlang ihre Beine um seinen Leib. »Was soll das heißen: wenn es zum Äußersten kommt? Du hast ihn durch den Kronprinzen von all seinen weltlichen Verpflichtungen befreien lassen, ehe er Erzbischof wurde. Das bedeutet doch nichts anderes, als dass seine Schulden getilgt sind.« Sie biss Henry in die Schulter und sagte lachend: »Ich hätte mir auch nie träumen lassen, dass ich mich einmal für die Finanzen von Becket einsetzen würde!«
»Au!«, machte Henry und zog die Decke über die Schulter. »Ich

will ja nur, dass er mich wieder liebt. Und das alles wieder so wird, wie es früher einmal war.«
»Deine Geldforderungen durchzusetzen, ist bestimmt ein wunderbares Mittel dazu«, höhnte Alienor.
Wieder schien er ihren Ton nicht zu verstehen. »Lucé könnte doch seine Einkünfte aus vakanten Bistümern und Abteien präzise feststellen. Die fallen genau in den Grenzbereich zwischen königlichen und kirchlichen Rechten! Um sich da rauszuschlängeln müsste sich Thomas etwas einfallen lassen.«
»Und dann käme er dir wimmernd in die Arme gelaufen? Wenn du da nur nicht irrst. Hassen wird er dich dafür. Schon weil du ihn so demütigst.«
Henry zog sie noch näher an sich. »Wenn ich ihn jedoch daran erinnere, dass er mir – sagen wir – dreihundert Pfund für die Nutzung der Schlösser Eye in Suffolk und Berkhamstead in Hertford – schuldet, dann müsste er sich wieder darauf besinnen, wie gnädig ich immer mit ihm gewesen bin.«
Alienor lachte. »Dann wird er geltend machen, dass er im Dienste der Krone beträchtliche Ausgaben hatte – Reparaturen am Tower von London und nicht zuletzt an jenen beiden Schlössern. Und wie war das mit Toulouse?«
Henrys Finger spielten mit Alienors Haar. »Ich will es ja gar nicht wirklich zurückhaben. Thomas soll nur wissen, dass ich fordern könnte, wenn ich wollte.«
Seufzend zog Alienor seinen Kopf an ihre Brust. »Gebe der Himmel, dass wir beide niemals in eine solche Situation kommen«, sagte sie.
Henry lachte zum ersten Mal. »Aber wir beide doch nicht!«
Draußen ertönte das einsame Geheul eines Wolfes. Alienor erschauerte. »Ich möchte mit den Kindern bald wieder nach Aquitanien«, flüsterte sie.
»Da ist jetzt auch Winter«, erinnerte Henry sie zärtlich. Alienor schlief schon fast, als sie noch einmal auffuhr. »Versprich mir, dass du dir das alles noch einmal überlegst.«

Becket ist geflohen! »Der Erzbischof ist auf den Kontinent geflohen!«

»Er wird sich unter Louis' Rock verkriechen!«

»Er will seinen Fall persönlich beim Papst vortragen!«

Henry zügelte sein Pferd so jäh, dass es auf der Hinterhand stieg und wild mit den Hufen um sich schlug. Erschrocken brachten sich die Männer in Sicherheit. Henry zwang das Tier an den steinernen Sockel, von dem aus er sonst aufsaß. Dann zog er einen der Knechte, die dahinter standen, zu sich hinauf: »Was habt ihr da gesagt? Wer ist geflohen?«

»Der Erzbischof von Canterbury!«, stieß der Mann ängstlich hervor.

»Alienor!«, brüllte Henry. »Alienor!« Mit einem Satz war er aus dem Sattel. Das Pferd lief wiehernd über den Hof, während er die Treppe zum Palas hinaufstürmte. Atemlos riss er die Tür zu Alienors Gemach auf. »Scher dich raus!«, brüllte er den kleinen Richard an, der sich mit seiner Mutter über das Schachbrett beugte. Alienor bedeutete dem Knaben, er möge sich entfernen, und stand auf.

»Du hast es also schon gehört«, sagte sie mitleidig. Henrys Brust hob und senkte sich, als bekomme er keine Luft. Mit Riesenschritten durchmaß er den Raum; hinüber zum Fenster und wieder zurück. Was ihm im Weg stand, stieß er mit einem Fußtritt zur Seite. »Wie konnte er das wagen! Wie konnte er mir das antun!« Er nahm einen Becher von der Anrichte und goss sich ein. Rot lief der Wein über den Becherrand auf das Holz und tropfte auf den Boden. Gebannt sah Alienor zu, wie der rote Fleck sich vergrößerte. Henry trank wie ein Verdurstender und goss sich gleich wieder ein. Auch diesen Becher stürzte er hinunter. Dann lief er wieder auf und ab.

»Woher weißt du es?«, schrie er und starrte Alienor aus rot unterlaufenen Augen an. Sie deutete auf ein Pergament, das auf der Truhe lag. »Vor einer Stunde habe ich es erhalten.« Henrys Hände bebten so stark, dass er es zerriss. Ungeduldig fuhr er herum und hielt es ihr hin. »Lies vor!«

Alienor ging zur Fensterbank hinüber und entrollte es. »›Die weltlichen Vasallen der Kirche von Canterbury sprachen im Kloster von St. Andrew beim Erzbischof vor.‹« Sie hob den Kopf. »Das war wohl bald, nachdem er von hier verschwunden ist! – ›Sie baten ihn, sie von ihrem Treueid zu entbinden und Becket entsprach ihrem Ersuchen. Danach sang der Erzbischof die Komplet und ordnete an, man möge sein Bett in der Kapelle hinter dem Hauptaltar aufschlagen.‹«

Henry haute mit der geballten Faust auf die Anrichte. »Hat er geglaubt, ich würde ihn verhaften lassen? Musste er darum in der Kirche schlafen?«, schrie er und warf seinen Becher gegen die Wand. »Lies weiter!«

Alienor fuhr fort: »›Dann entließ er alle Kleriker bis auf Herbert von Bosham und einige Regularkanoniker aus Sempringham, denen er bedingungslos vertraut. Sein Diener Roger von Bray blieb ebenfalls bei ihm. Herbert von Bosham erhielt den Auftrag nach Canterbury zu reiten, um dort so viel Münzgeld wie möglich aufzutreiben. Auf dem Kontinent soll er dann wieder zu ihm stoßen. Die Übrigen erkundeten die Gegend, besorgten Reitpferde und trafen Vorbereitungen für die Flucht.‹«

Alienor ließ das Papier sinken und sah zu ihm hinüber. »Willst du noch mehr wissen?«

Henry fuhr sich mit der Hand über die Augen. »Was gibt es denn noch zu erfahren?«

Alienor griff zu einer silbernen Schelle und als eine Magd den Kopf zur Tür hereinsteckte, befahl sie: »Führe den Reitknecht des Erzbischofs zu uns herauf!«
Henry wankte zum Fenster, riss es auf und hielt das Gesicht in den Regen. Alienor rückte zur Seite, damit ihr Kleid nicht nass wurde. Dann klopfte es zaghaft und sie rief »Herein!«
Der Mann, der nun in den Raum trat, war kaum über zwanzig. Sein Kinn glänzte fettig und hastig wischte er mit der Hand darüber. Henry hatte sich nicht umgedreht. »Berichte, was du weißt!«, forderte Alienor ihn auf.
»Tu, was die Königin gesagt hat!«, brüllte Henry. Erschrocken begann der Mann zu sprechen: »Gestern Nacht ist er geflohen. Ich war dabei. Erst ging es in Richtung Northampton, dann im Galopp die fünfundzwanzig Meilen bis zu dem Dorf Grantham. Da blieben wir aber nur ein paar Stunden. Noch bevor es hell wurde, gab er Befehl erneut loszureiten. Ein paar Stunden später waren wir in Lincoln – durchnässt und steif vor Kälte. Einer der Laienbrüder ist mit einem Gerber befreundet – bei dem kamen wir unter. Sein Name ist James. Wir ließen unsere Pferde in der Stadt und fuhren mit einem Schiff den Witham hinunter bis zu einer Einsiedelei auf einer Insel, die den Kanonikern von Sempringham gehört. Dort habe ich mich abgesetzt.« Er schwieg erwartungsvoll.
»Was weißt du noch?«, fragte Alienor.
Der Mann zuckte mit den Achseln. »Ich habe gehört, dass sie an die Küste wollten, möglichst bei Canterbury.«
Henry wandte sich um und ging langsam auf den Mann zu. »Seit wann bist du in den Diensten des Erzbischofs?«
In den Augen des Reitknechts begann es zu flackern. »Vier, vielleicht auch fünf Jahre.« Da schlug ihm Henry mit aller Kraft ins Gesicht, sodass er gegen die Wand taumelte. »Und warum verrätst du ihn dann?«, rief Henry. Er riss die Tür auf. »Hinaus! Ich will dich an meinem Hofe nicht mehr sehen!« Die Tür fiel zu und Henry schaute auf seine Hand, als erwache er aus einem

Traum. Er schüttelte den Kopf. »Thomas ist fort. Thomas ist vor mir geflohen!« Er brach in irres Gelächter aus. »Kannst du dir das vorstellen?« Alienor wollte zu ihm. Abwehrend hob er die Hände. »Verzeih mir!« Er öffnete die Tür und lief hinaus. Alienor beugte sich aus dem Fenster. Sie sah Henry zu den Ställen laufen. Gleich darauf galoppierte er bereits über die Zugbrücke und war verschwunden.
»Mama?« Als sie sich langsam umwandte, sah Richard sie schüchtern an. »Ich habe dreimal geklopft, aber es hat niemand geantwortet.«
Alienor zwang sich zu lächeln. »Ich habe dich nicht gehört, mein Liebling.« Er kam näher. »Papa war aber sehr böse heute.«
»Nein, Richard. Papa ist nur sehr traurig.«
Der Junge bückte sich und sammelte die Schachfiguren auf. »Ist er so traurig, weil der Erzbischof Zuflucht beim französischen König sucht?«
Alienor half ihm die Figuren zu ordnen. »Ja, denn es ist immer traurig, einen Freund zu verlieren.«
»Die Ritter sagen, man wird versuchen ihn an der Küste abzufangen.« Er stellte die Figuren zurück aufs Brett. »Dann hätte Papa ihn ja wieder. Du eröffnest, Mama!« Erwartungsvoll sah er zu ihr auf.

Feuchtkalte Winterluft drang in der Burg von Oxford durch alle Ritzen. Mit einem wollenen Tuch um die Schultern saß Alienor nah am Kamin. »Ich werde fellgefütterte Stiefel und warme Decken brauchen. Sobald die Lieferung aus Italien eintrifft, wünsche ich mit kleinem Gefolge nach Woodstock aufzubrechen. Sorgt dafür, dass alles bereit ist.« Die Hofdame verließ das Gemach.

Alienor dehnte ihren Rücken gegen das Kissen und ließ ihre Gedanken schweifen. Mit so viel Muße hatte sie noch keines ihrer Kinder erwartet. Und doch fühlte sie sich ausgefüllt und glücklich. Mit vierundvierzig Jahren erwartete sie ihr zehntes Kind.

Diese Schwangerschaft hatte beschwerlich begonnen wie die Zeit vor Geoffreys Geburt. Dagegen waren die Monate der Erwartung von Eleonore und Johanna für sie so leicht gewesen wie zuvor bei William und Henry. Wie stolz Little Willy damals seinen kleinen Bruder begrüßt hatte! Sie lächelte wehmütig. An die Schwangerschaft mit Mathilde erinnerte sie sich überhaupt nicht mehr – zu sehr hatte Little Willys Krankheit sie überschattet. Und Richard? Ihn hatte sie im September vor neun Jahren hier … Sie rechnete nach. Ja, im Jahr 1157 hatte sie ihn in Oxford zur Welt gebracht. Bei ihm hatte sie geglaubt, dass es ein Mädchen würde; das einzige Mal, dass sie sich getäuscht hatte. So wie sie sich fühlte, müsste es diesmal wieder ein Sohn werden.

Drei Tage Bettruhe hatte der Leibarzt ihr verordnet, nachdem sie völlig erschöpft aus Aquitanien zurückgekehrt war. Es war ihr nicht einmal schwer gefallen, sich daran zu halten.
»Wenn ich Euch nicht davon abbringen kann, vor der Niederkunft noch zu reisen, erlaubt mir Euch zu begleiten. Ihr geht ein großes Risiko ein. Wenn ich mir erlauben darf zu bemerken: jede Erschütterung kurz vor der Niederkunft und in Eurem Alter kann ...« Lächelnd war sie ihm ins Wort gefallen. »Es ist von großer Dringlichkeit, dass ich noch vor dem Weihnachtsfest nach Woodstock reise. Ich verspreche Euch, ich werde den Wagen nehmen. Ich meine auch, es ist klüger, wenn Ihr mich begleitet.«
Die Hofdame unterbrach sie in ihren Gedanken und meldete die Ankunft der italienischen Reiter. Alienor ließ sich ankleiden. Im Burghof begrüßte sie die Ankömmlinge. »Ich hoffe, Maestro, Ihr habt Euer Versprechen gehalten.«
Der Älteste der Italiener verbeugte sich und deutete mit übertriebener Geste auf den Karren. »Hier steht die schönste Sonnennuhr, die in meiner Werkstatt je gefertigt wurde, eine Freude für jedes Auge!« Der Holzverschlag wurde geöffnet. Zunächst kam unter dem Sackleinen ein massiver, goldglänzender Stab zum Vorschein, darunter eine große runde Platte, auf welcher die Stunden in römischen Ziffern eingeritzt waren. Alienor betrachtete die Uhr von allen Seiten; sie war sicher, dass sie Henry mit diesem Geschenk eine große Freude bereiten würde.
»Wenn Majestät so gnädig sein wollen – wie geordert, befinden sich die Löwen des Hauses Plantagenet dort, wo der Sonnenschatten die Mittagszeit angibt.«
Im Zentrum der Zeit Henrys Löwen, dachte Alienor und fragte: »Wo sind die Mohnblüten?«
»Hier seht, sie umrahmen jede Stunde des Tages, bis auf die zwölfte – dort brauchte ich Platz für die Löwen. Und da, auf dem Stab, die von Euch gewünschten Ginsterzweige.« Der Ita-

liener redete unaufhörlich weiter, während Alienor sich ausmalte, an welcher Stelle des Irrgartens sie die Sonnenuhr aufstellen würde. »Ich bin sehr zufrieden mit Euch«, sagte sie freundlich. Dann gab sie den Männern auf dem Karren ein Zeichen. »Ihr könnt den Sockel oben lassen. Wir brechen sofort auf und bringen die Sonnenuhr an ihren Bestimmungsort. Folgt unserem Wagen.«

In Pelze gehüllt schaukelte sie nordwärts. Sie öffnete das lederne Guckloch, um hinauszublicken. Eisregen fiel, Nebelschwaden hingen über den Tälern. Die Dörfer, durch die sie kamen, waren wie ausgestorben. Nur hier und da stiegen Rauchsäulen aus den Katen auf. Alienor schloss die Augen und lehnte sich zurück.

Sie erinnerte sich an die lange Nacht, in der sie mit Henry den Irrgarten von Woodstock entworfen hatte. In den vergangenen Jahren waren die Hecken so gewachsen, dass man nicht mehr hindurch oder darüber hinweg sehen konnte. Die Staatsgeschäfte hatten sie wieder viel zu lange von Woodstock ferngehalten; sie würde Henry dazu überreden, vor dem Neujahrsfest ein paar Tage mit ihr dort zu verbringen, in Ruhe und in Liebe. Sie legte die Hand auf ihren gewölbten Bauch und murmelte vor sich hin: »Vielleicht ist er dann schon geboren, unser letzter Sohn.« Dann schlummerte sie ein.

Vom lauten Hufgeklapper der Garde, die vor ihnen in den Hof einritt, wurde sie geweckt. »Schickt nach ein paar Burschen mit Hacken und Schaufeln«, befahl sie. »Wo ist der Maestro?« In diesem Augenblick bog der Karren mit den Italienern in den Hof. »Er soll mir durch das breite Tor in den Irrgarten folgen.«

Der Arzt näherte sich besorgt. »Meine Königin, wäre es nicht klüger, Ihr würdet eine Weile ruhen?« Lachend winkte Alienor ab. »Ich habe ausgezeichnet geschlafen. Jetzt habe ich Wichtigeres zu tun.« Schon öffnete sie die kleine Pforte in der Mauer; zu ihrer Verwunderung war sie nicht verschlossen.

Es begann zu schneien. Alienor blickte sich um. Knappen zogen die Uhr und den Sockel auf Handkarren durch die große Gartenpforte; ihnen folgten die Burschen.
Immer mehr Schneeflocken blieben auf ihrem Haar liegen. Sie ließ ihre Hand an den Buchsbaumhecken entlanggleiten, als sie über den mittleren Kiesweg lief. Wie gut sie doch jede Abzweigung, jedes Beet, jede Bank in diesem Garten kannte! Als sie an dem runden Rosenbeet angelangt war, blieb sie stehen. Die zurückgeschnittenen Pflanzen waren mit einer dicken Schicht Stroh bedeckt.
Sie atmete tief durch. Welch schöne Proportionen diese Stelle hatte; selbst im Winter wirkte sie harmonisch. Das dunkle Grün der Hecke hob sich hinter den sechs halbrunden Steinbänken ab, die Alienor vor wenigen Jahren aus Aquitanien hatte kommen lassen; von Jahr zu Jahr wirkten die Bänke durch das Moos vergänglicher und die samtigen roten Blüten der Rosen üppiger. Die dunkelroten Rosen hatte Alienor ausschließlich für Henry gepflanzt.
Alienor winkte den Italiener herbei. »Nun werdet Ihr verstehen, warum ich Euch einen Plan für die Form des Sockels schickte. Er sollte den Steinbänken angepasst sein.«
»Bravissimo, bravissimo«, rief der Meister überschwänglich aus, »die schönste Sonnenuhr des Jahrhunderts wird an diesem Ort wundervoll aussehen! Packt aus! Wir wollen sie gleich aufstellen. Die Frau Königin soll sehen, was wir geschaffen haben!« Er trieb die Burschen an schneller zu graben, während er selbst geschäftig über die Platte der Sonnenuhr wischte.
Amüsiert sah Alienor dem Treiben zu. Heiter schlug sie den Kiesweg ein, der zu den rosa Rosen führte. Sie kontrollierte die Dicke der Heckenblätter und stellte zufrieden fest, dass sie keine braunen Stellen im Rasen entdecken konnte. Sie bog um die nächste Heckenecke und hörte ein leises Trällern. An der nächsten Abzweigung erkannte sie die Stimme eines Mädchens.

Alienor blieb wie angewurzelt stehen. Das Beet in der Mitte des Heckenquadrats war umgegraben. Stroh und Rosenstauden lagen wirr über den Kies verstreut. Das Mädchen, das in dem Beet kniete, griff mit bloßen Händen in die nasse Erde, häufte sie beiseite und drückte sie dann fest um die Wurzeln der neuen Rosen an.

Alienor starrte auf den Rücken, der lustvoll den Bewegungen der Hände folgte, als sie nach der nächsten Rosenwurzel griff, um sie in die Erde zu betten. Unter der Mützc, die tief über die Ohren gezogen war, quollen blonde Haare hervor.

Alienor stockte das Herz – Rosamund Clifford. Sie durfte sich jetzt nicht bewegen, den Kies nicht berühren. Sie musste Zeit gewinnen, um sich zu beruhigen. Sie atmete tief durch.

Arglos begann das Mädchen zu singen:

»Roses from Rosamund, for Henry my King –
roses for Henry, his love and his Queen …«

Es dauerte eine Weile, bis die Worte Alienor ins Bewusstsein drangen. Ihre Glieder begannen zu zittern. Tausend kleine Nadeln schienen in jede Pore ihrer Haut zu stechen.

»Roses from Rosamund, for Henry my King –«, begann die Stimme wieder zu singen, »roses for Henry, his love and his Queen.«

Plötzlich wich die Lähmung, in der Alienor fassungslos gelauscht hatte; Hass stieg in ihr auf. Der Kies knirschte unter ihren Stiefeln. Mit wenigen Schritten stand sie vor dem knienden Mädchen. Mit eisiger Stimme herrschte sie es an: »Personal hat hier nichts zu suchen. Und wer sich erdreistet meine Rosen zu berühren, wird ausgepeitscht!«

Rosamund fuhr zusammen. Sie starrte Alienor entgeistert an.

»Ihr wagt es, die Königin von England nicht zu grüßen!«

Die fahlblauen Augen des Mädchens waren vor Schreck geweitet. Verächtlich deutete Alienor vor sich. Rosamund stolperte aus der aufgewühlten Erde und warf sich vor ihr auf die Knie. »Majestät«, murmelte sie und strich sich mit erdbraunen

Händen die blonden Haare aus dem Gesicht. Wie ein geschlagenes Tier kauerte sie da.
Gehetzt suchte Alienor nach Erinnerungen, die Henrys Liaison verraten hätten. Nichts wollte ihr einfallen. Sie sah ihn in liebevollen Momenten, in zärtlichen Umarmungen, glücklich mit ihr, nicht mit Rosamund. Die Innigkeit und die Freundschaft zwischen ihnen schienen ihr immer tiefer, immer unangreifbarer geworden zu sein. Seine Täuschung war grenzenlos. Sie ertrug den Gedanken an diese Lüge nicht. Noch während sie vor Rosamund stand, wusste sie: Ich werde ihn verlassen, für immer.
Benommen ging Alienor durch die aufgewühlte Erde an dem Mädchen vorbei. Sie ließ sie knien. Das Knirschen der Kieselsteine unter ihren Schritten schien ihr überlaut, während alles um sie her in Nebel lag. Sie würde ihr Leben nicht mehr mit Henry teilen. Sie hasste ihn für diesen Verrat.
Alienor näherte sich der kleinen Pforte. Auf die eiligen Schritte, die sie hinter sich vernahm, achtete sie nicht. Schon hatte sie den rostigen Schlüssel im Schloss, um hinter sich abzuschließen, da riss Rosamund die Pforte auf; aus ihren Augen starrten Alienor Angst und Hass entgegen. Gleichgültig zuckte sie mit den Schultern und verschloss die Tür. Mich hat Henry verraten, nicht sie, dachte Alienor.
Über das Pflaster des Hofs schritt sie zum Wagen und befahl sofort aufzubrechen.

Henry zügelte sein Pferd. »Sieh nur, Robert«, sagte er begeistert. »Sieht Woodstock nicht wie eine Märchenburg aus!« Er beugte sich vor und klopfte den Hals seines Tieres. »Aber wird Lady Margareth mich nicht erschlagen, wenn du den Tag von Heiligabend mit mir verbringst, statt zu Hause hinterm Ofen zu hocken?«, fragte er lachend.
Robert nahm die Pelzmütze ab und kratzte sich. »Sie ist gewiss froh, wenn ich ihr nicht zwischen den Füßen herumlaufe. Vor den Feiertagen kann sie mich nicht gebrauchen.« Interessiert besah er sich die Anlage von Woodstock. Aus den Schornsteinen quoll Rauch und die Mauern schimmerten silbrig durch die Nebelfetzen. Selbst an diesem trüben Dezembertag schien das Haus mit Heiterkeit und Geborgenheit zu locken.
»Schade, dass der Hof in Oxford feiert«, sagte Henry. »Ich hätte viel lieber Weihnachten hier verbracht. Aber am Zweiten Weihnachtstag entführe ich die Königin hierher. Ich bin so sehr auf ihr Gesicht gespannt, wenn sie ihr Geschenk sieht.« Er blickte über die Schulter und betrachtete voll Stolz die Araberstute, die ein Reitknecht am Zügel führte. »Ich glaube beinahe, sie ist das schönste Tier, das ich je gesehen habe.« Er legte eine Hand auf Roberts Arm. »Was für ein Segen, dass du Schafe züchtest – sonst wärst du womöglich nie nach Flandern gekommen und hättest es niemals gefunden.«
Robert schmunzelte. »Für den Preis hätte man glatt zwei Pferde kriegen können, aber ich fand, diese Stute ist es wert.«

»Und einer Königin würdig! Ich möchte, dass sie es hier erhält und nicht in Oxford. Auch wenn sie es nicht sofort ausprobieren kann, da ihre Niederkunft bevorsteht. Am liebsten wäre mir, sie wartete hier schon auf uns, um es gleich in Empfang zu nehmen.«

Im Burghof angekommen, gab er seine Zügel einem der Knechte; dann sah er zu, wie die Araberstute zu den Stallungen geführt wurde. »Sehen wir lieber selbst, wie sie untergebracht wird«, rief er Robert zu.

Der Marstall lag im Halbdunkel. Anerkennend bemerkte Robert die ordentlichen Boxen, in denen die Rösser bis zum Bauch im Stroh standen. »Nimm diese hier, John«, sagte Henry und schob den Riegel zurück. Die Stute scheute ein wenig, ehe sie sich dazu überreden ließ, ihre neue Behausung anzunehmen. Vorsichtig schnuppernd trat sie hinein und ließ es sich gefallen, dass der Reitknecht ihr das Fell trocknete. Henry ging zu einer Truhe und ließ den goldgelben Hafer darin durch seine Finger rieseln; dann füllte er einen Scheffel damit, trug ihn zur Box und leerte ihn in die Futterkrippe. Robert lehnte an dem Gatter. »Sie hat so einen seltsamen Augenausdruck«, meinte er auf einmal. Besorgt wandte Henry sich der Stute zu. Als er sie berührte, warf das Tier den Kopf auf und tänzelte zur Seite. »Friss, meine Schöne«, redete Henry ihr begütigend zu. Die Stute blies ein paar Mal über die Körner, aber sie rührte sie nicht an.

»Wann hat sie das letzte Mal zu Fressen gekriegt?«, fragte Robert. »Heute Morgen«, antwortete der Pferdeknecht und rieb weiter das glänzende Fell. Achzelzuckend kam Henry heraus. »Macht sie das öfter?«

»Die drei Wochen, in denen sie bei mir gestanden hat, lief alles problemlos«, sagte Robert. »Vielleicht hat die Reise sie nervös gemacht.«

Das Tier hatte sich vom Trog abgewandt und starrte teilnahmslos vor sich hin. »Ich werde bei ihr wachen, mein König«, schlug der Pferdeknecht vor, aber Henry winkte ab.

»Nicht notwendig. Ich bleibe selbst hier und gebe auf sie Acht.« Er befahl, man möge für Robert und ihn heißen Wein bringen. Gemeinsam schleppten sie einen Ballen Stroh heran und lagerten sich so, dass sie das Tier im Auge behalten konnten.
Als der Wein gebracht wurde, meinte Robert: »Ihre Augen gefallen mir gar nicht. Sie sehen so trübe aus.« Er stand noch einmal auf, ging in die Box und befühlte vorsichtig den Körper des Tieres. »Ich fürchte, sie hat Fieber.«
Schon war Henry auf den Beinen. »Ich hole frisches Wasser vom Brunnen. Wir machen ihr kalte Umschläge.« Geduldig ließ das Tier die Prozedur über sich ergehen. Während Henry die Kompressen anlegte, hielt Robert der Stute den Kopf und sprach beruhigend auf sie ein. »Jetzt bleibt uns nur abzuwarten«, sagte Henry. »Aber ich sollte vielleicht einen Boten nach Oxford schicken, damit sie heute nicht mehr auf mich warten – ich mag das Tier jetzt nicht allein lassen. Alienor wird das verstehen, wenn sie ihr Geschenk erst gesehen hat. Was ist mit dir?«
»Als ob ich Euch jetzt allein lassen könnte, mein König. Lady Margareth versteht es bestimmt ebenfalls.«
Jemand hatte die Stalltür geöffnet und kam leichtfüßig über den Steinboden auf sie zu. Die übrigen Pferde wieherten unruhig. Ärgerlich über die Störung drehte Henry sich um; im ersten Augenblick konnte er die Gestalt nicht erkennen, dann rief er erstaunt: »Miss Clifford?«
Die junge Frau sank in einen tiefen Knicks. »Mein König!«, und mit einer leichten Kopfdrehung: »Sir Robert!« Robert rieb sich die Hände an seiner Hose ab. »Was machst denn du hier, Rosamund?«, fragte er verblüfft.
Sie schob anmutig ihre Kapuze zurück und bedachte beide mit einem strahlenden Lächeln. »Ich wollte mein Weihnachtsgeschenk für meinen König abliefern.« Sie ging an Henry vorbei, um sich die Stute anzusehen; der Duft ihres Parfums streifte ihn und sein Herz begann schneller zu klopfen. »Was für ein edles Tier«, rief sie. »Was fehlt ihr denn?«

»Geh nicht zu nah ran, Rosamund«, warnte Robert. »Wir wissen nicht, was sie hat, und du könntest sie nervös machen.«
»Aber ich will doch niemanden nervös machen«, erwiderte sie spöttisch. Ihr Blick fiel auf die Weinbecher. »Dürfte ich auch einen Schluck haben?«, fragte sie. »Draußen ist es entsetzlich kalt.«
Robert bückte sich nach der Karaffe. »Er ist noch warm. Du kannst aus meinem Becher trinken.« Fast liebkosend legte sie die Hände um das schimmernde Metall. Henry sah, wie sie mit schlanken Fingern den Becher hob und ihn zum Mund führte. Er sah, wie sie den Kopf ein wenig zurücklegte. Als sie ausgetrunken hatte, stieß sie einen Seufzer aus. »Das hat gut getan. Gartenarbeit um diese Jahreszeit ist nichts für mich.«
Robert nahm seinen Becher wieder entgegen. »Heute ist Heiligabend. Müsstest du nicht längst auf dem Heimweg sein?«
Graziös ließ sie sich auf einem der Strohballen nieder. »Es eilt nicht. Vater und die Brüder sind unterwegs nach Oxford. Sie hoffen, dass man sie morgen bei Hofe empfängt.« Nun wandte sie sich mit einem betörenden Lächeln an Henry: »Nehmt Ihr mich mit, mein König?« Sorgsam breitete sie ihre Röcke um sich aus.
Die Stute wieherte leise vor sich hin und Henry ging zu ihr in die Box. »Sie atmet so schwer, Robert! Hol rasch neues Wasser, damit wir frische Wickel machen können.« Dem Pferd knickten die Vorderbeine ein, es rutschte langsam zu Boden und blieb stöhnend liegen. »Beeil dich, Robert.« Henry nahm den Kopf der Stute auf seinen Schoss. Er hörte Wasser im Eimer schwappen und gleich darauf band Robert kalte Tücher um die Pferdebeine. Apathisch ließ das Tier alles mit sich geschehen.
Rosamunds blonder Schopf tauchte über dem Gatter auf. »Was kann ich tun?« Da Henry nicht antwortete, drehte Robert sich um. »Lauf ins Haus und besorge etwas zu essen für den König und für mich.« Sie verschwand.

»Ich könnte es nicht ertragen, wenn ihr etwas geschähe«, murmelte Henry »Die Königin und ich haben eine schlimme Zeit hinter uns. Du weißt, Becket … und dann die Unruhen, mit denen wir allerorts auf dem Kontinent zu kämpfen haben. Gerade darum hatte ich mir so gewünscht, dass wir hier einen Tag voll Freude erleben. Seit Ewigkeiten wünscht Alienor sich ein solches Pferd.«

»Ja, ja, der Erzbischof!« Robert nickte bekümmert. »Man kann nur beten, dass sich das alles eines Tages wieder einrenkt. Ich wünsche es Euch so sehr, mein König!«

»Der französische König spielt sich allenthalben als Vermittler auf. Wer hätte das gedacht, dass ich ihn einmal brauchen könnte«, Henry grinste verlegen. Plötzlich fiel ihm etwas ein. »Robert, bitte sieh in meiner Satteltasche nach – da müsste eine Flasche drin sein, die mir ein Bader verkauft hat – vielleicht hilft das ja.«

Henry beugte sich wieder über den Pferdekopf. »Du musst ganz schnell wieder gesund werden, meine Schöne«, murmelte er. »Alienor braucht dich und ich wünsche mir von ganzem Herzen, dass sie wieder fröhlich wird. Ich brauche ihr Lachen, verstehst du?« Zärtlich streichelte er die heißen Nüstern.

Robert war mit der Satteltasche zurückgekehrt und kramte darin herum. Er hielt ein kleines Päckchen hoch. »Ist es das, mein König?«

Henry schüttelte den Kopf. »Es muss noch ein anderes drin sein.« Er grinste. »Das eben war ein kleines Weihnachtsgeschenk für die Königin.« Robert hatte die Phiole gefunden, öffnete sie und reichte sie Henry. Der goss sich etwas von der Flüssigkeit in die Hand und hielt sie dem Pferd vor die Nüstern. »Mach das Maul auf, meine Liebe. Ja, so ist es gut.« Behutsam träufelte er die helle Flüssigkeit in das Pferdemaul. Das Tier schluckte gehorsam.

Robert strich ihm prüfend über die Flanke. »Ich habe Order gegeben, jemand solle nach Oxford reiten und die Königin benachrichtigen, dass Ihr verhindert seid, mein König«, sagte er. Durch den Pferdekörper ging ein Zucken. »Sieh doch, Robert!«, rief Henry. »Sie versucht den Kopf zu heben. Vielleicht hilft das Mittel ja doch.« Noch einmal öffnete er die Phiole und träufelte von der Flüssigkeit in das Pferdemaul.

Im Stall klirrten die Tränkeimer; der Deckel der Hafertruhe wurde aufgeklappt und die Knechte nahmen Futter für die übrigen Pferde heraus. Henry hatte sie nicht kommen gehört. Wieder streifte ihn Rosamunds Parfum – sie beugte sich zu ihm hinunter und hielt ihm einen Hühnerschlegel hin.

»Lasst mich Euch zu essen geben, mein König. Dann braucht Ihr Eure Hände nicht dazu.« Sie kniete sich vor ihn ins Stroh und steckte ihm einen Bissen Fleisch in den Mund. Als ihre Hand seine Lippen berührte, zog er unwillkürlich den Kopf zurück, als hätte er sich verbrannt.

»Hier, nehmt, Sir Robert«, sagte Rosamund, »ich habe eine Scheibe Braten auf das Brot gelegt.« Sie kniete so zwischen ihnen, dass Henry den Freund nicht sah; er hörte ihn nur kauen. Nun bog sich Rosamund zur Seite, um an die Karaffe zu gelangen. Eng spannte sich das Mieder um ihre Brust und Henry schlug die Augen nieder. Ihre weichen Hände hoben sein Kinn. »Hier habe ich Bier für Euch, mein König.« Mit geschlossenen Augen ließ er zu, dass sie ihm zu trinken gab. Er sah sie nicht an, doch der Duft ihres Haares erinnerte ihn an einen längst vergangenen Traum; und als hätte sie seine Gedanken gelesen, lachte sie leise auf. »Wir haben uns lange nicht gesehen.«

Sie stellte den Becher zur Seite und goss Robert Bier ein. Henry sah, wie anmutig sie dem Freund den Becher reichte. Unvermittelt wandte sie den Kopf. Da trafen sich ihre Augen, aber es war zu dunkel, als dass Henry ihren Blick hätte deuten können. Mechanisch begann er erneut den Pferdekopf zu streicheln. Rosamund hatte die Hand ebenfalls auf das schimmernde Fell gelegt; sie begann unterhalb der Ohren zu streicheln und glitt in kleinen, kreisenden Bewegungen abwärts. Wie gebannt starrte Henry auf diese Hand, die sich langsam auf die seine zubewegte.

Da sagte Robert: »Ich glaube, sie atmet jetzt besser. Wenn wir also Glück haben, wird es doch noch ein fröhliches Weihnachtsfest.« Er lachte. »Wenn wir auch nicht alle mit unseren Familien zusammen sein können, dann dürfen wir wenigstens die Überraschungen auspacken.« Rosamunds Hand hatte sich Henrys bis auf einen Fingerbreit genähert; er meinte die Hitze ihrer Haut zu spüren. »Wovon redest du?«, fragte er heiser.

»Auf dem Hof steht etwas, das mit Sackleinwand umhüllt ist. Jemand hat mir erzählt, dass es heute Mittag von ein paar Reitern hier abgestellt wurde und dass es eine Weihnachtsüberraschung für Euch ist, mein König.«

Henry konnte den Blick nicht von Rosamunds Hand lösen, die nun so dicht vor der seinen verharrte. »Seltsam«, sagte er. »Keiner von den Vasallen weiß doch, dass ich in Woodstock bin. Alle wähnen mich in Oxford.«

»Und was soll nun geschehen?«, fragte die junge Frau. »Es dunkelt schon und es hat angefangen zu schneien.« Das Pferd schnaubte und blies seinen Atem gegen Henrys Arm. »Ich würde vorschlagen, dass wir alle in Woodstock übernachten«, sagte er. Er sah, wie Rosamund ein Lächeln unterdrückte; dann stand sie auf.

»Ich werde ins Haus gehen und Bescheid geben, dass man die Betten herrichtet.« Ihre Kleider raschelten, als sie durch das Stroh hinausging.

Vorsichtig bettete Henry den Pferdekopf zurück; dann griff er nach seiner Satteltasche und kramte darin. Als er gefunden hatte, was er suchte, sagte er: »Ich überlege, ob ich es nicht heute Abend noch nach Oxford schicken soll.«

Fragend hob Robert die Augenbrauen. »Ist es für die Königin?«

Henry nickte und begann es auszupacken. »Es ist nichts Besonderes. Es hat nur einen ideellen Wert für sie und mich. Willst

du es sehen?« Er hob ein paar winzige, rote Lederschühchen in die Höhe. »Eigentlich mehr ein Symbol – sie sollen helfen uns in eine bessere Zukunft zu tragen.« Er lächelte verlegen. »Ganz am Anfang hatten wir einmal einen Streit. Da habe ich ihr genau solche in London besorgt. Nun haben wir wieder Schwierigkeiten – zwar nicht miteinander, aber um uns her türmen sie sich auf. Und nun kommt sie eigens vom Kontinent nach England, um hier unser Kind zu gebären. Dafür sind sie gedacht.«
Vorsichtig nahm Robert die winzigen Gebilde in die Hand und hielt sie staunend in den Fackelschein. »Selbst für ein Neugeborenes wären sie zu winzig«, sagte er lachend und reichte sie Henry zurück.
Der steckte jeweils einen Finger in einen Schuh und marschierte dann mit ihnen über das Fell der Stute. »Sie hat mir wieder einen Prinzen versprochen«, sagte er zärtlich. »Sie weiß immer, ob es ein Junge oder ein Mädchen wird. Wir wollen ihn John nennen.« Vorsichtig wickelte er das Geschenk wieder ein und legte es zurück in seine Satteltasche.
»Wenn es dir nichts ausmacht, dann würde ich heute Nacht gern hier im Stall schlafen«, sagte er. »Ich habe ein besseres Gefühl, wenn ich in der Nähe der Stute bin.«
»Natürlich«, pflichtete Robert ihm bei. »Hier ist es warm und behaglich und zu essen haben wir auch.«
Henry lehnte sich mit dem Rücken an die Stallwand. »Und was wirst du Lady Margareth schenken?«
Robert machte sich daran, die kalten Wickel zu erneuern.
»Sie hat sich gewünscht, dass ich sie im Frühjahr mit nach Flandern nehme«, antwortete er. »Und dann habe ich noch eine Kette für sie, die ich bei einem Händler im Londoner Hafen gefunden habe.« Er schob die Lippe skeptisch vor. »Hoffentlich gefällt sie ihr. Eigentlich war sie für uns viel zu teuer.«
Henry griff nach der Bierkanne und goss ihnen beiden ein. Er reichte den Becher Robert und hob den seinen. »Auf dass unsere Frauen mit uns zufrieden sind, mein Freund!«

Vierundzwanzig Stunden später schlurfte ein verschlafener Kastellan über den Hof von Woodstock. Der Nachtwind zerrte an seinem groben Umhang, als er ein winziges Guckloch in der mit Eisen beschlagenen Eichentür auftat. »Wer ist da?«, rief er hinaus.

»Im Namen des Königs, öffne auf der Stelle, wenn dir dein Leben lieb ist!« Verwirrt presste der Kastellan sein Auge an das Guckloch. »Der König ist in Oxford«, rief er hinaus.

»Mach auf, du Narr!« Da erkannte er die Stimme und betätigte augenblicklich die Vorrichtung des Fallgitters. Als es hinaufgezogen war, versuchte er den großen Schlüssel in das Torschloss zu bringen. Die Hunde im Zwinger hatten wild zu bellen angefangen. Endlich schwang das Tor auf und der Kastellan wurde fast zur Seite geschleudert, als der Trupp Reiter in den Hof preschte. Pferde wieherten und Funken stoben.

»Ich will den Burgvogt sprechen!«, brüllte Henry und kippte aus dem Sattel. Taumelnd kam er auf die Beine und hielt sich am Geländer fest. »Wo ist der Burgvogt?« Notdürftig bekleidet kam ihm der Mann entgegen.

»Hast du gewusst, dass die Königin gestern in Woodstock gewesen ist?«, schrie er und torkelte auf ihn zu. Erschrocken wich der Vogt zurück und hielt die Tür zum Palas offen. »Ja, mein König. Sie war hier.«

Henry versetzte ihm einen Faustschlag. »Und wann genau war sie hier?« Unwillkürlich griff der Vogt nach Henrys Arm, da er drohte die Stufen wieder hinunterzufallen. »Vor zwei Tagen, mein König – kurz bevor Ihr selber kamt. Aber sie hat uns verboten es irgendjemandem zu sagen. Es sollte eine Überraschung werden.«

Henry begann zu lachen. »Eine Überraschung, sagst du … o ja, es war eine gelungene Überraschung.« Er rülpste laut und stützte sich mit der Hand an der Mauer ab. »Sie hat in Oxford einen Prinzen geboren, genau wie sie gesagt hat … Und wieder hat sie mich überrascht und ist mit allen Kindern zum Festland aufgebrochen.« Sein Kopf schwankte hin und her.

Vorsichtig schob ihn der Vogt in die Halle und geleitete ihn zu einem Stuhl beim Kamin. Henry lallte nach Wein. Der Vogt brachte das Gewünschte. Henry lag mehr als dass er saß, und die Hand, die den Becher hielt, zitterte so sehr, dass er die Hälfte vergoss. »Sie ist fort!«, wiederholte er immer wieder. »Meine Frau hat England verlassen.« Er hielt den leeren Pokal in die Höhe. »Ich will mehr trinken, denn sie sind alle fort – Alienor … Thomas … alle sind sie fort.« Der Wein lief über seinen Ledermantel; er schien es nicht zu beachten. »Ranulf, komm sofort zu mir!«, schrie er. »Ich will eine Order erlassen!«

Klirrend nahte ein Ritter und blieb vor dem Betrunkenen stehen. »Mein König!« Ihm war nicht anzumerken, was er dachte. Henry stierte zu ihm hinauf. »All die, die ich geliebt habe, haben mich verlassen … dafür sollen sie zahlen! Niemand verlässt den König von England ungestraft. Der Schreiber soll kommen!« Er sank zurück und lehnte den Kopf an die Lehne. Dann schloss er die Augen. Ungerührt wartete der Ritter. Schließlich begann Henry zu sprechen: »Ich erlasse drei Anordnungen, die unverzüglich auszuführen sind. Die erste betrifft die Bischöfe aller englischen Diözesen: sie werden angewiesen, alle Einkünfte aus den Pfründen jener Geistlichen, die unter Verletzung der Konstitutionen von Clarendon mit dem Erzbischof geflohen sind, einzubehalten!« Er schlug die Augen auf. »Lass es aufschreiben, Ranulf.«

Er wartete, bis Ranulf von Broc einen Befehl in die Halle hinuntergerufen hatte, dann lehnte er sich wieder zurück und begann aufs Neue: »Mit der zweiten Anordnung untersage ich jeden Appell an Rom. Das Verbot gilt für Geistliche und Laien und jedem, der dagegen verstößt, droht Verhaftung! Habt Ihr das, Ranulf?« Seine Augen glitzerten böse. Befriedigt sah er den Schreiber eifrig auf Pergament kritzeln. Er forderte neuen Wein und fuhr fort: »Jetzt kommen wir zur Hauptsache: Die dritte Anordnung betrifft den Besitz der Kirche von Canterbury und die Getreuen des Erzbischofs!« Er lachte höhnisch auf. »Der Besitz fällt an die Krone!« Henry warf den leeren Becher fort und versuchte sich zu erheben.
»Ist das alles, mein König?«, wollte Ranulf wissen.
Henry fuhr herum und stierte ihn an. »Glaubst du nicht, dass mir noch mehr einfällt?«, fragte er lauernd. Mit einer Hand hielt er sich am Kettenhemd des Ritters fest, dann diktierte er weiter: »Alle Sheriffs werden angewiesen, die Väter und Mütter, Brüder und Schwestern, Neffen und Nichten der Geistlichen, die den Erzbischof begleitet haben, als Geiseln zu nehmen und ihren Besitz einzuziehen, bis sie sich erklärt haben. Die engsten Verwandten von Thomas Becket sollen ausgeplündert und dann fortgejagt werden!«
»Das dürft Ihr nicht!«, rief eine Frauenstimme. Alle Köpfe fuhren herum, als Rosamund Clifford durch die Halle zur Empore eilte. Vor Henry sank sie in einen Knicks. Sie trug noch immer den blauen Umhang; die blonden Haare fielen ihr lose über die Schulter.
Henry hatte Mühe sie zu erkennen. Er blinzelte ein paar Mal; dann sagte er überrascht: »Miss Clifford, was tut Ihr hier?«
Furchtlos sah das Mädchen ihn an. »Das dürft Ihr nicht, mein König. Es wäre Eurer nicht würdig, solche Anordnungen zu geben«, sagte sie fest.
Henry schien sie nicht zu verstehen. Wieder wandte er sich Ranulf zu. »Fang am besten gleich in Schloss Lambeth an – in der

bischöflichen Residenz zu London wirst du ein reiches Betätigungsfeld vorfinden!«

Der Ritter gab dem Schreiber ein Zeichen, dann verbeugte er sich vor Henry. »Es soll alles so geschehen, wie Ihr es wünscht, mein König. Ich reite sofort nach London!« Sporenklirrend wandte er sich ab und schritt hinaus.

Wieder fiel Henrys Blick auf Rosamund und seine Stirn runzelte sich. »Frohe Weihnachten, meine Schöne! Was tut Ihr hier in Woodstock?«, fragte er noch einmal und starrte sie aus glasigen Augen an.

»Schickt die Leute hinaus, mein König«, bat sie. »Ich habe mit Euch zu reden.«

Erstaunt riss er die Augen auf. »Warum sollte ich sie fortschicken, meine Schöne?« Er wies hinunter in die Halle. »Das sind loyale Männer – Männer, die nicht vor mir geflohen sind.« Weinerlich verzog er das Gesicht. Dann fiel sein Blick auf den Becher am Boden und er befahl ihn erneut zu füllen. »Kommt zu Bett, mein König«, flehte Rosamund und Henry lachte. Wein war ihm übers Kinn gelaufen und achtlos wischte er ihn fort. »Wieso seid Ihr hier?«, fragte er zum dritten Mal.

»Weil ich nie fort war«, flüsterte das Mädchen.

Man konnte förmlich sehen, wie Henry seine Gedanken zu ordnen versuchte. »Robert … die Araberstute … sie war krank und ein Weihnachtsgeschenk für die Königin«, murmelte er. »Ihr wart auch dort … Ich bin nach Oxford zur Königin geritten … Sie war fort … Jetzt bin ich hier: und Ihr seid es auch!«

Plötzlich schien der Schleier zu zerreißen. Brutal griff er in ihre Haare und zog ihren Kopf dicht an sich heran. »Sie hat Euch gesehen!«, stieß er hervor, »wo war das?«

Rosamund hielt seinem Blick stand. »Im Irrgarten, mein König«, flüsterte sie.

Henry begann hysterisch zu lachen. Seine Hand in ihrem Haar riss ihr den Kopf hin und her. Ohne sie loszulassen stand er mühsam auf. »Die beiden, denen ich mein Ehrenwort gegeben

habe, die sind nicht mehr da. Also lasst uns das tun, weswegen Ihr hier seid, meine Schöne!«
Rosamund versuchte sich zu befreien. »Ihr tut mir weh!«, schrie sie. Henry hörte nicht auf sie. An den Haaren zog er sie hinter sich her durch die Halle. »Macht Platz, Mylords, für die neue Königin von Woodstock!«, brüllte er. Niemand wagte ihn aufzuhalten. Alle sahen betroffen zur Seite, als er die Wimmernde zur Tür zog. Statt den Weg zur Wendeltreppe einzuschlagen, öffnete er die Außentür. Das Mädchen versuchte sich am Türpfosten festzuklammern, aber der Schmerz zwang sie ihm zu folgen. Schwankend stapfte er die Außentreppe in den Hof hinunter.
Erschrocken wieherten die Pferde auf, als er die Tür zum Stall aufstieß. Suchend glitt sein Blick über die Boxen. Dort hinten stand die Araberstute. Mit der freien Hand schob er den Riegel zurück und stieß das Mädchen hinein; es kam dicht vor den Hufen der Stute zu liegen. Henry ließ sich einfach auf sie fallen. Brutal schob er ihre Röcke hinauf und zwängte ihre Beine auseinander. Die Stute wurde unruhig. Dicht vor ihren Köpfen tänzelten ihre Hufe. Henry schien es nicht einmal zu bemerken.
»Du wolltest doch die Königin von Woodstock sein!«, knirschte er und zerriss ihr Mieder. Grob fasste er nach ihren Brüsten.
»Tut es nicht!«, flehte sie. »Nicht so. Nicht hier!« Sie schluchzte auf und er lachte.
»Hier ist es genau richtig. Ich schlafe mit einer Dirne unter dem Geschenk der Königin!«
Als er fertig war, rutschte Rosamund ein Stück an der Stallmauer hinauf. »Geh ins Haus zurück!«, befahl er und schloss seine Hose.
»Ich will nicht – ich kann niemandem mehr ins Gesicht sehen. Lasst mich bei Euch bleiben!« Strohhalme hingen in ihrem Haar und ihre Augen waren verquollen.
»Wozu!«, sagte er grob und rutschte auf die Knie. »Ich muss nachdenken!« Zärtlich fasste er nach dem Kopf der Stute. »Geht

es dir wieder besser?«, fragte er besorgt, als das Tier ihm seinen heißen Atem ins Gesicht blies. »Sie sind alle beide fort und ich habe niemanden mehr, mit dem ich mich besprechen kann.« Er hob den Kopf und blickte dem Pferd in die Augen. »Ich unterstütze den Papst, aber der Kaiser hat einen Gegenpapst krönen lassen. Soll ich es nun mit Alexander halten oder mich auf die Seite Barbarossas schlagen, was meinst du?«, fragte er ernsthaft. »Alexander kann mir Becket wieder zurückbringen. Und falls er nicht will, dann kann ich ihn erpressen, wenn ich es mit Barbarossa halte.« Er streichelte die Nüstern des Pferdes. »Ich sollte mich auf alle Fälle mit Dassel treffen«, murmelte er.

Rosamund zupfte Halme aus ihrem Haar. »Dassel?«, fragte sie. »Wer ist Dassel?«

Langsam wandte Henry den Kopf und sah sie an, als sähe er sie zum ersten Mal. »Du weißt nicht, wer Dassel ist?«, fragte er kopfschüttelnd. Er ließ das Pferd los und rutschte auf Knien zu ihr hin. »Und so etwas will die Königin ersetzen?«, keuchte er; und dann begann er wieder zu lachen, sodass die Stute nervös zur Seite trat. Ungeschickt begann Henry Rosamunds Mieder zu richten. »Rainald von Dassel, Erzbischof von Köln, ist der Kanzler von Friedrich Barbarossa – und zugleich ein Abtrünniger, da er den Gegenpapst unterstützt.« Er sprach zu ihr wie zu einem Kind.

Tränen hingen an ihren langen Wimpern, als sie flüsterte: »Ich werde das alles lernen: über den Erzbischof, über Louis den Siebten, über Papst Alexander und den Gegenpapst, über den Kaiser und über Dassel – so hieß er doch, oder?«

Henry strich mit dem Finger die Konturen ihrer Lippen nach. »Geh zu Bett. Ich komme nach.«

An der Stalltür drehte sie sich noch einmal um. »Bestimmt?«, fragte sie leise und er nickte.

Als sie verschwunden war, presste er das Gesicht an den Kopf des Pferdes. »Was bleibt mir noch«, murmelte er. Erst als die Knechte zum Tränken kamen, verließ er wie in Trance den Stall und stieg die Treppe zum Haus hinauf. Bevor er die Tür aufstieß, atmete er tief durch und blickte sich noch einmal um. Von dort, wo er stand, war im Dämmerlicht der Irrgarten zu sehen.

Alienor wankte, als sie in das Gemach geführt wurde, dann sank sie auf ihr Bett. Undeutlich nahm sie wahr, was um sie herum geschah. Wortfetzen drangen zu ihr. »Der Schreibtisch wie immer dort, die Kommode zwischen den Fenstern«, befahl jemand. Weit entfernt vernahm sie Türen schlagen und eine Männerstimme. »Verliert sie noch immer so viel Blut? Ist das Fieber gesunken? Versucht bitte sie zu wecken, Frau Gräfin!«

Sie spürte, wie ihre Wange getätschelt wurde. Dann sank sie in tiefen Schlaf. In ihren Fieberträumen vermischten sich Bilder: ein Frauenrücken, der sich auf und ab bewegte, mit hohen Wellen, die ihren eigenen Körper erfassten und dahinschleuderten. Sie schrie vor Schmerzen. Eine kühle Hand legte sich auf ihre Stirn. Sie hörte das Wimmern eines Säuglings. Ein eiskaltes Beben schüttelte sie.

Alienor schlug die Augen auf und sah sich verwirrt um. Der Anblick des vertrauten Gemachs, in dem ihre Möbel immer an demselben Ort standen, beruhigte sie. Sie erkannte den silbernen Tisch, den sie vom Kreuzzug mitgebracht hatte. In Poitiers stand er immer unter dem Fenster, aus dem sie am liebsten auf die Stadt hinunterblickte.

Sie hörte Kleiderrascheln. Christine ergriff ihre Hand. »Du hast einen Sohn. Er ist gesund. Aber dich hat das Kindbettfieber so geschwächt, dass wir große Sorgen um dich hatten.« Alienor drückte matt ihre Hand. »Warum hast du nur darauf bestanden, sofort nach der Geburt aus England abzureisen? So etwas Unvernünftiges!«

»Ach, gute Christine«, seufzte Alienor müde.

»Du musst dich in Oxford wie eine Wahnsinnige aufgeführt haben. Am Abend der Geburt hast du darauf bestanden, England zu verlassen. Während der letzten Tage deiner Reise warst du mehr tot als lebendig, hat mir dein Leibarzt berichtet.«

Alienor schloss vor Erschöpfung die Augen. Ihr ganzer Körper schmerzte. Sie wollte nicht denken, sie wollte nur schlafen. »Lass mich noch ein wenig ruhen, bitte«, murmelte sie.

Als Alienor nach Stunden erneut erwachte, richtete sie sich mühsam im Bett auf. Christine erhob sich leise und trat herbei, um ihr die Kissen aufzuschlagen. »Fühlst du dich besser?«

Alienor nickte und sank in die Kissen zurück. »Ich bleibe«, sagte sie. »Ich kehre nicht zurück, Christine. Ich brauche noch ein wenig Zeit, um mir darüber klar zu werden, wie ich weiter vorgehe. Ich werde Poitiers zu meiner Hauptresidenz machen. Das weiß ich schon.« Sie spürte Christines Erstaunen ohne sie anzusehen. Mit Nachdruck wiederholte sie: »Ich bleibe in Poitiers. Und ich bitte dich, mir noch ein wenig Zeit zu lassen, bevor ich dir alles erkläre.« Die Entschiedenheit in ihrer Stimme duldete keinen Widerspruch. »Ich möchte in den nächsten Stunden allein sein.«

Christine erhob sich. »Wünschst du noch etwas, mein Kleines?«, fragte sie und streichelte zärtlich über ihren Kopf.

Stundenlang dämmerte Alienor vor sich hin und blickte ins Leere. Die einzige Kraft, die sie verspürte, war Hass. Der einzige Sinn, den sie ihrem Leben noch geben konnte, bestand darin, Henry zu zerstören. Ich werde unsere Kinder so an mich binden, dass sie dich hassen, Henry. Schritt für Schritt werde ich daran arbeiten und sie gegen dich aufhetzen. Unsere Kinder sollen dich hassen, schwor sie. Tränen liefen über ihre Wangen. »Sie sollen ihren Vater hassen, wie ich dich hasse«, brach es laut aus ihr hervor und sie erschrak über ihre eigenen Worte. Lau-

tes Schluchzen erschütterte ihren Körper und Schweiß durchnässte ihr Leinenhemd. Als die Weinkrämpfe endlich verebbten, sanken ihre Arme kraftlos auf das Laken.
Lange lag sie mit offenen Augen da. »Was könnten wir mit unseren Kindern alles gemeinsam erreichen. Ach, Henry, wozu haben, ich diese Kinder denn geboren«, murmelte sie, »wenn nicht für unsere gemeinsame Zukunft, für unser gemeinsames Ziel. Doch du hast alles verraten.« Sie warf das nasse Kissen zu Boden, zog die Decke eng um sich und fiel wieder in einen tiefen Schlaf, aus dem sie erst am nächsten Morgen erwachte.

Kaum angekleidet, ließ Alienor die Kinder rufen. Gehorsam warteten sie an der Tür auf die Erlaubnis, ihr Gemach zu betreten. Alienor schickte alle Hofdamen fort, nur die Amme bat sie herein.
Sie breitete die Arme aus. »Jetzt kommt und erzählt mir.« Johanna und Eleonore stürmten auf sie zu. »Mama, wir haben so geweint, weil wir Euch nicht sehen durften. Seid Ihr auch wieder gesund?«, riefen die kleinen Mädchen durcheinander und warfen sich in Alienors Arme. Alienor strich ihnen über das Haar. Dann blickte sie auf.
Das Bündel mit dem Neugeborenen haltend trat die Amme zur Seite, um die anderen Kinder dem Alter nach eintreten zu lassen. Mathilde, Richard und Geoffrey begrüßten Alienor der Reihe nach. Die kleine Johanna klammerte sich an Alienors Rock und sah zu ihrer Mutter auf. »Hat dir deine große Schwester nicht erklärt, dass ihr einen Bruder bekommen habt?« Alienor gab der Amme ein Zeichen, ihr den Säugling zu reichen. »Dies ist euer Bruder John, unser letzter kleiner Prinz. Habt ihr ihn schon alle begrüßt?«
Wie hübsch sie sich entwickelt, dachte Alienor, als Mathilde sich zögernd näherte. »Natürlich, Mama«, antwortete sie höflich und schwieg. Alienor blickte zu Richard. Er stand abwartend vor ihr, da drängelte Geoffrey sich vor. »Mama, mit Hen-

ry kann ich besser spielen. Richard will nie mitmachen. Warum kann Henry nicht bei uns sein?«

Sie betrachtete den dunkelhaarigen Sohn. »Du weißt doch, dass dein großer Bruder am Hof des Lord Chancellor erzogen wurde und nun im Anjou ist. Er wird eines Tages Herzog der Normandie werden und das Anjou erben. Er muss sein zukünftiges Land kennen lernen.«

Richard sah Alienor noch immer an, doch nun trat er vor. »Ihr habt uns gefehlt, Mutter. Ich bin Euch sehr dankbar, dass wir in Poitiers bleiben. So werde ich Aquitanien besser kennen, wenn ich mein Erbe antrete.« Er küsste die Hand, die sie ihm entgegenhielt.

»Und ich, Mama, was bekomme ich?«, quengelte Geoffrey.

»Wenn du größer bist, planen Euer Vater und ich dir die Bretagne zu übertragen, aber das hat noch Zeit.«

»Aquitanien ist größer als die Bretagne«, murrte Geoffrey.

Alienor sah ihn missbilligend an. Richard verstand ihren Blick und erklärte seinem Bruder: »Ich bin älter als du, Geoffrey, deshalb stehen mir Aquitanien und das Poitou zu. Henry ist unser ältester Bruder. Er wird nicht nur Herzog der Normandie werden, sondern unserem Vater auf dem englischen Thron folgen.« Geoffrey senkte den Kopf und schwieg, während Alienor Richard billigend zunickte.

»Richtig, mein Sohn, und je eher, desto besser.« Liebevoll ließ sie den Blick über den schmalen blonden Jungen gleiten. Er verspricht alles zu erfüllen. Er wird mein wahrer Erbe sein, dachte sie.

»Aber wisst Ihr, was das Allerwichtigste ist?« Alle Augen wandten sich ihr zu. »Dass wir zusammenhalten, damit wir stark genug sind, um diese Ziele zu erreichen.« Ihr Herz krampfte sich zusammen – gemeinsam sind wir stark. Auch ohne dich werde ich stark sein, Henry. Sie legte den Arm um Richard. »Wir werden von nun an in Poitiers bleiben. Hier bist du der Älteste. Du wirst viele neue Aufgaben erhalten.«

Richard strahlte seine Mutter an. »Was immer Ihr von mir verlangt, Mutter, werde ich tun.«
Alienor lächelte. »Und jetzt geht. Nur Mathilde soll bleiben.« Sie bedeutete der Prinzessin sich zu setzen. »Du weißt, dass auch vor dir große Aufgaben liegen.«
Die Elfjährige nickte. »Ja, Mama, die Kaiserin hat mir von den Welfen erzählt und von Heinrich, meinem Verlobten. Auch von den Staufern und dem deutschen Kaiser weiß ich, dass er mit Papst Alexander …«
Alienor unterbrach ihren Wortschwall. »Wir werden noch viel Gelegenheit haben darüber zu sprechen. Wenn es so weit ist, werde ich mit dir nach England reisen und mich selbst um die Vorbereitungen für deine Aussteuer kümmern. Ich werde dich begleiten, bis die Eskorte des Herzogs von Sachsen dich zur Hochzeit abholt. Henry …«, sie unterbrach sich, »dein Vater wird dir das Geleit bis über die Grenze geben.«
Mathilde sah sie ernst an. »Ich danke Euch.«

Der nächste Tag kündigte sich mit strahlender Sonne an. Nach der Frühmesse berief Alienor sofort die erste Ratsversammlung ein.
»Beginnen wir mit der Vermählung der Prinzessin Mathilde mit dem Herzog von Sachsen im kommenden Jahr. Der König und ich planen ein Hochzeitsgeschenk von achtundzwanzig Pfund Gold zur Vergoldung des Tafelgeschirrs. Drei Begleitboote werden wir für das Transportschiff benötigen, auf dem ich mit der Prinzessin zu reisen gedenke. Ich schätze, an die vierzig Koffer und ebenso viele Ledersäcke werden wir für Kleidung und Aussteuer brauchen. Graf«, Alienor wandte sich an den Konnetabel Saldebreuil de Sanzay, »Ihr kümmert Euch um die Geschenke für die Familie Heinrichs des Löwen. Juwelen und Schmuck werden mit dem Schatzmeister in Winchester abzusprechen sein.« Die Feder des Schreibers Jordan kratzte unaufhörlich über das Pergament.

»Ich wünsche noch vor Ostern zu den Häfen von Bordeaux und La Rochelle zu reisen. Ihr werdet mich mit Euren Rittern begleiten, Graf.« Alienor sah Patrick von Salisbury an, der seine Aufgabe als Gouverneur des Poitou zu ihrer Zufriedenheit erfüllte.

»Es ist mir eine Ehre, für Eure Sicherheit zu sorgen, meine Königin.«

»Mein Sohn Richard wird uns begleiten. Er wird uns von nun an immer begleiten«, fügte sie hinzu. »Meine Vasallen sollen ihnen kennen und achten lernen.«

Nun wandte sich Alienor an Raoul de Faye. »Mein Onkel, habt Ihr die Charta für La Rochelle und das Dekret für Oléron vorbereitet?« Sie winkte einen Knappen heran. »Holt Prinz Richard her, er soll hören, worum es auf dieser Reise geht.«

Kurz darauf verbeugte sich Richard vor seiner Mutter und nahm neben seinem Großonkel Platz. Raoul de Faye erhob sich und wandte sich zunächst an Richard. »In Anbetracht des florierenden Seehandels zwischen Aquitanien und England hat Eure Mutter eine neue Charta für die Hafenstadt La Rochelle vorgesehen. Sie soll dafür sorgen, dass sowohl auf den Schiffen als auch in den Städten, die sie anlaufen, Ordnung herrscht.«

Alienor nickte Raoul de Faye ermunternd zu und bat ihn sich kurz zu fassen.

»Den Bürgern von La Rochelle wird das Recht zugesprochen, hundert Vertreter zu wählen, die wiederum vierundzwanzig Geschworene ernennen. Sie sind für alle zivilen und rechtlichen Angelegenheiten zuständig. Über Verbrechen befinden die königlichen Richter. Sobald der König, die Königin oder Ihr, mein Prinz, sich in der Stadt aufhalten, sind die Bürgerrechte aufgehoben.«

Alienor setzte hinzu: »Ich bin fest davon überzeugt, dass die Bürger ihre täglichen Geschäfte in der Kommune besser erfüllen, wenn sie mehr Verantwortung tragen. Was die neue Ordnung auf den Schiffen angeht: Die Matrosen erhalten in Zukunft mehr Rechte, auch wenn der Kapitän das letzte Wort behält. Wir haben die Besoldung der Matrosen, die Fischereirechte und alle Fragen des Transports neu geregelt. Die Willkür hat damit ein Ende und die Piraten werden es von nun an schwerer haben!«

Als Alienor die anderen entließ, hielt sie Richard zurück. »Nun, mein Sohn. Was ist deine Meinung zu den neuen Erlassen?« Richard blickte auf seine Hände hinab. »Sieh mich an, wenn du mit mir sprichst«, befahl sie.

»Meint Ihr nicht, Mutter, dass Ihr den Vasallen, Euren direkten Untertanen, zu viele Rechte nehmt, wenn Ihr die Bürger stärkt?«

»Ich sehe, du hast begriffen, worum es geht.« Alienor lachte. »Die Vasallen müssen wir, so weit es in unserer Macht steht, in Abhängigkeit halten. Sie werden niemals aufhören, um mehr Einfluss zu kämpfen. Binden wir die Bürger fester an uns, so können wir sie für unsere Zwecke gebrauchen. Sie sind im Volk einflussreicher, als man ahnt. Auf Dauer sind sie es, die unserem Land Stabilität geben.«

In der Osterwoche brachen sie auf. Saldebreuil de Sanzay hatte Alienor die Ritter des Gefolges vorgestellt; zu ihrer Freude war auch sein Neffe, Guillaume le Maréchal, darunter. Zum ersten Mal seit langem empfand Alienor wieder Glück, als sie durch die Straßen von Poitiers ritten und ihnen von allen Seiten entgegenscholl: »Es lebe die Königin. Es lebe Prinz Richard! Gott schütze Euch!«

Sie forderte ihren Sohn auf neben ihr zu reiten. »Wink ihnen zu, Richard, und lach sie an. Sie lieben uns! Und merke dir: Die Großen kannst du treten. Die Kleinen musst du schützen und mit Höflichkeit überschütten. Sei freundlich zu ihnen.«

Richard hob die Hand und grüßte in alle Richtungen. Sofort ertönten erneute Rufe: »Es lebe Prinz Richard. Gott schütze unseren Prinzen.« Er zog ein paar Sous aus seiner Tasche und

warf sie einer Gruppe von Bettlern zu, die sie neugierig anstarrten.
»Du lernst schnell, mein Sohn!«, lobte Alienor und gab ihrem Pferd die Sporen, als sie die Stadtmauern verließen. Vor ihnen breitete sich das hügelige Land aus. Die Hänge waren mit gelben und blauen Wiesenblumen übersät, Büsche und Bäume standen in voller Blüte.
Sie ritten durch das Land der Herren von Lusignan, als ihnen ein Reiter entgegenkam. So ungestüm zwang er sein Pferd anzuhalten, dass es sich wiehernd aufbäumte. »Frau Königin, mich schickt die Äbtissin von Fontevrault«, rief der Mann außer Atem. »Sie bittet Euch zu kommen! Es geht mit ihr zu Ende!«
Alienor erschrak. »Tante Mathilde liegt im Sterben, Gott steh ihr bei«, murmelte sie. Ihr Gefolge hatte sich um sie geschart. »Graf Patrick, die Bewaffneten und die Schlachtrösser gehen mit meinem Sohn nach La Rochelle. Er wird mich vertreten. Ich muss so rasch wie möglich Fontevrault erreichen!« Sie wandte sich dem Prinzen zu: »Richard, du weißt, was du zu tun hast. Verlies die Charta auf Okzitanisch, Latein werden die Bürger nicht verstehen. Ich verlasse mich auf dich!«
Alienor galoppierte bereits dem Gefolge voraus, als plötzlich ein berittener Trupp vor ihnen auftauchte. Sie erkannte das Banner der aufständischen Lusignans. Nur halb bewaffnet, wie ihre Eskorte nun war, musste sie unterliegen; es blieb ihr nur eine Möglichkeit. Sie hieb ihrem Pferd in die Flanken und trieb es die steile Böschung hinauf. Ihre Ritter wehrten den Angriff nach Kräften ab, doch Patrick von Salisbury war kaum aufgesessen, als ihn eine Lanze der Lusignans durchstieß. Alienor sah mit Entsetzen, dass eine weitere Lanze des Gegners das Pferd des jungen Guillaume le Maréchal traf. Der junge Mann sprang ab und schlug wie ein Besessener um sich. Er schrie aus Leibeskräften: »Wer seine Kräfte erproben will, möge kommen!« Die feindlichen Ritter waren durch ihn so abgelenkt,

dass einige ihrer eigenen Ritter ungeschoren zu ihr auf die Böschung gelangen konnten. Sie bildeten einen schützenden Halbkreis um sie, dann preschten sie gemeinsam davon.
Spät in der Nacht erreichte sie mit ihren wenigen Begleitern das Kloster von Fontevrault. Überall in den Klostergängen brannten Fackeln. Eine Nonne geleitete Alienor eilends zu Mathildes Kammer. »Majestät, die Mutter Äbtissin hat sehr nach Euch verlangt. Dank sei Gott, dass Ihr rechtzeitig kommen konntet.« Die Holztür zu der Zelle wurde geöffnet und gleich hinter Alienor wieder geschlossen.
»Tante Mathilde. Ihr habt nach mir rufen lassen.« Sie kniete vor der Sterbenden nieder.
Die Gebetsperlen lagen unbewegt in den gefalteten Händen der Äbtissin. »Alienor«, sagte sie leise und mit geschlossenen Augen, »ich habe gebetet, dass Gott mich nicht zu sich rufen möge, bevor Ihr eintrefft …« Mühsam wandte sie den Kopf und sah Alienor an. »Seid großherzig … und vergebt. Euer Gemahl liebt Euch. Henry ist ein guter Junge … und Ihr liebt ihn …« Ihre Lider fielen zu.
Alienor stiegen Tränen in die Augen.
»Beide hattet Ihr ein großes Herz für unser Kloster, habt auch ein großes Herz füreinander … Da ich nun vor Gott unseren Richter gerufen werde, so will ich für Euch bitten. Vergebt einander …«, murmelte sie, »… so wird Gott Euch auch vergeben …« Ihr Kopf sank zur Seite und Alienor begann zu schluchzen; sie faltete die Hände.
»Ich kann nicht, meine Tante, ich kann nicht vergeben. Verzeiht mir, dass ich Euren letzten Willen nicht erfüllen kann.«

Als sie sich gefasst hatte, verließ sie die Zelle. Sie ordnete an, ein Bote solle über Nacht nach Poitiers reiten, damit die Totenfeierlichkeiten für Patrick von Salisbury vorbereitet würden. Die Nachtwachen für Mathilde wollte sie übernehmen. Dann ließ sie sich in ihre Unterkunft geleiten.

Sie öffnete das Fenster. Kühle Frühlingsluft drang aus dem Klostergarten zu ihr herein. Dort drüben muss die Wiese sein, die wir dem Kloster geschenkt haben, dachte sie. Sie setzte sich an dem Schreibtisch, tauchte die Feder ein und begann zu schreiben.

Fontevrault
Ostern 1167

Mein geliebter Henry,

… wie du mir fehlst. Gerade hier, in unserem Kloster.
Tante Mathilde ist heute Nacht gestorben. Ihre letzten Worte waren ruhig und voller Liebe für dich und für mich.
Sie hat auf uns gewartet um zu sterben. Sie weiß, dass wir uns lieben … und ich weiß es auch. Meine Seele sehnt sich nach dir. Was gäbe ich dafür, wenn du hier sein könntest.
Ein Käuzchen schreit, Little Willys Wiese liegt vor meinem Fenster.
Ihr beide fehlt mir so unendlich, dass ich nicht weiß, wie ich weiterleben soll. Wo auch immer du jetzt bist, ich liebe dich und ich höre niemals auf, was auch immer ich tue, welche Wege auch immer uns vorherbestimmt sein mögen.

Immer und ewig und – mit Tante Mathildes Segen –
deine Alienor

Sie wischte sich die Tränen vom Gesicht, trocknete die Tusche mit Sand und begann zu lesen, was sie geschrieben hatte. Langsam faltete sie das Pergament, band eine Kordel darum und steckte es in ihre Tasche. Dann begann sie von neuem.

Fontevrault
Ostern 1167

Mein hoher König,

es gibt zwei traurige Nachrichten, die ich Euch mit diesem Schreiben überbringen muss.
Tante Mathilde starb heute und ich war zugegen. Sie gedachte Eurer in Liebe. Unser treuer Patrick von Salisbury wurde am selben Tag in einem Hinterhalt durch Ritter der Lusignans getötet.
Sein Neffe, der junge Guillaume le Maréchal, verteidigte unser Gefolge hervorragend. Was haltet Ihr davon, ihn unseren Söhnen zur Seite zu geben. Für den Thronfolger wäre er der ideale Rittergefährte. Überlegt es Euch. Vieles spricht dafür, dass sein Einfluss unseren Söhnen nur von Nutzen sein kann.

Es grüßt Euch Eure Königin Alienor

Dieses Schreiben übergab sie dem Boten.

Es war Ebbe. Bei Vollmond ließen sie sich die Themse hinunterrudern. Jedes Mal, wenn die Männer die Ruder in das Wasser tauchten, gab es ein einziges, schmatzendes Geräusch. Bischof Foliot lehnte sich vor. »Innerhalb des englischen Klerus schätzen Becket viele nicht«, sagte er halblaut.
»Ihr zum Beispiel«, erwiderte Henry.
»Auch manche andere waren durch seine Unentschlossenheit in Clarendon irritiert«, sagte Foliot, »mal sagt er Ja, dann widerruft er. Wirklich, ein schroffer Charakter. Und nun setzt er alles daran, uns beim Heiligen Vater in ein schlechtes Licht zu rücken.«
Henry spuckte ins Wasser und bedeutete den Ruderern das Ufer anzusteuern. »Ihr sagt es, Bischof von London. Wir werden ihm zeigen, wo seine Grenzen sind. Und wenn ich das Gefühl habe, dass er den Papst langsam auf seine Sache einschwört, dann ändere ich meine Politik und aus England fließt kein Peterspfennig mehr. Das ist eine Sprache, die sie alle verstehen. Und Alexander braucht dringend Geld.«
Zusammen gingen sie an Land. In der Dunkelheit tauchte ein Wirtshaus auf. Henry ging auf das einzige beleuchtete Fenster zu und pochte dreimal dagegen; die Tür wurde von innen aufgerissen.
In der niedrigen Schankstube stand ein Mann in einem dunklen Umhang mit Kapuze; er beugte das Knie und überreichte Henry ein Papier, der es Foliot zum Lesen gab. Der Bischof überflog die Zeilen und nickte.

»Steht auf!«, befahl Henry dem Knienden. »Geht hinüber zum Licht, damit ich Euer Gesicht sehen kann.« Der Mann tat, wie ihm geheißen. »Seid Ihr nicht ein bisschen jung für diese Dinge?«, fragte Henry.
»Ich heiße Andreas von Berg und ich bin vor fünf Jahren in die Dienste des Erzbischofs von Köln getreten.«
Henry starrte ihm in die Augen. Was er darin sah, schien ihn zu überzeugen. »Du weißt, weswegen du hier bist?«
Der Deutsche nickte. »Wenn Friedrich Barbarossa mit Euch, mein hoher Herr, gemeinsame Sache macht und die englische Kirche den Starrsinn des Erzbischofs von Canterbury als Vorwand für eine Abspaltung nimmt, dann wären die Folgen für das Papsttum verheerend«, sagte er.
Henry lachte laut auf. »Das nenne ich auf den Kern einer Sache kommen. Dassel muss ein guter Lehrmeister sein.« Er wandte sich an Foliot und befahl: »Lest ihm den Brief vor.«
»Ist das klug, mein König?«, fragte Foliot verstört.
»Ich trau ihm und sollte der Brief in fremde Hände fallen, dann kann er Dassel immer noch davon berichten. Lest vor.«
Umständlich erbrach Foliot das Siegel. Er räusperte sich und begann: »Die diversen Anreden können wir uns ersparen, Andreas. Also: ›Ich warte schon lange auf eine Gelegenheit, Papst Alexander und seinen hinterhältigen Kardinälen den Rücken zu kehren, die den Verräter Thomas, vormals Erzbischof von Canterbury, gegen mich unterstützen. Deshalb werde ich dem Rat aller meiner Barone und des Klerus folgen und einige der Großen meines Reiches nach Rom entsenden. Sie werden in meinem Namen und im Namen des Königreichs und aller meiner Länder dem Papst Alexander und seinen Kardinälen öffentlich zur Pflicht machen, sich von dem Verräter Thomas abzuwenden und ihn mir auszuliefern, damit ich zusammen mit dem Klerus von Canterbury einen neuen Erzbischof einsetzen kann. Meine Gesandten werden den Papst auffordern, für sich und seine Nachfolger zu versprechen und eidlich zu bekräftigen,

dass die königlichen Gewohnheitsrechte meines Ahnherrn Henry für alle Zeit als unantastbar und unverletzlich anerkannt werden.
Sollte der Papst meinem Ersuchen nicht in allen Punkten nachgeben, so werden ich, meine Barone und mein Klerus ihm den Gehorsam aufkündigen und ihn und seine Männer offen bekämpfen. Alle, die in meinem Königreich auf seiner Seite stehen, werden vertrieben.‹«
Foliot ließ das Pergament sinken und rollte es zusammen.
Andreas von Berg hatte aufmerksam zugehört. »Der deutsche Kaiser kann einer solchen Werbung schlecht widerstehen«, meinte er anerkennend.
Henry nickte. »Dassel aber auch nicht. Nicht nur, dass meine Tochter den deutschen Herzog Heinrich heiraten wird – ich denke daran, zwei meiner Gesandten zum Würzburger Hoftag zu entsenden, damit sie dem Gegenpapst einen Treueid überbringen.«
Fassungslos starrte Foliot ihn an. »Damit gebt Ihr Alexander ja gar keine Chance von Becket abzurücken!«
Henry machte eine abfällige Handbewegung. »Ich sagte, ich denke daran. Wir werden sehen, wie weit Rom auf meine Forderungen eingeht.« Er reichte dem jungen Mann die Hand zum Kuss. »Ist für Euer Fortkommen gesorgt?«
Der Deutsche nickte. »Etwas unterhalb von hier wartet ein Boot auf mich. Ihr habt mein Wort, dass ich den Brief persönlich überbringe.«
Die Männer hoben grüßend die Ruder, als Henry zum Boot zurückkehrte. Sobald der Bischof von London wieder erschien und sich schnaufend auf die Bank fallen ließ, gab Henry das Zeichen zur Abfahrt. »Nun?«, spottete er, »warum seid Ihr so dagegen, wenn ich mit ihnen Katz und Maus spiele?«
Foliot schüttelte besorgt den Kopf. »So etwas darf man nicht schriftlich machen.«
»Was interessiert mich schon der deutsche Kaiser«, sagte Hen-

ry achselzuckend. »Ich will, dass Thomas Becket auf Knien zu mir zurückkriecht.«
Die ersten Lichter von London tauchten vor ihnen auf. Sehnsüchtig blickte Henry zum Tower hinüber, dessen weiße Mauern durch die Dunkelheit schimmerten. »Und Thomas wird zurückkommen«, murmelte er beschwörend.
Mit dem Kinn wies Foliot auf die Festung. »Werdet Ihr dort übernachten, mein König?«
Henry schüttelte den Kopf. »Die leeren Räume sind zu trostlos. Ich reite nach Woodstock.«

Seit den frühen Morgenstunden war der Haushofmeister des Stadtschlosses von Potiers auf den Beinen. »Es ist Dezember und es ist kalt, schürt das Feuer und bietet den Herren heiße Getränke an!«, hatte sie ihm am Morgen befohlen. Seit die Königin wieder hier residierte, hatte sie das Personal verdoppeln lassen.

Der Mundschenk schritt mit einem großen Tablett dampfender Becher durch die Halle, in der bereits mehrere Delegationen warteten, hinauf zu der Empore, wo Alienor mit Saldebreuil des Sanzay und Raoul de Faye und ihren Schreibern um einen langen Tisch saß. Kuriere kamen und gingen.

»Ein Schreiben aus Rom, meine Königin, soll ich es Euch verlesen?«, fragte der Konnetabel Saldebreuil. »Gebt mir den Inhalt wieder«, entgegnete Alienor, über andere Papiere gebeugt. »Alexander III. setzt eine neue Vermittlungskommission zwischen dem Erzbischof von Canterbury und dem englischen König ein. Er bedauert das Scheitern der vorhergehenden … Der Auftrag der Legaten lautet nun, ich zitiere den Papst: ›Frieden und Einvernehmen durch gütliche Einigung zwischen dem Erzbischof und dem Monarchen wiederherzustellen.‹«

Eine Abordnung der mächtigsten Vasallen der Königin stand wartend vor dem unteren Kamin. Zwischen ihnen war ein heftiger Disput ausgebrochen. Der Graf von Angoulême wandte sich entrüstet an den Vicomte de Thouars: »Papst Alexander hat Becket mit vollem Recht von seinen Aufgaben als Legat ent-

bunden. Er schürt den Unfrieden, statt Frieden zu stiften!« Er sprach so laut, dass Alienor aufblickte.
»Ich bin ganz Eurer Meinung, Graf. Wollt Ihr nicht näher treten«, rief sie ihm zu, während sie den Kurier, der ihr neue Schriftstücke überreicht hatte, entließ.
Der Mundschenk bot dampfenden Punsch an, nachdem die Landesherren die Königin begrüßt hatten.
»Diese Abschrift des päpstlichen Briefes an den Erzbischof von Canterbury, datiert vom neunzehnten Mai, wurde mir soeben überbracht. Er ist auch für Euch von Interesse.« Alienor entrollte das Pergament. Es bereitete ihr Vergnügen, selbst vorzulesen: »Vermutlich weißt du, dass der erlauchte König von England eine Gesandtschaft zu uns geschickt hat, dass er uns um strenge Maßnahmen ersucht und seine Bitte mit präzisen Drohungen geschmückt hat für den Fall, dass wir ihnen nicht nachkommen. Wir haben seiner Bitte zwar nicht entsprochen, aber wir mussten doch berücksichtigen, dass die Kirche noch immer verfolgt wird … Daher haben wir versucht die Bitterkeit und den Zorn des Königs zu besänftigen … In Anbetracht der schweren Zeiten und auf den übereinstimmenden Rat unserer Brüder hin erlassen wir deshalb, in der Hoffnung oder annähernden Gewissheit, dass der König dich huldvoll wieder aufnehmen und dir den Bischofsstuhl zurückgeben wird, ein apostolisches Schreiben und fordern dich auf, kein Interdikt, keine Exkommunikation und keine Suspension über den König, die Großen seines Reiches oder den Staat zu verhängen, bevor du nicht ein neuerliches Schreiben erhalten hast.«
Triumphierend blickte Alienor ihre hohen Adelsvertreter an.
»Das wird Thomas Becket in die Knie zwingen«, meinte der Graf von Angoulême verächtlich.
Der Vicomte de Thouars lächelte besserwisserisch. »Der Erzbischof hat doch bereits in Vézelay englische Geistliche und Barone exkommuniziert, die auf der Seite des Königs standen, nur um seine Verurteilung der Konstitutionen von Clarendon

zu bekräftigen. Und was geschah anschließend? Außer, dass die englischen Bischöfe an den römischen Gerichtshof gerufen wurden, nichts! Dasselbe wiederholte sich im vergangenen Jahr. Alle Vermittlungsversuche des Papstes sind gescheitert. Der Erzbischof wird sich auch dieses Mal den Friedenswünschen des Papstes nicht beugen.«

»Vicomte«, sagte Alienor, »Euch ist bekannt, dass der Papst dem englischen König Bedenkzeit bis zur nächsten Fastenzeit gibt.«

»Das ist uns nur allzu bekannt, meine Königin«, mischte sich Aiméry von Lusignan ein. »Die Folge bekamen wir am eigenen Leib zu spüren. Je weniger König Henry befürchten muss exkommuniziert zu werden, umso despotischer verhält er sich als Herrscher auf dem Festland. Er lässt unsere Burgen schleifen und greift in einem Maße in die inneren Angelegenheiten unserer Länder ein, das wir nicht billigen können.«

Alienor sah ihn ironisch lächelnd an. »Dieses Problem, mein lieber Baron, haben wir doch gemeinsam gelöst. Alle Barone des Poitou stehen mittlerweile auf unserer Seite, nicht nur Ihr. König Louis spielt eine kluge Vermittlerrolle, sowohl als Euer Lehnsherr als auch in seiner Position als Mittler zwischen Krone und Kirche in England.« Von der Wirkung ihrer Worte überzeugt, fügte sie lächelnd hinzu: »Dass er daraus Nutzen für sein Königreich zieht, ist sein gutes Recht.«

Der Graf von Angoulême mischte sich wieder ein: »Euch, verehrte Königin, sind wir ergeben. Ihr seid unsere Herzogin, dessen seid hier noch einmal versichert.« Er verbeugte sich vor ihr. Alienor konnte nicht umhin diese Ehrerbietung mit Genugtuung entgegenzunehmen. War es doch ihr Ziel gewesen, diese Männer, die sich gegen Henry zusammengeschlossen hatten, auf ihre Seite zu ziehen.

Der Graf von Angoulême ereiferte sich. »Unbegreiflich, wie verantwortungslos der Erzbischof von Canterbury seinem eigenen Papst den Gehorsam verweigert! Seinem obersten Dienst-

herrn – der sich in äußerst kritischer Lage im Exil in Frankreich befindet, von dem er weiß, dass er von den Geldern beider Könige abhängig ist, seit er den Lateran verlassen musste, dem darüber hinaus durch die Machenschaften des deutschen Kaisers seit Jahren ein Gegenpapst droht – zusätzlich solche Schwierigkeiten zu bereiten, das kommt Verrat gleich.«
»Ich habe mir berichten lassen«, höhnte Vicomte de Thouars, »dass er über vierzig Kuriere beschäftigt, um seine aufrührerischen Briefe durch ganz Europa befördern zu lassen.«
Alienor hörte den Äußerungen mit großer Aufmerksamkeit zu. Dann sagte sie: »Unser Papst ist und bleibt Alexander III. Niemand kann behaupten, dass er nicht alles unternommen habe den Streit zwischen Becket und König Henry zu beenden.« Sie erhob sich und forderte den Konnetabel auf, das Schreiben des Papstes an den Erzbischof von Canterbury herauszusuchen, dessen Übersetzung sie gerade angefordert hatte. »Verlest das Wichtigste.«
Der Konnetabel zitierte: »›... befehlen wir dir, dass du dir in Ruhe vor Augen führst, wie gefährlich die gegenwärtige Lage ist, und dass die Kirche, die deiner Fürsorge anvertraut wurde, deiner Anwesenheit und Führung bedarf. Darum musst du guten Willen zeigen und dich mit dem Souverän aussöhnen, dann wird deine Ehre und die der Kirche unangetastet bleiben. Und wenn nicht alles nach deinen Wünschen vonstatten geht, dann fasse dich in Geduld ...‹«
»Das genügt«, unterbrach ihn Alienor, »unser Papst könnte nicht deutlicher sagen, dass es ausschließlich um Beckets Ehre geht.«
Ein Bote wurde gemeldet, der sofort vorgelassen wurde. Vor den Augen ihrer Untertanen entrollte Alienor das Schreiben. »Vicomte, mein Graf, Barone«, begann sie, »ein Vertrauter am Hofe des französischen Königs teilt mir soeben mit, dass ein neuerliches Treffen zwischen dem französischen und dem englischen König in Montmirail, an der Grenze zwischen den Graf-

schaften Maine und Chartres, geplant ist, auf das alle Beteiligten große Hoffnungen setzen, zumal der Erzbischof von Canterbury zugegen sein wird. Das Datum ist auf den Tag der Heiligen Drei Könige 1169 festgesetzt.«
Alle redeten durcheinander.

Als die letzte Delegation verabschiedet war, ließ sich Alienor erschöpft auf einen Stuhl fallen, forderte jedoch Raoul de Faye auf noch zu bleiben.
»Dass Henry nicht begreift, wie sehr er Louis in die Hände spielt. Louis schürt unter Henrys Vasallen Unruhe, damit sie ihn in Paris in Frieden lassen, und Henry merkt es nicht. Je mehr ihm die Macht entgleitet, umso besessener wird er.«
»Seit die Kaiserin nicht mehr lebt, bremst den König von England niemand mehr«, sagte Raoul de Faye. »Er ahnt wohl noch immer nicht, dass ihm in Euch die erbittertste Feindin erwächst.«
»Ach, mein Lieber, wir wollen nur seine Unklugheit nutzen, um den Frieden in unserem Land zu wahren. Solange Henry seinen Frieden mit der Kirche nicht gemacht hat, können wir in aller Ruhe unsere Pläne schmieden«, sagte sie ironisch.
Sie goss ihrem Onkel Wein ein und trank ihm zu, als plötzlich lautes Gelächter zu ihnen drang. Alienor erhob sich und öffnete das Fenster. Raoul de Faye trat neben sie. Ein seltsames Bild bot sich ihnen: Lehmbeschmutzt lag Richard in dem von Hufen aufgewühlten Boden, streckte alle viere in den Himmel und lachte schallend. Neben ihm lag, von einem Speer durchbohrt, eine große Strohpuppe. Alienor rief hinunter: »Nennt man das Lanzenstechen, meine Herren?« Richard sprang auf und winkte ihr zu. Ein herrenloses Pferd trabte an der Mauer entlang und Guillaume le Maréchal drängte das nervöse Tier in eine Ecke und griff nach den Zügeln. »Zeigt uns, was Ihr könnt!«, forderte Alienor.
Gleichzeitig sprangen Richard und Guillaume auf ihre Pferde. Sobald der Knappe die Strohpuppe befestigt und Richard die

Lanze gereicht hatte, jagte er im Galopp auf sein Ziel zu. »Höher!«, warnte Guillaume. Richard korrigierte die Haltung seiner Lanze gerade noch rechtzeitig, um die Puppe mitten in den Strohbauch zu treffen.

Alienor wandte sich nun ihrem Onkel zu. »Sie passen gut zueinander. Richard liebt Euren Neffen. Welchen Mut er besitzt, hat er bei dem Überfall der Lusignans bewiesen. Ich habe Vertrauen zu diesem jungen Mann – er ist begabt und entfacht in Richard einen Ehrgeiz, den ich ihm nicht zugetraut hätte. Habt Ihr ihn in meinen Plan eingeweiht, ihn meinem Sohn Henry als offiziellen Erzieher – und als meinen Vertrauten – an die Seite zu geben?«

»Nun, so deutlich habe ich ihm seine zukünftige Aufgabe freilich noch nicht umschrieben«, antwortete Raoul de Faye. »Bisher weiß er nur, dass er dem Thronfolger als Gefährte und Erzieher dienen soll. Mein Neffe fühlt sich außerordentlich geehrt. Er hat mir auch gestanden, wie schwer es ihm fallen würde, auf Eure Gegenwart zu verzichten.«

»Wart Ihr es nicht, mein lieber Onkel, der mir vor Jahren geraten hat, Spione mit Zuckerbrot und Peitsche an mich zu binden … und vielleicht mit noch etwas mehr?«

Sie lachte laut auf, als sie Raouls scheinheilige Miene sah. »Gut. Ich habe ihn also soweit. Das kommende Weihnachtsfest gedenke ich mit meinem Gemahl und allen Kindern in der Normandie zu verbringen. Ich werde Le Maréchal mitnehmen. Von dort aus kann er mit dem König an den Hof des Thronfolgers reisen. Ich bin sicher, Vater und Sohn werden ihn akzeptieren.«

Alienor blickte ihren Onkel nachdenklich an. »Zunächst aber werde ich Richard an Ostern als Graf von Poitiers und Herzog von Aquitanien einsetzen.« Sie erhob sich. »Und wen, mein Onkel, schicken wir zum Dreikönigsfest nach Montmirail? Ich wünsche unbedingt genauestens über das Zusammentreffen der Könige mit Becket unterrichtet zu werden. Kümmert Euch bitte selbst darum.«

Der eisige Wind dieses frühen Januarmorgens fegte über die trockene Wiese von Montmirail. Er verfing sich in den langen Gewändern der Bischöfe und Prälaten und zerrte an den kostbaren Satteldecken der Pferde. Henry und Louis saßen unter der Ulme. Trotz der Kälte hatte Henry seine Stulpenhandschuhe ausgezogen und schlug sie nervös gegeneinander.

Begütigend legte ihm Louis die Hand auf den Arm. »Lasst gut sein, mein königlicher Bruder. Ihr werdet sehen, der Erzbischof wird von seinem Starrsinn lassen.«

Henry warf den Kopf auf und zwang sich zu einem Lächeln. »Glaubt Ihr das wirklich?«

»Er wird, mein Lieber, weil er muss! Alle sind gegen ihn. Selbst der Papst hat ihm befohlen nachzugeben.« Louis blickte flüchtig zu der Gruppe kirchlicher Würdenträger hinüber. »Auch die dort drüben sind des Streitens müde und wollen in Frieden nach England zurückkehren. Dem kann Becket sich nicht verschließen.«

Henry hackte mit dem Absatz seines Stiefels ein Loch in den gefrorenen Boden. »Seit Northampton habe ich ihn nicht wieder gesehen«, murmelte er. »Und dabei standen wir uns einmal sehr nah.«

Louis VII. unterdrückte ein Lächeln. »Wenn Ihr diese Wiese verlasst, wird es wieder sein wie früher«, versprach er. »Seid nur gnädig zu ihm, damit er nicht das Gesicht verliert.«

Henry hörte nicht auf den Boden zu bearbeiten. »Das will ich sein – aber Becket muss mich anerkennen. Ich bin der König!«
»Wie wichtig Euch dieses Treffen mit ihm ist, wird er schon hieran erkennen«, bemerkte Louis mit einem Blick hinauf in die Ulme, deren Äste nackt in den Winterhimmel ragten. »Unter diesem Baum haben sich von alters her die Herrscher getroffen, um ein möglichst weises Urteil zu fällen. Seid Ihr bereit?«
Und dann sah Henry Becket. Von Erzbischof Wilhelm von Sens begleitet, kam er langsam auf ihn zu. »Gott mit Euch«, flüsterte Louis; da holte Henry tief Atem und ging Becket entgegen. Alle Gespräche waren verstummt; nur das Pfeifen des Windes war zu hören.
Zwanzig Schritte trennten sie noch voneinander; und mit jedem Schritt, den sie aufeinander zugingen, verwischten sich für Henry die Bilder: er sah sie beide nebeneinander herreiten, hörte sie zusammen lachen, er sah Becket als Kanzler Entscheidungen treffen, sein Lächeln, seinen nackten Rücken …
Und vor ihm die Realität: über der Mönchskutte Beckets asketisches Gesicht, das den Horizont auszufüllen schien. Diese brennenden Augen, die sich in Henrys Blick bohrten. Er sah, wie die Mundwinkel des Freundes zu zucken begannen, wie sich die Lippen trennten, als wollten sie seinen Namen rufen, er sah die Tränen in Beckets Augen. Erzbischof Wilhelm von Sens war zurückgeblieben; Becket schien es nicht einmal zu bemerken. Noch zwei Schritte tat er auf Henry zu, dann sank er langsam zu Boden. Henry stürzte auf ihn zu – und riss ihn in seine Arme. Die Zeugen der Begegnung, die Umgebung, die Kälte; alles war in diesem Augenblick bedeutungslos. Nach all dieser Zeit hielt er Thomas wieder in den Armen; und Zärtlichkeit überflutete ihn, als er die tränennasse Wange an seinem Gesicht spürte. »Thomas … Thomas«, flüsterte er erstickt und wie eine ferne Erinnerung umfing ihn das vertraute Parfum des Freundes.

Becket fasste sich als Erster wieder. Sanft löste er sich aus Henrys Umarmung und trat einen Schritt zurück. Zweimal musste er sich räuspern, ehe er klar und laut zu sprechen begann: »Mein König, ich flehe dich demütig an, erbarme dich der Kirche von England, deren Haupt ich, obgleich nur ein unwürdiger Sünder, geworden bin. Und wie die Heiligen laste ich die Unruhen und Übel, unter denen die Kirche leidet, nur meinen eigenen Fehlern an.«

Ein hörbares Aufatmen ging durch die Zuhörer; vereinzelt wurde »Bravo« gerufen und ein Ritter, dessen Pferd aufwieherte, legte ihm beschwichtigend die Hand über das Maul, um auch ja kein Wort zu verpassen. Henry fühlte unermessliches Glück in sich aufsteigen. Er hob die Hand zum Zeichen, dass es genug sei, doch Becket fuhr fort: »Hier nun, Herr, in Gegenwart des Königs von Frankreich, der Bischöfe, der Fürsten und all derer, die um uns stehen, überlasse ich es deiner Einsicht und deinem Willen unseren Streit zu regeln.«

Ein Tumult entstand. Männer fielen einander in die Arme und bekreuzigten sich. Henry tat einen Schritt nach vorn, doch Becket hob die Hand und bedeutete ihm stehen zu bleiben. Alle verstummten. Mit erhobener Stimme fuhr Becket fort: »Unter dem Vorbehalt der Ehre Gottes!«

Henrys Lächeln gefror.

Er meinte, sein Herz höre auf zu schlagen. Fassungslos schüttelte er den Kopf. Nein!, wollte er schreien, aber er brachte keinen Ton hervor.

Erschrocken drängten sich die Zuhörer aneinander; dann wurden die ersten Unmutsäußerungen laut. Jemand fluchte und Henry spürte, dass sich ein Arm beruhigend um seine Schulter legte. Wie in Trance wandte er sich um und sah Louis VII. dicht bei ihm stehen. »Ich verstehe es nicht«, flüsterte Henry. »Ich verstehe es einfach nicht.«

»Beruhigt Euch. Er weiß nicht, was er tut«, versuchte der Franzose ihn zu besänftigen.

Henry tat einen Schritt auf Becket zu. »Wie kannst du es wagen!«, stieß er hervor. »Du, den ich gemacht habe! Ich kenne alle Abgründe in dir!« Henry ballte die bloßen Fäuste und schlug sie gegeneinander. Dann wandte er sich an Louis. »Seht die Torheit dieses Mannes! Er gebärdet sich wie ein Märtyrer der Kirche, wie ein Kämpfer für die Gerechtigkeit. Und dabei verlange ich nur eines: dass er verspricht, mir gegenüber die alten Gewohnheiten zu respektieren wie seine fünf Vorgänger gegenüber meinen Ahnen!« Höhnisch lachte er auf. »Und unter seinen Vorgängern gab es etliche, die Heilige waren und im Glanz ihrer Wunder erstrahlten! Im Übrigen hat er bereits einmal versprochen diese Gewohnheiten zu achten. Er soll heute, vor Euch, sein Wort als Priester und Bischof geben, dass er sie respektieren wird. Dann werde ich ihm die Macht über seine Kirche zurückgeben und dazu mehr Freiheiten, als sie je einer seiner Vorgänger besaß!«
Schwer atmend hielt Henry inne. Die Umstehenden begannen erregt durcheinander zu reden und sich von Becket zurückzuziehen; bald schon stand er allein den beiden Königen gegenüber. Erregt wandte sich Louis an ihn: »Ihr seid der Erzbischof von Canterbury. Aber dünkt Ihr Euch etwa heiliger als die Heiligen?« Doch als er das verstockte Gesicht Beckets sah, ergriff er Henrys Arm. »Lasst ihn!«, sagte er aufgebracht und wollte ihn fortziehen.
Die päpstlichen Vermittler, die Kardinäle von Padua und Neapel, stellten sich ihnen in den Weg. »Geht nicht!«, baten sie. »Wir werden ihn umstimmen.« Sogleich begannen sie beschwörend auf Becket einzureden. Wortfetzen drangen zu Henry und Louis herüber; »Wille des Papstes … Ihr müsst … zum Wohl der Kirche … diesen lächerlichen Zusatz …!« Ein Geistlicher rief: »Es geht nicht um die Ehre Gottes, gib nach!« Und ein anderer: »Es geht ihm nur um sich!« Ein Graf aus dem königlichen Gefolge brüllte: »Man hat ihn aus England vertrieben? Nun denn, so gewähre man ihm auch in Frankreich

weder Unterstützung noch Schutz!« Dann spuckte er aus. Becket rührte sich nicht.

Louis schien resigniert zu haben. Zu Henry sagte er: »Lasst uns reiten. Es hat keinen Sinn, noch länger zu warten – seht ihn Euch nur an.« Henry wandte den Blick zurück. Hoch aufgerichtet stand Becket inmitten der Menge. Alle Beschwörungen schienen an ihm abzuprallen. Jetzt trafen sich ihre Blicke: Henry meinte Triumph in Beckets Augen zu entdecken.

In London herrschte brütende Hitze. Die Kirche von St. Peter zu Westminster blieb an diesem Tag für gewöhnliche Gläubige geschlossen. Am Portal stand die königliche Wache. Drinnen war es angenehm kühl. Vorn in der ersten Bank kauerte Kronprinz Henry. Dem Dialog zwischen seinem Vater und Foliot, Bischof von London, lauschte er nur mit halbem Ohr. Immer wieder glitt sein Blick zu den bunten Lichtspeeren, welche die Junisonne durch die farbigen Fenster warf.
»Natürlich wird mein geliebter Erzbischof empört sein, wenn damit die letzte Bastion der Kirche von Canterbury fällt!«, rief Henry soeben übermütig. »Er wird platzen vor Wut, wenn der Erzbischof von York den Prinzen krönt. Damit demonstrieren wir, dass wir hier in England sehr wohl ohne Becket auskommen können!« Seine Stimme hallte in dem großen Kirchenschiff wider. »He, du«, rief Henry, »komm herauf zu uns, damit wir besprechen können, wie es morgen ablaufen soll!«
Als der Kronprinz durch das Sonnenlicht zum Altar ging, leuchteten seine Haare golden auf. Henry nickte zufrieden. »Du wirst dich morgen sehr gut machen. Ich sehe dich schon vor mir in deinem weißen Gewand, wenn man dir endlich die Krone aufsetzt. Gib zu, es ist doch recht angenehm, der älteste Sohn des Königs von England zu sein.« Er zwinkerte ihm zu.
Kühl sah der Kronprinz zu ihm auf. »Bei Richard war es festlicher«, sagte er.

»Diese lächerliche Feier in Aquitanien? Pah!«, machte Henry. »Was ist denn schon ein Herzogshut, gemessen an dem hier! Die Großen des Landes werden dir hier morgen huldigen!«
Der Prinz schob die Unterlippe vor; in diesem Moment glich er seinem Vater außerordentlich. »Trotzdem hätte ich es gern gehabt, wenn Mama und die Geschwister dabei wären.«
Auf Henrys Stirn zeigten sich erste Unmutsfalten und Bischof Foliot beeilte sich zu sagen: »Dies ist mehr als ein Familienfest, Hoheit. Was morgen geschieht, würde ich eher einen politischen Schachzug nennen.«
»Als wüßte ich das nicht«, warf der Prinz ein. »Wenn nicht einmal meine Ehefrau an der Zeremonie teilhaben darf, kann es dabei nur um Politik gehen.«
»Wie soll sie denn, wenn sie am Hof deiner Mutter ist!«, brüllte Henry und fixierte seinen Sohn.
»Dieser Schachzug wird meinem Schwiegervater wohl kaum erfreuen.« Der Prinz starrte ungerührt zurück.
»Es geht hier nicht um Louis«, sagte sein Vater. »Tatsache ist, dass Becket mich ununterbrochen provoziert und ich mir das nicht länger bieten lassen kann.«
Gleichmütig zuckte der Prinz die Schultern. »Nun gut, besprechen wir noch einmal die Zeremonie: Ihr, mein hoher Vater, werdet mich zum Ritter schlagen. Danach leiste ich vor dem Grab Edwards des Bekenners den überlieferten Eid.« Und mit dem Anflug eines Lächelns: »Sodann füge ich hinzu, dass ich auch die Gewohnheitsrechte des Königtums respektieren werde, wie sie in den berühmten Statuten von Clarendon niedergelegt sind.«
Henry nickte. »Und zum guten Schluss setzt dir der Erzbischof von York im Beisein der Bischöfe von London, Durham und Rochester die Krone auf.« Er rieb sich die Hände. »Spätestens übermorgen wird unser verehrter Becket über den genauen Ablauf informiert sein. Er wird rasen!«
Der Kronprinz sah ihn an. »Und Ihr habt keine Sorge, mein

hoher Vater, oder Ihr«, er wandte sich an Foliot, »dass er drakonische Strafen über Euch verhängen wird?«
Ein listiges Lächeln umspielte Foliots Mundwinkel. »Hoheit, auch das hat Euer Vater, unser König, eingeplant.«
Der Kronprinz zeigte Erstaunen. »Wie das?«
Henry hatte sich auf die oberste Altarstufe gesetzt und zog seinen Sohn am Ärmel zu sich herunter. »Ich will es dir erklären. Selbstverständlich weiß Becket, dass ich vorhabe dich krönen zu lassen, und selbstverständlich hat er sich Rückendeckung beim Papst geholt. Ich möchte wetten, dass die Straforder schon von Rom unterwegs ist – aber«, Henry ließ eine Pause entstehen, »ich habe Befehl gegeben keine Post und keinen Kurier vom Festland zu uns herüberzulassen. Und wenn sie eintreffen, bist du bereits gesalbt.«Er begann dröhnend zu lachen. »Und der Papst würde sich selbst ad absurdum führen, wenn er ein solches Sakrament für null und nichtig erklärte.«
»Oder womöglich die Exekutive in Acht und Bann täte«, fügte Foliot hinzu.
Henry der Jüngere nickte. »Das ist schlau eingefädelt«, sagte er. »Trotzdem – glücklicher Richard! Der musste keine Sorge haben, dass der Erzbischof von Canterbury seine Inthronisierung zu verhindern sucht.«
»Da siehst du, wie weit der Mensch uns getrieben hat«, polterte Henry »Er lässt uns ja keine Wahl! Aber morgen werden wir es ihm zeigen, morgen bin ich am Zug. Und du«, er puffte den Kronprinzen freundschaftlich in die Seite, »bist neben mir König von England.« Er stand auf. »Auch so eine Sache, die für den ehemaligen Kaufmannssohn schwer zu begreifen ist: zwei Könige in einem Land!« Er schritt hinauf zum Altar und stellte sich breitbeinig davor. »Aber schon Kaiser Karl der Große hat drei Monate vor seinem Tode eigenhändig seinen Sohn Ludwig den Frommen gekrönt. Du siehst also, du bist in bester Gesellschaft! Und wegen Richard darfst du dich nicht grämen – er ist nicht wichtig genug.«

Der Kronprinz warf ihm einen verschleierten Blick zu. »Ein glücklicher Mensch in einem sonnendurchfluteten Land ...«

»Pah! Geh nach draußen: Sonne haben wir hier in England genug!«

Der Kronprinz schaute hinauf zu seinem Vater, der wie ein Racheengel vor dem Altar stand. »Der Bericht klang nur so hübsch«, sagte er träge. »Mutter hat ein altes, vergessenes Zeremoniell wieder aufleben lassen. Habt Ihr davon gehört?«

»Die Geschichte mit dem Ring? Dieser ganze Reliquienunsinn! Ich weiß schon – indem er den Ring der heiligen Valerie übergezogen hat, hat er sich symbolisch mit der Stadt Limoges und mit ganz Aquitanien vermählt. Ich hielte es für angebracht, wenn der junge Herr sich zunächst einmal Gedanken darüber machte, was eine Ehe ist!«

Über ihnen begannen die Glocken zu läuten und spöttisch flüsterte der Kronprinz »So wie Ihr«, doch Henry hörte es nicht. Als sie aus der Kirche traten, schlug ihnen die Hitze des Tages wie eine Wand entgegen. Allerlei Gerüche vermischten sich mit dem fauligen Dunst der Themse. Schon zu Pferd, sagte Henry zu seinem Sohn: »Sobald du erst König bist, kannst du dich um die Abwässer von London kümmern.« Er riss sich den Kragen auf und beugte sich noch einmal zu Henry dem Jüngeren hinunter. »Ich würde dich ja gern zum Essen bitten«, sagte er, »aber du musst dich nun einmal auf deinen Ritterschlag vorbereiten. Foliot wird dir dabei behilflich sein.« Grüßend hob er den Arm und sprengte davon.

Die Glocken der Burgkirche von Bures läuteten zum Weihnachtsgottesdienst. Alienor hatte ihre Kinder zu sich in ihre Gemächer rufen lassen. »Wenn Euer Vater nicht rechtzeitig aus der Auvergne eintreffen kann, so werden wir die Weihnachtsmesse ohne ihn beginnen müssen. Richard, ich wünsche, dass du zu meiner Linken gehst und du, Geoffrey, zu meiner Rechten. Eleonore und Johanna werden die Amme begleiten, die John beaufsichtigt. Habt Ihr verstanden?« Alle nickten. »Dann lasst uns gehen.«
Richard spottete an ihrer Seite: »Welch hohe Ehre, Mama, meinen Vater ausgerechnet in der Normandie vertreten zu dürfen.«
»Richard, alle Vasallen werden anwesend sein«, raunte sie ihm zu. »Dein Bruder Henry ist in Winchester. Da der König noch nicht eingetroffen ist, werden sich alle Augen auf dich richten.«
»Aber Ihr seid schöner als ich, Mama.« Bewundernd sah er seine Mutter an, die ihr dunkelrotes Kleid raffte.
»Schmeichler«, entgegnete sie lächelnd, als sie durch den Hof schritten, »in aller Augen bist du nach mir der Nächste in der Rangfolge. Bist du darauf vorbereitet?«
»Mama, habt keine Sorge. Ich bin der Herzog von Aquitanien und der Zweitgeborene des Königs. Ich bin mir meiner Rechte bewusst.«
Als sie die in festliches Kerzenlicht getauchte Kirche betraten, setzte ein Männerchor ein: »Gaudeamus omnes in Domino, quia Salvator noster natus est in mundo.« Alienor spürte, wie

die weihnachtliche Stimmung sie ergriff, als sie im königlichen Gestühl von Bures niederkniete. Sie sah auf einmal das bleiche Gesicht von Tante Mathilde vor sich, sie glaubte, ihr Flüstern zu hören: ›Er liebt Euch, er ist ein guter Junge, vergebt einander.‹ Sie verscheuchte das Bild.

Die Opferung war schon vorüber, da verkündeten Posaunen draußen die Ankunft des Königs. Alienor spürte Henrys Anwesenheit in der Kirche, noch ehe er sich neben ihr niederließ und ein Kreuzzeichen schlug; müde sah er aus und härter. Becket setzt ihm zu, dachte sie und begann laut zu beten: »Herr, ich bin nicht würdig, dass Du eingehst unter mein Dach, aber sprich nur ein Wort, so wird meine Seele gesund.« Auch bei der zweiten Wiederholung betete Henry nicht mit; reglos verharrte er bis zum Schlusssegen. Dann sah er sie zum ersten Mal an.

»Ist der Feldzug gelungen, mein König?«, fragte sie.

Henry nickte. »Die Auvergne ist ruhig. Mit Macht und Gewalt geht alles, meine Königin. Das müsstet Ihr doch wissen.«

Alienor zögerte, bevor sie entgegnete. »Ich glaubte, gemeinsam geht alles.«

»Ihr habt die Gemeinsamkeit aufgekündigt, meine Liebe, vergesst das nicht!«

»Habe ich das wirklich, mein König? Wie schade, dass Ihr es so seht.« Henry riss sie am Arm zu sich heran. »Warum sonst betest du plötzlich ›Herr, ich bin nicht würdig‹? Das ist doch wohl ein Eingeständnis?«

»Hast du es doch bemerkt? Ich dachte, nicht einmal daran würdest du dich erinnern.«

Vor der Kirche herrschte ein ohrenbetäubender Lärm. Schwarz gekleidete Kirchenmänner schrien durcheinander. »Der Erzbischof ist wieder in Canterbury! Er predigt gegen York, gegen London und Salisbury! Alle Kirchen sind geschlossen! Wir mussten aus England fliehen!« Rücksichtslos drängten die Männer sich nach vorn.

»Ruhe!«, herrschte Henry die aufgebrachten Prälaten an. »Wer

seid ihr und wo kommt ihr her? Berichtet der Reihe nach!« Im sonnigen Winterlicht sah Alienor, wie erschöpft Henry war. »Wir sind alle exkommunizierte Prälaten aus Canterbury. Wir kommen aus Dover und mussten aus England fliehen«, rief einer der jüngeren. »Der Erzbischof kam barfuß nach Canterbury zurück, umgeben von Mönchen und Priestern. Von der Küste bis nach Canterbury hat das Volk ihn am Wegesrand wie einen Sieger begrüßt. Auf dem Weg kam es zu Handgreiflichkeiten zwischen Euren Anhängern und den Getreuen des Erzbischofs. Unser Land gerät immer mehr in Aufruhr, hoher König! Der Erzbischof hat seinen Fluch über den Erzbischof von York erneuert. Von der Kanzel herab hat er die Bischöfe von London und Salisbury verdammt!«
Alienor hörte einen Baron hinter ihnen zischen: »Solange Becket lebt, werdet Ihr keine ruhige Stunde mehr haben, mein König.« Henrys Gesicht war erstarrt. Die Adern an seinen Schläfen pochten. Plötzlich begann er mit hochrotem Kopf zu brüllen: »Verflucht!« Er holte Luft. »Verflucht seien alle Untergebenen, die ich in meinem Haushalt genährt habe, die mich den Unverschämtheiten dieses Kerls ausliefern, der auf einem Packesel an meinen Hof kam und jetzt selbst auf einem Thron sitzt, ohne dass ihn jemand hindert!« Schwer atmend stand er da. Die Menge vor der Kirche begann ihm zuzujubeln. Nur die umstehenden Ritter hörten, wie Henry durch die Zähne presste: »Wer befreit mich endlich von diesem Menschen!«
Alienor nahm seinen Arm. »Mein König, lasst uns gehen. Der Erzbischof wird mit Sicherheit alles tun, um unseren gekrönten Sohn gegen Euch aufzubringen. Lasst uns das Weihnachtsfest feiern, ohne dass Becket allgegenwärtig ist.«

»Heilige Einfalt! Ihr habt also tatsächlich geglaubt, unser Sohn werde Becket empfangen? Ihr werdet alt, meine Königin. Die südliche Sonne scheint Euer Denken zu beeinträchtigen!« Höhnisch verneigte er sich vor Alienor.

»Sind das die Umgangsformen, die man jetzt in Woodstock pflegt?«, fauchte sie.
»Euch haben sie auch einmal genügt!« Henry schlug mit der Faust gegen den Kaminsims und starrte eine Weile ins flackernde Feuer. Ein Ast zerbarst und Glut spritzte in den Raum. Unwillig trat er das rot glühende Stück Holz zurück. »Interessiert Euch, wie unser Sohn reagiert hat?« Alienor nickte. »Thomas hat einen seiner Getreuen, Prior Richard, an den Hof vorausgeschickt.« Wieder nickte Alienor.
»Ach ja, ich erinnere mich, Richard von St. Martin in Dover, nicht wahr?«
Er lächelte. »Ich sehe, Ihr habt nichts vergessen ...«
»Ungeachtet der südlichen Sonne. Aber bitte, fahrt doch fort.«
Henry kehrte dem Kamin den Rücken und kam zu ihr. »Vorher hatte er unserem Sohn ein geradezu fürstliches Geschenk überbringen lassen – drei Streitrösser von ausgesuchter Schönheit mit edlem Zaumzeug und prachtvollen Sätteln.«
»Es sieht so aus, als hätte unser Erzbischof seinen Hang zur Prachtentfaltung trotz des Exils beibehalten«, warf Alienor ein. »Und weiter?«
Henry musterte sie über den Rand des Bechers, den er hielt. Nun schlug er die Augen nieder. »Unterwegs übernachtete Becket im Palais des Bischofs von Winchester. Am Morgen erschien Jocelin von Arundel und eröffnete ihm, ein Besuch bei unserem Sohn sei zur Zeit nicht angebracht und es werde höheren Ortes nicht gern gesehen, wenn er, wie gehabt, in England herumreise, das Volk aufwiegele und damit die öffentliche Ordnung bedrohe.«
»Und?«, drängte Alienor mit aufgerissenen Augen. »Wie hat Becket reagiert?«
»Er fragte nur, ob unser Sohn selbst diese Weisung erteilt habe. Und als Jocelin das bestätigte, da blieb ihm nichts anderes übrig, als die Absage zu akzeptieren.«
Alienor begann an ihren Ringen zu spielen. »Und wenn unser

Sohn anders reagiert hätte, nun, da auch er König von England ist?«, fragte sie nach einer Weile.
»Er ist eben ein kluger Mann«, sagte Henry sanft, »und sehr begabt für Politik. Nicht alle unsere Söhne erschöpfen sich im Minnedienst – zumal wenn der Preis Hosen trägt!«
Alienor unterdrückte ein Gähnen. »Verzeiht, mein hoher Herr, aber es ist spät geworden. Auch Ihr braucht Euren Schlaf. Ich erinnere mich: junge Frauen können sehr fordernd sein.«
Henry lachte schallend. »Sieh dich um – niemand ist hier! Wollen wir die Gelegenheit nicht nutzen und richtig miteinander reden?« Und als sie nicht reagierte: »Kennst du den Unterschied zwischen Becket und dir?« Ihr Gesicht blieb völlig ausdruckslos. »Ich meine natürlich – einen der Unterschiede!«
Alienor machte Anstalten sich zu erheben.
»Warte! Nur einen Moment.« Er legte ihr die Hand auf den Arm. Unwillig schüttelte sie sie ab. »Ich gedenke nicht als mögliches Vergleichsobjekt für diese ... na, sagen wir, doch sehr ungewöhnliche Freundschaft herzuhalten. Und du wagst es, auch nur einen Ton gegen Richard zu sagen!«
Henry sprang auf und hielt sie an beiden Schultern fest. »Genau das meinte ich mit dem Unterschied! Ich habe mit Becket nie so lachen können. Um ehrlich zu sein: ich habe überhaupt niemals mit jemanden so lachen können wie mit dir!«
Alienor hielt sich stocksteif in seinem Griff. »Mir steht nicht der Sinn danach, mit dir zu lachen, Henry Plantagenet!«
Er fühlte die weiche Rundung ihrer Schultern. »Ich liebe es, wenn du zornig bist. Aber ehe du mich fortschickst, lass mich dir noch etwas von unserem Sohn berichten.«
»Ist das wieder eine Finte von dir?«, fragte sie unwirsch. »Ich möchte schlafen gehen. Diese Weihnachtstage waren weiß Gott anstrengend. Nur der Kinder wegen habe ich bei dieser Komödie mitgespielt. Ich hoffe, du weißt das.«
»Setz dich«, bat er. »Ranulf von Broc hatte ein Handelsschiff aufgebracht, das Wein für unseren Thomas beförderte. Man

hatte die Mannschaft verprügelt, mehrere Männer getötet und einige von ihnen in die Festung Pevensey verschleppt. Becket war natürlich außer sich. Er faselte öffentlich von Verletzung der Rechte – er schickte Richard von Dover zu unserem Sohn nach Winchester, um dagegen zu protestieren!«

Alienor hatte aufmerksam zugehört. »Und? Wie hat er reagiert, unser königlicher Sohn?«

»Glänzend!«, antwortete Henry. »Er hat befohlen, das Schiff und seine Ladung zurückzugeben und die gefangenen Seeleute freizulassen.«

»Gottlob hat er sich nicht ins Unrecht gesetzt«, sagte Alienor. »Aber steht es denn wirklich so schlimm in England?«

»Ja, denn Thomas ist größenwahnsinnig geworden! Einige königliche Beamte haben zum Beispiel in Canterbury die Aufhebung der Kirchenstrafen gegen den Erzbischof von York sowie gegen die Bischöfe von London und Salisbury gefordert.«

Alienor beugte sich vor. »Und wie hat Becket sich aus der Affäre gezogen?«

»Er hat alles Alexander angelastet – obwohl jeder weiß, dass der Papst ihn ermächtigt hat, den Bann rechtsgültig aufzuheben.«

»Gib mir bitte etwas zu trinken«, bat Alienor und Henry stand auf und schenkte ihr ein. »Er hasst Foliot«, sagte sie, als er ihr den Pokal reichte, »er wird ihn niemals freiwillig aus dem Bann lassen. Und dem Erzbischof von York wird er es niemals verzeihen, dass er unseren Sohn gekrönt hat. Da siehst du, wie gehässig Freund Thomas geworden ist!«

»Das überrascht dich?«

»Nun komm mir nicht wieder damit, dass du immer alles schon vorhergesehen hast!«, rief Henry. »Du warst es doch, die darauf bestanden hat, dass ich ihn als Lordkanzler behalte, nachdem …« Erregt ging er auf und ab.

»Du sagst es: ich wollte, dass wir ihn als Lord Chancellor behalten, Henry Plantagenet. Es war ein falscher Schachzug, ihn

noch höher zu heben. Aber du liebst es ja, die kleinen Niemande zu erheben.«
Jäh blieb er stehen und starrte sie an. »Du hast es notwendig! Du hast mich doch verlassen! Genau, wie Thomas mich verlassen hat. Warum?«, schrie er. »Warum muss eigentlich immer ich die Zeche zahlen, wenn ihr es seid, die vor mir flüchten!«
»Aber ich bin doch nicht geflohen«, sagte Alienor ruhig. »Ich habe nur entschieden, dass ich nicht mehr mit dir leben möchte.«
Sein Gesicht war gerötet, als er sich jetzt über ihren Stuhl beugte. »Ich hätte dich zwingen können!«, knirschte er mit zusammengebissenen Zähnen.
»Das glaubst du wirklich?« Sie lächelte.
Seine Hände hielten die Lehne umklammert. »Warum?«, stieß er hervor. »Warum hast du mich verlassen?«
»Vielleicht ... sagen wir, weil ich deine Exzesse am Busen des Volkes nicht so teilen konnte. Daran muss ich in Aquitanien oft denken. Und dann bin ich selig, dass ich diesen Schritt getan habe.«
Ihre langen Wimpern warfen dunkle Schatten auf ihre Wangen; und ihre Lippen waren den seinen so nah. Er sah ihre weißen Zähne dahinter schimmern; und plötzlich erinnerte er sich, wie glatt sie sich unter seiner Zunge angefühlt hatten. »Alienor«, flüsterte er, »Alienor!«
»Ein Segen«, fuhr sie fort, »dass unsere Kinder so gar nichts von dir haben. Du sagst, Henry der Jüngere sei klug. Dafür ist Richard schön und musisch. Er wird einmal ein Herrscher sein, auf den man stolz sein kann.« Sie bog den Kopf ein wenig zurück, damit sie ihn besser ansehen konnte. »Warum hast du mir eigentlich nichts zu Weihnachten, auch nichts zu Johns Geburt geschenkt?«, fragte sie träge.
»Weil du mir keine Gelegenheit dazu geboten hast!«, schrie er.
Alienor hob beide Hände an die Ohren. »Ich habe vergessen, wie ordinär du sein kannst. Mag sie das?«, fragte sie im Plauderton.

Irritiert sah er auf sie hinunter. »Wer mag was?«
Alienor lächelte. »Die schöne Rosamund, natürlich! Oder hast du sie schon nach Hause geschickt? Meine Späher haben mir berichtet, dass sie sich sehr um den Garten von Woodstock bemüht. Gerade um die Nordseite muss man sich kümmern. Vielleicht sollte ich ihr das schreiben, was meinst du? Übrigens hast du mir noch immer nicht gesagt, warum du mir nichts zu Weihnachten geschenkt hast – hat Miss Clifford vielleicht deine Fantasie aufgezehrt? Aber jetzt wünsche ich dir eine gute Nacht! Das Geplauder mit dir beginnt mich zu ermüden.« Sie hielt ihm die Hand entgegen. Henrys Lippen waren trocken geworden und er fuhr mit der Zunge darüber.
»Aber ich hatte doch etwas für dich«, flüsterte er. Sie hielt ihm immer noch die Hand entgegen. »Nun? Wo ist es?«, fragte sie. Henry griff in seine Brusttasche und zog einen kleinen umwickelten Gegenstand daraus hervor. »Verflucht, es ist im Grunde gar kein Geschenk für dieses Jahr. Es ist schon alt.«
Ungerührt nahm sie das Päckchen entgegen und riss den Faden auf.
»Es war damals für Johns Geburt gedacht!«
Alienor war bleich geworden. Sie hob die winzigen Schuhe dicht vor ihre Augen und kämpfte mühsam gegen ihre Tränen an. »Schade«, sagte sie dann und reichte ihm die Schühchen zurück. »Schade, dass unsere Wege sich getrennt haben. Du konntest manchmal recht originell sein.« Ihre Finger hatten sich berührt und es durchfuhr Henry wie ein Schock.
Später hätte er nicht zu sagen vermocht, wer den Anfang gemacht hatte – Alienor lag in seinen Armen und flüsterte dicht an seinem Ohr: »Du gottverdammter Idiot! Warum hast du es mir nicht schon früher gegeben?« Er fühlte sie ganz dicht an seinem Leib; die Hitze ihrer Wange und die Wärme ihres Körpers unter dem dünnen Kleid.
»Alienor, o mein Gott, Alienor.« Mit zitternden Händen versuchte er ihr Haar zu lösen. Sie zog die Kämme heraus und er

vergrub sein Gesicht in ihrem langen roten Haar. Jemand klopfte an die Tür. »Wer ist da?«, fragte Alienor und trat einen Schritt zurück. »Ein Bote aus England!«, kam die Antwort.
Als Henry mit der Pergamentrolle von der Tür zurückkam, flocht Alienor ihr Haar zu einem dicken Zopf. »Aus Canterbury«, sagte er, »kann nichts Gutes kommen! Wollen wir … lesen wir es gemeinsam?« Noch ehe sie einen Blick auf das entrollte Pergament geworfen hatte, spürte sie, wie seine Schultern sich versteiften, wie sein ganzer Körper erstarrte. Dann las sie selbst: ›… Euch die Nachricht von der Ermordung des Erzbischofs von Canterbury …‹
Henry ließ das Schreiben zu Boden sinken. Sie griff danach und überflog die folgendenen Zeilen. ›… zur Zeit der Vesper … hinterhältig auf den Stufen des Altars … in der Kathedrale von Canterbury … am 29. Dezember im Jahre des Herrn 1170 erschlagen … von vier niederträchtigen Rittern … entflohen … Die gesamte Christenheit erschütternd …‹
Alienor legte das Schreiben aus der Hand. Henry starrte aschfahl ins Leere. Ein Zucken durchfuhr seinen Körper, als würde er geschlagen. Stöhnend sank er zu Boden. Er weinte; kindlich erst, dann immer lauter. »O Gott, Du bist mein Zeuge, das wollte ich nicht. Thomas, glaub mir, Gott ist mein Zeuge, das wollte ich dir nicht antun.« Mit immer gleichen Bewegungen hämmerte er auf die Fliesen ein.
Alienor beugte sich über ihn.
»Lass mich! Thomas gehört mir«, schrie Henry auf und stieß sie von sich. Er schluchzte unaufhörlich. »Mein einziger Freund, warum hast du mich verlassen, du bist der Einzige, du warst immer der Einzige. Warum tust du mir das an?« Plötzlich herrschte Stille.
Alienor streichelte seinen Kopf und seine Wangen. Als er aus der Ohnmacht erwachte, versuchte sie ihn vorsichtig dazu zu bewegen, sich auf das Bett zu legen. Mit irrem Blick sah er sie an. »Lass Thomas und mich allein«, schrie er. »Du hast ihn nie

geliebt! Aber ich, ich habe ihn geliebt! Vielleicht habe ich ihn nicht genug geliebt!« Sein Blick irrte durch den Raum.
»Henry, so beruhige dich doch.« Alienor fürchtete um seinen Verstand, als er sich plötzlich wankend erhob und begann sich die Gewänder vom Leib zu reißen.
»Was hast du vor?«, fragte sie besorgt.
»Ich muss Buße tun«, sagte er mit zitternder Stimme. »Lass mir Sackleinen und Asche bringen. Ich habe Thomas nicht genug geliebt, darum hat er mich verlassen. Ich muss zu ihm.«
»Henry, wir sind in der Normandie und Becket ist tot.«
»Psst, ich muss mit ihm reden … ich muss mit ihm allein sein … Ich will niemanden sehen und hören … außer Thomas …«
Ohne sich umzuwenden verließ er ihr Gemach. Durch die offene Tür hörte sie ihn nach Sackleinen und Asche brüllen, bis er an seinen Gemächern angelangt war.

Tagelang war aus seinen Räumen lautes Klagen und Schluchzen zu hören, dann wieder beängstigende Stille, die plötzlich von dem lauten Getöse splitternder Stühle und Tische unterbrochen wurde.
Am dritten Tag ließ Alienor Henrys Knappen rufen. Mit besorgter Miene berichtete er: »Der König isst noch immer nicht, er verweigert jedes Getränk. Was sollen wir tun? Seine Gemächer sind verschlossen. Er will nichts von uns wissen.«
»Ich danke Euch für Eure Sorge um den König. Meldet, dass ich ihn zu sprechen wünsche.«
Der Knappe verbeugte sich, gab jedoch zu bedenken: »Das ist es ja, Majestät, er hört uns nicht.«
»Geht und meldet ihm, die Königin wünsche ihn zum letzten Mal zu sprechen«, befahl sie in gereiztem Ton. »Er wird Euch schon hören!«
»Dieser Mord macht Becket lebendiger als er je zu Lebzeiten war«, sagte sie sich auf dem Weg zu Henrys Gemächern. Sie schickte die Wachen fort und pochte laut an die verschlossene

Tür. »Wenn du jetzt nicht öffnest, Henry Plantagenet, dann siehst du mich nie wieder!« Ihre Worte hallten im Gang nach. Zunächst herrschte Stille hinter der Tür, dann hörte sie Gepolter, der Schlüssel drehte sich im Schloss und Henry riss die Tür auf.

Der Gestank verschlug ihr den Atem. Sprachlos starrte sie Henry an. Und Henry starrte aus rot unterlaufenen Augen böse zurück. »Was willst du? Das ist mein Trauerfall und nicht deiner!« Er wollte die Tür zuschlagen, doch Alienor hatte einen Fuß in den Türrahmen gestellt.

»Hör mir zu, Henry.« Mit aller Gewalt drückte sie die Tür auf. »Ich werde dich verlassen und mich ganz meiner Verantwortung für unsere Kinder widmen. Du bist so schwach, dass es mich anwidert. Wie du dich gehen lässt, bereitet mir Ekel. Du zerstörst, was wir gemeinsam aufgebaut haben. Sieh dich an. Du zerstörst dich selbst.«

Voll Abscheu sah sie in sein bärtiges Gesicht, auf die wirren Haare. »Von nun an, Henry Plantagenet, wird dieses Land so regiert, dass es zu Recht Königreich genannt werden kann. Dafür werde ich sorgen.«

Als seine Mundwinkel hilflos zu zucken begannen, durchfuhr sie Mitleid. »Gott steh dir bei«, stieß sie hervor und eilte davon.

Ihre Gedanken begannen sich zu überstürzen, während sie sich von Henry entfernte. Nun war der Zeitpunkt gekommen. Das schwächste Glied in der Kette ihrer Pläne war bisher ihr ältester Sohn gewesen. Nichts kam ihr gelegener als der Tod des Erzbischofs. Niemals würde ihr Sohn den Mord an Becket verzeihen, wer immer ihn auch begangen haben mochte. Sie konnte ihn endgültig gegen den Vater einschwören.

Kaum im Hof des Stadtschlosses von Poitiers eingeritten, rief Alienor nach Raoul de Faye und dem Schreiber. Sie eilte die Stufen hinauf in die Halle.

»Setzt zunächst ein Schreiben an Guillaume Le Maréchal auf. Er soll den jungen König in seiner Trauer um den Verlust von Becket bestärken, ihn daran erinnern, dass sein verehrter Lehrer ermordet wurde – er wird schon verstehen. Er soll Kontakt nach Paris aufnehmen. Ich brauche seine Hilfe dort. Sodann ein Schreiben an den König von Frankreich mit der dringenden Bitte um eine baldige Unterredung. Schreibt ihm, dass es … nein lasst. Gebt mir den Brief anschließend, ich füge dann einige persönliche Worte an. An den Grafen von Flandern muss sofort ein Schreiben abgesandt werden – ich wünsche ihn dringend hier zu sehen. Auch diesen Brief legt mir noch einmal vor.«

»Meine Königin«, außer Atem stand ihr Onkel vor ihr. »Ihr habt nach mir gerufen.«

»Ja, lasst uns nach oben gehen. Ich muss Euch allein sprechen.« Sogleich begann sie Raoul de Faye ihre Überlegungen vorzutragen. »Die Ermordung von Becket ist unsere große Chance, mein Onkel. Wir müssen sie nutzen, um Henry zu stürzen. England ist durch den Kirchenbann gelähmt. Die Lords werden sich auf den jungen König Henry einschwören lassen, der den Mord verurteilt wie Rom. Beckets gewaltsamer Tod zwingt den französischen König, sich auf die Seite der Kirche und gegen Henry zu stellen. Er wird versuchen, meinen Sohn auf seine Seite zu ziehen. Und ich werde alles dafür tun, dass er sich mit Louis gegen seinen Vater verbündet. Henry hat ihn krönen lassen – wie sehr uns das zupass kommt, ahnt er nicht einmal. Wir haben bereits einen ebenbürtigen gesalbten Nachfolger für ihn. Wir müssen Henrys Schwäche nutzen, um meinen Söhnen den Weg zur Macht zu ebnen.« Die Worte waren aus ihr herausgesprudelt, als wäre der Tag der Rebellion bereits angebrochen.

Raoul de Faye sah sie nachdenklich an. »Wir werden sehr vorsichtig vorgehen müssen. Eure Vasallen im Süden habt Ihr zwar auf Eurer Seite. Aber wie werden Eure Söhne sich verhalten?«

Alienor bewegte abfällig die Hand. »Geoffrey ist ein Mitläufer, der nicht selbstständig denkt. Richard wird Feuer und Flamme sein, jede meiner Ideen in die Tat umzusetzen und Henry der Jüngere wartet sehnlichst darauf, regieren zu dürfen.« Alienor blickte in die Halle hinunter, wo der Schreiber an den Briefen saß. »König Louis werde ich sobald als möglich selbst aufsuchen. Die ersten Gläubigen pilgern bereits an Beckets Grab – schleust unter ihnen Spione nach England ein, die für Henry den Jüngeren Stimmung machen.« Erregt ging Alienor auf und ab. »Wir brauchen die Flandern, um die Normandie auf unsere Seite zu bringen, die letzte Bastion des Königs.«

Raoul de Faye schüttelte skeptisch den Kopf. »Wenn Ihr all das sogleich einleiten wollt, dann wird es Aufsehen erregen, fürchte ich.«

»Aber nein, mein Onkel. Kennt Ihr mich so wenig? Bis die Zeit für die Rebellion meiner Söhne reif ist, werde ich Poitiers zur Hochburg der prächtigsten Feste machen. Was könnte besser ablenken? Fürsten und Dichter werden mich anflehen geladen zu werden.« Lachend mimte sie einen Lautenspieler nach. »Man soll von mir sagen, dass ich mich nur noch den Musen widme, nur noch Liebeshöfe abhalte und Minneliedern lausche. Ein Bankett soll prächtiger und maßloser ausfallen als das andere. Und alle laden wir dazu ein.«

Sprachlos starrte Raoul sie an.

»Und sie werden alle kommen, mein Lieber. Während die Spinne ihr Netz spannt, soll in Poitiers getanzt und gelacht werden!«

Sie lagerten auf einer kleinen Wiese, die Rosamund dem Irrgarten von Woodstock angefügt hatte. Grillen zirpten im Gras und eine Lerche sang hoch über ihnen, sonst war es fast still. Hin und wieder drang das Muhen eines der Ochsen durch die Hecken; das Heu wurde eingefahren.
Henry hatte die Augen geschlossen und versuchte die Bilder zu verdrängen, die ihn immer aufs Neue einzuholen drohten. Dann spürte er ihre Hand auf seiner Stirn. »Ruh dich aus, mein König«, flüsterte Rosamund zärtlich und streichelte leicht sein Gesicht. Eine Ameise lief über seinen nackten Arm; Rosamund wischte sie fort. »Wie lange könnt Ihr bleiben?«
Henry blinzelte gegen die Sonne. »Morgen, spätestens übermorgen muss ich wieder los.«
»Warum kann ich nie bei Euch sein!«
Henry hob den Arm und zog ihren Kopf zu sich herab. »Weil es gut tut, zu wissen, dass du immer hier bist«, murmelte er. »Alles ändert sich unentwegt, nur du bist immer die Gleiche.«
»Ich bin so einsam«, flüsterte sie. »Niemand kommt mich besuchen und Ihr seid immer fort. Nur wenn ich auf den Markt fahre, höre ich die Leute manchmal von dem reden, was auf dem Kontinent geschieht.«
»Dann unternimm doch etwas«, schlug er träge vor.
»Hm, ich könnte ja einmal nach Canterbury reisen! Jetzt, wo die Kathedrale wieder geöffnet ist.«
Überrascht sah er sie an. »Was willst du dort?«

Rosamund strich sich das Haar zurück. »Ich könnte das Grab des Erzbischofs besuchen und seinen Segen erflehen. Nun, da er heilig gesprochen ist. Schließlich hast du ihn gut gekannt!«
Henry musste lachen. Er riss einen Grashalm aus und schob ihn sich zwischen die Zähne. »Ja, heilig gesprochen haben sie den guten Thomas auch noch. Das passte ihnen sehr gut in den Kram, verstehst du? Man stelle sich das vor: der ›heilige Thomas‹!« Er schluchzte fast vor Lachen.
»Es ist etwas Großes, wenn ein Mensch heilig gesprochen wird«, sagte Rosamund ernst.
»Da hast du einmal Recht! Er war groß an Gestalt, an Starrsinn, groß im Briefeschreiben und groß im Verrat!« Henry rutschte auf die Knie und hob übertrieben demütig die Hände zum Himmel. »Kannst du mich sehen, heiliger Thomas? Meine Buhle will zu deinem Grab pilgern – und sie ist sehr schön. Leider, leider, heiliger Thomas, hast du dir nie etwas aus weiblicher Schönheit gemacht. Erhöre sie trotzdem, so du kannst!«
Rosamund bekreuzigte sich entsetzt. »Ihr begeht eine Todsünde, Herr!«, keuchte sie.
»Verzeih, ich wollte dich nicht kränken. Fahr nach Canterbury, wenn du willst und erflehe seinen Segen. Und wenn du schon da bist«, er zwinkerte ihr zu, »dann kannst du gleich noch darum bitten, dass es mir gelingt, den Aufstand auf dem Festland niederzuschlagen.«
Rosamund riss die Augen erschrocken auf. »Dann habt Ihr Sorgen, mein König?«
Henry schüttelte den Kopf. »Nichts, was man nicht bereinigen könnte. Und jetzt sei lieb und lass mich wieder auf deinem Schoß liegen. Ich bin sehr müde.«
Rosamund bewachte seinen Schlaf. Manchmal verscheuchte sie eine vorwitzige Fliege, die sich auf seinem schweißnassen Gesicht niederlassen wollte.
Die Holzpantinen machten auf dem Kies einen Höllenlärm. Rosamund wandte den Kopf und bedeutete der Magd, sie sol-

le auf dem schmalen Grasstreifen gehen. »Scht, der König schläft!«, flüsterte sie.
»Was soll ich machen?«, flüsterte die Frau zurück. »Drüben im Haus wartet ein Besuch auf ihn. Er sitzt in der Halle!« Lautlos formten Rosamunds Lippen die Frage »Wer?« und die Magd wisperte: »Sir Robert von der walisischen Grenze. Er sagt, der König wüsste schon Bescheid!«
Rosamund schickte sie zurück ins Haus, dann beugte sie sich über den Schlafenden und küsste ihn sanft. »Wacht auf, mein Geliebter. Ihr habt einen Gast!« Mit einem Ruck fuhr Henry auf, und als sie ihm sagte, wer der Besucher war, ging ein Leuchten über sein Gesicht.
»Den habe ich mir gewünscht zu sehen!«, rief er. »Bitte lass uns allein – ich habe etwas mit ihm zu besprechen.« Als er ihr enttäuschtes Gesicht bemerkte, kam er noch einmal zurück. »Nur eine kleine Weile. Selbstverständlich werden wir zu dritt zu Abend essen.«
Dann lief Henry durch das Heckenlabyrinth. Schon im Innenhof begann er zu rufen: »Robert? Robert, bist du's wirklich?« Die Tür wurde aufgerissen. »Mein König, endlich treffe ich Euch wieder!«
Henry riss ihn in seine Arme. »Herrgott, wir haben uns eine Ewigkeit nicht mehr gesehen. Woher wusstest du, dass ich hier bin?« Glücklich zog er den Freund ins Haus. »Hat man dir etwas zu trinken angeboten?« Als er Robert einen Becher reichte, staunte er: »Du kriegst ja graue Haare!«
»Ihr auch, mein König!« Robert grinste. Und Henry lachte. »Ist das ein Wunder, bei dem Schlamassel, in dem ich stecke?«, fragte er. Er zog den Freund hinüber zu den Stühlen am Kamin. »Hast du davon gehört, was sich drüben in Frankreich abspielt? Dass mein königlicher Vetter meine Söhne auf seine Seite gezogen hat?«
»Zum Teil nur«, antwortete Robert. »Ich weiß, dass Euer Sohn Henry Zuflucht am französischen Hof gesucht hat – und dass

der König ihm ein neues Siegel hat anfertigen lassen, mit dem der junge König nun glaubt neue Erlasse erteilen zu können. Deswegen bin ich auch hier: für den Fall, dass Ihr mich braucht. Mit Lady Margareth ist alles besprochen. Sie wird sich für eine Weile um unsere Schafe kümmern.«

Henry sah ihn gerührt an. »Nicht nur Sohn Henry ist am französischen Hof, auch die beiden anderen: Richard und Geoffrey. Und wie ein Waldbrand breitet sich der Aufstand in ganz Aquitanien aus.« Henry nahm noch einen Schluck. »Aber damit nicht genug – die Grafen von Lusignan, Rancon und Larchevêque haben mir die Lehnstreue aufgekündigt. Der Aufstand greift bereits auf England über. Du verstehst, die englischen Feudalherren nutzen die Gelegenheit, gegen meine Steuerforderungen zu protestieren. Selbst der König von Schottland hat sich offen für meinen Sohn ausgesprochen. Das Irrste aber weißt du sicher noch nicht: am Tage der Einsetzung des neuen Erzbischofs von Canterbury erschienen Abgesandte meines Sohnes Henry und protestierten gegen dessen Wahl, weil sie ohne seine Einwilligung geschehen sei … Sag selbst, wo sollte ich beginnen? Nur die Normandie ist mir treu geblieben. Alle aufständischen Vasallen schwören Henry dem Jüngeren die Treue. Zur Belohnung verteilt der Bengel freigebig Schenkungsurkunden mit seinem neuen Siegel. Philipp von Flandern erhält das Schloss Dover sowie die gesamte Grafschaft Kent und der König von Schottland darf seine Grenze begradigen. Was sagst du jetzt?«

Robert wiegte den Kopf. »Was habt Ihr vor, mein König? Ich bin an Eurer Seite.«

»Söldner anheuern, natürlich«, sagte Henry fest. »Zwanzigtausend Männer aus Brabant.«

Robert machte weite Augen. »Das bedeutet aber verflucht viel Geld.« Abrupt stand er auf und ging zum Eingang der Halle hinüber. Als er zurückkehrte, trug er eine kleine Truhe. Schwer atmend setzte er sie vor Henry nieder. Dann bückte er sich und

öffnete umständlich das Schloss. »Das ist alles, was ich gespart habe, mein König. Es gehört Euch«, sagte er schlicht.
Henry kniete sich auf den Boden und wühlte in den Münzen. Seine Augen schwammen in Tränen. Mit der Faust fuhr er sich übers Gesicht. »Alles, was ich besitze, werde ich verpfänden, um diesen Krieg zu gewinnen – sogar das diamantengeschmückte Schwert, das ich bei meiner Krönung getragen habe.« Er hob den Blick und sah Robert in die Augen. »Aber nichts ist mir teurer als dieses hier!«
»Ich habe Euch alles zu verdanken, mein König«, murmelte Robert verlegen.
Nun standen sie sich Auge in Auge gegenüber. »So kann Freundschaft also auch sein«, sagte Henry zärtlich. »Ich danke dir.«
Sorgsam verschloss Robert die Truhe wieder. Ohne Henry anzusehen murmelte er: »Ich könnte hinunterreisen nach Aquitanien und sie bitten …«
Henry starrte ihn an. »Die Königin?« Dann schüttelte er den Kopf. »Das hat keinen Sinn. Königin Alienor hasst mich. Sie war es doch, die unsere Söhne und meine Vasallen gegen mich aufgebracht hat. Nein, mein Freund, ich fürchte, die Reise kannst du dir sparen.«
»Darf ich es nicht wenigstens versuchen?«
»Glaub mir, es wäre vergebens. Und wenn das Unglück es will, dann behält sie dich als Geisel.« Er lachte gequält. »Obwohl ich dich niemals auslösen könnte – einer wie du ist unbezahlbar. Und das weiß die Königin!«
Hinter ihnen hüstelte es. »Darf ich hineinkommen?«, fragte Rosamund.

Alienor hob den Kopf. »Der schottische König und die englischen Barone erheben sich gegen den König von England. Das gibt uns Luft.« Sie legte das Schreiben beiseite und schlug mit der flachen Hand darauf. »Henry Plantagenet, noch geben wir uns nicht geschlagen!«

Mit unbewegter Miene stickte Christine weiter. »Freue dich, o Aquitanien, juble, o Poitou, denn das Zepter des Königs der Nordwinde entfernt sich von dir …« zitierte sie spöttisch Richard le Poitevin. »Derlei dichten sie auf Königin Alienor und streuen allen Dummköpfen Sand in die Augen. Das Land liegt dir zwar zu Füßen. Aber gebe Gott, dass es dir gelingt, den Frieden zu wahren. Ich sehe, dass Henry ein begabter Stratege ist, dass er die Normandie wieder fest in der Hand hat. Selbst im Poitou sind seine Leute schon allgegenwärtig. Und während er dich in die Knie zwingt, verbringst du deine Nächte mit Liebesgedichten und Gesang.« Missbilligend schüttelte sie den Kopf. »Meine Meinung dazu kennst du. Du hast es mit deinem Hass zu weit getrieben.«

»Er ist unfähig sein Land zu regieren«, sagte Alienor kalt.

»Lüg mich nicht an«, entgegnete Christine aufgebracht. »Du wolltest ihn in seinem schwächsten Moment stürzen, aus Rache. Du hast seine eigenen Söhne gegen ihn aufgehetzt. Sei ehrlich mit dir selbst. Du hast an dich gedacht und keinen einzigen Gedanken an das Reich verschwendet. Welche Auswirkungen dein Racheplan auf das Land hat, welches Unglück du …«

»Ich weiß, was ich tue«, unterbrach Alienor die Vicomtesse ungeduldig. Sie hasste Auseinandersetzungen mit Christine, die seit Beckets Tod immer heftiger wurden.
»Hast du je überlegt, was wäre, wenn einer deiner Söhne überliefe?«
»Auf Richard kann ich immer zählen«, konterte Alienor. »Ich breche morgen nach Paris auf. Ich muss mich mit Louis beraten. Ich hoffe, Richard ist schon eingetroffen.«
»Ich komme mit«, entschied Christine und stieß ihre Nadel heftig in den Stoff. »Auch ich weiß, was ich tue. Und sei es nur, um Schlimmeres zu verhüten – ich komme mit!«
Alienor wollte sich verabschieden, doch Christine hielt sie zurück. »Ich habe noch etwas mit dir zu bereden.« Erstaunt setzte Alienor sich ihr gegenüber.
»Jetzt benutzt du deine Söhne, um über Henry zu siegen. Aber hast du je über ihre weitere Zukunft nachgedacht?«, fragte Christine.
»Selbstverständlich«, erwiderte Alienor entrüstet. »Henry ist mit Margarete von Frankreich verheiratet, Richard mit ihrer Schwester Adelaide verlobt, Geoffrey mit der Erbin der Bretagne, und obwohl John erst sieben ist, wird er einmal Alix von Maurienne heiraten. Für ihre Zukunft ist alles geplant. Worauf willst du hinaus?«
»Ich spreche von Richard. Du wirst deine Mühe haben, die Verlobung in eine Ehe zu verwandeln. Er liebt keine Frauen.«
Alienor war blass geworden.
»Vielleicht ist es der Vorteil meines Alters, das zu erkennen. Er liebt nur dich, glaub mir. Statt junge Frauen zu verehren, vergöttert er Guillaume Le Maréchal. Und jeder weiß es. Aquitanien braucht jedoch eines Tages Erben.«
Alienor starrte sie an. »Seit wann weißt du das?« Ihr fielen Henrys Bemerkungen ein, die sie immer als gehässig empfunden hatte; früh musste er gespürt haben, dass Richard anders war als ihre übrigen Söhne.

»Ich empfand es als Pflicht, dir das so deutlich zu sagen«, fügte Christine bedauernd hinzu. »Du wirst umdenken müssen.«

Schwerter klirrten und die Pferde tänzelten nervös. Spannung herrschte unter den Wartenden, als Alienor und die Vicomtesse am nächsten Morgen aus dem Portal des Stadtschlosses traten. Der wachhabende Offizier trat vor. »Wie Ihr befohlen habt, Majestät, nur zwölf der besten Ritter zum Geleit!«
Alienor blickte noch einmal zu den Mauern ihres Schlosses hinauf und dachte: Hoffentlich kommen wir wohlbehalten zurück. Dann gab sie das Zeichen zum Aufbruch.
Draußen vor der Stadt funkelten die Wiesen im Morgentau. Die Sonne stieg blutrot über den Hügeln auf. Die Dörfer, durch die sie kamen, schliefen noch. Hin und wieder bellte ein Hund. Die Hufe der Pferde dröhnten in den schmalen Gassen. Nur auf den Sandwegen galoppierten die Reiter; noch waren sie nicht in den sicheren Grenzen Frankreichs. Niemand sprach. Und als sie den großen Wald erreichten, fühlte Alienor, wie ihr Herz zu pochen begann; einmal scheuten die Pferde, dunkle Schatten huschten hinter Baumstämmen entlang. Es mussten Wölfe sein. Alienor wandte sich Christine zu. »Nur noch eine Stunde«, flüsterte sie, »dann haben wir es geschafft.« Hätte sie nicht doch die westliche Route nehmen und über Burgund reiten sollen? Sie hätte zu ihrem Schutz ein gut gerüstetes, großes Gefolge mitnehmen können. Aber sie durfte keine Zeit verlieren.
Plötzlich waren sie da: Unzählige fremde Reiter brachen aus dem Dickicht hervor und stürzten sich auf ihre Gefolgsleute. Im Nu waren sie umzingelt. Pferde wieherten. Eisen klirrte aufeinander, Schwerter fielen zu Boden. Alles ging blitzschnell. Alienors Herz drohte auszusetzen, als sie sah, wie der Anführer langsam die Reihe der Gefangenen abritt.
»Helm ab!«, brüllte er den ersten, den zweiten und die weiteren Ritter ihres Gefolges an. Jedem Einzelnen starrte er ins Gesicht.

Als er sich ihr näherte, zügelte er sein Pferd. Seine kleinen Augen sahen sie lauernd an. »Steig ab!«, befahl er. Als sie nicht sofort gehorchte, riss er sie brutal aus dem Sattel. »Wenn nur die Kappe hält!«, schoss es ihr durch den Kopf. Unsanft fiel sie auf den Waldboden. Sie rührte sich nicht. Erstarrt sah sie die Schwertspitze des Anführers auf sich zukommen. Der Mann spießte ihre verrutschte Kappe auf und schleuderte sie hinter sich. Dann richtete er das Schwert wieder auf sie. Alienor verbarg ihr Gesicht. »Sieh mich an!«, brüllte der Mann. Langsam hob sie den Kopf. »Wen haben wir denn da?«, fragte er höhnisch. Ein Ritter des Gefolges kämpfte sich den Weg zu ihr frei, drei Männer warfen sich ihm in den Weg. Im Fallen stieß er mit seinem Messer nach dem Anführer. Der schrie auf und schlug ihm die Faust ins Gesicht, die anderen besorgten unter lautem Gebrüll den Rest.
Alienor versuchte aufzustehen, ihr Körper gehorchte ihr nicht. Der Anführer pfiff einen anderen Mann heran und deutete auf sie. »Kennst du die, du bist doch von hier?« Der zweite stierte Alienor an. »Das kann nicht wahr sein«, stammelte er. »Das ist die Königin!«
Der Anführer lachte dröhnend. »Du meinst die Frau, die ihre eigene Brut gegen den Vater aufhetzt?« Er trieb sein Pferd noch näher an sie heran. Seine Hufe berührten fast ihr Gesicht. »Der König will sie haben. Das gibt ein gutes Lösegeld!«
Alienor spürte die Nähe der Hufe an ihrem Kopf. Ohnmächtig musste sie mit ansehen, wie man ihre Leute fesselte. Verzweifelt blickte sie zu der Vicomtesse hinüber, der man gerade die Hände übereinander band.
»Männer!«, schrie der Anführer, »wir reiten mit dieser Verräterin nach Chinon! Unser König wird sich freuen!« Jemand zerrte Alienor roh auf die Füße und umschlang ihre Handgelenke mit einem Lederriemen. Prüfend riss der Anführer daran. »Das dürfte selbst für eine Hexe genügen!« Die Fessel schnitt ihr ins Fleisch, als sie versuchte auf ihr Pferd zu steigen. Nur eine knappe Stunde und wir wären in Sicherheit gewesen!

Wie sie nach Chinon gekommen waren, wusste Alienor nicht mehr. Die Angst hatte sie von allem, was um sie herum geschah, abgeschnitten. Als sie oben an der Burg angelangt waren, sah sie die schweren Holzdielen der Zugbrücke auf sich zukommen, als sollte sie davon erschlagen werden. Das dumpfe Poltern, mit dem das Fallgitter hinter ihr auf die Pflastersteine prallte, weckte sie aus ihrer Benommenheit. Sie war eine Gefangene.
Niemand begrüßte sie. Alle starrten sie an, als sie mit gefesselten Händen vom Pferd stieg. Wachen führten sie schweigend in ihr Gemach und blieben in der offenen Tür stehen. Verstörte Mägde schleppten ihre Holzkoffer herein und räumten ihre Garderobe in das Kabinett. Die kleine Lederschatulle stellten sie auf den Holztisch, auf dem sich bereits Tusche und Federkiele befanden. Teilnahmslos beobachtete Alienor die vertrauten Gesten der jungen Frauen, als sei dies ein Ankunftstag wie jeder andere. Eine Hofdame erschien mit einem Messer. Ohne Alienor anzusehen zerschnitt sie die Lederriemen.
»Ich wünsche ...« Die Worte waren ihr wie von selbst über die Lippen gekommen, da wurde ihr plötzlich bewusst, dass alles in ihrem Leben mit einem Schlag verändert war. Mägde und Hofdamen würden von nun an keine Befehle mehr von ihr entgegennehmen. Zornig biss Alienor die Zähne aufeinander und trat zum Fenster. Sie riss es auf und klammerte sich an den hölzernen Sims. Dort unten am Ufer der Vienne mussten sie entlanggeritten sein; sie konnte sich an nichts mehr erinnern. Ihr Puls raste. Sie zwang sich die Bauern zu zählen, die auf dem Feld arbeiteten. Als Krähen laut krächzend vorüberflogen, schrak sie zusammen. Sie sah zum anderen Ufer, flußabwärts – von dort, aus Poitiers, würden ihre Befreier kommen. Doch wer wusste besser als sie selbst, wie uneinnehmbar die Festung von Chinon war.
Die Tür fiel hinter den Mägden ins Schloss und der Schlüssel wurde umgedreht. Man könnte mich verhungern lassen oder mich vergiften und niemand würde es bemerken ... Wenn nicht

rasch Hilfe kam. Die Schritte der Mägde enfernten sich. Sie hörte, dass Wachposten vor ihrer Tür Stellung bezogen. Dann war es still.
Alienor rieb sich ihre wunden Handgelenke und sah sich um. Ihr war, als sähe sie ihr Gemach zum ersten Mal; wie viele Tage und Nächte hatte sie hier verbracht.
Durch das offene Fenster war Pferdegetrappel zu vernehmen; Stimmen wurden laut. Noch konnte Henry die Nachricht von ihrer Gefangennahme nicht erhalten haben. Frühestens morgen würde sie wissen, was er mit ihr vorhatte. Sie ließ sich auf ihr Bett fallen und starrte benommen zur Decke.
Da drehte sich erneut der Schlüssel im Schloss. Die Wachposten stellten sich rechts und links neben der Tür auf, während ein Mann zielstrebig zu dem offenen Fenster ging. Er schloss es und begann es mit einem schweren Brett und schmiedeeisernen Nägeln zu vernageln, dann tat er das Gleiche mit dem anderen Fenster. Seine Hammerschläge dröhnten.
Fassungslos beobachtete Alienor von ihrem Bett aus die Szene. Sie war versucht ›raus hier‹ zu schreien. Schweigend wie der Mann gekommen war, verließ er den Raum.
Kaum war sie allein, warf sich Alienor auf ein Kissen und begann zu schluchzen. Sie empfand es als Erlösung, endlich weinen zu können; ihr Widerstand gegen die Wirklichkeit wurde schwächer. Dann schlief sie ein.
Schweißgebadet schrak sie irgendwann in der Nacht aus dem lähmenden Schlaf auf. Sie brauchte Luft, sie drohte zu ersticken. Verzweifelt versuchte sie das Fenster zu öffnen. Doch ihre Hände glitten ab, ihre Finger kratzten über das Holz. Da fiel es ihr wieder ein – man hatte die Fenster vernagelt. Sie griff sich an den Hals und atmete heftig.
Erst jetzt bemerkte Alienor, dass die Fackeln angezündet worden waren, dass man ihr Essen und Getränke gebracht hatte. Sie zitterte vor Kälte. Im Halbdunkel des Kabinetts suchte sie nach einem Nachtkleid. Dann schürte sie das Feuer im Kamin

und kauerte sich davor. Da entdeckte sie auf ihrem Schoß plötzlich Blut – ihre Hände bluteten, sie musste sich an den Nägeln verletzt haben. Sie starrte in das Feuer, das langsam zu lodern begann. Sie sah ihr Land in Blut und Flammen aufgehen.
Und ich kann es nicht schützen. O Gott, hilf mir. Rette meine Söhne und mein Land und lass mich nicht sterben, flehte sie.

Die Magd fand Alienor am frühen Morgen vor dem erloschenen Feuer. »Ihr dürft zur Frühmesse Euer Gemach verlassen und eine Stunde am Tag im Hof spazieren gehen.« Scheu blickte sie Alienor an und fügte leise »Majestät« hinzu. »Ihr dürft mit niemandem sprechen, soll ich Euch sagen.«
Wenig später begleiteten sie Wachen auf dem vertrauten Weg zur Burgkapelle. Alle Gefangenen waren bereits versammelt. Kein Schreiben durfte die Festung verlassen, keinen Boten ließ man ein. In die Eintönigkeit der Tage drangen nur hin und wieder die Hiobsbotschaften aus ihrem Land. Die Zofe, die sie bestochen hatte, hinterbrachte ihr, dass Henry das Gebiet zwischen Tours und Poitiers verwüstet hatte. Faye-la-Vineuse hatte er belagert, doch Gott sei Dank war Raoul de Faye rechtzeitig geflohen.

»Ein Bote wünscht Euch zu sprechen, Majestät«, meldete die Zofe eines Morgens. Alienors Herz begann zu klopfen. »Er habe Euch eigenhändig ein Schreiben vom Erzbischof von Rouen zu übergeben.«
»Wie ist Euer Name?«, empfing ihn Alienor. »Ich heiße Pierre de Blois, Majestät.« Der junge Mann verbeugte sich höflich.
»In wessen Diensten steht Ihr?«
Der Mann zögerte. »Ich würde gern Euch zu Diensten stehen.« Er räusperte sich. »Ich bin der Sekretär Eures Gemahls. König Henry hat mich beauftragt, Euch dieses Schreiben des Erzbischofs Rotrou von Warwick zu überbringen.« Unruhig trat er von einem Fuß auf den anderen. »Mein Auftrag lautet, es Euch

zu verlesen. Vielleicht lest Ihr es jedoch lieber selbst, Majestät.« Misstrauisch sah Alienor ihn an. »Nun gut, dann wartet draußen«, sagte sie. Kaum hatte er die Tür hinter sich geschlossen, riss sie das Siegel auf. Die erste Nachricht, die Henry ihr überbringen ließ, seit sie in Chinon gefangen war.
›Wir alle bedauern in gemeinsamer Klage, dass du, eine so kluge Frau vor allen anderen, dich von deinem Gatten getrennt hast …‹ »Ich von ihm?«, murmelte Alienor, dann las sie weiter. ›Getrennt vom Kopf sind die einzelnen Gliedmaßen unnütz. Was noch schlimmer ist, du hast die Frucht Eurer Leiber, deines und des Königs, gegen ihren Vater aufgestachelt … Wir wissen, dass deinetwegen der allgemeine Zusammenbruch droht, wenn du nicht zu deinem Gatten zurückkehrst …. Kehre doch zurück, oh hoch gerühmte Königin, zu deinem Gemahl und unserem Herrn … Bevor die Ereignisse zu einem schrecklichen Ende führen! Komm mit deinen Söhnen zu deinem Gemahl zurück, dem du gehorchen und bei dem du leben sollst …‹ Alienor las immer schneller: ›… oder wir sehen uns gezwungen nach kanonischem Recht gegen dich eine Kirchenstrafe auszusprechen. Wir sagen dies mit großem Bedauern und werden es, falls du nicht bereust, nur mit Tränen und Schmerzen tun …‹
Alienor bebte. Laut wiederholte sie: ›Dem du gehorchen sollst … mit Tränen und Schmerzen!‹ Diese Heuchler, wie sie sich missbrauchen lassen!«
Mit versteinertem Gesicht rief sie: »Kommt herein, Pierre de Blois! Ich danke Euch für Euer diskretes Verhalten. Sagt dem König, Ihr habt mir das Schreiben des Bischofs verlesen. Was immer auch geschieht, Ihr seid jederzeit willkommen.«
Zum ersten Mal seit Monaten verspürte Alienor wieder Leben in sich. Sie nahm den kleinen goldenen Schlüssel vom Hals und zog die rote Lederschatulle zu sich heran, die auf dem Tisch neben der Tusche stand. Dann begann sie zu schreiben:

Chinon
irgendwann 1174

Henry,

nachdem du jahrelang Krieg gegen die Kirche geführt hast, führst du nun mit der Kirche Krieg gegen mich. Weder lasse ich mir Strafpredigten von irgendeinem Bischof halten, der sich auf deine Seite geschlagen hat, noch kann ich glauben, dass du wahrhaftig meinst, dass mir das alles Eindruck macht. Den Pakt habe nicht ich gebrochen. Ich bereue nichts.

Deine ›hochgerühmte‹ Königin

PS: Hat man dir nach Woodstock je unter ›Tränen und mit Schmerzen‹ einen solchen Brief gesandt, in dem du aufgefordert wurdest zu deiner Gemahlin zurückzukehren?

Sie faltete das Blatt und legte es zu den anderen Briefen in die Schatulle.

Lautes Hufgetrappel und Pferdegewieher kündigte zum ersten Mal seit ihrer Gefangennahme eine große Reiterschar an. Sie spähte durch die Ritzen in den Hof und erkannte Henrys Wimpel. Zum ersten Mal fiel ihr auf, dass die Mäuler der Löwen weit aufgerissen waren, dass sie hoch aufgerichtet auf den Hinterbeinen standen und ihre Krallen zeigten. Klopfenden Herzens bemerkte sie ein gesatteltes und reiterloses Pferd. Wenn er sie nach England bringen wollte, hieß das, sie käme mit dem Leben davon.
Schritte näherten sich. Hastig warf sie sich ein rotes Tuch um die Schultern. Sie hielt den Atem an, als die Tür geöffnet wurde. Renouf de Glanville trat ein und deutete eine Verbeugung

an. »Der König schickt mich. »Wir haben den Auftrag Euch nach Barfleur zu begleiten. Dort erwartet der König Euch, um Euch nach Southampton zu bringen. Ich habe den Befehl Euch weiter nach Old Sarum zu geleiten. Dort ist der Turm für Eure Gefangenschaft vorbereitet.«
Alienor atmete tief aus. Mein Gott, er lässt mich leben ich danke dir! Kühl entgegnete sie: »Mylord, ich bin zur Abreise bereit.«

Das Geräusch der Mönchsandalen auf dem Steinboden verstummte. Henry war in der Krypta allein. Er wartete noch, bis die Tür von außen geschlossen wurde, dann ließ er sich langsam an einer Säule hinuntergleiten. »Hier finde ich dich also wieder, Thomas!« Lächelnd zog er das grob gewirkte Büßerhemd über die Knie. »Viele Nächte haben wir zusammen verbracht. Diese wird unsere letzte sein.«

Sein Blick schweifte über den Sarkophag. »Von überall strömen die Pilger zu deinem Grab, zu dir, der du angeblich Wunder vollbringst. Warum hast du es nie bei mir versucht? Ein Wunder nur für mich?« Henry streckte ein Bein aus. Die Kühle des Bodens war ihm angenehm.

»Wie fühlt man sich, wenn man heilig gesprochen ist?« Nur eine große Kerze brannte am Kopfende von Beckets Sarkophag. In den Ecken lauerten die Schatten. »Ich habe schon einmal eine Nacht in solch einem Gewölbe verbracht, damals, vor meiner Krönung. Nur dass Alienor an meiner Seite war …«

Wieder blickte er hinüber zu dem Sarkophag. »Weißt du, dass wir auch dieses Mal die Überfahrt gemeinsam unternommen haben? Nur unsere Ziele waren verschieden!« Er lachte düster auf. Dumpf wurde das Echo von den Mauern zurückgeworfen. »Die Königin ging nach Old Sarum in die Gefangenschaft – und ich bin auf dem schnellsten Weg zu dir gekommen. Wie so oft, Thomas. Früher, als wir uns liebten, da konnte ich es oft nicht erwarten, dich wiederzusehen.«

Er streckte auch das andere Bein aus. »Ich hätte auf die Kaiserin hören sollen – und auf Alienor: Du warst als Kanzler besser denn als Erzbischof.« Er zupfte einen Faden aus seiner Kutte. »Siehst du, wie ich angezogen bin? Dies ist ein Büßergewand!« Er deutete auf seine nackten Füße. »Nicht einmal Schuhe trage ich. Was ich mache, das mache ich ganz!«
Er hatte ein kleines Loch in seine Kutte gerissen. Aufmerksam betrachtete er, wie der gerissene Faden das grobe Gewebe zu zerstören drohte. »Im Gegensatz zu dir, war ich niemals eitel.« Henry riss energisch an dem Faden, bis er sich gelöst hatte und eine Kette von kleinen Löchern hinterließ. So fest wand Henry ihn sich um den Finger, dass die Kuppe blau anlief. Er wartete, bis das Blut darin zu klopfen begann, dann wickelte er den Faden wieder ab. »Im Gegensatz zu dir, Thomas, brauchte ich gar nicht eitel zu sein: ich hatte ja alles – die schönste Frau der Welt und eines der mächtigsten Königreiche.« Spöttisch blickte er zu Becket hinüber. »Zwei Dinge, die wir niemals miteinander haben teilen können. Hast du mich deswegen am Ende so gehasst?«
Er warf den Faden zu Boden und schob sich an der Säule hinauf. Von hier konnte er auf den Sarkophag hinunterblicken. »Ich kann es immer noch nicht glauben, dass du da drinnen liegst. Mir ist, als müsstest du die Steinplatte zur Seite schieben und herauskommen. Für einen Heiligen kann das doch nicht so schwierig sein. Also komm heraus, heiliger Thomas, nimm mich in die Arme und tröste mich: Die schönste Frau, die ich besaß, ist zu meiner Feindin geworden und das mächtige Reich droht zu verfallen. Überall stehen sie gegen mich auf. Meine Kinder hassen mich!« Er schob das Kinn vor. »Du hast die Pflicht mir beizustehen; denn du hast alles ausgelöst.«
Das Blut stieg ihm zu Kopf. Mit einem Ruck löste er sich von der Säule, ging barfuß zu Becket hinüber und blieb am Kopfende des Sarkophags stehen. Der Kerzenschein warf seinen grotesk verzerrten Schatten an die Kryptawand. Plötzlich ließ

Henry seine geballte Faust auf den Sarg niedersausen. »Es ist alles deine Schuld!«, schrie er. »Wie es auch deine Schuld ist, dass du ermordet wurdest.«
Das Echo seiner Stimme kam hundertfach zurück. Henry riss die Hände hoch und bedeckte seine Ohren. Panik flackerte in ihm auf und seine Augen versuchten das Dämmerlicht zu durchdringen. »Komm zu mir, Thomas, und steh mir bei!«, keuchte er. »Ich sehe den Tod!« Hektisch versuchte er die Grabplatte anzuheben; und als sie nicht nachgab, zerrte er mit aller Kraft daran. »Thomas, hilf mir! Ich will noch nicht sterben.« Schluchzend brach er über dem Sarg zusammen und stammelnd begann er zu beten: »Vater unser, der Du bist im Himmel ...« Seine Zähne schlugen aufeinander. »Geheiligt werde Dein Name.« Dumpf dröhnten die Glocken über ihm. Er hob den Kopf und lauschte. Speichel tropfte ihm aus dem Mund. Ein Geräusch im hinteren Teil der Krypta ließ ihn herumfahren; ihm sträubten sich die Nackenhaare. »Ich will nicht ... ich will nicht ...«, wimmerte er. Er stieg auf den Rand des Sarkophags und zeigte mit ausgestreckter Hand ins Dunkel. »Ich sehe ihn: den Mann mit der Sense. Da steht er und wartet auf mich. O mein Gott, lass ihn nicht näher kommen!«, flehte er und kauerte zu Beckets Füßen nieder. Er bebte am ganzen Leib. »Alienor, hilf mir. Alienor!«
Von den Wänden hallte ihr Name wider. Dann war es wieder still. Nur die Kerze hatte zu flackern begonnen. Henry weinte. »Alienor, warum hat alles so kommen müssen! Ich brauche dich so sehr. Ich habe nie aufgehört dich zu lieben.« Er zeigte auf den Sarg unter sich. »Thomas, es ist deine Schuld. Clarendon, erinnere dich ... Du hast alles heraufbeschworen.« Er zog sich die Kapuze über die Haare und kauerte sich noch mehr zusammen. »Alienor«, flüsterte er: »Wenn ich hier lebend herauskomme, dann reite ich sofort nach Sarum und hole dich heraus. Dann wird wieder Frieden sein. Es war meine Schuld, dass ich unsere Kinder nicht habe lieben können. Meine Liebe

zu Kindern wurde mit Little Willy begraben. Das musst du doch wissen …« Wie in Trance schaukelte er leicht hin und her. »Ich muss so oft an ihn denken. Dann höre ich seine Stimme und sehe ihn lachen. Wir waren so glücklich, als er noch lebte: nur wir drei … Immer schien die Sonne. Wie hast du immer gesagt: Gemeinsam sind wir stark …« Ihn schauderte. »Alienor … Jetzt ist es dunkel, und ich habe Angst. Wie weich deine Schultern waren, wenn ich in deinen Armen lag …« Er sank vornüber und seine Tränen tropften auf den Sarg. »Ich war der König und du warst meine Königin. Und der da unter mir liegt, das war unser fähiger Kanzler, den sie heilig gesprochen haben.« Er kicherte vor sich hin.

Nach einer Weile tastete er sich vor und versuchte sich hinzulegen. Manchmal hob er den Kopf und sah ängstlich auf die Kerze, die langsam niederbrannte. »Man darf mich hier oben nicht finden«, war das Letzte, was er dachte; dann war er eingeschlafen.

Als sie am Morgen kamen, um ihn abzuholen, weckte ihn das Klirren der Schlüssel. Schlaftrunken rutschte er vom Sarg und fiel davor auf die Knie. So fanden ihn die Mönche. Schweigend führten sie ihn hinaus und feierten mit ihm die Messe. Als der Segen erteilt wurde, bekreuzigte sich Henry wie alle Übrigen. Aufrecht trat er danach vor die Mönche, riss sich die Kutte von der Schulter und bot ihnen den nackten Rücken dar. Zu siebzig waren sie erschienen, um ihn zu geißeln.

Der erste Schlag traf ihn unvorbereitet. Der Schmerz raubte ihm fast die Besinnung. Er spürte, wie seine Haut aufriss und ihm das Blut über den Rücken lief. Er biss die Zähne zusammen, um nicht aufzuschreien. Innerlich jedoch schrie er: »Ist es das, Thomas, was du dabei empfunden hast?« Einer der Peiniger hatte ihn an der Stirn getroffen und Blut lief ihm in die Augen. Nur der Hass hielt ihn aufrecht; und er setzte seine Zwiesprache mit Becket fort. »O ja, ich erinnere mich, damals in Winchester: das war ein hübscher Jüngling, den du dir ausgesucht hattest … und wie weiß dein Rücken schimmerte … hast du große Lust dabei empfunden? … Wie krank muss ein Hirn sein, um so etwas zu befehlen!«

Er wischte sich über die Augen. Sein Blick fiel auf die bloßen Beine der Männer, die ihn umstanden. Angewidert wandte er den Blick ab und fixierte einen hellen Stein. Der nächste Schlag zerfetzte seine Schultern. »Thomas, du glaubst, du wärst der Sieger, weil ich mich hier geißeln lasse … ich lasse es nur geschehen, weil man es von mir erwartet … Das ist Politik, mein Lieber, Politik! Für die du letztlich doch zu kleingeistig warst …«

Nur mit Mühe hielt Henry sich auf den Beinen. »Du hast mich verraten … wie auch Alienor mich verraten hat … meine Söhne hat sie gegen mich aufgebracht – dafür werden sie mir alle büßen … Als Schildknappe verkleidet wollte sie vor mir fliehen – aber es hat ihr nichts genützt!« Sein ganzer Körper brannte. »Diese Schweine! …. diese gottverdammten Schweine … Und das geschieht in deinem Namen Thomas Becket … den sie heilig gesprochen haben!«

Es war vorüber. Henry taumelte, dann richtete er sich auf. Mit der Zunge fuhr er sich über die aufgesprungenen Lippen.

»Jetzt führt mich in das Leprahospital nach Harbledown. Ich möchte eine jährliche Schenkung verkünden!« Er hob die Stimme und blickte die Mönche der Reihe nach an. »Unserem geliebten Erzbischof Thomas Becket zum Gedenken!«

Immer gleich drei Stufen auf einmal nehmend stürzte Henry die Wendeltreppe von Old Sarum hinauf. Vor Alienors Gemächern standen zwei Posten Wache. Einer von ihnen trat vor.

»Die Königin wünscht allein zu sein.« Henry fegte ihn zur Seite und riss die Tür auf.

Alienor stand beim Fenster. Nun wandte sie den Kopf und schrie: »Hinaus. Ich wünsche Euch nicht zu sehen!«

»Es ist nicht an Euch, Befehle zu geben, meine Dame!«, brüllte er zurück. Erst jetzt fiel ihm auf, dass sie totenbleich war. Ihr loses Haar fiel wirr herab und ihre Hände zitterten.

»Wenn Ihr nicht auf der Stelle verschwindet, dann schreie ich!«

Aufreizend langsam verschränkte Henry die Arme vor der Brust. »Wen würde das schon interessieren!« Er spuckte die Worte förmlich aus. Sein Blick wanderte langsam von ihren Füßen bis hinauf zu ihrem Haar; und wieder zurück.

Zweimal musste Alienor ansetzen, ehe sie gefasst sprechen konnte. »Was wünscht Ihr von mir?«

Henry schob die Unterlippe vor. »Ich bin nur gekommen, um mir die Verräterin aus der Nähe anzusehen.«

»Dazu hattet Ihr auf der Überfahrt von Barfleur genug Gelegenheit. Oder hattet Ihr keine Zeit dazu, weil Ihr Euch auf jenes Possenspiel in Canterbury vorbereiten musstet?« Höhnisch lachte sie auf. »Ihr könnt sie alle täuschen, Henry Plantagenet, aber mich nicht!«

»Ihr wagt es von Täuschung zu reden, Ihr ... Ihr seid ein Ungeheuer, Alienor. Ihr habt meine Vasallen gegen mich aufgewiegelt! Und Ihr habt nicht einmal vor unseren Söhnen Halt gemacht!« Seine Augen glitzerten vor Hass. »Aber ich habe dieses Reich nicht aufgebaut, um es mir von einer Verräterin und deren Brut wieder entreißen zu lassen!«
Eine Weile starrten sie einander an. »Aber alles werde ich mir wieder zurückholen. Habt Ihr bereits von der Niederlage des schottischen Königs gehört?«, fragte er hämisch. Als Alienor keine Antwort gab, fuhr er fort: »Er ist meinem königlichen Friedensrichter in die Hände gefallen. Ihr wißt doch, was das bedeutet? Nun habe ich Streitkräfte zur Verfügung, um meine Söhne zu schlagen.« Wieder antwortete sie nicht und er lächelte gehässig. Er tat einen Schritt auf sie zu. »Und ich werde sie schlagen. Alle! Es wird genauso einfach sein, wie Euch gefangen zu nehmen.«
Alienor wankte. Halt suchend streckte sie eine Hand nach hinten; und als sie endlich den Stuhl gefunden hatte, umklammerte sie die Lehne so fest, dass ihre Knöchel hervortraten. Ihr Moment der Schwäche erfüllte Henry mit heißer Genugtuung. Gierig sah er zu, wie Alienor sich setzte, ihr grünes Kleid glatt strich und die Hände im Schoß faltete. »Ich sehe mit Freuden, Ihr habt die passende Farbe gewählt!« Böse lachte er auf. »Wollen wir also hoffen, Alienor, dass Ihr lange hier bleiben werdet. Burg Sarum ist sehr alt und ein würdiger Ort für eine alternde Verräterin, die sich einmal Königin von England genannt hat!«
Müde hob sie den Kopf. »Was habt Ihr mit mir vor?«
Henry begann auf und ab zu gehen, ließ sie jedoch nicht aus den Augen; er wollte jede Regung ihres Gesichts auskosten. »Erstens, werdet Ihr bis auf weiteres hier bleiben und nur solche Besucher empfangen, die ich gebilligt habe. Unter das Verbot fallen selbstverständlich Eure Kinder!«
Alienor fuhr auf. »Was ist mit John? Er ist noch so klein – er braucht mich!«

»Der Prinz ist zu alt, um bei einer Verräterin und Dirne zu leben!« Alienors Hand fuhr zum Mund. »Das dürft Ihr nicht!« Henry stand nun vor ihr und wippte vor und zurück. »Wer sagt denn, was ich nicht tun darf?«
Langsam breiteten sich auf Alienors Gesicht und Hals rote Flecken aus. Er konnte den Blick nicht von ihr abwenden.
»Was geschieht mit Henrys Frau?«, fragte sie leise.
»Die französische Prinzessin kommt selbstverständlich an meinen Hof!«, erwiderte er.
Alienor sprang so plötzlich auf, dass er einen Schritt zurückwich. »Wage es nur, Henry Plantagenet, mir alles nehmen zu wollen. Ich habe mächtige Verbündete.«
»Nichts habt Ihr«, brüllte er. »Niemand wird auch nur einen Finger rühren, um Euch aus dieser Lage zu befreien! Oder meint Ihr, Euer weibischer Sohn Richard hat den Mut nach England zu kommen? Was wird er jetzt nur tun ohne Euch? Wart Ihr doch der einzige Weiberrock, an den er sich freiwillig gepresst hat! Er wird wohl weiterhin bei seinen Troubadouren liegen.«
Alienor hatte die Hand erhoben um ihn zu schlagen. Er hielt sie fest und zog sie näher an sich heran. »Ihr könnt es noch immer nicht ertragen, wenn man etwas gegen diese unnatürliche Memme sagt!«
Alienor versuchte sich zu befreien. »Das Unnatürliche liegt wohl in der Familie, oder?«, zischte sie. »Wenn ich nur an die Tiraden denke, damals zu Weihnachten, als du erfahren hast, dass Becket ermordet worden war – wie eine Witwe hast du dich aufgeführt!« Sie stieß ihm ihr Knie zwischen die Beine.
Er ließ sie los und sie verschanzte sich hinter dem Stuhl. Sein Gesicht war verzerrt vor Schmerz. Sie verstellte ihre Stimme zu einem schrillen Diskant: »Thomas, o mein geliebter Thomas! Bitte, verlass mich nicht. Ich kann nicht leben ohne dich!« Sie maß ihn mit Verachtung. »Du, Henry Plantagenet, bist die einzige Memme in unserer Familie – du mit deinen Tränen und Ängsten. Mein Gott, wie ich dich hasse!«

Henry war fahl geworden. Über die Stuhllehne starrten sie einander an. »Ehe ich's vergesse«, sagte er. »Ich habe nach Rom geschickt, um unsere Ehe annullieren zu lassen.«
Da begann Alienor wie eine Wahnsinnige zu lachen. »Und du alter Hurenbock glaubst im Ernst, dass der Papst – ausgerechnet der Papst, dem du mit deinem Becket so viele Schwierigkeiten gemacht hast – dir den Dispens erteilt?« Sie hob den schweren Stuhl an und schleuderte ihn zur Seite. »Und was für einen Grund gibst du an?«
Schweiß stand ihm auf der Stirn. »Es gibt hundert Gründe – und jeder einzelne wäre gut genug!«
Alienor senkte die Stimme. »Könnte es etwas mit dieser Person zu tun haben, die in meinem Garten lustwandelt?«, fragte sie höhnisch. »Die kleine Miss Clifford ... Königin Rosamund – das klingt ein bisschen gewöhnlich, findest du nicht? Jedenfalls vergisst du eins: Ich bin die Königin!«
»Warten wir es ab! Gehabt Euch wohl, Herzogin von Aquitanien!« Henry verbeugte sich und öffnete die Tür. Er vergaß sie hinter sich zu schließen.
Alienor schloss die Augen und atmete tief durch. »Das wirst du mir büßen, Henry Plantagenet«, murmelte sie.

Über Woodstock stand der Vollmond und hüllte Schloss und Gärten in geisterhaftes Licht. Ein Kauz strich lautlos um die Mauern und ließ sich schließlich auf dem untersten Ast einer Ulme vor der Kapelle nieder. Neugierig drehte er den Kopf in alle Richtungen.

Henry erwachte, als die Hunde im Zwinger anschlugen. Er tastete neben sich, aber das Laken war leer. Eine Weile lag er wach da und wartete; dann sprang er aus dem Bett und lief zum Fenster. Drüben in der Kapelle flackerte ein Licht.

Wenig später überquerte er den Innenhof und öffnete behutsam die Tür zu dem kleinen Gotteshaus. Rosamund kniete vor dem Altar. Sie hatte nur einen Umhang über ihr Nachthemd geworfen. Henry hörte, was sie betete: »Nimm mein Opfer an, o Herr, und gib ihm Frieden!«

»Was für ein Opfer?«, fragte Henry. Rosamunds Kopf fuhr erschrocken herum. Er sah, dass sie geweint hatte. »Was für ein Opfer?«, fragte er noch einmal und näherte sich ihr. Seine Schritte hallten auf den Steinplatten.

»Sag es mir!« Sie erschauderte. Ohne ein Wort hob er sie auf und trug sie hinüber zur Bank. Dort nahm er sie wie ein Kind auf seinen Schoß und wiegte sie. Rosamund hatte den Kopf in seiner Halsbeuge verborgen, sodass er ihr Gesicht nicht sah. »Ich habe mein Leben Gott geweiht.«

»Unsinn!«, sagte Henry. »Du hast dein Leben mir geweiht und das genügt!« Er lächelte. »Wir haben es doch gut hier und ich

weiß, dass du Woodstock liebst.« Zärtlich zwang er sie, ihn anzusehen. »Zugegeben, ich lasse dich oft allein«, sagte er, »aber du weißt doch, Könige müssen reiten.«
Rosamund zog die Nase hoch. »Aber wir leben in Todsünde. Wenn Euch oder mir etwas geschieht ... wir kämen beide sofort in die Hölle!«
Unmutig zog er die Stirn kraus. »Das ist also das Ergebnis deiner Wallfahrt nach Canterbury?« Und als sie nickte: »Hat dir das der heilige Thomas selbst gesagt?«
Rosamund schüttelte den Kopf. »Nein, der Priester, bei dem ich gebeichtet habe.«
Wieder versuchte Henry zu scherzen. »Hat er nicht gesagt, das Fegefeuer genüge für Ehebrecher?« Rosamund hob den Kopf und sah ihn ernst an. »Nein. Denn es ist eine Todsünde!«
Im Kerzenschein fand Henry sie betörend schön. Ihre Lippen schmeckten nach Salz. »Du bist nur enttäuscht, weil der päpstliche Legat meine Ehe nicht annullieren wollte«, murmelte er zwischen Küssen. »Dieser Mistkerl. Ich habe ihm prachtvolle Pferde geschenkt und in Schloss Westminster eigens für ihn und sein Gefolge luxuriöse Gemächer herrichten lassen!«
Rosamund legte ihm den Finger auf die Lippen und flüsterte: »Der Papst steht eben hinter der Königin. Sie ist Eure rechtmäßige Frau.«
Mit einem Ruck hob Henry sie von seinem Schoß und setzte sie auf die Holzbank. Dann stand er auf und begann in der Kapelle auf und ab zu laufen. »Sprich mir nicht von der Königin! Sie will mich ruinieren. Sie hat mich und unsere Liebe verraten!« Er war wieder bei der Bank angelangt und beugte sich über die junge Frau. »Wir hatten einmal einen Spruch: Gemeinsam sind wir stark!«, rief er. »Aber sie hat mich ausgeschlossen. Mit ihren Söhnen wollte sie stark sein, nicht mit mir ...« Er begann seine Wanderung aufs Neue. Nun stand er breitbeinig vor dem Altar. »Ich schwöre, dass ich ihre Brut noch in diesem Jahr in die Knie zwingen werde. Gott ist mein Zeu-

ge!« Hohnlachend kam er zu Rosamund zurück. »Du siehst also, du brauchst dein Leben nicht Gott zu weihen! Zweimal habe ich mich geißeln lassen.« Er spuckte aus. »Mehr kann man nicht verlangen.« Er reichte ihr die Hand. »Lass uns zu Bett gehen«, bat er.

Rosamund stand auf. »Wann werdet Ihr zum Kontinent zurückkehren?«, fragte sie demütig.

Henry zuckte mit den Schultern. »Morgen. Vielleicht auch erst übermorgen.« Draußen sah er hinauf zum Himmel, an dem die Sterne verblassten. Aus den Gärten wehte ihnen der Duft der Rosen entgegen. »Es könnte so ein schöner Sommer sein«, sagte er. »Versprich mir nie wieder solch einen Unsinn zu reden.«

Rosamund zog den Umhang enger um sich und die Kapuze über ihr lose fallendes Haar. Plötzlich stieß sie einen erstickten Schrei aus und fasste sich an die Brust; und ehe Henry sie auffangen konnte, sank sie zu Boden. Erschrocken kniete er neben ihr nieder. »Ich habe solche Schmerzen«, keuchte sie. Da hob er sie auf und trug sie ins Haus. »Den Bader, schnell!«, rief er.

Er hatte sie in das Schlafzimmer getragen und auf das Bett gelegt. Als schlaftrunken der Arzt erschien, beobachtete Henry misstrauisch, wie der Mann das Ohr an Rosamunds Brust legte. »Nun? Was hat sie?«, fragte er ungeduldig. »Unternehmt endlich etwas. Ihr seht doch, wie sie leidet!«

Der Bader bückte sich und holte aus seiner Ledertasche ein kleines Fläschchen; ein paar Tropfen daraus träufelte er Rosamund in den Mund. Sie hustete und spuckte, aber er hielt ihr die Hand auf die Lippen und zwang sie dadurch zu schlucken. Dann zog er die Decke über sie und wandte sich an Henry: »Sie wird gleich schlafen, mein König«, murmelte er und bedeutete ihm, dass er mit ihm sprechen wolle.

Vor der Tür sagte der Bader: »Es ist noch einmal gut gegangen. Sie schläft. Nur, wenn sie aufwacht …« Er verstummte und Henry herrschte ihn an: »Was ist dann?«

Der Bader hielt seine Ledertasche wie einen Schild vor seine Brust und sagte leise: »Man sollte den Priester kommen lassen.« Henry riss die Augen auf. »Ihr meint, sie ist schwanger? Das hört sich gut an – dann ist sie nicht so oft allein!« Der Arzt sah ihn ernst an. »Sie wird sterben, mein König.«
Henry tat einen Schritt auf ihn zu und hob die Hand, als wollte er ihn schlagen. Doch er fragte: »Seit wann wisst Ihr es?«
»Seit ungefähr einem halben Jahr. Miss Clifford hat verboten, es Euch zu sagen.«
Henry schloss für einen Augenblick die Augen, dann neigte er den Kopf. »Ich danke Euch«, murmelte er und ging zu Rosamund zurück.
Leise trug er einen Schemel neben ihr Bett und setzte sich. Das Mittel hatte ihr die Schmerzen genommen. Ihr Gesicht wirkte entspannt und friedlich. Einmal schrie der Kauz und Henry fasste unter die Bettdecke, um zu prüfen, ob ihre Füße warm seien. Vorsichtig zog er die Hand wieder zurück. Draußen wurde es langsam hell. Die Stundenkerze war heruntergebrannt. Als Rosamund schließlich die Augen aufschlug, lächelte er sie an. Mit einer Hand, die noch heiß vom Schlaf war, griff sie nach der seinen.
»Meint Ihr, ich könnte noch einmal eine Wallfahrt nach Canterbury unternehmen?«, fragte sie leise und er nickte liebevoll. »Der heilige Thomas kommt mir so vertraut vor. Vielleicht … vielleicht, weil Ihr ihn so gut gekannt habt.« Sie wandte den Blick zur Decke. »Und dann würde ich gern zu den Nonnen nach Godstow gehen. Sie wollen mich aufnehmen.« Henry fühlte Tränen in seinen Augen brennen, aber er hörte nicht auf sie anzulächeln. Im Profil sah sie so jung und verletzlich aus. »Ich habe das Geld gespart, das Ihr mir dagelassen habt. Wenn Ihr erlaubt, so würde ich es den Schwestern gern zum Eintritt schenken!«
Er streichelte ihre Hand. »Natürlich«, sagte er. »Und wenn ich wieder zurück in England bin, so komme ich dich besuchen.«

»So seid Ihr nicht böse, mein König?«
»Nein. Ich verstehe ja, dass du hier oft einsam warst«, sagte er heiser. Sie atmete tief durch. Henry fühlte ihre Hand in der seinen schwerer werden. »Darf ich noch ein wenig schlafen?«, flüsterte sie. Ihre Lider senkten sich.
»Schlaf schön und behüt dich Gott«, murmelte er und hauchte einen Kuss auf ihre Stirn. Noch einmal sah er sie an; dann schlich er auf Zehenspitzen hinaus. Als er die Tür leise hinter sich geschlossen hatte, lehnte er sich für einen Augenblick dagegen und sein Gesicht verhärtete sich. So geht alles von mir fort, dachte er. Ist das der Preis?
Auf einmal stürzte er los. Schon auf der Wendeltreppe brüllte er seine Befehle: »Es soll gesattelt werden! Wir reiten sofort ab!«
Als er an der Halle vorüberkam, wäre er fast mit dem Priester zusammengestoßen. »Wollt Ihr nicht erst die Messe hören, mein König?«, fragte der Mönch; aber Henry schüttelte den Kopf. »Nein – ich will heute noch zum Kontinent hinüber.«
Er war schon auf der Außentreppe, da blickte er noch einmal zurück. Der Mönch sah ihm vorwurfsvoll nach. »Wenn Ihr beten wollt, dann betet für Miss Clifford!«, rief Henry und stürmte die Treppe hinunter. Als er den Hof im Laufschritt überquerte, fiel sein Blick auf die Tür der Kapelle, die noch immer offen stand.

Es war morgens um vier, als Henry die Tür zu Alienors Schlafgemach aufstieß. Erschrocken fuhr Christine von ihrem Lager auf. Sie legte die Hand an die Lippen. »Die Königin schläft.« Er verbeugte sich flüchtig in ihre Richtung, dann eilte er an Alienors Bett und zog den Vorhang grob zur Seite. Der Schein der Fackel fiel auf ihr Gesicht und sie schlug die Augen auf. Als sie Henry erkannte, lächelte sie ohne nachzudenken; erst dann kam die Erinnerung. Mit einem Ruck setzte sie sich auf.

»Was wollt Ihr hier?«, stieß sie hervor und zog die Felldecke bis zum Kinn.

»Ich hatte doch versprochen, Euch auf dem Laufenden zu halten!« Er setzte sich aufs Bett. »Vielleicht interessiert es Euch zu erfahren, dass Eure Söhne sich mir unterworfen haben! Nachdem Ihr Euch so viel Mühe gegeben habt, unsere Familie zu entzweien ...«

Hinter dem Vorhang stieß Christine einen Schreckensschrei aus. Alienor war bleich geworden. »Was habt Ihr mit ihnen gemacht?«

Theatralisch fasste Henry sich ans Herz. »Was sollte ein liebender Vater mit seinen rebellierenden Söhnen schon machen?« Mit großen Augen sah er sie an. »Es war doch nicht wirklich ihre Schuld. Drei verblendete Jungen, die eine Hexe ins Unglück gestürzt hat!«

Alienor starrte ihn an. »Was habt Ihr mit ihnen gemacht?«

»Nichts, meine Liebe! Sie kamen, knieten nieder und schworen mir ewige Treue. Natürlich«, fuhr er höhnisch fort, »musste ich sie bestrafen.« Mit Genugtuung sah er, wie ihre Finger sich ineinander krallten. »Ich konnte es ihnen ja nicht einfach durchgehen lassen. Also habe ich jedem von ihnen die Hälfte seiner Besitztümer wieder abgenommen«, schloss er sanft.

»Auch Richard?«, fragte Alienor.

»Warum hätte ich bei ihm eine Ausnahme machen sollen?« Er rutschte ein Stück weiter zum Fußende und lehnte sich an den Bettpfosten. »Aquitanien ist ziemlich verwüstet«, sagte er beiläufig.

Alienor stieß die Decke von sich. »Bitte, Christine, gib mir meinen Morgenmantel!«, rief sie und schwang die Beine aus dem Bett. Ungerührt sah Henry ihr dabei zu.

»Steht das Schloss von Poitiers noch?«, fragte die Vicomtesse ängstlich, als sie Alienor den Mantel um die Schultern legte. Ihre Hände zitterten so sehr, dass sie die Brosche nicht schließen konnte.

Henry nickte; aber er hatte nur Augen für Alienor. Sie hatte zur Haarbürste gegriffen und begann nun ihr noch immer dichtes Haar zu bürsten. Im Spiegel trafen sich ihre Blicke; er vermochte ihre Miene nicht zu deuten. »Die Hauptsache ist, dass sie leben!«, sagte sie.

Er sprang auf und begann im Raum auf und ab zu laufen. »Und wenn einer von ihnen nicht mehr am Leben wäre, dann trügst du die Verantwortung dafür!«, rief er bitter. Fast behutsam legte Alienor die Bürste zurück auf die Truhe. »Wo ist John?«, fragte sie leise.

»Ich habe ihn von Henrys Hof fortgenommen. Er lebt jetzt im Haushalt meines Justitiars Renouf de Glanville, dem ich vertrauen kann.«

Alienor hielt den Kopf geneigt. »Wie geht es ihm?«

»Es geht ihm gut. Er ist gewachsen und seine Lehrer sind sehr zufrieden mit ihm.« Mit Erstaunen bemerkte Christine den Anflug von Zärtlichkeit, als er jetzt fortfuhr: »Er scheint besonders mutig zu sein – er prügelt sich bereits mit allen Knappen. Und reiten tut er wie der Wind.«

Alienor spielte mit ihren Ringen. »Vermisst er mich?«, fragte sie leise. Henry lachte auf. »Warum sollte er!« Langsam hob sie den Kopf und sah ihn an. Trotzig erwiderte er ihren Blick; dann schlug er sich mit der Faust in die offene Hand. »Seine Umgebung hatte Mühe genug ihm beizubringen, dass seine Mutter versucht hat das Reich zu zerstören!«

»Wie lange muss ich hier bleiben?«, fragte Alienor nach einer Weile.

»So lange ich es will! Für mich besteht kein Anlass, Euren Aufenthalt hier abzukürzen. Ihr würdet nur versuchen mir zu schaden. Außerdem, was habt Ihr gegen die Grafschaft Wiltshire? Sie gilt als eine der hübschesten meines Landes«, fügte er hämisch hinzu. »Wenn Euch langweilig wird, dann erinnert Euch an glücklichere Zeiten. Nicht weit von hier liegt Stonehenge – vielleicht inspiriert Euch das zu einem neuen Lied, in Ermangelung Eurer Minnesänger.«

»Hört auf. Hört auf der Stelle auf, alle beide!« Christine war zwischen sie getreten. Voll Zorn ging ihr Blick von einem zum anderen. Sie deutete drohend auf Henry. »Ich bin eine alte Frau. Aber ich werde es nicht zulassen, dass ihr so miteinander umgeht!« Als Henry etwas sagen wollte, ließ sie ihn nicht zu Wort kommen. »Ich bin noch nicht am Ende, mein König! Ich erinnere mich sehr gut, wie es war, als Ihr das erste Mal nach Aquitanien kamt. Den Himmel auf Erden habt Ihr uns versprochen!« Der Zeigefinger deutete auf Alienor. »Und du auch!«, rief sie. »Dem Himmel wolltest du dein Leben lang dankbar sein, wenn du ihn zum Manne bekämst. Und was habt ihr daraus gemacht? Ihr wart von Anfang an gesegnet. Der Himmel war mit euch und schenkte euch prachtvolle Söhne! Und es herrschte Frieden!« Christine bebte vor Zorn. »Bis ihr ihn beide gebrochen habt!«

Wieder wanderte ihr Zeigefinger. Er wies auf Henry. »Ihr habt die Ehe gebrochen. Und du, Alienor! Du hast dich gnadenlos an ihm und deinen Söhnen vergangen! Kein Leben währt lang genug, als dass man so damit umgehen dürfte. Ihr habt euch geliebt – ich bin mir sicher, ihr tut es noch immer!« Und mit erhobener Stimme: »Dann tut auch etwas dafür!« Erschöpft fiel sie auf einen Stuhl. »Nun, mein König, könnt Ihr mit mir machen, was Ihr wollt.«
Eine Weile waren alle sprachlos. Henry öffnete ein paar Mal den Mund, doch er schwieg. Draußen hatten die Vögel zu singen begonnen und das erste Tageslicht flutete durch die Ritzen der Fensterläden. Noch einmal machte Henry den Versuch, etwas zu sagen; dann gab er auf. Er verneigte sich vor der alten Dame und ging leise zur Tür. Bevor er sie hinter sich zuzog, warf er noch einen Blick zurück. Alienor war auf die Knie gefallen und hatte den Kopf auf den Schoß der alten Freundin gelegt. Benommen stieg Henry die Wendeltreppe hinunter.

»Ich gebe die Hoffnung nicht auf. Eines Tages werden meine Söhne uns aus der Gefangenschaft befreien, Christine.«
Alienor saß vor ihrem Spiegel. Die Vicomtesse arbeitete an ihrem Stickrahmen. Bedächtig fuhr sie mit der Nadel durch den gespannten Stoff. »So wie Henry sich verhält, müssen wir wohl auch weiterhin Geduld haben. Ich wäre schon dankbar, wenn mir noch ein paar Jahre geschenkt würden, gleichgültig wo.«
»Diese Zeit ist wahrhaftig nicht spurlos an uns vorübergegangen, Christine.« Sie strich mit dem Finger über die Fältchen um ihre Augen und zupfte an einer Haarsträhne.
»Falten und viele graue Haare hat sie dir eingetragen, Königin von England.«
»Beides hatte ich schon in Poitiers.« Christine schmunzelte vor sich hin. »Hier bin ich nur geschrumpft, das ist viel trauriger. Mir fehlen meine ledernen Lieblinge zwar, aber vielleicht würde ich sie heute selbst in Freiheit nicht mehr tragen.«

Liebevoll blickte Alienor sie an. »Wie gut, dass du hier bist. Was stickst du da eigentlich?«
»Das neunte Kissen für mein Bett«, entgegnete die Vicomtesse lächelnd. »Jedes Jahr ein anderes Motiv. Im ersten Jahr den Bergfried von Chinon, im zweiten Old Sarum, im dritten eine Trauerweide – und so weiter. Vor zwei Jahren habe ich Louis' Krone über ein ›Ph‹ gestickt, um ja nicht zu vergessen, dass Philipp jetzt in Frankreich regiert. Ich wäre todunglücklich, wenn Henry uns freiließe. Wie sollte ich Freiheit darstellen?«
»Philipp scheint ein kluger Kopf zu sein ...«, sagte Alienor.
»... auf den Richard schon lange ein Auge geworfen hat«, warf Christine ein.
»... jedenfalls ein kultivierter Mann, während mein zweiter Gemahl verkommt und England mit ihm. Hör dir einmal an, Christine, was Pierre de Blois über Henrys Hof schreibt: ›Er hält bei seinen Mahlzeiten, bei seinen wilden Ritten und nächtlichen Gelagen weder Regel noch Maß ... zu trinken gibt es einen gepanschten, trüben, ranzig schmeckenden Wein. Ich habe selbst gesehen, wie dieser hochgestellten Personen angeboten wurde, die entsetzlich das Gesicht verzogen ...‹ Da siehst du, wie gut es uns hier in Old Sarum geht!« Die Vicomtesse lachte und Alienor las weiter vor: »›Im Gefolge des Königs befinden sich merkwürdige Gestalten: Freudenmädchen, Würfelspieler, Possenreißer, Mimen, Gaukler, Schankwirte, Landstreicher und Spitzbuben.‹«
Alienor warf das Schreiben auf den Tisch. »Dabei hätte er genügend Söhne, die an seiner Stelle regieren könnten. Sie bekämpfen ihn, aber sie erreichen nichts.«
Mit blitzenden Augen blickte Christine von ihrer Stickerei auf. »Und da willst du nun wissen, warum er dich nicht freilässt, meine Liebe? Er traut dir nicht. Und er hat Angst vor dir, Alienor – weil eure Söhne allein zu schwach gegen ihn sind, bedeutest du die wirkliche Gefahr für ihn. Er ist dir nicht gewachsen, und wenn ich höre, was Pierre de Blois schreibt, dann

muss Henry dich auch fürchten, da du sogar als Gefangene in diesem Turm noch deine Fäden spinnst. Es freut dich sogar noch, dass er so elendiglich verkommt.«

Christine wählte ein neues Garn, dann fuhr sie fort: »Solange du nicht einsiehst, worin deine wahre Schuld besteht, wirst du ihm gegenüber blind bleiben. Und an seiner Sturheit ändert sich nichts. Das ist die Antwort auf deine Frage, warum er dich nicht freilässt.«

Soeben meldete die Zofe die Ankunft eines Ritters. Dankbar für die Unterbrechung trat Alienor dem Besucher entgegen; das Gespräch mit Christine hatte sie aufgewühlt.

»Guillaume, welch eine Überraschung!«, rief sie. »Christine, du kennst Guillaume Le Maréchal, den Gefährten meines Sohnes?« Er verbeugte sich und küsste beiden Frauen die Hand.

»Wie geht es meinem Sohn?«, fragte Alienor. »Setzt Euch. Wollt Ihr etwas trinken? Ihr scheint mir einen langen Ritt zurückgelegt zu haben. Ihr seid sehr blass für Euer Alter – und dafür, dass Ihr frei seid! Berichtet, was gibt es Neues vom Kontinent?«

Guillaume Le Maréchal war stehen geblieben. »Meine Königin, ich habe Euch eine traurige Nachricht zu überbringen.«

»Was ist geschehen?«

»Euer Sohn Henry … erkrankte auf der Jagd. Innerhalb weniger Tage starb er. Die Ärzte …«

»Wann?«, unterbrach ihn Alienor.

»Am elften Juno, meine Königin. Ich bin sofort nach Old Sarum aufgebrochen, um Euch …«

»Wo starb er? Wer war bei ihm?«, fragte Alienor tonlos.

»Er hat seine letzten Stunden im Schloss Martel an der Dordogne verbracht. Ich war an seiner Seite.« Christine war aufgestanden und hatte den Arm um Alienor gelegt.

»Henry hatte nur einen Wunsch …« fuhr Guillaume leise fort, »dass sein Vater kommen und ihm verzeihen möge. Er bezichtigte sich, Unglück über sein Volk gebracht zu haben. Er weinte viel und war voller Unruhe und Angst. Erst als der König

seinem Sohn zum Zeichen der Vergebung einen Saphirring sandte, konnte Henry in Frieden sterben.« Besorgt blickte der Gast auf Alienor. »Er ist in Frieden gestorben«, wiederholte er. Jedes Wort, das der Gefährte ihres toten Sohnes sagte, drang Alienor wie ein Messerstich ins Herz. »Sein letzter Wunsch war, König Henry möge seiner Mutter die Freiheit schenken«, schloss Guillaume Le Maréchal seinen Bericht.
Alienor empfand eine Last, die sie zu erdrücken drohte. Die Vicomtesse war längst wieder mit ihr allein, als Alienor sich langsam erhob. Sie murmelte Worte vor sich hin, schüttelte den Kopf, dann nickte sie. Sie bewegte die Lippen, als spräche sie zu einem imaginären Gegenüber. Wieder verneinte sie und schüttelte unwillig den Kopf. Mit ausgetreckten Armen wehrte sie die Erkenntnis ab, vor der sie doch nicht fliehen konnte. Plötzlich schlug sie die Hände vors Gesicht und begann zu schluchzen. »Um Vergebung hat er gebeten … mein Sohn … konnte nicht sterben … ohne seinen Vater. Und ich war nicht bei ihm. Nicht nach seiner Mutter hat er gerufen, er brauchte die Vergebung des Vaters!« Verwirrt hob sie den Kopf. »Was habe ich nur getan, dass mein Sohn nicht in Frieden sterben konnte, Christine, was habe ich getan!«
Beruhigend strich die Vicomtesse ihr über das Haar. »Aber er ist doch in Frieden gestorben. Henry hat seinem Sohn verziehen.« Alienor wischte sich die Tränen von den Wangen. Schweigend ging sie zum Schreibtisch. Zitternd tauchte sie den Federkiel in das Tuschfass und begann zu schreiben.

Old Sarum
im Juni 1183

O Henry,

welch ein Schicksal, unser zweiter Sohn ist tot!
Little Willy hielt ich in meinen Armen, als er starb. Henry musste ohne uns sterben. Er verlangte nach dir. Ich danke Gott mit aller Liebe, zu der ich noch fähig bin, dass du ihm verziehen hast. Ich danke dir, dass du ihm den Frieden zurückgeschenkt hast, den ich ihm genommen habe.
Mögen die Seelen unserer Söhne in Frieden ruhen.
Ich bete für Little Willy, für Henry … und für Dich

Alienor

Sie faltete das nasse Blatt, öffnete die rote Schatulle und legte es hinein. »Wenn noch ein Hauch von Liebe in ihm wäre, dann müsste er doch kommen, nicht wahr, Christine? Dann müsste er doch hier sein?«, schluchzte sie. »Nun bleibt mir nur noch Richard!«

Auf den Hügeln südlich von Corfe Castle hielten sie die Pferde an und blickten zur Burg hinüber. Hoch und mächtig ragte sie vor ihnen auf. Der Rauch aus den Schornsteinen vermischte sich mit dem bitteren Geruch des Herbstes.

»Wann immer ich sie sehe, bin ich aufs Neue beeindruckt«, sagte Henry. »Was denkst du, wenn du sie siehst, John?«

Der junge Prinz strich seinem Falken über das Gefieder. »Dass ich sie gerne besitzen würde«, antwortete er lakonisch. Der Vogel hatte die Flügel gespreizt, seine Klauen umklammerten Johns Handschuh. Ärgerlich gab er seinem Falkner ein Zeichen und überließ ihm das Tier.

»Bist du schlechter Laune?«, fragte Henry.

Der Prinz sah seinen Vater amüsiert von der Seite an. »Wie wäre es um Eure Laune bestellt, mein Vater, wenn Eure Brüder alles hätten, Ihr aber nichts?«

Henry riss einen Zweig von einer Eberesche und ließ die roten Beeren durch seine Hand gleiten. »König von Irland – ist das nichts?«

Der Prinz begann zu lachen. »Eine Farce ist das, mein König. Ich erinnere mich noch gut, wie froh die Iren mir nachgewunken haben, als ich mich endlich nach England einschiffte.«

Henry schlug mit dem Zweig auf seinen Sattelknauf. »Dann musst du eben wieder hin und sie diesmal richtig unterwerfen.«

Die Handbewegung, mit der John eine Haarsträhne zurückstrich, erinnerte ihn an Alienor. »Nun, da dein Bruder tot ist …«

»… ist Richard der Kronprinz«, unterbrach ihn John höhnisch. »Was ändert sich da für mich?«
Henry schob die Unterlippe vor. »Vielleicht eine ganze Menge! Schließlich kannst du nicht immer John Lackland bleiben, oder?« Er lachte auf. »Aber reiten wir erst mal zurück.«
Manchmal drohten ihre Pferde auf dem feuchten Laub auszurutschen, als sie jetzt vom Kamm des Hügels auf dem kürzesten Weg zur Burg hinüberritten.
Unten im Dorf winkte Henry den Prinzen neben sich. »Wollen wir noch in die Wirtschaft?«
Sie lenkten ihre Pferde über den Marktplatz und John deutete auf den Pranger, in den man eine Frau gesperrt hatte. »Ist das nicht Betsy?«, fragte er. »Die war doch gestern noch auf der Burg?«
Henry ritt näher heran und sah auf die Unglückliche hinab. »Warum bist du hier?« Er sah nur ihr verfilztes, strohblondes Haar und die Striemen auf ihrem bloßen Rücken. »Ehebruch!«, gab sie zur Antwort. »Der Priester hat's befohlen!«
»Unseretwegen?«, fragte Henry lachend. Die Frau schüttelte den Kopf. Im breiten Dialekt von Dorset beschuldigte sie den Priester, sie verführt zu haben. »Aber er meint, Eva hat auch dem Adam den Apfel gegeben.«
Henry sah die Läuse auf ihrem Kopf. Angewidert trieb er sein Pferd weiter über den Platz. Der Prinz war schon abgesessen und wartete vor der Tür des kleinen Wirtshauses. »Ich bin froh, dass ich keine Frau bin!«, sagte John voll Überzeugung.
Keiner der Zecher in der Schenke nahm Notiz von ihnen; nur der Wirt hob grüßend die Hand. Henry steuerte den Tisch beim Fenster an und bestellte Bier. Von draußen scholl das Gejohle der Kinder zu ihnen herein, die den Pranger umringten. »Man sollte zumindest darauf achten, dass sie gewaschen sind und kein Ungeziefer haben!«
John grinste ihn über den Rand seines Humpens an. »Wenn man welche von hier nimmt, kann man so wählerisch nicht sein.

Da habt Ihr es mit Richards Braut besser! Nicht, dass es den neuen Kronprinzen stören würde – er findet ihren Bruder ohnehin reizvoller.« Henry runzelte die Stirn.
»So? Spricht man schon darüber? Hör zu, John!«, sagte er. »Ich kann's nicht ändern, dass Richard der nächste König von England wird. Aber dafür nehme ich ihm Aquitanien weg!«
John riss die Augen auf. »Wie wollt Ihr das machen, Vater?«
Henry knallte seinen Humpen auf den blank gescheuerten Tisch, dass das Bier überschwappte. »Ich werde es ihm eben wegnehmen und dir geben! Was sagst du nun, mein Sohn? Morgen reite ich nach Sarum, um es deiner Mutter zu sagen!«
»Ich weiß nicht, ob sie damit einverstanden sein wird«, meinte John zögernd. »Sie liebt Aquitanien. Und sie liebt Richard.«
»Vergiss nicht, dass sie immer noch meine Gefangene ist. Und sie weiß, dass alle meine Söhne mich verraten haben – nur du nicht.«
Der Wirt erschien mit neuen Humpen. Henry wies mit dem Kinn zum Fenster. »Wie lange muss die Frau noch am Pranger stehen?«
»Bis zur Abendmesse«, antwortete der Wirt, »dann lässt man sie wieder frei, damit sie ihrem Mann das Essen kochen kann.«
»Ihr Mann ist doch der Schmied?«, fragte Henry und der Wirt nickte. »Wir haben schon gewettet, ob Simon sie überhaupt wieder haben will oder ob er sie rausschmeißt. Seine Schwester könnte ihm den Haushalt führen.«
»Und was wird dann aus ihr?«
Der Wirt zuckte die Schultern. »Entweder macht sie eine Wallfahrt nach Canterbury zum heiligen Thomas, mein König, oder aber sie geht in die Wälder zu den Gesetzlosen.«
»Wie stehen denn die Wetten?«, fragte der Prinz.
»Dass sie bleibt, Hoheit. Der Winter steht vor der Tür«, sagte der Wirt grinsend.
Henry sah zum Fenster hinaus. »Immer das Gleiche, in der Burg oder in der Hütte – man muss sich arrangieren. Nur so

kann man überleben!« Er griff nach Johns Arm. »Du musst dich vor Philipp August vorsehen – dem traue ich nicht über den Weg. Der ist nur glücklich, wenn er einen gegen den anderen ausspielen kann. Obwohl ich eigens für dieses Bürschchen einmal eine Wallfahrt gemacht habe!«

»Wieso denn Ihr?«, staunte John. »Ihr habt für den französischen König gebetet?«

»Unsinn. Damals war er noch nicht König – sein Vater Louis lebte noch.« Er lächelte in Erinnerung. »Man mag sagen über Louis, was man will, aber verschlagen war er nie. Ganz im Gegensatz zu seinem Sohn. Jedenfalls hatte das Bürschchen einen Jagdunfall oder so was. Als Folge davon blieb er eine Nacht lang in den Wäldern um Compiègne. Das war für sein zartes Gemüt wohl zu viel!« Er lachte verächtlich. »Wochenlang schwebte er zwischen Leben und Tod. Da bat sein Vater mich, mit ihm eine Wallfahrt nach Canterbury zu unternehmen.«

John fuhr auf. »War das nicht eine unglaubliche Taktlosigkeit von ihm? Ich meine, dass er zu Beckets Schrein wollte?« Henry schüttelte den Kopf. »Nein, so war er nicht. Vielleicht ging er nach Canterbury, weil er zu Beckets Lebzeiten ziemlich viel an ihm zu kritisieren hatte – und du weißt, wenn einer erst einmal heilig gesprochen worden ist, dann tut man gut daran, es zu akzeptieren. Rom versteht da keinen Spaß.« Henry spielte mit seinem Bierhumpen. »Aber du musst zugeben, dass es komisch war: ausgerechnet wir beide zu Beckets Schrein!« Seine Augen blitzten vor Spott. »Selbstverständlich habe ich ihn persönlich in Dover empfangen, um ihn in die Domstadt zu geleiten. Zwei Tage lang verweilten wir am Grabe des Erzbischofs.« Er begann zu lachen. »Was für ein Jammer, dass deine Mutter nicht dabei sein konnte. Sie hätte die Komik der Situation gesehen und sich halb tot gelacht.« Versonnen blickte er in eine Ecke. »Ja, deine Mutter«, sagte er halblaut. »Mit keinem anderen Menschen hatte ich so viel Spaß wie mit ihr. Das hat mir oft gefehlt!«

»Und warum lasst Ihr sie nicht frei?«, fragte John lauernd. »Dann könntet Ihr doch weiter mit ihr lachen. Ich kann mir vorstellen, dass es mit der französischen Prinzessin Alix gar nicht so komisch ist.«
Langsam hob Henry den Blick. »Alix ist eine Geisel. Sie wärmt mich und hat keine Läuse. Solange sie nicht ordnungsgemäß Richards Frau ist, habe ich ein Druckmittel gegen den französischen König in der Hand. So viel zu Alix! Und was deine Mutter betrifft ...« Er sah John in die Augen. »Sie ist immer noch so außergewöhnlich, dass sie jeden in ihren Bann zieht, der mit ihr zu tun hat. Wenn ich sie heute frei ließe – wer weiß ...«
»Wer weiß, was?«, fragte John und kratzte sich.
»Sie könnte versuchen, auch noch dich gegen mich aufzubringen«, sagte Henry leise.
John lachte. »Mich doch nicht! Weder bin ich so schön wie Richard, noch so aalglatt wie Geoffrey ...« Er balancierte seinen Humpen in der Hand. »Ich wette, sie hat vergessen, dass es mich noch gibt.«
»So darfst du nicht reden. Deine Mutter fragt jedes Mal nach dir.« Henry trank in durstigen Zügen und rülpste laut.
John musterte ihn. »Fehlt sie Euch?«
Henry steckte einen Finger in den Humpen und begann feuchte Striche auf den Holztisch zu zeichnen. »Fehlt sie dir?«, fragte er zurück.
»Ich war sieben, als ich sie das letzte Mal gesehen habe ...«
»Aber du musst doch Erinnerungen an sie haben«, sagte Henry.
John überlegte. »Ja ... dass sie schön war. Und dass sie gut roch ... und dass unentwegt Leute um sie herum waren ...«
Henry berührte ihn am Arm. »Was noch?«
»... dass sie nett zu uns Kindern war. Ich weiß noch, wie wir geweint haben, als sie gefangen genommen wurde.« John lachte verlegen.

Abrupt stand Henry auf und warf ein Geldstück auf den Tisch. Im Hinausgehen blieb er für einen Moment vor einem der Tische stehen. »Hier habe ich einmal mit deiner Mutter gesessen«, sagte er. »Herrgott noch mal, was haben wir gelacht!«

Die Wiesen hinter der Burg Sarum glichen einem Meer von wilden Narzissen. Berückt blieb Alienor stehen. »Ihr hattet Recht, Henry, als Ihr sagtet, Wiltshire sei eine der schönsten Grafschaften Eures Landes!«

Überrascht sah er, dass sie sich plötzlich hinsetzte und Schuhe und Strümpfe auszog. »Ihr werdet Euch erkälten.«

»Nein, mein König. Ihr könnt mich noch jahrelang gefangen halten!« Spöttisch blickte Alienor zu ihm auf. »Oder wärt Ihr gern Witwer, damit Ihr Richards Frau endlich ehrbar machen könnt?«

Mit bloßen Füßen lief sie in die Wiese hinein und Henry blieb nichts anderes übrig, als ihr zu folgen. Für Ende März brannte die Sonne ungewöhnlich heiß und jauchzend ließ sich Alienor einfach ins Gras fallen. »Ihr wisst nicht, wie es ist, wenn im Herbst oder im Winter der Nebel die Burg einhüllt und das Tal völlig verschwindet – dann glaubt man, es wird nie wieder hell.« Sie riss sich die Haube vom Kopf und schüttelte ihr glänzendes Haar.

Lächelnd sah er auf sie hinab. »Ihr habt Euch nicht verändert.«

»Was man von Euch nicht behaupten kann«, sagte Alienor blinzelnd. »Ihr habt zugenommen, mein König. Dabei erzählen alle, dass Ihr unentwegt in Bewegung seid!«

Verlegen setzte er sich neben sie und begann um sich herum planlos Narzissen auszureißen. Eine Weile ließ sie ihn gewähren, dann sagte sie: »So wollt Ihr es mit Richard machen, nicht wahr?«

»Warum dieser Vergleich?«, fragte er entgeistert.
Zärtlich fuhr ihre Hand über die Blumen. »Man hat mir berichtet, dass Ihr John Aquitanien geben wollt ...« Sie stützte sich auf einen Ellenbogen. »Daraus wird nichts, mein teurer Gemahl. Richard ist der neue Herzog von Aquitanien. Von mir selbst inthronisiert!«
»Genügt es denn nicht, wenn er einmal König von England wird?«, fragte Henry böse.
Alienor schüttelte träge den Kopf. »Nein! Denn was wäre England ohne mein reiches Land im Süden ...«
Eine Lerche flog dicht neben ihnen auf und beide blickten sie ihr nach. »Ich bin dieses ewige Kriegführen so leid«, murmelte Henry. »Richard versucht schon wieder Schwierigkeiten zu machen und Geoffrey auf seine Seite zu ziehen. Wenn ich John nicht hätte ... Oh, Alienor, was haben wir nur für Söhne!«
»Haben wir uns das nicht selbst zuzuschreiben?«, fragte Alienor leise.
»Nein! Nein, und nochmals Nein!«, rief er. Zornig ballte er die Fäuste. Eine Biene summte dicht an seinem Gesicht vorbei.
Alienor sah, wie sie sich auf einer Blüte niederließ und darin verschwand. Verträumt sagte sie: »Ich würde heute Gärten anders gestalten als damals ... Wenn ich sie heute entwerfen würde, dann müssten sie so aussehen!« Sie holte mit der Hand weit aus. »Vielleicht muss man eine Gefangene gewesen sein, um alles Künstliche abzulehnen ... Wer kümmert sich um den Irrgarten?«, fragte sie.
Henry schob die Unterlippe vor. »Der Gärtner, nehme ich an.«
Alienor spielte mit einer Haarsträhne. »Hat Rosamund viel verändert? Als ich sie das letzte Mal sah, pflanzte sie gerade Rosen«, sagte sie ruhig.
»Wann hast du sie denn gesehen?«, fragte er erstaunt. »Am Tag, als John geboren wurde.« Sie lächelte.
Henry riss die Augen auf. »Das kann nicht sein – da war ich doch da, um dir dein Weihnachtsgeschenk hinzustellen – ich

erinnere mich genau! Robert hatte das Pferd in Flandern für mich gekauft und ich habe es in Wales abgeholt. Gemeinsam haben wir die Stute dann nach Woodstock gebracht. Und da wurde sie krank. Schade, dass du sie nie gesehen hast – sie war überirdisch schön.«

Alienor war bleich geworden. »Aber Rosamund war mit Euch zusammen«, flüsterte sie. Henry schüttelte den Kopf. »Nein, natürlich nicht – aber ich erinnere mich, dass sie abends vorbeikam und dann mit Robert bei dem Pferd gewacht hat.«

Alienor verbarg ihr Gesicht in den Narzissen. Ihre Schultern bebten.

»Lachst du?«, fragte Henry ratlos. Nach einer Weile wandte sie sich ihm wieder zu und er sah, dass sie geweint hatte.

»Ich war morgens da um *dein* Weihnachtsgeschenk nach Woodstock zu bringen – eine Sonnenuhr. Ich wollte am zweiten Feiertag mit dir dorthin reiten. Nur wir beide allein.« Sie bemühte sich zu lächeln. »All das ist so lange her. Und Miss Clifford ist doch wohl recht glücklich dort geworden.« Sie sah ihn traurig an. »Es tut mir Leid für dich, dass sie gestorben ist.«

Schweigend hingen sie ihren Gedanken nach.

»Henry, meinst du nicht, fünfzehn Jahre Gefangenschaft sind genug?«, fragte sie unvermittelt. Sein Blick glitt über ihr Gesicht. »Nein, Alienor, sie haben dich zwar älter, aber auch schöner denn je gemacht ... Nur so habe ich dich für mich allein«, fügte er leise hinzu. Wieder schwiegen sie.

»Was sind deine Pläne? Bleibst du in England oder gehst du wieder auf den Kontinent?«

»Ich muss hinüber!« Henrys Gesicht wurde hart. »Du musst doch wissen, dass Richard mir wieder Ärger macht – außerdem scharmutziert er mir ein bisschen zu viel mit Philipp August herum. Da ist es schon besser, wenn ich ihm auf die Finger haue.« Abrupt erhob er sich. »Wann wirst du endlich aufgeben, unsere Söhne gegen mich aufzuhetzen?« Plötzlich schrie er sie an: »Du wirst erst zufrieden sein, wenn sie alle erschlagen sind!«

Sie hatte begonnen ihre Strümpfe und Schuhe wieder anzuziehen; eine Ameise lief verwirrt und planlos über das rote Leder. Behutsam hob Alienor das Insekt hoch und setzte es zurück ins Gras.

Stumm gingen sie nebeneinander über die Wiese zur Burg zurück.

Ein Pferdeknecht führte Henrys Pferd herbei. »Warte«, bat Alienor, als er aufstieg, »ich muss dir noch etwas sagen.«

Da preschte ein Bote im vollen Galopp in den Hof. Eilends sprang er vom Pferd und überreichte dem König eine Depesche. Henry erbrach das Siegel und überflog die Zeilen; dann fiel das Blatt zu Boden.

»Was ist?«, fragte sie angstvoll und griff nach seinem Steigbügel. Henry straffte sich. »Unser Sohn Geoffrey ist tot.« Er gab seinem Ross die Sporen und sprengte davon.

Doch unter dem Torbogen hielt er plötzlich inne, riss sein Pferd herum und kam zurück. Er griff in seine Brusttasche und reichte ihr die Gebetsperlen. »Seit unserer ersten Landung in England habe ich sie immer bei mir getragen. Bete für uns!« Ohne sie noch einmal anzusehen galoppierte er davon.

Kaum hatte er den Burghof verlassen, eilte Alienor die Treppen des Turms hinauf und folgte Henry mit den Blicken, bis der letzte Reiter seines Gefolges als kleiner Punkt im Tal verschwand.

Sie zog ihr Tuch enger um ihre Schultern; der Frühlingswind wehte kalt über den Zinnen. Im Aufwind des Turmes sausten Schwalben zwitschernd hin und her. In einem Mauerloch hockten vier Vogeljunge und rissen ihre Schnäbel auf. Reglos blieb sie stehen und beobachtete die zarten, gelb umrandeten Schnäbel, die sich den Eltern entgegenreckten. – Und wenn ihr flügge seid, dann werdet ihr eure Jungen füttern. Welch eine immer wiederkehrende Hoffnung der Frühling ist, dachte sie.

›Nur so habe ich dich für mich allein‹, klang es in ihr nach. Hatte er das wirklich gesagt, nach all den Jahren? Alienors Gedanken begannen zu schweifen. – Das erste Mal fühlte ich mich von dir zurückgestoßen, als ich getötet habe. Die Bilder der Schlacht an der schottischen Grenze tauchten vor ihr auf. War ich es, die das Schicksal herausgefordert hat? Habe ich mit diesem Mord die erste Schuld begangen? – Alienor stand ganz still. Die Bilder des blutigen Schlachtgewimmels verblassten und das aufgerissene Rosenbeet von Woodstock schob sich davor; sie glaubte, die aufreizenden Bewegungen von Rosamund zu sehen. – Ich habe dich in Woodstock so gehasst, wie ich dich geliebt habe, Henry. Den Schmerz konnte ich nur mit Hass ertragen, sonst hätte er mich umgebracht.

Die jungen Vögel hatten die erneut ansegelnden Schwalben bemerkt und schrien aus Leibeskräften, ihre federlosen Flügel zappelten. Erst als ihre Schnäbel gestopft waren, kehrte wieder Stille ein.

Und dann Becket. Ich habe mich so oft gefragt, ob diese Liebe zu ihm nicht immer zwischen uns stand. Dein Leid war mir zuwider. Ich hatte nicht die Kraft es aufzufangen. – Sie sah zu den vier kleinen Vogelschnäbeln hinüber. – Nur meine Söhne blieben mir, in jener Nacht, als Woodstock zur Hölle wurde, damals, als John geboren wurde. Wie habe ich mich nach dir gesehnt und mir gewünscht, dass du kämst, um mir zu sagen, dass du mich liebst! Wärest du gekommen, vielleicht hätte ich Beckets Tod an deiner Seite ertragen. Und vielleicht wäre alles anders gekommen; vielleicht lebten Henry und Geoffrey noch.

In der hereinbrechenden Dämmerung schienen die Schwalben ihre Jungen in immer kürzeren Abständen zu füttern; sie schrien, als müssten sie verhungern. Alienor griff nach den Gebetsperlen in ihrem Umhang und ließ sie durch ihre Finger gleiten. – Und dann habe ich unsere Söhne mit meinem Hass genährt ... Und täglich, Henry, flehe ich zu Gott, er möge mir diese Schuld vergeben. –

In ihrem Gemach wärmte Alienor sich am Kaminfeuer die Hände. Dann nahm sie die rote Lederschatulle, die bis zum Rand mit gefalteten Pergamenten gefüllt war, und leerte sie vor dem Kamin auf den Fliesen aus. Zwei kleine rote Schühchen, die zuunterst in der Schatulle gelegen hatten, glitten über den Berg von Blättern. Alienor nahm sie behutsam in die Hand und starrte sie an; Tränen brannten in ihren Augen. – Und du wolltest sie mir zu Johns Geburt noch einmal schenken. – Wahllos zog sie eines der gefalteten Blätter hervor und begann zu lesen.

Poitiers
Ostern 1172

Henry, was ist aus uns geworden?

Ich feiere Feste mit unseren Kindern in Poitiers. Und ich werde sie feiern, bis deine Söhne stark genug sind, um dir das Königreich abzutrotzen! Warum lässt du mir keine andere Wahl? Ich bete um meinen Sieg.

Alienor presste die roten Schühchen an ihre Wangen. – Und heute ist John erwachsen und steht auf deiner Seite. – Sie griff nach einem anderen Brief.

Poitiers, 1171

Henry, du sollst wissen: Ich hasse dich. Rosamund ist eine Hure. Auch Becket war zu kaufen. Ich aber bin Herzogin Alienor von Aquitanien …

Sie zerknüllte das Blatt und warf es ins Feuer, während sie den nächsten Brief zur Hand nahm.

Old Sarum
im Juni 1186

Henry!

Ich hatte einen Traum: Es war Herbst und wir ritten durch das neblige Dorset. Wir konnten einander nicht sehen. Plötzlich öffnete sich ein großes Tor vor uns. Auch dahinter war nur Nebel, aus dem bizarre Bäume ragten. Die Nebelschwaden hoben und senkten sich, als atmeten sie. Little Willy saß mitten in dem Nebel. Eine Krone schwebte über seinem Kopf und er rief: ›Kommt doch zu mir und spielt mit mir. Meine Brüder haben mich verlassen.‹
Unsere Pferde bäumten sich auf. Du bist abgesprungen und wolltest zu ihm. Da schloss sich das Tor.
Was bedeutet das nur?

PS: Little Willy ist heute vor dreißig Jahren gestorben. Das fiel mir ein, als ich erwachte.

Wieder entfaltete sie ein Pergament und las.

Poitiers
irgendwann im Sommer

Henry, wie habe ich dich heute Abend vermisst!

Zum Bankett waren die Zisterzienseräbte meines Landes gebeten. Voll Stolz und Eitelkeit hatte ich ihnen zum ersten Mal in ihrem Leben Gabeln vorlegen lassen. Henry, du hättest ihre Gesichter sehen müssen! Sie erbleichten und schrien zetermordio: Ob ich denn nicht wüsste, dass Rom diesen Gegenstand auf den Index gesetzt habe? Diese Gabeln seien Teufelswerk. Hast du Worte????

So gabelte ich allein mein Essen. Und es war niemand da, mit dem ich hätte lachen können! Deine Alienor sehnt sich nach dir, während sie versucht, die italienische Gabelmode in Aquitanien einzuführen.

Deine Herzogin von Aquitanien

Als die Vicomtesse wenig später das Gemach betrat, fand sie Alienor auf dem Boden liegend; inmitten von Pergamenten – manche zerrissen oder zerknüllt, einige glattgestrichen und aufeinander gelegt oder unleserlich verschmiert.
In der Hand hielt Alienor zwei rote Kinderschühchen. Ihre Wangen glühten vor Fieber.

Mit dem Gesicht zur Wand lag Henry apathisch da; trotz der Hitze hatte er die Pelzdecke über sich gezogen. Schwere Schritte näherten sich dem Bett.
»Mein König! Verzeiht mein Eindringen – sie sagen, es geht Euch nicht gut ...«
Langsam wandte Henry den Kopf. Zuerst schien er den Besucher nicht zu erkennen; dann glitt ein Lächeln über sein bärtiges Gesicht. »Bist du es wirklich?«, fragte er. Seine Stimme klang belegt. Er zog die Hand unter der Decke hervor und Robert kniete nieder und küsste sie.
Henry sah auf den gebeugten Kopf und murmelte erstaunt: »Du bist ja weiß geworden.«
Unten vom Fluss waren die fröhlichen Stimmen der Fischer zu hören, die die Vienne hinabfuhren.
»Was tust du in Chinon?«
»Ich will Euch nach England holen. Dort pflege ich Euch gesund und dann können wir wieder zusammen auf die Jagd gehen. Wie früher, mein König.«
»England ...«, murmelte Henry »England ist so weit. Richard und der französische König haben mich besiegt. Alles soll jetzt an Richard gehen ...«
»Sagt das nicht, mein König. Wir sind Normannen und wir holen uns alles zurück. In ein paar Tagen seid Ihr wieder wohlauf, dann segeln wir hinüber. Und wenn es Herbst wird, dann ...«

Henry legte ihm die Hand auf den Arm. »Nicht doch, mein Freund … Es gibt für uns alle eine Zeit auf Erden und die meine ist zu Ende. Hörst du das?« Ganz in der Nähe sang eine Nachtigall. »Am Anfang war mein Leben so süß und voller Hoffnung. Und dann kam Alienor – mit ihr wollte ich die Welt besiegen.« Er schloss die Augen und hing seinen Gedanken nach.

Robert räusperte sich. »Ich habe eine Bitte, mein König!«

»Ja?«, flüsterte Henry.

»Erlaubt, dass ich Euch rasiere.«

»Wozu? Dazu ist Zeit, wenn ich tot bin.«

Robert meinte den alten Spott in seiner Stimme zu hören. »Weil sie hier ist – und weil sie Euch so nicht sehen sollte.«

Und schon war er aufgestanden und hatte den Raum durchquert. Henry hörte, wie die Tür geöffnet wurde und wie Robert nach heißem Wasser verlangte. Er weinte vor Erschöpfung, als Robert ihm schließlich den Bart schor und die Haare kämmte.

»Es fehlte nur noch, dass du dich um meine Stiefel sorgst«, stieß er schluchzend hervor.

Robert hielt ihn wie ein Kind. »Das werde ich auch, sobald es Euch besser geht, mein König.« Er zog ein sauberes Tuch aus seiner Tasche und trocknete ihm die Tränen. »Ich gehe jetzt hinaus – Ihr braucht nur nach mir zu rufen.«

Henry schloss die Augen. Draußen hatte die Nachtigall wieder zu singen begonnen; er glaubte den Rosenstrauch zu sehen, der vor seinem Fenster blühen musste.

Er hatte sie nicht eintreten gehört.

»Schlaf nur, mein Liebster. Ich werde bei dir wachen.« Er fühlte ihre kühle Hand auf der Stirn und schlug die Augen auf. Alienors Gesicht lag im Halbschatten. Sie lächelte ihn an. Mühsam lächelte Henry zurück. »Wie konntest du entkommen?«, fragte er.

»Ich wollte bei dir sein; also bin ich gekommen«, antwortete sie ruhig.

»Weißt du, dass John mich verraten hat? Er hat sich mit Richard und Philipp zusammengetan«, stieß Henry hervor und begann zu weinen. »Warum haben wir es bloß nicht festhalten können – das, was wir einmal besessen haben?«

Alienor strich ihm zart übers Haar. »Aber es war doch immer da. Wir sind nur schlecht damit umgegangen.« Sie lachte mit verhaltener Zärtlichkeit. »Du warst mein Leben, weißt du das?«

»Aber ich war feige. Jetzt bin ich's auch. Ich fürchte mich davor zu sterben. Ich fürchte mich davor, dass es dunkel wird.«

»Ich bin bei dir, mein Liebster.« Sie wiegte ihn in ihren Armen.

»Aber ich gehe ohne dich. Was soll mir das nächste Leben, wenn ich dich nicht mehr berühren kann? Wenn wir nie mehr miteinander lachen oder streiten können?«

Alienor bettete seinen Kopf sanft auf das Kissen; dann legte sie sich dicht neben ihn. Sie öffnete die Bänder ihrer Haube; ihr dichtes Haar floss über sein Gesicht. Henry schloss die Augen. Wie ein Ertrinkender atmete er ihren Duft ein.

»Willst du beichten?«, fragte sie.

»Wozu! Ich habe so viel gesündigt in meinem Leben ... und das meiste davon habe ich dir angetan. Ich brauche nur deine Vergebung.«

Alienor streichelte sein Gesicht. »Wir sind uns nichts schuldig geblieben, Henry Plantagenet.«

Henry schmiegte seine Wange an die ihre. »Lass mich deine Haut spüren«, bat er. Wortlos löste sie die Schlaufen ihres Oberkleides, richtete sich halb auf, streifte es über die Schultern und zog seinen Kopf an ihre Brust.

»Mit dir zusammen glaubte ich, unsterblich zu sein«, flüsterte er.

»Das sind wir auch«, sagte sie und schob sich unter die Pelzdecke.

»Komm noch näher«, sagte er. »Ich friere.« Seine Zähne schlugen aufeinander.

Unten in der Stadt brüllte ein Mann. Eine Frau lachte gellend. »Ich wünschte, ich hätte die Kraft noch einmal neu zu beginnen«, flüsterte Henry. Da begann Alienor zu weinen. Mühsam wandte er den Kopf und küsste ihre feuchte Wange. »Wenn es so weit ist, dann bring mich nach Fontevrault. Dort werde ich auf dich warten.«
Alienor schlang den Arm um ihn. »Ja, mein Liebster.«
Sie glaubte, er sei eingeschlafen, da fragte er: »Was wirst du tun, wenn es zu Ende ist?«
»Ich werde versuchen wieder gutzumachen, was ich angerichtet habe«, sagte Alienor unter Tränen lächelnd.
Henry nickte. »Bitte, bete mit mir.«
Alienor legte ihre Hände um die seinen und begann zu sprechen: »Vater im Himmel, hier stehen wir vor Deinem Angesicht, Deine Tochter Alienor und Dein Sohn Henry, und bitten um Deine Gnade. Gib uns die Kraft, den Weg zu gehen, den Du uns vorbestimmt hast, und lass uns bis zuletzt nicht an Deiner Liebe zweifeln. Du kennst unsere Furcht vor der Dunkelheit und unsere Angst vor der Nacht. Vergib uns unsere Schuld und das, was wir einander angetan haben.«
»Amen«, sagte Henry leise. Dann hob er den Kopf. »Steht das Fenster offen?«
Alienor nickte. Henry rutschte höher und schaute hinüber und sein Gesicht begann zu leuchten. »Sieh doch nur, mein Liebstes – da steht Little Willy und winkt. Sieh nur, wie er lacht!«
Alienors Hand lag auf seiner Brust, sie fühlte, wie sein Herz klopfte; und dann hörte es plötzlich auf zu schlagen. Er sank zurück und sie fing ihn auf.
Ein wenig Blut war ihm aus Mund und Nase getreten; behutsam wischte sie es mit einem Zipfel ihres Kleides fort. Dann machte sie ein Kreuzzeichen auf seine Stirn und flüsterte: »Leb wohl, Henry. Irgendwann werde ich dir folgen.«

Nach einer Weile erhob sie sich und kleidete sich an. Hoch aufgerichtet ging sie hinüber zur Tür. Der Erste, den sie sah, war Robert. Bleich lehnte er an der Wand. Alienor lächelte ihm zu. »Der König von England ist tot. Ihr wart sein einziger und wahrer Freund. Nun geht und ruft den Priester«, sagte sie mit fester Stimme. Dann ging sie zurück zu Henry.

Um 1174
Land unter Kontrolle des Blois-Geschlechtes
Domäne des Königs von Frankreich
Herrschaftsgebiet von Heinrich II
Oberhoheitsgebiet von Heinrich II
Grenzen:
Grafschaft
Herzogtum
Besitztümer des Anjou-Geschlechtes
Königreich Frankreich
Edinburgh
SCHOTTLAND
Durham
Carlisle
IRLAND
York
Dublin
Lincoln
WALES
ENGLAND
Northampton
Woodstock
Oxford
London
Bristol
Reading
Clarendon
Canterbury
Old Sarum
Winchester
Dover
Southampton
Hastings
Corfe
Isle of Wight
DER KANAL
Bouvines
FLANDERN
HEILIGES RÖMISCHES REICH
Cherbourg
Barfleur
Rouen
Reims
Bayeux
NORMANDIE
CHAMPAGNE
Falaise
Paris
Mortain
Chartres
BRETAGNE
MAINE
Rennes
Orléans
Le Mans
BURGUND
Angers
Tours
ANJOU
Nantes
Chinon
Saumur
Fontevrault
TOURAINE
POITOU
BERRY
AQUITANIEN
Lusignan
Poitiers
LA MARCHE
La Rochelle
ANGOULÊME
Angoulême
Limoges
ATLANTISCHER OZEAN
LIMOUSIN
AUVERGNE
SAINTONGE
Langeais
PÉRIGORD
Bordeaux
QUERCY
GASCOGNE
LANGUEDOC
Toulouse
Marseille
BÉARN
TOULOUSE
KGR. KASTILIEN
KGR. NAVARRA
MITTELMEER
KGR. ARAGON
Barcelona

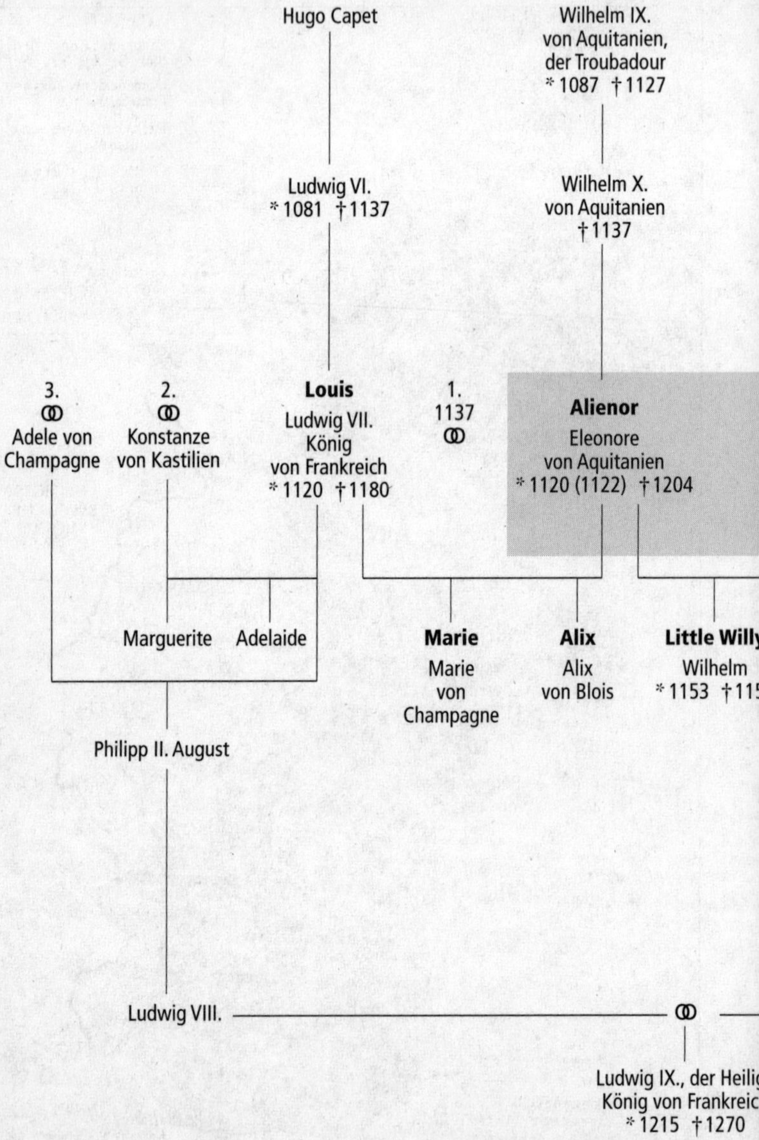
Hugo Capet
Wilhelm IX. von Aquitanien, der Troubadour * 1087 † 1127
Ludwig VI. * 1081 † 1137
Wilhelm X. von Aquitanien † 1137
3. ⚭ Adele von Champagne
2. ⚭ Konstanze von Kastilien
Louis
Ludwig VII. König von Frankreich * 1120 † 1180
1. 1137 ⚭
Alienor
Eleonore von Aquitanien * 1120 (1122) † 1204
Marguerite
Adelaide
Marie
Marie von Champagne
Alix
Alix von Blois
Little Willy
Wilhelm * 1153 † 115
Philipp II. August
Ludwig VIII.
⚭
Ludwig IX., der Heilig
König von Frankreic
* 1215 † 1270

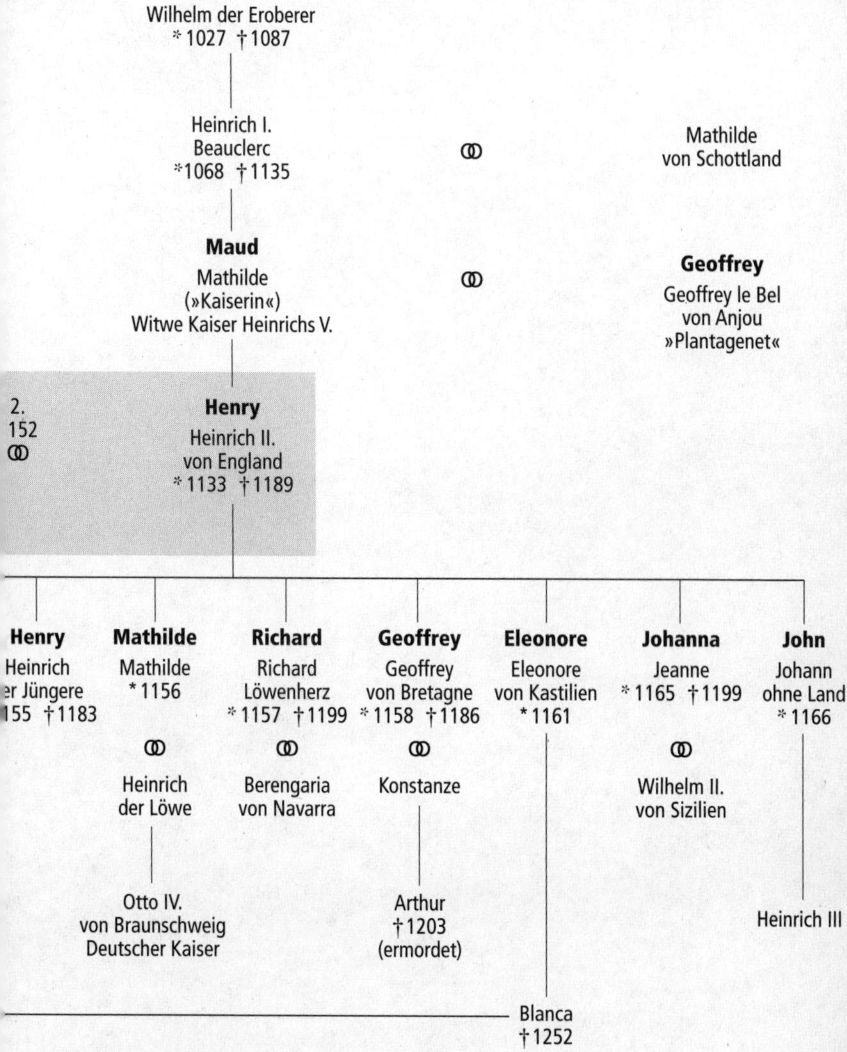
Wilhelm der Eroberer
* 1027 † 1087
Heinrich I.
Beauclerc
*1068 † 1135
ꝏ
Mathilde
von Schottland
Maud
Mathilde
(»Kaiserin«)
Witwe Kaiser Heinrichs V.
ꝏ
Geoffrey
Geoffrey le Bel
von Anjou
»Plantagenet«
2.
152
ꝏ
Henry
Heinrich II.
von England
* 1133 † 1189
Henry
Heinrich
er Jüngere
155 † 1183
Mathilde
Mathilde
* 1156
ꝏ
Heinrich
der Löwe
Otto IV.
von Braunschweig
Deutscher Kaiser
Richard
Richard
Löwenherz
* 1157 † 1199
ꝏ
Berengaria
von Navarra
Geoffrey
Geoffrey
von Bretagne
* 1158 † 1186
ꝏ
Konstanze
Arthur
† 1203
(ermordet)
Eleonore
Eleonore
von Kastilien
* 1161
Blanca
† 1252
Johanna
Jeanne
* 1165 † 1199
ꝏ
Wilhelm II.
von Sizilien
John
Johann
ohne Land
* 1166
Heinrich III

Wolfram Fleischhauer

Die Frau mit den Regenhänden

»Worüber man nicht sprechen kann,
davon muss man erzählen ...«
Wolfram Fleischhauer

Paris im Frühjahr 1867: Aus den dunklen Gewässern der Seine wird die Leiche eines Kindes geborgen. Für die Polizei steht fest: Die Mutter ist schuldig und muss zum Tode verurteilt werden. Aber warum verschwinden Zeugen und Beweismaterial? Und warum interessieren sich plötzlich die höchsten Regierungskreise für den Vorfall? 100 Jahre später beginnt eine junge Frau über die Hintergründe zu recherchieren ...

»Ein packender, vielschichtiger Roman, in dem sich spannende Fiktion mit detaillierten Fakten mischt.«
Focus

Knaur

Ulrike Schweikert

Die Hexe und die Heilige

Roman

Deutschland am Vorabend des 30-jährigen Krieges: In einer wohlhabenden Familie in einer deutschen Kleinstadt kommen Zwillingsschwestern zur Welt. Während die tugendhafte Helena ins Kloster geht, wird ihre eigenwillige Zwillingsschwester Sibylla Hebamme. Als die Tochter des obersten Richters der Stadt ein uneheliches Kind bekommt, soll Sibylla das Mädchen von dieser ›Last‹ befreien. Damit weiss sie um ein dunkles Geheimnis der Mächtigen und wird zur Gefahr. Die Häscher der Inquisition rüsten zur Hexenjagd …

»Ein Buch, von dem man nicht mehr lassen kann!«
Rheinzeitung

Knaur

Tessa Korber

Die Karawanenkönigin

Ein opulenter Roman voller Exotik und Erotik

Syrien im 3. Jahrhundert. Nach dem Mord an ihrem Ehemann übernimmt die schöne Zenobia die Herrschaft über die Wüstenstadt Palmyra. Geschickt setzt sie sich gegen Verschwörungen durch, erobert Ägypten und ebenso die Männer. Gefährlich wird es erst, als sie sich mit dem römischen Kaiser anlegt ...

»Was für ein Leben, was für ein Tempo!
Eine grandiose Leistung.«
Rheinischer Merkur